J.A. Konrath
Sterbenshauch

Das Buch

Problemlöser Phineas Troutt sucht eine verschwundene Tochter aus gutem Haus. Zu verlieren hat er nichts. Jacqueline »Jack« Daniels vom Morddezernat in Chicago ermittelt in dem Fall eines Serienkillers, der grausam zugerichtete Mädchenleichen in Hotels zurücklässt. Der schräge Privatdetektiv Harry McGlade fahndet nach einer abgetauchten Stripperin. Drei Fälle für drei höchst unterschiedliche Ermittler, die daran glauben, dass das Gute siegt.

Unterdessen feiert »Der Club«, eine Gruppe junger, reicher Männer, ausgelassene Partys am Lake Violet und pflanzt gern Kiefern auf dem einsamen Seegrundstück. Denn Leichen sind der beste Dünger.

Der Autor

J.A. Konrath hat im Rahmen seiner Jack-Daniels-Serie bereits zehn Romane verfasst, die in keiner bestimmten Reihenfolge gelesen werden müssen. In deutscher Sprache sind bisher die Titel »Mr. K«, »Kite«, »Der Lebkuchenmann«, »Guter Bulle, böser Bulle«, »Die Psychopathen«, »Der Chemiker«, »Die Scharfschützen«, »Die Erzfeinde«, »Der Nagelkiller« und »Die letzte Runde« erschienen.

Außerhalb der Serie wurden zudem »Alle wollen Tequila«, »Die Brandmörder« sowie der Techno-Thriller »Auf der Liste« veröffentlicht sowie der Horrorthriller »Das Angstexperiment«.

Die Verkaufszahlen von J.A. Konraths E-Books haben die Millionengrenze überschritten.

J.A. KONRATH

STERBENS-HAUCH

EIN PHINEAS-TROUTT-THRILLER

Aus dem Amerikanischen
von Peter Zmyj

Die amerikanische Ausgabe erschien 2018 unter dem Titel »Dying Breath«
im Selbstverlag.

Deutsche Erstveröffentlichung bei
Edition M, Amazon Media EU S.à r.l.
5 Rue Plaetis, L-2338 Luxembourg
Dezember 2018
Copyright © der Originalausgabe 2018
By J.A. Konrath
All rights reserved.
Copyright © der deutschsprachigen Ausgabe 2018
By Peter Zmyj

Die Übersetzung dieses Buches wurde durch AmazonCrossing ermöglicht.

Umschlaggestaltung: bürosüd° München, www.buerosued.de
Umschlagmotiv: © donatas1205 © ratsadapong rittinone © AKIllustration
© Sudarsani Ida Ayu Putu/Shutterstock © itanistock/Alamy
Lektorat: Cathérine Fischer
Korrektorat: Manuela Tiller/DRSVS
Printed in Germany
By Amazon Distribution GmbH
Amazonstraße 1
04347 Leipzig, Germany

ISBN: 978-2-919-80479-5

www.edition-m-verlag.de

Wahre Freunde verursachen uns die größte Freude und die größten Sorgen. Fast sollte man wünschen, dass alle wahren und treuen Freunde am gleichen Tag sterben.

Fenelon

Vorwort

Ich selbst lese nie Vorworte, habe mich jedoch zu diesem entschlossen, weil ich der Meinung bin, dass es sowohl für neue Leser als auch langjährige Fans hilfreich ist.

Die ursprüngliche Fassung dieses Romans entstand 1995, drei Jahre nach meinem College-Abschluss. Es war der zweite Band der Trilogie um Phineas Troutt, die ich verfasst habe, bevor ich mich dem Schreiben von Techno-Thrillern (darunter »Auf der Liste«) und schließlich der Jack-Daniels-Serie widmete. Band 1 dieser Reihe, »Der Lebkuchenmann«, war mein erstes veröffentlichtes Buch.

Aber Jack existierte bereits bevor dem Erscheinen der Originalfassung im Jahr 2004. Sie tauchte in vielen unveröffentlichten Kurzgeschichten und der Phineas-Troutt-Trilogie auf, bevor ich ihr eine eigene Serie widmete.

»Sterbenshauch« ist nicht nur Phins, sondern auch Jacks Buch. Chronologisch ist es zwischen »Der Chemiker« und »Die Scharfschützen« angesiedelt.

Es ist auch Harry McGlades Buch.

Manche meiner Leser lieben Harry, andere tolerieren ihn gerade so. Er ist meine Lieblingsfigur, und das ist auch der Grund, warum ich in meinen neueren Hörbuchfassungen seine Rolle übernehme.

Harry existiert länger als Jack und Phin. Ich habe ihn 1984 als eine Parodie auf Mickey Spillanes Mike Hammer geschaffen, als ich noch auf die Highschool ging. »Sterbenshauch« ist mein einziger Roman, in dem ich Harry seine eigene Erzählperspektive einräume – abgesehen von einer experimentellen Krimikomödie mit dem Titel »Banana Hammock«, in der er als Hauptfigur auftritt. In sämtlichen anderen meiner Werke habe ich bewusst auf Harrys Erzählperspektive verzichtet, da ich ihn als Nebenfigur interessanter finde als in einer Hauptfigurenrolle. Aber hätte ich McGlade in »Sterbenshauch« keine eigene Erzählperspektive gegeben, hätte ich auf ein Drittel des Buches verzichten müssen.

Vielleicht hätte ich genau das tun sollen. Harry ist nämlich ein ziemlich unreifer Typ. Außerdem durchbricht er hin und wieder die vierte Wand und spricht den Leser direkt an, was manchen seltsam anmutet. Entscheiden Sie selbst. Aber als ich mich dazu entschied, diese frühen »verschwundenen« Romane meinen Lesern zugänglich zu machen, beschloss ich, mich so eng wie möglich an die ursprüngliche Vorlage zu halten. Als ich diese Bücher schrieb, war ich ein junger Mann Mitte zwanzig, und obwohl ich dieselbe Person bin, habe ich mich als Schriftsteller weiterentwickelt.

Das vorliegende Werk ist locker das längste, das ich allein verfasst habe – zwei Titel der Reihe »Codename: Chandler«, bei denen Ann Voss Peterson als Co-Autorin mitwirkte, sind länger. Das liegt daran, weil »Sterbenshauch« streng genommen aus drei miteinander verflochtenen Romanen besteht – einem mit Phin, einem mit Jack und einem mit Harry als jeweiliger Hauptfigur. Außerdem folgt dieser Titel mehr als meine anderen Bücher den Regeln des Krimigenres, womit das Tempo ein wenig anders ist als in meinen sonstigen Werken.

Ich habe die Phineas-Troutt-Trilogie veröffentlicht, weil meine Fans immer wieder nach meinen bisher unveröffentlichten

Romanen fragten. Falls Sie schon immer wissen wollten, wie meine frühe Schreibe mit allen Fehlern und Schwächen war, können Sie sich hier ein Bild davon machen. Mit der Veröffentlichung dieser Trilogie stehen dem Leser jetzt sämtliche meiner Romane zur Verfügung.

Falls meine Bücher für Sie Neuland sind, möchte ich darauf hinweisen, dass Phin, Jack und Harry auch in vielen meiner anderen Werke erscheinen. Näheres finden Sie auf meiner Webseite unter www.jakonrath.com.

An einer Stelle in dieser Geschichte beschäftigt Phin sich ein wenig mit Kryptografie und dem Lösen von Rätseln. Falls Sie so etwas mögen, sollten Sie einen Blick auf meine Serie »Stop a Murder« werfen, denn darin geht es vor allem um Denkaufgaben.

Wie immer möchte ich Ihnen dafür danken, dass Sie meine Bücher lesen.

Joe Konrath
Chicago, 2018

MINNESOTA
MAI 2008

Tucker Shears tapste aus dem Schlafzimmer in die Küche. Ein dünner Schweißfilm glänzte auf seinem nackten Oberkörper. Er machte vor dem Kühlschrank halt, nahm eine Flasche Bier heraus und hielt sie sich an die Stirn, wie man es aus der Fernsehwerbung kennt.

»Wie läufts?« Chad saß am Küchentisch und tippte mit einem Plastikstift auf seinem Nintendo DS herum.

Tucker öffnete die Flasche und trank einen großen Schluck. »Es läuft«, sagte er und lümmelte sich seinem Freund gegenüber auf einen Drehstuhl.

Chad machte sich nicht die Mühe, von seinem Spiel aufzublicken. »Wer ist dran?«

»Garrett. Wo steckt das verwöhnte Arschloch?«

»Draußen beim Buddeln.«

Tucker schrie durch die geöffnete Fliegengittertür nach draußen: »Hey Garrett! Du bist dran!« Er trank noch einen Schluck Bier. »Was spielst du da?«

»Pop Cutie! Street Fashion Simulation.«

Tucker schnaubte verächtlich. »So 'n Quatsch.«

»Es ist ein Spiel aus Japan. Man entwirft Kleidung und verkauft sie.«

»Das ist das Dümmste, was ich je gehört habe.«

Chad machte eine Pause und sah Tucker über den Rand seiner Brille hinweg an. »Was ist dein Lieblingsspiel?«

»Super Mario Bros.«

»Wo du ein italienischer Klempner bist, der auf laufenden Pilzen herumhüpft und mit dem Kopf Ziegelsteine zertrümmert, um Münzen zu sammeln.«

Tucker zeigte ihm den Stinkefinger und rief erneut nach Garrett.

Garrett McConnroy betrat das Ferienhaus durch die Verandatür. Er trug eine Sonnenbrille, eine kurze Jeans und dreckige Arbeitshandschuhe aus Leder. Eine Kool-Zigarette – sein Markenzeichen – hing an seiner Unterlippe und drohte ihm aus dem Mund zu fallen.

»Wie ist das Loch?«, fragte Tucker.

»Löchrig.« Garrett inhalierte den Rauch der Zigarette und blies ihn aus. »Wir brauchen einen Bagger.«

»Sag das Eddie. Er bezahlt doch deinen ganzen Krempel, oder?«

»Du meinst Eddies reichen Daddy«, sagte Chad, ohne von seinem Spiel aufzublicken. »Von ihm hat er das Familienunternehmen.«

»Wo steckt Eddie überhaupt?«, fragte Tucker und blickte auf die Bildschirme in der Küche. Es waren insgesamt acht, alle mit einer Überwachungskamera verbunden. Die Jungs wollten in ihrem Refugium nicht gestört werden, und aus diesem Grund wurde das Grundstück rund um die Uhr von Video- und Nachtsichtkameras überwacht.

Natürlich zeichneten sie keine Videos auf. Es ging ihnen darum zu sehen, wer kam und ging, und nicht darum, etwas festzuhalten.

»Er ist am Bootssteg«, sagte Garrett und zog die Handschuhe aus.

Tucker suchte nach einer Kamera, die auf den Steg gerichtet war, sah aber keine.

»Wieso kann ich den Steg nicht auf dem Bildschirm sehen?«, fragte er.

Garrett deutete nach draußen. »Weil du bloß aus dem verdammten Verandafenster zu schauen brauchst.«

Tatsächlich gab besagtes Fenster einen uneingeschränkten Blick auf den Steg frei. Tucker zeigte Garrett den Stinkefinger, als dieser an ihm und anschließend am Bad vorbeiging.

»Willst du nicht duschen?«

»Hast du geduscht?«

Eine berechtigte Frage.

»Vielleicht sollten wir eine neue Clubregel festlegen«, schlug Tucker vor. »Immer vorher duschen.«

»Meinetwegen.«

Tucker trank sein Bier aus, stand auf und fragte Chad, ob er auch eins wollte. Chad verneinte. Tucker holte ihm trotzdem eins und eins für sich selbst. Dann trat er durch die Schiebesicherheitstür auf die Veranda hinaus.

Es war ein herrlicher Tag. Blauer Himmel, fünfundzwanzig Grad Celsius und ein See, den sie fast für sich alleine hatten.

Ein Wetter zum Feiern, Biertrinken und Unfugmachen.

Tucker atmete tief die nach Kiefern riechende Luft ein und hielt sie in der Lunge.

Auf dem Grundstück gab es viele Kiefern.

Jedes Mal, wenn die Freunde hierherkamen, pflanzten sie noch mehr Kiefern. Bisher hatten sie zwanzig eingesetzt. Die Bäume spendeten Schatten und dienten einem guten Zweck.

Danke, Mutter Natur.

Es war Sommer, und sie waren wieder mal im Urlaub hier. Eddies Vater, ein stinkreicher Typ, der Wert auf Ungestörtheit legte, hatte dieses Ferienhaus am Lake Violet vor sieben Jahren gekauft. Das dazugehörige Grundstück schloss das halbe Ufer mit ein. Ihr Ferienhaus war das einzige auf der Ostseite des Sees. Seit sieben Jahren kamen die vier alten Freunde Tucker, Chad, Garrett und Ed jeden Sommer hierher. Manchmal brachten sie Mädchen mit, manchmal kamen sie allein und rissen in dem nahe gelegenen Städtchen Danburn welche auf. Egal, wie sie es anstellten, sie hatten jedes Mal eine Menge Spaß. Sie angelten, tranken und lagen in der Sonne.

Der Lebensstil verwöhnter junger Leute.

Eddie Cline war unten am Steg, wo er auf einer Chaiselongue neben einer Kühltruhe voller Bier und geschmolzenem Eis lag. Auf seiner Brust hatte er einen dieser dämlichen Reflektoren zum Bräunen der unteren Gesichtshälfte. Tucker ging zu ihm.

»Hey, du dummes Arschloch, ich dachte, ich hätte etwas Verbranntes gerochen. Das war wohl deine Haut.«

Eddie sah ihn durch seine teure Sonnenbrille an und bleckte seine perfekten Zähne.

»Hey Tucker. Hast du meine Zigaretten gesehen?«

»Nein. Dein Kumpel Garrett hat welche.«

»Der raucht Mentholzigaretten, Mann. Die sind schlecht für die Lunge.«

»Dann kauf dir doch neue, du reicher Schnösel.«

Eddie nickte. »Ich dachte mir, wir könnten heute Abend in die Stadt fahren und einen draufmachen.«

Tucker schüttete sein Bier hinunter, stellte die leere Flasche auf den Steg, nahm sich eine neue aus Eddies Kühltruhe und öffnete sie.

»Ich glaube, ich bleibe heute Abend hier bei Julie. Du kannst ja die anderen mitnehmen, wenn du willst.«

»Oooh, der Liebeskasper will mit der Tussi allein sein. Sag mal, Tucker, bist du verknallt?«

Tucker zeigte ihm den Stinkefinger.

Eddie schob die Sonnenbrille auf dem Nasenrücken herunter und sah Tucker über die Gläser hinweg an. Beide brachen gleichzeitig in Gelächter aus.

»Wie gehts ihr überhaupt?«, fragte Eddie, als das Lachen verstummte.

»Als ich gegangen bin, war noch alles in Ordnung. Garrett ist jetzt bei ihr.«

»Du hast doch nicht etwa Angst, dass Garrett was mit deinem Mädchen anstellt?«

Tucker grinste bösartig. »Scher dich zum Teufel.«

Auf der anderen Hälfte des Sees, die nicht Eddies Vater gehörte, zog ein Motorboot zwei Wasserskier hinter sich her. Tucker sah ihnen eine Weile zu.

»Ich glaube, ich schwimme eine Runde«, sagte er schließlich.

»Bist du mit Julie ins Schwitzen geraten?«, fragte Eddie.

Tucker schüttete seinem Kumpel etwas Bier auf den Kopf, worauf dieser ihn in die Hüfte boxte.

»Auf den Club«, sagte Tucker.

Eddie hob seine Bierflasche. »Auf den Club.«

Sie stießen an und tranken. Tucker schüttete Eddie den letzten Rest des Flascheninhalts auf den Kopf, rannte auf den Steg und sprang ins Wasser.

Es war kühl und dunkel und schmeckte, wie das Wasser eines sauberen Sees schmecken sollte. Tucker tauchte hinunter auf den Grund – der See war nur etwa drei Meter tief – und grabschte eine Handvoll Sand. Er nahm ihn mit an die Oberfläche und rieb sich damit die Hände ab.

Sein Großvater hatte ihm vor vielen Jahren erzählt, dass Sand die beste Seife der Welt sei. Wenn man die Hände mit Sand und Wasser abrieb, bekam man Schmutzflecken jeglicher Art weg.

Tucker schwamm ein paar Armzüge in den See hinaus, drehte um und hielt auf den Steg zu. Er wollte sich einen

Schwimmreifen und eine neue Flasche Bier holen. Von Westen wehte eine leichte Brise, und das Plätschern der Wellen gegen das Ufer klang wie säugende Kälber. Tucker schwamm, bis er festen Boden unter den Füßen spürte, und tapste zu einem Schwimmreifen, den er am Tag zuvor benutzt und am Strand hatte liegen lassen.

Tucker hielt sich daran fest, strampelte mit den Beinen wie ein Kind beim Schwimmunterricht und hievte sich schließlich in eine sitzende Position in der Mitte des Reifens. Die Sonne fühlte sich gut auf seiner Stirn an, und plötzlich fiel ihm das Bier ein. Der Steg war etwa zwanzig Meter weit weg.

Scheiß drauf! Er war zu faul.

* * *

Eddie erhob sich von seiner Chaiselongue und ging vorbei an dem teuren Wasserski-Boot, das am Steg vertäut war, zum Haus. Er wollte sich etwas zu essen holen, am liebsten etwas Ungesundes mit viel Zucker. Chad saß in der Küche, trank Bier und spielte auf seinem Nintendo DS.

»Was macht dein dämliches Spiel?«

»Ich bin mitten in einer Modeschlacht.«

Eddie schüttelte verständnislos den Kopf. »Was ist der Sinn und Zweck?«

»Hat überhaupt irgendwas einen Sinn und Zweck?«

Eddie öffnete den Kühlschrank und entnahm ihm eine Schachtel Donuts mit Geleefüllung. Eigentlich passte das Gebäck nicht zu dem vielen Bier, das er getrunken hatte, aber er dachte sich, was solls. Die gemeinsame Zeit mit seinen alten Freunden aus der Highschool beschränkte sich auf ein paar Mal im Jahr. Er nahm sich vor, ins Fitnessstudio zu gehen, sobald er wieder zu Hause war.

Plötzlich drang ein Schrei aus dem Schlafzimmer. »Ist Garrett gerade mit dem Mädchen beschäftigt?«

Chad nickte und streckte die Hand nach einem Donut aus. Eddie gab ihm einen und schob sich selbst einen in den Mund. Die Traubengeleefüllung war kalt.

Wieder ein Schrei aus dem Schlafzimmer.

»Was zum Teufel ist da drinnen los?«, schrie Eddie und ahmte dabei den Tonfall strenger Eltern nach.

»Was glaubst du wohl?«, kam Garretts lachende Antwort aus dem Zimmer.

»Beeil dich!«, rief Eddie zurück. »Andere wollen auch mal ran!«

Chad fluchte und knallte den Nintendo auf den Tisch.

»Schlacht verloren?«

»Mode«, sagte Chad, »ist brutal.«

Eddie aß den Donut auf und nahm sich noch einen.

»Tucker meint, wir sollen die Clubregeln ändern. Vorher duschen.«

Eddie sah Chad an. »Klingt sinnvoll. Wie wenn man im Fitnessstudio die Geräte nach Gebrauch abwischt.«

»Eher, wie wenn man sie vorher abwischt.«

»Wir können heute Abend darüber abstimmen.«

Garrett trottete mit verschwitztem Körper den Flur entlang. Er schnaufte und blickte verärgert drein.

»Die Schlampe hat mich gebissen«, sagte er und zeigte den anderen seine Fingerknöchel. »Wann machen wir sie kalt, Ed? Ich habe ihr Geheule satt.«

»Sobald wir einen Ersatz finden, Kumpel«, sagte Eddie. Er betrachtete das Blut an Garretts Knöcheln und bekam einen Steifen. »Vielleicht sollte ich versuchen, ihr Manieren beizubringen.«

Julie war immer noch dort, wo sie die letzten drei Tage gewesen war, seit die Freunde sie beim Trampen mitgenommen hatten: nackt und mit ausgestreckten Armen und Beinen ans Bett gefesselt. Sie sah ziemlich übel aus: Blutergüsse ließen ihr Gesicht fast schwarz erscheinen, und ein Großteil ihres Körpers, vor allem die Brüste, war mit Brandwunden übersät, die von Zigaretten herrührten. Eddie beschwerte sich bei Garrett, dass ihre Brustwarzen wie ein Aschenbecher schmeckten, aber Garrett war nun mal in seinen Gewohnheiten festgefahren.

»Hallo Julie«, sagte Eddie.

Als Julie schrie, schlug Eddie ihr ins Gesicht und hörte, wie ihr Kiefer brach. Das hätten sie schon früher tun sollen, wie bei dem Mädchen davor.

Mit einem gebrochenen Kiefer kann man nämlich nicht beißen.

Eddie zog die Badehose aus und kniete sich breitbeinig über Julies Gesicht. Sie schrie, aber das machte nichts, da seinem Vater der halbe See gehörte. Niemand konnte sie hören. Genau wie niemand die zwanzig Mädchen davor gehört hatte. Und wenn es so weit war, dass Julie ins Gras beißen musste, brauchten sie nur ein Loch zu buddeln und eine Kiefer darüber zu pflanzen.

Leichen waren der beste Dünger.

Jemand klopfte an die Tür.

»Besetzt!«

»Ich dachte, du bist inzwischen fertig«, sagte Chad lachend.

»Du bist echt ein Witzbold«, sagte Eddie, während er das Mädchen in den Mund fickte.

Julie war erneut in Ohnmacht gefallen.

»Hey Julie, wach auf!« Eddie gab ihr eine Ohrfeige. »Du hast dich noch nicht dafür bedankt, dass wir dich beim Trampen mitgenommen haben.«

Eddie lachte, als er kam, und verließ das Zimmer, um Chad Bescheid zu sagen, dass er jetzt randurfte.

Phineas Troutt

Droht deinem Geschäft der finanzielle Ruin,
Zieht sich dessen Tod oft unmerklich hin.
Bist du selbst drauf und dran, dein Leben zu verlieren,
Wirst du jeden Sterbenshauch spüren.

Der Problemlöser

Mein Name ist Phineas Troutt.

An schlechten Tagen, die bei mir häufig vorkommen, fühle ich mich als drogensüchtiger Loserarsch, der seinen letzten Funken Menschlichkeit an dem Tag verlor, an dem bei ihm Krebs festgestellt wurde. An den allzu seltenen guten Tagen sehe ich mich als Problemlöser. Falls Sie irgendein Problem haben, zum Beispiel weil Ihr Exmann Sie bedroht oder jemand Sie erpresst oder Ihr straffälliger Sohn im Teenageralter sich einer Gang angeschlossen hat, kann ich helfen.

Polizisten und Privatermittler mit Lizenz haben Regeln, Gesetze und einen Sinn für Selbsterhaltung.

Ich nicht.

Ich bin eher wie eine Pistole, mit der man einfach nur zielt und schießt.

CHICAGO
MAI 2008

Phin

Zum Sterben eignete Chicago sich so gut wie jeder andere Ort.

Wenn es nach mir ginge, würde ich nicht sterben. Aber darauf habe ich keinen Einfluss. Auf den Ort schon. Wenn Earl sich im Rest meines Körpers ausbreitet und allen meinen lebenswichtigen Funktionen ein Ende bereitet, wird das in Chicago geschehen.

Nicht, weil ich diese Stadt besonders mag. Aber ich habe mein ganzes Leben hier verbracht, und zu diesem späten Zeitpunkt wäre ein Ortswechsel sinnlos. Man sieht sich keinen Film an, wenn man weiß, dass man den Fernseher nach zwanzig Minuten ausschaltet.

Außerdem hatte der Frühling endlich in der South Side Einzug gehalten, und selbst ein zynisches Arschloch wie ich musste zugeben, dass es schön war.

Die Luft war frisch und feucht, mit einem kaum wahrnehmbaren Hauch von Blumenduft. Knospende Bäume, Blumen in voller Blüte, sprießende Pflanzen. Die Vögel waren zurück und die Eichhörnchen tollten herum. Selbst die Menschen steckten voller Energie und spürten im Unterbewusstsein den Neubeginn, für den der Frühling stand.

Der Winter war bitterkalt und streng gewesen, und meine Chemo- und Strahlentherapie hatten ihn noch unerträglicher gemacht, aber ich hatte ihn überstanden.

Wenn ich jetzt sterben musste, würde ich dabei wenigstens nicht frieren.

Ich schlenderte die Cermak Street in Chinatown entlang und suchte nach einem Geburtstagsgeschenk für die Ärztin, in die ich seit ein paar Monaten verliebt war. Bisher hatte ich nichts Passendes gefunden, es sei denn, ich wollte fünfzig Dollar für eine Bambuspflanze in einem hässlichen Topf ausgeben, auf dem DU GLÜCKSPILZ stand.

Wahrscheinlich würde ich damit nicht den erwünschten romantischen Effekt erzielen.

Als ich an einer kleinen Boutique mit allerhand Schnickschnack vorbeikam, warf ich einen Blick ins Fenster, um zu sehen, ob mir etwas ins Auge fiel. Ein lächelnder Buddha aus Jade winkte mir zu. Ich wusste nicht viel über Pashas religiöse Überzeugungen, außer dass sie keine Hinduistin war. Eine Buddhafigur als Geschenk würde wahrscheinlich in eine Diskussion münden, auf die ich keine Lust hatte.

Ich kniff die Augen zusammen und sah auf das Preisschild. Ohnehin zu teuer. Da ich schon eine Weile nicht mehr gearbeitet hatte, war mein Kontostand niedrig. Und mit Kontostand meine ich nicht das Guthaben auf einem Bankkonto, sondern das Bargeld, das ich mit mir herumtrug.

Ich ging weiter.

»Hey Glatzkopf!«

Da ich eine Glatze hatte, drehte ich mich um. Der Rufer gehörte zu den drei chinesischen Teenagern, die mir seit ein paar Minuten folgten. Ich tat trotzdem so, als wäre ich überrascht. Die Jungs hatten sich schließlich Mühe gegeben.

»Wir kennen dich«, sagte der Große, der voranging. Er trug Gangabzeichen und nahm eine entspannte, aber gleichzeitig kontrollierte Körperhaltung ein. Sein Akzent klang nicht asiatisch, sondern nach Großstadtgetto. Ich machte Rapmusik dafür verantwortlich.

Er kam mit schwungvollen Schritten auf mich zu, flankiert von seinen Kumpanen. Sie trugen ebenfalls die grünen Jacken und Kopftücher, die sie als Mitglieder des Clans auswies, einem sehr kleinen und äußerst widerwärtigen Neuzugang im Chicagoer Bandenmilieu.

Ich hatte erst kürzlich fünf Mitglieder krankenhausreif geschlagen, weil sie von lokalen Kaufleuten Schutzgelder erpressten. Soviel ich wusste, taten sich drei von ihnen immer noch schwer, die Knie zu beugen.

»Du bist der Typ, der Sing und Johnny verletzt hat«, sagte der Große. Er näherte sich mir auf Schlagdistanz und blickte mit einem grimmigen Blick, den er wahrscheinlich vor dem Spiegel einstudiert hatte, zu mir auf. In Schuhen mit Absätzen wäre er ungefähr einen Meter dreiundsiebzig groß, aber da er keine trug, maß er eher einen Meter siebzig. Als ich ihn »den Großen« nannte, meinte ich groß für einen chinesischen Jugendlichen. Die Typen links und rechts neben ihm waren drei bis fünf Zentimeter kleiner. Aber ich hatte vor langer Zeit gelernt, dass Größe bei einem Kampf kaum eine Rolle spielt. Man muss nicht besonders groß sein, um jemandem die Kehle durchzuschneiden.

Andererseits bräuchten diese Jungs jemanden, der sie hochhebt, wenn sie mir die Kehle durchschneiden wollten.

»Gib mir gefälligst eine Antwort, Glatzkopf.«

Für einen Augenblick überlegte ich, ob ich mit einem harten Spruch antworten sollte. Vielleicht sollte ich ihn fragen, ob er Bestattungsunternehmer werden wollte, denn dann wäre er sein eigener bester Kunde. Oder ich könnte ihm vorschlagen, er solle sich eine Leiter holen, da ich ihn von dort unten nicht hören konnte.

Aber da ich noch eine Besorgung zu erledigen hatte, schlug ich ihm einfach nur in die Fresse.

Er hatte gute Reflexe und wich schnell genug zurück, sodass mein Schlag, der eigentlich auf seine Nase abzielte, ihn an der Wange traf. Trotzdem brachte ich ihn damit zu Boden.

Die beiden anderen Typen gingen in Kampfstellung. Ich trat dem ersten mit meinem Cowboystiefel von Schuhgröße 45 in die Eier.

Er versuchte, ihn mit der Hand abzuwehren, und erhielt für seine Mühe eine gebrochene Hand. Sein Kumpel ging blitzschnell mit einem Butterflymesser auf mich los. Ich wich zur Seite aus, packte ihn am Handgelenk und nutzte seinen Schwung, um ihn an mir vorbeizuschleudern. Dann ließ ich mich auf ein Knie fallen und brach ihm über dem anderen Knie den Ellenbogen. Er ließ das Messer schreiend los und starrte seinen Arm an, der in einem unnatürlichen Winkel abstand.

Der Große rappelte sich wieder auf und hielt jetzt eine Pistole in der Hand, die er auf meinen Kopf richtete.

Die Zeit blieb stehen.

Ich hätte eine Drehung auf meinem Knie vollführen und ihm mit dem freien Bein die Füße unter dem Körper wegtreten können.

Ich hätte mich unter der Pistole hinwegducken und ihm den Kopf in den Bauch stoßen können.

Oder vielleicht hätte ich es geschafft, auf die Beine zu kommen und entweder nach rechts oder links aus der Schusslinie zu springen.

Aber ich machte von keiner dieser Möglichkeiten Gebrauch.

Ich tat überhaupt nichts.

Ich starrte einfach nur in den Lauf.

Es war eine 9mm-Pistole aus schwarzem Stahl.

Kimme und Korn waren unsachgemäß abgefeilt worden, damit die Waffe beim schnellen Ziehen nicht an der Kleidung hängen blieb.

Der Hahn ebenfalls.

Eine alte Pistole mit Schrammen und Kratzern.

Sie war direkt auf mein linkes Auge gerichtet.

Ich starrte in die Tiefe des Laufs.

Meine Welt verengte sich zu diesem winzigen dunklen Tunnel, diesem schwarzen Punkt.

Ich erblickte einen schwarzen Fettfleck an der Sicherung.

Die Waffe gehörte gereinigt.

Ich starrte nur weiter, als sich sein Finger am Abzug krümmte.

Nichts geschah.

Der Junge sah die Pistole ungläubig an, machte auf dem Absatz kehrt und rannte davon.

Ich verharrte auf einem Knie, wie jemand, der darauf wartet, zum Ritter geschlagen zu werden, oder einer Frau einen Heiratsantrag macht.

Ich rührte mich nicht vom Fleck, während die beiden anderen Bandenmitglieder sich vor Schmerzen stöhnend aus dem Staub machten.

Ich rührte mich nicht vom Fleck, als die Leute, die den gesamten Vorfall beobachtet hatten, langsam, neugierig und vorsichtig auf mich zukamen. Schließlich spürte ich Hände, die mir auf die Beine halfen. Man stellte mir Fragen.

Ich hörte sie nicht.

Alles, was ich sah, war der Lauf dieser Pistole. Nur wenige Zentimeter von meinem Kopf entfernt. Tief und schwarz. Der dreckige Finger, der den Abzug drückte …

Und ich hatte nichts dagegen unternommen.

* * *

Earl weckte mich mit einem stechenden Schmerz, der im Takt mit meinem Herzschlag pochte. Ich hievte meinen verschwitzten Körper aus dem Bett und tapste nackt ins Bad, wo ich nach Hydrocodon suchte. Es waren nur noch drei Tabletten übrig, und ich spülte sie mit einem Schluck Tequila herunter. Zugang zu verschreibungspflichtigen Schmerzmitteln war einer der Vorteile, die man genoss, wenn man eine Ärztin als Freundin hatte. Ein anderer bestand in einem unbegrenzten Vorrat an Zungenspateln.

Ich nahm noch einen Schluck Tequila und machte mir im Hinterkopf eine Notiz, Pasha um ein neues Pillenrezept zu bitten. Codein und Tequila waren kein gleichwertiger Ersatz für Kokain, aber ich hatte mit dem Koksen aufgehört. Earl mochte Koks sehr, genau wie ich. Aber ich mochte auch Pasha, und sie würde es nicht akzeptieren, wenn ich wieder harte Drogen nahm. Bei meiner begrenzten Lebenserwartung spendete mir ein warmer Körper mehr Trost als ein Nasenloch voller Schnee.

Außerdem schien Codein auszureichen, um Earl zu beruhigen.

Earl ist der Name, den ich meinem Bauchspeicheldrüsenkrebs gab. Aus irgendeinem Grund konnte ich mit meiner Krankheit leichter umgehen, wenn ich dem Tumor eine eigene Identität gab. Das lag vermutlich daran, dass ich mich auf etwas Konkretes fokussieren konnte, anstatt das vage Gefühl zu hegen, dass mein Körper sich irgendwie gegen mich verschworen hatte.

Gegen einen Feind kann man kämpfen.

Gegen sich selbst zu kämpfen ist schwieriger.

Ich kippte die Tequilaflasche und saugte daran wie an den Brüsten einer Geliebten.

Die rote Digitalanzeige der Uhr neben meinem Bett zeigte zwei Uhr fünfzehn morgens an. Ich rieb mir die Augen und kratzte meinen kahlen Schädel. Die spärlichen Stoppeln auf der Kopfhaut erinnerten mich daran, dass ich mich rasieren musste. Anscheinend zerstörte die Chemotherapie lieber meine Haare als die Krebszellen. Sie wuchsen erst seit ein paar Wochen wieder, und das nur in kleinen Stellen von der Größe einer 25-Cent-Münze.

Also musste ich von nun an diese Stellen alle paar Tage rasieren, wenn ich nicht wollte, dass mein Kopf einem räudigen Flickenteppich glich.

Ein weiterer Umstand, den ich Earl verdankte.

Ich legte mich wieder aufs Bett und ließ meine Gedanken zu dem gestrigen Vorfall schweifen.

Wieso hatte ich nicht reagiert?

Ich schloss die Augen und sah den schwarzen Lauf. Rund und schwarz und …

Friedlich?

Ich öffnete die Augen und versuchte, an etwas anderes zu denken.

Ich hatte noch immer kein Geburtstagsgeschenk für Pasha, und wir wollten heute Abend ausgehen und feiern. Vielleicht würde sie sich mit einem guten Abendessen und ein bisschen Sex begnügen.

Das Codein entfaltete binnen weniger Minuten seine magische Wirkung und verwandelte die von Earls Nagen verursachten Schmerzen in meinem Inneren in ein dumpfes Nachklingen.

Nach meiner ersten Biopsie hatte ich mich einer Chordotomie unterzogen, einer komplizierten Operation, bei der die Nerven in dem von Krebszellen befallenen Bereich durchtrennt werden, damit man keine Schmerzen spürt. Bauchspeicheldrüsenkrebs im fortgeschrittenen Stadium ließ sich nicht operieren, weshalb die Ärzte mir diesen Eingriff vorschlugen, um mein Leiden zu lindern. Ich nahm das Angebot an und spüre seitdem in meiner linken Seite zwischen Achselhöhle und Becken nichts. Diese Körperstelle fühlt sich ständig taub an, ungefähr wie bei einer Erfrierung.

Ich war erst neulich wieder zu einer Nachuntersuchung beim Arzt gewesen, um herauszufinden, ob die Schmerzen, die mich in letzter Zeit plagten, auf eine Ausbreitung der Tumore hindeuteten. Falls General Earl einen Blitzkrieg gestartet hatte, müsste ich mich entscheiden, ob ich eine neue Chemo- und Strahlentherapie beginnen oder wieder Zuhälter ausrauben sollte, um Kokain kaufen zu können.

Die Testergebnisse müssten jeden Tag kommen.

Ich war mir nicht sicher, ob ich diese Ergebnisse wissen wollte.

Mein Körper kapitulierte vor dem Codein, und ich spürte, wie ich abdriftete. Ich rief mir erneut die Pistole vor Augen. Wie der Abzug gedrückt wurde. Wie nichts passierte. Hatte die Waffe Ladehemmung? War sie leer? War die Sicherung kaputt?

Warum hatte ich nichts unternommen?

Schließlich schlief ich ein und träumte, dass die schwarze Pistole in meiner Kommode lag und Geräusche von sich gab. Keine waffentypischen Geräusche, sondern ein Murmeln. Als ich sie herausnahm, öffnete und schloss sich der Lauf wie ein winziger schwarzer Mund. Die Geräusche, die ich vernommen hatte, waren Worte. Die Pistole sprach zu mir mit leiser, gleichmäßiger Stimme.

Sie sagte: *Nie wieder Schmerzen.*

* * *

Die Sonnenstrahlen fielen durch die Lamellen der Moteljalousien und wärmten mein Gesicht, als ein Klopfen mich weckte. Ich streckte mich und wurde für meine Mühe mit einem stechenden Schmerz in der Seite belohnt. Die Uhr teilte mir mit, dass es kurz vor acht Uhr morgens war.

Ich überlegte, warum ich so früh wach war, als sich das Klopfen wiederholte.

Ungewöhnlich.

Außer Pasha und Kenny Jen Bang Ko, dem Besitzer des Michigan-Motels, wusste niemand, dass ich hier wohnte. Beide besaßen Schlüssel zu meinem Zimmer und brauchten nicht zu klopfen.

Wer konnte das sein? Jemand, der an die falsche Tür klopfte? Eine Prostituierte aus meinem alten Leben, das noch nicht lange zurücklag? Eine Pfadfinderin, die Kekse verkaufen wollte und nicht wusste, dass sie sich in einer heruntergekommenen Gegend befand? Ein Bulle?

Ich schlüpfte in ein Paar Boxershorts, das ich auf dem Fußboden fand, und ging zu meinem kleinen Geheimfach, das raffinierterweise unter dem billigen Teppich versteckt war. Ich hob den Teppich sowie das darunterliegende Sperrholzbrett und entnahm dem Versteck eine Plastiktüte mit einer Smith & Wesson M&P 9mm, deren Seriennummer ich vor langer Zeit abgefeilt hatte. Ich spannte den Schlagbolzen, um mich zu vergewissern, ob sich eine Patrone in der Kammer befand.

Es klopfte erneut. Ich hielt die Pistole seitlich am Körper und ging leise zum Türspion. Vor meiner Tür stand ein Weißer im Anzug.

Da er wie ein Banker gekleidet war und keine automatische Waffe trug, ließ mein Bedrohungsgefühl merklich nach. Ich nahm den Finger vom Abzug und öffnete die Tür.

Die Augen meines Besuchers wurden etwas größer, als er sich einem kahlköpfigen Mann in Unterwäsche gegenübersah. Beim Anblick der Pistole in meiner Rechten wurden sie noch größer.

»Sind Sie Phineas Troutt?« Seine Stimme klang tief und beherrscht, wie bei einem dieser knallharten Typen in der Vorstandsetage eines Konzerns, die Befehle erteilen und Untergebene zum Kaffeeholen schicken.

»Sind Sie von der Polizei?«

»Nein.«

Wir standen einen Augenblick lang nur da und sahen aus wie harte Burschen. Er war fast so groß wie ich, also etwa einen Meter achtzig. Sein volles, sorgfältig gestyltes Haar war grau meliert, was darauf schließen ließ, dass er älter war als ich.

Er wartete darauf, dass ich ihn fragte, warum er hier war, und ich wartete auf eine Erklärung für seinen Besuch. Nachdem keiner von uns fast zehn Sekunden lang geblinzelt hatte, seufzte er schließlich und senkte den Blick.

»Meine Tochter ist spurlos verschwunden«, sagte er zu meiner Brust. Dann sah er mich erneut an. Die Härte in seinem Blick war noch da, konzentrierte sich aber nicht auf mich. »Man hat mir gesagt, Sie könnten mir vielleicht helfen, sie zu finden.«

»Wer hat das gesagt?«

»Lieutenant Daniels.«

Jacqueline »Jack« Daniels war eine Mordermittlerin im sechsundzwanzigsten Revier. Eine Freundin. Mehr oder weniger.

Ich nickte und trat einen Schritt zurück, um ihn hereinzulassen. Während er den Blick durch mein Zimmer schweifen ließ, zog ich mir schnell eine Jeans und ein frisches weißes T-Shirt an. Die kühle Morgenluft ließ mich leicht frösteln, aber das einzige Sweatshirt, das ich besaß, hatte Pasha mir gegeben und es hatte ein großes Bild von Snoopy darauf. Da der Typ ein potenzieller Kunde war und ich von ihm ernst genommen werden wollte, verzichtete ich auf das Sweatshirt und entschied mich stattdessen für eine braune Lederjacke. Ein Paar Turnschuhe rundeten meine Secondhand-Garderobe ab.

Seine Missbilligung meiner Wohnverhältnisse entging mir nicht. Das Michigan-Motel war nicht das Ritz-Carlton, aber es war immer noch mehrere Stufen über so manchem heruntergekommenen Drecksloch. Trotzdem bestand kein Grund, einem potenziellen Kunden meine trostlose Situation unter die Nase zu reiben.

»Ein Stück die Straße runter gibt es ein Restaurant«, sagte ich. »Wir können uns dort unterhalten.«

Er nickte. Ich steckte die Pistole in die Jackentasche und begleitete ihn hinaus auf den Parkplatz. Wir gingen schweigend mehrere Blocks zu Fuß und gelangten zu einem kleinen chinesischen Diner, wo wir uns an einen Tisch setzten. Eine pummelige Asiatin, die alt genug aussah, dass sie Sun Tzus Babysitterin hätte sein können, watschelte herbei und stellte uns eine Kanne Tee hin. Ich bestellte einen Kaffee, der Mann wollte nichts. Der Kaffee war stark und fettig. Ich schüttete Zucker hinein und spülte mir den schlechten Morgengeschmack aus dem Mund. Wegen des unerwarteten Besuchs hatte ich das Zähneputzen vergessen, was mich ärgerte.

»Dann mal los«, sagte ich.

Er hatte bis jetzt zum Fenster auf die Cermak Street hinausgestarrt, ohne sich auf etwas Bestimmtes zu konzentrieren.

»Lieutenant Daniels hat gesagt, dass Sie gut sind.«

Er wandte sich mir zu und sah mir in die Augen. Ich zuckte mit den Schultern und nippte an dem fettigen Kaffee.

»Ich heiße Vincent Scadder und bin Investmentbanker. Meine Tochter Amy wird seit fast zwei Jahren vermisst. Ich möchte, dass Sie sie finden.«

Ich hatte schon vermisste Jugendliche aufgespürt, nahm aber solche Fälle nicht gern an. Sie endeten stets in irgendeiner Tragödie.

»Sie wären mit einem der größeren Detektivbüros besser beraten. Die können mehr Leute und mehr Stunden aufwenden als ich. Außerdem haben sie besseren Zugang zu Polizeiakten und bessere Kontakte. Und sie ermitteln sorgfältig.«

»Sie müssen auch Berichte verfassen und Unterlagen aufheben.«

»Na und?«

»Sie würden also eine Hintergrundüberprüfung zu meiner Tochter anstellen.«

»Na und?«

»Amy kam gegen Kaution frei und ist nicht zum Gerichtstermin erschienen. Wenn eine dieser Detekteien sie findet, müssten sie die Polizei benachrichtigen.«

Interessant.

»Wie lautete die Anklage?«

»Drogenhandel. Sie wurde mit einer beträchtlichen Menge Kokain erwischt.«

»Schuldig?«

»Eindeutig.«

Ich ließ mir die Information durch den Kopf gehen. Eine Detektei wäre nicht nur verpflichtet, das Mädchen an die Strafverfolgungsbehörden auszuliefern, sondern würde obendrein einen fetten Bonus vom Kautionsvermittler erhalten.

»Lieutenant Daniels hat gesagt, Sie würden sie nicht ans Messer liefern. Und dass Sie mit offenen Karten spielen.«

Daniels lag mit dieser Einschätzung richtig. Aber ich verstand nicht, warum Jack, eine Polizistin mit Leib und Seele, mich einem Kunden empfahl, der versuchte, einer Person zu helfen, die auf der Flucht vor dem Gesetz war. Ebenso wenig verstand ich, wieso Scadder zwei Jahre lang gewartet hatte, bis er mit der Suche nach seiner Tochter begann. Ich sprach ihn auf diesen Punkt an.

»Ich sterbe«, sagte er.

Das weckte mein Interesse.

»Hirntumor. Mir bleiben höchstens drei Monate. Bevor ich abtrete, möchte ich mit Amy reinen Tisch machen.«

Ich nickte. Das ergab Sinn. Obwohl Jack sich an die Regeln hielt, würde sie einem sterbenskranken Mann nicht die Gelegenheit missgönnen, seine Tochter zu sehen.

»Mein Honorar beträgt dreihundert pro Tag. Sie zahlen mir zehn Tagessätze im Voraus, und wenn ich sie vorher finde, behalte ich die Anzahlung. Falls etwas Unvorhergesehenes dazwischenkommt, kann es sein, dass ich Sie um mehr Geld bitte. Ich verfasse keine Berichte, liste keine einzelnen Ausgaben auf und biete Ihnen keine Garantie. Falls ich merke, dass ich den Auftrag nicht erledigen kann, lege ich das Mandat nieder und erstatte Ihnen die restlichen Tagessätze. Ich halte Sie auf dem Laufenden, wie ich es für richtig halte, aber wie ich meine Arbeit mache, müssen Sie mir überlassen.«

»Sie nehmen den Auftrag an?«

»Das weiß ich noch nicht.«

»Wieso nicht?«

»Zuerst müssen Sie mir alles erzählen, was Sie über Ihre Tochter wissen.«

Er drehte die umgestülpte Teetasse um und goss sich aus der Kanne ein. Dann fing er an.

Seine Geschichte würde keinen Preis für Originalität gewinnen. Jemand hat mal geschrieben, dass glückliche Familien alle gleich sind, aber jede unglückliche Familie ist auf ihre eigene Art und Weise unglücklich. Diese Familie war reicher als die meisten, aber ein dominanter Vater und eine alkoholabhängige Mutter boten die besten Voraussetzungen dafür, dass ein junges Mädchen irgendwann Drogen nahm.

Mit zwölf fing sie an, Marihuana zu rauchen. Mit fünfzehn kam sie wegen Kokainsucht in eine Entzugsklinik. Mit sechzehn wurde sie dabei erwischt, wie sie mit dem Porsche, den Daddy ihr nach dem Entzug gekauft hatte, mit hundertfünfzig Stundenkilometern eine Straße entlangraste, in der nur die Hälfte erlaubt war. Eine Durchsuchung ihres Wagens förderte ein halbes Kilo Koks zutage. Sie kam gegen Kaution frei, erschien nicht zum Gerichtstermin und rannte davon.

»Hatten Sie in den letzten zwei Jahren Kontakt zu Ihrer Tochter?«, fragte ich ihn.

»Nein.«

»Und Ihre Frau?«

Er brummte. »Das bezweifle ich. Selbst wenn Amy sie kontaktiert hat, war die Schlampe wahrscheinlich zu besoffen, um sich daran zu erinnern.«

Und da heißt es immer, Romantik sei in Amerika tot.

»Haben Sie noch Amys Sachen?«

»Ihr Zimmer ist noch genauso wie an dem Tag, an dem sie verschwand. Die Putzfrau macht dort immer noch jede Woche sauber. Phyllis will es in eine zusätzliche Kleiderkammer verwandeln, aber das lasse ich nicht zu.«

Ich überlegte, mir eine Mahlzeit zu bestellen, doch dann wurde mir klar, dass ich nicht mit diesem Mann essen wollte. Ich war nicht abgeneigt, von ihm Geld anzunehmen, und würde mein Bestes tun, um seine Tochter zu finden, aber das hieß noch lange nicht, dass ich mehr Zeit als unbedingt notwendig mit ihm verbringen musste.

»Haben Sie ein Foto von ihr?«

Er griff in die Tasche seines Jacketts und holte ein brieftaschengroßes Porträtfoto hervor, das wahrscheinlich in der Schule aufgenommen worden war. Amy Scadder war eine schlanke, hübsche Brünette, die aussah wie Tausende andere Highschool-Mädchen ihres Alters, außer, was ihre Augen betraf. Die waren unnatürlich blau und so hell, dass sie fast durchsichtig wirkten.

»Trägt sie Kontaktlinsen?«

»Nein. Sie hat die Augen von ihrer Mutter.«

»Erinnern Sie sich an die Namen von einigen von Amys Freundinnen?«

Er schüttelte den Kopf. »Phyllis vielleicht.«

»Hat sie in der Nacht, in der sie verschwunden ist, ein paar von ihren Sachen mitgenommen?«

»Sie hat nicht einmal zu Hause vorbeigeschaut. Ihr Auto wurde beschlagnahmt. Ich habe meinen Fahrer zum Polizeirevier geschickt, als ihre Freilassung gegen Kaution bewilligt wurde. Gleich nachdem sie aus dem Gebäude kamen, ist sie davongerannt. Er hat sie in der Menge verloren. Ich habe den Dreckskerl gefeuert.«

Ich ließ mir den Namen des Dreckskerls und des Fahrdienstes geben, für den er arbeitete.

»Ich werde in Amys Highschool viele Fragen stellen müssen. Es wäre hilfreich, wenn Sie vorher anrufen und Bescheid sagen, dass ich vorbeikomme.«

Er nickte und holte eine Visitenkarte aus der Jackentasche. VINCENT SCADDER, GENERALDIREKTOR VON SCADDER INVESTMENTS.

Die goldenen Buchstaben auf schwarzem Hintergrund lagen dicht an der Grenze zwischen elegant und protzig. Er holte einen Stift aus derselben Tasche und schrieb auf die Rückseite: Bitte seien Sie diesem Herrn in jeder Hinsicht behilflich. V. Scadder. Der Stift schrieb mit weißer Tinte.

»Was genau ist Scadder Investments?«, fragte ich.

»Meine Firma. Ich finanziere Start-ups.«

»Was für Start-ups?«

»Legitime Geschäftszweige, Mr Troutt. Nichts, was mit meiner Tochter zu tun hat.«

Ich speicherte die Information für später. Scadder glaubte nicht, dass das Verschwinden seiner Tochter mit seinem Geschäft zusammenhing, aber ich konnte dies nicht beurteilen, bevor ich es überprüft hatte. Bei solchen Dingen ging es immer irgendwie um Geld.

Scadder trank seinen Tee aus und wartete auf weitere Fragen. Ich hatte keine mehr. Er nahm ein Scheckheft aus der Tasche und stellte mir einen Scheck über dreitausend Dollar aus. Die Schecks waren schwarz und passten zu seiner Visitenkarte.

Ich wies ihn darauf hin, dass ich nur Bargeld annahm, und er versprach mir, den Scheck für mich einzulösen, bis ich heute Nachmittag bei ihm zu Hause vorbeikam.

»Haben Sie eine Vorstellung, wie lange Ihre Suche dauern wird?«, fragte er.

»Wenn Amy Spuren hinterlassen hat, vielleicht nur eine Woche. Es kann aber auch Monate dauern.«

Seine harten grauen Augen sahen das erste Mal seit unserer Begegnung traurig aus.

»Monate bringen mir nichts, Mr Troutt. So viel Zeit habe ich nicht.«

»Trifft das nicht auf uns alle zu?«

* * *

Vincent und Phyllis Scadder wohnten in Shorington, einem Vorort von Chicago. Während der dreiviertelstündigen Fahrt hörte ich Radio, bis die Blödeleien des DJs mich langweilten. Ich legte eine alte Tom-Waits-Kassette mit dem Titel *Heart Attack and Vine* ein. Tom leistete mir den Rest der Fahrt Gesellschaft.

Das Haus der Scadders war groß und leicht zu finden. Es stand auf einem zwölftausend Quadratmeter großen Grundstück mit gut gepflegten Tannen und einem glänzenden dichten Rasen, war breit und hatte einen grauweißen Anstrich, den manche Bauherren wahrscheinlich als cremefarben bezeichneten. An der Ostseite rankte sich Efeu bis zum Obergeschoss. Ich parkte meinen Ford Bronco in der kreisförmigen Auffahrt neben einer Garage, in der vier Autos Platz hatten, und vergewisserte mich mit einem Blick in den Rückspiegel, dass ich in meinen Augenwinkeln keine Schlafreste hatte. Ich hatte weder geduscht noch die Zähne geputzt und fühlte mich ungepflegt. Außerdem fing Earl wieder an, Zicken zu machen und mit seinen scharfen Zähnen an mir herumzunagen. Bei dieser

Gelegenheit fiel mir ein, dass ich kein Codein mehr hatte. Im Handschuhfach fand ich ein Fläschchen Tylenol und schluckte die letzten vier Tabletten trocken hinunter. Das Schlucken fiel mir schwer, und ich spürte sie immer noch im Hals, als ich auf den kunstvollen Klingelknopf neben der kunstvollen Doppeltür drückte.

Phyllis Scadder machte mir auf und betrachtete mich mit einem desinteressierten, alkoholgetrübten Blick. Die Korneas waren von dem gleichen auffälligen Blau wie die ihrer Tochter, mit dem Unterschied, dass sie aus zwei blutunterlaufenen Augen starrten. Die dunklen Ringe darunter kamen entweder von dem schlechtesten Auftragen von Mascara, das ich je gesehen hatte, oder von einer schlaflosen Nacht.

Sie trug ein locker sitzendes Hauskleid, zu dem wohl einmal ein Gürtel gehört hatte, der jedoch momentan fehlte. Am Haaransatz machte sich Grau bemerkbar, und sie verströmte einen Duft, den ich als Brandy erkannte.

»Sie müssen die angeheuerte Hilfskraft sein«, sagte sie.

Phyllis verzog den Mund missbilligend, drehte sich um und ging ins Haus. Die Tür ließ sie offen, damit ich ihr folgen konnte.

Ich trat ein und schloss die Tür hinter mir. Das Foyer war mit Fliesen in indischem Mosaikmuster ausgelegt, und von der gewölbten Decke hing ein mächtiger Kristallkronleuchter, der die Wendeltreppe ins Obergeschoss beleuchtete.

»Amys Schlafzimmer ist oben«, sagte Phyllis und entfernte sich von mir.

»Zuerst würde ich Ihnen gern ein paar Fragen stellen.«

Sie blieb stehen und drehte sich zu mir um. »Vince hat mir nicht gesagt, dass Sie mit mir reden wollen.«

Ich antwortete nicht. Sie zuckte mit den Schultern.

»Also gut, dann reden wir. Aber erst brauche ich einen Drink.«

Ich folgte ihr durch ein Wohnzimmer in ein Arbeitszimmer mit einem so dicken Teppich, dass eine Katze darin ersticken könnte. Sie blieb vor einer Hausbar stehen und füllte ein Kognakglas mit Courvoisier XO. Ich wartete, bis sie sich auf eines der grauweißen Ledersofas gesetzt hatte, und nahm ihr gegenüber Platz.

»Wie war doch gleich Ihr Name?«, fragte sie mit einem Hauch falschen Interesses, das sie wahrscheinlich schon Hunderte Male als Gastgeberin auf Partys für die Geschäftsfreunde ihres Mannes an den Tag gelegt hatte.

»Ich habe mich noch nicht vorgestellt. Mein Name ist Phineas Troutt. Sagen Sie Phin zu mir.«

»Ich bin Phyllis. Es war nicht meine Absicht, unhöflich zu sein. Leider bin ich momentan nicht in bester Verfassung. Ich habe eine schwere Grippe hinter mir. Was möchten Sie wissen?«

Sie lächelte höflich und schlüpfte in die Rolle der Gastgeberin. Aber sie hatte mir noch nichts zu trinken angeboten, und die Tylenol-Tabletten steckten mir immer noch im Hals.

»Hätten Sie vielleicht ein Glas Wasser für mich?«, fragte ich.

»Wie unaufmerksam von mir. Ich bin gleich wieder da.«

Sie erhob sich vom Sofa, ging zur Hausbar und füllte ein Glas mit Perrier und Eiswürfeln. Ich sah zu, wie sie eine Limette wie ein routinierter Profi in Scheiben schnitt und eine davon auf den Rand des Glases steckte. Aus einer Schublade holte sie eine Dose Erdnüsse, schüttete sie in eine Schale und stellte sie zusammen mit dem Getränk vor mir hin.

Ich dankte ihr, leerte das Glas zur Hälfte und nahm mir ein paar Erdnüsse. Da ich nicht gefrühstückt hatte, war ich am Verhungern.

»Wie war das Verhältnis zwischen Ihnen und Amy, Phyllis?«

»Ich fürchte, es hätte besser sein können.«

Ich trank das Wasser aus und wartete darauf, dass sie mir nachschenkte.

»Nun ja«, fuhr sie fort, »wenn unser Verhältnis wirklich gut gewesen wäre, wäre Amy wohl nicht abgehauen.«

»Wissen Sie, wohin sie gegangen sein könnte?«

»Wahrscheinlich Kalifornien oder Florida. Die Polizei hat gesagt, dort gehen die meisten Ausreißer hin.«

»Hatten Sie noch irgendwelchen Kontakt zu Amy, nachdem sie wegging?«

Ihr freundliches Lächeln ließ etwas nach, und sie zögerte zu lange, ehe sie antwortete.

»Nein.«

Ich grapschte mir eine Handvoll Nüsse, stand auf, ging zur Hausbar und nahm mir eine neue Flasche Perrier. Nachdem ich den Verschluss abgedreht hatte, trank ich aus der Flasche.

»Hatte sie enge Freundinnen?«

»Sie war sehr eng mit Sharon Pulowski befreundet. Sharon hat ein paar Häuser weiter gewohnt. Die beiden sind zusammen aufgewachsen.«

»Wohnt Sharon immer noch dort?«

Phyllis zuckte mit den Schultern.

»Feste Freunde?«

»Nein. Amy war nicht der Typ, für den sich viele Jungs interessiert haben. Sie war hübsch, hat sich Männern gegenüber jedoch nie richtig präsentiert.«

Ich trank noch einen Schluck Perrier. Das Wasser hatte einen metallischen Geschmack.

»Möchten Sie Ihre Tochter zurückbekommen, Phyllis?«

»Mr Troutt, Amy ist erwachsen. Sie kann machen, was sie will.«

»Das schließt Drogenhandel und Kautionsflucht mit ein.«

»Sie ist jetzt achtzehn. Da wird ihre Polizeiakte gelöscht.«

»Nicht, wenn noch Haftbefehle auf ihren Namen ausstehen. Wenn die Polizei sie festnimmt, wird sie zu einer Haftstrafe als Erwachsene und nicht als Jugendliche verurteilt. Und sie *wird* ins Gefängnis gehen. Kein Richter würde Amy in Ihre Obhut entlassen, nachdem sie zwei Jahre lang als Ausreißerin gelebt hat. Sie haben bestimmt die besten Anwälte, die man für Geld bekommen kann. Aber wenn Amy erwischt wird, steckt sie ganz schön tief in der Scheiße.«

»Sie wird nicht erwischt.«

Ich zuckte mit den Schultern. Es war offensichtlich, dass diese Frau sporadischen Kontakt zu ihrer Tochter hatte, es mir aber nicht sagen wollte. Diese Information aus ihr herauszuprügeln, wäre nicht gerade eine weise Entscheidung angesichts der Tatsache, dass ihr Ehemann mein Auftraggeber war.

Ich trank das Perrier aus und sie nippte an ihrem Brandy, während wir Blicke wechselten, die dem Gegenüber zu verstehen gaben, dass wir ihn lediglich tolerierten.

Schließlich fragte ich: »Wo ist ihr Zimmer?«

»Im Obergeschoss, erste Tür rechts.«

Ich ließ Phyllis mit ihrem Alkohol allein und stieg die mit Teppich ausgelegte Wendeltreppe hinauf. Die erste Tür rechts war zu, als ob sich jemand im Zimmer aufhielt. Oder vielleicht der Geist von jemandem.

Der Raum machte nicht den Eindruck eines typischen Teenie-Zimmers. Dafür war er zu ordentlich und sauber. Scadder hatte gesagt, dass die Putzfrau hier drinnen immer noch regelmäßig sauber machte, quasi als wöchentliches Ritual, aber es sah mehr wie ein Gäste- als ein Teenie-Zimmer aus. Hellblauer Teppich, weiße Kommode, weiße Schränke und ein dazu passendes weißes Kopfende für das mit rosa Laken bezogene Einzelbett. Auf der Kommode stand ein großer ovaler Spiegel, in dem man die Kleiderschränke sah.

Keine Poster an den Wänden, nur drei eingerahmte Drucke mit Pferden von der Art, wie Hotels sie hundertweise für ihre Zimmer kaufen. Keine Kosmetikartikel auf der Kommode, keine Kleider auf dem Boden, keine Stofftiere auf dem Bett. Nichts, was Aufschluss über die Persönlichkeit der Bewohnerin gab.

Ich begann eine systematische Suche nach weiterführenden Hinweisen. Ein Tagebuch, ein Adressenverzeichnis, Briefe, Fotos, Medikamente, Quittungen, Telefonrechnungen, eine Broschüre über Kalifornien oder sonst irgendetwas, das mir Aufschluss über potenzielle Zielorte geben könnte. Was ich stattdessen fand, waren eine Menge teure Klamotten, mehrere Dutzend Paar Schuhe, eine Schublade voller Make-up, ein paar Schulbücher und einen kleinen Gettoblaster mit einer Kiste Popmusik-CDs.

Ich versuchte, mich geistig in ein Teenie-Mädchen hineinzuversetzen, und wiederholte meine Suche. Wo würde ich etwas verstecken, von dem ich nicht wollte, dass meine Eltern es fänden?

Ich schaute unter der Matratze, hinter den Pferdedrucken, unter den Schubladen und zwischen den Seiten der Schulbücher nach.

Schließlich fand ich es im Mathematikbuch. Ein Foto. Der Schnappschuss, den Scadder mir gegeben hatte, bestätigte mir, dass es Amy war. Sie trug einen Bikini, hatte die langen braunen Haare zusammengebunden und lehnte an einem weißen Land Rover. Neben ihr stand ein großer, muskulöser, etwa zehn Jahre älterer Mann in Jeans, der ihr einen Arm um die Schulter gelegt hatte, dessen Hand auf ihrer Brust ruhte. Seine platten, fettigen blonden Haare trug er in einem Designerhaarschnitt, der mit den langen Seiten wie eine Art männlicher Pagenschnitt aussah. Der freie Oberkörper machte einen einigermaßen durchtrainierten und definierten Eindruck. Er lächelte, aber sein Lächeln war anders als das auf Amys Gesicht. Ich wusste nicht genau, warum, aber es wirkte nicht glücklich. Ich musterte das Foto genauer.

Es waren die Augen. Bei einem normalen Lächeln werfen sie Falten und leuchten. Die Augen dieses Mannes waren jedoch ausdruckslos und tot. Sie verliehen ihm ein raubtierhaftes Aussehen.

Hinter den Beinen der beiden konnte ich an dem Land Rover den Teil eines Nummernschildes ausmachen. Drei Ziffern und ein Buchstabe.

Ich steckte das Foto in meine Gesäßtasche und setzte meine Suche fort. Außer einem Lippenstift, der hinter der Kommode eingeklemmt war, förderte meine Mühe nichts weiter zutage. Ich verließ das Zimmer, zog die Tür hinter mir zu und begab mich hinunter ins Arbeitszimmer.

Phyllis saß auf der Couch und kippte sich ein volles Glas Brandy in die Kehle. Nach einem kräftigen Schluck wandte sie sich mir zu.

»Haben Sie gefunden, wonach Sie gesucht haben?«, fragte sie. Der Alkohol ließ ihre Stimme tiefer klingen.

»Es wäre hilfreich, wenn Sie mir die Wahrheit sagen.«

Sie stand auf, ging zu einem Tisch und nahm einen Umschlag, der darauf lag.

»Vincent hat angerufen und gesagt, ich soll Ihnen das hier geben.«

Ich ging zu ihr und nahm ihn entgegen. Vom Gewicht her und wie er sich anfühlte, wusste ich sofort, dass Geld darin war.

»Sie steckt womöglich in Schwierigkeiten«, sagte ich.

Phyllis zuckte mit den Schultern, ohne dabei Brandy zu verschütten.

Ich nahm mir noch eine Handvoll Nüsse und fand selbst den Weg hinaus.

Das Geld war in voller Summe da, das Tylenol entfaltete seine Wirkung und fing an, Earl ruhigzustellen, und ich hatte etwas, das nach einer soliden Spur aussah. Ich fuhr aus Scadders Auffahrt und plante meinen nächsten Schritt.

Mein nächster Schritt bestand darin, mir etwas zu essen zu besorgen.

Ich hielt unterwegs bei dem erstbesten Sandwich-Shop und ließ mir ein Submarine-Sandwich zubereiten, das so dick mit Corned Beef belegt war, um bei einem Pferd einen Herzinfarkt zu verursachen. Dem alten Mann hinter der Theke schien die Arbeit besonderes Vergnügen zu bereiten, was man heutzutage nur von wenigen Menschen sagen konnte. Das Sandwich war gut, und ich sagte es ihm. Mein Lob zauberte ein breites, schiefes Lächeln auf sein Gesicht, und er erzählte mir, dass ihm der Laden seit zweiundzwanzig Jahren gehörte. Ich ging hinaus, bevor er anfing, von der guten alten Zeit zu reden.

Nachdem ich meinen Magen zufriedengestellt hatte, ging ich zu einem Münztelefon, warf mehrere 25-Cent-Münzen ein und rief bei Chicagos sechsundzwanzigstem Polizeirevier an. Nach zwei Weiterleitungen landete ich schließlich im Büro von Lieutenant Jack Daniels vom Morddezernat.

»Daniels.«

»Hallo Jack. Ich bins, Phineas Troutt.«

»Wie läuft das Billardspiel, Phin?«

»Immer noch besser als bei dir.«

Sie lachte glucksend. Eigentlich mochte ich Bullen nicht. Der Beruf schien naturgemäß Arschlöcher anzuziehen. Was für ein Persönlichkeitstyp fand schon Gefallen daran, Strafzettel zu verteilen und Leute zu schikanieren? Antwort: Tyrannische Arschlöcher und Typen mit niedrigem Selbstwertgefühl, die ihre zerbrechlichen Egos aufbauten, indem sie andere herumschubsten. Aber Jack war nicht so jemand. Sie war eine anständige Polizistin und ein anständiger Mensch.

Aber ich spielte besser Billard.

»Was willst du von mir, Phin?«

»Ich gehe Hinweisen zu einem Fall nach. Die Ausreißerin aus der Familie Scadder. Du hast mich ihrem Vater empfohlen. Danke dafür.«

»Keine Ursache. Bei der Angelegenheit waren meine Hände gebunden.«

»Ich würde gern einen Blick in die Polizeiakte des Mädchens werfen.«

Ich wartete, während sie sich die rechtlichen Folgen durch ihren Bullenschädel gehen ließ.

»Komm morgen vorbei«, sagte sie nach einer Weile. »Vor der Mittagspause.«

»Ich habe auch noch den Teil von einem Nummernschild. Kannst du mir den Fahrzeughalter ausfindig machen?«

Erneute Pause.

»Das Mädchen steckt womöglich in großen Schwierigkeiten, Jack«, sagte ich mit Nachdruck.

»Nicht nur womöglich. Sie steckt sowieso schon mittendrin.« Jack seufzte. »Wie lautet das Kennzeichen?«

»345G, in dieser Reihenfolge. Illinois-Kennzeichen, weißer Land Rover.«

»Bis morgen weiß ich Bescheid.«

»Danke.«

Sie legte auf. Ich tat das Gleiche. Dann warf ich mehr Münzen in den Schlitz und kramte in meiner Brieftasche nach einer Telefonnummer.

»Harry McGlade Private Ermittlungen. Ich bin gerade nicht im Büro, aber Ihr Geld ist mir wichtig. Und Sie sollten auf jeden Fall Geld haben, denn ich bin berühmt und nehme fünf Riesen pro Tag. Wenn Sie sich das nicht leisten können, brauchen Sie gar nicht erst eine Nachricht zu hinterlassen. Wenn ja, werden wir uns prächtig verstehen. Sprechen Sie nach dem Pistolenschuss.«

Fünftausend pro Tag? McGlade war nicht einmal ein Zehntel davon wert. Ich hatte den Eindruck, dass er seinen neu gewonnenen Ruhm ausschlachtete. Aber es bestand die Chance, dass er mir für viel weniger half. Oder sogar umsonst. Wir waren Freunde. Mehr oder weniger.

»Harry, hier ist Phineas Troutt. Ich habe Arbeit für dich, falls du Interesse hast. Ruf mich im Michigan-Motel an.«

Seit meiner Krebsdiagnose und dem darauffolgenden Absturz in die Drogen-und-Nutten-Szene hatte ich den Großteil meiner Freunde und Bekannten verloren. Harry blieb, aus welchen Gründen auch immer. Er brauchte weder das Geld noch die Arbeit, nahm aber immer wieder die Jobs an, die ich ihm anbot. Vielleicht aus Langeweile, aber ich hatte das Gefühl, dass es ihm mehr darum ging, unter die Leute zu kommen. Harry McGlade war vielleicht die einzige Person in Chicago, die noch weniger Freunde hatte als ich. Seine Persönlichkeit war ein wenig … wie soll ich sagen … ruppig.

Ich sprang wieder in den Bronco und fuhr durch die Vororte, vorbei an Drogerien, Eisdielen, Geldwechselstuben, Fast-Food-Restaurants, Geschenkartikelläden, Radio-Shack-Filialen, Läden für Geschäftsbedarf und Minimärkten. Eines Tages wird das nördliche Illinois eine einzige endlose Ladenzeile sein. Wahrscheinlich war ich bis dahin längst tot. Na ja, viel versäumte ich da wohl nicht.

Ich erblickte ein Schild mit der Aufschrift PFANDLEIHER und hielt an. Es war ein großer Laden, gefüllt mit den vielen wertvollen Besitztümern, die Menschen im Laufe ihres Lebens angehäuft hatten und von denen sie sich wegen finanzieller Schwierigkeiten trennen mussten. Pfandleihgeschäfte strahlten eine gewisse Traurigkeit und Verzweiflung aus – ein Grund, warum ich sie mochte.

Dieses Leihhaus sah aus wie alle: Es war unterteilt in Bereiche für Elektronikartikel, Musik, Schmuck und Schusswaffen, alle voneinander abgetrennt und mit Glasvitrinen für kleinere teure Gegenstände. Hinter dem Verkaufstresen stand ein kleinwüchsiger, behaarter Mann mit großer Nase und musterte mich. Offensichtlich versuchte er abzuschätzen, ob ich ein potenzieller Käufer oder Verkäufer war. Ich ging zur Schmuckabteilung und sah mich um.

»Kann ich Ihnen helfen, Sir?« Seine Stimme klang unwirsch und lustlos, und die Frage war wohl eher eine leere Floskel als ein ehrlich gemeintes Angebot.

»Ich suche etwas für meine Freundin.«

Er kam zur Schmucktheke und starrte auf seinen Warenbestand.

»Was für Schmuck trägt sie gern?«

Eine aufmerksame Frage. Verschiedene Frauen bevorzugten verschiedene Arten von Schmuck. Pasha zum Beispiel trug keine Ringe. Ihre Ohrringe waren modisch, aber nicht kitschig, und ihre Halsketten und Armbänder waren schlichte Accessoires anstatt teures und protziges Gehänge.

»Ich denke an einen Fußring«, sagte ich.

Man konnte so etwas unter Nylonstrümpfen und Hosen verbergen, und es war nicht protzig, sondern sexy und elegant – zwei Eigenschaften, die auch auf Pasha zutrafen.

»Ich habe mehrere in unterschiedlichen Goldausführungen.«

Er zeigte mir verschiedene Fußringe im Fischgrätenmuster und von unterschiedlicher Dicke sowie verschiedene Zopfringe. Es war nichts dabei, was mir besonders ins Auge stach.

»Ich habe einen Platinring mit Diamant, aber es ist kein Fußring, sondern ein Armreif. Hat sie dicke Fußknöchel?«

Ich schüttelte den Kopf, und er suchte mir den Armreif heraus. Er war strahlend weiß, glänzender als Silber. Der Schnitt ähnelte dem Zopfring, aber die Kanten waren facettenförmig geschliffen.

Wir unterhielten uns über den Preis und einigten uns auf eine annehmbare Summe, nachdem er mir aktuelle Platinpreise gezeigt hatte. Ein neues Schmuckkästchen gab es gratis dazu. Ich war schon fast zur Tür hinaus, als ich die Schusswaffen sah.

Vor einiger Zeit hatte ich eine winzige, nur zehn Zentimeter lange Seecamp DA Auto vom Kaliber .25 besessen. Was ich an dieser Pistole schätzte, war, dass sie in den hohlen Absatz eines meiner Cowboystiefel passte und mir mehr als ein paar Mal den Arsch gerettet hatte. Als ich sie verlor, trauerte ich ihr nach.

»Sind Sie Waffenliebhaber?«

»Ich suche etwas Kleines.«

»Haben Sie eine FOID?«

»Ja.« Die Abkürzung stand für Firearm Owner's Identification Card – eine von der zuständigen Behörde des Staates Illinois ausgestellte Waffenbesitzkarte. Ich besaß eine, die auf den Namen eines toten Schriftstellers aus Schaumburg lautete.

»Sind Sie an Deringers interessiert?«

Ich schüttelte den Kopf. Diese antiken zweischüssigen Pistolen waren zu dick für meinen hohlen Absatz.

»Seecamp DA Auto oder etwas in der Art.«

»Ich habe eine AMT Backup Auto vom Kaliber .380.«

Er holte eine winzige Pistole hervor, die vielleicht vier- oder fünfhundert Gramm wog. Ich zielte damit und betätigte mehrmals den Abzug mit leerem Patronenlager. Die Waffe schien voll funktionsfähig zu sein und sah außerdem aus, als passte sie in meinen hohlen Stiefelabsatz. Und sie hatte den zusätzlichen Vorteil, dass sie größere Munition als meine Seecamp verwendete.

Ich drehte die Pistole um. An der Unterseite des Griffs, direkt neben der Stelle, wo das Magazin eingeschoben wurde, befand sich ein kleiner Schlitz.

Ich hatte keine Ahnung, wozu dieser diente. Als Halterung?

»Was ist mit dem Loch?«, fragte ich.

»Sehen Sie sich den Griff genauer an«, sagte er grinsend. »Aber nehmen Sie die Hand von dem Schlitz weg.«

Der Griff war aus schachbrettartigem Polycarbonat mit einer eingefassten Rille auf der linken Seite. Als ich ihn nach oben drückte, sprang ein etwa drei Zentimeter langes Stilett mit leisem Klirren aus dem Schlitz. Die Klinge war etwas über einen halben Zentimeter breit und scharf wie ein Rasiermesser. Ich zog den Griff nach unten, worauf das Messer einrastete.

»Der Büchsenmacher hat eine Änderung vorgenommen«, sagte er und grinste. »Er hat beim Pferderennen Geld verloren und mir seine gesamte Sammlung verkauft.«

Ich drückte den Griff wieder nach oben und drehte die Pistole um, worauf das Stilett zurück in das Geheimfach glitt. Echte Wertarbeit. Ich gab mir Mühe, meine Begeisterung nicht allzu deutlich zu zeigen, um meine Chancen beim Verhandeln nicht zu ruinieren.

»Wie viel?«

Während der anschließenden Feilscherei brachte ich ihn schließlich zum Einlenken und einigte mich mit ihm. Ich wartete, während er eine telefonische Hintergrundüberprüfung zu meinem falschen Namen durchführte. Der Trick mit dem toten Schriftsteller funktionierte, aber bevor ich die Waffe mit nach Hause nehmen durfte, musste ich eine obligatorische Wartezeit von drei Tagen über mich ergehen lassen.

»Wenn wir es als privaten Verkauf deklarieren, kann ich das Ding gleich mitnehmen«, erinnerte ich ihn.

»Der Preis, den ich Ihnen genannt habe, war der Ladenpreis, nicht der private Verkaufspreis.«

Am Ende bezahlte ich den Preis, den er mir anfangs genannt hatte, plus zwanzig Dollar extra. So viel zu meinem Verhandlungsgeschick.

Anschließend saß ich wieder in meinem Truck und machte mich auf den Weg zur Highschool von Shorington.

Die Schule lag ein paar Kilometer weiter die Hauptstraße entlang. Ich kam genau zu Beginn der Mittagspause dort an, und sämtliche Schüler, die eine Berechtigung zum Verlassen des Schulgeländes besaßen, strömten aus dem Gebäude zu ihren Autos. Der Parkplatz war groß und voll, und ich fragte mich, wie viele dieser Schüler ihre Autos von ihrem eigenen Geld anstatt dem der Eltern gekauft hatten.

Der für einen winzigen Augenblick aufflammende Neid verpuffte sogleich wieder, als ich in eine Parklücke steuerte. Ich war in meinem Leben nie reich gewesen, weder emotional noch finanziell, aber dafür konnten diese Jugendlichen nichts. Wenn ihre Eltern Geld hatten, schön für sie.

Ich zog meine 9mm-Pistole aus dem hinteren Hosenbund und legte sie zusammen mit dem Fußring und der ATM ins Handschuhfach. Inwieweit Bandenkriminalität die Vororte erfasst hatte, wusste ich nicht, und wollte vermeiden, unerwartet durch einen Metalldetektor zu laufen. Wenn ich bei meiner Arbeit keine Waffe trug, fühlte ich mich nackt, aber ich war mir ziemlich sicher, dass ich mit einem Siebzehnjährigen fertig würde, falls er Ärger machte.

Das Schulgebäude war groß, weiß und zweistöckig und hatte mehrere Eingänge. Ich entschied mich für den mittleren, da ich das Büro des Schulleiters dort vermutete. Es gab zwar keinen Metalldetektor, dafür hielt mich eine Erwachsene mit einem Pausenaufsichtsabzeichen an der Brust sofort an.

»Kann ich Ihnen helfen, Sir?«

Sie war klein und hatte eine birnenförmige Figur. Ihr Ton war höflich, aber bestimmt.

»Mein Name ist Phineas Troutt. Ich ermittle im Fall einer Ihrer Schülerinnen, die vor ein paar Jahren verschwunden ist. Amy Scadder.«

Während ich meine Leier aufsagte, ging mir plötzlich auf, wie schwach sie klang. Falls sich hier niemand an Amy erinnerte, würde Scadders Karte mir keine Türen öffnen, außer denen, deren Schloss ich damit knacken konnte. Und ich besaß keine Privatermittlerlizenz, mit der ich Leute beeindrucken konnte.

»Haben Sie Mr Scadders Erlaubnis?«, fragte sie.

Ich weiß nicht, wie gut ich meine Überraschung verbarg, aber ich händigte ihr die Karte aus. Sie nickte und bedeutete mir mit einer Handbewegung, ihr zu folgen.

Ich ging an Spinden und Schülern sowie Schülern in Spinden vorbei. Die meisten von ihnen warfen mir komische Blicke zu. Die Pausenaufsicht legte mit ihren dicken, kurzen Beinen ein flottes Tempo hin, und ich beschleunigte meine Schritte, um mitzuhalten.

»Wir tun natürlich alles in unserer Macht Stehende, um Ihnen zu helfen«, sagte sie beim Gehen. »Es ist ein Jammer, was mit diesem Mädchen passiert ist.«

»Ich glaube, es ist kein Jammer, sondern ein Skandal«, sagte ich provokant.

»Man kann nicht allein die Schüler für Drogenkonsum verantwortlich machen, Mr Troutt. Der Gruppendruck ist enorm. Und selbst in Familien, die so großen Respekt genießen wie die von Mr Scadder, gibt es Probleme.«

»Warum genießt Mr Scadders Familie so großen Respekt?«, fragte ich.

Ich bezweifelte zutiefst, dass in einer Schule mit mehreren Hundert Schülern allen Eltern der gleiche Respekt zuteilwurde wie Scadder. Die meisten kannte die Schulleitung wahrscheinlich nicht einmal bei ihren Namen.

»Er hat bei uns in den Sechzigerjahren seinen Abschluss gemacht«, sagte sie. »Und in den Achtzigern hat er das Geld für das neue Scadder-Theater gespendet. Es wurde neben der Turnhalle gebaut.«

Wieso hatte Scadder mir nichts davon erzählt? Vielleicht war er einfach kein Angebertyp.

»Ich schaue mal, ob Mrs Kwon, die Schulleiterin, Zeit für Sie hat.«

Sie ließ mich im Wartezimmer des Büros der Schulleitung zurück. Ich nahm auf einem Ledersessel Platz und blätterte durch eine Ausgabe der Zeitschrift *College Times*. Mein Blick fiel auf einen Artikel über zehn einfache Methoden, um bessere Ergebnisse bei der Aufnahmeprüfung für die Uni zu erzielen. Schummeln, Bestechen oder Erpressen waren nicht dabei. So viel dazu, wie man junge Leute aufs Leben vorbereitet.

Die Pausenaufsicht kehrte zurück und lächelte mich an.

»Hier entlang, Mr Troutt.«

Ich legte die Zeitschrift beiseite und betrat ein kleines Büro, dessen Wände mit eingerahmten Urkunden und Zertifikaten behangen waren. Die Pausenaufsicht verließ den Raum und zog hinter sich die Tür zu.

»Mr Troutt, mein Name ist Kwon. Ich bin die Schulleiterin.«

Ich nahm ihre ausgestreckte Hand. Ihr Händedruck war warm und fest, und ihr Gesichtsausdruck ließ weder Schock noch Überraschung wegen meines vom Krebs gezeichneten Äußeren erkennen. Sie setzte sich und strich den braunen Rock auf ihren Oberschenkeln zurecht.

»Sie haben ja eine Menge erstklassige Referenzen«, sagte ich und deutete auf die Wände.

»Unsere Schule hat höchste akademische Auszeichnungen erhalten, seit ich Schulleiterin bin. Außerdem haben wir das größte Schüleraustauschprogramm, die meisten Lehrveranstaltungen auf College-Niveau und die sauberste

Cafeteria. Unsere Abbruchquote und Vorfälle von Gewalt unter Schülern gehören zu den niedrigsten in Illinois, verglichen mit Schulen gleicher Größe.«

»Auch das größte Theater?« Meine Anspielung ging anscheinend an ihr vorbei.

»Mit professioneller Beleuchtung und Ton. Wenn man Schülern einen sicheren und produktiven Ort zum Lernen bietet, übertreffen sie sämtliche Erwartungen.«

»Wie hoch ist die Rausschmissquote?«, fragte ich.

Ihr strahlendes Lächeln verschwand. Anscheinend hatte ich einen wunden Punkt angesprochen. Also bohrte ich weiter.

»Ich frage mich nur, ob das hohe Leistungsniveau der Schule daher kommt, dass man Schüler mit unterdurchschnittlicher Intelligenz rauswirft.«

»Das ist illegal, Mr Troutt. Wenn diese Highschool illegale Schulverweise vornehmen würde, könnte ich meine Kandidatur für das Kultusministerium des Staates Illinois vergessen.«

Aha. Politische Ambitionen.

»Ich bin wegen Amy Scadder hier«, wechselte ich das Thema.

Sie wechselte vom Angeber- in den Trauermodus und schüttelte den Kopf. »Eine Tragödie. Sie war eine vielversprechende Schülerin.«

»Ich würde gern mit einigen ihrer Lehrer sprechen, falls das möglich ist. Und mit Freundinnen.«

»Ich fürchte, ich kann deswegen den Unterricht nicht unterbrechen.«

»Und nach dem Unterricht?«

»Gut.«

Natürlich hatte ich keine Ahnung, wer Amys Lehrer waren.

»Kann ich Amys Schülerakte sehen?«

»Das geht leider nur mit der Zustimmung der Schülerin.«

»Die Schülerin ist möglicherweise tot, Mrs Kwon.«

Sie nickte und blickte traurig drein.

»Wie wäre es mit einer Liste ihrer Lehrer?«

»Ich fürchte, das gehört zur Schülerakte, Mr Troutt.«

»Vincent Scadder würde es nicht gern hören, wenn ich ihm erzähle, dass man mir Steine in den Weg legt.«

»In dieser Angelegenheit muss ich leider hartnäckig bleiben. Schüler – selbst solche, die vermisst werden – haben Rechte.«

»Kannten Sie Amy?«

»Ja. Wir hatten einige Gespräche miteinander.«

»Was können Sie mir zu ihr sagen?«

»Leider erinnere ich mich nicht mehr an alles. Sie war intelligent und hatte gute Noten.«

»Wenn sie so eine Musterschülerin war, wieso musste sie mehrmals ins Büro der Schulleiterin kommen?«

»Sie hatte … wie soll ich sagen … Probleme in einer ihrer Unterrichtsstunden.«

»Was für Probleme?«

Die Schulleiterin wollte etwas sagen, hielt jedoch inne.

»Ich verstehe, warum Sie mir nicht Amys Schülerakte zeigen können, aber ich weiß immer noch nicht, warum sie abgehauen ist. Falls es etwas mit der Schule zu tun hatte, wäre es sehr hilfreich für mich, das zu erfahren.«

Keine Antwort.

»Auffälliges Verhalten?«, fragte ich und beobachtete ihre Augen. »Probleme mit einem Lehrer oder Mitschüler? Sex? Drogen?«

Als ich »Drogen« sagte, sah die Schulleiterin weg.

»Hat die Shorington-Highschool ein Drogenproblem?«

»Auf keinen Fall.«

Ich zuckte mit den Schultern. »Hier gibt es viele Kinder von reichen Eltern. Und Amy wurde wegen Kokain festgenommen. Ein halbes Kilo fällt nicht unter persönlichen Konsum. Das ist eine Dealermenge.«

»Unsere Schüler sind außergewöhnlich, Mr Troutt. Ich kann Ihnen versichern, dass Amy Scadder diese Drogen nicht von jemandem an dieser Schule bekommen hat.«

»Woher hatte sie sie dann?«

»Von irgendwo außerhalb des Schulgeländes.«

»Vielleicht von diesem Mann?« Ich zeigte ihr das Foto, auf dem Amy mit dem komischen Typen zu sehen war.

Die Schulleiterin kniff die Augen zusammen. »Ich erinnere mich an ihn. Officer MacDonald, unser Schulpolizist, musste ihn mehr als einmal vom Schulgelände verweisen.«

»Hat er sich vielleicht den Namen notiert?«

»Schon möglich.«

»Kann ich mit Officer MacDonald sprechen?«

»Er ist letztes Jahr in Pension gegangen und nach Florida gezogen. Ich könnte nachsehen, ob er eine Adresse hinterlassen hat.«

Ich wartete.

Schließlich fiel bei ihr der Groschen. »Sie hätten die Information gern jetzt gleich.«

»Bitte. Es würde Amys Eltern viel bedeuten. Sie möchten mit der Vergangenheit abschließen und Frieden finden.«

Ich merkte, dass Kwon mir nicht mehr richtig zuhörte.

»Leider habe ich in zehn Minuten eine Besprechung. Die Adresse müsste ich im Verwaltungszentrum holen, und da ist vormittags immer viel los.«

»Gut, dass Sie die Schulleiterin sind«, sagte ich.

Wir starrten einander an. Sie unternahm einen letzten Versuch, mich abzuwimmeln. »Ich kann Ihnen die Information per SMS schicken.«

»Ich habe kein Handy.«

Sie zog eine Augenbraue hoch. »Wirklich?«

Da meine Appelle an Anstand und Eitelkeit nicht gefruchtet hatten, versuchte ich es mit der Mitleidsmasche.

»Krebs«, sagte ich. »Ich käme mir blöd vor, einen Vertrag abzuschließen, der eine längere Laufzeit hat als ich.«

Die Schulleiterin blickte nachdenklich drein. Schließlich rief sie beim Verwaltungszentrum an. Zwei Minuten später hatte ich einen Namen und eine Telefonnummer.

»Kannten Sie eine Freundin von Amy namens Sharon Pulowski?«, fragte ich.

»Ich wusste nicht, dass die beiden miteinander befreundet waren. Sharon hat letztes Jahr ihren Abschluss gemacht.«

»Könnte ich ihre Telefonnummer haben?«

Kwon sah mich an, als hätte ich sie soeben um zehn Millionen Dollar gebeten.

»Tut mir leid, dass ich nicht mehr für Sie tun konnte, Mr Troutt«, sagte sie und erklärte damit unser Treffen für beendet. »Ich hoffe, Sie finden Amy. Ich fürchte, ihre fragwürdigen außerschulischen Kontakte könnten zu ihrem Verschwinden beigetragen haben.«

»Ich fürchte, damit könnten Sie recht haben.«

* * *

Ich verließ das Büro der Schulleiterin und schaute im Schulsekretariat vorbei, wo ich um ein örtliches Telefonbuch bat. Darin fand ich zwar niemanden mit dem Nachnamen Pulowski, dafür aber Scadders Limousinenservice.

Earl fing wieder an, verrückt zu spielen, als ich auf dem Weg zu Spartan Limo war, um mit Scadders ehemaligem Fahrer zu reden. Ich hatte keine Tylenol-Tabletten mehr, und Maestro Earl dirigierte eine Rhapsodie an meinen Nervenenden. Der Krebs verursachte ständig pochende Schmerzen, die mir emotional mehr zusetzten als körperlich, zumindest in dieser Phase. Je mehr ich mich meinem letzten Sterbenshauch näherte, desto schlimmer die Schmerzen. In diesem Endstadium würde ich palliative Sedierung benötigen. So hatte es Pasha mir erklärt.

Nicht gerade unser erotischstes Bettgeflüster.

Gegenwärtig glichen die Schmerzen einer unendlichen Straße, die mit jedem zurückgelegten Kilometer schlechter wurde. Da nehme ich lieber eine Schusswunde oder einen Knochenbruch, denn die heilen wenigstens.

Meine Annahme, dass Miguel Ramos immer noch bei Spartan arbeitete, war reine Spekulation, und selbst wenn er es tat, war ich mir nicht sicher, ob ein Gespräch mit ihm mir helfen würde. Andererseits fand man Menschen am ehesten, wenn man Fragen stellte. Und in der Regel wusste das Dienstpersonal mehr über die Familie, für die es arbeitete, als die Familienangehörigen selbst.

Spartan befand sich in einem Gewerbegebiet ein paar Kilometer östlich von Shorington und war leicht zu finden. Das Firmengelände bestand lediglich aus einem Parkplatz voller Limousinen verschiedener Größen und einem kleinen Gebäude, das an eine Lastwagenwerkstatt angebaut war, die sich das Gelände mit dem Limousinenservice teilte.

Das Büro war klein: zwei Sofas in einem Wartezimmer und ein Schreibtisch, an dem eine Frau saß und telefonierte. Sie war um die zwanzig und braun gebrannt, entweder von regelmäßigen Besuchen im Solarium oder einem kürzlichen Urlaub auf den Bahamas. Der zweireihige braune Blazer passte zu ihrer Haarfarbe, und die langen Fingernägel waren rosenrot lackiert und an den Enden rechteckig.

»Donna, ich muss Schluss machen. Ein Kunde.«

Sie legte flink auf und zeigte mir ihre Zähne, die so strahlend weiß waren, dass sie genauso künstlich sein mussten wie die Fingernägel.

»Was kann ich für Sie tun, Sir?«

»Ich würde gern Miguel Ramos sprechen.«

»Mr Ramos hat gerade einen Wagen ausgecheckt.«

»Hat er ein Handy?«

»Es ist höchst unprofessionelles Verhalten, wenn ein Fahrer im Dienst Anrufe entgegennimmt.«

»Sie sagten, er wäre gerade losgefahren. Wahrscheinlich hat er seinen Fahrgast noch nicht abgeholt.«

Ihre Augen verengten sich zu Schlitzen.

»Es ist wichtig«, betonte ich mit Nachdruck.

Sie griff zum Telefon und wählte mit dem Fingerknöchel eine Nummer.

»Mikey, hier ist ein Typ, der mit dir reden will.«

Sie gab mir das Telefon und holte ein Fläschchen Nagellack aus der Schublade. Diese enthielt nichts als Nagelpflegeartikel.

»Mr Ramos? Mein Name ist Phineas Troutt. Ich arbeite für Vincent Scadder.«

»Dieses Arschloch? Sie tun mir leid, Mann.«

Er hatte eine hohe Stimme mit leichtem mexikanischen Akzent, den er anscheinend herunterzuspielen versuchte.

»Er hat mich engagiert, um seine Tochter Amy zu finden. Nach ihrer Festnahme vor zwei Jahren wurde sie in Ihre Obhut entlassen.«

»Nicht in meine Obhut. Ich sollte sie lediglich abholen. Ich habe den Papierkram abgegeben, und zack, schon war sie weg. Einfach abgehauen.«

»Haben Sie Amy öfter gefahren?«

»Ich habe sie jeden Tag zur Schule gebracht und wieder abgeholt, bis Daddy ihr ein Auto gekauft hat. Sie war eine verzogene Göre.«

»Inwiefern?«

»Verdammte Scheiße!«

Ich blickte zur Empfangsdame hinüber und sah, dass einer ihrer Fingernägel abgefallen war und wie ein langer roter Wurm auf dem Schreibtisch lag. Miguel sprach weiter. Anscheinend hatte er den Wutausbruch nicht mitbekommen.

»Hat sich nie bei mir für die Fahrt bedankt oder mit mir wie mit einem normalen Menschen geredet. Hat mich behandelt, als wäre ich ihr Eigentum. Wie ihr Vater.«

»Haben Sie sie jemals zu Freundinnen gefahren?«

»Vielleicht hin und wieder. Amy hatte nicht besonders viele Freundinnen.«

»Freunde vielleicht?«

»Nein. Moment … da war dieser Mann, so 'n richtig gruseliger Typ. Hat irgendwo im nördlichen Illinois gewohnt. In Green Birch, glaub ich. Ich habe sie zweimal dorthin gefahren und musste ihr versprechen, ihren Eltern nichts zu sagen.«

»Wieso kam er Ihnen gruselig vor?«

Durch das Telefon drang das Hupen eines Autos, und Miguel benutzte ein spanisches Schimpfwort für einen Jungen mit ausgeprägtem Ödipuskomplex.

»Diese scheiß Taxifahrer glauben, ihnen gehört die Straße«, sagte er zu mir.

»Scheiße!«, fluchte die Empfangsdame. Sie hatte eine große Flasche Nagelkleber umgestoßen, und ich sah ihr zu, wie sie mehrmals vergebens versuchte, sie wieder aufrecht hinzustellen, während der Kleber auslief.

»Wieso war ihr Freund ein gruseliger Typ?«, wiederholte ich meine Frage.

»Einmal habe ich die beiden am Water Tower Place abgeholt und zu ihm nach Hause gefahren. Er war zehn Jahre älter als sie. Bereits im Auto hat er angefangen, an ihr herumzufummeln. Sie hat ihm immer wieder gesagt, er soll aufhören, aber seine Hände waren überall. Irgendwann hat sie geschrien, und er hat aufgehört. Aber den Rest der Fahrt hat er die ganze Zeit so komisch gegrinst.«

»Sind Sie dazwischengegangen?«

»Nein. Ich spreche nicht mit Kunden, es sei denn, sie reden mit mir.«

Ich bemerkte, dass die Empfangsdame versuchte, die Flasche mithilfe von zwei Nagelfeilen, die sie wie Essstäbchen hielt, wieder hinzustellen. Eine vergebliche Mühe, denn die Flasche war inzwischen leer.

»Wie sah er aus?«

»Wie ich schon sagte: gruselig.«

»Ein Weißer?«

»Ja. Mit Schnurrbart und irrem Blick. Sie wissen schon, was ich meine.«

In der Tat. Ich besaß das Foto.

»Wissen Sie die Adresse noch?«

»Nein, beim besten Willen nicht. Ist schließlich schon zwei Jahre her. Ich weiß nur noch, dass es in Green Birch war, weil wir an diesem Vergnügungspark vorbeikamen.«

»Würden Sie das Haus finden, wenn Sie wieder dorthin fahren?«

»Alter, ich kenne jede Seitenstraße und Hintergasse zwischen der Magnificent Mile und Wrigley Field. Aber die nördlichen Vororte verschmelzen in meinem Hirn zu einem einzigen Brei.«

»Haben Sie ein Navi?«

»Jetzt schon. Damals nicht.«

So viel zu meinem Versuch, die Adresse zu finden.

»Sie waren also die letzte Person, die Amy gesehen hat?«, fragte ich.

»Hey Alter, kommen Sie mir bloß nicht damit. Sie ist nicht einmal in meinen Wagen gestiegen, sondern abgehauen, als wir noch auf dem Polizeirevier waren. Falls Sie Augenzeugen brauchen, die bestätigen, dass ich sie nicht entführt habe, wie wäre es mit einem Foyer voller Polizisten?«

»So habe ich das nicht gemeint«, sagte ich, obwohl ich es genau so gemeint hatte. »Wissen Sie noch, was Amy anhatte?«

»Wie bitte? Nein. Wirklich nicht. Das war vor zwei Jahren. Wissen Sie noch, was Sie vor zwei Jahren anhatten?«

Ich wusste es nicht. Aber höchstwahrscheinlich Jeans und T-Shirt.

»Danke für Ihre Hilfe, Miguel.«

»Ich hoffe, Sie finden sie. Sie war kein schlechter Mensch. Nur ein bisschen verzogen.«

Ich beendete das Gespräch und fragte die Empfangsdame, ob ich einen Anruf tätigen durfte.

»Sehen Sie nicht, dass ich gerade ein Problem habe?«, sagte sie und fuchtelte so heftig mit den Nagelfeilen herum, dass der Nagelkleber in alle Richtungen flog.

Ich langte über den Schreibtisch und stellte die Flasche aufrecht hin. »Nur ein Gespräch. Ich fasse mich kurz.«

»Haben Sie denn kein Handy?«

»Nein. Aber ich kann Ihnen eine Gegenleistung anbieten.«

»Und die wäre?«

»Sekundenkleber. In meinem Truck.«

Sie betrachtete die Sauerei auf ihrem Schreibtisch und sagte: »Abgemacht. Aber kein Ferngespräch. Die Chefs werden sauer, wenn die Telefonrechnung zu hoch ist.«

In meinem Handschuhfach fand ich eine halb volle Tube Kleber. An der Kappe klebte trockenes Blut vom letzten Mal, als ich den Kleber benutzt hatte. Sekundenkleber eignete sich im Notfall zum Schließen von Wunden.

Ich kratzte das meiste Blut mit dem Fingernagel ab und gab ihr die Tube. Dann nahm ich das Telefon und drehte mich um, damit sie nicht sehen konnte, wie ich eine auswärtige Nummer wählte.

Eine Frau nahm ab.

»Ich suche Mr MacDonald.«

»Mit wem spreche ich, bitte?«

»Es geht um einen Zwischenfall an der Shorington-Highschool vor ein paar Jahren.«

»Einen Moment, bitte.«

Sie schrie sich förmlich die Lunge aus dem Hals, als sie nach Mac rief. Ein paar Sekunden später nahm er ab.

»Hier ist Mac. Kennen Sie sich zufällig mit Rasenmähern aus?«

»Nein.«

»Hier hat es verdammt noch mal sage und schreibe siebenunddreißig Grad, die Sonne fühlt sich auf meiner Haut wie Laserstrahlen an, und jedes Mal, wenn ich an dem Seil ziehe, macht der Motor *BA-BA-BUPP-BUPPP-BUPPPPP* und stirbt dann mit einem Geräusch ab, das wie ein Furz klingt. Er hat genügend Benzin und Öl. Was zum Teufel braucht das verdammte Ding noch?«

»Überprüfen Sie die Zündkerzen.«

Ich konnte bei Männergesprächen mithalten wie kein Zweiter.

»Die verdammten Zündkerzen. Wieso bin ich da nicht selbst draufgekommen? Mit wem spreche ich?«

»Mein Name ist Phineas Troutt. Vincent und Phyllis Scadder haben mich beauftragt, ihre Tochter Amy zu suchen. Sie ist vor zwei Jahren ausgerissen.«

»Ich erinnere mich an den Fall. Während meiner Zeit an der Schule hatte ich ein paar Ausreißerinnen, aber sie sind alle wieder aufgetaucht, außer Amy.«

»Was können Sie mir über das Mädchen sagen?«

»Nicht viel. Ich kann mich wirklich nicht an sie persönlich erinnern. Wahrscheinlich könnte ich sie nicht mal bei einer polizeilichen Gegenüberstellung identifizieren.«

»Die Schulleiterin hat was von einem jungen Mann gesagt, der nicht auf die Schule ging.«

»Was? Das weiß ich nicht mehr.«

»Sie sagte, Sie hätten ihn ein paar Mal vom Schulgelände verwiesen. Er fuhr einen weißen Land Rover.«

»Einen Land Rover? Warten Sie … ja, jetzt erinnere ich mich an den Kerl. Er hat bei Schulschluss in der Ladezone geparkt und auf sie gewartet. Als ich ihn darauf ansprechen wollte, hat er sich geweigert, die Tür zu öffnen. Saß einfach nur da und zeigte mir den Stinkefinger.«

»Haben Sie ihm Strafzettel ausgestellt?«

»Mindestens ein halbes Dutzend.«

»Wie kann ich ein Kennzeichen oder eine Adresse zu den Strafzetteln bekommen?«

»Mal sehen, das war vor ungefähr zwei Jahren. Das Shorington Police Department hat die Unterlagen vielleicht noch.«

»Könnten Sie nachfragen?«

»Ja. Es lässt mir noch immer keine Ruhe, dass der Fall nie gelöst wurde. Ich werde mit ein paar Leuten telefonieren. Wie lautet Ihre Nummer?«

Ich gab ihm die Telefonnummer des Motels und bat ihn, bei Kenny, dem Besitzer, eine Nachricht zu hinterlassen.

»Sind Sie gerade dort, Phin? In Shorington?«

»Ja.«

»Tun Sie sich einen Gefallen. Ziehen Sie nie nach Florida. Es ist wie ein Einkaufszentrum in der Hölle. Menschenmengen, verrückte Preise, lange Schlangen und heißer wie auf einem Flammengrill.«

»Habs mir notiert. Nie nach Florida ziehen. Danke, Mac.«

»Ich hoffe, Sie finden das Mädchen. Vielleicht hat sie es geschafft, von dem Typen wegzukommen. Aber ich wette einen Dollar für jede Feuerameise auf meinem Grundstück, dass die Arme irgendwo in der Klemme steckt.«

Ich legte auf, wählte schnell die Nummer der Auskunft und erkundigte mich, ob in Shorington jemand mit dem Nachnamen Pulowski wohnte. Es gab keinen Eintrag. Ich bat die Telefonistin, die Suche auf benachbarte Vororte und Chicago zu erweitern, und erhielt eine Nummer für S. Pulowksi in Chicagos South Side. Ich notierte sie mir und rief an, aber niemand meldete sich.

Ich dankte der Empfangsdame und sagte ihr, sie könne den Sekundenkleber behalten. Dann ging ich zurück zu meinem Bronco. Da ich erst wieder etwas unternehmen konnte, wenn ich von Jack die Information zu dem Halter des Land Rovers erhielt, fuhr ich zurück in die Stadt und bereitete mich auf den gemeinsamen Abend mit Pasha vor.

Ich hatte Dr. Bipasha Kapoor vor ein paar Monaten während meiner Arbeit an einem Fall kennengelernt. Zu dem Zeitpunkt befand ich mich noch in meiner Kokain- und Nuttenphase und hatte gerade eine Woche lang in einem vornehmen Hotel einen draufgemacht. Pasha hatte mich kontaktiert und mich gebeten herauszufinden, wer ihr Leben bedrohte. Ich löste ihr Problem und verliebte mich in sie. Bis über beide Ohren.

Pasha zu verlassen, wäre eine schmerzhafte Angelegenheit.

Ich hatte vor, bei ihr zu bleiben, solange ich noch einigermaßen funktionierte. Aber sobald Earl nicht mehr zu bändigen war, würde ich gehen. Ich wollte nicht, dass Pasha mir beim Sterben zusah.

Nicht, weil ich alleine sterben wollte. Das Sterben würde mir leichter fallen, wenn sie dabei war.

Aber ich wollte jemandem, den ich liebte, so etwas nicht zumuten.

Außerdem wäre ich nicht wirklich allein. Earl würde mir Gesellschaft leisten, und ich hätte die Genugtuung, dass unser Duell unentschieden endete.

Und dann hatte ich noch meine Erinnerungen.

Wenn auch sonst niemand anwesend wäre, so würde Pasha im Geiste bei mir sein. Und der Gedanke an sie würde mich trösten. Meine letzte Würde angesichts der Demütigung, die ein schmerzhafter Tod im Krankenbett mit sich brachte, bestünde in dem Wissen, dass ich ihr den Anblick meines Ablebens erspart hatte. Ich würde die Zähne zusammenbeißen, dem Tod ins Antlitz starren und ihm sagen: *Ja, du Dreckskerl, ich war auf dieser Welt, habe einen Einfluss auf sie gehabt, habe geliebt und wurde geliebt und bin jetzt für dich bereit, du Arschloch.*

Hier bin ich, Mr Tod. Lösch mich aus.

Beende meine Schmerzen.

Ich verließ die Stadtautobahn an der Ausfahrt zur Cermak Street und fuhr nach Chinatown, wo ich einst Kenny Jen Bang Ko, dem Besitzer des Michigan-Motels, eine Schutzgelderpresserbande vom Leib gehalten hatte. Die drei jungen Männer, die mich gestern angepöbelt hatten, gehörten zu dieser Bande, die sich der Clan nannte. Nachdem ich dem Treiben ein Ende bereitet hatte, stellte Kenny mir auf Dauer ein kostenloses Zimmer zur Verfügung. Die Chinesen glaubten anscheinend noch an ewige Dankbarkeit.

Andererseits war es ein billiges Zimmer, das vierzig Dollar pro Nacht kostete, zwei von insgesamt vier Steckdosen funktionierten nicht, und im Bad tropfte der Wasserhahn. Ewige Dankbarkeit kannte also Grenzen.

Aber immerhin wurde dort jeden Tag sauber gemacht, und es kostete mich nichts. Pasha hatte mir angeboten, bei ihr zu wohnen, doch ich hatte ihr geantwortet, dass ich lieber in meinen eigenen vier Wänden lebte.

In Wirklichkeit wollte ich nicht bei ihr wohnen, weil es mir dann schwerer fallen würde, sie zu verlassen.

Ich fuhr auf den Parkplatz des Michigan-Motels und hörte das Glas unter meinen Reifen knirschen. Kenny hatte einmal einen Straßenkehrer angeheuert, der das Grundstück von den

Glasscherben säuberte, aber eine Woche später waren sie wieder da. Manchen Leuten gefiel es anscheinend, Glas zu zerbrechen.

Ich parkte vor meinem Zimmer und nahm die Pistolen aus dem Handschuhfach. Dann ging ich zum Check-in, um meine Post und etwaige Nachrichten abzuholen. Der Check-in-Bereich war eine Erweiterung des Motelzimmers, in dem Kenny wohnte. Er sah aus wie eine Ticketkabine, aber das Fenster bestand aus schusssicherem Glas. Mehrere Einschussdellen dienten als Beweis.

Ein Schild forderte Besucher auf Englisch und Chinesisch auf, den Klingelknopf zu betätigen. Da ich wusste, dass er nicht funktionierte, pochte ich an die Scheibe.

Nach einer Minute – so lange dauerte es immer – öffnete Kenny Jen Bang Ko die Tür zu seinem Zimmer und betrat den Check-in-Bereich. Kenny war nicht mehr der Jüngste, hatte aber immer noch einen pechschwarzen Schopf. Wahrscheinlich war sein Haar so schwarz, weil er es nie wusch. Man könnte eine Bratpfanne einfetten, indem man sie an Kenny Jen Bang Kos Kopf rieb.

Er machte einen besorgten Eindruck und strich sich die einzelnen langen Haare, die aus dem Muttermal an seiner linken Wange sprossen.

»Sie waren hier«, flüsterte er und ließ den Blick nervös hin und her huschen.

»Wer war hier, Kenny?«

»Der Clan.«

Ich versuchte, ihn mit einem Lächeln zu beruhigen.

»Ich habe sie dir schon einmal vom Hals geschafft. Ein zweites Mal ist kein Problem.«

»Sie haben nach dir gefragt. Drei Typen. Einer hatte eine Pistole.«

Ich zeigte ihm meine 9mm und die neue AMT. »Ich habe zwei. Irgendwelche Nachrichten für mich?«

»Keine Nachrichten. Hier ist Post.«

Es war vom Labor. Meine Testergebnisse.

»Sei vorsichtig, Phineas. Sie kommen wieder.«

Ich nickte und ging zu meinem Zimmer. Die Glasscherben knirschten wie frischer Schnee unter meinen Schuhsohlen, als ich den Brief öffnete.

Positiv.

Wie ich vermutet hatte, hatte sich der Krebs ausgebreitet.

Du wusstest, dass ich wieder da bin, flüsterte Earl in meinem Kopf. *Was willst du tun? Noch zehn Runden gegen mich antreten?*

Noch mehr Chemo- und Strahlentherapie. Das Heilmittel war schlimmer als die verdammte Krankheit.

Ich zerknüllte den Brief und warf ihn beiseite.

Vor meinem inneren Auge sah ich mich in den Lauf dieser Pistole starren.

Die Vorstellung machte mir keine Angst. Nicht im Geringsten.

Ich überlegte, was ich tun würde, falls es erneut geschah.

Ich verdrängte den Gedanken und betrat meine bescheidene Behausung. Es war höchste Zeit, dass ich duschte und mir die Zähne putzte.

Als der anhaltend heiße Wasserstrahl auf Earl prasselte, zuckte ich zusammen. Ich brauchte eindeutig mehr Codein. Pasha und ich mussten unbedingt vor dem Abendessen in einer Apotheke vorbeischauen.

Wohin sollten wir zum Essen gehen? Pasha war seit Neuestem auf dem Vegetariertrip. Nicht aus Tierschutzgründen, sondern weil sie ihren Cholesterinspiegel senken wollte.

Und ich? Ich machte mir im Augenblick keine großen Gedanken um gesunde Ernährung.

Ich stieg aus der Duschkabine und trocknete meinen sterbenden Körper mit einem dünnen Motelhandtuch ab. Dann seifte ich meinen Schädel mit Rasiercreme ein und entfernte die Haarstoppeln. Dabei schnitt ich mich in die Kopfhaut und drückte einen Fetzen Klopapier auf die Stelle. Anschließend schlüpfte ich in ein Paar Boxershorts und suchte in meiner spärlichen Garderobe nach etwas Passendem.

Du versuchst, mich zu ignorieren. Aber das schaffst du nicht. Ich bin hier und werde bleiben.

Ich wählte eine dunkelgraue Stoffhose, ein graues Buttondown-Hemd und einen schwarzen Blazer. Nachdem ich vergebens nach einer Krawatte gesucht hatte, öffnete ich die obersten zwei Knöpfe und entschied mich für den lässigen Look. Dann holte ich meine Elefantenlederstiefel hervor und klappte den Absatz des rechten auf, in dem sich das Geheimfach verbarg. Die AMT aus dem Pfandleihgeschäft passte nicht richtig hinein, also höhlte ich die Aussparung ein wenig mit dem Springmesser aus. Danach schaffte ich es, die Pistole darin zu verstauen und den Absatz wieder zuzuklappen. Ich nahm mir vor, das Scharnier später zu ölen, denn das Letzte, was ich in einer lebensbedrohlichen Situation brauchen konnte, war, meine Notfallwaffe nicht herauszubekommen.

Eine lebensbedrohliche Situation? Du befindest dich doch schon in einer, Phin. Und anstatt dich damit auseinanderzusetzen, ignorierst du sie.

Die Schnittwunde an meinem Kopf blutete nicht mehr. Ich entfernte das Toilettenpapier, rieb den kahlen Schädel mit Aftershave ein und verließ das Michigan-Motel mit beschwingtem Gang. Schließlich war ich auf dem Weg zu dem einzigen noch verbliebenen Glück in meinem Leben.

Auf halber Strecke zu Pashas Haus fiel mir ein, dass ich mir immer noch nicht die verdammten Zähne geputzt hatte.

Ich hielt an einem Drogeriemarkt, kaufte mir eine Zahnbürste, Zahnpasta und einen Vier-Liter-Behälter Wasser und putzte mir die Zähne auf dem Parkplatz.

Ich wollte nicht, dass Pashas letzte Erinnerung an mich mein Mundgeruch war.

* * *

Ich starrte mit einem Anflug von Übelkeit auf das letzte Pizzastück. Vielleicht war es eine Nebenwirkung des Codeins, das Pasha und ich unterwegs besorgt hatten. Aber wahrscheinlich lag es daran, dass ich mir den Bauch total vollgeschlagen hatte.

»Noch einen einzigen Bissen, und mein Kleid platzt aus allen Nähten«, sagte Pasha.

Besagtes Kleid war schwarz und lag an den richtigen Stellen eng an.

»Ich würde dich gern aus deinem Kleid platzen sehen.«

»Idiot. Vielen Dank übrigens.«

Ich langte über den Tisch und nahm ihre Hand.

In dem sanften Licht sah sie jung und elegant aus, und die Kerze auf unserem Tisch liebkoste ihr Gesicht mit warmen Schatten. Ihre feuchten Augen strahlten. Wir befanden uns im *Maria's*, einem italienischen Restaurant mittlerer bis gehobener Preisklasse in Flutesburg, das sich auf gefüllte Pizza spezialisiert hatte. Gefüllte Pizza ist ein für Chicago typisches Gericht, das durch Kettenrestaurants wie *Uno's* und *Gino's East* berühmt wurde. Der Käse und die Zutaten werden zwischen zwei Schichten Teig gelegt, und die Sauce kommt obendrauf. Wie eine Art Pizza-Quiche. Sie war gut, aber wenn man mit dem Essen fertig war, war man genauso vollgestopft wie die Pizza selbst.

»Kann ich das für Sie einpacken?«, fragte unsere Kellnerin, als sie mit federnden Schritten an unserem Tisch vorbeikam. Sie hatte gebleichte blonde Haare, eine Vorliebe für Haarspray und genügend Lidschatten aufgetragen, um sich für die

Showtanzgruppe *The Rockettes* zu bewerben. Sie sah aus wie die Figur Bibo aus der Sesamstraße mit zu viel Make-up.

»Bitte.«

Die Blondine nahm die Pizzapfanne und entfernte sich geschäftig, um eine Verpackung zu suchen. Ich zog meine Hand zurück, holte das Schmuckkästchen aus der Jackentasche, schob es über den Tisch zu Pasha und erfreute mich an dem Glanz ihrer tiefbraunen Augen.

Eine weitere schöne Erinnerung, die ich im Gedächtnis behalten würde.

»Alles Gute zum Geburtstag«, sagte ich zu ihr.

»Lass mich raten. Ist es ein Auto?«

»Du bist unheimlich. Für eine Frau in deinem fortgeschrittenen Alter hast du einen erstaunlich scharfen Geist.«

Sie grinste und öffnete das Kästchen. Dann blickte sie vom Inhalt zu mir und wieder zurück.

»Er ist schön«, sagte sie.

»Für deinen schönen Fußknöchel.«

Sie lachte, und plötzlich verwandelte sich ihr Lachen in Schluchzen. Ehe ich sie trösten konnte, stand sie von ihrem Stuhl auf und ging zur Damentoilette.

Ich blieb allein sitzen und starrte auf die Stelle, wo sie gesessen hatte. In der Zwischenzeit kam Bibo zurück und legte die Rechnung und eine kleine Papiertüte auf den Tisch.

»Ist alles in Ordnung?«, fragte sie.

Tausende von Antworten schossen mir durch den Kopf, über Beziehungen, Leben und Sterben, Krebs und Liebe, Abschied nehmen, Geburtstage und Beerdigungen. Stattdessen sagte ich nur: »Ja. Danke.«

Sie lächelte und drehte mir schwungvoll den Rücken zu. Ich holte ein bisschen von Scadders Geld hervor und gab ein üppiges Trinkgeld.

Ein paar Minuten später kam Pasha von der Toilette zurück, gab mir einen Kuss auf die Wange und setzte sich wieder hin. Ihr Lächeln saß fest an seinem Platz. Ich wusste, dass sie für mich tapfer und stark sein wollte. Dafür liebte ich sie.

Ich konnte es nicht so weitergehen lassen.

»Der ist schön, Phin«, sagte sie wieder. Sie nahm den Fußring aus dem Kästchen und drehte ihn zwischen ihren Fingerspitzen.

»Freut mich, dass er dir gefällt.«

»Gehört er an den rechten oder linken Fuß?«

»Ich glaube, dass nur jüngere Frauen ihn am rechten Fuß tragen dürfen.«

»Echt?«

»Ich bin mir ziemlich sicher, dass es so im Gesetz steht.«

Sie schlug die Beine übereinander wie ein Mann, sodass der Fuß auf dem Knie lag. Dabei rutschte das Kleid hoch. Ich machte eine anerkennende Bemerkung.

»Du Ferkel«, erwiderte sie und grinste.

Sie befestigte den Ring am rechten Fußgelenk und drehte den Fuß, sodass ihr Absatz wie eine Pistole auf mich gerichtet war.

»Was meinst du?«

»Möchtest du meine ehrliche Meinung hören?«

»Ja.«

»Ehrlich gesagt wird es dich über kurz oder lang ganz schön nerven, das Ding ständig an- und abzulegen. Es wäre leichter, wenn du es als Armband trägst.«

»Das Ding bleibt, wo es ist. Ich werde diesen Fußring nicht ablegen. Nie und nimmer.«

Sie tat die Füße wieder unter den Tisch, griff nach meiner Hand und küsste meine großen, hässlichen Fingerknöchel.

»Danke. Ich weiß, du hättest es mir bereits gesagt, und ich will dich nicht ständig daran erinnern, aber … hast du die Testergebnisse erhalten?«

»Noch nicht.«

»Sag mir Bescheid, wenn du sie hast.«

Ich stand auf, beugte mich zu ihr und küsste sie.

Es war leichter, als ihr ins Gesicht zu lügen.

Wir verließen das Restaurant und hielten uns auf dem gesamten Weg zu Pashas Wohnung wie Kinder an der Hand. Als wir dort angekommen waren, widmeten wir uns anderen Aktivitäten – solchen, die nur für Erwachsene bestimmt waren.

Es war leidenschaftlicher als gewöhnlich. Für sie, weil sie vielleicht berechtigte Ängste hatte, mich zu verlieren. Für mich, weil ich wusste, dass ich sie verlieren musste.

Ich hielt sie noch eine Zeit lang, nachdem sie eingeschlafen war.

Für ein letztes Mal war es gar nicht schlecht.

Ich fiel für eine Weile in eine Depression und schluckte noch ein paar Codein-Pillen gegen Schmerzen, die nicht ausschließlich mit Earl zu tun hatten. Dann stieg ich aus dem Bett, zog mich an, tätschelte Groucho, Pashas Kater, ein letztes Mal den Kopf und schlich hinaus in die Nacht.

Die kühle Luft erinnerte an den Winter, der noch nicht lange zurücklag. Ich ignorierte die Gänsehaut auf meinen nackten Armen. Heuschrecken zirpten und am Himmel funkelten Sterne, eine Million Kilometer weit weg. Sie würden immer noch da sein, wenn ich längst nicht mehr existierte.

Dasselbe galt wahrscheinlich für die Heuschrecken.

Ich stieg in den Bronco und saß einfach nur da, ohne ihn zu starten.

Ich würde mit Kenny reden. Er konnte mir ein anderes Zimmer geben, und wenn Pasha jemals vorbeikam, um nach mir zu suchen, konnte er einfach sagen, ich wäre ausgezogen.

Ich würde sie morgen anrufen und ihr sagen, dass ich sie nicht mehr sehen wollte. So wäre es am besten, denn ich wusste nicht, ob ich den Mut aufbringen würde, es ihr persönlich zu sagen.

Eines wusste ich jedoch: Wenn ich sie jetzt nicht verließ, würde ich es nie schaffen.

Dafür liebte ich sie zu sehr.

Aber ich war am Ende.

Ich hatte die Schnauze voll. Von der Chemotherapie. Von der Bestrahlung. Von der falschen Hoffnung.

Vom Kämpfen.

Earl hatte gewonnen. Und ich wollte nicht, dass Pasha zusah, wie er mich tötete.

Endlich reden wir miteinander. Ich und du. Wieder allein. Bis zum bitteren Ende.

Das Abendessen ging mir durch den Kopf. Vor meinem inneren Auge sah ich, wie ich ihre Hand hielt und ihr den Fußring überreichte. Einer der wenigen Momente in meinem Leben, in dem ich wirklich glücklich war.

Kurz bevor ich meinen letzten Sterbenshauch ausstieß, würde ich diese Erinnerung erneut abspielen.

Lange würde es nicht mehr dauern.

Da es in meinen Bronco nicht hineinregnete, konnte es sich bei der Feuchtigkeit in meinem Gesicht nur um etwas anderes handeln. Ich blinzelte und biss die Zähne zusammen, damit meine Kieferpartie nicht zitterte.

»Danke«, sagte ich in Richtung Pashas Fenster.

Und dann startete ich den Motor des Trucks und machte mich auf den Weg zum Michigan-Motel, um zu sehen, wie viel Alkohol und Codein ich vertragen konnte, bevor ich in Ohnmacht fiel.

Jacqueline »Jack« Daniels

Dying Breath Cocktail
1,5 cl Jack Daniels
1,5 cl Jägermeister
1,5 cl Bacardi Black
1,5 cl Don Julio Reposado Tequila
1,5 cl Cointreau Orangenlikör
6 cl 5-hour ENERGY mit Orangengeschmack

Alkoholische Getränke zusammen mit Eis schütteln und in ein Whiskeyglas geben. Energydrink dazugeben und mit einer Kirsche garnieren. Nicht mehr als ein Glas innerhalb von fünf Stunden konsumieren.

Die Polizistin

Mein Name ist Jack Daniels. Ich bin ein Lieutenant im Morddezernat des Chicago Police Departments. In meinem Zuständigkeitsbereich, dem sechsundzwanzigsten Revier, gab es letztes Jahr dreiundvierzig Mordfälle, darunter zwanzig, die noch ungelöst sind. Wenn ich mehr Leute und mehr Stunden am Tag zur Verfügung hätte und über hellseherische Fähigkeiten verfügte, könnte ich vielleicht ein paar davon aufklären.

Aber es wird immer Fälle geben, bei denen der Täter nie erwischt wird …

Jack

Ich las gerade einen Krimi. Nachdem ich in einer schlaflosen Nacht während einer Kauforgie beim Shoppingsender Home Shopping Network fünfzehnhundert Dollar – mein gesamtes Unterhaltungsbudget für das Frühjahr – für Klamotten und Schuhe verpulvert hatte, verschlang ich ein Buch nach dem anderen. Meine Röcke von Donna Karan und hochhackigen Schuhe von Sergio Rossi standen mir zwar ausgezeichnet, dafür musste ich aber in meiner Freizeit mit gebrauchten Taschenbüchern vom Flohmarkt vorliebnehmen.

Besagter Krimi war ein Polizeiroman von Ed McBain. Ich fragte mich gerade, wieso ich nicht wie der Protagonist Steve Carella eine hübsche, liebevolle, taubstumme Ehefrau hatte, als das Telefon auf meinem Schreibtisch klingelte. Ich legte das Buch beiseite und nahm ab. Es war Detective First Class Herb Benedict, mein Dienstpartner.

»Wieso habe ich nicht eine hübsche, liebevolle, taubstumme Ehefrau, so wie Steve Carella?«, fragte ich ihn.

»Ist das nicht der Barkeeper mit einem Bein im *Friday's* an der Wabash Avenue?«

»Das ist Jamal Hasnawi.«

»Die kann man leicht miteinander verwechseln.«

»Du liegst ganz schön daneben.«

»Wer ist Steve Carella?«

»Ein fiktiver Polizist aus Ed McBains Serie um das siebenundachtzigste Polizeirevier.«

»Kein Wunder. Er ist eine literarische Figur. Im richtigen Leben ist die Ehe eine harte Angelegenheit. Man streitet um Geld, kriegt nie genug Sex und muss die Kotze des anderen aufwischen, wenn der die Grippe hat. Und am Ende muss man zusehen, wie der andere stirbt.«

»Im Grunde deines Herzens bist du ein unverbesserlicher Romantiker, Herb.«

Er machte eine Pause, ehe er sagte: »Wir haben eine weitere Leiche gefunden, Jack. Wieder ein Mädchen.«

Ich wusste sofort, wovon er sprach. »In welchem Motel?«

»Im Motorway an der Ogden Avenue.«

»Bin schon unterwegs.«

Ich legte auf. Es war Donnerstagabend, kurz vor acht, und ich hatte eigentlich Feierabend, doch aus verschiedenen Gründen verspürte ich nicht das Bedürfnis, nach Hause zu fahren. Mein Chevy Nova Baujahr 1983 sprang beim dritten Versuch an. Ich verließ den Parkplatz des sechsundzwanzigsten Reviers und fuhr Richtung Osten. Unterwegs kreisten meine Gedanken um den Motelmörder-Fall.

Vor zwei Monaten war im Sleep-Rite-Motel in der Ontario Street die Leiche einer jungen Frau gefunden worden. Der Besitzer hatte ungeachtet des Bitte-nicht-stören-Schilds den Raum betreten, nachdem ein Zimmermädchen beim Saubermachen nebenan einen unangenehmen Geruch wahrgenommen hatte. Im Zimmer befanden sich die verwesenden Überreste einer unidentifizierten Frau, deren Alter zwischen sechzehn und dreiundzwanzig Jahre geschätzt wurde.

Sie war mit Klebeband gefesselt und geknebelt. Obwohl die Leiche sich in einem Zustand fortgeschrittener Verwesung befand, ergab die Obduktion, dass das Opfer über einen Zeitraum von mehreren Tagen vaginal und anal vergewaltigt und gefoltert worden war. Das Verstörendste an dem Fall war die Todesursache.

Flüssigkeitsmangel.

Man hatte die junge Frau zum Sterben dort zurückgelassen.

Die Ermittlungen liefen schnell ins Leere. Ein Doug Jackson hatte das Zimmer für eine Woche gemietet, im Voraus bezahlt und darum gebeten, dass man ihn nicht störte. Die Adresse auf dem Anmeldeformular existierte nicht, und der Name war wahrscheinlich ebenfalls falsch. Vernehmungen von siebzehn Doug Jacksons im Großraum Chicago lieferten keine Ergebnisse. Drei Personen dieses Namens waren vorbestraft, aber zwei von ihnen verbüßten eine Haftstrafe, und einer war zum Zeitpunkt der Zimmervermietung bereits tot.

Der Motelbesitzer erinnerte sich an keine Details zu Doug Jackson, und die einzige beschissene Schwarz-Weiß-Überwachungskamera hatte einen unauffälligen Mann mit ins Gesicht gezogener Baseballkappe gefilmt. Die schlechte Aufnahme gab keinen Aufschluss über die Rasse, das Alter oder die Größe des Verdächtigen. Es war mir schleierhaft, wieso das Motel sich überhaupt die Mühe mit einer solchen Sicherheitsvorkehrung machte.

Die Kollegen von der Spurensicherung fanden jede Menge Fingerabdrücke, aber keiner davon tauchte in der Datenbank auf. Das Klebeband ließ sich nicht nachverfolgen, da man es überall kaufen konnte.

Das bei der jungen Frau gefundene Spurenmaterial lieferte keine brauchbaren Ergebnisse. Kein Sperma. Keine Hautpartikel unter den Fingernägeln. Man fand Zigaretten, von denen viele auf der nackten Haut des Opfers ausgedrückt worden waren. Zwei Marken: Kool und Marlboro. Ein bisschen

Speichel, aber nicht genug, um ihn zu typisieren, geschweige denn, DNA sicherzustellen.

Das Mädchen wurde nie identifiziert. Chicago gehörte zu einer landesweiten Datenbank, die zahnärztliche Unterlagen von verschwundenen und abgehauenen Kindern abglich, aber das nützte uns nicht viel. Bevor der oder die Täter ihr Opfer dem Tod überlassen hatten, hatten sie sämtliche Zähne entfernt. Der amtliche Leichenbeschauer vermutete, dass man zu diesem Zweck einen Meißel oder eine Feile benutzt hatte.

Die Ermittlungen verliefen also im Sand, obwohl der von den Medien so bezeichnete »Motelmörder« drei Tage lang die Nachrichten beherrschte und die Zeitungen seitenweise mit Spekulationen fütterte. Zwei Monate vergingen, und Herb und ich hatten auf das nächste Opfer gewartet, da wir sicher waren, dass es eines geben würde.

Und heute war es schließlich so weit.

Die Sonne war fast verschwunden, und in Chicago gingen sämtliche verfügbaren künstlichen Lichtquellen an. Der Verkehr war erträglich, und ich fuhr ohne Zwischenfall zweimal bei Rot über die Ampel. Mein mit Magnet auf dem Dach befestigtes Blaulicht war genauso museumsreif wie mein Auto, aber es funktionierte noch.

Dasselbe konnte man über mich sagen.

Als ich am Motorway-Motel eintraf, war dort die Hölle los. Polizisten, Reporter und Schaulustige blockierten den Verkehr in beide Richtungen, und ich musste mitten auf der Straße parken. Aber ich darf das, denn ich habe eine Dienstmarke. Manchmal fahre ich auch schneller als erlaubt.

Ich hängte mir die Marke um den Hals wie einen Backstagepass und bahnte mir einen Weg durch die Menge. Der Uniformierte, der den Tatort bewachte, ließ mich durch die Absperrung hindurch.

In Chicago gab es über sechshundert Motels und Hotels mit insgesamt über dreißigtausend Zimmern. Obwohl man bei den meisten ein Ausweisdokument und eine Kreditkarte vorlegen musste, galt immer noch die Devise: Bares ist Wahres, und Anonymität wurde in diesem Gewerbe großgeschrieben. Den Betreibern der billigen Absteigen war es egal, und in den besseren Unterkünften behandelte man Geschäftsleute, die während der Mittagspause schnell mal einen wegstecken wollten, mit Diskretion.

Wann hatte ich eigentlich das letzte Mal während der Mittagspause Sex gehabt? Mein Verlobter war momentan auf Geschäftsreise und erst kürzlich von einer üblen Krankheit genesen, sodass mein Liebesleben zu wünschen übrig ließ.

Ein zusätzlicher Aspekt auf meiner immer länger werdenden Frustliste, der mit meinem neuen Haus, meinem schrecklichen Kater und meiner nymphomanen Mutter um den ersten Platz konkurrierte.

Aber mir blieb immer noch genügend Zeit, mich mit den Banalitäten meines Lebens zu quälen – nachts, wenn ich alleine im Bett lag und an die Decke starrte. Jetzt wartete Arbeit auf mich.

Ich betrat das Foyer des dreigeschossigen Gebäudes, wo Benedict bereits auf mich wartete und betrübt dreinblickte. Mein Dienstpartner blickte immer betrübt drein, selbst wenn er lachte. Er hatte traurige, müde Augen und Wangen wie Hundelefzen. Die gut dreißig Kilo Übergewicht, die er mit sich herumschleppte, taten ihr Übriges. Der grau melierte Schnurrbart, der wie bei einem traurigen Smiley zu beiden Seiten seines Mundes herabhing, trug ebenfalls zu der allgemeinen Aura der Verzweiflung bei, die von ihm ausging.

Er trug einen zerknitterten Anzug und eine hässliche Krawatte mit Paisleymuster, die für dieses Jahrzehnt zu breit war. Ich hatte ihm einmal eine schöne Seidenkrawatte zum Geburtstag geschenkt, aber er trug sie nie.

»Vermietet an einen Doug Stephenson«, sagte er, als ich bei ihm ankam. »Anfang des Monats. Das Zimmermädchen, Rita Morano, hat den Geruch bemerkt.«

»War Rita Moreno nicht in *West Side Story*?«

»Die buchstabiert man anders. An der Tür hing ein Bitte-nicht-stören-Schild, weshalb Morano dem diensthabenden Manager Bescheid sagte, einem Mann namens Russell Tamblan.«

»Willst du mich verarschen?« Russ Tamblyn kam ebenfalls in *West Side Story* vor.

»Den buchstabiert man anders.«

»Ist das Opfer zufällig Nathalie Wood? Nur anders buchstabiert?«

Herb zuckte zusammen.

»Schlimm?«, fragte ich und meinte damit den Zustand der Leiche, nicht meinen Witz.

»Schlimmer.«

Er schritt voran und bahnte uns einen Weg zwischen den Uniformierten und den Leuten von der Spurensicherung hindurch zum Lastenaufzug. Die Türen glitten auf, und mehrere Polizisten und Kriminaltechniker drängten hinaus, darunter einer, der es nicht mehr aushielt und zwischen die Finger kotzte, die er sich vors Gesicht hielt.

Wir wichen dem Schwall aus und zwängten uns zusammen mit ein paar anderen Kollegen in die Kabine. Als wir so dicht nebeneinanderstanden, dass jeder von uns die Deos der anderen riechen konnte, schloss jemand die Tür und drückte auf den Knopf für den zweiten Stock.

Der Aufzug setzte sich mit einem mechanischen Rumpeln und Knirschen in Bewegung und brachte uns in den zweiten

Stock. Da Herb und ich als Erste eingestiegen waren, stiegen wir jetzt als Letzte aus. Während wir warteten, gab Benedict mir eine kleine Dose Vicks VapoRub. Ich tunkte einen Finger hinein und schmierte mir eine großzügige Portion Gel unter die Nase. Benedict tat dasselbe mit seinem Schnurrbart. Es war ein Trick, den wir aus dem Film *Das Schweigen der Lämmer* gelernt hatten. Das Mentholaroma stieg mir in die Nase, doch ich vernahm bereits den in der Luft hängenden Geruch nach brutalem Mord.

Man hatte gelbes Absperrband gespannt und tragbare Lampen aufgestellt, um den Jungs vom kriminaltechnischen Labor, die jeden Quadratzentimeter des Tatorts mit Kameras, Lupen und Videokameras abgrasten, die Arbeit zu erleichtern. Ich zählte fünfzehn Leute, die sich in dem engen Zimmer tummelten und sich wie Profis, die sie waren, aus dem Weg gingen. Unter ihnen befand sich Mortimer Hughes, der Rechtsmediziner. Jedes Mal, wenn ein Mensch stirbt, ohne dass ein Arzt anwesend ist, muss ein Rechtsmediziner die Person offiziell für tot erklären. Hughes übernahm diese Aufgabe für das Chicago Police Department.

»Hughes.«

»Daniels. Seit mindestens drei Tagen tot. In Anbetracht der abgesonderten Fäkalienmenge würde ich sagen, dass sie noch lebte, als sie hier zurückgelassen wurde.«

Er trat aus dem Türrahmen, sodass ich die Leiche vollständig sehen konnte. Sie hatte inzwischen eine hässliche, dunkle Färbung angenommen und lag zusammengerollt in Embryostellung. Wie eine verfaulte Bananenschale, die teilweise mit Klebeband umwickelt war. Der Gestank war trotz des Vicks unter meiner Nase so furchtbar, dass der Burger, den ich zum Abendessen verzehrt hatte, den umgekehrten Weg zu nehmen drohte.

Ich drehte den Kopf zur Seite und sog gierig die etwas bessere Luft hinter meiner Schulter ein. Benedict starrte mich mit unverändert trauriger Miene an.

»Was können Sie mir zu den Verletzungen sagen?«, fragte ich Hughes.

Er zog die Gummihandschuhe aus und warf sie in einen Müllbeutel, den er mitgebracht hatte, um den Tatort nicht mit Abfall zu verunreinigen. Dann riss er die Brille von seiner Höckernase und rieb sich mit Daumen und Zeigefinger die Augen.

»Fast identisch mit denen der anderen Opfer. Zahlreiche Prellungen, Schnittwunden und Verbrennungen, die anscheinend von Zigaretten stammen, sowie mit einer Feile entfernte Zähne. Der Leichenbeschauer wird wahrscheinlich Spuren von Gewalteinwirkung in der Vagina und im Anus finden. Bei dem Zustand der Leiche kann ich das im Augenblick nicht mit Sicherheit feststellen.«

»Wieder Tod durch Flüssigkeitsmangel?«

»Vermutlich.« Er setzte sich die Brille wieder auf und kratzte sich unterhalb der Nase. Er benutzte kein Vicks. »In meinem Beruf braucht man eine losgelöste Neugier. Man muss klinisch und wissenschaftlich anstatt emotional denken. Aber das letzte Opfer …« Hughes verzog das Gesicht. »Ich hatte das erste Mal seit meinem Medizinstudium Albträume. Jack, ich habe Töchter.«

Ich nickte. »Wir kriegen die Täter.«

Ich war mir nicht sicher, ob ich das zu Hughes oder zu mir selbst gesagt hatte.

* * *

Ich war vor Kurzem in die Vorstadt gezogen, was gegen die Regeln verstieß. Chicagoer Polizisten waren verpflichtet, innerhalb der Stadtgrenzen zu wohnen. Aber ich gehörte zu der Sorte Mensch, die um Vergebung und nicht um Erlaubnis bat.

Meine Mutter hatte mich unter gezieltem Einsatz von Schuldgefühlen überredet, mit ihr dorthin zu ziehen. Seitdem nutzte sie ihre Macht über mich, indem sie sieben Monate im Jahr außerhalb des Staates Illinois verreiste, auf der scheinbar endlosen Suche nach sinnlosen sexuellen Abenteuern. Erst neulich war sie in Colorado gewesen, wo die Männer angeblich robuster waren, und mit einem männlichen Begleiter zurückgekehrt, der anscheinend vorhatte, sich auf unbestimmte Zeit bei uns einzunisten. Bereits in der ersten Nacht stürzte ich in Moms Zimmer, nachdem ich hinter der geschlossenen Tür Schreie aus voller Kehle vernommen hatte.

Sie können sich vorstellen, wie das ausging. Was ich da drinnen sah, war etwas, das ich selbst in meinen wildesten Fantasien nie getan hatte. Obwohl ich während meiner über zehnjährigen Mordermittlerkarriere alle nur erdenklichen Todesarten, Verstümmelungen und Abartigkeiten gesehen hatte, schaffte dieser Anblick es locker an die Spitze der Dinge, die ich gern ungeschehen machen würde.

Ich gönnte meiner Mutter ihren Spaß.

Trotzdem machte mich dieses Erlebnis nicht darauf erpicht, nach Hause zu fahren.

Dasselbe galt für Mr Friskers, meinen Schildpatt-Kater, der sich in seiner neuen Umgebung benahm wie ein Löwe, dem sich plötzlich ein größeres Jagdrevier eröffnet hatte. Schildpatt-Kater sind anscheinend äußerst selten, was vielleicht sein unangenehmes Temperament erklärte. Seine neueste Gräueltat, abgesehen von der immer noch nicht ganz verheilten Kratzwunde an meiner Wade, war eine übertriebene Abneigung gegen meine Angewohnheit, zu später Stunde zu lesen. Er hatte drei Taschenbücher zerfetzt und anschließend daraufgepinkelt.

Jetzt bewahrte ich meine Bücher im Kühlschrank auf.

Nein, ich hatte wirklich keine Lust, die fünfundvierzig Minuten dauernde Autofahrt nach Bensenville anzutreten, einem Vorort, zu dessen vielen Nachteilen gehörte, dass er nicht das Mindeste mit Chicago gemeinsam hatte.

Man kann einen Stadtmenschen aus der Stadt herausnehmen, aber nicht die Stadt aus dem Menschen. Das machte mich traurig.

Mein Verlobter, ein lieber und sanftmütiger Steuerberater namens Latham, war auf Geschäftsreise und würde erst nach drei weiteren Tagen, in denen ich auf Sex verzichten musste, nach Hause kommen. Ich besaß einen Schlüssel zu seiner Wohnung am Wacker Drive. Dort würde ich mich einnisten.

Aber nicht gleich. Mir mangelt es an schlafinduzierenden Fähigkeiten. Weil dieser Umstand mich nachts wachhält, lese ich viel und kenne daher Wörter wie »schlafinduzierend«. Bevor ich auch nur an ein Nickerchen denken konnte, musste ich Dinge tun, die mich müde machten.

Chicago hatte zwar ein tolles Nachtleben zu bieten, aber für eine vierzigjährige Polizistin in einer festen Beziehung waren die Möglichkeiten begrenzt. Ich hatte die überfüllten, lauten und angesagten Schuppen satt, in denen jüngere, attraktive Leute viel Flüssigkeit zu sich nahmen und anschließend Flüssigkeiten austauschten. Um das *O'Rourke's*, die Bar, in der viele meiner Kollegen nach Feierabend abschalteten, machte ich ebenfalls einen großen Bogen, denn ich war weder irischer Abstammung noch Alkoholikerin. Außerdem hatte ich keine Lust, mir nach einem langen Arbeitstag Polizei-Geschichten anzuhören.

Der Laden, in den ein Großteil meiner für Feierabendspaß reservierten Dollars floss, hieß *Joe's* und war eine Billardkneipe, in der sich Leute gesetzteren Alters tummelten. Im Klartext: Die Atmosphäre war schäbig genug, dass die Yuppies fernblieben. Das Bier war günstig, es war ruhig, und ich konnte in der

Regel immer jemanden zum Billardspielen auftreiben, ohne groß Konversation machen zu müssen.

Ich parkte vor einem Hydranten, weil ich es kann. Falls es irgendwo brannte, würde die Feuerwehr die Fenster einschlagen und die Karre abschleppen, aber bei meinem Chevy Nova wäre das kein großer Verlust. Manchmal ließ ich das Auto beim Einkaufen mit unverschlossenen Türen und laufendem Motor stehen. In den letzten sechs Monaten war die Anzahl gestohlener Fahrzeuge in Chicago sprunghaft angestiegen, was zu Spekulationen Anlass gab, dass sich eine neue Bande professioneller Autodiebe in der Stadt niedergelassen hatte. Leider hatten diese Leute die tief hängende Frucht, die ich ihnen hinterlassen hatte, bisher nicht gepflückt.

Es war kurz vor eins. Die Nacht war angenehm frisch und erinnerte daran, dass der Winter noch nicht lange zurücklag. Ein leichter Geruch nach Abwasser und Autoabgasen hing in der Luft, aber das war immer noch besser als Vicks und Tod. Ich ging ins *Joe's* mit der Absicht, diesen Tod und all den Kummer in meinem Leben hinter mir zu lassen. Zumindest für ein paar Stunden.

Drinnen war es warm. Ich atmete das Aroma von abgestandenem Bier und den nur noch schwach wahrnehmbaren Zigarettengestank ein, der noch aus der Zeit vor Inkrafttreten des Rauchverbots Anfang des Jahres übrig geblieben war. Etwa ein Dutzend Leute hingen herum, spielten Billard, sahen sich auf dem Bildschirm die Highlights des heutigen Spiels an und sprachen in abgehackten Sätzen. Ich zahlte lächerliche drei Dollar für ein Glas Sam Adams und ließ den Blick über die Billardtische schweifen. Weiter hinten war einer frei. Ich holte mir einen Vorrat 25-Cent-Münzen und warf sie ein. Ich brauchte fünf Minuten, um das erste Dreieck abzuräumen, einschließlich einer kurzen Pause, während der ich mir noch ein Bier holte.

Für das zweite Dreieck brauchte ich länger, weil ich die Kugeln in numerischer Reihenfolge versenkte, anstatt einfach die leichteste Kugel zu nehmen. Der Tisch schluckte gerade meinen dritten Dollar, und ich trank einen Schluck aus meinem Bierglas, als hinter mir eine vertraute Stimme erklang.

»Bist du hier, um noch mehr Geld zu verlieren?«

Ich baute das Dreieck auf, ohne mich umzudrehen, rieb die Spitze meines Queues mit Kreide ein und warf Phineas Troutt einen Blick zu, der sagte: Träum weiter.

»Wo warst du in letzter Zeit?«, fragte ich. »Bist du zu Hause abgehangen und hast dein übertriebenes Selbstwertgefühl genährt?«

»Mein Selbstwertgefühl ist alles, was ich brauche, um dich beim Billard zu schlagen. Der übliche Einsatz?«

Ich nickte. Phin warf zwei Dollar auf den Tisch. Ich legte zwei dazu. Wir waren schließlich nicht Fast Eddie Felson und Minnesota Fats aus dem Film *Haie der Großstadt*.

»Ladies first«, sagte Phin.

»Natürlich.« Ich gab ihm den Queue.

Phin beugte sich über den Tisch und platzierte die weiße Kugel. Er sah schlecht aus.

Ich kannte Phin seit ein paar Jahren, hauptsächlich aus der Billardkneipe, obwohl wir auch ein paar Mal beruflich miteinander zu tun gehabt hatten. Er wirkte äußerst kompetent in seinem Job als eine Art Privatdetektiv ohne Lizenz. Ihn mit kahlem Schädel zu sehen, fühlte sich immer noch seltsam an. Die Haare fielen ihm von der Chemotherapie aus. Obwohl Phin nicht darüber redete, hatte ich den Eindruck, dass ihm nicht mehr viel Zeit blieb. Jedes Mal, wenn ich ihm über den Weg lief, sah er dünner, blasser und ausgemergelter aus. Wenn er nicht gerade einen Stoß vollführte, drückte er immer häufiger die Hand auf seine Seite, und wenn er sich gelegentlich bei einem schwierigen Manöver über den Tisch lehnte, konnte ich den Schmerz in seinen Augen aufblitzen sehen.

Ich hatte ihm an diesem Tag einen Auftrag zugeschanzt, und er erwiderte diesen Gefallen, indem er mich um einen weiteren Gefallen bat.

Keine gute Tat bleibt unbestraft.

Phin brach das Dreieck auf und versenkte die Drei. Ich runzelte die Stirn. Im Laufe unseres mehrere Jahre dauernden Billardspiels, bei dem mal ich, mal er gewann, hatte Phin mir gegenüber einen Vorsprung von ungefähr vier Dollar geschafft. Das wurmte mich mehr, als ich mir anmerken ließ.

»Bist du immer noch mit der hübschen Ärztin zusammen?«, fragte ich.

Er hielt beim Einreiben der Queuespitze mit Kreide inne und schüttelte leicht den Kopf, ohne mein Starren zu erwidern. Vielleicht war das der Grund, weshalb er schlecht aussah. Ich beschloss, das Thema nicht weiter zu verfolgen. Als er eine gestreifte Kugel nach der anderen versenkte, ging ich zum Tresen und holte uns zwei Bier.

Der kleine Teil meines Hirns, der niemals aufhörte, an die Arbeit zu denken, rief mir ins Gedächtnis, dass die beiden jungen Frauen an Flüssigkeitsmangel gestorben waren, und hier war ich und schüttete mir Bier die Kehle hinunter. Ich verdrängte den Gedanken und kehrte zum Billardtisch zurück. Phin hatte sämtliche seiner Kugeln versenkt außer der Acht. Er rieb gerade die Queuespitze mit Kreide ein.

»Der Betrüger betrügt sich selbst«, sagte ich zu ihm.

Er beförderte die Acht aus einer schwierigen Position heraus ins Loch und ließ dies als seine Antwort stehen. Ich gab ihm das Bier, und er erinnerte mich daran, dass der Verlierer das Dreieck aufbaut. Was ich auch tat.

»Danke, dass du mich an Scadder empfohlen hast«, sagte er und rieb sich an der Nase.

Hatte er gekokst?

Ging mich das etwas an?

»Keine Ursache«, sagte ich. »Das unvollständige Nummernschild müsste ich bis morgen für dich haben.«

Er nickte ein *Danke.* »Wie läufts mit dem Steuerberater?«

»Gut. Kommst du zur Hochzeit?«

Er antwortete nicht.

Ich bohrte nicht weiter nach.

Wir spielten noch eine Runde. Meine Kugeln fanden schließlich den Weg in die Löcher, und ich gewann meine zwei Dollar zurück. Über dem Tresen hing ein großes Schild mit dem Hinweis, dass Billardspielen um Geld nicht gestattet war. Aber was sollten sie machen? Die Polizei rufen?

Dem Spiel folgten weitere, und wir wechselten im Laufe des Abends höchstens zehn Sätze. Offensichtlich ging es Phin schlecht, aber er gab keine Details preis, und ich fragte nicht. Dennoch war das Schweigen angenehm.

Abgesehen von Benedict war Phin jemand, den ich am ehesten als einen Freund bezeichnen konnte.

Sicher, es war eine seltsame Beziehung. Ich war Polizistin, er bewegte sich auf der anderen Seite des Gesetzes. Ich war eine zehn Jahre ältere Frau. Hin und wieder flirtete er mit mir, eine Macho-Masche, die er manchmal abzustellen vergaß. Aber in erster Linie war es eine Beziehung, die auf gegenseitigem Respekt, Geselligkeit bei Bier und Billard sowie der Tatsache beruhte, dass wir uns in der Gegenwart des anderen wohlfühlten.

Die Sperrstunde kam, und alle Lichter gingen an. Wir tranken unsere Biergläser aus. Ich rechnete im Kopf aus, dass Phin mit vier Dollar in Führung lag.

»Das nächste Mal mach ich dich platt«, sagte ich.

Auch diesmal antwortete er nicht.

Und ich bohrte auch diesmal nicht nach.

Wir gingen getrennte Wege. Ich begab mich zunächst auf die Damentoilette, um meine Blase von dem Bier zu befreien, das ich dort als Geisel gehalten hatte. Mein Chevy Nova parkte immer noch vor dem Hydranten, unbehelligt von der städtischen Feuerwehr. Ich überlegte, ob ich nüchtern genug war, um Auto zu fahren. Gemessen an meinem Körpergewicht lag ich wahrscheinlich um Haaresbreite unter der gesetzlichen Promillegrenze.

Da ich auf Nummer sicher gehen wollte und noch nicht die nötige Bettschwere hatte, suchte ich ein rund um die Uhr geöffnetes Diner auf und bestellte ein Schinkenomelett und eine Tasse koffeinfreien Kaffee. Ich versuchte, an nichts zu denken, was mir nicht gelang.

Ich hielt mich gern in Chicago auf. Hier konnte ich bis vier Uhr morgens Billard spielen und Bier trinken und anschließend noch einen Happen essen. Mein Umzug in die Vorstadt war meiner Mutter zuliebe erfolgt. Die Hälfte der Zeit war sie weg, und wenn sie sich zu Hause aufhielt, dann meist in Gesellschaft älterer Männer, die sich Viagra reinzogen wie Kinder Süßigkeiten an Halloween. Das Mutter-Tochter-Band, das ich mir erhofft hatte, kam nie zustande. Stattdessen saß ich allein in einem großen Haus mit großem Garten fest und schlug mich mit Schlaflosigkeit und Unzufriedenheit herum.

Zum Glück wohnte Latham in Chicago. Nachdem ich genug Omelett verspeist hatte, um wenigstens den Alkoholgehalt von einem Glas Bier zu binden, machte ich mich auf den Weg zu seinem Apartment. Selbst zu dieser frühen Morgenstunde waren sämtliche Parkplätze um das Gebäude herum besetzt, obwohl man einen Parkschein für Anwohner benötigte, um auf der Straße zu parken. Da ich einen solchen besaß, suchte ich nach einer Lücke und wurde schließlich einen Block weiter fündig. Gerade als ich mich anschickte, rückwärts einzuparken, tauchte hinter mir ein Arschloch in einem Mini-Cooper auf und schnappte mir den Platz weg.

Ich warf ihm einen bösen Blick zu, und er zuckte mit den Schultern.

Ich wollte schon meine Polizeimarke zücken, ließ es aber bleiben und parkte stattdessen in einer Ladezone ein paar Meter weiter. Als Polizistin konnte ich mir das erlauben. Dann verschaffte ich mir Zutritt zu Lathams Wohnung, zog mich aus, machte es mir in seinem Bett bequem und atmete seinen Geruch ein.

Zum Glück brauchte ich weniger als zehn Minuten zum Einschlafen.

* * *

Zu meinem Unglück wachte ich vier Stunden später wieder auf.

Ich wälzte mich aus dem Bett und musste außergewöhnliche Selbstdisziplin aufwenden, um mich durch meine Morgengymnastik zu quälen. Hundert Sit-ups. Fünfzig Liegestützen. Zweihundert Kniebeugen.

Wer auch immer Kniebeugen erfunden hatte, war ein schlimmerer Sadist als so mancher Verbrecher, den ich gejagt hatte. Eigentlich sollte ich mal wieder ins Dojang gehen und ein ordentliches Training absolvieren. Aber ich hatte seit Monaten kein Taekwondo mehr gemacht. Vielleicht durchlief ich zurzeit ein Form- oder Stimmungstief. Oder vielleicht war ich einfach nur faul.

Ich drehte die Dusche so heiß auf, dass ich Gemüse hätte kochen können, und spülte den gestrigen Tag weg, bis ich mich wieder frisch, sauber und einsatzbereit fühlte.

Ich bewahrte in Lathams Wohnung einen extra Hosenanzug von Louis Vuitton auf, der noch in der Schutzhülle der Reinigung steckte. Nach dem Anziehen trug ich ein bisschen

Make-up auf (hauptsächlich um die Augen herum, um die dunklen Ringe zu kaschieren, die mir das Aussehen eines Waschbären verliehen), schlüpfte in meine schwarzen Stiefel von Stuart Weitzman, die ich am Abend zuvor getragen hatte, schnallte mir das Holster mit meiner .38er um und ging mit meiner schmutzigen Wäsche in einem Kopfkissenbezug zur Tür hinaus. Zwischen dem Augenblick, als ich mit dem Duschen fertig war, und dem Verlassen der Wohnung waren gerade mal zehn Minuten verstrichen.

Und da gab es doch tatsächlich Leute, die behaupteten, Frauen bräuchten morgens lange.

Draußen war es kühl und wolkenlos, und das grelle Sonnenlicht ließ mich die Augen zusammenkneifen. Mein Blick fiel auf ein Unkraut, das aus einem Riss im Asphalt spross und die Sonne aufsaugte wie ein trockenes Handtuch Wasser.

Der Frühling war endlich da.

Ich brachte meine alten Klamotten in die Reinigung an der Ecke und ging zu meinem Auto, das ich unverschlossen und illegal in einer Ladezone abgestellt hatte. Da die Polizei anhand meines Kennzeichens wusste, wer ich war, ließ sie den Wagen nicht abschleppen. Leider hatten auch diesmal keine Autodiebe angebissen.

Ein anderer Autobesitzer hatte nicht so viel Glück wie ich. Dieses Arschloch im Mini-Cooper, das mir die Parklücke vor der Nase weggeschnappt hatte, starrte verzweifelt auf besagte Lücke, die jetzt leer war.

»Haben Sie etwas verloren?«, fragte ich.

Jack Daniels, Meisterin des Spotts.

»Als ich herauskam, war er weg. Abgeschleppt.«

»Parken können hier nur Anwohner mit Parkschein«, sagte ich und freute mich, ihm mit einer Auskunft dienen zu können.

»Ich habe einen«, jammerte er. »Ich glaube, dieser Dreckskerl hat mein Auto gestohlen.«

»Sie sollten die Polizei rufen«, riet ich ihm.

Meine Schrottkarre sprang beim dritten Versuch stotternd an. Ich fädelte mich in den Berufsverkehr ein und machte mich auf den Weg zum Polizeirevier, wo ich jedes Mal zur gleichen Zeit ankam, nämlich um Viertel nach neun. Benedict, der stets früh zur Arbeit kam, wartete in meinem Büro mit einer Tasse Kaffee auf mich. Normalerweise würde ich das als eine nette Geste betrachten, aber nicht bei diesem Kaffee. Die meisten meiner Kollegen meinten, es wäre gar kein echter Kaffee, sondern braunes Wasser, das jemand auf einen Grad über Zimmertemperatur aufgewärmt hatte. Ich war anderer Meinung, denn braunes Wasser hätte besser geschmeckt.

»Morgen, Herb. Danke.«

Ich nahm den Kaffee entgegen. Er schmeckte bitter und salzig. Zum tausendsten Mal fragte ich mich, warum ich mir nicht eine Kaffeemaschine fürs Büro kaufte.

Wahrscheinlich, weil jemand sie stibitzen würde. Polizisten sind auch nur Menschen.

»Morgen, Jack.« Herb trug heute eine dicke orange-grüne Krawatte. Er sah damit aus, als hätte er eine tote Figur aus der Muppet-Show um den Hals hängen.

»Was ist aus der Krawatte geworden, die ich dir zum Geburtstag geschenkt habe?«, fragte ich.

Mein Telefon klingelte, und ich klatschte mir den Hörer an die Wange.

»Daniels.«

»Sie und Benedict. In mein Büro.«

»Jawohl, Captain.«

Ich legte auf.

»Der Boss will uns sehen«, sagte ich zu Herb. Ich trank noch einen Schluck gebrautes Abwasser, und dann waren Herb und ich auch schon zum Büro von Captain Steven Bains unterwegs.

Bains war ein guter Mensch und ein guter Vorgesetzter, aber er war auch ein Bürokrat. Im Klartext bedeutete dies, dass er stets darauf bedacht war, sich abzusichern. Wenn ihm von oben jemand Druck machte, gab er diesen nach unten weiter.

Da er ein instinktives Frühwarnsystem für Fälle hatte, die ihm politisch schaden konnten, erwartete Bains, dass wir ihn über jeden wichtigen Fall auf dem Laufenden hielten. Seine politischen Ambitionen waren auch der Grund, warum er ein Toupet trug. Das künstliche Haar würde realistisch aussehen, wenn es von grauen Strähnen durchsetzt wäre, so wie sein Schnurrbart. Stattdessen wies es eine Braunschattierung auf, wie man sie sonst nur in der Toilette findet.

Benedict und ich betraten sein Büro, ohne anzuklopfen, wie wir es immer taten, wenn er uns zu sich bestellte. Er nahm die Lesebrille ab und musterte uns. Benedict machte hinter sich die Tür zu.

Der Captain war klein und hatte in letzter Zeit Fett angesetzt. Das kantige Gesicht, dem man das Alter von rund fünfzig Jahren ansah, war nicht zum Lachen gemacht. Der graue Schnurrbart bildete einen Kontrast zu seinen Haaren und ließ die Oberlippe leuchten wie ein Signalfeuer.

»Machen Sie sich auf etwas Schlimmes gefasst«, sagte er und gab damit den Ton für den Rest der Besprechung vor.

»Wir haben die Obduktion schnell erledigt, und irgendwie ist der Bericht nach draußen gelangt. Ich werde herausfinden, wer dafür verantwortlich war, und den Betreffenden auf Stacheldraht kreuzigen.«

»Wir haben den Bericht noch nicht gesehen«, sagte ich.

»Ich weiß. Ich habe Kopien für Sie zurückgelegt.«

Er deutete auf seinen Schreibtisch. Benedict und ich nahmen je ein Exemplar. Normalerweise dauerten forensische Leichenuntersuchungen wegen der hohen Anzahl von Leichen und des damit verbundenen Arbeitsrückstands mehrere Tage.

Aber bei besonderen Fällen, zum Beispiel bei Serienmorden, wurde ein Mann namens Phil Blasky hinzugezogen, damit er sich sofort darum kümmerte. Blasky unterrichtete an der University of Illinois in Chicago, stand aber auf Abruf zur Verfügung, wenn Not am Mann war. Wir griffen ungefähr ein Dutzend Mal im Jahr auf ihn zurück. Dieser Fall war so eine Notsituation.

»Die Presse hat es voll ausgeschlachtet«, fuhr Bains fort. »Es ist so schlimm wie damals beim Kork-Fall.«

Charles Kork hatte vor einigen Jahren verstümmelte Leichen in Müllcontainern im Großraum Chicago deponiert und täglich für Schlagzeilen gesorgt, bis wir ihn erwischten.

»Dieses Mädchen wurde genau wie das andere verstümmelt. Vergewaltigt, keine Zähne und so weiter. Ihre Leiche wurde mit Rohrreiniger abgewaschen, wahrscheinlich, um sämtliche DNA-Spuren zu entfernen. Sie starb genau wie das erste Opfer an Flüssigkeitsmangel. Das heißt, sie war gefesselt und hat tagelang gelitten. Aber es kommt noch schlimmer. Wir haben Röntgenaufnahmen der Handgelenke. Die Knochen waren noch nicht zusammengewachsen.«

Herb und ich wussten, was das bedeutete. Bei der Geburt eines Menschen sind dessen Handgelenkknochen durch Knorpelgewebe voneinander getrennt. Im späten Teenageralter wachsen sie schließlich zusammen. Wenn das noch nicht geschehen war …

»Wie alt war sie?«, fragte ich.

»Vermutlich jünger als siebzehn.«

Igitt! Mord war immer schlimm, aber Mord an Kindern war das Schlimmste.

»Ich habe soeben mit dem Bürgermeister telefoniert. Er will, dass wir eine Einsatzgruppe bilden.«

Das konnte unangenehm werden. Ich behielt einen neutralen Gesichtsausdruck. »Wir haben noch keine handfesten

Spuren. Eine Einsatzgruppe wird nichts weiter bewirken, als sich selbst im Weg zu stehen.«

»Das ist mir klar. Sie wird sich um Telefongeständnisse kümmern. Bisher haben wir noch nicht viele Anrufe bekommen. Selbst die Perversen da draußen wollen sich nicht zu dieser Tat bekennen. Aber sobald Sie auch nur den geringsten Hinweis finden, geben Sie ihn an mich weiter, damit die Gruppe die Suche einengen kann.«

»Da ist noch mehr«, sagte ich, da ich seinen Blick lesen konnte.

»Das FBI hat ebenfalls sein Interesse an dem Fall bekundet.«

»Ah … Scheiße!«

Während der Ermittlungen im Fall Charles Kork hatte das Violent Criminal Apprehension Team des FBIs zwei Agenten entsandt, die wie Kletten an mir gehangen hatten. Zu ihren Arbeitsmethoden gehörte das Profiling. Dabei gibt man Beweismittel von Tatorten in einen Computer ein, um die Historie und Arbeitsweise von Serienmördern zu erfassen. Im Falle Korks waren die Agenten überzeugt, dass er regelmäßig Country-und-Western-Kneipen besuchte und einen Pferdefetisch hatte.

»Beim letzten Mal haben die Typen ein Pferd observiert«, sagte Herb.

»Die Fotos waren in der Zeitung«, fügte ich hinzu.

»Das ist deren PR-Problem, nicht unseres. Wenn sie die Zuständigkeit nachweisen können, können sie den Fall haben.«

Ich überlegte, wie ich es diplomatisch ausdrücken konnte, entschied mich dann aber für: »Die haben keine Ahnung.«

»Was ist Ihre Aufgabe?«, fragte Bains uns.

Die korrekte Antwort lautete, den Bürgern zu dienen und sie zu schützen. Meine persönliche Motivation bestand darin, die Welt zu einem besseren Ort zu machen, für den unwahrscheinlichen Fall, dass ich eines Tages Kinder haben würde. Aber Herb und ich wussten, was der Captain hören wollte.

»Sie zufriedenzustellen«, erwiderten wir mit monotoner Stimme im Chor.

»Wenn wir dieses Arschloch kriegen, würde mich das zufriedenstellen. Den Fall an das FBI abzugeben, würde mich fast genauso zufriedenstellen. Sie können gehen.«

Wir verließen das Büro. Benedict machte hinter uns die Tür zu.

»Hast du schon gefrühstückt?«, fragte ich ihn.

Er nickte.

»Schade. Ich hätte dich sonst eingeladen«, sagte ich zum Scherz.

»Du kannst mir das Geld geben.«

Wir hielten vor einem Trommelautomaten, einem dieser Dinger mit den kleinen, sich drehenden Fächern, in denen Obst, Sandwiches und Säfte zum Verkauf angeboten werden. Ich warf vier Dollar ein und holte mir ein Eiersandwich. Das Bild auf der Verpackung sah so verlockend und appetitanregend aus, dass ein selbst zubereitetes Frühstück im Vergleich dazu zusammengepanscht und armselig wirkte.

Ich entfernte die Verpackung und starrte auf ein Brötchen, dem jegliche Farbe fehlte. Ich hob die obere Hälfte an. Die Eier waren ebenfalls farblos, und das Hacksteakscheibchen obendrauf war so groß wie eine Halbdollarmünze und wies die gleiche schlammig braune Farbe wie unser Kaffee auf.

So viel zum Thema ehrliche Werbung.

Als ich von dem Anblick genug hatte, legte ich es in den Mikrowellenherd neben dem Automaten. Wahrscheinlich handelte es sich um eines der allerersten Modelle und wurde von einem Dieselmotor angetrieben. Das Ding gehörte in ein Museum und nicht in ein Polizeirevier. Aber unser Budget ging hauptsächlich für Bürobedarf drauf. Der Rest wurde widerwillig für die Beschaffung zusätzlicher schusssicherer Westen verwendet, da diese regelmäßig abhandenkamen. Im Laufe des letzten Jahres hatten wir fast zwanzig Stück verloren und den Dieb bisher nicht ermittelt. Vermutlich erhielt ein korrupter Kollege dafür gutes Geld auf der Straße. Entweder das, oder die Dinger verschwanden von alleine, weil sie Angst hatten, von Kugeln getroffen zu werden.

Der Mikrowellenherd machte *pling*, und ich holte die Aluminiumschale mit dem Sandwich heraus. Die moderne Technologie war einfach klasse. Mit ihrer Hilfe konnte man in weniger als einer Minute einen kalten Klumpen ekliges Essen in einen heißen Klumpen ekliges Essen verwandeln und dabei gleichzeitig jeglichen Geschmack entfernen.

»Was gab es bei dir zum Frühstück?«, fragte ich Herb und warf einen Blick auf das Sandwich, das mir wahrscheinlich gleich den Magen verderben würde.

»Selbst gemachte Muffins. Die Frau von Perkins hat eine ganze Menge davon vorbeigebracht. Die waren richtig gut.«

»Wieso hast du mir nichts gesagt?«, fragte ich und warf mein Sandwich in den Abfalleimer.

»Weil ich die letzten vier verputzt habe«, sagte Herb. »Eigentlich hatte ich nach dem zweiten keinen Hunger mehr, aber ich habe sie trotzdem runtergewürgt, weil sie so gut waren.«

Ich betrachtete den Abfalleimer. Mein scheußliches Eiersandwich lag auf einem Haufen scheußlichem Kaffeesatz.

»Scheiße«, sagte ich. Ein besserer Kommentar fiel mir nicht ein.

Ich ging zurück in mein Büro und Benedict zu seiner Arbeitsnische, wo wir uns den Obduktionsbericht anschauten.

Das Klebeband war grau und fünf Zentimeter breit. Das erste Stück, das um ihre Fußgelenke gewickelt war, hatte eine Länge von neunzig Zentimetern.

Das zweite Stück war zwei Meter und zehn Zentimeter lang. Der Täter hatte damit die Arme des Opfers an den Seiten befestigt, und zwar vom Bauch bis zu den Ellenbogen.

Das letzte Stück maß achtzehn Zentimeter Länge und hatte auf dem Mund des Opfers geklebt. Sämtliche Enden waren mit einer Schere abgeschnitten worden.

Fingerabdrücke gab es keine, was darauf hinwies, dass der Täter wahrscheinlich Handschuhe getragen hatte. Auf der Klebeoberfläche von Isolierband hinterließ man leicht Abdrücke. Auch die Außenseite war dafür empfänglich, da sie glatt war. Aber man hatte nicht einmal Reste von Abdrücken gefunden.

Im Mund des Mädchens, unter dem Klebeband, befand sich ein Klumpen Toilettenpapier, das mit dem im Bad des Motelzimmers übereinstimmte.

Überall an der Leiche fanden sich Spuren von Rohrreiniger. Das Chemikaliengemisch hatte auch an mehreren Stellen ihre blonden Haare aufgelöst.

An den Rändern des Klebebandes waren Jutefasern.

Tests ergaben, dass die Fäkalien bei der toten jungen Frau von ihr stammten.

Das Opfer war unbekleidet. Im Zimmer fand man keine persönlichen Gegenstände.

Ich sah mir die Fotos der obduzierten Leiche an und überflog die an ihr verübten Gräueltaten.

Mehrere Dutzend Blutergüsse.

Sechsunddreißig durch Zigaretten verursachte Brandwunden, die meisten um die Brüste herum.

Gebrochenes Schlüsselbein.

Gebrochener Arm.

Ausgemeißelte Zähne sowie Verletzungen an Lippen und Zunge.

Schwere Verletzungen im Vaginal- und Analbereich.

Chemische Verätzungen auf neunzig Prozent der Leiche, verursacht durch den Rohrreiniger.

Blutergüsse um die Augen.

Eine gebrochene Nase.

Innere Blutungen.

Tod durch Nierenversagen, verursacht durch Flüssigkeitsmangel. Blasky ging davon aus, dass sie in den letzten vierundzwanzig Stunden ihres Lebens wahrscheinlich nicht bei Bewusstsein gewesen war.

Das konnte man nur hoffen.

Keine Fasern an der Leiche, mit Ausnahme von ein paar, die mit der Jute am Klebeband übereinstimmten.

Keine Hautpartikel unter den Fingernägeln.

Ich schaltete den Rechner auf meinem Schreibtisch an und nippte an dem kalten, salzigen Kaffee, während der PC hochfuhr. Dann loggte ich mich in den Netzwerk-Server des Chicago Police Departments ein. Just in diesem Augenblick klingelte das Telefon. Ich beendete das Klingeln, indem ich den Hörer abnahm. Ein Trick, den ich in dieser Situation immer anwende.

»Daniels.«

»Hier ist Tate vom Empfang. Ein Typ mit Glatze namens Troutt möchte Sie sprechen.«

»Schicken Sie ihn zu mir hoch.«

Ein paar Minuten später kam Phin in mein Büro. Er trug ein Flanellhemd und eine verwaschene Jeans mit Riss am linken Knie. Da die Jalousien in meinem Rücken offen waren, traf ihn das Sonnenlicht voll ins Gesicht.

Er sah aus wie eine Leiche. Dünn, ausgemergelt und eingefallen.

Ich hoffte, dass er mir den Schock nicht anmerkte.

»Ich hoffe, die Gerüchte stimmen«, sagte er.

»Was für Gerüchte? Über meinen beispiellosen Modegeschmack?«

»Über die Vorliebe von Polizisten für Donuts. Ich habe dir welche mitgebracht.«

Er hielt eine weiße Papiertüte aus einer Bäckerei hoch und stellte sie auf meinen Schreibtisch.

Das Aroma von Zimt stieg mir in die Nase, und mir lief das Wasser im Mund zusammen.

»Danke.« Ich übte mich in heroischer Selbstbeherrschung und streckte nicht sofort die Hand nach der Tüte aus.

Phin war nicht auf einen Kaffeeplausch hergekommen. Er wollte Amy Scadders Akte.

»Du kannst sie hier lesen«, erklärte ich ihm. Ich betätigte ein paar Tasten und rief das Dokument auf meinem Bildschirm auf. Dann bot ich ihm meinen Stuhl an, fand den Obduktionsbericht des ersten Mordopfers auf einem der vielen Haufen, die vom Schreibtisch zu fallen drohten, und öffnete nonchalant die Donut-Tüte. Ich entschied mich für eine Zimtschnecke, die fast so groß war wie mein Kopf. Obwohl ich eigentlich nicht an ein Leben nach dem Tod glaubte, kam ich zu dem Schluss, dass es im Himmel – falls es ihn gab – wie dieser Donut roch.

Ich biss hinein. Weich wie Butter.

Vielleicht gab es doch einen Gott.

»Wo hast du die her?« Ich konnte nicht umhin zu fragen.

Phin sah von seinen Notizen auf.

»Gut?«, fragte er.

»Aber so was von«, sagte ich.

»Ich habe sie draußen in der Mülltonne gefunden. Sie lagen unter einer vollgeschissenen Windel.«

»Im Ernst. Ich werde Stammkunde in dem Laden und setze ihn vielleicht sogar in mein Testament.«

»Ich dachte, du bist eine gute Polizistin«, sagte Phin. Er drehte die Tüte um und zeigte mir den Namen, der darauf gedruckt stand.

Dunkin' Donuts. Was sonst?

Ich hörte auf, das Zimtaroma zu inhalieren, fischte einen Donut in Form einer Bärentatze aus der Tüte, nahm auf dem Besuchersessel Platz und vertiefte mich in den Obduktionsbericht zum ersten Opfer.

Es gab viele Ähnlichkeiten. Das Klebeband. Der Rohrreiniger. Die Jute. Die Blutergüsse und Brandwunden. Die mit einem Meißel entfernten Zähne. Tod durch Flüssigkeitsmangel. Eine Sache war bei dem ersten Mord jedoch anders.

»Hast du irgendwas zu ihrem Vater?«, fragte Phin.

»Hmm?«, machte ich mit vollem Mund.

»Vincent Scadder. Gibt es zu ihm eine Polizeiakte?«

»Ich weiß nicht.«

»Kannst du nachschauen?«

Ich taxierte Phin. Er war kein Mann, der gern um einen Gefallen bat. Meines Erachtens war er einer der härtesten Burschen, die ich kannte, abgesehen von einem Typen namens Tequila, der mir vor vielen Jahren begegnet war.

»Sicher«, sagte ich, beugte mich über ihn und rief eine andere Datenbank auf. Ein paar Tastenanschläge, und Vincent Scadders Vorstrafenregister erschien auf dem Bildschirm.

Auf dem erkennungsdienstlichen Foto blickte Scadder irritiert drein, als wäre eine Festnahme eine Unannehmlichkeit. Sein Vergehen war Steuerhinterziehung.

»Wurde er verurteilt?«, fragte Phin.

»Andere Datenbank. Sekunde.« Ich tippte auf ein paar Tasten und klickte an den betreffenden Stellen.

»Bewährung. Musste eine hohe Geldstrafe berappen.«

»Kann ich eine Kopie haben?«

Phin war gefährlich nah dran, den Bogen zu überspannen, aber ich druckte ihm das Dokument aus. Er nahm es entgegen und starrte mich weiterhin an, als erwarte er mehr.

Richtig, er hatte mich um noch etwas gebeten. Das unvollständige Kennzeichen. Ich machte mich über die Tastatur her und tippte die Buchstaben und Ziffern in das entsprechende Textfeld.

»Vierundsiebzig potenzielle Treffer«, sagte ich.

Er runzelte die Stirn. »Die sind alle von weißen Land Rovern?«

»Das ist die korrekte Reihenfolge, aber du hast mir nicht die Position genannt.«

Er langte in seine Tasche und holte ein Foto heraus, das er zwischen zwei Fingern hielt. Es zeigte zwei Leute vor einem Land Rover, einen Mann und eine junge Frau. Ihre Beine blockierten den Blick auf das Nummernschild. Kennzeichen des Bundesstaates Illinois hatten bis zu sieben Stellen, und die zwei, die man auf dem Foto erkennen konnte, befanden sich irgendwo in der Mitte.

»Bist du dir sicher, dass das ein B ist?«, fragte ich. »Ich finde, es sieht eher wie ein R aus.«

Phins Stirnrunzeln verwandelte sich in ein leichtes Zucken. Ich wiederholte die Suche. »Hundertacht potenzielle Treffer.«

»Mir hat es als B besser gefallen.«

Offensichtlich hatte er diese Bemerkung als Dank gemeint, denn er nickte nur und verließ ohne weitere Worte mein Büro. Ich war gerade im Begriff, mir noch einen Donut zu genehmigen, als Benedict mit zwei Tassen Kaffee hereinspazierte. Er hatte wohl vor, mich umzubringen.

»Willst du mich umbringen?«, fragte ich.

»Die sind aus dem Automaten. Die Kaffeemaschine hat endgültig den Geist aufgegeben.«

»Wie ist das passiert?«

»Jemand hat sie auf den Boden geworfen und darauf herumgetrampelt.«

»Mord«, sagte ich.

»Eher Totschlag in Notwehr«, sagte Herb. »Ein guter Anwalt würde auf Freispruch plädieren.«

»Und jeder in diesem Gebäude hatte ein Motiv. Hast du ein Alibi für den Todeszeitpunkt?«

»Ich beantworte keine Fragen in Abwesenheit meines Anwalts. Und du?«

»Ich mache von meinem Recht auf Aussageverweigerung Gebrauch. Wie schmeckt das Automatengebräu?«

»Ich will deine Meinung nicht trüben.«

Ich nippte daran und fand, dass sich nicht viel verbessert hatte. Wir hatten salzig gegen fettig eingetauscht.

»Gibt es nicht siebenhundert Starbucks-Filialen oder so, die man von hier aus zu Fuß erreichen kann?«

»Wenn du gehst, bring mir einen mit.« Er griff in meine Tüte, ohne zu fragen, und nahm sich einen Donut mit Marmeladenfüllung. Während er ihn verschlang, machte er gierige, befriedigte Geräusche.

Ich fand Servietten in meinem Schreibtisch und gab Herb ein paar. Dann machten wir uns an unsere altbewährte Brainstorming-Methode und tauschten Fakten und Ideen miteinander aus.

Diese Übung führte selten zu großen Durchbrüchen, half uns beiden aber, uns mit der Faktenlage vertrauter zu machen.

»So … Theorien, Beobachtungen, hilfreiche Hinweise?«, fragte ich.

»Einmal haben die Täter unter dem Namen Doug Jackson, das andere Mal unter dem Namen Doug Stephenson eingecheckt.«

»Beides häufige Namen, die man unmöglich nachverfolgen kann. Aber sie haben zweimal den gleichen Vornamen verwendet.«

»Dann heißt vielleicht einer der Täter Doug?«

»Wir benutzen dauernd den Plural. Vielleicht haben wir es nur mit einem Täter zu tun, der zwei verschiedene Zigarettenmarken raucht, um uns zu verwirren.«

»Hast du das Gefühl, dass wir es nur mit einem Typen zu tun haben?«, fragte Herb.

Ich runzelte die Stirn. »Mein Gefühl sagt mir, dass es zwei sind. Vielleicht sogar mehr.«

»Wieso? Außer dem Offensichtlichen?«

Mit »dem Offensichtlichen« meinte Herb die Beschreibungen, die uns die Motelangestellten gegeben hatten. Abgesehen davon, dass es sich bei beiden um Weiße handelte, waren die Männer, die sich in den Motels eingemietet hatten, unterschiedlich groß und hatten unterschiedliche Haar- und Augenfarben. Außerdem wog einer etwa zwanzig bis fünfundzwanzig Kilo mehr. Vielleicht hatte er sich verkleidet, aber ich hatte das Gefühl, dass wir es mit mehreren Tätern zu tun hatten.

Ich versuchte, dieses Gefühl in klare Worte zu fassen. »Wir waren schon an Tatorten, die sich, wie soll ich sagen, privat angefühlt haben. So pervers die Tat auch war, sie wurde auf intime Art und Weise ausgeführt. Diese zwei Motelmorde dagegen … es kommt mir eher so vor, als hätten zwei Jungs damit angeben wollen, wie schlimm sie sind. Sie haben sich gegenseitig hochgeschaukelt.«

Herb nickte. »Wie bei einer Studentenverbindungsparty, wo jeder die anderen zu noch wilderen Ausschweifungen animiert.«

Menschen, die gemeinsam töten, waren nicht so selten, wie man glaubt. Herb und ich hatten schon einmal eine entartete Familie gejagt, und zwar die Korks. Es steckte offensichtlich in ihren Genen, und eine besonders verhängnisvolle Kombination von Vererbung und Milieu hatte in ihrem Fall für eine Menge Leid und Tod gesorgt.

Wir hatten auch etwas Erfahrung mit Bandenkriminalität. Vor vielen Jahren war ich als verdeckte Ermittlerin tätig gewesen, um T-Nail festzunehmen, einen Psychopathen und Chef einer Bande, die sich *Eternal Black C-Notes* nannte. Diese Leute funktionierten beinahe wie ein Ameisenhaufen. Sie gehorchten den Befehlen ihres Anführers und waren bereit, für die Gang ihr Leben zu opfern. Loyalität, Respekt und die Hackordnung innerhalb der Gruppe bedeuteten ihnen alles, und sie töteten oft gemeinsam. Einmal folterten die C-Notes einen Informanten drei Tage lang vor den Augen seiner Familie zu Tode.

Aber die Korks waren genetisch bedingte Psychopathen gewesen, und den C-Notes ging es ums Geschäft und ein pervertiertes Ehrgefühl. Bei den Motelmördern lagen die Dinge anders. Eine Gruppe Freunde, die aus Spaß gemeinsam morden, hatten wir noch nie erlebt. Wer waren diese Typen? Wie hatten sie sich kennengelernt? Was hatte sie dazu gebracht, so zu werden? Wo war das schwache Glied der Kette? Wie lange trieben sie bereits ihr Unwesen?

»Hinweise?«, fragte ich.

»Sie haben die gleiche Sorte Klebeband benutzt, womöglich von der gleichen Rolle. Wenn wir das Klebeband finden, reicht es für einen Haftbefehl.«

»Mach weiter.«

Herb blätterte durch seine Notizen.

»Jutefasern an beiden Leichen. Aber an keinem Tatort wurde ein Sack gefunden.«

»Glaubst du, sie haben ihr Opfer in einem Jutesack ins Zimmer getragen?«

»Möglich. Aber da hätten sie riskiert, gesehen zu werden, also wäre das ziemlich bescheuert.«

Ich war mit Herb einer Meinung. Der menschliche Körper hat eine Form, die man sofort erkennt, selbst wenn er in einen Jutesack gewickelt ist. Jeder, der so etwas gesehen hätte, hätte die Polizei gerufen.

»Woher kommen dann die Fasern?«

»Vielleicht arbeitet einer der Täter in einer Textilfabrik?«, schlug Herb vor.

»Die Einsatzgruppe vom Captain kann das nachprüfen. Noch was?«

»Beide Male haben die Täter im Voraus und in bar bezahlt.«

Bargeld ließ sich nicht nachverfolgen. Fingerabdrücke von Geldscheinen abzunehmen, war fast unmöglich, aber wir versuchten es, sehr zum Missfallen des Motelbesitzers, der sich mehr darüber ärgerte, dass wir die Registrierkasse als Beweismittel mitgenommen hatten, als über die Tatsache, dass in einem seiner Zimmer eine junge Frau zu Tode gefoltert worden war.

»Für wie viele Tage haben sie bezahlt?«, fragte ich.

Benedict sah in seinen Aufzeichnungen nach. »Beim letzten Täter waren es elf Tage, mit der ausdrücklichen Anweisung, nicht gestört zu werden.«

Ich spürte ein flaues Gefühl im Magen. »Und beim ersten Täter?«

Herb brauchte eine Minute, um die Information zu finden. »Elf Tage.«

Ich rief den Captain an. Die Einsatzgruppe auf Textilfabriken anzusetzen, war wahrscheinlich eine sinnlose Verschwendung von Steuergeldern. Aber wenn die Jungs Motels anriefen und sich nach Gästen erkundigten, die im Voraus und in bar für elf Tage bezahlt hatten, könnte uns das weiterbringen.

Nachdem das erledigt war, sahen Benedict und ich uns die Videoaufnahmen der beiden Tatorte an.

Das Material war umfangreich und professionell gemacht. Als die Polizei anfing, Videokameras als Ergänzung zu Fotos und Zeichnungen in die Tatortarbeit einzubeziehen, waren die Ergebnisse frustrierend. Der Kameramann stand ständig im Weg, die Aufnahmen waren wackelig und unscharf. Das Ganze war eher ein Hindernis als eine Hilfe. Schließlich bot das

Chicago Police Department einen Lehrgang zum Thema an. Seitdem erwiesen sich Videoaufnahmen als Segen.

Das Videomaterial vom ersten Tatort rief mir alles wieder ins Gedächtnis. Alles außer dem Geruch. Als ich es mir ansah, versuchte ich, mich in den Mörder hineinzuversetzen – noch so eine Sache, in der ich nicht besonders gut bin. Beim Anblick des kleinen, braunen, mit Klebeband gefesselten und geknebelten Mädchens, deren tote graue Augen weit aufgerissen waren, konnte ich an nichts anderes denken als daran, den Dreckskerl, der das getan hatte, über den Haufen zu schießen. Ich konnte mir nicht vorstellen, einem Menschen so etwas anzutun, geschweige denn Vergnügen dabei zu empfinden. Aber ich versuchte es trotzdem.

Was wollen die Mörder?

Macht.

Kontrolle.

Kontrolle über Leben und Tod dieses Mädchens.

Weil es ihnen Spaß macht.

Wieso junge Mädchen?

Sie hat eine gute Figur und die Pubertät bereits hinter sich.

Pädophilie liegt hier nicht vor.

Es geht nicht um das Alter.

Es geht um Manipulation.

Teenager sind naiv, leicht zu beeinflussen und leichter zu kontrollieren.

Wieso Motelzimmer? Wieso dieses Risiko eingehen?

Vielleicht können sie die Mädchen nicht mit nach Hause nehmen.

Obdachlos?

Jemand anderes wohnt bei ihnen?

Eine Familie?

»Sind sie vielleicht Jugendliche?«, fragte ich laut.

Herb drückte auf Pause. »Du meinst Schüler oder so?«

»Was würdest du machen, wenn du eine Party veranstalten, aber das Haus deiner Eltern nicht verwüsten willst?«

»Ich würde mir ein Motelzimmer nehmen.«

»Und du musst nicht hinterher sauber machen. Deshalb lassen die Kerle ihre Opfer hier.«

»Kinder aus reichem Haus. Verwöhnte, anspruchsvolle Bengel.«

»Psychopathen«, fügte ich hinzu. »Aber es sind nicht unbedingt Jugendliche. Sie könnten auch älter sein. Bloß ziemlich unreif halt.«

»Und wie kriegen wir sie?«

Gute Frage.

Wir zerbrachen uns noch eine Weile den Kopf. Ich nippte weiter an meinem Kaffee, der zunehmend fettiger wurde, je näher ich dem Boden der Tasse kam. Da war mir das reguläre Gebräu aus der Kaffeemaschine im Revier fast noch lieber als diese Automatenbrühe. Zumindest musste man nicht dafür bezahlen, dass einem schlecht wurde.

»Du hast Puderzucker an der Wange«, sagte Herb.

»Und du hast Marmelade in deinem Schnurrbart.«

Wir wischten das Zeug mit Servietten ab. Jeder bei sich selbst. Herb war für mich wie ein Bruder, aber das hieß noch lange nicht, dass ich ihm das Gesicht von Essensresten säuberte.

Ich nahm mir die Videoaufzeichnungen des neuesten Tatorts vor, in der Hoffnung, dass uns vielleicht etwas ins Auge springen würde, nachdem wir soeben die Aufnahmen vom ersten Tatort gesehen hatten. Entgegen landläufiger Meinung, die sich aus beliebten Fernsehsendungen speist, ist Polizeiarbeit nur äußerst selten spannend. Meistens geht man Hinweisen und Spuren nach, die ins Leere führen, schreibt Berichte, denkt nach und verbringt einen Großteil der Zeit mit Warten.

»Könntest du dir vorstellen, jemals in die Vorstadt zu ziehen?«, fragte ich Herb.

»Niemals. Ich liebe die Großstadt.« Er zog eine Augenbraue hoch. »Bereust du deine Entscheidung?«

»Jede Sekunde an jedem Tag.«

»Kannst du nicht mit deiner Mutter darüber reden?«

»Ich will nicht nach Hause. Sie hat Herrenbesuch.«

»Du magst den Typen nicht?«

»Er ist eigentlich ganz okay. Aber neulich in der Früh hat er mir etwas zu viel von sich preisgegeben.«

»Wie meinst du das?«

»Sagen wir es so: Es gab an diesem Morgen mehr Eier am Frühstückstisch, als mir lieb war.«

»Der Alte hat dir seinen Pimmel gezeigt?«

»Nicht absichtlich.« Ich hörte auf, um den heißen Brei herumzureden. »Seine Eier hingen aus dem Bademantel heraus.«

Herb grinste. »Hast du ihn darauf hingewiesen?«

»Nein. Aber stell dir vor, Herb … sie hingen über die Stuhlkante. Ich meine, sie hingen richtig. Der Sack war bestimmt so um die zwanzig Zentimeter lang.«

»Die Schwerkraft macht jedem irgendwann zu schaffen, Jack.«

»Echt? Trifft das auf alle Männer zu?«

»Nicht nur auf Männer. Meine Frau braucht heute für ihre Brüste mehr Stütze als zu Beginn unserer Beziehung.«

»Kann man dem nicht irgendwie … entgegenwirken?«

»Du meinst eine Schönheitsoperation? Eine Hodensackstraffung oder so?«

Ich nickte.

»Wirst du Latham zu so einem Eingriff drängen, wenn er fünfundsechzig wird?«

Ich versuchte, mir meinen Verlobten mit einem Hodensack vorzustellen, der so tief hing wie bei dem derzeitigen Freund meiner Mutter.

»Schon möglich«, sagte ich.

»Jack … wenn du mit dem Menschen, den du liebst, zusammen alt werden willst, musst du ihn akzeptieren, wie er ist. Auch wenn er älter wird und sich verändert. Du liebst ihn doch, oder?«

»Ja, schon. Aber ich will keine Angst haben müssen, dass ich mich aus Versehen auf seine Eier setze, wenn ich mich auf dem Sofa an ihn kuscheln will.«

Herb sah mich mit zusammengekniffenen Augen an. »Deine Angst hat nichts mit männlicher Anatomie zu tun, sondern mit Intimität.«

»Was sagst du da? Nein, das stimmt nicht.«

»Du kommst nicht mit Veränderungen klar. Deshalb hasst du das Leben in der Vorstadt. Und du überträgst dieselbe Voreingenommenheit auf deine künftige Ehe.«

»Du brauchst mich nicht über das Thema Ehe zu belehren, Herb. Ich war schon mal verheiratet.«

»Und wie ist das ausgegangen?«

Ich zuckte mit den Schultern. »Mit einer Scheidung. Aber das hatte nichts mit der Länge seines Hodensacks zu tun.«

»Was, wenn du Kinder hast?«, fragte Herb.

Ich schnaubte verächtlich. »Dafür bin ich zu alt.«

»Es gibt Frauen, die auf die fünfzig zugehen und trotzdem Kinder kriegen.«

»Zu denen gehöre ich nicht.«

»Tu mir einen Gefallen. Mach die Augen zu und stell dir dich und Latham in der Vorstadt vor, mit einem Kind.«

»Hängt Latham der Sack bis in die Kniekehlen?«

»Mach dir im Augenblick über seinen Sack keine Gedanken. Schließ einfach die Augen und stell es dir vor.«

Ich schloss die Augen.

Es klappte nicht.

»Ich sehe vor meinem inneren Auge überhaupt nichts.«

»Wenn du das nicht als Problem siehst«, sagte Herb, »dann wirst du nie glücklich sein.«

Ich öffnete die Augen. »Glücklichsein ist Schwachsinn, Herb. Wenn wir immer glücklich sind, kriegen wir nie etwas auf die Reihe.«

Herb starrte mich an, als hätte ich die dümmste Bemerkung gemacht, die jemals ein Mensch von sich gegeben hatte.

»Macht dir der Job Spaß?«, fragte ich.

Mit »der Job« meinte ich natürlich die Polizeiarbeit.

»Welcher Teil davon? Sich die Leichen von toten Mädchen ansehen zu müssen, oder sich mit Verbrechern herumzuschlagen, die die schlimmsten Eigenschaften der Menschen verkörpern?«

»Der Teil, wo wir die Bösewichte fangen und der Gesellschaft einen Dienst erweisen.«

»Als ich das letzte Mal nachgesehen habe, war die Gesellschaft immer noch total verkorkst.«

»Aber wir machen einen Unterschied«, sagte ich. »Wenn wir das nicht täten, könnten wir doch gleich das Handtuch werfen. Stimmts?«

»Du willst also die Welt auf Kosten deines persönlichen Glücks retten?«

»Du drehst mir das Wort im Mund herum.«

»Lass es mich anders ausdrücken. Du willst die Welt verändern, aber gleichzeitig sträubst du dich gegen Veränderungen in deinem eigenen Leben, wie zum Beispiel den Umzug in die Vorstadt oder die Heirat mit Latham.«

»Du willst doch auch nicht in die Vorstadt ziehen. Und es ist ein Unterschied, ob man nicht heiraten will oder ob man keinen Mann will, der über seine eigenen Eier stolpert.«

»Glücklichsein kommt nicht davon, was man macht, sondern davon, wie man über das, was man macht, denkt.«

Ich hatte keine Ahnung, wie ich dieses Streitgespräch verlor, aber genau dies schien gerade der Fall zu sein.

»Was ist mit deinem Gewicht?«, fragte ich und verlegte mich auf eine Strohmann-Argumentation.

»Was soll damit sein?«

»Wie stehst du zu deinem Übergewicht? Bist du glücklich darüber?«

»Ich zeige dir, wie ich dazu stehe.« Herb nahm sich den letzten Donut, biss hinein und grinste, während ihm Vanillecreme über das Kinn lief.

Glücklichsein ist anscheinend ein Geisteszustand. Oder Kohlenhydrate.

Das Telefon klingelte.

»Daniels.«

»Lieutenant Daniels? Sie sind die leitende Ermittlerin im Motelmörder-Fall?«

Soviel ich wusste, nahm die Einsatzgruppe Medienanfragen und falsche Geständnisse entgegen. Der Anrufer hatte es also durch den Filter geschafft.

»Mit wem spreche ich?«

»Captain Francis T. Butchman vom Mount Cisco Police Department.«

Mount Cisco gehörte zu Chicagos ausuferndem Vorstadtgürtel und hatte vierzigtausend Einwohner, hauptsächlich Weiße der oberen Mittelschicht.

»Was kann ich für Sie tun, Captain?«

»Wir haben hier einen Fall, der mit Ihrem zusammenhängen könnte. Eine Mädchenleiche, die mit Klebeband umwickelt ist.«

Ich setzte mich aufrecht und drückte auf die Lautsprechertaste. »Sie sprechen auch mit meinem Dienstpartner, Detective First Class Herb Benedict. In welchem Motel wurde die Leiche gefunden?«

»Das ist das Seltsame daran. Sie wurde nicht in einem Motel gefunden, sondern auf einem Parkplatz, im Laderaum eines Miet-Lkws.«

»Ist sie noch dort?«

»Ja. Der Fundort ist abgeriegelt. Ich dachte mir, falls eine Verbindung zu Ihrem Fall besteht, wollen Sie bestimmt Ihre Kriminaltechniker hinschicken.«

»Gut mitgedacht, Captain. Genau das habe ich auch vor. Wo ist der Fundort?«

Er erklärte mir, wie man von der Interstate aus dorthin kam. Ich legte auf und gab Captain Bains und dem Rechtsmediziner Bescheid. Dann machten wir uns auf den Weg.

Mount Cisco war nicht allzu weit von Bensenville entfernt, wo ich ein Haus besaß. Wir nahmen mein Auto und folgten der I-209 in westlicher und dann in nördlicher Richtung. Inzwischen war es so kühl geworden, dass ich in meinem Chevy Nova die Heizung anmachte. Aus dem Gebläse drang ein leichter Geruch nach Hotdogs. Herb hatte nämlich voriges Jahr einen Hotdog mit Chilisauce auf das Armaturenbrett fallen lassen, und etwas davon war in die Lüftungsschlitze gelangt.

»Hast du Hunger?«, fragte er. »Ich habe Hunger.«

»Dir klebt immer noch Donutfüllung am Kinn. Iss die erst mal.«

Das tat er.

Wir verließen die Autobahn in der Nähe eines Waldschutzgebiets, fuhren an einer Reihe von Ladenzeilen, Tankstellen, Drogeriemärkten und weiteren Ladenzeilen vorbei und gelangten schließlich in ein Gewerbegebiet, das aus einer Ansammlung kleiner, hässlicher Fabrikgebäude bestand, wo alles von Halbleitern über Kunststoffbauteile und Polyesterharz bis hin zu Stahlbändern hergestellt wurde. Der Komplex war zwar nicht heruntergekommen, strahlte aber eine Aura von Armut und Verzweiflung aus, die nicht zu dem ansonsten grünen und farbenprächtigen Vorort passte. Um zwei Uhr morgens würde man hier jedenfalls nicht zu Fuß herumlaufen wollen.

Wir fanden die Adresse problemlos, da das gesamte Polizeiaufgebot von Mount Cisco, bestehend aus elf Streifenwagen, davor parkte. Dazu kamen noch sieben Fahrzeuge der Staatspolizei sowie sechs vom Chicago Police Department, die vor uns eingetroffen waren.

Das letzte Mal, als ich so viele Polizisten auf einmal gesehen hatte, war bei einer Gratisaktion von Dunkin' Donuts gewesen.

Vertreter von Presse, Rundfunk und Fernsehen waren ebenfalls da, aber ein polizeiliches Absperrband trennte sie vom Leichenfundort. Herb und ich parkten in der Nähe der Übertragungswagen, hängten uns die Dienstmarken um den Hals und stürzten uns ins Getümmel.

Bei der Adresse handelte es sich um eine Spritzgießerei. Auf dem Parkplatz hinter dem Gebäude, neben mehreren Abfallcontainern, stand ein unauffälliger weißer Lkw mittlerer Größe und ohne Firmenlogo.

Ich musste an einen fünf oder sechs Jahre alten Fall denken, bei dem vier junge Studenten erfroren im Laderaum eines Miet-Transporters gefunden worden waren. Sie waren von Kentucky angereist, um sich ein Footballspiel anzusehen, und hatten den Transporter für einen Partyraum auf Rädern gehalten, komplett mit Sofa und einem Bierfass. Leider hatten sie sich für ihren Besuch in Chicago den kältesten Winter seit Beginn der Wetteraufzeichnungen ausgesucht, und ihr Partyraum verwandelte sich in eine große Tiefkühltruhe. Sie tranken zu viel, fielen in Ohnmacht und starben, weil ihnen buchstäblich das Blut in den Adern gefror.

»Passt zum Modus Operandi«, sagte Herb. »Genau wie ein Motel, aber diesmal ist das Spielzimmer mobil. Erinnerst du dich noch an die jungen Leute, die vor ein paar Jahren erfroren sind?«

»Genau daran habe ich gerade gedacht.«

»Das ist ja richtig unheimlich. Woran denke ich jetzt gerade?«

»An Cheeseburger.«

»Du solltest Horoskope verfassen.«

Ich bat einen der uniformierten Kollegen vom Mount Cisco Police Department, mir Captain Butchman zu zeigen. Er deutete auf einen kleinen, dünnen Mann mit der größten Nase, die ich je gesehen hatte. Sie war so groß, dass sie ungelogen mit der von Pinocchio konkurrieren könnte. Normalerweise reite ich nicht auf irgendwelchen Unzulänglichkeiten herum und beurteile Menschen nicht nach ihrem Aussehen, aber hier konnte ich nicht umhin mich zu fragen, ob bereits jemand den Mann für das Guinnessbuch der Rekorde nominiert hatte.

»Um Gottes willen«, sagte Benedict, als er den Captain und dessen Nase sah. »Das ist ja ein gewaltiger Rüssel.«

»Wenn er niesen muss, geh in Deckung«, sagte ich.

»Ich wundere mich, dass sein Hirn nicht durch die Nasenlöcher rausfällt«, sagte Herb.

»Der Zinken ist so groß, dass er damit bestimmt die Zukunft riechen kann«, sagte ich.

»Wir sollten aufhören, über ihn zu reden, bevor er uns hört«, warnte Herb.

»Wieso?«, fragte ich. »Wahrscheinlich hat er längst gerochen, dass wir kommen.«

Trotzdem hielten wir die Klappe, bevor wir in Hörweite gelangten. Schließlich wollten wir uns professionell benehmen, und außerdem hatte der Mann wahrscheinlich sein Leben lang Spott über sich ergehen lassen müssen. Abgesehen davon, dass ihm während der Pollensaison bestimmt der Heuschnupfen übel zusetzte.

»Captain Butchman«, sagte ich und gab dem Mann die Hand. »Ich bin Lieutenant Jack Daniels, und das ist mein Partner, Detective Herb Benedict.«

Er grinste spöttisch.

»Jack Daniels … ziemlich komischer Name.« Er hatte eine nasale Stimme. Da sollte mal einer schlau draus werden. »Mochten Ihre Eltern den Whiskey?«

»Den Nachnamen habe ich durch Heirat erworben. Sexistische Tradition und das Patriarchat haben sich gegen mich verschworen.«

Er nickte. »Wenn Sie jemanden vernehmen, lassen Sie den erst ins Röhrchen blasen?«

Ich lächelte höflich und widerstand der Versuchung, ihn zu fragen, ob ihn die Nase bei Regen vor nassen Füßen schützte. Aber ich machte mir im Hinterkopf eine Notiz, Herb diesen Witz zu erzählen, sobald wir alleine waren.

»Die Kriminaltechniker aus Ihrem Revier sind bereits vor Ihnen eingetroffen«, fuhr Butchman fort und führte uns näher an das Heck des Lastwagens heran.

Ich verscheuchte ein paar Fliegen und nahm gleichzeitig den Gestank wahr.

Mein Magen drohte, sich nach außen zu stülpen.

Ich warf einen Blick ins Innere des Fahrzeugs und zuckte zusammen.

Es war das bisher kleinste Opfer. Man hatte sie nackt, mit ausgestreckten Armen und Beinen und mit Klebeband gefesselt im Laderaum liegen lassen. Die Leiche war im fortgeschrittenen Zustand der Verwesung. Fliegenschwärme summten um sie herum und hüllten sie wie eine Decke ein. Die Luft im Inneren war dick und finster.

Es waren dieselben Täter. Sie hatten eine identische Signatur hinterlassen.

»Keine Ahnung, wie ich die Fliegen loswerde«, sagte der Captain und wandte sich bewusst von dem Lastwagen ab. »Ich habe vorhin näher hingeschaut. Sie muss schon eine ganze Weile hier gelegen haben. Wochen. Noch vor dem Frühjahrstauwetter.«

»Der Lastwagen steht schon so lange hier?«

»Das vermuten wir. Die Spritzgießerei hat letztes Jahr dichtgemacht. Das Gebäude steht seit Weihnachten leer.«

»Kommen hier keine Streifen vorbei?«

»Doch, schon. Aber ein abgestellter Lastwagen ist in diesem Viertel so normal wie eine Kuh auf der Weide. Die Maschinenfabrik nebenan hat uns wegen des Gestanks und der Fliegen verständigt. Der Vorarbeiter, der uns angerufen hat, ist Kriegsveteran. Er wusste, dass irgendwas tot war.«

Ich notierte mir den Namen und die Telefonnummer des Mannes.

»Haben Sie die Kennzeichen nachverfolgt?«, fragte Herb.

»Das Fahrzeug gehört einer Firma in Chicago namens Gomar Rentals. Gemietet letzten Monat von einem gewissen Chuck Gardiner.«

Ein anderer Name als die beiden Dougs, die die Motelzimmer gemietet hatten.

»War es abgesperrt?«, fragte Herb.

»Kein Schloss an der Ladetür.«

»Was ist mit der Fahrerkabine?«

»Hab nicht nachgeschaut.«

Ich warf erneut einen Blick in den Laderaum. Das Blut war getrocknet und hinterließ dunkle Flecken. Das meiste hatte sich in einer Pfütze im hinteren Bereich gesammelt, und ein bisschen war sogar über die hinteren Schmutzfänger nach draußen gelangt.

»Ist das Ihr Mann?«, fragte Butchman.

Eigentlich hätte meine Antwort lauten müssen, dass wir das zu diesem Zeitpunkt noch nicht mit Sicherheit sagen konnten. Spekulationen setzen Gerüchte in Umlauf, und Gerüchte werden von den Medien aufgeschnappt. Aber mein Bauchgefühl sagte mir, dass es der Motelmörder war. Wenn ich dies Butchman mitteilte, würde ich ihm die Verantwortung abnehmen. Im Augenblick hatte er den Eindruck, seine kleine Stadt im Stich gelassen zu haben. Aber wenn es sich um einen Großstadtkriminellen handelte, brauchte er sich keine Vorwürfe zu machen.

»Sieht so aus«, sagte ich.

»Ich nehme an, Sie werden die gesamte Umgebung absuchen.« Butchman starrte immer noch ins Weite.

»Jeden Quadratzentimeter«, antwortete ich. »Hat irgendjemand den Fundort verunreinigt?«

»Meine Leute haben aufgepasst. Ich dagegen war nicht so professionell.«

»Wie meinen Sie das?«

»Auf der linken Seite des Fahrzeugs finden Sie eine große Lache Kotze. Die ist von mir.«

»Captain, wenn ich für jedes Mal, wo ich an einem Tatort kotzen musste, fünf Cents bekäme, wäre ich längst im Ruhestand.«

Er sah mich über seine große Nase hinweg an und nickte. Dann drehte er sich um und ging.

Hoffentlich hatte ich ihm ein bisschen von seinem Stolz zurückgegeben.

Benedict und ich blieben vor Ort, bis die Spurensicherung ihre Arbeit beendet und Phil Blasky zusammen mit zwei Kollegen in Schutzkleidung und Atemmasken die Leiche entfernt hatte. Währenddessen stöberte ich herum. Die Mühe lohnte sich, denn ich fand ein paar Dinge.

Erstens: In allen vier Reifen bohrten sich Dutzende dünner Metallspäne, alle sehr kurz und geringelt.

Zweitens: In dem Fahrzeug steckte kein Schlüssel.

Drittens: Obwohl es Automatikgetriebe hatte, parkte es im Leerlauf. Das war seltsam, denn normalerweise schaltet man beim Parken in die Parkposition, damit der Wagen nicht rollt. Ich prüfte die Feststellbremse. Sie war nicht angezogen.

»Ist dir aufgefallen, dass sich das Blut in einer Lache gesammelt hat?«, fragte ich Herb.

Er nickte. »Der Boden hier ist eben. Könnte passiert sein, als das Fahrzeug in Bewegung war. Newtons erstes Gesetz.«

»Die Lache befindet sich hinten. Vorne ist nichts.«

»Und?«

»Objekte, die in Bewegung sind, bleiben in Bewegung. Falls das Fahrzeug beschleunigt wurde, würde das Blut nach hinten laufen und dort eine Lache bilden.«

»Aber als der Fahrer anhielt«, führte Herb meinen Gedanken weiter, »hätte das Blut nach vorne laufen müssen.«

»Wie ist dann das Fahrzeug hierhergekommen, ohne dass der Fahrer gebremst hat?«, fragte ich.

Keiner von uns wusste darauf eine Antwort.

Wir befragten ein paar Leute. Den Golfkriegsveteranen, der als Vorarbeiter in der Fabrik nebenan arbeitete und wegen des Gestanks die Polizei gerufen hatte. Ein paar weitere Arbeiter in derselben Fabrik. Die Streifenwagenbesatzung, die als Erste am Fundort eingetroffen war. Ein paar weitere Polizisten. Ein paar Arbeiter aus den umliegenden Gebäuden.

Zwei Stunden Quatschen brachten uns äußerst wenig. Niemand hatte etwas gesehen oder wusste etwas. Die Fabrik war voriges Jahr geschlossen worden, und der Lkw hatte zu diesem Zeitpunkt nicht dort geparkt, dessen war sich der Besitzer des Grundstücks sicher. Man hatte das Fahrzeug erst bemerkt, als der Gestank richtig schlimm wurde.

Es handelte sich um einen Isuzu NQR, Baujahr 2007. Captain Butchman hatte das Kennzeichen zu einem Baugeräteverleih namens Gomar nachverfolgt. Ich rief dort an.

»Gomar Rentals.« Die Person am anderen Ende war ein Mann mit einer tiefen Stimme, bei der Johnny Cash vor Neid erblassen würde.

»Könnte ich bitte den Geschäftsführer sprechen?«

»Am Apparat. Ich bin Johnny.«

Was für ein Zufall.

»Johnny, ich bin Lieutenant Daniels vom Morddezernat des Chicago Police Departments. Ich rufe wegen eines Ihrer Lkws an.« Ich las das Kennzeichen vor.

»Da brauche ich erst gar nicht nachzuschauen, Lieutenant. Der Mieter hat das Fahrzeug nie zurückgebracht. Wie sich herausstellte, waren seine persönlichen Angaben falsch. Haben Sie es gefunden?«

»Ja. Und im Laderaum befand sich ein totes Mädchen.«

»Ach du Scheiße! Die aus den Nachrichten?«

»Ja.«

»Ach du Scheiße! Das ist ja furchtbar. Was ist bloß mit der Menschheit los? Augenblick, ich suche mal eben den Papierkram.«

Johnny hielt mich in der Warteschleife. Natürlich war die Warteschleifenmusik von Johnny Cash.

»Johnny Cash ist doch schon tot, oder?«, fragte ich Herb.

»Seit sechs Jahren.«

Verrückt.

Johnny kam wieder ans Telefon und gab mir sämtliche falschen Angaben, die Chuck Gardiner gemacht hatte. Ich wiederholte sie für Herb.

»Wie ich schon sagte, die Telefonnummer ist falsch. Der Führerschein ebenfalls.«

»Wie haben Sie das herausgefunden?«

»Das war unsere Versicherung, als wir den Verlust des Lkws gemeldet haben.«

»Vermietet Gomar viele Lkws?«

»Wir vermieten viel von allem. Lkws, Bagger, Zementmischer, Sattelzugmaschinen, Krane … alles, was man auf dem Bau benötigt.«

»Erklären Sie mir bitte, wie die Vermietung abläuft.«

»Wir machen eine Kopie vom Führerschein und den Versicherungsunterlagen, prüfen nach, ob die Dokumente noch gültig sind, lassen uns eine Kreditkarte für die Kaution vorlegen, führen eine Inspektion des Fahrzeugs durch, nehmen etwaige Schäden auf und unterzeichnen den Mietvertrag.«

»Der Mieter hat den Lkw also mit Kreditkarte bezahlt?«

»Nein, in bar.«

»Ist das ungewöhnlich?«

Er machte eine Pause. »Die Baubranche … wissen Sie etwas darüber?«

»Nur, dass die Stadtautobahnen schon seit dreißig Jahren repariert werden.«

Ich vermutete, dass dies an Bestechungsgeldern, korrupten Politikern und Vetternwirtschaft lag. Diese Erklärung war auf jeden Fall plausibler als die Annahme, dass die Leute, die für den Erhalt unserer Straßen verantwortlich waren, Volltrottel waren.

»Sagen wir mal so … in dieser Branche mischen viele Leute mit, die nicht gerade aufrechte Bürger sind. Leute mit Verbindungen. Sie wissen, was ich meine?«

Er meinte die Mafia. Deren Verbindungen zur Baubranche in Chicago bestanden schon ewig.

»Und Sie glauben, dieser Typ war so einer?«

»Das weiß ich nicht. Aber ich weiß, dass wir bei Barzahlung nicht viele Fragen stellen. Vor allem nicht bei längeren Mietverträgen.«

»Dieser Vertrag lief auf längere Zeit?«

»Der Typ hat für einen ganzen Monat bezahlt. Dreihundert pro Tag. Alles im Voraus. Alles in bar.«

Interessant. Wer hatte neuntausend einfach so in bar herumliegen?

»Haben Sie die Vermietung selbst abgewickelt?«

»Nein. Das war ein ehemaliger Mitarbeiter. Der war irgendwie neben der Spur. Ging nicht lange gut mit ihm.«

»Kann ich seine persönlichen Informationen bekommen? Name, Adresse, Telefonnummer.«

»Ich kann danach suchen. Das dauert womöglich ein bisschen.«

»Ich brauche außerdem sämtliche Unterlagen zu diesem Lkw. Haben Sie ein Faxgerät?«

»Ja.«

»Ich möchte, dass Sie mir alles in mein Büro faxen.«

Ich gab ihm die Nummer, teilte ihm mit, dass wir vielleicht wegen weiterer Fragen noch mal auf ihn zurückkämen, und bedankte mich, dass er sich Zeit für uns genommen hatte.

»Hast du inzwischen auch Hunger?«, fragte Benedict.

»Jetzt?« Der Anblick des Mordopfers hatte mir gründlich den Appetit verdorben.

»Der Magen braucht eben, was er braucht«, sagte Herb.

Ich nickte, war aber in Gedanken woanders. »Sind dir die Metallspäne aufgefallen?«

»In den Reifen? Ja. Gehen wir was essen, und ich sage dir, was sie sind.«

Wir wichen den Reportern aus und verließen den Fundort. Sobald wir das Gewerbegebiet hinter uns hatten, stand uns eine große Auswahl an Fastfood-Restaurants zur Verfügung.

»Ich habe Lust auf einen Mexikaner«, sagte Herb.

»Wie heißt er?«, fragte ich.

Das Komiker-Duo Abbott und Costello war gar nichts im Vergleich zu unserem witzigen Geplänkel. Oder vielleicht sorgten meine kargen vier Stunden Schlaf dafür, dass ich unser Talent als Komödianten gewaltig überschätzte.

Wir fanden ein Kettenrestaurant, das stolz mit seinen Tacos für neunundneunzig Cent prahlte, kauften eine Tüte fettige Kohlenhydrate und aßen im Auto auf dem Weg zurück nach Chicago (und weg von meinem Haus, was bedeutete, dass ich später noch einmal denselben Weg zurücklegen musste.)

»Na, freust du dich, dass du einen Mexikaner in den Mund nehmen kannst?«, fragte ich.

»Kleiner und salziger, als mir lieb ist, aber letztendlich zufriedenstellend.«

»Dann mal raus mit der Sprache. Was sind diese Metallspäne?«

»Mein Onkel hatte diese Dinger ständig an seinen Schuhen stecken«, sagte Herb, während er gleichzeitig aß. Sein offener Mund gab den Blick auf halb zerkaute billige Tacos frei.

Er machte eine Pause und freute sich offenbar darüber, dass er im Gegensatz zu mir wusste, was es mit diesen Metallspänen auf sich hatte. Ich tat so, als kümmerte mich das nicht, und wartete darauf, dass er fortfuhr.

»Man nennt sie Feilspäne«, teilte er mir schließlich mit. »Meine Tante hat jedes Mal getobt, wenn er mit Schuhen ins Haus kam und den Teppich ruinierte, weil diese Dinger an den Schuhen waren.«

»Nicht, dass ich deine heimeligen Anekdoten nicht mag, aber im Augenblick interessieren sie mich nicht. Willst du mir nicht endlich sagen, was Feilspäne sind?«

»Das sind diese geringelten Stückchen, die herunterfallen, wenn man Metallteile abspant«, sagte er mit vollem Mund und grinste. »Mein Onkel hat an einer Rohrgewindeschneidmaschine gearbeitet. Die Metallstückchen in den Reifen sind Feilspäne.«

»Bist du dir da sicher?«

»Ich erkenne Feilspäne, wenn ich welche sehe.«

Ich versuchte, diese neue Information in das Puzzle in meinem Hirn einzuordnen, wusste aber nicht, an welcher Stelle.

»Dann war der Lkw also in einer Fabrik, wo Rohre verarbeitet werden«, spekulierte ich.

»Oder in irgendeiner Fabrik, wo Metall gedreht wird.«

»Im gleichen Gewerbegebiet?«

Herb schüttelte den Kopf. »Ich habe das nachgeprüft. Es gibt in Mount Cisco nirgendwo eine Fabrik mit Drehmaschinen.«

»Wann hast du das nachgeprüft?«

»Als du mit dem Baugeräteverleih telefoniert hast, habe ich ebenfalls ein paar Anrufe getätigt.«

»Und was bedeutet das jetzt?«

Herb zuckte mit den Schultern und schob sich noch einen Taco in den Mund. »Da bin ich überfragt.«

Ich ließ meine Gedanken umherschweifen. Drei Leichen. Alles junge Frauen. Alle mit Klebeband umwickelt. Die ersten zwei waren an Flüssigkeitsmangel gestorben und in Motels gefunden worden. Die dritte lag tot in einem Miet-Lkw. Vermutliche Todesursache: Blutverlust, Flüssigkeitsmangel oder Unterkühlung.

Der Mieter des ersten Motelzimmers hatte den Decknamen Doug Jackson benutzt.

Der des zweiten Zimmers den Decknamen Doug Stephenson.

Das Alias des Lkw-Mieters lautete Chuck Gardiner. Das war noch vor den Motelzimmern gewesen.

Jute an den ersten beiden Leichen.

Die Metallspäne.

»Ist einer der Täter vielleicht Maschinenschlosser oder so was in der Art?«, fragte ich.

»Möglich. Es waren viele Feilspäne. Wahrscheinlich sind die aus einer Fabrik.«

»Das ist der Teil, der keinen Sinn ergibt. Wenn der Typ bisher so schlau war, keine Spuren zu hinterlassen – keine Fingerabdrücke, keine DNA, keinen echten Namen –, wieso übersieht er dann etwas so Offensichtliches wie Metallspäne in den Reifen?«

»Das ist die große Preisfrage.«

Wir rätselten darüber, während wir meine Zimtchips fertig aßen. Benedict hatte seine längst aufgegessen und machte sich jetzt über meine her. Sein Walrossschnauzbart glänzte vor Fett und sah aus, als hätte er ihn gewachst.

»Ich kann mich noch daran erinnern, als du schlank warst«, sagte ich. Es war eine Feststellung, keine Stichelei.

»Und ich kann mich noch daran erinnern, als du glücklich warst«, konterte Herb.

»Echt? Ich war mal glücklich? Wann?«

»Bevor du verheiratet warst.«

»Du meinst, als ich noch mit Harry McGlade Streife gefahren bin?«

Herb nickte.

»Niemand kann glücklich sein, wenn er mit Harry McGlade Streife fahren muss.«

»Das mit Harry ist Gewöhnungssache«, sagte Herb. »Ungefähr so wie Blauschimmelkäse. Versteh mich nicht falsch … ich hasse Blauschimmelkäse. Aber Harry war nicht der Grund, warum du glücklich warst. Damals, als du bei der Polizei angefangen hast, vor deiner Ehe, da hattest du noch Hoffnung.«

»Willst du damit sagen, ich hätte jegliche Hoffnung verloren?«

»Du bist zynisch geworden. Nein … fatalistisch. Du glaubst nicht mehr, dass du die Kontrolle über deine Zukunft hast.«

»Natürlich glaube ich das.«

»Du jammerst mir ständig vor, dass du nicht in der Vorstadt wohnen willst, bist aber trotzdem dorthin gezogen. Als ob du keine Wahl hättest. Du kannst nicht schlafen, weil du so viel arbeiten musst. Aber keiner hat dich gezwungen, Mordermittlerin zu werden. Es war deine eigene Entscheidung. Und jetzt bist du schon wieder kurz davor zu heiraten …« Er sprach den Satz nicht zu Ende.

»Ich will heiraten«, sagte ich.

»Bist du dir sicher?«

»Latham ist der netteste Mann, der mir je begegnet ist.«

»Und du willst sesshaft werden und eine Familie gründen.«

»Ich glaube nicht, dass ich dafür geschaffen bin, Kinder zu haben.«

»Was habe ich gesagt? Du denkst fatalistisch. Weißt du was? Eines Tages werde ich vielleicht wieder schlank sein. Aber ich mache mein Glück nicht von dieser Möglichkeit abhängig. Bei dir wäre das unmöglich.«

»Wieso das?«

»Weil du, wenn du dein Glück von der Möglichkeit abhängig machst, dass du irgendwann wieder glücklich sein wirst, jetzt glücklich sein müsstest. Da du das nicht bist, wirst du nie glücklich werden.«

»Soll ich dir mal was sagen, Herb?«

»Schieß los.«

»Du laberst nur Scheiße.«

Er zuckte mit den Schultern. »Schon möglich. Aber ich bin damit glücklich.«

Während Herbs dummes verbales Jiu-Jitsu mein Hirn zu Brei schlug, fand ich die Autobahnauffahrt zurück nach Chicago und sagte der Vorstadt Lebewohl.

Zumindest bis zu dem Zeitpunkt, an dem ich wieder nach Hause musste.

Wir hatten die große, böse Stadt fast erreicht, als mein Handy klingelte. Ich hoffte, es war Latham, weil ich ihm dann sagen konnte, wie sehr ich ihn vermisste und wie sehr ich mich auf unsere bevorstehende Hochzeit freute.

Aber leider war es Gomar vom Lkw- und Baugeräteverleih. So viel zu meiner Absicht, Herb in schmalzigem Liebesgesäusel zu ertränken.

»Lieutenant? Ich habe die Adresse gefunden.«

Der Geschäftsführer hatte mir versprochen, mich zurückzurufen, sobald er die Informationen über den Mitarbeiter gefunden hatte, der den Lkw an Chuck Gardiner vermietet hatte. Dieser Mitarbeiter hatte die Firma vor drei Monaten verlassen.

»Danke. Ich gebe Ihnen meinen Dienstpartner, damit er sie notieren kann.«

Ich reichte Herb das Telefon. Der war – was ich ziemlich traurig fand – gerade damit beschäftigt, die Fettflecken von der Fastfood-Tüte zu lecken.

Herb schrieb etwas auf, dankte dem Mann und gab mir das Telefon zurück.

»Die gute Nachricht: Wir haben jetzt eine Telefonnummer und eine Adresse«, sagte er.

»Aber es gibt noch eine schlechte Nachricht«, sagte ich.

Herb nickte.

Ich runzelte die Stirn. »Er wohnt in der Vorstadt.«

»In Flutesburg«, sagte Herb. »Nur ein paar Kilometer von dort entfernt, wo wir vor einer Dreiviertelstunde waren.«

Der Stoßverkehr setzte gerade ein, und die Fahrt auf der Stadtautobahn würde doppelt so schlimm werden, wie sie jetzt schon war.

»Morgen?«, schlug ich vor.

»Klingt gut.«

Als ich gerade mein Handy wegsteckte, klingelte es erneut. Diesmal war es mein Verlobter.

»Hallo Schatz«, antwortete ich mit einem Lächeln. »Eben habe ich daran gedacht, wie sehr ich dich …«

»Hast du gestern bei mir übernachtet?«, fiel Latham mir ins Wort.

»Ja, ich …«

»Der Hausmeister hat mich angerufen und gesagt, du hättest wieder mal in der Ladezone geparkt.«

»Ja, aber …«

»Ich dachte, wir hätten das geklärt.«

Ich warf einen Blick auf Herb, der sich plötzlich intensiv für seine Fingernägel interessierte.

»Latham, ich bin Polizistin, ich kann parken, wo ich …«

»Jack, ich komme zu spät zu einem Termin. Ich will nicht die Art von Freund sein, die ständig herumnörgelt, aber …«

»Streng genommen«, unterbrach ich ihn diesmal, »bist du mein Verlobter.«

»Dein Verlobter. Richtig. Hör zu, diese Geschäftsreise ist ziemlich anstrengend, und ich schwöre dir, dass ich gern länger mit dir plaudern würde, aber kannst du mir bitte versprechen, künftig nicht mehr in der Ladezone zu parken? Du hast doch selbst in Chicago gewohnt und weißt, wie schwierig es ist, eine gute Wohnung zu finden. Wenn ich weiterhin Verwarnungen kassiere, beschließt die Eigentümergemeinschaft womöglich, mich rauszuwerfen. Ich mag diese Wohnung.«

»Liebst du deine Eigentumswohnung mehr als …«

»Ich muss Schluss machen! Ich melde mich wieder!«

Er legte auf.

»Klingt ziemlich beschäftigt«, sagte Herb und starrte immer noch auf seine Fingernägel, als wolle er sie sich einprägen.

»Ja. Der größte Kongress des Jahres. Er ist in sechs verschiedenen Diskussionsforen und hält einen wichtigen Vortrag. Wollte, dass ich mitkomme, aber …«

»Aber du musstest arbeiten«, sagte Herb.

»Ja.«

»Mag er seinen Beruf?«

Ich nickte. »Er liebt ihn. Und er liebt seine Eigentumswohnung.«

»Und dich«, sagte Herb.

»Ja. Obwohl er vergessen hat, mir das zu sagen.«

»Er hat dich eingeladen, mitzukommen, Jack. Du hast noch eine Menge Urlaubstage. Wieso bist du nicht mitgefahren?«

»Könntest du bitte für den Rest der Fahrt aufhören, mich einer Psychoanalyse zu unterziehen?«

»Er liebt seinen Beruf«, sagte Herb, offenbar nicht in der Lage, meiner Bitte nachzukommen. »Liebst du deinen?«

»Es ist mein Beruf, nicht mehr und nicht weniger. Liebst du ihn?«

Herb schien über meine Frage nachzudenken und nickte schließlich. »Ja. Er ist schwierig und bestimmte Aspekte sind deprimierend. Aber ich bin für diesen Beruf geschaffen. Im Gegensatz zu dir kann ich jedoch abschalten. Ich nehme den Urlaub, der mir zusteht, und begrenze meine Überstunden. Und wenn ich daheim bei meiner Frau bin, konzentriere ich mich auf sie, nicht darauf, Verbrecher zu fangen.«

Ich starrte ihn an und verspürte eine wachsende Irritation. »Willst du mir damit etwas Lehrreiches mitteilen? Oder reibst du mir bloß dein perfektes Leben unter die Nase?«

»Jack, du weißt, dass du für mich wie ein Familienmitglied bist. Wie eine jüngere Schwester.«

»Ich bin deine Vorgesetzte.«

»Du hast einen höheren Dienstrang, aber wir sind Partner. Und eine Zeit lang hatte ich den höheren Rang. Aber es geht nicht darum, wer dem anderen Anweisungen geben kann. Es geht darum, Verbrechen aufzuklären.«

»Was haben deine Vorträge über Glücklichsein mit unserer Zusammenarbeit zu tun?«

»Weißt du noch, wie du vorhin zu mir gesagt hast, ich hätte Donutfüllung im Gesicht?«

»Das ist für dich also dasselbe? Ich mache dich darauf aufmerksam, dass du isst wie ein Schwein, und du sagst mir, dass ich mit meinem Leben total unzufrieden bin?«

»Das ist was anderes. Ich habe schon immer so gegessen. Aber du warst nicht immer unzufrieden.«

»Beschränken wir unsere Konversation von nun an auf berufliche Dinge, Herb.«

Er zuckte mit den Schultern. »Wie Sie wollen, Chefin.«

Herb wandte sich von mir ab, und ich kam mir vor wie ein Arschloch.

Ich würde es später wiedergutmachen. Herbs emotionale Verfassung ließ sich leicht zum Positiven ändern. Dafür genügte schon eine Kleinigkeit, zum Beispiel ein Schokoriegel.

Und ich? Bei mir war das komplizierter.

Ich wechselte vom Nabelschau- in den Polizistenmodus.

Irgendetwas an den Motelmorden nagte an meinem Unterbewusstsein.

Wir waren bisher von der Annahme ausgegangen, dass wir es mit zwei Tätern zu tun hatten, die gemeinsam vorgingen. Es gab in der Tat viele berühmte Fälle, wo Mörder zu zweit arbeiteten.

Aber Herbs Kommentar, dass ihm das Ganze wie eine Studentenverbindungsparty vorkam, war an mir hängen geblieben.

So eine Party beschränkt sich nie auf nur zwei Typen.

Partys haben mehr als zwei Teilnehmer.

Was, wenn die Motelmorde nicht von einem Duo verübt worden waren? Was, wenn es drei Täter waren? Oder mehr?

Ich betrachtete die Skyline von Chicago, die sich in der Ferne erhob. In dieser Stadt lebten fast drei Millionen Menschen.

Und ich hatte das unangenehme Gefühl, dass ein ganzes Rudel Serienkiller diese Stadt als Teilzeitspielplatz auserkoren hatte.

Harry McGlade

Ein Epigraf? Was zum Teufel ist ein Epigraf?
Ich weiß nicht mal, wie man dieses Wort buchstabiert.
Wer schreibt diesen Scheiß?

Der Privatschnüffler

Man nennt mich Harry McGlade. Das kommt wahrscheinlich daher, weil ich so heiße. Ich bin ein Privatermittler. Nicht der beste, den Chicago zu bieten hat, aber ich gleiche diesen Mangel aus, indem ich die höchsten Gebühren verlange. Rückerstattungen gibt es nicht, egal ob ich Ergebnisse liefere oder nicht.

Ich komme über die Runden.

Aber obwohl ich die meisten Fälle, die ich übernehme, nicht löse, habe ich doch hin und wieder Glück …

Harry

Die Sonnenstrahlen, die durch mein Fenster fielen, rissen mir die Augenlider auf und schlugen mir ins Gesicht.

Na ja, nicht wirklich. Aber das ist eine poetische Formulierung, um eine Geschichte zu beginnen, nicht wahr?

Es gab bestimmt schlimmere Arten, aufzuwachen, als dass einem die Sonne auf den Arsch brannte, aber mir fällt im Augenblick keine ein. Das Sonnenlicht wirkt auf einen Kater wie Salz auf ein Herpesbläschen. Das habe ich gehört.

Mein Schädel pochte dumpf, als ob mir jemand wiederholt mit einem Bleirohr, das in die Wochenendausgabe der *Chicago Tribune* eingewickelt war, eins übergebraten hätte. In meinem Magen wirbelte alles durcheinander wie in einer Waschmaschine, und meine Kehle war so trocken, dass Staub herauskäme, wenn ich mich räusperte oder hustete.

Ich brauchte Aspirin für meine Kopfschmerzen. Ich brauchte Alka Seltzer für mein Sodbrennen. Ich brauchte mehr Schlaf. Ich brauchte …

Verdammt noch mal, ich brauchte einen Drink.

Ich schüttete mir die letzten zwei Fingerbreit Pappy Van Winkle gierig die Kehle hinunter, wie eine Pornodarstellerin, die einen Deepthroat vollführt. Der Bourbon Whiskey brannte mir im Hals, und mein Magen machte Anstalten, die Flüssigkeit abzulehnen, aber ich hielt mir die Hand vor den Mund und dachte an angenehme Dinge, bis der Anflug von Übelkeit vorüberging. Dann hievte ich mich aus meinem Sessel und streckte mich, dass die Knochen nur so knackten.

Plötzlich schrillte mein Telefon laut genug, um einen Komapatienten aufzuwecken.

Ja. Ich mag Metaphern. Wenn Sie damit nicht klarkommen, ist das Ihr Pech.

Ich blinzelte in das Sonnenlicht. Mein Inneneinrichter war ein Hipsterarsch und Ökofreak, der voll auf offene Raumgestaltung, Recycling und ökologisches Bauen mit käferbefallenem Holz abfuhr. Außerdem dröhnte er sich mit Marihuana zu und meditierte dabei über die Bedeutung des Wortes »Raum«. Im Rahmen seiner Vergewaltigung meiner Eigentumswohnung – eine Aktion, für die ich viel zu viel bezahlt hatte, da ich ebenfalls völlig zugedröhnt gewesen war – hatte er sämtliche Innenwände, Fensterabdeckungen und Türen herausgerissen und meine Wohnung auf eine Art und Weise umgestaltet, dass sie am Ende wie ein Fitnesscenter ohne Geräte aussah.

Das ist der Grund, warum meine Behausung so sonnendurchflutet ist.

Das Telefon klingelte erneut, und ich griff schnell nach dem Hörer, damit das Klingeln aufhörte. Mein Apparat war ein altmodisches Tastentelefon mit geringelter Hörerschnur. Mein Inneneinrichter bezeichnete es als gehobenen Retro-Stil. Ich vermutete, dass er es aus einem Müllcontainer gefischt und mir dafür dreihundert Dollar berechnet hatte.

»Harry McGlade, Privatdetektiv.«

»Mr McKleb …«

»McGlade.«

»Ich rufe an, um mit Ihnen über Ihre Beziehung zu Jesus zu reden.«

»Die ist rein platonisch. Wir sind nur gute Freunde.«

»Als Mitglied der Wiederauferstehungskirche *Heiliger Sonnenstrahl* betrachte ich es als meine Pflicht, das Wort Jesu über unsere Publikation *Gute Gedanken* zu verbreiten – ein erleuchtendes Pamphlet über unseren Herrn, gelobt sei er.«

»Woher haben Sie diese Nummer?«, fragte ich.

»Unsere Publikation gibt es nicht im Buch- und Zeitschriftenhandel zu kaufen, aber Sie erhalten sie kostenlos, wenn Sie *Wöchentlicher Advent* abonnieren, eine christliche Wochenzeitung für gottesfürchtige Menschen wie Sie.«

»Gibt es darin Nacktfotos?«

»Sie können unsere Zeitung für … was haben Sie da gesagt?«

»Nacktfotos. Adam und Eva sind im Garten Eden nackt herumgelaufen. Gibt es Fotos von ihnen?«

»Als sie erkannten, dass sie nackt waren, stellten sie Kleidung aus Feigenblättern her.«

»Wo bleibt da der Spaß?«

Ich legte auf, streckte mich noch einmal, wobei meine Wirbelsäule knackte wie trockenes Holz in einem Lagerfeuer, und ging ins Bad, um zu pissen. Ein Blick in den Spiegel diente nicht gerade dazu, mein Ego aufzubauen. Unrasiertes Gesicht. Fettige braune Haare. Vampiraugen. Schmuddeliger, zerknitterter und schmutziger Anzug.

Nur gut, dass ich ein reicher Promi war, sonst müsste ich mich ernsthaft zusammenreißen.

Ich spritzte mir etwas Wasser ins Gesicht und auf den Kopf und kämmte mit den Fingern die Haare zurück. Dann gurgelte ich mit Mundwasser, sprühte etwas Rasierwasser auf meinen Anzug, um den Geruch zu vertreiben, der davon kam, dass ich darin geschlafen hatte, setzte mir meinen Fedora auf – den Originalhut von Humphrey Bogart, den ich bei eBay gekauft hatte – und ließ mir die Ereignisse von letzter Nacht durch den Kopf gehen.

Na ja, zumindest einen Teil davon.

Ich hatte gefeiert, weil ich wieder mal einen üppigen Tantiemenscheck aus Hollywood bekommen hatte. Sie produzierten eine Fernsehserie, die auf meinem Leben basierte, und ich verdiente so viel Kohle, dass ich meine Matratze damit ausstopfen könnte. Was ich auch tat. Diesmal handelt es sich nicht bloß um eine Metapher. Also hatte ich mir etwas wirklich Teures und Dämliches gekauft und mich derart volllaufen lassen, dass ich vergessen hatte, was genau dieses Teure und Dämliche war.

Ich sah mich in meiner Wohnung um, ob da irgendetwas herumstand, das neu und teuer aussah.

Ein Plasmafernseher. Den hatte ich schon eine Weile.

Ein übertriebener Dell-PC. Den hatte ich auch schon länger.

Eine leere Flasche einundzwanzig Jahre alter Bourbon der Marke Pappy Van Winkle. Ich hatte sie voll in Erinnerung. Vielleicht hatte sich dieses Arschloch von Hausmeister in meine Wohnung geschlichen, während ich schlief, und den Whiskey getrunken.

Olivia De Berardinis' Gemälde von Betty Paige. Hatte ich auch schon länger. Trotzdem starrte ich es weitere dreißig Sekunden lang an.

Ein Zwergpony.

Das war neu.

Das erklärte auch, warum meine Wohnung nach Pferdemist stank.

»Hallo«, sagte ich und überlegte, ob ich vielleicht nur halluzinierte.

Die Halluzination wieherte mich an.

Das Tier war klein, hatte braunes Fell, reichte mir nicht einmal bis zum Schritt und hatte einen untersetzten Körperbau, als litte es unter Achondroplasie (ich kenne diesen Begriff, weil ich einmal eine Liliputanerin als Freundin hatte). Die blonde

Mähne endete auf dem Kopf in einer hervorstehenden Locke, die über das linke Auge fiel und dem Pony das Aussehen eines grübelnden Teenagers aus einer Komödie von John Hughes aus den Achtzigerjahren verlieh.

Und ja, es war ein Er, wie man an dem riesigen Ding erkennen konnte, das zwischen seinen Beinen baumelte.

»Wie heißt du?«, fragte ich.

Das Pferd antwortete nicht.

Das herauszufinden würde einiges an Deduktion erfordern, und ich überlegte, ob ich dafür einen Privatermittler engagieren sollte. Aber ich kannte keinen, der sein Geld wert war. Stattdessen setzte ich mich rittlings auf seinen Rücken und machte ein paar Selfies.

Dabei stellte ich fest, dass es auf meinem Handy bereits sechsunddreißig solcher Selfies gab. Ich hatte sie am Abend zuvor aufgenommen.

Wenn man sich ein Zwergpferd anschafft, ist es anscheinend normal, dass man draufspringt und Selfies macht.

Nach etwa vierzig Minuten langweilte mich das Ganze und ich dachte mir, dass es jetzt an der Zeit wäre, in den Tag zu starten.

Da meine Wohnung voller Pferdemist war, rief ich den Reinigungsdienst an (die hatten bei mir schon schlimmeren Dreck weggemacht). Bei dieser Gelegenheit fiel mir auf, dass mein Anrufbeantworter blinkte.

Ich stieg von dem Zwergpferd ab – dazu musste ich lediglich aufrecht stehen – und drückte auf die Abspieltaste, um mir die drei Nachrichten anzuhören. In der Regel waren die Einzigen, die bei mir zu Hause anriefen, die Zimmerreinigung sowie Escort-Girls, die mir ihre Ankunftszeit bestätigten. Aber da mein Detektivbüro zurzeit geschlossen war, hatte ich die Rufumleitung aktiviert.

»Harry, hier ist Phineas Troutt. Ich habe ein bisschen Arbeit für dich, falls du interessiert bist. Ruf mich im Michigan-Motel an.«

Phin war so eine Art Mann fürs Grobe, der mir hin und wieder Scheißjobs zuschanzte, zum Beispiel Observierungen und das Auffinden schmutziger Hintergrundinformationen zu bestimmten Personen. Er war ganz in Ordnung und zahlte angemessen, aber in letzter Zeit fand ich seine Gesellschaft deprimierend. Phin hatte Krebs und nicht mehr lange zu leben, weshalb er ständig schlecht gelaunt war. Tatsächlich hatte ich gedacht, er wäre bereits tot.

Offensichtlich nicht.

Meine unverschämt teuren Gebühren, die ich aufgrund der anhaltend hohen Nachfrage nach meinen Diensten berechnete, konnte er sich nicht leisten. Meine Klientel reichte von Kindern, die mich zur Suche nach ihren entlaufenen Katzen beauftragten, bis hin zu Spinnern, die von mir verlangten, ich solle die Außerirdischen abknallen, die sie jede Nacht entführten und medizinischen Experimenten unterzogen.

Sollte ich jemals Augenzeuge werden, wie ein Außerirdischer mit jemandem Doktorspiele veranstaltete, würde ich ihn nicht erschießen, sondern Fotos davon machen.

Nach dem Piepton kam die zweite Nachricht.

»Dein Ende naht, McGlade.«

Einer meiner zahlreichen heimlichen Verehrer. Dieser hier benutzte irgend so einen Stimmenverzerrer, der ihn wie eine Mischung aus Darth Vader und dem Schurken in diesen Saw-Horrorfilmen klingen ließ. »Freue dich an den wenigen Momenten, die dir noch bleiben, du Widerling.«

Obwohl ich nicht behaupten kann, dass ich viele Morddrohungen bekomme, erhalte ich wahrscheinlich mehr als der typische Otto Normalverbraucher. Mit meinem Status als berühmter Privatermittler ziehe ich viel Hass auf mich, und sogar noch mehr Typen, die auf meinen Ruhm fixiert und auf meinen beneidenswerten Lebensstil neidisch sind. Dieser spezielle Fan hatte mir vor ein paar Tagen schon einmal eine Nachricht hinterlassen, aber darin hatte er mich nicht als »Widerling«, sondern als »Penner« beschimpft.

Vielleicht sollte ich jemanden engagieren, um herauszufinden, wer dahintersteckt.

Noch ein Piepton.

»Mr McGlade, hier spricht Mazdak Kahdem.«

Die Stimme gehörte zu einem Mann und hatte einen Akzent. Mittlerer Osten? Mittelerde? Ich konnte den Namen nicht einordnen. Mazdak? War das nicht einer der Bösewichte in *Herr der Ringe*?

Ich mochte die Hobbits. Wahrscheinlich hatte ich deshalb mal eine Beziehung mit einer Liliputanerin gehabt und ein Zwergpferd gekauft.

Aber wer zum Teufel war Mazdak?

»Ich bin der Besitzer von *Bathing Beauties*. Sie haben mein Etablissement häufig besucht.«

Jetzt fiel mir wieder ein, wer der Typ war. *Bathing Beauties* war ein Table-Dance-Club. Allerdings waren die Stripperinnen nicht vollkommen nackt, sondern trugen Bikinis. Das hinderte sie jedoch nicht daran, bei einem Lapdance, der übrigens nicht übermäßig teuer war, ihre Ärsche und Titten voll zum Einsatz zu bringen. Ich mochte den Laden, weil die Mädels immer gut drauf waren und lächelten. Diese Tatsache milderte mein schlechtes Gewissen darüber, dass ich sie als Sexobjekte betrachtete.

»Ich weiß, dass Sie Privatermittler sind, und würde mich gern mit Ihnen über einen möglichen Auftrag unterhalten. Bitte rufen Sie mich zurück, falls Sie Interesse haben.«

Ob ich Interesse hatte? Der Typ war Besitzer eines Stripteaselokals. Natürlich hatte ich Interesse. Und im Gegensatz zu Phin konnte Kahdem sich meine Dienste leisten.

Ich rief bei Phins Motel an und hinterließ eine Nachricht, in der ich ihm mitteilte, dass ich ihm nicht helfen konnte. Trotzdem wäre es nett, wenn wir mal zusammen abhängen könnten, es sei denn, er war ernsthaft krank, denn das würde mich herabziehen. In diesem Fall sollte er jemanden beauftragen, mir Bescheid zu sagen, wenn er den Löffel abgab, sodass ich zu seiner Beerdigung kommen konnte. Das war natürlich nur so dahergesagt, denn ich ging nie auf Beerdigungen. Aber da Phin dann schon tot sein würde, würde er es eh nicht merken.

So bin ich halt. Ich mache mir stets über die Gefühle meiner Mitmenschen Gedanken.

Als Nächstes wählte ich Kahdems Nummer.

Es meldete sich ein Perser mit einer Stimme, die eine Oktave tiefer war als die von Kahdem.

»Ist Mr Kahdem da?«

»Mit wem spreche ich?«

»Wer sind Sie?«

»Ich bin Parviz.«

Parviz war ein Türsteher und Leibwächter, der so viel Anabolika nahm, dass er eine Hundert-Kilo-Hantel locker mit seinem Schließmuskel heben könnte.

»Hey Parviz. Sie haben mir nie gesagt, wie Sie mit Nachnamen heißen.«

»Ich bin einfach nur Parviz.«

»Wie jetzt? So wie Prince? Oder Madonna? Oder NWA? Wollen Sie ins Musikbusiness einsteigen?«

»Wieso fragen Sie? Möchten Sie meinen neuesten Rap hören? Ich hab verdammt gute Reime und geile Rhythmen drauf.«

»Ich gebe Ihnen Geld, wenn Sie mich damit verschonen.«

»Wer sind Sie?«

»Harrison Harold McGlade, der Privatermittler. Sagen Sie Ihrem Boss, die Zeit läuft, und ich stelle ihm jede Minute in Rechnung.«

»Mr Kahdem ist beim Mittagessen. Er würde sich freuen, wenn Sie sich zu ihm gesellen.«

»Sagen Sie mir wo und wann.«

»Kennen Sie *La Femme*?«

Ich kannte den Laden. Ein versnobtes Nouvelle-Cuisine-Restaurant an Chicagos Goldküste mit einer Warteliste von einem Jahr. Ich hatte dort lebenslanges Hausverbot, weil ich in den Koiteich gepinkelt hatte. Alkohol hatte womöglich eine Rolle dabei gespielt.

»Ich kenne es. Mich wundert nur, dass das Drecksloch noch geöffnet hat.«

»Seit die Fische eingegangen sind, ist es nicht mehr wie früher.«

»Wollen Sie damit sagen, dass ich schuld daran bin?«

»Welchen Grund hätte ich, Ihnen die Schuld zu geben, Mr McGlade?«

»Mir gefällt nicht, was Sie andeuten wollen, Parviz.«

»Ich entschuldige mich. Mr Kahdem hat eine Reservierung für ein Uhr. Kann ich ihm ausrichten, dass Sie kommen?«

Das könnte ich gerade noch rechtzeitig schaffen. »Ja. Ich verschiebe ein paar Termine, damit ich mir Zeit für ihn nehmen kann. Was macht übrigens Ihr Krafttraining?«

»Ich bin bei einem Körperfettanteil von vier Prozent angelangt und kann das Dreifache meines Gewichts in *Kufte* stemmen.«

»Was ist das? Iranischer Slang für Marihuana?«

»*Kufte* ist so was Ähnliches wie ein Hackbraten.«

»Ach so. Haben Sie zufällig Marihuana?«

Ich mochte Marihuana.

»Nein, habe ich nicht. Mr Kahdem erwartet Sie um ein Uhr. Bitte lassen Sie ihn nicht warten.«

Parviz ohne Nachname legte auf. Oder vielleicht war Parviz sein Nachname, und er besaß keinen Vornamen. Oder vielleicht war Parviz irgendein Wort aus einer fremden Sprache, das so viel wie »Ich schaffe mehr Liegestütze als du« bedeutete.

Wie auch immer. Ich hatte eine Verabredung zum Mittagessen.

Aber was sollte ich mit meinem kleinen Pony machen?

Ich zerbrach mir den Kopf darüber, was Pferde fraßen. In der Hoffnung auf einen rettenden Einfall öffnete ich den Kühlschrank.

Ich hatte noch etwas chinesisches Essen zum Mitnehmen übrig, was mich wunderte, denn ich war schon ewig nicht mehr in einem China-Restaurant gewesen. Ich griff nach der Box, aber sie klebte am Regal fest. Sie bewegte sich nicht einmal, als ich daran zerrte.

Wahrscheinlich war der Inhalt nicht mehr ganz frisch. Ich ließ sie stehen.

Im Gemüsefach lag eine kleine, braune Zitrone in einer Pfütze braunen Wassers.

Wann hatte ich zuletzt Zitronen gekauft?

Moment … war das ein Kopfsalat? Ich erinnerte mich, dass ich Kopfsalat gekauft hatte, als ich auf einem Gesundheitstrip gewesen war. Letzten Sommer.

Der Kopfsalat war inzwischen auf die Größe einer Walnuss geschrumpft.

Wahrscheinlich nicht das Gesündeste für ein Pferd.

Andere Artikel in meinem Kühlschrank waren:

eine Pizzaschachtel, leer bis auf ein paar übrig gebliebene Peperoni ein Ei in einer Schachtel mit einem Verfallsdatum, das unerklärlicherweise vor meinem Einzug in diese Eigentumswohnung datiert war

eine leere Ketchupflasche, die so alt war, dass die Ketchupreste schwarz waren

ein ganzes Regal voller Mayonnaisepäckchen

eine Kartoffel, der Beine gewachsen waren

ein Behälter mit Jogurt, der in sich selbst zusammengefallen war

eine Tüte mit schönen, frischen Äpfeln

Ich gab dem Pferd die Pizzaschachtel.

In einem meiner Küchenschränke fand ich eine volle Packung Haferflocken. Die schüttete ich in eine Schüssel, gab etwas Wasser dazu und stellte sie neben die Pizzaschachtel.

Außerdem hinterließ ich einen Zettel für das Reinigungspersonal mit der Bitte, den Kühlschrank zu säubern.

Dann ging ich zur Tür hinaus …

… und stieß mit dem Hausmeister zusammen.

»Mr McGlade«, sagte er und setzte ein breites, falsches Lächeln auf. »Das ist ja ein Glück, dass Sie mir über den Weg laufen.«

»Sieht so aus, als hätten Sie vor meiner Tür gelauert.«

»Nun ja, ganz so war es nicht. Aber da wäre etwas, worüber ich mit Ihnen reden möchte.«

Ich hatte den Namen von diesem kleinen Wichser vergessen, aber er hatte mich von Anfang an, seit ich hier eingezogen war, auf dem Kieker und war ganz scharf darauf, mir Verstöße gegen irgendwelche bescheuerten Regeln anzukreiden.

»Was wollen Sie von mir, Sportsfreund?«, fragte ich. »Sie machen mir dauernd Kummer.«

»Mr McGlade, es ist nun mal meine Aufgabe, dafür zu sorgen, dass in diesem Haus alles reibungslos läuft. Es ist nicht meine Absicht, unseren Bewohnern Kummer zu machen.«

»Sie haben mich beschuldigt, ich hätte auf die Fahrstuhlknöpfe gekotzt.«

»Wir haben Aufnahmen von unserer Überwachungskamera, die beweisen, dass Sie es waren.«

»Und ich behaupte, dass sich jemand angezogen hat wie ich, um mir eins auszuwischen.«

»Mr McGlade …«

»Und dann war da dieser Vorfall, wo jemand in meine Wohnung kam, als ich besoffen war, mich in die Badewanne setzte und das Wasser laufen ließ, bis die gesamte Etage überflutet war. Anstatt an meiner Tür ein besseres Schloss anzubringen und die Sicherheitsvorkehrungen in diesem Drecksloch zu verbessern, haben Sie mir den Schaden in Rechnung gestellt.«

»Auch da haben die Kameraaufnahmen bestätigt, dass niemand Ihre Wohnung betreten hat.«

»Haben Sie nie *Mission: Impossible* gesehen? Wissen Sie, wie einfach es ist, sich in eine Überwachungskamera einzuhacken und die Aufnahmen gegen eine Aufnahme von einem leeren Flur einzutauschen?«

Es war nicht einfach. Es war sogar verdammt schwierig. Deshalb hieß der Film ja auch *Mission: Impossible.* Aber ich wette, dass dieser Hosenscheißer das nicht wusste.

»Mr McGlade …«

»Hören Sie, ich komme zu einer wichtigen Besprechung zu spät. Vielleicht sollten Sie sich lieber um Mrs Walden in Apartment 5-F kümmern und aufhören, mich zu stalken.«

»Was ist mit Mrs Walden?«

»Sie ist hundertneunzig Jahre alt. Sie könnte jeden Moment den Löffel abgeben. Drangsalieren Sie die.«

»Sie ist nicht hundertneunzig.«

»Sie hatte eine Affäre mit Ulysses S. Grant. Als er noch ein Teenager war.«

Ich wollte an ihm vorbei, doch er versperrte mir den Weg. »Mr McGlade, haben Sie ein Pferd in Ihrer Wohnung?«

»Wie kommen Sie darauf?«

»Ich erinnere Sie gern daran, zum achten oder neunten Mal, dass dieses Haus die besten Sicherheitsvorkehrungen in ganz Chicago bietet, und zwar zu einem großen Teil wegen unserer großflächigen Videoüberwachung.«

Er deutete auf eine Kamera in der Ecke des Flurs.

»Und Sie behaupten, Sie hätten Aufnahmen von mir mit einem Pferd?«

»Genau das behaupte ich.«

»Haustiere sind hier erlaubt. Mrs Walden hat diese gruselige Katze ohne Haare, die diese seltsamen bellenden Laute von sich gibt.«

»Das ist ein Chihuahua.«

»Was ist mit seinen Haaren passiert?«

Das Lächeln des Hausmeisters ließ deutlich nach. »Sie ... rasiert ihn.«

»Sie haben eine zweihundert Jahre alte Verrückte in diesem Haus, die ihren Hund rasiert, und da drangsalieren Sie *mich*?«

Er verschränkte die Arme. »Mr McGlade, Hunde und Katzen sind die einzigen Vierbeiner, die hier erlaubt sind. Ein Pferd geht nun wirklich nicht.«

Ich warf einen Blick auf mein Handgelenk und stellte fest, dass ich keine Armbanduhr trug. »Wie wärs, wenn wir das später diskutieren? Wenn ich diese Besprechung verpasse, wird es Tote geben. Tausende.«

»Ich bespreche die Angelegenheit mit Vergnügen mit Ihnen, wenn Sie zurückkommen.«

»Schön. In der Zwischenzeit retten Sie diesen armen Hund vor Mrs Walden. Oder stricken Sie ihm wenigstens einen Pullover.«

Ich ging um den kleinen Troll herum zum Fahrstuhl und drückte mit dem Ellenbogen auf den Knopf fürs Parkgeschoss. Ich wollte ihn nicht mit dem Finger berühren, da ich einmal draufgekotzt hatte.

Mein Auto war eine Chevrolet Corvette. Schwarz. Magnesiumfelgen. Lederinnenausstattung. Eine Hupe, die das Gitarrenriff aus dem Song *Iron Man* von Black Sabbath spielt. Der Schlitten ist das Einzige in meinem Leben, das ich liebe, abgesehen von Sex, Essen, Alkohol, Musik, Filmen, Fernsehen und auf Leute schießen.

In letzter Zeit hatte es in Chicago eine Autodiebstahlswelle gegeben. Deshalb hatte ich zusätzliche Sicherheitsvorkehrungen getroffen, obwohl das Parkgeschoss mit Überwachungskameras ausgestattet war. Die erste war ein Bewegungsmelder, der das verstärkte Geräusch einer schreienden Frau von sich gibt, wenn jemand das Auto berührt oder dagegenstößt. Die zweite war mit der Kraftstoffleitung verbunden und stellte sofort den Motor ab, wenn man den versteckten Notschalter unter dem Armaturenbrett nicht betätigte. Die dritte war eine Lenkradkralle aus Stahl. Außerdem waren meine Magnesiumfelgen mit maßangefertigten Radmuttern ausgestattet, die sich nur mit einem Spezialschlüssel entfernen ließen.

Als ich die Wagentür öffnete, fing die Frau zu schreien an. Eigentlich hätte sie damit in dem Augenblick aufhören sollen, in dem ich den Schlüssel in das Türschloss steckte, aber aus irgendeinem Grund funktionierte das nicht. Wahrscheinlich würde das Geschrei aufhören, wenn ich den Schlüssel ins Zündschloss steckte, aber dazu musste ich erst die Lenkradkralle abnehmen.

Während ich an dem Schloss herumfummelte, lief eine Familie vorbei und starrte mich an. Ich ließ die Fensterscheibe hinunter.

»Das ist der Autoalarm«, erklärte ich. »Ich misshandle niemanden.«

Die Leute wirkten nicht überzeugt.

»Hören Sie, sobald ich den Motor starte, geht der Alarm aus.«

Ich nahm die Lenkradkralle ab und steckte den Schlüssel ins Zündschloss.

Aus irgendeinem Grund hörte das Geschrei nicht auf.

Ich schlug ein paar Mal mit der Faust auf das Armaturenbrett und brüllte: »SEI STILL! SEI STILL, ODER ES SETZT WAS!«

Plötzlich war mein Auto still.

Die Familie entfernte sich mit schnellen Schritten.

Ich legte den Schalter unter dem Armaturenbrett um und startete mein Baby. Es brummte tief, wie Mrs Waldens Katze. Ich fuhr mit quietschenden Reifen aus der Parklücke und hinterließ fette schwarze Spuren auf dem Asphalt.

Draußen versuchte irgend so ein Obdachloser, vor mir die Fahrbahn zu überqueren. Ich drückte auf die Hupe, und das ohrenbetäubende Dröhnen von *Iron Man* jagte ihm einen solchen Schreck ein, dass er auf den Arsch fiel.

Ich lachte noch darüber, als plötzlich einer meiner Sechshundert-Dollar-Reifen platzte.

Warum passiert so etwas immer nur den Guten?

Ich fuhr an den Straßenrand und sah mir den Schaden an. Von dem Reifen waren nur noch Fetzen übrig. Ich hatte zwar ein Reserverad im Kofferraum, aber nicht den Spezialschlüssel zum Entfernen der Radmuttern, weil ich mir dachte, dass dies keinen Sinn ergäbe, denn dann könnten Diebe meine Reifen klauen. Das Werkzeug befand sich in meiner Wohnung.

Ich stieß ein paar nicht gerade jugendfreie Flüche und Verwünschungen aus, aktivierte sämtliche Alarmanlagen, lief die vier Straßenblocks zu meiner Wohnung und stellte fest, dass mein neues Haustier die Pizzaschachtel und die Haferflocken verspeist hatte und gerade dabei war, den Teppich zu fressen. Da mir dessen Farbe sowieso nicht gefiel, unternahm ich nichts. Nachdem ich zehn Minuten lang vergebens nach dem Spezialschlüssel gesucht hatte, fiel mir ein, dass ich ihn doch in den Kofferraum getan hatte, weil es schließlich keinen Sinn ergäbe, erst nach Hause laufen zu müssen, um den Reifen wechseln zu können.

Also ging ich wieder hinunter auf die Straße und hörte eine Frau schreien.

Meine Autoalarmanlage.

Da ich nicht besonders gut in Form war, musste ich öfter meinen Sprint unterbrechen, um zu verschnaufen. Mein Herz pochte so heftig, dass ich fürchtete, es könnte platzen. Als ich schließlich bei meiner Corvette ankam, sah ich, wie der Penner, den ich angehupt hatte, einen meiner Reifen die Straße entlangrollte. Ich wäre ihm nachgelaufen, wenn er nicht so schnell gewesen wäre. Der Typ hatte eine gute Kondition und hätte an einer Obdachlosenolympiade teilnehmen können.

Zusätzlich zu meinem Platten hatte ich jetzt auch noch einen gestohlenen Reifen zu verbuchen.

Und um dem Ganzen die Krone aufzusetzen, hatte der Dreckskerl auch mein Spezialwerkzeug geklaut.

Ich rief den Pannendienst, ließ den Wagen zur Werkstatt abschleppen und nahm ein Taxi zum Restaurant *La Femme*, wo ich sechsundsiebzig Minuten zu spät eintraf.

La Femme war einer von diesen Läden, wo selbst die Beleuchtung versnobt wirkte. Ich fragte den Oberkellner nach Kahdems Tisch, und er starrte mich an wie einen doppelt Amputierten, der sich für ein Basketballstipendium bewarb. Ich kann es mir leisten, Witze über Amputierte zu machen, denn ich bin selbst einer. Seit ich meine rechte Hand vor ein paar Jahren verloren hatte, trug ich an ihrer Stelle eine Prothese.

Das klingt jetzt vielleicht wie aus dem Zusammenhang gerissen, aber ich muss es für die neuen Leser erwähnen, da es später in der Geschichte eine Rolle spielt.

Ich musste ein paar Minuten warten, bis man mich an den Tisch führte.

Mazdak Kahdem war ein paar Jahre jünger als ich. Außerdem war er schlanker und größer, hatte mehr Haare und trug ein offenes Seidenhemd. Um seinen Hals hingen mehr Goldkettchen als bei einem Hip-Hop-Star.

Anstatt mir wegen meiner Verspätung Vorwürfe zu machen, erhob er sich und schüttelte mir die Hand.

»Danke, dass Sie gekommen sind, Mr McGlade.«

»Tut mir leid, dass ich zu spät komme, Mr Kahdem. Es gab da einen, äh, Zwischenfall.«

»Hoffentlich nichts Ernstes.«

»Niemand ist ums Leben gekommen«, sagte ich und fügte hinzu: »Noch nicht.«

»Da Sie sich verspätet haben, habe ich mir die Freiheit genommen, schon mal für Sie zu bestellen.«

»Danke. Erinnern Sie mich daran, dass ich Sie morgen früh anrufe und frage, was ich anziehen soll. Ich vermute, Sie werden Goldketten vorschlagen.«

»Ich wollte Ihnen keinesfalls zu nahe treten, Mr McGlade.«

»Entschuldigung akzeptiert. Okay, Sie wollten mich engagieren? Worum geht es?«

»Ich möchte ganz offen mit Ihnen reden, Mr McGlade. Ich sehe mir im Augenblick verschiedene Privatdetekteien an. Sie habe ich angerufen, weil …«

»… weil Ihre Nachforschungen ergeben haben, dass ich der Beste bin.«

»Ich habe tatsächlich Nachforschungen angestellt. Ihnen haftet ein Stallgeruch von Mittelmäßigkeit an, gelegentlich begleitet von unnötigem Imponiergehabe und Extravaganz.«

»Glauben Sie mir: Das Imponiergehabe und die Extravaganz sind nötig.«

»Der Hauptgrund für Ihren Ruhm ist offenbar diese Fernsehsendung *Tödliche Begegnung*, die auf Ihren Erlebnissen basiert. Was genau ist mit *tödlicher Begegnung* gemeint?«

»Der Titel ist ein Enigma. Genau wie ich selbst. Aber das ist längst nicht alles.«

»Die Medien haben oft über Sie berichtet, vor allem im Zusammenhang mit dem Lebkuchenmann, diesem Serienmörder. Sie haben damals dieser Polizistin mit dem Whiskeynamen geholfen.«

»Schuldig im Sinne der Anklage. Aber das alles kratzt nur an der Oberfläche.«

»Sie haben diese Ärztin in Flutesburg gerettet.«

»Erneut schuldig. Aber da war noch viel mehr.«

»Sie haben eine Pfadfinderin überfahren.«

»Sie ist mir vors Auto gesprungen! Und ich bin ihr nur über den Fuß gefahren!«

»Mr McGlade …«

»Sie kann ohne diese Prothese laufen! Sie täuscht alles nur vor, um die Versicherung abzuzocken!«

»Mr McGlade …«

»Wissen Sie, wie viele Schachteln mit ihren Scheißkeksen ich ihr abkaufen musste, um für den angeblichen Schaden aufzu…«

»Ich bitte Sie, Mr McGlade, Sie machen eine Szene. Ich wollte Ihnen nur zeigen, dass ich gründlich recherchiert habe.«

Ein metrosexueller Kellner, der so geschniegelt und gestriegelt aussah, dass ich mich fragte, ob er seine Poren operativ hatte entfernen lassen, kam an unseren Tisch und stellte einen Korb vor mich hin.

»Möchten Sie etwas zu trinken, Monsieur?«

»Ich arbeite«, sagte ich, »also begnüge ich mich mit einem Bier. Haben Sie Sam Adams Ale?«

»Ja.«

»Dann nehmen Sie es ihm weg, wenn er gerade nicht hinschaut, und bringen es mir.«

Gute Wortspiele amüsierten mich immer wieder.

Auf unseren Kellner traf dies anscheinend nicht zu. Er bemühte sich, höflich dreinzuschauen, konnte sich jedoch ein spöttisches Grinsen nicht verkneifen. Als er davonstolzierte, sah ich seine Arschbacken. Er hatte sie so eng zusammengekniffen, dass man sie nicht einmal mit einem Stemmeisen auseinanderbringen konnte. In dem Korb befand sich ein einziger Salzcracker von der Größe meines großen Zehs.

»Hören Sie, Mr Kahdem, Sie wollen mich engagieren, aber ich brauche den Auftrag nicht. Ich mache richtig fette Kohle mit meiner Fernsehsendung. Erst neulich habe ich mir ein Rennpferd gekauft. Wollen Sie weiter um den heißen Brei herumreden oder mir endlich sagen, wieso ich hier bin?«

Ein Hilfskellner brachte uns einen Eiskübel. Mit einer Zange ließ er einen Eiswürfel von der Größe einer Erdnuss in mein Wasserglas fallen, das etwa so groß war wie ein Schnapsglas.

»Ich brauche jemanden, der mit Stripperinnen vertraut ist, Mr McGlade.«

»Ich liebe Stripperinnen.«

»Ich weiß. In den letzten paar Monaten haben Sie über zehntausend Dollar in meinem Etablissement gelassen.«

»Echt? So viel?«

»Meine Mitarbeiter mögen Sie. Und was noch wichtiger ist, sie vertrauen Ihnen.«

Unser geschniegelter Kellner, der so tat, als koste es ihn größte Mühe, überhaupt anwesend zu sein, kam mit einem Bier für mich und einem Kognakschwenker mit irgendeiner braunen Flüssigkeit für Kahdem.

»Ich wusste nicht, dass er Alkohol trinkt«, sagte ich. »Bringen Sie mir das Gleiche.«

»Einen einundzwanzig Jahre alten Courvoisier?«

»Ja. Ich kann mich nicht einmal mehr daran erinnern, wann ich zuletzt einen Einundzwanzigjährigen im Mund hatte.«

»Wissen Sie überhaupt, was Courvoisier ist?«

»Ein alkoholisches Getränk, das wie Brandy schmeckt.«

Der Kellner warf Kahdem einen fragenden Blick zu, worauf dieser nickte. Dann versuchte dieser arrogante Wichser, mir mein Bier wegzunehmen. Ich gab ihm einen Klaps auf die Hand.

»Da, wo ich herkomme, gilt es als tödliche Beleidigung, einem Mann das Bier wegzunehmen.«

Er verdrehte die Augen und ging davon.

»Ist Ihnen auch aufgefallen, wie arrogant unser Kellner ist?«, fragte ich Kahdem.

»Ernesto ist der Beste.«

»Ernesto? Ist das sein richtiger Name?«

»Haben Sie ein Problem mit ihm?«

»Er kommt mir vor wie jemand, der aus dem Mutterleib schlüpft und seiner Mutter Vorwürfe macht, sie hätte eine Sauerei veranstaltet.«

»Ich kann um einen anderen Kellner bitten.«

»Sagen Sie mir einfach, was ich für Sie tun soll.«

Er nickte und blickte traurig drein. »Es geht um eine meiner Mitarbeiterinnen. Eine Stripperin. Sie heißt Abigail Mumford.«

»Der Name sagt mir nichts.«

»Sie tritt unter dem Namen Cherry Wine auf.«

Ich schnippte mit den Fingern meiner unversehrten Hand und grinste. »Ich liebe Cherry Wine! Sie ist eine von meinen Lieblingsstripperinnen!«

Cherry war in ihren Zwanzigern und immer gut gelaunt. Außerdem lachte sie über meine Witze.

»Cherry ist vor vier Tagen verschwunden.«

»Vor vier Tagen?« Ich kapierte nicht, wieso er so viel Aufhebens deswegen machte. »Das ist doch nichts Besonderes,

Mr Kahdem. Gerade Sie müssten doch wissen, wie viel Geld diese Damen verdienen. Vielleicht ist sie spontan für eine Woche nach Las Vegas geflogen. Oder nach Paris, um Schuhe zu kaufen.«

»Normalerweise würde ich mir um sie keine Sorgen machen. Aber da Sie Cherry kennen, wissen Sie bestimmt, was auf ihrer Prioritätenliste ganz oben steht.«

»Eine Brust-OP.«

Seit ich Cherry kannte, sparte sie für Implantate. Sie hatte Körbchengröße A, wollte aber DD. Es war ein Thema, über das sie ständig redete. In ihren Augen war es eine Eintrittskarte in ein besseres Leben. Höhere Trinkgelder. Weniger Arschlöcher. Castingtermine in Hollywood oder als Model.

Kahdem nickte. »Die OP sollte gestern stattfinden. Sie hatte das Ganze über ein Jahr lang geplant. Einer der besten Schönheitschirurgen in Kalifornien. Seine Warteliste ist endlos. Aber sie ist nie ins Flugzeug gestiegen und nie zu dem Termin erschienen.«

»Hat sie es sich vielleicht anders überlegt?«, fragte ich. »Stripperinnen hören manchmal auf und machen was ganz anderes. Vielleicht hatte sie es satt, angeglotzt und begrapscht zu werden.«

»Wirkt sie auf Sie wie eine Frau, die es sich anders überlegt?«

Ich dachte darüber nach. Soweit ich Cherry aus der Perspektive eines Kunden kannte, hatte ich den Eindruck gehabt, dass sie mit ihren Brüsten nicht zufrieden war und die Operation auch dann gewollt hätte, wenn sie keine Stripperin gewesen wäre.

»Kalte Füße? Vielleicht hatte sie Angst.«

»Glauben Sie, dass Cherry vor einer OP Angst hat?«

Ich schüttelte den Kopf. Sie hatte ein paar Tattoos und Piercings. Eine ängstliche Frau war sie nicht.

»Ich habe mehrere Nachrichten hinterlassen und sogar Parviz zu ihrer Wohnung geschickt. Sie ist verschwunden.«

»Sie vermuten also, dass da irgendwas nicht mit rechten Dingen zugeht«, sagte ich.

»Eine andere Stripperin in meinem Club, Puma …«

»Ich liebe Puma!«

»… ist Cherrys beste Freundin. Sie hat mir erzählt, sie habe keine Ahnung, wo Cherry steckt.«

»Kann es sein, dass Puma lügt?«

Kahdem schürzte die Lippen und nickte langsam. »Vielleicht. Jeder lügt über irgendetwas.«

Log er gerade? Vielleicht …

»Hat Cherry im Club noch andere Freundinnen?«

»Alle mögen Cherry. Sie ist eine nette Frau. Sie gibt den Barkeepern, den Kellnerinnen und den Türstehern gutes Trinkgeld. Manchmal zahlt sie sogar andere Mädchen für einen Lapdance.«

Das gefiel mir. Wenn ich eine Stripperin wäre, würde ich dasselbe tun.

»Macht sie gern Party?«

»Nicht mehr als alle anderen. Ich toleriere in meinem Club keine harten Drogen. Kein Koks, kein Heroin, kein Crystal Meth. Nur Alkohol und Marihuana. Und während der Arbeit muss jeder nüchtern sein.«

»Was ist mit Stalkern?«, fragte ich.

»Sie hat Stammkunden. Alle Mädchen haben welche. Aber es kam schon mal vor, dass Arschlöcher ein paar von den Mädels angemacht haben. Parviz ist ziemlich gut darin, solche Typen zu überreden, nicht wiederzukommen.«

»Haben Sie Ihre Mitarbeiter gefragt? Weiß keiner von denen was?«

»Keiner. Wir machen uns alle Sorgen.«

Ich dachte nach. Alles, was ich über Frauen wusste, passte auf einen Klebezettel, und dann wäre immer noch genug Platz für die Hauptstädte sämtlicher US-Bundesstaaten und das Rezept für Hähnchen Marsala übrig. Aber ich war mir sicher, dass keine Frau jemals ihr Haustier zurücklassen würde.

Das konnte nur bedeuten, dass ihr Verschwinden fast eindeutig unfreiwillig war.

Der Kellner kam und stellte einen Teller vor mich hin.

Darauf befanden sich ein Zweig Petersilie, eine einzige Spargelspitze und ein winziger brauner Klumpen, der noch kleiner war als der Salzcracker, den ich gegessen hatte.

»Ich hoffe, Sie mögen Lamm«, sagte Kahdem.

»Ja. Ist es vom Teller gefallen?«

»Das ist das Lamm, Sir.« Der schnöselige Kellner zeigte mit einem perfekt manikürten Finger auf den braunen Klumpen. »Sie erkennen doch bestimmt ein perfektes Stück Fleisch, wenn Sie eins sehen.«

Ich musterte ihn von Kopf bis Fuß. »Ich weiß, dass ich ein schlechtes Stück Fleisch erkenne, wenn ich eins sehe.«

»Vielleicht möchten Sie etwas anderes, Monsieur? Etwas, das besser zu Ihrem begrenzten Geschmack passt?«

Mit einem versnobten Kellner Streit anzufangen, war ziemlich unreifes Verhalten.

Zum Glück war ich ziemlich unreif.

»Wo haben Sie Ihre Fähigkeiten erworben, Ernesto?«

»Ich habe die Kochschule im *Chateau Chapeau* besucht und mit der Auszeichnung *meilleur cochon* abgeschlossen. Außerdem war ich Assistent von Pitre Souliers Rouge, dem besten Sommelier in Chicago.«

»Beeindruckend. Haben Sie dort auch Ihr spöttisches Grinsen gelernt?«

»Monsieur, ich grinse nicht spöttisch«, sagte er und grinste spöttisch.

»Verstehe. Das mussten Sie nicht erst lernen. Sie sind einfach von Natur aus ein arrogantes Arschloch.«

Kahdem schnaubte.

Ernesto setzte weiterhin seine überlegene Miene auf. »Vielleicht kann ich den Koch überreden, Ihnen einen Cheeseburger zuzubereiten.«

»Ich bleibe bei dem Lamm. Und ich hätte gern meinen Drink, falls Sie nicht zu sehr damit beschäftigt sind, mich von oben herab zu behandeln.«

Er machte sich mit erhobenem Kinn davon. Ich steckte mir das ganze Stück Lammfleisch in den Mund. Es schmeckte mehlig.

»Ihnen gefällt also dieser Laden hier?«, fragte ich Kahdem.

Er zuckte mit den Schultern. »Der Kaffee ist gut.«

»Bei einem Preis von zwölf Dollar will ich das auch hoffen. Dafür müsste Juan Valdez aus der Tasse springen und sich Ihnen an den Hals werfen.«

Ich spülte den Lammgeschmack mit etwas Bier herunter.

»Falls ich Sie engagiere, Mr McGlade, was würden Sie unternehmen, um Cherry zu finden?«

»Dasselbe wie immer. Mit Leuten reden, die sie kennen. Ihre Kreditkartenzahlungen nachverfolgen. Auf ihren Profilen in den sozialen Medien nach Hinweisen suchen. Sämtliche Krankenhäuser in der Umgebung anrufen. Sagen Sie mir, Mr Kahdem, haben Sie und Cherry ein Verhältnis?«

Kahdem wirkte beleidigt.

»So etwas kommt für mich nicht infrage, Mr McGlade.«

»Was ergibt das für einen Sinn, einen Table-Dance-Club zu führen, wenn man sich nicht an die Mädels ranhält? Das ist ungefähr so, wie wenn man eine Brauerei besitzt und Antialkoholiker ist.«

»Es ist kompliziert.«

Ich trank mein Bier aus. »Ich muss schon sagen, Mr Kahdem, als Chef macht man sich verdächtig, wenn man ein solches Interesse für eine Mitarbeiterin zeigt, die erst seit ein paar Tagen verschwunden ist.«

Er machte eine Pause, bevor er mit sanfterer Stimme fortfuhr. »Im Iran war meine Mutter eine professionelle Bandari-Tänzerin. Man kennt diesen Tanz auch als persischen Bauchtanz. Wenn er gekonnt ausgeführt wird, ist er anmutig, elegant und schön.«

Ich nahm mir vor, den Begriff zu googeln.

»Sie wurde zu Tode gesteinigt. Von einer Gruppe extremer Islamisten, die sie als unrein betrachteten. Ich war damals noch ein Kind. Kurz darauf sind mein Vater und ich in die Vereinigten Staaten gezogen. Mein Vater hat den Club eröffnet und seine Mitarbeiter stets respektiert und beschützt. Nach seinem Tod habe ich mir diese Einstellung zu eigen gemacht. Ich kenne es nicht anders.«

»Sie hatten also nie etwas mit einer Ihrer Stripperinnen?«

»Nie. Ich bin … bereits in einer festen Beziehung.«

Ich wollte schon sagen, er solle mich nicht verscheißern, aber etwas an seiner Aussage klang aufrichtig. Und plötzlich fiel bei mir der Groschen.

»Parviz«, sagte ich.

Kahdem antwortete nicht. Aber sein Blick verriet mir, dass ich richtiglag.

»Sie sind ein Glückspilz«, sagte ich zu ihm. »Parviz ist echt eine heiße Nummer.«

»Er ist ein netter Mensch. Wir haben viel gemeinsam.«

»Sicher. Und sein Waschbrettbauch bedeutet Ihnen rein gar nichts.«

Ein kaum wahrnehmbares Lächeln huschte über Kahdems Gesicht. »Sein Waschbrettbauch ist … ganz nett. Aber

Beziehungen, die ausschließlich auf körperlicher Anziehung beruhen, halten nicht lange, Mr McGlade.«

»Ich weiß. Aber solange sie halten, sind sie toll.«

Ernesto brachte mir meinen Drink und stellte den Kognakschwenker vor mich hin.

»Möchten Sie einen Strohhalm, Monsieur?«

Was für eine Type.

»Haben Sie vielleicht eine Schnabeltasse?«, fragte ich und klimperte mit den Wimpern. »Eine mit rundem Boden, damit sie nicht umfällt?«

Er lächelte teilnahmslos. Ich leerte das Kognakglas in einem Zug – stellen Sie sich vor, der Inhalt schmeckte tatsächlich wie Brandy – und hielt es hoch. Ernesto nahm es entgegen.

»Keine Angst«, beruhigte ich ihn. »Sie holen sich kein Superherpes, nur weil Sie mein Glas angefasst haben. Sie sollten sich aber trotzdem die Hände waschen, und zwar schnell.«

Ernesto riss die Augen auf und ließ sofort mein Glas fallen. Es zersplitterte auf dem Boden.

Alle Anwesenden starrten ihn an, worauf unser schnöseliger Kellner knallrot anlief.

»Alles in Ordnung«, sagte ich zu den Gaffern. »Sie sind wahrscheinlich alle vor dem Superherpes dieses Kellners sicher!«

Ernesto machte sich eilig aus dem Staub. Mehrere Gäste standen auf und schickten sich an, das Restaurant zu verlassen. Soweit ich sehen konnte, griffen mindestens zwei Frauen in ihre Handtaschen und kramten nach ihren Händedesinfektionstüchern.

»Mr McGlade«, sagte Kahdem, »Sie sind ungehobelt und rüpelhaft und haben anscheinend Spaß daran, für Ärger zu sorgen.«

»So bin ich nun mal. Damit müssen Sie klarkommen.«

Kahdem prostete mir mit seinem Glas zu. »Sie sind engagiert.«

Ich nahm Kahdem das Glas aus der Hand, trank es leer und beugte mich näher an ihn heran. »Ich bekomme fünf Riesen pro Tag, plus Spesen.«

»Ich gebe Ihnen fünfhundert.«

»Einverstanden. Ich brauche zehn Tagessätze Vorschuss.«

»Fünf.«

»Abgemacht.«

»Ist Bargeld okay?«

»Bares ist bei mir immer willkommen.«

»Was noch?«

»Ich brauche ein paar Fotos von Cherry, ihre Adresse und eine Liste mit Namen von Freunden. Ganz normale Fotos in Straßenkleidung, keine Bilder von ihren Auftritten als Stripperin.« Als mir klar wurde, was ich gerade gesagt hatte, ruderte ich zurück. »Ach ja, falls Sie ein paar Stripteasefotos von ihr haben, nehme ich die auch.«

* * *

Ich fuhr mit dem Taxi von *La Femme* zur Autowerkstatt, wo ich ein dickes Bündel Scheine für neue Reifen, neue Radmuttern und einen neuen speziell angefertigten Kreuzschlüssel hinblätterte. Außerdem kaufte ich ein Duftbäumchen, das eigentlich nach Vanille duften sollte, aber stattdessen nach dem fetten, hässlichen Bruder von Vanille roch, der mit vier Alimentenzahlungen im Rückstand war und das Tragen von Socken und Sandalen für einen Akt der Rebellion hielt.

Dann widmete ich mich der Lösung meines Falls.

Als Erstes schaute ich bei Cherrys Apartment in Streeterville vorbei.

Sie war nicht da.

Damit hatte ich auch nicht gerechnet, denn das wäre zu einfach gewesen. Aber ich wollte mich in ihrer Wohnung umsehen, und das ging nur, wenn ich dort einbrach. Es gab mehrere Methoden, um in eine Wohnung einzu…

»Wollen Sie zu Abigail?«

Ich drehte mich um und erblickte einen Typen im Flur. Seine Augen waren so rot, dass Autofahrer bei ihrem Anblick anhalten würden. Auf seinem Hemd prangte ein Hanfblattmotiv, und er roch extrem nach Marihuana. Ich kam deshalb zu dem Schluss, dass er völlig zugedröhnt war.

Ich wollte ihn schon fragen, wer Abigail war, doch dann fiel mir ein, dass Cherry mit ihrem richtigen Vornamen so hieß.

»Ja. Ich bin ihr …« Vater? Bruder? Onkel? »… Vabrunkel.«

»Cool. Sie war mit so 'nem Typen zusammen und ist zu ihrer Freundin Meredith gefahren.«

Meredith. Das war Puma.

»Danke. Wenn Sie sie sehen, richten Sie ihr bitte aus, dass ihr Vabrunkel hier war.«

»Cool. Haben Sie zufällig Chips oder Kekse oder sonst was zum Knabbern?«

»Nein.«

»Cool.«

Puma wohnte mit ihrer Familie in einer Gegend, die unter dem Namen *die Goldküste* bekannt ist. Dort gibt es Hochhäuser mit Luxuswohnungen mit toller Aussicht auf den Michigan-See und die Skyline von Chicago. Pumas Apartment lag an der Ecke Lake Shore Drive und Goethe Street. Da es sich um einen unaussprechlichen deutschen Namen handelte, sagten die meisten Leute einfach nur »diese Straße mit G«. Ich selbst hatte keine Ahnung, wie die korrekte Aussprache lautete, und es war mir eigentlich auch egal.

Das Hochhaus, in dem Puma wohnte, hatte eine kreisförmige Auffahrt und war protzig genug, um Überwachungskameras im Außenbereich zu haben. Wahrscheinlich dienten diese dem Zweck, den Pförtner im Foyer auf die Ankunft von Besuchern aufmerksam zu machen, sodass er hinauseilte, beflissen die Wagentür öffnete und das Auto im unterirdischen Parkgeschoss abstellte. Als ich vorfuhr, kam der Mann auf mich zu. Er trug eine dieser dämlichen, altmodischen Uniformen, komplett mit roter Mütze und Tausenden von Goldknöpfen an der ebenfalls roten Weste, und blickte traurig drein, wie die meisten Pförtner. Wahrscheinlich, weil sie diese lächerliche Uniform tragen und sich zum Affen machen mussten.

»Sind die Stars zu Hause?«, fragte ich ihn.

Er antwortete nicht. Ich zeigte ihm meine Privatermittlerlizenz, was ihn anscheinend nicht beeindruckte.

»Ich gebe keine Auskünfte über unsere Mieter«, sagte er.

»Wie heißen Sie, Sportsfreund?«

»Jasper.«

»Schön, Sie kennenzulernen, Jasper. Ich bin Harry. Und ich würde Ihnen gern einen engen Freund von mir vorstellen.«

Ich hielt Jasper einen Hundert-Dollar-Schein vor die Nase. Nachdem er sich das Konterfei von Benjamin Franklin genau angeschaut hatte, zerriss ich den Schein und gab ihm die eine Hälfte.

»Mr und Mrs Star sind im Urlaub«, sagte er.

Die magische Wirkung von Benjamin Franklin.

»Und Meredith?«

»Ich glaube, die ist zu Hause.«

»Haben Sie diese junge Frau zusammen mit Meredith gesehen?«

Kahdem hatte mir mehrere Fotos von Cherry auf mein Handy geschickt. Ich suchte eines davon heraus, das sie in einem Pullover zeigte.

»Das ist Merediths Freundin. Sie ist gerade hier.«

Schon wieder einen Fall gelöst. Ich leistete einfach Erstaunliches.

»Hat sie hier übernachtet?«

»Nein. Sie ist erst vor ein paar Stunden aufgetaucht. Ein junger Mann in einem schwarzen Jeep hat sie abgesetzt.«

»Haben Sie sich das Kennzeichen notiert?«

»Nein.«

»Sein Gesicht gesehen?«

»Nein.«

Ich ließ mir die neue Information durch den Kopf gehen. Puma hatte Kahdem angelogen, als sie behauptet hatte, sie wisse nicht, wo Cherry steckte.

Warum?

Ich konnte sie fragen. Aber Kahdem bezahlte mich nicht, um herauszufinden, wieso Cherry nicht zur Arbeit kam. Ich wurde nur dafür bezahlt, ihren Aufenthaltsort zu ermitteln.

Was ich nun getan hatte.

Aber wenn ich Kahdem darüber berichtete, würde er wahrscheinlich den Rest seiner Vorschusszahlung zurückfordern.

Der Gedanke gefiel mir nicht. Schließlich hatte ich ein Pferd, das ich füttern musste.

Außerdem war ich mir nicht sicher, ob ich das Richtige tat, wenn ich Kahdem informierte. Zugegeben, er war mein Auftraggeber. Und er wirkte auf mich wie ein anständiger Kerl. Aber vielleicht schätzte ich ihn falsch ein, und er war in Wirklichkeit ein Psychopath, der in Cherry verknallt war, ihr den Kopf abtrennen und in seinem Gefrierschrank aufbewahren wollte. Vielleicht war das der Grund, warum Cherry und Puma sich von ihm fernhielten. Wenn dem so war, wäre es schlecht für mein Geschäft und meinen ausgezeichneten Ruf, sie Kahdem ans Messer zu liefern.

Ich fischte eine Visitenkarte aus der Jackentasche und gab sie dem Pförtner. »Könnten Sie bitte Meredith anrufen und ihr ausrichten, ich würde sie gern sprechen? Falls sie nervös ist, können Sie dabei sein, während wir uns unterhalten.«

Der Pförtner nickte und ging in das Gebäude.

Ein paar Minuten später kam er wieder heraus.

»Sie will nicht mit Ihnen reden«, teilte er mir mit.

»Haben Sie ihr erzählt, wie charmant und verdammt gut aussehend ich bin?«

»Sie empfängt keine Besucher. Tut mir leid.«

»Okay. Danke.«

Ich ließ das Fenster hoch. Er klopfte dagegen und zeigte mir den halben Hunderter.

»Hey, was ist damit?«

»Damit können Sie nicht viel anfangen«, sagte ich. »Ich gebe Ihnen einen Zehner dafür.«

Er schaute beleidigt drein. Ich ließ das Fenster ganz hoch und fuhr los. Er rannte mir nach und klopfte noch einmal gegen die Scheibe.

Ich gab ihm die zehn Dollar für den halben Hunderter. Dieser Trick funktioniert immer wieder. Aber bevor ich ihm das Geld aushändigte, warf ich ihm einen Knochen zu.

»Wenn dieser Jeep noch mal auftaucht, rufen Sie mich an, und ich lege noch vierzig drauf.«

Meine nächste Maßnahme bestand darin zu warten. Darauf, dass Cherry herauskam. Oder dass der Jeep erneut vorfuhr. Oder dass ich Glück hatte und der Pförtner einen Herzinfarkt, Schlaganfall oder sonstiges körperliches Missgeschick erlitt und tot umfiel.

Ich parkte meine Corvette auf der anderen Straßenseite neben einem Hydranten. Von hier hatte ich einen guten Blick auf das Haus, in dem Meredith wohnte.

Und dann wartete ich.

Für Observierungen dieser Art hatte ich immer eine Notfallausrüstung dabei, bestehend aus fünf Schokoriegeln, einem Sechserpack Coca-Cola, einem Plastikbehälter für biologische Unannehmlichkeiten, zwei Ferngläser (falls ich eins verliere), zwei Walkie-Talkies (obwohl ich die nie benutzt habe, da ich alleine arbeite – weshalb diese Maßnahme mehr Wunschdenken als Notwendigkeit widerspiegelte) sowie einen Notizblock und einen Kugelschreiber. Früher hatte ich auch Pornohefte auf Lager, um die Zeit totzuschlagen, aber ich wurde davon immer abgelenkt, weil nackte Frauen nun mal interessanter als Observierungen sind, und mein Zielobjekt war mir jedes Mal durch die Lappen gegangen, ohne dass ich es bemerkt hatte. Deshalb vertreibe ich mir jetzt die Zeit damit, in Dreiergruppen bis eine Million zu zählen und Musik zu hören.

Aber zunächst musste ich mich um eine wichtige Angelegenheit kümmern. Gestern Abend hatte ich etwas zu viel getrunken und war mit einem Zwergpony nach Hause gekommen. Obwohl ich diesen Kauf in einem Zustand alkoholisierter Unzurechnungsfähigkeit getätigt hatte, musste ich meiner Verantwortung gerecht werden und dafür sorgen, dass das Tier sich an seine neue Umgebung gewöhnte.

Aber ich konnte meinen Posten nicht verlassen, da ich Geld für den Auftrag bekommen hatte. Also rief ich daheim an und hinterließ eine Nachricht auf dem Anrufbeantworter, damit es meine Stimme hörte und sich nicht einsam fühlte.

Nachdem ich den Pflichten meinem Pferd gegenüber nachgekommen war, legte ich eine CD von Bob Walkenhorst ein und ließ mich von seiner angenehmen, sexy Stimme berieseln, während ich langsam in den Observierungsmodus schaltete. Dann machte ich eine Dose Cola light auf, betrachtete mit einem Auge die Haustür und hielt mit dem anderen Ausschau nach Bullen, die Jagd auf Parksünder wie mich machten.

* * *

Eineinhalb Stunden verstrichen. Ich musste zweimal umparken, um keinen Strafzettel zu kassieren. Früher war ich selbst ein Bulle in dieser Stadt gewesen. Meine Karriere hatte ein jähes

Ende genommen, weil ich ein rebellischer Einzelgänger war, der sich nicht an die Regeln hielt. Außerdem hatte ich mich viel zu oft krankgemeldet. Da man mich gefeuert hatte, bekam ich keine Pension und musste mit den Millionen, die mir die Fernsehserie einbrachte, irgendwie über die Runden kommen. Zum Glück hatte ich einen guten Finanzberater, der mich überredet hatte, mein Geld in eine bombensichere Anlage zu stecken: Beanie Babies. Diese Plüschtiere würden garantiert nie aus der Mode kommen. Momentan tendierte der Markt ziemlich nach unten, aber ich rechnete jederzeit mit einem Wiederanstieg.

Als ich gerade die dritte Cola ausgetrunken hatte und in den Plastikbehälter pinkelte, fuhr ein schwarzer Jeep vor dem Hochhaus vor. Zwei Sekunden später huschte eine Frau aus dem Foyer und sprang in das Fahrzeug. Der Fahrer raste mit ihr davon, als kämen die beiden zu spät zu einer lebensrettenden Operation.

Der Moment war für mich denkbar ungünstig, denn ich war gerade mitten beim Pinkeln und hatte den Punkt erreicht, wo es schwierig oder nahezu unmöglich war, den Urinfluss zu stoppen. Ich konnte ihn nur mit Mühe unterbrechen, ohne dass er rückwärts in meine Blase lief. Dann hielt ich nach dem Deckel Ausschau.

Der aber war nirgends zu sehen.

Hatte ich überhaupt einen Deckel dabei?

In der Zwischenzeit reihte sich der Jeep in den Verkehr ein.

Harte Entscheidungen wie diese machten den Unterschied zwischen echten Männern und Weicheiern aus. Der Behälter war zu drei Viertel mit Urin gefüllt, und ich wollte den Inhalt nicht im Auto oder auf mich verschütten. Nie und nimmer durfte ich es zulassen, dass man mich Hosenpisser-Harry nannte, wie damals in meiner Schulzeit. Ein kleiner Vorfall, wo ich es nicht mehr rechtzeitig auf die Toilette geschafft hatte, und meine Klassenkameraden hatten es mir ständig unter die Nase gerieben. Kinder konnten wirklich grausam sein.

Das Richtige in meiner Situation wäre, die Wagentür zu öffnen, den Urin auszuschütten und anschließend dem Jeep zu folgen.

Aber leider besaß ich streng genommen nur eine Hand, die uneingeschränkt funktionierte. Mit meiner Roboterhand konnte ich ein paar coole Sachen anstellen, zum Beispiel Konservendosen zerdrücken, aber es mangelte ihr an den Feinheiten menschlicher Motorik. Ich müsste also meinen Pimmel zurück in die Hose stopfen, den Reißverschluss zuziehen, die Tür öffnen, den Urin ausschütten, die Tür wieder schließen und die Verfolgung beginnen. Bis ich alle diese Schritte abgeschlossen hätte, wäre der Jeep längst über alle Berge.

Ich stellte also den Behälter auf das Armaturenbrett, steckte Klein-Harry weg und reihte mich reibungslos in den Verkehr ein. Die Pisse würde ich ausschütten, sobald ich an einer Ampel hielt.

Und dann begann eine nervenaufreibende, adrenalingeladene Verfolgungsjagd.

Einem Zielobjekt mit dem Auto zu folgen, ist eine Kunst. Vor allem mit einem Wagen, der so auffällig ist wie meine Corvette.

Leider beherrschte ich diese Kunst nicht. Ich versuchte einfach nur, den Jeep im Auge zu behalten, ohne selbst gesehen zu werden. Gleichzeitig passte ich auf, dass ich keine Pisse verschüttete.

Im Klartext bedeutete dies: sanfte Beschleunigung, kein abruptes Bremsen und schnelles Abbiegen sowie auf Schlaglöcher achten. Außerdem konnte ich nicht an mein klingelndes Handy gehen und ließ die Mailbox anspringen.

Wer auch immer hinter dem Steuer des Jeeps saß, fuhr wie ein absoluter Verkehrsrowdy. Er schnitt andere Fahrzeuge, blinkte nicht und raste wie eine gesengte Sau. Ehe ich mich versah, hatte er fünf Wagenlängen Vorsprung und drohte, mich abzuschütteln.

Außerdem drohte mir das Desaster, dass der Pissbehälter umkippte und in meinem Auto eine Sauerei verursachte.

Ich musste eine Entscheidung treffen. Vielleicht die wichtigste in meinem Leben.

Ich liebte meine Corvette heiß und innig. Ursprünglich besaß ich einen Ford Mustang, Baujahr 1967, aber den musste ich aufgeben, als ich meine rechte Hand verlor und nicht mehr manuell schalten konnte. Eigentlich hatte ich nicht damit gerechnet, dass die Corvette den Mustang eines Tages aus meinem Herzen verdrängen würde, aber so war es tatsächlich gekommen.

Zum Glück hatte ich eine Menge Überlebenshandbücher gelesen. Über Menschen in Situationen, die meiner ähnelten. Schiffbrüchige, die in einem Rettungsboot ohne Wasser in den Weiten des Ozeans festsaßen. Reisende, die über hundert Kilometer vom nächsten Fluss entfernt in der Wüste gestrandet waren. Höhlenforscher, die in eine Spalte gestürzt waren. Oder Serienjunkies, die nicht von ihrem Sessel hochkamen, weil sie sich sämtliche Staffeln von *The Walking Dead* auf Netflix reinzogen.

Wenn man in so einer Situation überleben wollte, musste man seinen Urin trinken.

Und ich wusste, dass ich dasselbe tun musste, wenn ich meine Corvette retten wollte.

Während ich den Wagen mit der Roboterhand geradeaus lenkte, nahm ich den Plastikbehälter vorsichtig vom Armaturenbrett, führte ihn zu meinem Mund, öffnete die Lippen, schüttete mir die Flüssigkeit …

… und plötzlich traf mich der entsetzliche Uringestank – zehn Mal so heftig wie auf der öffentlichen Toilette im Baseballstadion

Wrigley Field – mit voller Wucht, und ich würgte und spuckte Pisse überallhin.

Auf meine Haare. Meine Kleider. Meine edlen Ledersitze.

Alles war durchnässt. Und stank.

Und dann kotzte ich das Lenkrad und Armaturenbrett voll.

Als ich mich endlich ausgekotzt hatte, konnte ich den Jeep nicht mehr sehen. Es war wie eine Tragödie mit einer Tragödie multipliziert und im Quadrat.

Ich gab Vollgas, überholte Autos links und rechts und plötzlich sah ich, wie der Jeep in die Congress Street abbog.

Ich fuhr ihm hinterher und hielt das Lenkrad so lange mit den Knien fest, bis ich das Fenster auf der Fahrerseite geöffnet hatte. Gleichzeitig nahm ich mir vor, demnächst einen Arzt aufzusuchen, denn menschlicher Urin dürfte eigentlich nicht so furchtbar stinken.

Ja, es war wirklich ekelhaft. Ich wusste aus erster Hand, wie ekelhaft es war. Willkommen im wirklichen Leben. Es ist übel riechend, schmutzig und widerlich. Versuchen Sie doch mal, sich um ein Baby oder Ihre alten Eltern zu kümmern. Oder ein Zwergpony.

Wir alle müssen uns die Hände schmutzig machen. Das gehört zur menschlichen Existenz. Da gibt es nur eins: Augen zu und durch! Falls Sie vorhaben, dieses Buch auf Amazon mit einer schlechten Rezension zu bewerten, weil Sie diese Szene abstoßend finden, denken Sie daran, dass auch Sie körperliche Abfallprodukte ausscheiden. Und glauben Sie mir, die riechen gewiss nicht nach Veilchen.

Rückblickend betrachtet würde ich, falls ich eine zweite Chance bekäme, wahrscheinlich nicht in einen Behälter ohne Deckel pinkeln.

Als wären die Sauerei und der Gestank nicht genug, blieb ich an einer roten Ampel hängen, während der Jeep weiterraste und im Verkehr verschwand.

Als die Ampel auf Grün schaltete, gab ich Vollgas und sah kurz darauf die Auffahrt zur I-90 vor mir.

Ich verließ mich auf meinen Privatschnüfflerinstinkt und nahm die Rampe.

Es gab nur zwei Möglichkeiten: Entweder folgte ich dem Jeep weiter oder nicht.

Ich blieb auf der Autobahn. Nachdem ich fünf Minuten lang mit einer konstanten Geschwindigkeit von 130 km/h gefahren war, war ich mir ziemlich sicher, dass mein Zielobjekt mich abgeschüttelt hatte. Doch dann tauchte der Jeep plötzlich links von mir in der Überholspur auf. Ich blieb an ihm dran, so gut ich konnte, bis die Überholspuren von der Hauptverkehrsführung abzweigten und um die Gleise der Hochbahn herumführten, die parallel zur Fahrtrichtung verliefen.

Zehn Minuten später vereinigten die Überholspuren sich wieder mit der Hauptverkehrsführung, und ich behielt den Jeep im Auge, bis er die Ausfahrt zur Roselle Road nahm.

Wir landeten in einer Vorstadt namens Maple Hills. Ich erinnerte mich vage daran, dass ich mal vor mehreren Jahren etwas mit einer jungen Frau hatte, die in Maple Hills wohnte. Oder vielleicht hieß sie Maple. Oder Hills. Jedenfalls war da etwas, das mir bekannt vorkam, dessen war ich mir zu fast hundert Prozent sicher.

Der Jeep fuhr eine Weile durch den typischen Stop-and-go-Verkehr der Vorstadt, bis er schließlich nach links in eine Wohnwagensiedlung abbog.

Ich hatte eine kurze Zeit lang ebenfalls in einer Wohnwagensiedlung gewohnt, während meiner Jugend, als ich als Vollwaise von einer Pflegefamilie zur nächsten weitergereicht wurde. Die Medien beschreiben Wohnwagensiedlungen stets als Tornadomagneten und Unterschichtengettos, wo die Dummen und Armen hausten. Für mich dagegen waren sie wie jede andere Wohngegend, nur mit dümmeren und ärmeren Leuten. Und sie zogen Tornados an.

Die Siedlung, in die ich dem Jeep folgte, sah aus wie eine große, in Fächer unterteilte Schublade, in der Menschen wohnten. Die schmalen, schachbrettartig angelegten Straßen hatten eine neue Asphaltschicht nötig, bei etwa zwei Dritteln der Wohnwagen blätterte die Farbe ab, und die ungepflegten Rasenflächen, die zu klein waren, um als Grabplatz zu dienen, weckten in mir nicht gerade das Bedürfnis, aus dem Wagen zu springen und eine Anzahlung für einen Kaufvertrag zu leisten.

Der Jeep parkte vor einem hellbraunen Mobilheim doppelter Breite. Ich hielt um die Ecke und beobachtete.

Ein großer, schlanker, unauffällig aussehender Typ stieg aus dem Jeep, begleitet von einer jungen Frau. Vielleicht war es Cherry, aus der Entfernung konnte ich sie nicht erkennen. Plötzlich fielen mir meine beiden Ferngläser ein.

Zu spät. Sie wandte das Gesicht von mir ab.

Ich sah zu, wie sie zusammen mit dem Typen in das Haus ging.

Endlich war ich nahe genug dran, um das Kennzeichen des Jeeps lesen zu können. Ein Nummernschild des Staates Illinois. Ich griff zu meinem Notizblock, aber der war von Pisse durchnässt. Als ich mit dem Stift darauf schreiben wollte, zerriss das Papier.

Ich musste mir unbedingt saubere Klamotten anziehen.

In meinem Kofferraum befand sich eine Sporttasche, ein Überbleibsel aus einer optimistischeren Phase meines Lebens, als ich einem Fitnessstudio beigetreten war und Amateur-Bodybuilder werden wollte. Dieser Traum löste sich in Luft auf, sobald ich einen Mitgliedsvertrag für die Dauer von vier Jahren unterschrieben hatte. Das lag daran, weil ein neues Ziel meine Aufmerksamkeit in Anspruch nahm: Ich wollte Amateur-Astronom werden. Weiter, als dass ich den Mond fand, kam ich nicht. Das ist diese große runde Scheibe, die man nachts sehen kann.

Die Sporttasche enthielt ein Handtuch, ein Sweatshirt, eine kurze Hose sowie frische Unterwäsche und Socken. Alles, was ich brauchte. Ich nahm mein Schulterhalfter ab (habe ich Ihnen bereits erzählt, dass ich eine .44er Magnum trage? Das ist eine riesige Handfeuerwaffe, aber glauben Sie jetzt nicht, dass ich damit einen Mangel an einer gewissen Stelle kompensieren will) und zog mich blitzschnell um, denn es hätte ja sein können, dass mich jemand beobachtete. Um meine Haut vor Windelausschlag zu schützen, rieb ich mich mit fast einem ganzen Behälter Babypuder ein.

Da ich keine Jacke mehr trug, hatte ich nichts, worunter ich meine Magnum verbergen konnte. Ich schloss sie deshalb im Kofferraum ein und steckte die Wegwerfpistole, die ich in meinem Werkzeugkasten aufbewahrte – eine Hi-Point 380 HC –, in die Tasche meiner kurzen Hose. Ein Hinweis an die Uneingeweihten unter Ihnen: Eine Wegwerfpistole ist eine nicht nachverfolgbare Waffe, die man jemandem unterjubelt, den man erschossen hat, um das Ganze so aussehen zu lassen, als habe man in Notwehr gehandelt. Bisher hatte ich nie eine Wegwerfpistole gebraucht, aber das Gleiche galt für einen Feuerlöscher. Trotzdem war es keine schlechte Idee, einen bei sich zu haben.

Ich stellte die verschiedenen Alarmanlagen an meiner Corvette ein und machte mich an die Arbeit.

Wie in vielen Wohnwagensiedlungen üblich, waren auch in diesem die Mobilheime in Reih und Glied angeordnet, nahe genug nebeneinander, dass man in jedem den Fernseher des Nachbarn hören konnte. Ich sah niemanden draußen herumspazieren, aber irgendwo kläffte ein Hund, und woanders spielte jemand Countrymusik in einer Lautstärke, die außerhalb der Südstaaten verboten gehörte.

Da ich davon ausgehen musste, dass die Polizei regelmäßig in Wohnwagensiedlungen Streife fuhr, weil sie nichts Besseres zu tun hatte, musste ich in voller Alarmbereitschaft bleiben. Ich blickte mich nach allen Seiten um, bevor ich in meiner spontanen, aber cleveren Fitnessstudio-Verkleidung zu dem Mobilheim schlenderte, in dem Cherry sich befand, und zum nächstbesten Fenster ging, um ins Innere zu spähen.

Die Jalousien waren heruntergezogen. Ich hasste Jalousien. Sie waren der schlimmste Feind eines Privatschnüfflers.

Ich schlich mich zum nächsten Fenster. Dort gab es zwar keine Jalousien, aber dafür Vorhänge. Zum Glück konnte ich durch den Spalt in die Küche blicken. Meine beiden Zielpersonen standen vor dem Kühlschrank und küssten sich leidenschaftlich.

Entweder das, oder sie teilten denselben Kaugummi miteinander.

Ich holte mein iPhone hervor und tippte auf die Kamera-App. Die beiden drückten ihre Gesichter aneinander, sodass ich nicht erkennen konnte, ob es wirklich Cherry war.

Das Geknutsche wurde immer leidenschaftlicher. Der Typ neigte den Kopf nach vorne und fing an, ihren Hals mit den Lippen zu liebkosen. Leider war es die falsche Seite, und ich konnte ihr Gesicht immer noch nicht sehen. Plötzlich hielt er abrupt inne, und die beiden verschwanden aus meinem Blickfeld.

Wie witzig wäre es, wenn ich diesen ganzen Aufwand betrieben hätte, und am Ende stellte sich heraus, dass es gar nicht Cherry war?

Die Antwort: überhaupt nicht witzig.

Ich blickte mich erneut nach Bullen, neugierigen Nachbarn, Hunden und herumspazierenden Wohnwagensiedlungspsychopathen um, bevor ich zum nächsten Fenster ging.

Ein Wohnzimmer, das jemand in ein improvisiertes Fotostudio verwandelt hatte. Drei an weißen Filterschirmen befestigte Leuchten tauchten die Couch in ein mattes Licht. Zwei Kameras mit unterschiedlichen Fokusweiten waren auf Stativen befestigt, während der Typ eine dritte um den Hals hängen hatte und auf das Sofa richtete.

Ich machte ein Foto von ihm.

Auf dem Sofa, die Beine in einer katzenartigen Pose unter sich angewinkelt, saß Cherry.

Das Privatschnüfflerass hatte es mal wieder hingekriegt.

Ich machte ein paar Fotos von ihr.

Der Typ las den Belichtungsmesser, stellte die Blende ein und machte ebenfalls ein paar Fotos von ihr. Er redete mit ihr, aber durch das Fenster konnte ich nichts verstehen.

Dann zog Cherry ihre Bluse aus und gab den Blick auf ihren BH frei.

Ich brauchte die näheren Umstände nicht zu kennen, um zu ahnen, wie es zu dieser Situation gekommen war. Der Typ hatte sich für einen Talentscout oder Fotografen oder Filmproduzenten ausgegeben und Cherry erzählt, sie sähe toll aus und er würde sie berühmt machen. Also hatte sie ihren Brustvergrößerungs-OP-Termin für diese einmalige Gelegenheit sausen lassen, um in einer Wohnwagensiedlung ein paar Nacktfotos von sich machen zu lassen.

Was für eine billige, schäbige Masche!

Ich überlegte, wie ich auf die Schnelle Visitenkarten drucken lassen konnte, auf denen stand, dass ich ein Talentscout war.

»Polizei! Legen Sie sich auf den Boden und verschränken Sie die Hände hinter dem Kopf!«

Als ich mich umdrehte, sah ich einen Polizisten neben seinem Streifenwagen stehen.

Hast mal wieder gute Arbeit geleistet, Harry.

Ich ignorierte den Ratschlag des freundlichen Polizisten und rannte stattdessen in die entgegengesetzte Richtung. Ich nahm eine Abkürzung durch den Garten, beschleunigte in einen vollen Sprint und versuchte, meine Optionen abzuwägen.

Hatte die Polizei bereits mein Auto entdeckt? Wenn nicht, wie konnte ich ungesehen dorthin gelangen? In zwei oder drei Minuten würden die Straßen von Streifenwagen wimmeln, denn ich befand mich in der Vorstadt, wo die Bullen nichts Besseres zu tun hatten. Mich zu verstecken, kam nicht infrage, weil die Polizei irgendwann die Gegend zu Fuß durchkämmen würde.

Ich lief in gebückter Haltung über ein benachbartes Grundstück und wagte einen Blick nach hinten. Keine Bullen. Ich rannte weiter.

Am sichersten wäre ich wahrscheinlich in einem dieser Mobilheime. Aber auf Einbruch standen strengere Strafen als auf Voyeurismus. Dieses Risiko wollte ich nicht eingehen.

Vielleicht täuschte meine Sportlerkleidung den unbeteiligten Zuschauer über meine schlechte Kondition hinweg, aber ich war schon jetzt völlig außer Atem. Ich war nicht in optimaler körperlicher Verfassung. Selbst in meinen besten Jahren war ich das nicht gewesen. Vielleicht sollte ich doch wieder einem Fitnessstudio beitreten und mehr Sport treiben.

Ich blieb dicht an dem Mobilheim und begab mich zu dessen Vorderseite. Zu meiner Linken nahm ich schwach ein blinkendes rotes Licht wahr. Als ich um die Ecke spähte, erblickte ich zwei Streifenwagen, die nebeneinander in entgegengesetzter Richtung parkten. Die Fahrer waren in eine Unterhaltung vertieft.

Scheiße! Ich schaute nach rechts und sah den Kofferraum meines Wagens, der in ungefähr fünfzig Metern Entfernung parkte. Wenn ich dorthin sprintete, würden die Cops mich wahrscheinlich sehen und verfolgen. Wenn ich mich weiterhin durch die Gärten hinter den Häusern schlich, würde jemand irgendwann mein Auto entdecken und sich das Kennzeichen notieren. Vielleicht war das bereits geschehen.

Egal, welche Richtung ich einschlug, überall lauerten Gefahren.

Es sei denn, ich sorgte für Ablenkung.

Ich überlegte, ob ich ein Mobilheim in Brand setzen sollte, verwarf den Gedanken jedoch sofort wieder. Es dauerte eine Weile, bis sich ein Feuer ausbreitete, und ich brauchte etwas, das schnell ging. Außerdem hatte ich den Kerosinkanister im Kofferraum gelassen. Ich rückte die Pistole in meiner kurzen Hose zurecht und dachte darüber nach, mit welchen anderen Mitteln ich die Bullen ablenken konnte. Wenn ich nur die Möglichkeit hätte, Lärm zu machen. Oder dafür zu sorgen, dass sie in Deckung gingen …

Komm schon, McGlade! Denk nach! Was würde eine Ablenkung verursachen? Überleg schon, Mann!

Ach was, scheiß drauf! Ich holte tief Luft und beschloss, zu meinem Auto zu rennen, in der Hoffnung, dass sie mich nicht sahen. Ich sprintete los, doch meine lebenslange ungesunde Ernährung, die überwiegend aus fettem Essen bestand, hinderte mich daran, ein schnelles Tempo hinzulegen. Auf den ersten zehn Metern kam ich mir vor, als ob ich durch Linsensuppe rannte. Auf den nächsten zehn schnaufte und keuchte ich wie ein Asthmatiker auf einem Kettenraucherkongress. Auf den letzten dreißig Metern fühlten meine Beine sich dermaßen wie Gummi an, dass ich Angst hatte, sie würden sich nach hinten verbiegen.

Aber so unfassbar es auch war, ich schaffte es. Ich fiel mit dem Oberkörper auf den Kofferraum meines Wagens und blickte mich nach den beiden Streifenwagen um.

Die Fahrer quatschten nach wie vor miteinander.

Die Crème de la Crème von Maple Hills.

Ich fischte den Autoschlüssel aus der Hosentasche und schloss die Wagentür auf.

Und schon ging das Geschrei los.

Meine verdammte Alarmanlage.

»Aaaaaaaa! Aaaaaaaaaaaaa! Aaaaaaaaaaaaa!«

Beim Einsteigen ließ ich den Schlüsselbund fallen und setzte mich darauf.

»Aaaaaaaaa! Aaaaaaaaaaaa!«

Ich war nahe daran, selbst zu schreien. Auf einem Schlüsselbund zu sitzen, war keine angenehme Erfahrung. Ich schaffte es, ihn unter mir hervorzuziehen und den Autoschlüssel ins Zündschloss zu rammen.

Das Geschrei hörte auf.

Ohne einen Blick auf die Bullen zu riskieren, betätigte ich den Notschalter unter dem Armaturenbrett und suchte den Schlüssel, mit dem ich die Lenkradkralle aufsperren konnte. Aber der Schlüssel hing an meinem Schlüsselbund, und der wiederum hing an dem Schlüssel, der im Zündschloss steckte. Und wenn ich den herauszog, würde das Geschrei von vorne losgehen.

War das eine Sirene?

Dreh dich nicht um. Schau nicht. Such einfach nur den Schlüssel. Such den Schlüssel. Such den Schlüssel, du Trottel!

Da! Der Schlüssel!

Und jetzt nimm den Schlüssel vom Schlüsselbund. Schau nicht hinter dich. Nimm den Schlüssel vom Schlüsselbund. Nimm ihn ab.

Er ließ sich nicht entfernen.

Zu diesem Zeitpunkt hatte ich bereits gefühlte fünf Herzattacken hinter mir, und meine Festnahme stand unmittelbar bevor. Deshalb fackelte ich nicht lange und zog den verdammten Zündschlüssel heraus.

»Aaaaaaaa! Aaaaaaaaaaaaa! Aaaaaaaaaaaaa!«

Als ich die Lenkradkralle abnahm, rechnete ich damit, jeden Moment erschossen oder mit einer Elektroschockpistole außer Gefecht gesetzt zu werden. Ich rammte den Schlüssel erneut ins Zündschloss, worauf das Geschrei verstummte.

Dann startete ich den Motor, machte eine Kehrtwendung und fuhr an den beiden Streifenwagen vorbei. Die Fahrer hielten immer noch nebeneinander und quasselten.

Idioten. Falls ich mal ein Haus ausrauben wollte, würde ich das in Maple Hills tun.

* * *

Auf dem Rückweg nach Chicago gingen mir eine Menge Gedanken durch den Kopf. Was sollte ich als Nächstes tun? Kahdem anrufen? Wieso hatte ich das Nummernschild des Jeeps nicht fotografiert? Konnte ich den Typen über die Adresse des Mobilheims ausfindig machen? Wieso hatte ich den Straßennamen und die Hausnummer nicht notiert? War die Alarmanlage in meinem Auto nicht doch ein kleines bisschen unpraktisch?

Ich beschloss, Kahdem anzurufen. Er war mein Auftraggeber und musste entscheiden, ob ich den Typen in dem Jeep aufspüren sollte. Ich wählte seine Nummer.

»Mr Kahdems Anschluss.«

»Hey Parviz. Ich bins, McGlade. Was machen Ihre Kniebeugen?«

»Zwanzig Wiederholungen mit dreihundert Kilo Gewicht auf den Schultern.«

Ich versuchte, Kilo in Pfund umzurechnen, hatte jedoch vergessen, wie man das machte. Stattdessen sagte ich einfach nur: »Toll. Ist Kahdem in der Nähe? Ich muss mit ihm reden.«

»Er ist gerade beschäftigt. Kann ich ihm etwas ausrichten?«

In der Regel sprach ich nie mit anderen Leuten über Angelegenheiten, die meine Auftraggeber betrafen, auch nicht, wenn es sich um deren Mitarbeiter oder Lebenspartner handelte.

»Machen Sie für ihn Termine aus?«

»Ja.«

»Wie wärs mit morgen zum Mittagessen?«

»Er könnte sich mit Ihnen im *La Femme* treffen.«

»Nein danke. Wie wäre es mit dem *Big Stinky Onion* in der Milwaukee Street?«

»Noch nie gehört.«

»Toller Laden. Deren Konzept dreht sich um große stinkende Zwiebeln. Wussten Sie nicht, dass der Name unserer Stadt von dem Indianerwort *Shikaakwa* kommt? Das bedeutet stinkende Zwiebel. Es gibt dort panierte Big-Stinky-Onion-Zwiebelringe, Big-Stinky-Onion-Suppe und Big-Stinky-Onion-Pudding.«

»Mr Kahdem mag Zwiebeln nicht besonders.«

»Man kriegt dort auch ein hervorragendes gekochtes Steak. Die Portionen sind riesig. Mit viel Zwiebeln drauf.«

»Ich kann ihn für zwölf Uhr eintragen. Braucht man im *Big Stinky Onion* eine Reservierung?«

»Da bin ich mir nicht sicher. Schauen Sie bei Groupon nach.«

»Mache ich.«

Anschließend hörte ich meine Mailbox ab. Schließlich hatte jemand versucht, mich während meiner wilden Verfolgungsjagd anzurufen.

»Mr McGlade, hier ist Jasper. Der Pförtner. Der Typ mit dem schwarzen Jeep ist soeben wieder vorbeigekommen und hat Merediths Freundin abgeholt.«

Ich rief ihn zurück. »Jasper, hier ist McGlade. Haben Sie sich das Kennzeichen von dem Jeep notiert?«

»Nein. Sie haben mir nicht gesagt, dass ich das tun soll.«

»Ich habe es stillschweigend vorausgesetzt, Jasper. Wenn jemand nach einem bestimmten Auto sucht, sagt einem doch der gesunde Menschenverstand, dass man sich das Kennzeichen aufschreibt.« Das sagte ausgerechnet der Typ, der nach einem Auto suchte, aber vergessen hatte, das Nummernschild zu fotografieren.

»Verstehe.«

»Finden Sie es für mich heraus und melden Sie sich wieder bei mir. Dann gehören Ihnen die vierzig Dollar.«

Dann machte ich mich auf den Heimweg zu meinem geliebten Hauspferd, dem ich noch keinen Namen gegeben hatte.

Was war ein guter Name für ein Zwergpony? Einer, den man sofort erkannte und der gleichzeitig clever und witzig war?

Phil?

Das funktionierte in keiner Hinsicht. Aber mein Hirn war erschöpft, und deshalb verschob ich diese Entscheidung auf einen späteren Zeitpunkt.

Nachdem ich mein Auto im Parkgeschoss abgestellt hatte, nahm ich den Weg über das Treppenhaus anstatt durch das Foyer, da ich nicht riskieren wollte, diesem Arschloch von Hausmeister über den Weg zu laufen. Es gelang mir, eine Begegnung zu vermeiden, und als ich meine Wohnung betrat, begrüßte mein edles Ross mich mit einem Wiehern.

In meiner Bude herrschte nach wie vor das totale Chaos. Und um dem Ganzen die Krone aufzusetzen, hatte mein neues Haustier einen Großteil meines Teppichs gefressen. Als ich den Reinigungsdienst anrufen und konstruktive Kritik hinterlassen wollte, sah ich eine Karte der Firma auf meinem Schreibtisch.

Sie sind eine Sau. Wir kündigen. Rufen Sie uns nie wieder an.

Das war bereits der dritte Reinigungsdienst, der nichts mehr mit mir zu tun haben wollte.

»Willst du Gassi gehen?«

Das Pferd antwortete nicht. Ich legte ihm das Zaumzeug an, führte es hinaus in den Flur …

… wo mir der Hausmeister auflauerte, dieser dämliche Wichser.

»Gehts noch? Haben Sie nichts Besseres zu tun, als hier herumzustehen und zu hoffen, dass ich irgendwann auftauche?«

»Wusste ich's doch, dass Sie ein Pferd besitzen!« Er zeigte anklagend auf das Tier. »Damit verstoßen Sie gegen die von der Eigentümergemeinschaft vereinbarten Regeln, Mr McGlade.«

»Das ist kein Pferd«, protestierte ich, »sondern ein Hund.«

»Das ist doch kein Hund.«

»Brav, Rex.« Ich streichelte das Pferd am Kopf. »Sitz!«

Das Pferd gehorchte nicht.

»Ich gehe mit ihm noch zur Hundeschule«, sagte ich.

»Das ist kein Hund, Mr McGlade.«

»Ist es doch.«

Der Hausmeister verschränkte die Arme vor der Brust. »Was für eine Hunderasse?«

»Eine von diesen Designermischlingsrassen.«

»Designermischlingsrasse?«

Ich zuckte mit den Schultern.

»Welche Rasse genau?«

»Ein Labramaltipooschäferdoo.«

»Das haben Sie nur erfunden.«

Ich hielt dem Pferd die Ohren zu. »Schscht! Er ist sehr sensibel, was seine Abstammung angeht. Die Eltern mussten eine Zwangsehe eingehen. Sie waren nicht wirklich ineinander verliebt.«

»Das ist vollkommen inakzeptabel, Mr McGlade.«

»Hunde sind erlaubt. Das haben Sie selbst gesagt.«

»Er hat Hufe!«

»Alle Labradoodlecockerpoos haben Hufen. Schauen Sie bei Google nach.«

Ich führte Rex an ihm vorbei in Richtung Fahrstuhl, bevor er sein Handy aus der Tasche holen konnte.

* * *

Ich besuchte zusammen mit Rex eine Tierhandlung in der Nähe (nein, es waren nicht die Leute, die mir das Pferd angedreht hatten) und bestellte dort zur Lieferung nach Hause zwei große Näpfe für Futter und Wasser, einen Fünfundzwanzig-Kilo-Sack Ponyfutter (ja, so etwas gibt es tatsächlich), eine Leine und ein Halsband mit einem großen Medaillon in Form eines Knochens, auf dem REX DER HUND stand.

Ich gab mich keiner Illusion darüber hin, dass der Hundetrick länger als eine Woche funktionieren würde, vielleicht maximal zwei oder drei, weil dieser Idiot von Hausmeister, dessen Namen ich vergessen hatte, ein echter Idiot war. Aber er würde so lange funktionieren, bis mir etwas Besseres einfiel.

In der Zwischenzeit hatte ich Spaß mit meinem neuen Haustier.

Jedes Kind, das uns unterwegs begegnete, wollte sich auf Rex setzen, und da ich ein netter Mensch bin, kam ich dem Wunsch gern nach – solange die Eltern mir dafür einen Zwanziger zusteckten.

Als ich wieder nach Hause kam, war der Hausmeister weg. Ich beseitigte die Pferdescheiße, bestellte eine Pizza, gab Rex die Schachtel, als sie geliefert wurde, und durchforstete anschließend zwanzig Minuten lang das Internet nach Hinweisen, wie man Pferde stubenrein machte.

Anscheinend war das möglich. Große Pferde mussten zwar im Stundentakt ihre Notdurft verrichten, aber Zwergponys schafften es bis zu sechs Stunden ohne.

Cool, aber ich hatte eine bessere Lösung.

Nach weiteren Recherchen – und mit Recherche meine ich, Suchbegriffe bei Google eingeben – stieß ich auf eine Webseite, wo man erfahren konnte, wie man Zwergponys mithilfe von Katzenstreu stubenrein machte.

Die regelmäßige Säuberung des Katzenklos wäre extrem aufwendig, aber immer noch leichter, als das Pferd alle sechs Stunden spazieren zu führen. Schließlich hatte ich einen Vollzeitjob, und meine Alkoholexzesse führten öfter dazu, dass ich vierzehn Stunden durchgehend bewusstlos war.

Ich rief die Tierhandlung an und bestellte zusätzlich zehn Säcke Katzenstreu und sechs Katzenklos. Die Artikel wurden zusammen mit meiner vorherigen Bestellung geliefert.

Dann mixte ich mir eine Margarita, was sich als Herausforderung erwies, denn ich hatte keinen Orangenlikör oder Limetten oder Zucker oder Eis. Ich improvisierte, indem ich einfach puren Tequila in ein Margaritaglas schüttete. Anschließend stellte ich Rex über die Katzenklos, und jedes Mal, wenn er pisste, gab ich ihm einen Apfel und lobte ihn. Dasselbe tat ich, wenn er schiss.

Während ich also Tequila trank und mein Pferd mit Äpfeln fütterte, baute ich zu ihm eine Beziehung auf. Rex hatte so große, braune Augen und eine lange, seidenweiche Mähne, und er leckte mein Gesicht wie ein Hund.

»Ich habe ein gutes Gefühl, Rex. Du und ich, wir werden gute Freunde. Ich glaube nicht, dass ich jemals im Leben ein anderes Haustier haben möchte.«

* * *

Das Läuten des Telefons weckte mich auf. Ich hatte geträumt, dass ich nackt war und mehrere Dutzend wütende Frauen mit

Scheren hinter mir herrannten. Aus irgendeinem Grund kam dieses Motiv in meinen Träumen häufig vor.

Ich öffnete mit Mühe meine verklebten Augen.

Das Telefon klingelte.

Ich schmatzte mit den Lippen. Der Geschmack in meinem Mund widerte mich an. Es fühlte sich an, als hätte sich jemand nachts in mein Schlafzimmer geschlichen und mir ins Maul geschissen. Ich setzte mich auf. Ob Rex das gewesen war?

Nein. Es war nur mein schlechter Atem am Morgen.

Das Telefon klingelte.

Ich hatte Muskelkater von der gestrigen Rennerei. Die verschwitzten Sportklamotten, die ich immer noch anhatte, rochen nicht gerade angenehm.

Das Telefon klingelte.

»Harry McGlade, Privatdetektiv«, krächzte ich. Meine Kehle war trocken.

»Mr McKleb, wann haben Sie zuletzt über Ihre persönliche Beziehung zu Gott nachgedacht?«

Ich verdrehte die Augen. »Oh Gott!«

»Genau den meine ich.«

Ich hustete und versuchte, genügend Spucke zu sammeln, um schlucken zu können.

Meine Kehle war zu trocken.

»Mr McKleb, als Mitglied der Kirche der heiligen Sakramente möchte ich Ihnen helfen, Gott näherzukommen.«

»Wie? Haben Sie eine lange Leiter?«

»Indem ich Sie als Abonnent für unsere Publikation *Die gute Nachricht* gewinne, eine Zeitung, die sich auf christliche Themen spezialisiert. Wir alle sind die Lämmer Gottes, Mr McKleb. Sind Sie an einem Abonnement interessiert?«

»Nein. Woher haben Sie meine Nummer? Sie ist geheim.«

»Der Herr weiß alles, Mr McKleb.«

»Dann fragen Sie ihn doch nach den richtigen Lottozahlen und hören Sie gefälligst auf, mir Zeitschriftenabos anzudrehen.«

»Gott mag aggressive Menschen nicht, Mr McKleb. Wie es in der Heiligen Schrift heißt: Die Sanftmütigen werden die Erde besitzen.«

»Von mir aus können sie sie haben. Die Welt ist scheiße.«

»Für nur dreißig Dollar im Monat können Sie …«

»Ich habe jetzt keine Zeit, Satan und ich opfern gerade Babys.«

Ich legte auf und schleppte mich ins Bad. Rex stand in der Badewanne und hatte meinen Fedora auf.

Das musste letzte Nacht wohl eine wilde Party gewesen sein. Nächstes Mal, wenn ich mir eine Margarita mixe, sollte ich andere Zutaten als nur puren Tequila nehmen.

Auf meiner Mailbox war eine Nachricht. Anscheinend hatte ich sie in meinem Vollrausch übersehen.

»Panik, McGlade? Mit gutem Grund.«

Es war mein Verehrer mit der künstlich verzerrten Stimme. Seine Drohung klang, als käme sie aus einem schlechten Horrorroman.

Bis zum Mittagessen mit Kahdem waren es noch drei Stunden. Ich wusste nicht, ob ich mit meinen Nachforschungen weitermachen und herausfinden sollte, wer der Typ in dem schwarzen Jeep war. Aber da ich nichts Besseres zu tun hatte, ging ich ins Internet und fand mithilfe von Google Maps die Adresse des Mobilheims heraus, das ich gestern besucht hatte. Anschließend führte ich auf www.whitepages.com eine umgekehrte Adressensuche durch.

Der Besitzer des Mobilheims hieß Chuck Gardiner. Als ich den Namen googelte, erhielt ich als Toptreffer einen Torwart bei der Eishockeymannschaft Chicago Blackhawks, der vor einigen Jahren gestorben war. Ich suchte weiter, fand jedoch nichts.

Hätte ich doch nur den Jeep mitsamt Nummernschild fotografiert.

Aber brauchte ich überhaupt ein Foto? Ich war dem Fahrzeug die ganze Strecke von Chicago nach Maple Hills gefolgt und hatte das Nummernschild gesehen. Wahrscheinlich schlummerte es in meinem Unterbewusstsein. Vielleicht würde es mir wieder einfallen, wenn ich angestrengt nachdachte.

Ich dachte angestrengt nach.

Es fiel mir nicht ein.

Immerhin erinnerte ich mich daran, dass der Jeep Illinois-Nummernschilder hatte. Das war schon mal ein Anfang. Wie viele schwarze Jeeps konnte es in diesem Staat geben?

Ich rief die einzige Frau in meinem Bekanntenkreis an, die mir diese Frage beantworten konnte.

»Eine Menge«, sagte sie.

Gina Morris, eine Angestellte beim Department of Motor Vehicles, der Kraftfahrzeugbehörde des Bundesstaates Illinois, war eine übergewichtige junge Frau, die schielte und lispelte. Das hatte mich nicht daran gehindert, mit ihr in die Kiste zu steigen. Die ideale Sexpartnerin war Gina allerdings nicht. Alles, woran ich mich im Hinblick auf dieses Erlebnis erinnerte, war ihre wiederholte Bitte: »Geh mit dem Kopf weg, du versperrst mir die Sicht auf den Fernseher.«

Obwohl es zu keinem zweiten Date kam, blieb ich mit ihr in Verbindung, weil ich wusste, dass ihr Job sich eines Tages für mich als nützlich erweisen würde. Und hin und wieder tat sie mir einen Gefallen. Das war etwas, das ich immer an ihr mochte. Sie war stets bereit, für einen Freund in Not in die Bresche zu springen.

»Wie viel ist eine Menge?«, fragte ich.

»Fünfzig.«

»Das ist nicht besonders viel.«

»Fünfzig Dollar.«

»Das ist viel zu viel.«

»Dann hol dir deine Information woanders.«

Gina war hilfsbereit, aber ihre Hilfe war nicht billig.

»Also gut. Fünfzig Dollar. Wie viele gibt es?«

»In Illinois gibt es sechsundzwanzigtausendzweihundertunddrei schwarze Jeeps.«

»Heißt einer der Besitzer zufällig Chuck Gardiner?«

Ich hörte das Klappern der Tastatur. »Nein.«

Ich schloss die Augen und rief mir das Fahrzeug ins Gedächtnis. »Es ist ein Jeep Cherokee.«

Wieder Klappern. »Tausendneunhundertsechsundfünfzig. Weißt du das Baujahr?«

»Nein.«

»Kannst du dich wenigstens teilweise an das Kennzeichen erinnern? Einzelne Buchstaben oder Ziffern?«

»Nein.«

»Dann hast du Pech gehabt. Tschüss, Harry. Überweise mir die fünfzig Dollar via PayPal.«

Ich zerbrach mir den Kopf darüber, was ich sie sonst noch fragen könnte. Schließlich wollte ich einen angemessenen Gegenwert für meine fünfzig Dollar. Da mir nichts einfiel, beließ ich es bei: »Danke, dass du es versucht hast, Baby. Hast du am Donnerstag schon was vor?«

»Vergiss es. Du bist schlecht im Bett und riechst nach Salami.«

»Wie siehts am Freitag aus?«

Sie legte auf.

Ich schickte ihr zähneknirschend die vereinbarte Summe via PayPal, da ich wusste, dass ich in Zukunft wieder ihre Hilfe brauchen würde.

Ein plötzlich einsetzendes Magenknurren machte mir bewusst, dass ich etwas Fettiges zu essen brauchte, um den Tequila zu absorbieren.

Ich zog mich an, nahm den Fedora von Rex' Kopf und schlich mich aus meiner Wohnung, ohne dass der blöde Hausmeister es mitbekam. Dafür sah ich auf dem Parkplatz etwas, das ich sogar noch mehr verabscheute als diesen Wichser.

Einen Abschleppwagen.

Dank meiner Freunde und Helfer vom Chicago Police Department war ich im Besitz von mehr als nur ein paar unbezahlten Strafzetteln fürs Falschparken. Die normale Vorgehensweise bestand darin, an einem Reifen eine dieser gelben Metallklammern anzubringen, die einen am Wegfahren hindern, bis man die Strafe bezahlt hat. Ich war früher mal bei der Polizei gewesen, und als ich aus dem Dienst ausschied, machte ich mir ein Abschiedsgeschenk an mich selbst in Form von heimlich mitgenommenen Universalschlüsseln für Parkkrallen. Insgesamt besaß ich drei oder vier dieser Schlüssel. Einer davon befand sich momentan im Kofferraum.

Aber gegen Abschleppen gab es keinen Schutz. Das Beste, was man tun konnte, war, vorschriftsmäßig oder auf einem Privatparkplatz zu parken.

Der Parkplatz, der zu meiner Eigentumswohnung gehörte, war privat. Was zum Teufel hatte dieser Wichser hier verloren?

Ich schrie »Hey!« just in dem Moment, als er sich mit seiner fleischigen Hand auf der Haube meines Babys abstützte und mit der anderen hinunterlangte, um die Abschleppstange anzubringen.

Plötzlich begann das Geschrei.

Der Fahrer des Abschleppwagens, ein unauffälliger Weißer in grauem Overall, fiel auf seinen Arsch, als der Alarm meiner Corvette losging.

»Das ist ein Privatparkplatz!«, brüllte ich laut genug, um die Frauenschreie meiner Alarmanlage zu übertönen. »Sie können mich nicht einfach abschleppen!«

Er starrte auf mich, auf meinen Wagen, dann wieder auf mich und schließlich auf die .44er Magnum, die ich anscheinend in der Hand hielt. Hey, das hier war Privateigentum, und ich habe das Recht, mein Eigentum zu schützen. Aus meiner Sicht war der Typ gerade dabei, mein Auto zu klauen.

Anstatt auf seinem Recht zu beharren, meinen Wagen abzuschleppen, stieg er klugerweise in seinen Truck und machte sich aus dem Staub.

Zu diesem Zeitpunkt konnte ich noch nicht wissen, dass dieser Vorfall mir und vielen anderen später das Leben retten würde.

Cool, oder? In der Erzähltechnik nennt man so etwas eine Vorwegnahme.

Und wenn eine Romanfigur die Leser auf eine Vorwegnahme hinweist, nennt man das *die vierte Wand durchbrechen.*

So ein Rebell bin ich.

Ich schaltete den Alarm aus, fuhr zu einem nahe gelegenen Donut-Kettenrestaurant und bestellte ein Eiersandwich. Während ich darauf wartete, aß ich ein Schmalzgebäck und nippte an einem Kaffee.

Als ich zurück zu meinem Auto ging, sah ich einen Polizisten, der neben mir auf einem dieser extrem uncoolen motorisierten Dreiräder parkte, mit denen Politessen herumfahren. Niemand wurde Polizist, um mit so einem bescheuerten Untersatz herumzugurken.

»Alles in Ordnung?« Beim Näherkommen stellte ich fest, dass er mir einen Strafzettel schrieb.

Was zum Teufel …? War heute Macht-Harry-das-Leben-schwer-Tag?

»Sind Sie der Besitzer dieses Fahrzeugs?« Der Bulle war klein und dick und hatte ein rotes Gesicht. Er erinnerte mich an einen Gartenzwerg. Auf dem Kopf trug er einen uncoolen blauen Helm, der zu dem Spielzeugdreirad passte.

»Ja. Und ich parke vorschriftsmäßig.«

»Ich sehe keinen Behindertenaufkleber an Ihrem Auto, und das hier ist ein Behindertenparkplatz.«

Das erklärte das große blaue Schild mit dem Rollstuhl drauf.

»Ich muss mir erst noch einen Aufkleber besorgen«, sagte ich. Tatsächlich stand das auf meiner Zu-erledigen-Liste. »Ich habe vor Kurzem meine Hand verloren.«

Ich fuchtelte mit meiner Prothese herum.

»Ohne Aufkleber können Sie hier nicht parken.«

»Meine Hand ist weg«, sagte ich. »Wie viel behinderter muss ich noch sein?«

»Haben Sie noch unbezahlte Strafzettel für Falschparken, Sir?«

»Äh, einen oder zwei vielleicht.«

Sein kleines Spielzeug-Walkie-Talkie krächzte. Er hielt es sich vors Gesicht und sprach für ein paar Sekunden mit einem Kollegen. Ich überlegte, ob ich diesen Blödmann mit Geld oder vielleicht Sex bestechen sollte. Plötzlich legte er die rechte Hand an das Pistolenhalfter und schrie mich an.

»Auf die Knie, Hände hinter den Kopf!«

»Das ist doch bloß ein Behindertenparkplatz! Es sind ja nicht mal irgendwelche Krüppel in der Nähe, die ihn brauchen!«

»Auf die Knie! Sofort!«

»Sie können mich nicht wegen Falschparkens festnehmen, Sie Idiot!«

»Auf die Knie!«

Ich gehorchte. Er tastete mich ab und nahm mir meine .44er Magnum weg.

»Ich bin Privatdetektiv. Ich habe eine Lizenz zum verdeckten Tragen von Waffen.«

»Harrison Harold McGlade, ich nehme Sie wegen Fahrerflucht fest.«

»Mein Auto parkt doch hier. Wie kann ich da auf der Flucht sein?«

»Eine Verkehrskamera hat gestern einen Vorfall auf der Michigan Avenue aufgenommen, in den Sie verwickelt waren.«

Komisch. An einen Unfall und anschließende Fahrerflucht müsste ich mich eigentlich erinnern.

Moment … meinte er diesen Penner, der meinen Reifen gestohlen hatte?

»Ich habe den Typen nicht angefahren. Er ist mir rechtzeitig aus dem Weg gesprungen.«

»Sie haben das Recht, die Aussage zu verweigern. Alles, was Sie sagen, kann und wird vor Gericht gegen Sie verwendet werden.«

»Der Kerl war ein Dieb. Er hat einen Reifen von meiner Corvette abmontiert. So ein Ding kostet mehr, als Sie in einer Woche verdienen.«

»Sie haben das Recht auf einen Anwalt. Wenn Sie keinen haben, wird Ihnen einer gestellt.«

»Sie sind doch bloß wütend auf die Welt, weil Sie bei McDonald's immer noch einen Kindersitz brauchen. Lassen Sie Ihren Frust nicht an mir aus.«

»Haben Sie diese Rechtsmittelbelehrung verstanden?«

»Nein. Sagen Sie mir das mit dem Aussageverweigerungsrecht noch mal.«

»Sie haben das Recht, die Aussage zu verweigern …«

»Ja, ich habs verstanden. Mag ja sein, dass Sie mich festnehmen können, aber Sie werden nie groß sein. Nie und nimmer, Sie kleiner Hosenscheißer.«

Er legte mir Handschellen an und fügte mir anschließend die ultimative Erniedrigung zu, indem ich den ganzen Weg zum Polizeirevier auf dem Rücksitz seines kleinen Clownmotorrads sitzen musste.

Vielleicht war das die Strafe dafür, dass ich nicht diese verdammte christliche Zeitung abonniert hatte.

* * *

Ich saß in der Zelle und wartete darauf, dass der schwerfällige Justizapparat mir endlich meinen Telefonanruf erlaubte. Dieser kleine Hosenscheißer ließ sich aber auch Zeit. Wahrscheinlich, weil ich ihn einen kleinen Hosenscheißer genannt hatte.

Die Stunden vergingen, und ich verpasste mein Mittagessen mit Kahdem im *Big Stinky Onion.* Der Nachtclubbetreiber würde in zweifacher Hinsicht wütend sein, zum einen, weil ich nicht erschienen war, und zum anderen, weil das *Big Stinky Onion* nicht gerade für gehobene Kochkunst berühmt war.

Ich vertrieb mir die Zeit, indem ich mich tief in mein Inneres zurückzog und ein Spiel spielte, das ich *Mittagsschlaf* nannte.

Es war nicht das erste Mal, dass ich mit Gefängniszellen auf Polizeirevieren Bekanntschaft machte. Ich glaube sogar, dass ich diese hier schon mal vollgekotzt hatte, nachdem ich wegen Trunkenheit und ungebührlichen Benehmens festgenommen worden war. Ich hatte mir ein paar hinter die Binde gekippt und eine Gruppe Goth-Girls angemacht, die schwarze Klamotten trugen und Kruzifixe umhängen hatten.

Später erfuhr ich, dass es Nonnen waren.

Das Ganze mündete in eine kleinere Auseinandersetzung zwischen mir und dem Polizisten, der mich festnahm. Ich argumentierte, dass Nonnen nicht in einer Bar abhängen sollten, wenn sie keine Lust auf ein bisschen Spaß hatten. Er informierte mich darüber, dass ich mich nicht in einer Bar befand, sondern in einer Kirche.

Kein Wunder, dass der Service so schlecht war. Ich hatte versucht, am Altar einen Drink zu bestellen.

Dieser Zwischenfall kostete mich fünfhundert Dollar Strafe und eine Nacht hinter Gittern. Aber wenigstens gelang es mir, eine der Nonnen zu einem Date zu überreden, und wir blieben sogar eine Weile zusammen.

Nach meinem Nickerchen beobachtete ich beiläufig den zusammengewürfelten Haufen, der die Zelle mit mir teilte. Es war der typische menschliche Abschaum: Bandenmitglieder, Besoffene und Penner. Und dann war da noch dieser Typ im Anzug, der völlig verängstigt in der Ecke kauerte.

Ein Hüne, den man am ehesten als einen in einen Jogginganzug gezwängten Fleischberg bezeichnen konnte, ging auf den kleinen Anzugträger zu und verlangte so laut, dass jeder es hören konnte, eine Zigarette.

Der Kleine sagte, er hätte keine.

Der Fleischberg sagte, er würde ihm vielleicht den Schwanz abreißen und diesen statt einer Zigarette rauchen.

Ich stand sofort auf und eilte hinüber zu den beiden.

Schließlich hatte ich noch nie gesehen, wie einem der Schwanz abgerissen wurde.

»McGlade!«

Ein Bulle lenkte meine Aufmerksamkeit von dem sich abzeichnenden Drama ab und führte mich aus der Zelle. Mir kam es so vor, als hörte ich beim Hinausgehen das Geräusch eines Reißverschlusses, aber ich war mir nicht sicher.

Ich folgte dem Bullen durch den Gang zu einem Fahrstuhl. Normalerweise wurde ein Festgenommener gleich nach der Ankunft auf dem Revier erkennungsdienstlich behandelt. Bei mir hatte man dies aufgeschoben, da ich eine Person in diesem Revier kannte, die einen höheren Rang bekleidete. Ich hatte den Namen fallen lassen und verlangt, persönlich mit ihr zu reden. Dorthin brachte man mich jetzt. Der Fahrstuhl spuckte uns auf der entsprechenden Etage aus, und der Polizist ließ mich allein.

Da niemand anwesend war, ließ ich mich zu einem harmlosen Streich hinreißen. Ein paar Minuten später stand ich schließlich einer der besten Polizistinnen von Chicago gegenüber.

Lieutenant Jacqueline Daniels vom Morddezernat.

»Hallo Jackie. Wie gehts, wie stehts?«

»Ach du Scheiße«, sagte Jack. »Und ich hatte schon gedacht, mein Tag könnte nicht noch schlimmer werden.«

Ich grinste breit. »Ist das Leben nicht schön?«

Phin

Ich saß in meinem Truck auf dem Parkplatz eines Cafés und plante meinen nächsten Schritt, während ich an einem großen Becher mit heißem Kaffee nippte.

Amy Scadders Polizeiakte sagte mir nicht viel.

Ich hatte das Dokument heute Vormittag von Lieutenant Jack Daniels erhalten und mich bei ihr mit einer Tüte Donuts revanchiert. Es enthielt weder Hinweise und Spuren, die auf Amys gegenwärtigen Aufenthaltsort schließen ließen, noch eklatante Ungereimtheiten, die einer weiteren Überprüfung bedurften.

Amy war mit einem halben Kilo Kokain erwischt worden. Sie hatte behauptet, sie wüsste nicht, wie es dorthin gekommen wäre. Angesichts ihrer zahlreichen Fingerabdrücke auf dem Beutel fiel es dem Richter schwer, ihren Unschuldsbeteuerungen zu glauben. Ihr Daddy hatte die Kaution für sie bezahlt, und sie war untergetaucht.

Ich las den verdammten Bericht fünf Mal. Er sagte jedes Mal dasselbe.

Von Jack erfuhr ich allerdings eine interessante Information über Amys Vater. Anscheinend hatte man ihn vor ein paar Jahren wegen Steuerhinterziehung verhaftet. Er kam mit einer hohen Geldstrafe davon. Ich wusste zwar nicht, ob dies für meine

Suche relevant war, aber in diesem Geschäft musste man sämtliche Steine umdrehen und die dunklen und hässlichen Dinge beleuchten, die sich darunter versteckten. Vielleicht sollte ich bei Scadders Steuerberater nachfragen.

Daniels hatte mir außerdem eine Liste mit siebzig potenziellen Kandidaten gegeben, denen der schwarze Jeep gehören könnte. Mit einem Smartphone und/oder Computer könnte ich wahrscheinlich die Auswahl weiter eingrenzen, aber ich besaß weder das eine noch das andere. Harry McGlade, der Typ, mit dem ich gelegentlich zusammenarbeitete, hatte beides, aber er hatte mich noch nicht zurückgerufen. Wahrscheinlich war er geschockt gewesen, von mir zu hören, denn er hatte gedacht, ich wäre schon tot.

Eigentlich war McGlade nicht besonders zuverlässig oder erfolgreich in seinem Beruf. Aber das konnte man genauso gut auch von mir behaupten.

Vielleicht würde Mac, der pensionierte Polizist, der nach Florida gezogen war, mir mit dem Nummernschild helfen.

In der Zwischenzeit konnte ich versuchen, mit Amys alter Freundin Sharon Pulowski zu reden. Amys betrunkene und unangenehme Mutter hatte Sharon als mögliche Informationsquelle erwähnt. Sharon war aus der gehobenen Vorstadt Shorington in eine nicht ganz so gehobene Gegend im Süden von Chicago umgezogen. Bei meinem ersten Versuch, sie zu erreichen, war sie nicht ans Telefon gegangen, aber heute war ein neuer Tag.

Ein neuer Tag, und ich hatte mich immer noch nicht bei Pasha gemeldet.

Nachdem ich Pashas Wohnung am Abend zuvor verlassen hatte, wollte ich mich mit ein paar Runden Billard mit Lieutenant Daniels ablenken. Anschließend besorgte ich mir in einem rund um die Uhr geöffneten Schnapsladen eine Flasche Hochprozentiges, um die Gedanken an Pasha und mein bevorstehendes Ableben zu verdrängen. Das Tequila-Codein-Monster hatte mich in einen tiefen Schlaf fallen lassen.

Jetzt hatte ich einen Kater, und mein pochender Schädel und Earls Nagen in meinen Eingeweiden weckte in mir eine erneute Sehnsucht nach dem Monster. Vielleicht konnte ich mich damit ausreichend zudröhnen, um nicht an die Frau, die ich liebte, und an das, was ich tun musste, denken zu müssen.

Was ich tun musste, war einfach und gleichzeitig unmöglich.

Ich öffnete das Handschuhfach und durchwühlte es nach Pillen. Meine Ausbeute bestand aus ein paar Aspirin, Paracetamol, Säureblockern und meinen letzten zwei Tabletten des Schmerzmittels Norco, einer Kombination aus Hydrocodon und Paracetamol.

Ich nahm ein bisschen von allem und würgte es mit dem restlichen Kaffee hinunter.

Ich musste mit Pasha Schluss machen. Es war aus mit uns. Und ich musste es ihr im Brustton der Überzeugung sagen, damit sie nicht glaubte, dass ich es nur tat, um ihr den Anblick meines Todes zu ersparen.

Ich wollte mich auf keine weitere Krebsbehandlung einlassen. Und ich hatte keine Lust, dahinzusiechen, bis ich nur noch vierzig Kilo wog, während Pasha meine Hand hielt und meinen Katheterbeutel wechselte.

Ein Anruf, vor dem mir graute.

Ein Anruf, an dem jedoch kein Weg vorbeiführte.

Sterben ist scheiße.

Ich stieg aus dem Truck und suchte nach einem Münztelefon. Die Dinger waren vor einem Jahrzehnt aus der Mode gekommen, und ich gab nach drei Straßenblocks auf. Stattdessen ging ich in einen dieser Elektronikdiscounter, wo ich achtzig Dollar für ein Wegwerfhandy und hundert für eine Prepaid-Karte ausgab. Nachdem mich das Einrichten eines Kontos fast in den Wahnsinn getrieben hatte, wählte ich Sharon Pulowskis Nummer.

»Ja?« Eine Frauenstimme. Sie klang desinteressiert, abgelenkt oder zugedröhnt.

»Sharon? Ich heiße Phineas Troutt. Amy Scadders Eltern haben mich beauftragt, nach ihrer Tochter zu suchen.«

Stille am anderen Ende. Gab mein Billighandy bereits beim ersten Gespräch den Geist auf?

»Sharon? Sind Sie noch dran?«

»Ja. Amy. Wow. Hab sie lange nicht gesehen. Ihre Eltern haben Sie beauftragt? Echt? Was halten Sie von denen?«

»Sie sind Arschlöcher.«

»Ja.«

»Hören Sie, ich bin gerade in der Innenstadt. Können wir uns irgendwo treffen? Ich würde Ihnen gern ein paar Fragen stellen.«

»Ich hab keine Lust, irgendwo hinzugehen.«

»Kann ich bei Ihnen vorbeikommen? Ich habe Ihre Adresse.«

»Zu mir?«

»Wenn das okay ist.«

Erneute Stille. Ich warf einen Blick auf das Handydisplay und sah, wie die Sekunden und mein Guthaben verstrichen.

»Ja. Sie können zu mir kommen.«

»Ich bin in einer halben Stunde bei Ihnen.«

»Ja. Amy, oder? Wow.«

Sie legte auf.

Auf dem Lake Shore Drive herrschte wie immer dichter Verkehr. Es war ein schöner Tag, und ganz Chicago war unterwegs, um diesen Umstand zu feiern.

Ich kroch mit fünfzig Stundenkilometern dahin und versuchte krampfhaft, an nichts zu denken und die pochenden Schmerzen in meinem Schädel und meiner Seite auszublenden. Leider ohne Erfolg. Im Radio spielten sie Liebeslieder, was mir zusätzlich die Stimmung vermieste. Ich schaltete es aus und lauschte dem Verkehr.

Der Verkehr vermieste mir die Stimmung noch mehr.

Die anderen Verkehrsteilnehmer hatten Glück, dass das Codein zu wirken begann. Das bewahrte sie davor, von mir von der Fahrbahn und in den Michigan-See gedrängt zu werden.

Das Mietshaus, in dem Sharon wohnte, sah beschissen aus, aber das Gleiche konnte man von meinem Motel sagen. Also beurteilte ich sie nicht danach. Ich parkte auf dem Besucherparkplatz, ging zum Eingang und suchte den Klingelknopf für Apartment 613. Die Klingel war kaputt. Es war egal, denn die Sicherheitstür war ebenfalls kaputt. Ich betrat das Gebäude.

Ein Fahrstuhl, in dem es nach abgestandenem Bier und Pisse roch, spuckte mich auf dem sechsten Stock aus. Ich fand Sharons Apartment, klopfte an die Tür und trat einen Schritt zurück, damit sie mich durch den Spion sehen konnte. Dabei gab ich mir Mühe, nicht wie der Schlägertyp dreinzublicken, der ich war.

Hinter der Tür erklang ein Kläffen, und als sie aufging, sah ich eine junge Frau, die einen Hund von der Größe einer Eiswaffel im Arm hielt.

Sie tätschelte den Kopf des Hundes, worauf das Kläffen verstummte.

»Er ist keine Fremden gewöhnt«, sagte die junge Frau. »Sind Sie Mr Troutt?«

Ich nickte. Sie erinnerte sich nicht nur an meinen Namen, sondern gebrauchte auch die förmliche Anrede »Mister«. Für diese Höflichkeit verdiente sie Punkte.

»Ich bin Sharon. Kommen Sie rein.«

Ich trat ein und ließ den Blick durch die Wohnung schweifen. Die Einrichtung war alt, und die wenigen neuen Gegenstände, darunter ein Mikrowellenherd und ein Zweiersofa, waren von billiger Qualität. Ein starker Hundegeruch hing in der Luft, und sämtliche Jalousien waren heruntergezogen, was die Wohnung düster wirken ließ. Aber sie war sauber und aufgeräumt. Die alte Couch, auf die ich mich setzte, war bequem, und der Kaffee, den Sharon mir anbot, schmeckte ziemlich gut.

»Ich habe Amys Eltern angerufen«, sagte sie und nahm mir gegenüber auf dem billigen Zweiersofa in dem kleinen Wohnzimmer Platz. »Sie haben bestätigt, dass Sie für sie arbeiten, sonst hätte ich Sie nicht reingelassen. Also, was wollen Sie wissen?«

Sie hatte ein schmales Gesicht mit hohen Wangenknochen und trüben braunen Augen. Beim Reden achtete sie darauf, ihre schiefen Zähne so wenig wie möglich zu zeigen. Sie war schlank und möglicherweise attraktiv, aber zu jung, als dass es mir sonderlich ins Auge fiel.

»Wie gut waren Sie mit Amy befreundet?«, fragte ich.

»Gut. Wir kannten uns vier Jahre lang aus der Schule.«

»Wie gut kam sie mit ihren Eltern klar?«

»Sie hat ihre Mutter gehasst. Kein einziges Mal, wenn ich bei ihr zu Hause war, hat sie was Nettes zu ihrer Tochter gesagt. Sie hatte an allem was auszusetzen.«

Sharon rutschte auf der Couch herum und hielt ihren Hund eng an ihre Brust gedrückt. Der Kleine zappelte wie verrückt und versuchte, sich aus der Umklammerung zu befreien.

»Wie lief es zwischen Amy und ihrem Vater?«

»Den habe ich nie kennengelernt, und Amy hat mir nie was von ihm erzählt.«

Der Hund riss sich los, sprang auf mich zu und bellte wütend meine Schuhe an.

»Arnold! Hör auf!«

Arnold hörte nicht auf. Sharon musste aufstehen und ihn wieder auf den Arm nehmen.

»Er ist wirklich nicht an Fremde gewöhnt«, entschuldigte sie sich.

»Mochte Amy ihre Eltern?«, fragte ich.

»Ihre Mutter nicht. Vielleicht den Vater. Aber ich glaube, sie hat ihn gehasst.«

»Warum?«

»Ich weiß nicht. Hassen nicht alle ihre Väter?«

Da hatte sie vermutlich recht.

»Hat Amy Drogen genommen?«

»Nur Marihuana. Keine harten Sachen.«

»Was sind für Sie harte Sachen?«

»Koks. Heroin. Meth.«

Ich sah es genauso. »Wissen Sie das ganz sicher?«

»Ja. Amy hatte viele Gelegenheiten, nach ihrem Entzug an Koks zu kommen. Sie hat es aber nicht getan.«

»Hatte sie einen festen Freund?«

»Sie war mit diesem Arschloch zusammen. Er hieß Tucker.«

»Wo hat sie ihn kennengelernt?«

»Auf einer Party von ihren Eltern. Er war ein Freund von Amys Mutter, wenn es auch schwer zu glauben ist.«

Ich ließ die Information einsickern. »Sind Sie sich sicher?«

»Ja. Vielleicht ist sie mit ihm gegangen, um ihrer Mutter eins auszuwischen. Geliebt hat sie ihn auf keinen Fall. Ich weiß gar nicht mehr, wie oft sie mich angerufen und sich bei mir ausgeheult hat, weil der Kerl ein Arschloch war.«

»Ist das Tucker?« Ich zeigte ihr das Foto, das Amy und den Typen mit dem Jeep zeigte.

»Das ist er. Woher haben Sie das Foto?«

»Aus Amys Zimmer.«

»Ich habe es gemacht.« Sie starrte das Foto einen Moment lang an und gab es mir zurück.

»Wissen Sie, wohin Amy gegangen ist?«

»Nein. Sie hat sich nicht mal verabschiedet. Ich habe sie für eine bessere Freundin gehalten. Aber wie lange ist das jetzt schon her? Zwei Jahre? Ich möchte, dass Sie sie finden, aber ich denke nicht besonders oft an sie. Ich hoffe nur, dass sie nicht mit Tucker durchgebrannt ist.«

»Wissen Sie, wie Tucker mit Nachnamen heißt?«

Sie schüttelte den Kopf.

»Oder wo er wohnt?«

»Nein. Selbst wenn ich es wüsste, wäre ich nie hingegangen. Er war ein Arschloch.«

»Sharon, wissen Sie wirklich nicht, wo Amy ist?«

Sie schüttelte erneut den Kopf.

»Haben Sie eine Idee, wohin sie gegangen sein könnte? Mein Auftrag lautet, sie zu finden, und nicht, sie nach Hause zu bringen. Wenn sie ihre Eltern nicht sehen will, werde ich sie nicht dazu zwingen.«

»Ich weiß wirklich nichts. Aber wenn Sie sie finden … richten Sie ihr aus … sagen Sie ihr, dass ich sie vermisse.«

Ich überlegte, was ich sie sonst noch fragen könnte, aber mir fiel nichts ein. Also verabschiedete ich mich und ging.

Das Codein linderte meine Schmerzen, wenn es auch leicht meine Sinne abstumpfte. Ich versuchte angestrengt, mich auf etwas zu konzentrieren, das am Rande meines Bewusstseins schwebte, etwas, das ich nicht greifen konnte. Etwas, das mit der Verbindung zwischen Amys Mutter und Tucker zu tun hatte. Und mit Drogen.

Ich kam nicht darauf, also ließ ich es bleiben. Stattdessen fand ich die Telefonnummer von Mac, dem pensionierten Highschool-Polizisten, der nach Florida umgezogen war, und rief ihn an, während ich zu meinem Truck ging.

»Hallo?«

»Hallo, Mrs MacDonald. Hier ist noch mal Phin Troutt. Ich würde gern Ihren Mann sprechen.«

»Er mäht gerade den Rasen. Einen Moment, bitte. MAC!«

Sie rief so laut nach ihm, dass mir beinahe das Trommelfell platzte. Ich hielt das Handy an das andere Ohr. Etwa dreißig Sekunden später hörte ich seine Stimme.

»Hey, das mit den Zündkerzen war ein guter Tipp. Der Rasenmäher läuft wieder wie neu. Ich wollte Sie später anrufen.«

»Sie haben den Namen von dem Typen herausgefunden?«

»Ja. Und nur, damit Sie's wissen, das war ganz schön nervig.«

Er schimpfte darüber, dass seine frühere Polizeidienststelle gerade dabei war, sämtliche Unterlagen zu digitalisieren. Ich quittierte seine Bemerkungen hin und wieder mit »Wirklich?« oder »Aha«, bis er endlich zur Sache kam.

»Tucker Shears«, sagte er. »So heißt das Arschloch.«

»Ist er vorbestraft?«

»Das habe ich nicht nachgeprüft. Haben Sie mir nicht zugehört, als ich Ihnen erzählte, dass meine alte Dienststelle auf digital umstellt?«

»Doch, hab ich.« Und ich wollte es mir nicht noch mal anhören. »Haben Sie eine Adresse?«

»Ja. Ich habe sie mir irgendwo notiert. Einen Moment.«

Während er suchte, ging ich zurück zu meinem Truck und dachte an Pasha und daran, was ich ihr sagen würde.

Ich würde mir Mut antrinken, so schnell reden, dass sie kein Wort herausbringen konnte, und mich wie ein totales Arschloch benehmen. Dann würde sie mich hassen, und die Sache wäre erledigt.

Das Ende meiner letzten Liebesbeziehung. Ich würde meine Gefühle in die Gesäßtasche stecken und nie wieder eine Frau an mich heranlassen.

Mir blieb sowieso nicht mehr genügend Zeit für so was.

Anschließend würde ich mir etwas Koks besorgen.

Earl würde das gefallen, und ich war auch nicht abgeneigt. Immerhin hatte ich große Schmerzen, warum sollte ich sie nicht lindern? Von Kokain bekam man keinen Kater wie von Codein und Tequila. Kokain bewirkte nichts weiter, als dass man sich gut fühlte.

Das Mindeste, was ich tun konnte, nachdem ich mit Pasha Schluss gemacht hatte, war, mir ein bisschen Koks zu gönnen.

Gute Idee, sagte Earl. *Bin voll dafür.*

Ich sagte ihm, er solle die Fresse halten. Möglicherweise sagte ich es laut, als wäre die Stimme in meinem Kopf ein Monster, das wirklich existierte und mit dem ich mich unterhalten konnte.

In gewisser Hinsicht existierte Earl wirklich. Der Krebs war schließlich echt.

Aber wahrscheinlich besaß er keinen Mund zum Reden.

»Ich habe die Adresse gefunden«, riss Mac mich aus meinen Gedanken.

Er gab mir eine Adresse in Green Birch, einer Stadt, die ungefähr zwanzig Kilometer südlich der Grenze des Staates Wisconsin lag. Ich startete meinen Bronco und machte mich auf den Weg nach Norden.

* * *

Die Kleinstadt Green Birch besaß absolut nichts, das irgendwie hervorstach. Der Ort lag zu weit von Chicago entfernt, um noch als Vorstadt zu gelten, aber das bemerkte man nicht, wenn man sich die Wohnviertel, Einkaufszentren und Ladenzeilen ansah. Die Grundstücke waren größer, weil Land billiger war, aber die meisten Häuser waren billige Fertighäuser aus den 1950er-Jahren und sahen bis auf die Farbe fast identisch aus.

Die Fahrt dorthin dauerte eine Stunde, kam mir jedoch länger vor, weil Earl mir irgendwann ins Ohr zu flüstern begann, ich solle unterwegs anhalten und Kokain besorgen. Nach einer Weile verwandelte sich das Flüstern in endloses Geleier.

Seine Argumente klangen plausibel. Ich hatte eine Menge Kohle im Handschuhfach, dank Scadder, stand kurz davor, der Frau, die ich liebte, den Laufpass zu geben, litt an starken Schmerzen und starb an Krebs.

Es gab keinen guten Grund, warum ich weiterhin nach einer Ausreißerin suchen sollte, dafür eine Menge gute Gründe, mich zuzudröhnen.

Aber ich tat es nicht, sondern blieb an dem Fall dran. Und mir fiel nur ein einziger wichtiger Grund ein, warum ich mich dazu entschied, wie ein verantwortungsbewusster Erwachsener zu handeln, anstatt Party zu machen, als gäbe es kein Morgen: Ich wollte Earl ärgern.

Er wollte unbedingt Kokain. Es ihm vorzuenthalten, bereitete mir eine masochistische Freude.

Früher oder später würde ich jedoch dem Drang nachgeben.

Aber zunächst würde ich weiterhin nach Amy suchen, und wenn auch nur aus dem einzigen Grund, weil ich damit Earl auf die Palme brachte.

Ich heimse meine Siege ein, wo es nur geht.

Es gab dieses alte Spiel namens *Risiko*, wo das Spielbrett aus einer Weltkarte bestand und die Spieler mit kleinen Plastiksoldaten in benachbarte Territorien einfielen und versuchten, diese zu erobern.

Genauso fühlte sich Krebs an. Jeden Tag starb ein kleines Stück mehr von mir. Jeden Tag streckte Earl seine Tentakel etwas weiter aus und eroberte mehr Zellen, mehr Organe, mehr von mir. Jeden Tag waren die Schmerzen ein bisschen schwerer auszuhalten.

Und jeden Tag sah ich mehr und mehr wie ein Zombie aus.

Aber das Schlimmste war nicht die Erkenntnis, dass ich sterben musste und in einem Jahr nicht mehr existieren würde. Das Schlimmste war auch nicht einmal der Schmerz, den ich jetzt und in Zukunft erleiden musste.

Das, was mir am meisten wehtat, geschah nicht allzu oft, nur ab und zu, manchmal nur zwei- oder dreimal die Woche. Aber es geschah weiterhin.

Ab und zu vergaß ich, dass ich im Sterben lag, dass mein Leben bald zu Ende ging. In diesen Momenten schweiften meine Gedanken in die Ferne, so wie sie es getan hatten, bevor ich an Krebs erkrankte. Zu einer Zeit, als ich wenig Sorgen hatte und meine Zukunft grenzenlos schien.

Doch dann holte mich die Realität wieder ein und zerdrückte mich wie ein zartes Pflänzchen.

Die Ausfahrt nach Green Birch tauchte vor mir auf, und ich beendete meine Nabelschau und meine Earl-Schelte lange genug, um die Rampe nicht zu verpassen. Mein Bauchgefühl sagte mir, dass Tucker der Schlüssel zu dem Ganzen war. Gleichzeitig rechnete ich damit, dass er sich nicht so kooperativ wie Sharon Pulowski verhalten würde. Aber ich kannte mich mit Überredungstechniken aus. Ich hielt an einer Tankstelle und rüstete mich für den Krieg.

Smith & Wesson 9mm im hinteren Hosenbund.

Springmesser in der vorderen Hosentasche.

Schlagring in der Gesäßtasche.

AMT .380 im Stiefelabsatz.

Wenn nichts davon funktionierte, konnte ich ihn immer noch beißen.

Tucker wohnte in einem großen, zweistöckigen Haus, das seitlich versetzt auf einem viertausend Quadratmeter großen, teilweise bewaldeten Grundstück stand. Obwohl mehrere Häuser nahe an seinem lagen, sorgten die großen Kiefern in seinem Garten für Ungestörtheit. Ich fuhr an dem Haus vorbei und parkte vier Straßen weiter hinter einer rund um die Uhr geöffneten Apotheke. Es war schönes Wetter, ungefähr fünfzehn bis sechzehn Grad warm, doch als ich aus dem Bronco stieg, traf mich eine frische, kalte Brise, die mich daran erinnerte, dass sich der Winter noch nicht endgültig geschlagen gab.

Ich legte Handy und Brieftasche ins Handschuhfach, sperrte den Truck ab und brach zu einem Erkundungsspaziergang auf.

Als ich mich Tuckers Haus näherte, konnte ich einen besseren Blick darauf erhaschen. Es war aus braunem, von dunklen Holzbalken durchzogenem Mauerwerk und hatte ein Dach, bei dem ein paar Schindeln fehlten. Die Fenster waren mit schmiedeeisernen Stangen vergittert. Eine Einfahrt schlängelte sich durch die Kiefern zur Hinterseite des Hauses.

Ich ging um das Grundstück herum und hielt nach offenen Fenstern, einem Auto und irgendwelchen Bewegungen Ausschau. Außerdem lauschte ich nach Stimmen sowie Fernseh- oder Radiogeräuschen.

Vielleicht war jemand zu Hause, aber nichts wies darauf hin.

In der Mitte des Grundstücks stand eine separate Garage. Da es keine Fenster gab und die Tür verschlossen war, konnte ich nur raten, ob drinnen ein Auto parkte oder nicht. Ich nutzte die Bäume als Deckung und bewegte mich im Zickzackkurs auf das Haus zu. Als ich bei dem nächstgelegenen Fenster angelangt war, spähte ich ins Innere und sah ein leeres Wohnzimmer.

Zwei weitere Fenster gaben den Blick auf ebenso leere Räume frei: eine Küche und ein Schlafzimmer.

Ich begab mich zur Vorderseite des Hauses, klingelte an der Tür und wartete. Drückte erneut auf die Klingel. Wartete.

An der Westseite des Hauses gab es ein unvergittertes Dachfenster. Wenn ich irgendwie dort hochkäme …

Plötzlich ging die Tür auf.

Der Mann von dem Foto, Tucker Shears, sah mich mit zusammengekniffenen Augen an. Er trug immer noch den Bart und etwas längere Haare. Seine Augen sahen in Wirklichkeit sogar noch toter aus als auf dem Foto. »Wer zum Teufel sind Sie?«, fragte er.

Tucker war ein bisschen größer als ich. Er trug Jeans, ein in die Hose gestecktes Polohemd und Turnschuhe. Bewaffnet war er anscheinend nicht, denn wenn man eine Pistole im Hosenbund trägt, lässt man das Hemd über der Hose. So wie ich.

»Ich habe ein paar Fragen zu Amy Scadder.«

Er schien nachzudenken. »Sie sind kein Bulle«, sagte er schließlich.

»Privatermittler.«

»Wer hat Sie beauftragt?«

Ich wartete.

Wir starrten einander an.

Ich rechnete damit, dass er mir die Tür vor der Nase zuschlug. Was er nicht tat. Vielleicht konnte ich ihn überreden, mich hineinzulassen. Oder ich drang gewaltsam ein. Oder kam später wieder.

»Kommen Sie rein«, sagte er.

Oder ich folgte ihm einfach ins Haus.

Wir gingen durch ein Foyer in ein Wohnzimmer. Er ließ sich auf eine Ledercouch plumpsen, hielt die Beine auseinander und legte die Hände auf die Knie. Sein Gesichtsausdruck war vollkommen neutral, ohne Anzeichen von Furcht, Wut, Sorgen und Neugier.

Nichts als starre, tote Augen.

Dem Sofa gegenüber stand ein tiefer Kippsessel, aber wenn ich mich dort hinsetzte, käme ich nicht schnell genug auf die Beine, falls es nötig war. Also blieb ich vor ihm stehen.

»Wie lange hat Ihre Beziehung zu Amy gedauert?«

»Beziehung? Die Braut war für mich nichts weiter als 'n Fick.«

»Dann frage ich mal anders: Wie lange haben Sie sie gefickt?«

»Ein paar Monate. Ich hab die Tussi seit Jahren nicht mehr gesehen. Irgendwann hat sie mich nicht mehr angerufen. Keine Ahnung, wo sie steckt.«

Ich sagte kein Wort. Die meisten Leute mögen keine langen Pausen bei einem Gespräch. Das macht sie nervös. Also reden sie von sich aus.

»Ihr Vater hat Sie beauftragt, sie zu suchen, stimmts? Der Typ ist ein richtiges Arschloch.«

Ich wählte meine nächsten Worte mit Bedacht. »Ich habe nicht gesagt, dass sie vermisst wird.«

Tuckers Augen verengten sich ein wenig.

Körperlich würde er mir keine allzu großen Probleme bereiten. Ich überlegte, wo ich meinen ersten Schlag landen sollte.

»Ihre Mutter hat mich angerufen«, sagte er. »Hat mir erzählt, sie wäre ausgerissen.«

»Phyllis hat Ihnen das gesagt?«

Er zuckte mit den Schultern. »Die Alte war scharf auf mich.«

»Mir hat sie was anderes erzählt.«

»Was denn?«

»Sie sagte, Sie hätten ihre Tochter umgebracht«, erwiderte ich. »Und dass Sie einen ziemlich kleinen Schwanz haben.«

Tucker blinzelte und hielt plötzlich eine komisch aussehende Pistole in der Hand. Er hatte sie blitzschnell unter dem Kissen zwischen seinen Beinen herausgezogen.

Ich hatte das Kissen und die Waffe völlig übersehen.

Ich blickte auf die Pistole, dann in sein Gesicht. Seine Augen waren immer noch tot.

»Dummkopf«, sagte er. Ich wusste nicht, ob er mich oder Amys Mutter meinte.

In diesem Augenblick hätte ich etwas tun können. Ich hätte zur Seite springen und meine eigene Pistole ziehen können. Damit hätte ich mir wenigstens eine Chance verschafft.

Oder ich hätte auf ihn losgehen können. Schließlich war er nur einen Meter von mir entfernt.

Oder ich hätte ihm die Pistole aus der Hand treten können.

Oder ich hätte versuchen können, mich herauszureden.

Aber ich unternahm keine dieser Optionen.

Ich tat überhaupt nichts.

Ich stand einfach nur da, lockerte meine Muskeln, so gut ich konnte, und spürte, wie Earl sich in mir wand. Mit einem tiefen Seufzer verabschiedete ich mich von dieser Welt.

Unsere Blicke blieben aneinander haften. Sein Zeigefinger spannte sich an.

»Machen Sie schon«, sagte ich zu ihm.

Er drückte den Abzug durch und schoss mir in die Brust.

Ich fiel rückwärts auf den Kippsessel. Um mich herum drehte sich alles, und ich bekam keine Luft. Mein Bewusstsein schwand, und ich hatte das Gefühl, als ob ein großer schwarzer Kreis sich immer enger um mich schloss.

Plötzlich sah ich Pasha. Wir saßen lachend unter einem Apfelbaum, und ich umarmte sie und sagte ihr, dass ich sie liebte. Sie lächelte und sagte: »Ich dich auch.«

Und dann war ich weg.

Jack

Der Schlaf und ich fanden nicht zueinander.

Ich suchte weiß Gott gründlich genug. Am Ende nickte ich zu meiner gewöhnlichen Zeit um vier Uhr morgens ein, nur um drei Stunden später wieder aufstehen und zur Arbeit fahren zu müssen.

Ich quälte mich durch meine Morgengymnastik und versuchte, mir die Müdigkeit aus dem Körper zu prügeln, indem ich ihn noch müder machte.

Die Blutlache in dem Lastwagen.

Ich verzichtete auf meine Sit-ups und ging ins Bad, um zu duschen. Als ich Lathams T-Shirt auszog und auf meinen Bauch starrte, entschied ich mich doch für die Sit-ups. Seit ich vor ein paar Jahren meine Trainingsroutine am Morgen begonnen hatte, wartete ich noch immer darauf, deutliche Verbesserungen an meinem Körper zu sehen. Andererseits war es auch nicht viel schlimmer geworden.

Es war ein täglicher Kampf, das Mittelmaß aufrechtzuerhalten.

Aber es war ein Kampf, der sich lohnte. Wenn ich aufgab, würde ich womöglich in die Breite gehen wie Herb Benedict, der schon viele vermisste Personen aufgespürt hat, aber seinen eigenen Schoß nicht finden kann.

Eine Fabrik, wo Metall verarbeitet wird.

Ich hüpfte unter die Dusche, nachdem ich die Schuldgefühle wegen meiner Trägheit besänftigt hatte, und arbeitete anschließend an meinem Äußeren: Kleider, Make-up, Frisur, Schuhe. In Lathams Wohnung hatte ich keine frischen Klamotten mehr, fand aber im Wäschekorb eine Bluse und einen Rock, die den Schnüffeltest bestanden, und zog sie zu dem Blazer und den Schuhen an, die ich am Vortag getragen hatte.

Mein Chevy Nova benötigte zum Anspringen drei Spritzer Starthilfespray in den Vergaser und eine Reihe von aufmunternden Flüchen. Wäre meine Kreditwürdigkeit auch nur halbwegs passabel, hätte ich mir längst ein neues Auto gekauft oder geleast. Aber die einzige Art und Weise, wie ich von einer Bank Geld bekommen konnte, war, mit einer Sturmhaube und meiner .38er dort aufzutauchen. Und selbst dann würde man mir einen Zinssatz berechnen, der zwanzig Prozent über der Prime Rate lag.

Während ich versuchte, den Motor zu starten, hielt ein Abschleppwagen neben mir.

Ein Abschleppwagen.

»Brauchen Sie Hilfe, meine Dame?«

Die Dame brauchte bei vielen Dingen Hilfe, aber ihr Auto konnte sie selber starten.

»Nein danke.«

»Einen richtigen Oldtimer haben Sie da.«

»Ja.«

»Ich gebe Ihnen 'nen Hunderter dafür.«

Für einen Augenblick überlegte ich sogar, das Angebot anzunehmen.

»Bar auf die Hand«, sagte er.

»Danke, ich behalte die Karre.«

Er zuckte mit den Schultern und fuhr weiter.

Nach meinem morgendlichen Autostart-Ritual warf ich einen Blick nach oben und stellte fest, dass heute ein beschissener Tag sein würde. Der Himmel war bedeckt und von einem hässlichen Grau, wie es für Städte mit starkem Smog typisch war. Ein feuchter, nieseliger und deprimierender Tag mit wenig Aussicht auf Besserung.

Hoffentlich galt das nicht auch für die Arbeit an unserem Fall.

Feilspäne.

Mein Unterbewusstsein arbeitete heute wirklich auf Hochtouren. Leider hatte ich keine Ahnung, woran.

Der Verkehr war nicht allzu schlimm, und ich traf wie gewöhnlich um Viertel nach neun auf dem Revier ein. Benedict saß bereits in meinem Büro und studierte den neuesten rechtsmedizinischen Befund. Er trug diese schreckliche orange-grüne Krawatte, die aussah, als hätte jemand Kermit den Frosch umgebracht und Herb um den Hals gebunden. Wieder einmal fragte ich mich, was aus der Krawatte geworden war, die ich ihm zum Geburtstag geschenkt hatte.

»Morgen, Herb.«

»Morgen, Jack.«

»Was ist aus der Krawatte geworden, die ich dir gekauft habe?«

»Welche Krawatte?«

»Die aus Seide. Mein Geburtstagsgeschenk.«

»Ach, die. Möchtest du einen Kaffee?« Er deutete auf die neue Kaffeemaschine, die auf der Ecke meines Schreibtischs stand. »Ich habe ihn von zu Hause mitgebracht«, erklärte er mir. »Dunkel gerösteter Kaffee aus Kolumbien.«

»Riecht ausgezeichnet.«

Normalerweise trank ich aus Pappbechern, aber da ich eine richtige Tasse in meiner Aktenschublade hatte, schüttete ich die

Stifte aus, die ich darin aufbewahrte, und ließ mir von Herb einschenken.

Der Kaffee schmeckte wirklich gut. Ich nippte daran und ließ mir den bitteren Geschmack auf der Zunge zergehen.

»Einsame Spitze«, sagte ich zu Herb und meinte es auch. Als ich noch einmal daran nippte, klingelte das Telefon.

»Daniels.«

»Bains. Sie und Benedict. In mein Büro.«

Ich legte auf, sagte Herb Bescheid und machte mich mit ihm zusammen auf den Weg.

Anscheinend hatte endlich jemand den Mut aufgebracht, den Chef auf sein unvorteilhaftes Äußeres hinzuweisen, denn das Erste, was mir beim Betreten seines Büros auffiel, war die Tatsache, dass sein Schnurrbart und sein Toupet farblich zusammenpassten. Aber anstatt seine Haare mit grauen Strähnen zu durchsetzen, was er hätte tun sollen, hatte er es andersherum gemacht und den Schnurrbart gefärbt. Jetzt waren Haupthaar und Schnurrbart beide gleichermaßen braun, was die Falten in seinem über fünfzig Jahre alten Gesicht wie einen grausamen Scherz aussehen ließ.

»Ich kriege von allen Seiten Scheiße ab und möchte sie nach unten weitergeben«, sagte er und zeigte auf mich. »In Ihrem Bericht haben Sie die Presse nicht erwähnt.«

»Die Kollegen in Mount Cisco hatten den Fundort unter Kontrolle. Reporter hatten keinen Zutritt.«

Er reichte mir die Zeitung auf seinem Schreibtisch. Es war die aktuelle Ausgabe der Chicago Tribune, und die Schlagzeile verkündete: »Motelmörder fordert drittes Opfer«. Das dazugehörige Farbfoto bot eine ekelerregende Innenansicht des Lastwagens.

»Teleobjektiv«, sagte ich. »Er muss sich irgendwo weiter weg versteckt haben.«

»Und wie haben sie das mit dem Motelmörder-Fall in Verbindung gebracht?«

»Wollen Sie behaupten, wir hätten es ihnen erzählt? Captain, die Kollegen in Mount Cisco haben uns angerufen. Wir haben überhaupt nichts gesagt.«

Bains blätterte auf die nächste Seite um und zeigte mir ein wenig schmeichelhaftes Foto von mir, wie ich mich mit Captain Francis T. Butchman unterhielt. Ich las den Text darunter.

Man hatte meinen Vornamen Jaclyn buchstabiert, wie die Schauspielerin Jaclyn Smith aus der Serie *Drei Engel für Charlie*. Es hätte Jacqueline mit q heißen sollen.

»Die örtliche Polizei zu befragen ist nicht dasselbe, wie mit der Presse zu reden«, sagte ich.

Bains deutete auf eine Spalte, in der stand: Das Chicago Police Department bestätigte gegenüber Butchman, es handele sich wahrscheinlich um »unseren Mann«.

Auweia!

»Sie haben meinen Namen falsch buchstabiert«, verteidigte ich mich.

Bains starrte mich an, als wäre mir eine zweite Nase gewachsen. »Das ist mir scheißegal. Mir wird zurzeit so oft der Arsch aufgerissen, dass ich mir am liebsten BETRETEN VERBOTEN auf meine Unterhose drucken lassen würde. Der Bürgermeister, der Gouverneur, die Polizeipräsidentin, alle werden von besorgten Steuerzahlern, die wissen wollen, was wir für ihre Sicherheit tun, mit Anrufen bombardiert. Über den Fall wird landesweit berichtet, und CNN möchte eine Reportage über moderne Serienmörder machen, mit Fokus auf unsere Stadt. Wenn Sie nichts für mich haben, das ich den Wölfen zum Fraß vorwerfen kann, werden Sie der Fraß sein.«

Es war die schwerwiegendste Drohung, die Bains jemals mir gegenüber ausgesprochen hatte. Obwohl ich mir um meinen Job keine Sorgen zu machen brauchte, war ich mir sicher, dass er mich von dem Fall abziehen würde, falls ihm die Suppe zu dick zum Auslöffeln wurde. Es war kein Spaß, dazu verdonnert zu werden, den Verkehr zu regeln.

Doch dann bewies mir mein Unterbewusstsein, dass es zu etwas taugte.

»Ich glaube, ich weiß, woher diese Metallspäne in den Reifen kamen«, sagte ich.

Herb zog eine Augenbraue hoch. Vermutlich fragte er sich, wieso ich ihn nicht in meine Erkenntnis eingeweiht hatte. Das lag daran, dass mir der Zusammenhang erst in diesem Augenblick klar geworden war.

»Keine Schlüssel in dem Lkw«, sagte ich. »Automatikgetriebe, im Leerlauf geparkt, aber die Handbremse war nicht angezogen.«

Bains sagte: »Na und? Sie haben ihn stehen lassen. Wen kümmert es da, ob ein Gang eingelegt oder die Handbremse angezogen war?«

»Fahren Sie Schalt- oder Automatikgetriebe?«, fragte ich den Captain.

»Beides.«

»Ziehen Sie bei Ihrem Auto mit Schaltgetriebe beim Parken immer die Handbremse an? Und schalten Sie beim Automatikgetriebe immer auf Park? Und wieso war der Laderaum nicht mit einem Schloss gesichert? Erleichtert man damit nicht das Auffinden des Opfers? Wenn Sie der Mörder wären, würden Sie so etwas nicht tun. Sie hätten den Laderaum abgesperrt.«

»Worauf wollen Sie hinaus, Jack?«, fragte Bains.

Voll davon überzeugt, dass ich mit meiner Eingebung richtiglag, verschränkte ich die Arme vor der Brust. »Das Blut in dem Miet-Lkw hat nur hinten eine Lache gebildet, aber da, wo das Fahrzeug gefunden wurde, war es eben.«

Ich wartete, bis bei Benedict oder Bains der Groschen fiel, aber keiner der beiden kam darauf.

»Der Lkw wurde dorthin abgeschleppt«, erklärte ich schließlich.

Es dauerte einen Augenblick, bis Bains fragte: »Warum? Warum hat man ihn nicht gefahren?«

»Weil die Täter die Schlüssel hatten. Aber die Täter haben den Lkw nicht dorthin gebracht.«

»Wer dann?«

»Der Lkw«, sagte ich und schaute wahrscheinlich genauso selbstgefällig drein, wie ich mich fühlte, »wurde gestohlen.«

Herb nickte. »Das ergibt Sinn. Jemand hat ihn geklaut und hinten das Schloss aufgebrochen. Als er gesehen hat, was im Laderaum war, hat er ihn stehen lassen.«

Bains wirkte nicht beeindruckt. »Mit einem *Abschleppwagen*?«

»Ich habe erst gestern mit einem Autofahrer gesprochen«, sagte ich, als mir der Typ mit dem Mini-Cooper wieder einfiel, der mir die Parklücke vor der Nase weggeschnappt hatte. »Sein Auto wurde von einem Abschleppwagen gestohlen. Sie wissen doch, wie in den letzten Monaten die Autodiebstähle in die Höhe geschnellt sind? Was, wenn die Diebe mit einem Abschleppwagen unterwegs sind?«

»Niemand würde so Verdacht schöpfen«, fügte Herb hinzu. »Man könnte mitten auf einem überfüllten Parkplatz ein Auto klauen, ohne dass es jemand merkt.«

»Haben Sie schon mit dem Dezernat für Eigentumsdelikte gesprochen?«, fragte Bains.

»Noch nicht.« Schließlich war ich erst vor einer Minute darauf gekommen. »Aber die können uns bestimmt sagen, ob irgendwelche gestohlenen Autos mit Metallspänen in den Reifen gefunden wurden.«

»Wenn die Werkstatt, in der die gestohlenen Autos ausgeschlachtet werden, sich in einer alten Fabrik oder Maschinenwerkstatt befindet, würden Feilspäne in den Reifen stecken bleiben«, sagte Herb. »Wenn wir die Fabrik finden und die Autodiebe hochnehmen, können wir herausfinden, wo sie den Lkw gestohlen haben.«

Bains strich sich über den braun gefärbten Schnurrbart. Einen Augenblick später telefonierte er mit der Einsatzgruppe und bat um eine Liste sämtlicher Fabriken und Werkstätten in Chicago, wo Metall gefeilt wurde. »Ich brauche sie in spätestens einer Stunde«, fügte er mit Nachdruck hinzu.

Danach sprach er mit dem Chef des Dezernats für Eigentumsdelikte und vereinbarte einen Termin nach dem Mittagessen für Benedict und mich. Schließlich entließ er uns und machte sich daran, sämtliche seiner Vorgesetzten anzurufen und ihnen mitzuteilen, dass wir eine neue Spur hatten.

Als Herb und ich zurück in mein Büro kamen, war die Kaffeemaschine weg.

Wir suchten fast eine halbe Stunde lang auf dem gesamten Revier und brüllten jeden Kollegen an, der uns über den Weg lief. Aber angeblich wusste keiner etwas.

»Tut mir leid, Herb. Ich hätte die Tür abschließen sollen.«

»Das sind Kollegen, verdammt noch mal! Wir sollten eigentlich zusammenhalten. Einfach meine verdammte Kaffeemaschine klauen … wer tut so etwas?«

Meiner Ansicht nach war jeder ein Verdächtiger. Es würde mich nicht überraschen, wenn es so ähnlich wäre wie in dem Roman *Mord im Orient-Express* und jeder Kollege auf diesem Revier seine Hand im Spiel hätte.

»Wir können die Runde machen und jeden überprüfen, ob sein Atem nach dunkel geröstetem Kaffee aus Kolumbien riecht«, schlug ich vor.

Benedict brummte nur und machte sich an die Lektüre des Obduktionsberichts. Ich setzte mich an meinen Schreibtisch, trank den restlichen Kaffee in meiner Tasse aus und las meine Kopie.

Ich hatte mich gerade zwei Minuten damit beschäftigt, als schon wieder das Telefon klingelte. Vielleicht war es der Dieb, der die Kaffeemaschine gestohlen hatte und inzwischen ein derart schlechtes Gewissen hatte, dass er ein Geständnis ablegen wollte.

»Daniels.«

»Hines, von unten im Haftraum. Ich hatte hier einen Typen, der wegen rücksichtslosen Fahrens festgenommen wurde. Er hat ständig Ihren Namen geschrien, bis ich die Schnauze voll hatte und ihn in Ihr Büro geschickt habe. Ich wollte mich nur erkundigen, ob er gut bei Ihnen angekommen ist.«

Die Informanten, die für mich arbeiteten, waren dünn gesät und stammten vorwiegend noch aus meiner Zeit als Streifenpolizistin. Aber es konnte nie schaden, mit ihnen zu reden, wenn sie verzweifelt waren. Verzweifelte Menschen hatten lose Zungen, und vielleicht würde sich aus dem, was der Typ mir zu erzählen hatte, etwas ergeben. Vielleicht wusste er sogar, wer die Kaffeemaschine entwendet hatte.

»Ich sehe niemanden. Wer war es?«

Just in diesem Moment schwang die Tür zu meinem Büro auf und jemand, der auf meiner Favoritenliste ganz unten stand, kam herein.

»Hallo Jackie. Wie gehts, wie stehts?«

»Ach du Scheiße«, sagte ich. »Und ich hatte schon gedacht, mein Tag könnte nicht noch schlimmer werden.«

Es war kein Informant.

Es war Harry McGlade.

Mit Harry verband mich eine komplizierte, oft von Konflikten geprägte Vergangenheit. Früher waren wir mal Kollegen gewesen und zusammen Streife gefahren. Nachdem er wegen Eigenverschulden aus dem Polizeidienst geflogen war, arbeitete er als mäßig erfolgreicher Privatermittler, bis er schließlich seine Lebensgeschichte an das Fernsehen verkauft hatte. Daraus entstand eine Serie, die auf seinen und damit unglücklicherweise auch meinen Erlebnissen basierte. Sie hieß *Tödliche Begegnung*, und die Schauspielerin, die mich spielte, war extrem übergewichtig und machte jedes Mal, wenn sie sich in Gefahr befand, in die Hose – was andauernd der Fall war.

Harry grinste breit, als er mich sah. »Ist das Leben nicht schön?«

»Du kommst immer wieder«, sagte Herb. »Wie Filzläuse.«

»So denkst du also von mir?«, fragte Harry. »Du vergleichst mich mit Ungeziefer, das sich in deinen verschwitzten Sackhaaren tummelt? Ich fühle mich geschmeichelt.«

Herb und Harry liebten es, sich gegenseitig zur Schnecke zu machen. McGlade ging daraus in der Regel als Sieger hervor.

»Warum bist du hier?«, fragte Herb.

»Gute Frage. Sagan hat gesagt, die Menschheit existiert, damit das Universum sich selbst erkennt. Aber ich glaube, wir existieren, weil unsere Eltern Sex hatten. Waren deine Eltern genauso fett wie du? Wie konnten sie es miteinander treiben, wo ihnen doch die fetten Bäuche im Weg standen? Haben sie so eine Art Flaschenzug benutzt?«

Herb stand auf. »Ich bin dann mal weg, Jack. Pass auf, dass er dich mit seiner Dummheit nicht ansteckt.«

Harry grinste. »Musst du dir immer noch die Hüften mit Butter einfetten, um durch den Türrahmen zu kommen? Oder isst du die Butter einfach?«

Herb rempelte Harry im Vorbeigehen mit der Schulter an.

»Ich glaube, er mag mich nicht«, sagte Harry. »Das liegt wohl daran, dass ich keine wandelnde Schinkenkeule bin.«

»Was willst du, McGlade?« Ich konnte Harry nur in kleinen Dosen ertragen, und er hatte sein Tageslimit fast schon ausgeschöpft.

Harry setzte sich mit einer Arschbacke auf den Rand meines Schreibtischs. »Einer von deinen Leuten, so ein Hilfspolizist, der so groß ist wie Herbs letzte Mahlzeit, hat mich festgenommen. Angeblich soll ich Fahrerflucht begangen haben, aber das ist doch alles erstunken und erlogen.«

»Da kann ich nichts machen«, sagte ich und freute mich darüber, dass ich nichts machen konnte.

Na ja, vielleicht konnte ich schon etwas machen, aber ich war nicht gerade das, was man motiviert nennen würde.

»Jackie, du bist für mich wie eine Schwester. Eine Schwester, über die ich manchmal beim Duschen fantasiere.«

»Igitt!«

»Das war nur ein Witz. Vielleicht. Aber wir kennen uns doch schon ewig. Du warst auf meiner Hochzeit.«

»Auf der Hochzeit, wo wir beinahe alle gestorben wären.«

»Ja. Das waren gute Zeiten. Hör zu, ich bitte dich nicht oft um einen Gefallen …«

»Du bittest mich ständig um einen Gefallen.«

»… aber bei dieser Sache brauche ich wirklich deine Hilfe. Das mit der Fahrerflucht ist Schwachsinn. Ich würde vor Gericht gewinnen. Warum diese Verschwendung von Steuergeldern?«

»Das ist ja wirklich nett von dir, dass du dir um die Steuerzahler Gedanken machst.«

Er kapierte nicht, dass meine Bemerkung sarkastisch gemeint war. »Na ja, ich bin ja selber einer. Glaube ich zumindest. Ich weiß nur, dass ich meinem Steuerberater eine Menge Geld zahle. Davon müsste er doch meine Steuern bezahlen, oder?«

»Sicher.«

»Aber hier geht es eigentlich nicht um mich. Ich muss nach Hause, mich um Rex kümmern.«

»Du hast dir einen Hund angeschafft?«, fragte ich.

»Rex ist ein Pferd.«

»Du hast dir ein Pferd angeschafft?«

»Du weißt doch, wie das ist, wenn man sich bis zur Bewusstlosigkeit betrinkt? Da kann es schon mal passieren, dass man mit einer nackten zweiundneunzigjährigen Frau aufwacht. Mir ist es so ähnlich ergangen, nur dass ich ein Zwergpony gekauft habe.«

»Du bist ein Idiot«, sagte Herb. Er hatte das Büro verlassen, lungerte aber offensichtlich draußen vor der Tür herum.

»Ich kann bis hierher hören, wie deine Bauchspeicheldrüse Insulin produziert«, rief Harry ihm zu. »Es klingt wie eine Toilettenspülung.«

Ich stand auf, machte die Tür zu und rief Harrys Akte auf meinem Computer auf. Abgesehen von außergewöhnlich vielen Strafzetteln wegen Falschparkens – vierunddreißig, um genau zu sein – lag nichts weiter gegen ihn vor außer der Anzeige wegen Fahrerflucht.

»Kannst du dich darum kümmern, Jackie? Und dann musst du mir noch helfen, mein Auto wiederzubekommen. Dieser Supercop hat es abschleppen lassen, weil ich auf einem Behindertenparkplatz geparkt habe. Dafür kann ich nichts, weil das Schild teilweise von einem Baum verdeckt wurde. Außerdem bin ich tatsächlich behindert. Meine Hand ist weg. Man könnte also sagen, ihr habt nichts gegen mich in der Hand. Oder die Anzeige hat weder Hand noch Fuß. Oder so ähnlich.«

Ich las mir Harrys Akte noch einmal durch. »Du wurdest von einer Verkehrsüberwachungskamera geblitzt.«

»Scheiß Polizeistaat! Das ist ja wie in Nordkorea!«

Ich rieb mir die Augen. »Harry, ich kann das nicht einfach verschwinden lassen. Wenn es Videobeweismaterial gibt, kann nur die Staatsanwaltschaft die Anzeige fallen lassen.«

»Dann ruf halt den Staatsanwalt an und flirte ein bisschen mit ihm.«

»Es ist eine Staatsanwältin.«

»Soll ich sie anrufen?«

»Ich glaube nicht, dass ich da was machen kann.«

»Wenn ich jemanden umbringen soll, gib mir einfach ein paar diskrete Hinweise. Ich sorge dafür, dass es nicht auf dich zurückfällt.«

»Tut mir leid. Du musst sehen, wie du alleine zurechtkommst.«

»Aber was ist mit Rex? Wer macht seinen Dreck weg, während ich im Kerker hocke und warte, bis ich gegen Kaution freikomme?«

»Kerker? Benutzt heute noch jemand dieses Wort?«

»Das ist total unfair. Die letzten paar Tage waren wirklich beschissen. Gestern hat mir jemand einen Reifen geklaut, und heute Morgen wollte so ein Arschloch mein Auto abschleppen. Und als wäre das alles nicht genug, kommt der kleinste Bulle der Welt daher und nimmt mich fest, weil ich auf einem Behindertenparkplatz geparkt habe. Dabei bin ich doch behindert. Und dann bezichtigt er mich noch der Fahrerflucht, obwohl der Kerl, den ich angeblich überfahren wollte, derselbe war, der meinen Reifen geklaut hat.«

Moment …

»Warte mal«, sagte ich. »Was war das Zweite, was du da gesagt hast?«

»Der kleinste Bulle der Welt. Gibt es für Polizisten nicht eine erforderliche Mindestgröße? Der Typ kontrolliert Parkuhren. Der braucht doch eine Leiter, um die Uhren abzulesen.«

»Davor.«

»Irgend so ein Arschloch wollte meine Corvette von meinem Privatparkplatz abschleppen.«

Wir suchten Autodiebe, die Abschleppwagen verwendeten. Vielleicht war es nur ein Zufall, aber Fälle wurden schon auf verrücktere Art und Weise gelöst.

»Glaubst du, der wollte dein Auto stehlen?«, fragte ich und gab mir Mühe, so unbeteiligt wie möglich zu klingen. Wenn

Harry den Eindruck gewann, dass er Informationen hatte, die ich brauchte, wäre er unerträglich.

»Daran habe ich gar nicht gedacht. Wieso klingst du auf einmal so interessiert, Jack?«

Scheiße.

»Ach, nichts. Ich war bloß neugierig.«

»Wenn ich den Vorfall als Autodiebstahl melde, könntest du dann diese schwachsinnige Anzeige verschwinden lassen?«

»Wir freuen uns immer, wenn Bürger Straftaten melden«, wich ich aus.

Harry musterte mich mit zusammengekniffenen Augen. Ich bezweifelte, dass er Gedanken lesen konnte, versuchte aber krampfhaft, an nichts zu denken.

»An welchem Fall arbeitest du zurzeit, Jack?«, fragte er.

Doppelt Scheiße. Ich vergaß immer wieder, dass Harry nicht so dumm war, wie er tat. Eigentlich konnte niemand so dumm sein, wie Harry tat.

»Die üblichen Morde«, sagte ich.

»Der Motelmörder.«

Dreifach Scheiße.

»Ich will, dass alle meine Strafzettel wegen Falschparkens vernichtet werden«, forderte Harry. »Außerdem will ich, dass die Anzeige wegen Fahrerflucht fallen gelassen wird und dass dieser widerliche Zwerg, der mich festgenommen hat, zur Strafe den Verkehr regeln muss. Und ich will einen Behindertenaufkleber.«

»Vergiss es.« Ich machte weiterhin auf unbeteiligt. »Auf dich kommt ein Strafverfahren wegen Fahrerflucht zu, plus mehrere tausend Dollar Strafe wegen Falschparkens. So viel ist mir deine Information nicht wert.«

Wenn er nur wüsste.

»Was, wenn ich eine brauchbare Beschreibung von dem Typen liefern kann?«, fragte Harry. »Und von seinem Abschleppwagen.«

»Sag mir, was du weißt. Vielleicht kann ich mit ein paar Leuten reden.«

»Was, wenn ich das Kennzeichen von dem Abschleppwagen habe? Und sogar noch was Besseres?«

»Was ist noch besser?«

Er grinste und verschränkte die Hände hinter dem Kopf.

»Wir können Officer Matthew nicht den Verkehr regeln lassen«, sagte ich. »Dafür ist er zu klein.«

»Da hast du auch wieder recht. Ein Kind könnte ihn mit einem Dreirad überfahren. Wie wärs mit Lotse an einem Fußgängerübergang? Nein, da könnte jemand auf ihn treten. Was für einen Scheißjob kann man ihm sonst noch aufbrummen?«

»Ich werde keinen meiner Leute dafür bestrafen, dass er seine Arbeit gemacht hat«, sagte ich ruhig.

»Er ist ein arrogantes Arschloch, Jack.«

»Das musst gerade du sagen.«

Harry dachte nach.

»Also gut. Du kriegst meine Aussage, wenn du das mit den Strafzetteln und der Fahrerflucht regelst.«

»Ich schau mal, was sich machen lässt«, sagte ich.

»Dann beeil dich aber. Mein Gedächtnis ist nicht mehr das, was es früher mal war. Hatte der Typ einen Schnurrbart? Ich glaube schon. Moment, stimmt das? Ich … erinnere mich … nur noch … verschwommen …«

»Ich könnte die Information aus dir herausprügeln.«

»Wahrscheinlich. Aber dann würde man bei meinen Fernsehinterviews meine blauen Flecken sehen.«

Er hatte recht. Falls McGlade tatsächlich Informationen hatte, die zu der Festnahme des Motelmörders führen könnten, würde man ihn als Helden verehren. Wieder einmal.

Ich griff zum Hörer und erzählte Captain Bains die Geschichte.

Anfangs zögerte er, da er sich an McGlade aus dessen Zeit bei der Polizei erinnerte. Ich musste für Harry bürgen, was ein wenig an meinem Ego kratzte, aber Bains war immer noch skeptisch.

»Er will wissen, was du weißt«, sagte ich zu McGlade.

»Sobald man mir schriftlich bestätigt, dass nichts mehr gegen mich vorliegt, und ich mein Auto wiederhabe, werde ich es ihm sagen.«

»Und was, wenn deine Information wertlos ist?«

»Was ist aus deinem Glauben an die Menschheit geworden, Jack?«

Ich richtete es Bains aus, worauf der sich bereit erklärte, bei der Staatsanwaltschaft anzurufen.

»Rieche ich Kaffee?«, fragte Harry.

Ich ignorierte ihn, während ich auf eine Antwort wartete. Zwei Minuten später rief Bains mich zurück.

»Abgemacht. Hoffen wir, dass die Information etwas taugt.«

Ich legte auf und teilte Harry mit, dass die Sache geritzt war.

»Ich will eine schriftliche Bestätigung und mein Auto.«

»Du kannst dein Auto bei der Verwahrstelle abholen. Der Papierkram wird noch etwas dauern.«

McGlade erhob sich. »Gut. Ich gehe nach Hause zu Rex. Wir reden weiter, wenn mein Anwalt sich den Papierkram angesehen hat.«

»Ich sagte, die Sache ist geritzt. Was ist aus deinem Glauben an die Menschheit geworden, Harry?«

Er starrte mich an und nickte. »Heute Vormittag um elf bin ich in die Parkgarage von meinem Hochhaus gegangen und habe gesehen, wie ein Typ versucht hat, eine Abschleppstange an meiner Corvette anzubringen.«

»Kannst du ihn beschreiben?«

»Weiße Hautfarbe, zwischen eins fünfundsiebzig und eins achtzig groß. Mittlere Statur.«

»Weiter.«

»Das ist alles, woran ich mich erinnere.«

»McGlade …«, warnte ich ihn in meinem strengen Polizistentonfall.

»Er war ein durchschnittlicher Weißer. Die Beschreibung könnte auf drei Millionen Typen passen. Er hat sogar ein bisschen wie du ausgesehen. Wusstest du, dass du ein paar eindeutig männliche Züge hast?«

»Du hast gesagt, du kannst eine brauchbare Beschreibung von dem Typen liefern.«

»Nein. Ich habe gesagt: Was, wenn ich eine brauchbare Beschreibung liefern könnte?«

Ich griff zum Telefon, um Bains anzurufen. »Du kannst zurück in den Knast. Ich bin sicher, dass du dort viele Freunde haben wirst.«

»Immer mit der Ruhe, Jackie. Ich hab was für dich.«

Ich hielt mit meinem Anruf inne. »Eine Beschreibung des Abschleppwagens? Ein Kennzeichen?«

»Etwas viel Besseres.«

»Was meinst du damit?«

»Du hast meine Corvette gesehen. Ich poliere sie immer auf Hochglanz. Sie läuft traumhaft.«

»Komm zur Sache. Schnell.«

»Stets gewaschen, stets gewachst.«

»Und?«

»Der Typ hat die Motorhaube berührt.« Harry zwinkerte mir zu. »Voller Handflächenabdruck. Wenn er der Autodieb ist, den du meinst, ist er bestimmt in der Datenbank.«

Ich rief sofort die Spurensicherung an und bat die Jungs, zur Verwahrstelle zu fahren und Harrys Auto auf Abdrücke zu untersuchen.

»Hey! Du hast gesagt, ich kriege den Wagen wieder!«

»Kriegst du auch.«

»Wenn die Spurensicherung fertig ist? Die arbeiten so langsam, dass sich Spinnenweben ansammeln.«

»Zwei Stunden. Höchstens vier.«

»Und wie komme ich nach Hause zu meinem Pferd?«

»Du bist reich«, sagte ich. »Nimm ein Taxi.«

Harry

Dank meiner guten Freundin Jack Daniels – wir standen uns so nahe wie Bruder und Schwester – wurde die Anzeige gegen mich fallen gelassen. Jack war auch so nett, sich um meine überfälligen Strafzettel wegen Falschparkens zu kümmern. Daraufhin gestattete ich dem Chicago Police Department großzügigerweise, meine Corvette auf Fingerabdrücke untersuchen zu lassen, die möglicherweise in Verbindung mit einem Autodiebering und ein paar frei herumlaufenden Serienmördern standen.

Meine Verhaftung und anschließende Großzügigkeit waren schuld daran, dass ich das Treffen mit Kahdem im Restaurant *Big Stinky Onion* versäumt hatte. Ich rief ihn an, und wir verabredeten uns zu einem frühen Abendessen im Hard Rock Café, einem echten historischen Wahrzeichen von Chicago seit 1986.

Ich war noch nie in den Hard Rock Cafés in London, Stockholm, Dallas, Toronto, Acapulco, Washington, D. C., Singapur, Maui, Las Vegas, Montreal, Puerto Vallarta, Bangkok, Kuala Lumpur, Paris, San Juan, Grand Cayman, Miami, Mexico City, Peking, Nashville, Madrid, Hongkong, San Antonio, Myrtle Beach, Kopenhagen, Buenos Aires, Makati, Universal City, Ottawa, Niagara Falls, Key West, Atlantic City, Seoul, Beirut, Nagoya, Baltimore, Yokohama, Sacramento, Manama, Barcelona, Memphis, Philadelphia, Edinburgh, Guam, Lake

Tahoe, Cleveland, Salt Lake City, Kona, Sharm el-Sheikh, San Diego, Saipan, St. Louis, Denver, Guadalajara, Rom, Orlando, Amsterdam, Indianapolis, Gatlinburg, Fukuoka, Houston, Rio de Janeiro, Manchester, Malta, Cairo, Osaka, Bogota, Pattaya, Phoenix, München, Pittsburgh, San Francisco, Minneapolis, Köln, Lissabon, Moskau, Nassau, Detroit, Malta, Hollywood in Florida, Louisville, Dublin, Destin, Jakarta, Foxwoods, Athen, Kuwait, Göteborg, Caracas, New York, Playa de Ingles, Oslo, Nova Lima, Malta (habe ich Malta bereits gesagt?), Santa Domingo, Mumbai, Margarita, Warschau, Biloxi, Ocho Rios, Boston, Punta Cana, Fidschi, Cartagena, Bengaluru, Bukarest oder Mallorca, um nur einige zu nennen, gewesen.

Aber ich war mir sicher, dass die Chicagoer Filiale die beste war.

Das Hard Rock Café in Chicago ist unter anderem berühmt für seine Fanartikel, darunter eine von den ursprünglichen Mitgliedern der Band Van Halen signierte Gitarre, ein Paar Plateaustiefel der Band Kiss, einen Teddybären mit einem Autogramm von Elvis sowie Jimi Hendrix' mumifizierte Leiche.

Das mit der Leiche war nur ein Witz.

Falls Ihnen meine Witze nicht gefallen, könnte ich noch über hundert weitere Städte mit Hard-Rock-Café-Filialen nennen. Was ist Ihnen lieber?

Dachte ich es mir doch.

Wie alle angesagten Restaurants in Chicago – selbst wenn es sich nur um eine Burgerkette handelt – hatte auch das Hard Rock Café einen Oberkellner. Dieser hier war jung, litt unter frühzeitiger Glatzenbildung und versprühte so viel gute Laune, dass es fast schon nervte.

»Hi! Willkommen im Hard Rock Café Chicago. Haben Sie reserviert?«

»Nein. Ich bin Harry McGlade, Chicagos berühmtester Privatdetektiv mit eigener Fernsehserie. Ich kriege überall einen Tisch.«

Ich gebe diesen Spruch immer zum Besten, wenn man mich nach einer Reservierung fragt. Die meisten Oberkellner finden mich total witzig.

»Tut mir leid, aber wir haben momentan eine Wartezeit von zwanzig Minuten. Möchten Sie einen Drink an der Bar nehmen, bis ein Tisch für Sie frei wird?«

»Für jemanden in der Dienstleistungsbranche sind Sie erstaunlich gut gelaunt.«

Er grinste so breit, dass ich den Eindruck hatte, sein Mund würde jeden Moment zerreißen. »Ich bin sehr gut gelaunt.«

Ich ging nicht weiter darauf ein. Hauptsächlich, weil es mich nicht interessierte.

»Ich habe eine Verabredung mit Mr Kahdem.«

Er warf einen Blick auf seine Liste und grinste noch breiter, soweit das überhaupt möglich war. Vielleicht war er auf Drogen.

»Mr Kahdem ist bereits hier! Ich bringe Sie zu seinem Tisch!«

»Danke!«, rief ich genauso laut wie er und imitierte seinen beschwingten, federnden Gang, als ich ihm durch die Menge und dann eine Treppe hinauf folgte, wo Kahdem auf mich wartete.

»Lassen Sie es sich schmecken!«, sagte der fröhliche Oberkellner, bevor er sich geschäftig entfernte.

Vielleicht war er nicht auf Drogen, sondern hatte die Unterhose mit Pudding voll. Ich wäre an seiner Stelle bestimmt auch so aufgedreht.

Kahdem wirkte leicht verärgert, als ich mich zu ihm setzte.

»Geht es ihr gut?«, fragte er.

»Darf ich erst bestellen?«

»Nein. Ich bezahle Sie und möchte wissen, ob es ihr gut geht.«

»Ich habe sie gefunden und es geht ihr gut. Ich habe den Auftrag schnell erledigt und bin jeden Cent Ihrer nicht erstattbaren Vorschusszahlung wert.«

Er sank in seinen Stuhl und wirkte erleichtert. »Das hätten Sie mir auch am Telefon sagen können. Ich habe gestern in diesem schrecklichen *Big Stinky Onion* zwei Stunden auf Sie gewartet, und ich bin von Natur aus kein geduldiger Mensch.«

»Haben Sie dort etwas gegessen?«

»Ja. Ein gekochtes Steak.«

»Eine mutige Entscheidung. Gab es Zwiebeln dazu?«

»Ja.«

»Waren sie groß? Und haben sie gestunken?«

»Es war ekelhaft.«

»Das glaube ich Ihnen. Das *Big Stinky Onion* ist nicht für seine gute Küche bekannt. Ich glaube, es dient der Mafia als Geldwäsche. Und es wird immer wieder vom Ordnungsamt geschlossen. Es wundert mich, dass es überhaupt noch geöffnet hat, nachdem die Presse über schwarzen Schimmelbefall, Salmonellen und Rattenkot berichtet hat.«

»Wieso haben Sie den Laden dann vorgeschlagen?«

»Mir gefällt der Name *Big Stinky Onion*, und ich sage ihn gern. Er zergeht einem richtig auf den Lippen, stimmts? Probieren Sie es selbst. Sagen Sie *Big Stinky Onion*.«

»Mr McGlade, ich bezahle Sie nicht für Ihren Wortwitz und ich glaube kaum, dass irgendjemand das tun würde.«

»Grausam, aber wahr.«

»Aber ich habe Sie bezahlt, damit Sie meine Mitarbeiterin finden. Was Cherry macht, geht mich nichts an, aber ich möchte mich vergewissern, dass sie wohlauf ist.«

Es heißt, ein Bild sagt mehr als tausend Worte. In diesem Sinne holte ich mein iPhone hervor und zeigte Kahdem die

Fotos von Cherry, die ich in der Wohnwagensiedlung geschossen hatte.

Er sah sie sich an und blätterte in der Galerie zu weit zurück, bis er zu meinen Selfies gelangte, die mich zeigten, wie ich auf Rex ritt. Ich riss ihm das iPhone aus der Hand.

»Wissen Sie, wer das ist?«, fragte Kahdem.

»Natürlich weiß ich das. Ich würde nie auf einem Pferd reiten, das ich nicht kenne.«

»Ich meinte nicht das Pferd, sondern den Mann neben Cherry.«

»Sie haben mich beauftragt, Cherry zu finden. Das habe ich getan. Herauszufinden, wer das ist, geht ein bisschen über die Sorge um eine Mitarbeiterin hinaus, selbst bei Ihrer Empathie. Cherry wollte, dass Sie nichts davon mitbekommen. Dasselbe gilt für Puma. Warum?«

Kahdem zögerte, und ich wusste, dass ich ihn ertappt hatte. Er war das klassische Beispiel eines Auftraggebers, der irgendein dunkles Geheimnis verbirgt. Vielleicht schlief er mit ihr. Oder sie hatte ihm Geld gestohlen. Oder sie war seine Tochter. Oder er war ein verliebter Psychopath, wie ich vermutet hatte, und wollte ihren abgetrennten Kopf einfrieren.

»Ich habe Ihnen etwas verschwiegen«, sagte Kahdem.

Da konnte man mal wieder sehen, wie gut ich war. Kein Wunder, dass ich eine eigene Fernsehserie hatte, die auf meinen Erlebnissen beruhte. Während ich mich in purem Überlegenheitsgefühl sonnte, kam eine Kellnerin und notierte sich unsere Getränkebestellung. Kahdem nahm ein Mineralwasser, ich einen Whiskey on the Rocks. Den hatte ich mehr als verdient, nachdem ich einen Tag im Knast verbracht und meiner Freundin bei der Polizei geholfen hatte, einem Serienmörder auf die Spur zu kommen. Außerdem hatte ich meinen nichtsnutzigen Auftraggeber durchschaut und würde ihm deswegen Vorhaltungen machen. Aber zu sehr auch wieder nicht, denn schließlich wollte ich, dass er die Rechnung bezahlte.

»Cherry ist nicht die erste von meinen Tänzerinnen, die sang- und klanglos verschwunden ist«, sagte Kahdem, bevor ich eine Chance hatte, ihn zu tadeln. »Sie war die dritte.«

»Fahren Sie fort.« Ich fühlte mich immer noch überlegen, war aber ein wenig enttäuscht, dass sie nicht seine heimliche Geliebte, Tochter oder eine Diebin war.

»Das erste Mal war vor zwanzig Monaten. Gleiche Situation. Eine Tänzerin ist verschwunden. Man könnte meinen, dass das in dieser Branche normal ist, weil es dort viele gibt, die irgendwann aufhören oder Probleme haben. Tatsache ist, dass es im Mittleren Westen eine überschaubare Anzahl von Stripteaselokalen gibt und viele Tänzerinnen sich kennen. Sie freunden sich miteinander an und reden untereinander. Wenn eine verschwindet, ohne jemandem etwas zu sagen, und nie wieder auftaucht, dann ist das seltsam.«

»Warum haben Sie mir das nicht gleich gesagt?«

»Ich habe keine konkreten Hinweise auf ein Verbrechen, nur so ein Gefühl. Und ich wollte nicht, dass meine Gefühle Ihre Ermittlungen beeinflussen.«

Das ergab Sinn. Vielleicht zu viel Sinn.

Moment … zu viel Sinn ergeben ist nicht schlecht. Das ergab keinen Sinn.

»Wann verschwand die zweite Tänzerin?«

»Vor ungefähr zehn Monaten.«

»Sie glauben also, dass jemand alle zehn Monate eine Ihrer Mitarbeiterinnen entführt?«

»Ich habe nichts von entführen gesagt. Die Mädchen haben Stalker. Alle Tänzerinnen haben welche. Normalerweise melden sie mir so etwas sofort, und Parviz kümmert sich darum, dass die Kerle sie in Ruhe lassen. Das hier ist etwas anderes.«

Zum Beispiel jemand, der sich als Talentscout ausgibt und Stripperinnen zu einem Foto-Shooting in sein Mobilheim lockt, indem er ihnen Ruhm und viel Geld verspricht.

»Wenn Sie mir das gleich gesagt hätten, hätte ich sie nicht mit dem Typen allein gelassen«, sagte ich. Damit schob ich die Schuld auf Kahdem und lenkte von meiner Flucht vor der Polizei von Maple Hills ab. »Aber das erklärt immer noch nicht, warum Puma Sie angelogen hat, als sie behauptete, sie wisse nicht, wo Cherry sich aufhalte, und warum Cherry Ihnen nicht erzählt hat, wo sie war.«

Kahdem runzelte die Stirn. »Ich habe Cherry ein Darlehen gegeben. Für ihre Brust-OP. Ich vermute, sie hat mich nicht angerufen, weil sie die OP sausen ließ und vielleicht das Geld für etwas anderes verwendet hat.«

»Verstehe. Sie sind so ein Zuhältertyp und Kredithai, der Frauen zwingt, für ihn zu arbeiten, damit sie die Wucherzinsen zurückzahlen können.«

»Es war ein zinsloses Darlehen über zweitausend Dollar. Ich glaube, Cherry hat mir nichts gesagt, weil sie sich geschämt hat, und Puma hat sie gedeckt. Mir geht es nicht um das Geld, Mr McGlade, sondern um Cherrys Wohl.«

Nun ja, ich glaubte ihm. Ich wünschte, ich hätte einen Chef wie ihn. Netter Bursche.

»Wissen Sie, wer dieser Mann ist?«, fragte Kahdem.

Mein Whiskey kam. Ich sagte der Kellnerin, ich bräuchte noch ein paar Minuten, um zu entscheiden, was ich bestellen wollte, und goss mir den Alkohol auf eine echt coole und dramatische Art und Weise die Kehle hinunter.

»Noch nicht«, antwortete ich Kahdem. »Aber solange ich auf Ihrer Gehaltsliste stehe, werde ich es herausfinden.«

Phin

Ich zitterte.

Träumte.

Meine Gedanken flossen überallhin. Unscharfe Zeitlupe.

Finster. So finster.

Auf dem Rücken.

Kein Loch.

Schmerzen.

* * *

Die Augen geöffnet, totale Finsternis.

Spiralen, die sich drehen und vor meinen Augen verschwimmen.

Meine Finger, so lang wie die Beine von Spinnen.

Entfernung und Gleichgewicht verschmelzen und ziehen sich zusammen.

Wie kleine Realitätsfetzen am Rande des Schlafs.

Tot.

Nicht tot.

Wechselnde Ebenen.

Als meine Augen sich schlossen, glaubte ich, dass ich gerade aufwachte.

Ein Schuss.

Klingeln in meinen Ohren. Trockener Mund. Durst. Metallischer Geschmack. Kann nicht schlucken.

Kein Loch in meiner Brust.

Meine Gedanken driften ab. Lösen sich von mir. Verschmelzen mit der Finsternis.

* * *

Kalt.

Gefühllos.

Unregelmäßiger Puls.

Ich lebe noch.

Natürlich lebst du noch, sagte Earl. *Glaubst du, ich lasse dich einfach so gehen?*

Verzerrtes Spiegelbild. Wechselnder Fokus.

Ein Schuss in die Brust.

Kein Blut.

Kein Loch.

Aber etwas …

Ein Pfeil.

Betäubt.

Halb bei Bewusstsein … alles dreht sich, die Augenblicke reihen sich aneinander …

Ich ziehe den Pfeil heraus. Ziehe meine Innereien durch das Loch.

Falle zusammen wie ein Luftballon, aus dem die Luft entweicht.

* * *

Kann weder der Vergangenheit noch der Gegenwart trauen.

Nicht tot.

Betäubt.

Die Zeit dehnt und verlangsamt sich.

Ich falle in Ohnmacht, komme wieder zu mir, erinnere mich, vergesse, zitterte.

Halluziniere.

Vertraut.

Dieses Gefühl ist vertraut.

PCP.

Angst. Schweißausbrüche.

Finster. In der Falle.

Ich stehe auf. Bewege mich. Schreie.

Strecke die Hand aus.

Die Wände sind kalt.

Mein Nacken kribbelt. Ich gehe auf die Knie. Hülle mich in imaginäre Decken ein.

Meine Hände sind kalt. Kann nicht aufwachen.

Also schlafe ich.

Jack

Benedict kam mit zwei Bechern Kaffee in mein Büro.

»Hast du die Kaffeemaschine gefunden?«, fragte ich.

»Die sind aus dem Automaten.«

Ich stritt mit mir darüber, ob ich mich bei ihm bedanken sollte, da der Kaffee aus dem Automaten so schlecht war, aber am Ende gewannen meine guten Manieren und mein Bedürfnis nach Koffein gegen meinen Verdruss hinsichtlich des Geschmacks.

»Danke.«

Der Kaffee war grobkörniger als sonst. Schon nach dem ersten Schluck wollte ich sämtliche kleinen Körner, die zwischen meinen Zähnen stecken geblieben waren, mit Zahnseide entfernen. Ich konnte nur hoffen, dass es Kaffeesatz war.

»Ich weiß«, sagte Herb. »Schmeckt wie Sand.«

»Sand wäre eine Verbesserung.«

»Gibt es was Neues?«

»Du meinst, seit den fünf Minuten, in denen du weg warst?«

»Sei nicht so unhöflich. Immerhin habe ich dir Kaffee mitgebracht.«

»Genau deshalb bin ich unhöflich.«

Herb machte ein Du-denkst-wohl-du-bist-witzig-bist-es-aber-nicht-Gesicht.

»Es gibt tatsächlich was Neues«, sagte ich. »Gomar Rentals hat mich wegen des ehemaligen Angestellten zurückgerufen. Der Typ, der den Lkw an die Mörder vermietet hat. Ich habe seine Telefonnummer.«

Ich schaltete mein Schreibtischtelefon auf Lautsprecher und wählte die Nummer.

Beim dritten Läuten nahm jemand ab.

»Mr Dalt?«, sagte ich.

»Ja?«

»Hier ist Lieutenant Daniels vom Chicago Police Department. Könnten wir heute Nachmittag bei Ihnen vorbeikommen?«

»Warum?«

»Es geht um Ihren früheren Job bei Gomar Rentals.«

»Ich arbeite nicht mehr dort.«

»Das wissen wir, Mr Dalt.«

»Häh?«

»Wir wissen, dass Sie nicht mehr dort arbeiten.«

»Was wollen Sie dann von mir?«

»Ihnen ein paar Fragen zu einem Lkw stellen, den Sie vermietet haben. Der Lkw, der nie zurückgebracht wurde.«

»Ich habe jetzt einen neuen Job. Bei Amoco.«

»Wir würden gern bei Ihnen zu Hause vorbeikommen.«

»Amoco würde es nicht gefallen, wenn die Polizei dort auftaucht und mich schikaniert.«

»Wir kommen zu Ihnen nach Hause, Mr Dalt.«

»Ich bin nur bis um vier zu Hause.«

»Dann kommen wir vorher.«

»Ich arbeite nicht mehr bei Gomar. Ich arbeite bei Amoco.«

»Das wissen wir, Mr Dalt.«

»Ich habe gekündigt. Der Chef hat mich dauernd schikaniert. Ich mag es nicht, wenn man mich schikaniert.«

»Das haben wir auch nicht vor, Mr Dalt.«

»Sie wollen zu mir kommen und mit mir reden?«

»Ja, genau.«

»Ich bin aber nur bis um vier zu Hause.«

»Wir kommen vorher. Bis später, Mr Dalt«, sagte ich.

»Sie wissen, wo ich wohne?«

»Ja, Mr Dalt. Wir sind schließlich von der Polizei.«

»Aber kommen Sie vor vier.«

Er legte auf.

»Mit dem zu reden wird lustig«, sagte Herb.

»Solange wir vor vier bei ihm sind. Hast du schon von Cluck gehört?«

Cluck war der Spitzname eines Kollegen namens Wallace O'Clusky, des Leiters der Motelmörder-Einsatzgruppe. Die Bezeichnung »Einsatzgruppe« klang, als handele es sich um zwanzig Elitepolizisten in voller Kampfmontur, die rund um die Uhr bereitstanden, um mit Fallschirmen aus einem Flugzeug zu springen und sämtliche Gegner auszuschalten. Der Bürgermeister ließ gern Einsatzgruppen bilden und auf wichtige Fälle ansetzen, denn das erweckte den Eindruck, als ob die Polizei alles Menschenmögliche unternahm.

In Wirklichkeit war die Arbeit in einer Einsatzgruppe das Schlimmste. Es war langweiliger Schreibtisch- und Telefondienst, und wenn man Glück hatte, wurde die Monotonie hin und wieder durch fast vollkommen nutzlose Tür-zu-Tür-Befragungen unterbrochen. Bis jetzt hatte die Einsatzgruppe eine Reihe niederer Tätigkeiten verrichtet: Anrufe bei Motels und Überprüfung falscher Namen, die bei der Zimmerbuchung benutzt wurden, sowie bei sämtlichen Fabriken und Werkstätten in der Stadt, in denen Drehmaschinen zum Einsatz kamen – zur Abgleichung der Feilspäne in den Reifen des Lkws. Außerdem hatte die Einsatzgruppe bei allen Polizeirevieren in den Staaten Illinois, Indiana, Minnesota, Iowa, Wisconsin und Missouri nachgefragt, ob es dort ähnliche Fälle von Mordopfern in Motels gegeben hatte.

Anstatt aus zwanzig kampferprobten Elitepolizisten bestand unsere Einsatzgruppe aus sieben müden und überarbeiteten Kollegen, die entweder frisch von der Akademie kamen, kurz vor der Pensionierung standen oder wegen irgendwelcher geringfügigen Verstöße Strafdienst schieben mussten.

Sollte ich jemals herausfinden, wer unsere verdammte Kaffeemaschine entwendet hatte, würde ich diese Person zu einem Jahr Dienst in einer Einsatzgruppe verdonnern.

»Cluck«, meldete er sich am Telefon und hustete.

»Daniels. Haben Sie was für mich?«

»Nein. Wir haben bisher nur den Garten umgegraben.«

Das war Einsatzgruppe-Jargon und bedeutete, dass sie nichts gefunden hatten.

»Wie viele Motels haben Sie überprüft?«

»Alle. Keine Zimmerbuchungen unter den Namen Doug Stephenson oder Doug Jackson in den letzten sechs Monaten oder in nächster Zeit.«

»Was ist mit dem dritten Namen?«

Cluck hustete. »Es gibt noch einen dritten Namen? Wieso hat mir das keiner gesagt?«

»Chuck Gardiner.«

Cluck hustete erneut, doch dann merkte ich, dass es ein Lachen war.

»Erklären Sie mir, was daran so lustig ist«, sagte ich.

»Na ja, Doug Stephenson und Doug Jackson sind Allerweltsnamen. Ich dachte, es wäre reiner Zufall. Aber jetzt haben wir Chuck Gardiner auf der Liste. Der nächste Name wird wahrscheinlich Bobby Hull lauten.«

Bobby Hull. Wieso kam mir der Name bekannt vor?

»Eishockeyspieler«, sagte Herb. »Sind das alles Blackhawks?«

»Hallo Benedict.« Er hustete wieder. »Ja, Chicago Blackhawks. Unsere Täter sind anscheinend Sportfans.«

»Sie wissen, was Sie tun müssen, Cluck.«

»Ja. Jedes Motel in der Stadt aufsuchen, Fotos von jeder Blackhawk-Mannschaft bis zurück ins Jahr 1926 vorzeigen und fragen, ob sie einen von diesen Männern gesehen haben.«

Chuck fand seinen Kommentar so witzig, dass er für zehn Sekunden einen Hustenanfall bekam. Als er sich wieder beruhigt hatte, sagte er: »Im Ernst, Lieutenant. Wir reden von über tausend Leuten.«

»Versuchen Sie, die Suche einzuengen. Vielleicht haben die drei Namen etwas gemeinsam.«

»Torhüter«, sagte er. »Jackson, Gardiner und Stephenson waren alle Torhüter.«

»Wie viele Torhüter hatten die Blackhawks?«

»Weiß nicht. Hundert? Etwas mehr?«

»Stellen Sie eine Liste zusammen. Wir schicken sie an die Motels.«

»Glauben Sie wirklich, dass so ein Dödel, der für sechs Dollar die Stunde an einer Motelrezeption arbeitet, sich die Mühe macht, hundert Namen durchzugehen?«

Abgesehen davon, dass die Bezeichnung »Dödel« abwertend war, hatte er recht.

»Der Bezirk Cook County hat eine Belohnung ausgesetzt. Jeder, der sachdienliche Hinweise hat, die zur Ergreifung des Täters führen, erhält tausend Dollar.«

»Ich stelle eine Liste zusammen, Lieutenant.« Er fing wieder an zu husten.

»Was macht die Gesundheit?«, fragte ich, als ob ich nicht hören konnte, wie es darum stand.

»Wissen Sie, was das Schlimmste an einem Lungenemphysem ist? Nicht der Husten und auch nicht die Schnauferei beim Treppensteigen, sondern dass ich die Zigaretten vermisse.«

»Das ist bestimmt nicht einfach für Sie, Cluck.«

»Ich weiß. Aber Gott sei Dank gibt es Zigarren.«

Ich legte auf. Cluck war ein Oldtimer, dem man wegen des Personalmangels auf unserem Revier noch nicht die Pensionierung nahegelegt hatte. Als er bei der Polizei angefangen hatte, benutzte man wahrscheinlich noch Steinschlosspistolen.

»Brauchst du noch einen Kaffee?«, fragte Herb.

Eine schwierige Frage. Ja, ich brauchte das Koffein, und nein, ich brauchte nicht noch mehr Sand zwischen den Zähnen.

»Okay. Hol dir einen Filter, damit wir die groben Körner aussieben können.«

»So wie du das sagst, klingt es widerlich.«

»Willst du die groben Körner trinken?«

»Ich hole einen Filter.«

Benedict stand auf, um neuen Kaffee zu holen, und ich schlug den Obduktionsbericht auf. Die Leiche war eine postpubertäre junge Frau zwischen fünfzehn und zwanzig Jahren. Da sie gefroren war, ließ sich der Todeszeitpunkt nur schwer bestimmen. Todesursache war wahrscheinlich Blutverlust, herbeigeführt durch mehr als dreiundzwanzig Stichwunden. Phil Blasky vermutete, dass es sich bei der Waffe um ein Filetiermesser handelte, wie es Angler benutzen.

Keine Spermarückstände in Rektum, Vagina, Mund oder Magen, aber Spuren von Rissen in Vagina und Rektum. Sie war vergewaltigt worden, wahrscheinlich mit Gegenständen.

Ich blätterte den begleitenden Bericht des kriminaltechnischen Labors durch und fand ihn nicht gerade ermutigend. Keine Haut unter den Fingernägeln. Keine fremden Haare – weder Schamhaare noch sonstige – in oder an der Leiche. Chemische Verbrennungen an vierzig Prozent der Leiche, verursacht durch ein Backofenreinigungsmittel. Die Techniker untersuchten noch, welche Marke es war.

Wie bei den anderen Opfern hatten die Täter auch hier die Zähne mit einem Meißel entfernt.

Zu den mehreren Dutzend Fingerabdrücken, die in dem Lkw gefunden wurden, gab es in der Datenbank bisher keine Übereinstimmungen.

Die junge Frau war mit Klebeband an der Ladefläche des Lastwagens fixiert worden. Eine Analyse des Bands hatte keine Hinweise ergeben, ob es von derselben Rolle wie die anderen stammte. Die Enden des Bands waren nicht mit einer Schere, sondern mit einer Rasierklinge oder einem scharfen Messer abgeschnitten worden. Das Klebeband wies keine Fingerabdrücke auf.

Eine gründlichere Untersuchung des Lastwagens bestätigte meine Vermutung, dass er abgeschleppt worden war. Dies war ersichtlich anhand der Positionierung von Material wie Papierschnipsel, Schmutz, Staub und Blutspuren.

Im Fahrzeug hatte man weder Papiere noch einen Mietvertrag gefunden.

Forensische Beweise waren wertvoll, wenn ein Fall vor Gericht kam, halfen uns aber nicht viel, den Täter zu fangen. Wir hatten drei unidentifizierte tote Mädchen. Vielleicht waren sie Ausreißerinnen, Entführungsopfer oder vermisste Personen, aber wir hatten keine Möglichkeit, ihre Namen herauszufinden. Und wenn wir den Täter nicht erwischten, würden drei Elternpaare immer im Ungewissen darüber bleiben, was mit ihren Töchtern geschehen war.

Ich selbst hatte keine Kinder, konnte mir aber nichts Schlimmeres vorstellen, als ein Kind zu verlieren und niemals zu erfahren, was mit ihm geschehen war.

Als ich mir gerade das Videomaterial zu dem letzten Tatort ansehen wollte, kam Benedict mit zwei dampfenden Tassen Brühe zurück und stellte eine auf meinen Schreibtisch.

»Vielleicht ist es Rost«, sagte er und stocherte mit einem Fingernagel zwischen zwei Zähnen herum. »Der Automat ist schon so lange hier wie ich. Hab nie gesehen, dass ihn mal jemand sauber gemacht hat.«

»Das erklärt den metallischen, rostigen Geschmack«, sagte ich und trank die Brühe trotzdem.

Menschen beherrschen den Planeten, und Koffein beherrscht uns. Alle huldigen dem Gott Koffein.

Herb wischte das, was er zwischen den Zähnen herausgepult hatte, an seiner Krawatte ab. Als ich das Tatortvideo startete, klingelte das Telefon. Ich drückte auf die Pausentaste.

»Daniels.«

»Sergeant Michaels vom Dezernat für Eigentumsdelikte. Ich muss unseren Termin absagen. Kann die Angelegenheit bis morgen warten oder kann ich Ihnen jetzt helfen?«

»Ich habe nur ein paar Fragen«, sagte ich. »Es dürfte nicht zu lange dauern.«

»Schießen Sie los.« Seine leise Piepsstimme klang wie eine Tonaufzeichnung von Micky Maus, die mit halber Geschwindigkeit abgespielt wurde.

»Haben Sie schon mal von einer Diebesbande gehört, die Autos stiehlt, indem sie sie abschleppt?«

»Sicher. Viele der größeren Ringe machen es so. Man klaut ein paar Abschleppwagen, lackiert sie um, und schon hat man einen Fuhrpark für den Autodiebstahl.«

»Gibt es derzeit solche Banden in Chicago?«

»Wir haben in den letzten paar Monaten zwei Dutzend Meldungen erhalten.«

»Spuren?«

»Ja, zwei: null und nichts.«

Was auch immer Captain Bains sich von unserem Termin beim Dezernat für Eigentumsdelikte erhofft hatte, musste sich erst noch zeigen. Vermutlich hatte er es nur anberaumt, um sich abzusichern. *Jawohl, Herr Bürgermeister, wir haben eine Spur in Verbindung mit einem gestohlenen Lastwagen und arbeiten mit den Kollegen zusammen, die sich mit Autodiebstählen befassen.*

»Wie oft gelingt es Ihnen, so einen Ring hochzunehmen?«, fragte ich.

»Mit der Zeit kriegen wir sie alle, aber das dauert. Jeden Tag werden so viele Autos gestohlen und so wenig wiedergefunden, dass wir nicht sagen können, ob organisierte Banden dahinterstecken oder Einzeltäter oder Jugendliche, die mal schnell eine Spritztour machen. Und dann gibt es Leute, die ganz einfach vergessen, wo sie ihr Auto geparkt haben. Alles, was meine Abteilung tut, ist, die eingehenden Informationen zu ordnen und auszuwerten.«

»Sie haben keine verdeckten Ermittler in Werkstätten, die gestohlene Autos ausschlachten?«

»Natürlich haben wir die. Hunderte. Wir haben auch mehrere tausend Polizisten, die sich als Reservereifen getarnt in Kofferräumen verstecken und darauf warten, dass sie jemand klaut.«

Die Micky-Maus-Stimme verstärkte seinen Sarkasmus noch.

»Sie brauchen sich nicht über mich lustig zu machen, Michaels. Ich gehöre zu den Guten.«

»Tut mir leid, Lieutenant. Auf meinen Schultern lastet momentan so viel Druck, dass ich mir ein Joch anlegen sollte. Ist das der Motelmörder-Fall?«

»Ja. Jemand hat mit einem Abschleppwagen einen Miet-Lkw mit einem toten Mädchen hintendrin gestohlen und in Mount Cisco abgestellt. Wir vermuten, dass er ihn zuerst in eine Fabrik oder Werkstatt gebracht hat, wo Feilspäne herumliegen. Die steckten nämlich in den Reifen.«

»Im Augenblick sagt mir das nichts, aber ich werde mich umhören. Wenn ich etwas erfahre, melde ich mich. Tut mir leid, dass ich unseren Termin abblasen musste, aber jemand hat den Nissan des Finanzministers von Illinois gestohlen. Jetzt muss ich mich mit Fett einschmieren und ein paar Leuten in den Arsch kriechen.«

»Viel Glück«, sagte ich, und wir legten beide gleichzeitig auf.

So viel zur Unterstützung durch das Dezernat für Eigentumsdelikte.

Ich fasste das Telefonat für Benedict kurz zusammen. Anschließend sahen wir uns das Video an, bis das Telefon erneut klingelte. Benedict drückte auf die Pausentaste, aber ich sagte ihm, er solle es weiterlaufen lassen.

»Daniels.«

»Hier ist Hajek von der Spurensicherung. Wir haben an McGlades Corvette sechs brauchbare Abdrücke sichergestellt.«

Die Spurensicherung hatte geliefert. »Gute Arbeit. Schicken Sie sie uns.«

»Ich habe sie bereits durch die Datenbank laufen lassen und einen Treffer erzielt. Sie gehören einem vorbestraften Kriminellen namens Dill Remir. Hat zwei Haftstrafen wegen Autodiebstahls hinter sich. Wohnt in Englewood.«

»Auf Bewährung entlassen?«

»Strafe verbüßt.« Er las die Adresse vor. »Wir haben außerdem noch mehr in dem Miet-Lkw gefunden. Erde und tote Blätter.«

»Lässt sich irgendetwas davon nachverfolgen?«

»Ich habe einen befreundeten Botaniker gebeten, die Blätter zu identifizieren. Und falls wir eine Bodenprobe von einem anderen Tatort haben, kann ich sie mit der Erde aus dem Lkw vergleichen. Ach ja, wir haben noch was.«

Er legte eine Pause ein, damit ich ihn fragte. Was ich auch tat. »Was haben Sie gefunden?«

»Blut.«

Die Entdeckung von Blut war nur in meinem Beruf eine gute Nachricht. »Vom Täter?«

»Wahrscheinlich nicht. Das hier war aus dem Laderaum. Keine Übereinstimmung mit dem Blut des Opfers.«

Ich dachte nach. »Sie war nicht die Erste, die in diesem Lkw ums Leben kam.«

»Das ist auch meine Vermutung. Und dann waren da noch Klebebandrückstände an Stellen, wo wir kein Klebeband gefunden haben.«

»Gute Arbeit. Halten Sie mich auf dem Laufenden.«

Ich gab Herb eine Zusammenfassung.

»Möchtest du auf den richterlichen Beschluss warten oder sollen wir gleich mit ihm reden?«, fragte er und meinte Remir.

Einen Deal mit der Staatsanwaltschaft abzuschließen, erforderte Zeit. Mr Remir hatte ein Recht auf anwaltliche Vertretung, und das bedeutete eine Menge Papierkram.

»Noch haben wir keine Anklage gegen ihn erhoben, also muss er keinen Anwalt einschalten, damit wir sie fallen lassen. Wir könnten einfach vorbeischauen und ihn höflich fragen. Damit sparen wir uns ein paar Stunden, vielleicht sogar ein paar Tage.«

»Was, wenn er abhaut?«

»Hast du vorhin nicht zugehört? Wir haben schließlich eine Einsatzgruppe und können ein paar Uniformierte auf ihn ansetzen, die seine Wohnung observieren.«

Herb stand auf und warf den Pappbecher weg. »Gut. Halten wir unterwegs an und holen uns einen richtigen Kaffee.«

»Einverstanden.«

»Und vielleicht etwas zu essen.« Er klopfte sich auf den Bauch. »Mein Magen schreit nach Hotdogs.«

Harry

Ich nahm ein Taxi zu meiner Adresse. Als ich das Foyer betrat, wartete dort der Hausmeister auf mich.

»Mr McGlade, gut, dass ich Sie treffe. Ich habe mit der Eigentümergemeinschaft gesprochen, und es wurde einstimmig beschlossen, dass kein Anwohner ein Pferd halten darf.«

»Was für ein Pferd?«

Er seufzte. »Mr McGlade, müssen wir dieses Affentheater wiederholen?«

Was für ein Affe!

»Hören Sie …«, ich versuchte vergeblich, mich an seinen Namen zu erinnern, und jetzt war es zu spät, danach zu fragen, »… Sportsfreund, wenn Sie mir nachweisen können, dass ich ein Pferd habe, halte ich mich gern an die Regeln. Aber ich habe kein Pferd, sondern einen Designerhund, einen von diesen Chihuahuamaltipoos, und solange sich niemand beschwert, dass er bellt, lassen Sie mich gefälligst in Ruhe.«

Ich versuchte, an ihm vorbeizugehen, aber er versperrte mir den Weg.

»Mr McGlade …«

»Jetzt will ich Ihnen mal erklären, wie die Beweislast funktioniert«, fiel ich ihm ins Wort. »Wenn ich sage, ich habe einen Kobold, ist es nicht Ihre Aufgabe zu beweisen, dass ich keinen habe. Ich muss es beweisen. Folglich schulde ich Ihnen keinen Nachweis darüber, dass ich kein Pferd besitze. Die Beweislast liegt bei Ihnen. Kapiert?«

»Was haben Kobolde mit Pferden zu …«

»Wer behauptet ständig, ich hätte ein Pferd? Ich oder Sie?«

»Ich.«

»Also sind Sie derjenige, der es beweisen muss.«

»Warum beweisen Sie nicht einfach, dass Sie einen Hund haben?«

»Weil ich niemandem etwas beweisen muss. Ergibt das einen Sinn?«

Während er verwirrt dreinblickte, sprang ich in den Fahrstuhl und drückte auf den Knopf. Wieder einmal hatte meine Gehirnakrobatik und schnelle Auffassungsgabe mich aus einer heiklen Situation gerettet. Ob dieser schnöselige Hochbegabtenclub Mensa wohl einen Präsidenten hatte? Wenn ja, sollte ich mich um dieses Amt bewerben.

Auf meiner Etage angekommen, verließ ich den Fahrstuhl und ging bestens gelaunt zu meiner Wohnung, zutiefst zufrieden mit meinen geistigen Fähigkeiten. Mein einzigartiger Scharfsinn war nahezu übernatürlich, denn sobald ich den Schlüssel ins Schloss stecken wollte, wusste ich, dass etwas nicht stimmte.

Es fühlte sich nicht richtig an.

Ich presste ein Ohr an die Tür, horchte und vernahm leise Fernsehklänge.

Hatte ich den Fernseher angelassen?

Das glaubte ich nicht.

Blieben nur zwei Möglichkeiten. A: Jemand war in meiner Wohnung und hatte den Fernseher eingeschaltet. B: Rex das Pferd hatte papageienartige Fähigkeiten entwickelt und imitierte die Geräusche eines Fernsehgeräts.

Variante A erschien mir wahrscheinlicher. Variante B hielt ich für viel cooler.

Egal, was Sache war, ich musste vorsichtig sein.

Ich ließ den Schlüssel ins Schloss gleiten und drehte ihn um.

Der Schlüssel bewegte sich nicht.

Ich versuchte es noch mal, diesmal fester.

Es funktionierte nicht.

Hatte dieses Arschloch von Hausmeister mein Schloss ausgewechselt? Oder steckten finsterere Machenschaften dahinter?

Ich ging mehrere Schritte zurück und schickte mich an, dem Türknauf einen Tritt zu verpassen. Just in dem Moment, als ich den Fuß hob, ging die Tür auf.

Es war mein Nachbar. Die Nervensäge, die eine Etage unter mir wohnte.

»Falsche Wohnung, McGlade«, sagte er. »Wieder mal. Sie wohnen einen Stock höher.«

Er deutete zur Decke empor. Ich war in der falschen Etage ausgestiegen.

»Ich wollte mir nur eine Tasse Zucker ausleihen«, improvisierte ich geistesgegenwärtig.

»Wieso halten Sie dann Ihren Schlüssel in der Hand und sehen aus, als wollten Sie meine Tür eintreten?«

»Ich war auf der Hut vor Zuckerdieben«, sagte ich.

»Soso … Zuckerdiebe.«

»Man klemmt den Schlüssel zwischen die Fingerknöchel und schlägt damit zu.«

Ich erteilte ihm eine schnelle Lektion in Schattenboxen und Schlüssel-Kung-Fu.

»Warten Sie. Ich habe Zucker.«

Während ich auf ihn wartete, bis er mit der Tüte Zucker wiederkam, gelangte ich zu dem Schluss, dass ich mich vielleicht lieber noch nicht um die Präsidentschaft bei Mensa bemühen sollte. Vielleicht nächstes Jahr, wenn ich mehr freie Zeit zur Verfügung hatte.

Ich nahm den Zucker entgegen und ging zurück zum Fahrstuhl. Dieses Mal achtete ich besonders darauf, auf den richtigen Knopf zu drücken. Eigentlich war ich mir sicher, beim ersten Mal richtig gedrückt zu haben. Vielleicht lag es an einer fehlerhaften elektrischen Verbindung.

Dieses Mal funktionierte der Knopf. Als ich mein Domizil betrat, begrüßte Rex mich herzlich mit einem Wiehern und leckte mir die Hand.

»Ich habe dir ein Leckerli mitgebracht«, sagte ich zu ihm. »Hundert Prozent natürlich.«

Ich gab ihm die Zuckertüte, schloss mein Handy an das Ladegerät im Schlafzimmer an und ging zu meinem Schreibtisch, um die Nachrichten auf meinem Anrufbeantworter abzuhören.

»Heute naht dein Ende, McGlade.«

Es war mein heimlicher Verehrer mit der künstlich verzerrten Darth-Vader-Stimme.

»Was meinst du, Rex? Jemand, der Prominente stalkt? Eine Exfreundin? Ein Drecksack, den ich hinter Schloss und Riegel gebracht habe? Oder einfach nur ein Troll, der einen Kick bekommt, wenn er die Reichen und Talentierten drangsaliert?«

Rex antwortete nicht. Er hatte inzwischen den Zucker aufgefressen und kaute auf der Tüte herum.

»Gute Entscheidung«, sagte ich. »Ballaststoffe sind wichtig.«

Als ich meinem Pferd Halsband und Leine anlegte, um mit ihm spazieren zu gehen, spürte ich einen Schmerz an der Wange.

Es fühlte sich wie ein Insektenstich an. Ich schlug sofort mit der Handfläche auf die Stelle und starrte anschließend auf meine Finger.

Blut. Nicht das Blut einer Stechmücke mit den dazugehörigen Beinen und Flügeln.

Mein Blut.

»Was zum Teufel …«

Plötzlich machte mein Computer-Flachbildschirm einen Knall und rutschte ein Stück zurück. Unten rechts war ein Loch zu sehen.

Jemand schoss auf mich.

Ich schrie: »Heckenschütze!«, stürzte mich auf Rex, rang ihn zu Boden und zerrte ihn hinter mein Sofa.

Eine Sekunde später ertönte ein klingelndes Geräusch – eine Kugel, die mit Überschallgeschwindigkeit ein glattes Loch durch das Panoramafenster in meinem Wohnzimmer schoss. Früher hatte ich durch dieses Fenster einen tollen Blick auf die Stadt gehabt, bis irgendein reicher Reality-TV-Star mir einen Wolkenkratzer vor die Nase gesetzt hatte. Das Gebäude befand sich noch im Bau und sollte nicht vor August offiziell eingeweiht werden. Ich vermutete, dass der Schütze sich am Sicherheitspersonal vorbeigeschlichen und in einem unfertigen Stockwerk mit einem Gewehr verschanzt hatte.

Da ich keine Schüsse gehört hatte, ging ich davon aus, dass der Schütze einen Schalldämpfer benutzte. Schalldämpfer waren in Illinois und mehreren anderen Bundesstaaten verboten.

Andererseits war es auch verboten, auf jemanden durch ein Fenster zu schießen.

Ich besaß ein ganzes Arsenal brauchbarer Waffen, um das Feuer zu erwidern, darunter ein Dragunow-Scharfschützengewehr, mit dem man einer Fliege auf tausend Meter Entfernung die Flügel wegschießen konnte, falls man auf so etwas stand. Leider bewahrte ich meine Schusswaffen in meinem Büro auf, wo ich seit zwei Wochen nicht mehr gewesen war, weil die Wände gegen schwarzen Schimmel behandelt wurden. Der war entstanden, nachdem mein aufblasbarer Whirlpool ein Leck gehabt hatte. Ich weiß … Luxusprobleme.

Meine .44er Magnum, die mit klassischen Black-Talon-Hohlspitzgeschossen – auch liebevoll *Bullenkiller* genannt – geladen war, bot die perfekte Verteidigung, falls ein Nashorn mit schusssicherer Weste bei mir einbrach, aber für eine Schießerei zwischen Gebäuden war sie in etwa so wirksam wie spucken.

Ich entschied mich daher, zu fliehen anstatt zu kämpfen. Das Problem war nur, wie ich es schaffen sollte, mit einem Pferd vom Sofa zur Tür zu gelangen, ohne als Mordopfer in die Kriminalitätsstatistik einzugehen.

Sie werden sich fragen, warum ich nicht die Polizei anrief. Im Gegenzug könnte ich Sie fragen, ob Sie die vorherige Seite gelesen haben. Da stand nämlich, dass mein Handy im Schlafzimmer aufgeladen wurde.

Moment … Sie meinten vielleicht mein Festnetztelefon?

Gute Idee!

Das Telefon stand auf meinem Schreibtisch, und der wiederum war nur ein paar Meter von mir entfernt. Leider hatte mein Innenarchitekt, dieser Ökofreak und Hipsterarsch, meine Wohnung nach dem Prinzip der offenen Raumgestaltung eingerichtet. Dazu gehörten Fenster, die vom Fußboden bis zur Zimmerdecke reichten und keine Rollos oder Jalousien besaßen, damit ich mit meiner Großstadtumgebung eins sein konnte. Ich hätte eben nie einem weißen Millenial-Scheckbuchhippie aus der Vorstadt, der seinen Namen zu Ankaiyarkanni geändert hatte, trauen sollen.

Es machte zwar unheimlich Spaß, nackt vor meinem riesigen Panoramafenster zu tanzen und zu raten, wer mir dabei zusah. Sich im Fadenkreuz eines Attentäters zu befinden, war jedoch weit weniger lustig.

Fahr zur Hölle, Ankaiyarkanni.

Wenn ich zum Telefon rennen wollte, benötigte ich ein Ablenkungsmanöver. Etwas Ungewöhnliches, das die

Aufmerksamkeit des Schützen für den Augenblick beanspruchte, den ich brauchte, um zum Schreibtisch zu gelangen.

»Hast du eine Idee?«, fragte ich mein Zwergpony.

Anstatt einer Antwort fing Rex an zu scheißen. Ich wusste nicht, dass Pferde im Liegen scheißen konnten. Man lernt eben jeden Tag was Neues.

Doch dann kapierte ich, was mir das Pferd mitteilen wollte.

Rex sagte zu mir: *Wirf meine Scheiße gegen das Fenster, Harry. Dann kann der Schütze dich nicht sehen.*

In meiner Fantasie sprach Rex mit der Stimme einer Zeichentrickfigur.

»Danke, Rex.«

Ich griff zum nächstbesten Pferdeapfel von der Größe eines Baseballs und schleuderte ihn, ohne groß über den Sinn meiner Aktion nachzudenken und gleichzeitig überrascht von seiner Wärme und Festigkeit, auf das Fenster.

Er prallte von der Scheibe ab und hinterließ nur einen winzigen Schmierfleck.

»Das hat nicht funktioniert«, sagte ich. »Und meine Hand stinkt jetzt nach Pferdescheiße.«

Das Stück war zu trocken, sagte Rex in meiner Einbildung. *Such dir ein feuchtes.*

Rex' Katzenklo war in der Nähe. Ich kroch auf dem Bauch dorthin und tastete sämtliche Pferdeäpfel auf ihren Feuchtigkeitsgrad ab.

»Die sind alle zu trocken«, sagte ich.

Dann war die Idee wohl einfach nur bescheuert, sagte Rex. *Du bist echt ein Riesendepp.*

Ich überlegte, was für Optionen ich sonst noch hatte. Als mir keine einfielen, beschloss ich, das ganze Katzenklo auf das Fenster zu werfen und während der daraus hoffentlich resultierenden Verwirrung zur Tür zu rennen. Wahrscheinlich würde diese Aktion damit enden, dass ich am ganzen Körper mit

Pferdescheiße bekleckert sterben musste. Aber da ich schon immer dazu neigte, impulsive, unüberlegte Handlungen mit Mut und Entschlossenheit zu verwechseln, packte ich das Katzenklo und machte mich bereit.

In diesem Augenblick warf mir das Schicksal einen Rettungsring zu: Jemand klopfte an meine Tür.

»Rufen Sie die Polizei!«, brüllte ich.

»Mr McGlade, wollen Sie in dieser Angelegenheit wirklich die Polizei einschalten?«, fragte das Arschloch von Hausmeister durch die Tür.

»Jemand schießt auf mich! Rufen Sie die Polizei!«

»In der von Ihnen unterzeichneten Vereinbarung steht, dass ein von der Eigentümergemeinschaft ordnungsgemäß bestellter Vertreter Ihre Wohnung betreten darf, wenn ein starker Verdacht auf einen Regelverstoß vorliegt. Was bei Ihnen eindeutig der Fall ist. Ich brauche also keine Polizei, Mr McGlade. Aber da Sie auf einem Beweis bestehen, dass Ihr sogenannter Hund in Wirklichkeit ein Pferd ist, verschaffe ich mir jetzt mit dem Generalschlüssel Zutritt in Ihre Wohnung und mache ein Foto.«

»Kommen Sie bloß nicht rein! Rufen Sie die Polizei!«

Und dann kam der Idiot herein.

»Hinlegen!«, stieß ich zwischen zusammengepressten Zähnen hervor. »Jemand schießt auf mich!«

Er schloss die Tür hinter sich und schlenderte auf mich zu. »Ich verschwinde sofort wieder, sobald ich einen Beweis habe, dass …«

Die Kugel traf ihn am Oberkörper, und er blieb einen Augenblick stehen, bevor er mit einer pirouettenhaften Bewegung zu Boden fiel wie Odette am Ende des Balletts »Schwanensee«.

Sie haben richtig gelesen – Schwanensee. Ich kann eben mehr als nur kruden Scheißhaushumor.

Der Hausmeister starrte mich überrascht an. Auf der Vorderseite seines Hemdes breitete sich ein Blutfleck aus und hinterließ ein Batikmuster.

»Drücken Sie auf die Wunde«, sagte ich zu ihm.

»Was?«

»Jemand hat auf Sie geschossen. Pressen Sie die Hand auf die Wunde, oder Sie verbluten.«

Er befolgte meinen Rat, aber das Blut sprudelte weiterhin. Dem Mann blieb nicht viel Zeit.

Was nun, Harry?, fragte Rex in meiner Einbildung.

Mit der Kraft und Entschlossenheit von zehn Männern hob ich das Katzenklo …

… und schüttete den gesamten Inhalt über mich.

Versuch lieber was anderes, sagte Rex.

Die imaginäre Pferdestimme hatte recht.

Aber ich hatte keine Ahnung, was ich sonst tun konnte.

Phin

Als ich aufwachte, tat mein Kopf so weh, dass die Schläfen pochten.

Meine Erinnerung war verschwommen, aber ich hatte genug Puzzleteilchen, um mir einen Reim zu bilden.

Tucker hatte auf mich geschossen. Aber diese komische Pistole, die er benutzt hatte, feuerte keine Kugeln ab. Es war eine Luftdruckpistole, die Pfeile verschoss, wahrscheinlich mit einem Betäubungsmittel für Tiere. Das Zeug fühlte sich wie PCP an, aber mit einem stärkeren Kick. Der Pfeil, den ich mir aus der Brust zog, war groß genug, um einen Bären zu stoppen. Das Brustbein tat an dieser Stelle immer noch weh.

Mein Springmesser, meine 9mm und mein Schlagring waren weg.

Meine Brieftasche und Schlüssel ebenso. Aber der Dreckskerl hatte zwei Fehler begangen.

Fehler Nummer eins: Er hatte mir nicht die Stiefel abgenommen.

Fehler Nummer zwei: Er hatte mich nicht getötet, als er die Möglichkeit dazu gehabt hatte.

Es war vollkommen finster. Ich erhob mich langsam auf die Knie und tastete umher.

Es gab vier Holzwände, jede weniger als zwei Meter breit, sodass ich mich beim Liegen nur ausstrecken konnte, wenn ich diagonal lag. Ich stand langsam auf und hob die Hände. In etwa zweieinhalb Meter Höhe stieß ich gegen eine Holzdecke. Es roch muffig und feucht, und von dem kalten Betonboden ging ein strenger Ammoniakgeruch aus.

Befand ich mich in einem Kasten oder einer Kiste? In einem Wandschrank mit verstärkten Wänden?

In einem Grab?

Die Wände waren dick und klangen dumpf, als ich mit den Knöcheln dagegenklopfte. Auch nach ein paar kräftigen Tritten wackelten sie nicht einmal.

Ich tastete blind mit den Fingern umher. Alle vier Wände wiesen kleine Furchen und Rillen auf, als hätte jemand lange, senkrechte Kerben hineingeritzt. Ich folgte einer nach unten und schabte etwas Kleines und Spitzes heraus.

Ein Fingernagel.

Ich war nicht der Erste, den man hier gefangen gehalten hatte.

Ich tastete weiter und suchte nach einer Tür. Obwohl ich von dem Betäubungsmittel noch völlig benommen war, wusste ich, dass ich irgendwie hier hereingekommen war, und zwar durch eine Tür.

Falls sich die Tür in der Decke befand, wäre meine Lage schlimm. Aber da ich keine Prellungen spürte, war es unwahrscheinlich, dass man mich hineingeworfen hatte. Der Zugang musste also durch die Wände oder den Boden erfolgt sein.

Nachdem ich die Wände sorgfältig untersucht hatte – wie lange ich dafür brauchte, konnte ich nicht mit Sicherheit sagen –, fand ich eine hauchdünne horizontale Kerbe in Hüfthöhe. Sie war ungefähr achtzig Zentimeter lang und verlief auf beiden Seiten bis zum Boden. Es gab keine Scharniere und keinen Knauf, aber von allen Dingen, die ich hier drinnen entdeckt hatte, kam es einer Öffnung am nächsten. Ich untersuchte sogar den Boden, fand aber nichts weiter als eine sehr alte und bröselige Substanz – wahrscheinlich getrocknete Fäkalien.

Wenn ich nicht bald hier rauskam, müsste ich ebenfalls meine Notdurft hier drinnen verrichten.

Ich stellte mich vor die mutmaßliche Tür und trat dagegen, bis meine Zehen sich taub anfühlten. Dann tastete ich die Kerbe entlang.

Sie hatte sich keinen Millimeter bewegt.

Ich setzte mich hin, stemmte beide Füße dagegen und drückte. Gleichzeitig presste ich mit den Händen gegen die Wand auf der anderen Seite.

Nichts geschah. Wenn das die Tür war, war sie äußerst stabil.

Ich klappte den hohlen Stiefelabsatz auf und nahm die AMT heraus. Als ich den Griff nach oben drückte, kam das Fallmesser heraus. Ich fixierte die Klinge und versuchte, sie in den Spalt zu schieben.

Sie passte nicht hinein.

In der Pistole waren sechs Patronen. Ich konnte die Scharniere zerschießen, wenn ich nur wüsste, wo sie waren. Aber alles hing davon ab, wie dick die Tür war. Und diese Tür schien verdammt dick zu sein.

Ich wollte keine Munition verschwenden. Die Pistole würde mir einen eindeutigen Vorteil verschaffen, wenn Shears zurückkam.

Wenn.

Panik stieg in mir auf, und ich fing an zu hyperventilieren. Um mich wieder zu beruhigen, machte ich eine Atemübung.

Vier Sekunden lang durch die Nase einatmen.

Den Atem vier Sekunden anhalten.

Vier Sekunden durch den Mund ausatmen.

Vier Sekunden warten.

Eine oder zwei Minuten hatte ich die Angst ausreichend im Griff, um klar denken zu können.

Die Kerbe war der Schlüssel zu meiner Flucht.

Wenn meine Klinge nicht hineinpasste, musste ich die Kerbe größer machen.

Ich fing an, sie auszuhöhlen.

* * *

Das Holz war hart und unnachgiebig.

Es wäre leichter gewesen, sich mit einem Meißel durch Beton zu arbeiten.

Ich hatte Durst und mir wurde übel.

Wie lange ich schon hier war, konnte ich nicht mit Sicherheit sagen. Die Nachwirkungen des Betäubungspfeils waren schlimm, aber ich wusste, dass mir Schlimmeres bevorstand: Codeinentzug. In den letzten Wochen hatte ich Opiate geschluckt wie andere Leute Pfefferminzdragees, und hier eingesperrt zu sein, bedeutete einen kalten Entzug. Schweißausbrüche. Zittern. Kotzen. Schlimmer als die härteste Grippe.

Irgendwann würde ich den Punkt erreichen, wo meine Kraft für nichts anderes mehr ausreichte, als zu schlafen. Dies war problematisch, denn ich hatte kein Wasser.

Ein Mensch kann höchstens drei Tage ohne Wasser überleben.

Ich wischte meine schweißnassen Handflächen ab und versuchte, das Holz schneller zu bearbeiten.

Nach einer Stunde hatte ich den Spalt auf einer Länge von zehn Zentimetern so weit ausgehöhlt, dass ich das Messer hineinstecken konnte. Aber die Klinge war nur etwa drei Zentimeter lang, und die Tür schien dicker zu sein. Da der Pistolengriff ein tieferes Eindringen des Messers verhinderte, musste ich den

Spalt auf fast drei Zentimeter verbreitern, um mich bis auf die andere Seite durchzubohren.

Ich musste pinkeln und überlegte, wo ich meine Notdurft verrichten sollte.

Wenn ich auf das Holz urinierte, würde es dann weicher werden und leichter zu bearbeiten sein?

Da ich noch nicht so verzweifelt war, entschied ich mich für die gegenüberliegende Wand.

Was machst du da?, fragte Earl. *Willst du dir in einer Situation wie dieser wirklich über Würde Gedanken machen?*

»Was kümmert dich das?«, flüsterte ich.

Ich will, dass du hier rauskommst. Wenn du stirbst, sterbe ich auch.

»Du bringst mich sowieso um.«

Das ist meine Aufgabe. Ich habe einen Plan dafür.

Ich schnaubte. »Sieht so aus, als wäre dein Plan gescheitert.«

Earl antwortete, indem er meine Schmerzen aufflammen ließ.

Seit meiner Krebsdiagnose war ich von Schmerzmitteln abhängig – ob verschreibungspflichtig oder nicht.

Earls Schmerzattacke war schlimm. Sehr schlimm. Es war nicht das kleine lästige Brennen zwischen meinen Dosen Codein, Aspirin oder Kokain, an das ich gewöhnt war. Das hier war ein wachsender, nagender, glühender Schmerz, der sich von meinen Achselhöhlen bis zu meiner rechten Pobacke ausbreitete.

Je schneller du es schaffst, hier rauszukommen, desto eher kommst du an Pillen ran, sagte Earl.

Ich höhlte die Kerbe weiterhin aus.

Das Messer rutschte mir ein paar Mal aus, und ich schnitt mir in die Knöchel und Fingerkuppen.

Das würde mir bestimmt noch mehrmals passieren.

* * *

Die Zeit verwandelte sich in eine Halluzination.

Die Dunkelheit.

Das monotone Schaben und Kratzen mit der Klinge, von dem ich Krämpfe bekam.

Earl, der in meinem Kopf dröhnte und mir einschärfte, ich müsse schneller arbeiten.

Ich verlor jegliches Zeitgefühl, versuchte, meine Herzschläge zu zählen, verzählte mich und fing wieder von vorne an.

Die Pistole war rutschig von meinem Schweiß und Blut. Meine Hände waren von Schrammen übersät. Jedes Mal, wenn ich sie zu Fäusten ballte, spürte ich, wie zwei Dutzend Schnitte sich öffneten wie hungrige Mäuler.

Das Holz war so hart, dass es nicht zersplitterte. Ich konnte nicht mehr tun, als mit der Klinge daran zu kratzen und zu schaben, bis es sich in Sägemehl verwandelte. Es war, als würde ich einen Baum mit Sandpapier fällen, wobei Sandpapier leichter in der Hand zu halten war.

Ich brauchte eine Pause.

Wer rastet, der rostet, Phin. Mach weiter.

»Ich bin müde.«

Wenn du aufhörst, stirbst du.

»Ich sterbe sowieso. Was bringt das?«

Und trotzdem machst du weiter. Warum wohl?

Das fragte ich mich auch.

Jack

Nachdem Herb seinen Hunger mit zwei dick belegten Chili-Käse-Hotdogs gestillt hatte, machten wir uns auf den Weg nach Englewood, um Dill Remir einen unerwarteten Besuch abzustatten. Er wohnte im Erdgeschoss eines zweistöckigen Doppelhauses, wo er eine Eingangsterrasse und Treppe mit den Nachbarn im Obergeschoss teilte.

»Dir ist schon klar, dass das reine Spekulation ist, oder?«, fragte Herb. »Wir haben in dem Miet-Lkw keine Abdrücke gefunden. Die einzige Verbindung zu Remir ist deine Vermutung, dass der Lkw abgeschleppt wurde und Remir Autos auf diese Weise stiehlt.«

»Wie viele reine Spekulationen haben sich für uns im Laufe der Jahre bezahlt gemacht?«

Herb legte nachdenklich die Stirn in Falten. »Mir fallen keine ein.«

»Mir auch nicht. Aber eine reine Spekulation ist besser als gar nichts.«

Wir parkten vor einem Hydranten. Als Herb ausstieg, rollten sämtliche Chilibohnen, die er beim Verspeisen der beiden Hotdogs auf seinen Bauch gekleckert hatte, an ihm herunter und hinterließen fettige orangefarbene Spuren.

»Hey, was ist mit dieser Krawatte?«, fragte ich zum gefühlt zehnten Mal.

»Die du mir zum Geburtstag geschenkt hast?«

»Ja.«

»Soll ich die Sache schönreden und mir eine Höflichkeitslüge ausdenken? Oder willst du die nackte Wahrheit hören?«

Ich wog beide Optionen ab. In meinem Leben hatte ich viele Situationen erlebt, in denen mir eine Höflichkeitslüge lieber gewesen wäre. Dass Herb mir die Wahl anbot, war eine aufmerksame Geste.

»Ich nehme die Lüge«, sagte ich.

»Es gab eine Schießerei, und ein unbeteiligter Dritter wurde verletzt. Ich habe deine Krawatte benutzt, um die Blutung zu stoppen.«

Das war eine der nettesten Lügen, die ich in letzter Zeit gehört hatte. »Konnte sie nicht gereinigt werden?«

Herb schüttelte den Kopf. »Keine Chance. Aber die Krawatte diente einem weitaus wichtigeren Zweck als ihre ursprüngliche Bestimmung als einfaches Kleidungsaccessoire. Sie hat ein Leben gerettet. Was auch immer du für diese Krawatte ausgegeben hast, war für dieses eine Opfer nicht mit Geld aufzuwiegen.«

Mir gefiel diese Geschichte besser als die in meinem Kopf, nämlich dass er die Krawatte hasste und sich weigerte, sie zu tragen. Oder dass er sie achtlos verloren oder im Laden gegen einen Gutschein umgetauscht hatte. Deshalb hakte ich nicht weiter nach.

Ich drückte auf den Klingelknopf und wartete darauf, dass Remir über die Gegensprechanlage fragte, wer da sei. Stattdessen betätigte er gleich den elektrischen Türöffner und ließ uns ein. Herb, stets der perfekte Gentleman, hielt mir die Tür auf. Durch einen engen Flur gelangten wir zu einer zweiten Tür. Ich klopfte.

»Sind Sie von UPS?«, erklang von drinnen eine Frauenstimme.

»Nein. Chicago Police Department.«

Herb und ich hielten unsere Polizeimarken hoch, sodass man sie durch den Spion sehen konnte. Das Schloss klickte und die Tür ging auf. Im Türrahmen stand eine unauffällige junge Frau im Bademantel, höchstens dreißig Jahre alt. Entweder war sie hochschwanger oder hatte einen ganzen Kürbis verspeist.

»Ich dachte, das wäre meine Lieferung von Amazon«, sagte sie. »Ich muss den Paketfahrer reinlassen, sonst klauen meine beschissenen Nachbarn das Paket.«

»Wir suchen Dill Remir«, sagte ich. »Ist er Ihr Lebensgefährte?«

»Ehemann«, sagte die Frau. Sie wirkte nicht überrascht darüber, dass die Polizei ihn suchte. »Was hat er angestellt?«

»Wir möchten ihm nur ein paar Fragen stellen«, sagte ich.

Sie schnaubte. Wahrscheinlich dachte sie, dass wir logen. Was in gewisser Hinsicht auch stimmte.

»Dill ist gestern Abend in die Notaufnahme«, sagte sie. »Nierensteine.«

»Welches Krankenhaus?«

»Das Saint Joseph, nicht weit von hier. Wollen Sie ihn festnehmen?«

»Wir möchten ihm nur ein paar Fragen stellen«, wiederholte ich. »Wie ist bitte Ihr Name?«

»Jamie Dill. Haben Sie irgendwo den UPS-Wagen gesehen?«

Das hatten wir nicht, und ich sagte es ihr.

»Muss einkaufen gehen, aber erst mal muss ich hierbleiben und auf den Mann in Braun warten.«

»Haben Sie Katzen?«, fragte Herb. Offenbar hatte er dasselbe gerochen wie ich.

»Ja, vier.«

»Es riecht nach Katzenstreu«, sagte Herb.

»Deswegen muss ich einkaufen gehen.«

»Nehmen Sie Ihr altes Katzenstreu und tun Sie es in einen Amazonkarton. Verpacken sie ihn gut und lassen Sie ihn vor der Tür stehen. Wenn Sie das ein paar Mal machen, werden Ihre Nachbarn Sie nicht mehr beklauen.«

Sie lächelte, als wäre das die beste Idee, die sie je gehört hatte. Vielleicht war es das auch.

»Das mache ich, aber so was von. Und wenn Sie Dill nicht festnehmen, richten Sie ihm aus, er soll mich anrufen. Die Tastatur von meinem Scheißhandy ist kaputt, und ich kann damit nicht telefonieren.«

»Machen wir«, versprach ich.

Als Nächstes machten wir uns auf den Weg ins Krankenhaus Saint Joseph.

»Muss ziemlich schlimm sein, wenn man ihn dortbehalten hat«, sagte Herb, als wir in meine Schrottkarre stiegen. »Nierensteine tun weh, sind aber in der Regel harmlos. Bis auf die Schmerzen.«

»Wenn wir Glück haben, ist er mit Morphin vollgepumpt und plappert munter drauflos.«

Die Fahrt zum Krankenhaus dauerte zehn Minuten. Eigentlich hätten wir es in fünf schaffen können, aber mein Auto wollte mal wieder nicht anspringen. Benedict war während meines Starthilfespray-Rituals geduldig und hatte den Anstand, mir nicht seine Hilfe anzubieten. Er besaß ein neues Auto, auf das er ungeheuer stolz war. Aber da er wusste, dass mein Kreditrahmen ausgereizt war, ließ er es mir gegenüber nicht heraushängen. Man reibt einer Frau, die am Verhungern ist, nicht unter die Nase, wie gut man gegessen hat, selbst wenn sie ein Paar dreihundert Dollar teure Schuhe trägt.

Um die verlorene Zeit wieder wettzumachen, befestigte ich mein Magnetblaulicht auf dem Dach und schaltete die Sirene ein. Ich kannte niemanden, der noch so ein Ding benutzte.

Zivilfahrzeuge der Polizei hatten heutzutage integrierte Blaulichter vorne im Kühlergrill und hinten im Heckfenster. Aber ich fuhr kein Zivilfahrzeug, weil im Fuhrpark der Polizei akuter Fahrzeugmangel herrschte. Wenn ich dienstlich irgendwohin musste, war es leichter, mein eigenes Auto zu nehmen, als eines anzufordern. Außerdem zahlte die Stadt mir für die dienstliche Nutzung meines Privatautos Kilometergeld. Und um ehrlich zu sein, mochte ich die mit Rissen durchzogenen Vinylsitze.

Letzteres war nur ein Scherz. Die Risse im Vinylbezug drückten in Wirklichkeit.

Habe ich meine dreihundert Dollar teuren Schuhe erwähnt?

Das Krankenhaus Saint Joseph war ein ausgedehnter Gebäudekomplex, der sich über einen gesamten Straßenblock erstreckte. Wir parkten in einer Ladezone vor dem Haupteingang. Ich missbrauche ständig meine Amtsbefugnisse auf diese Weise.

Im Foyer war es still, was in der Regel auf ein Krankenhaus hindeutete, das über üppige Geldmittel verfügte. Krankenhäuser, denen es finanziell nicht so gut ging, hatten stets laute, überfüllte Foyers mit wartenden Menschen, schreienden Babys und gelegentlichen verbalen und körperlichen Auseinandersetzungen. Das war eben der Unterschied zwischen einer Klientel mit ausreichender Krankenversicherung und Sozialfällen.

Die Fahrstuhltüren glitten auseinander, und eine hübsche afroamerikanische Krankenschwester schob einen Rollstuhl hinaus, in dem ein extrem übergewichtiger Mann saß. Sie musste sich mächtig ins Zeug legen, und ich bot ihr beinahe meine Hilfe an. Doch sobald sie ihn zum Rollen brachte, trat die Fliehkraft in Aktion, und wir traten beiseite und ließen sie an uns vorbei. Benedict drückte auf den Knopf für den dritten Stock, und die Türen glitten geräuschlos zu.

Wir zeigten der Krankenschwester an der Rezeption unsere Polizeimarken, und sie sagte uns, in welchem Zimmer Remir lag.

Wie wir gehofft hatten, war er mit Morphin vollgepumpt, erwies sich jedoch nicht als redselig.

Unser Kandidat war ein Weißer um die dreißig mit dickem Bauch, Viertagebart und Flammentattoos auf den Armen. Er sah sich gerade ein Autorennen auf einem Kabelsender an und war nicht erfreut, als ich das Fernsehgerät ausschaltete.

»Sind Sie von der Polizei?«, lallte er.

»Ja.«

»Ich will meinen Anwalt sprechen.«

Die Wirkung des Morphins hinderte ihn nicht daran, diesen Satz fehlerfrei aufzusagen.

»Noch werfen wir Ihnen nichts vor, Mr Remir«, sagte ich. »Ob es zu einer Anklage kommen wird, liegt bei Ihnen.«

Er starrte mich mit offenem Mund und verschleiertem Blick an. Ich fuhr fort.

»Wir haben Ihre Fingerabdrücke an einer Corvette gefunden, die Sie stehlen wollten. Ein Zeuge hat Sie deutlich gesehen.«

»Ohne meinen Anwalt sage ich nichts.«

»Wenn Sie das so wollen, dann nehmen wir Sie auf der Stelle fest. Aber die Anklage lautet nicht auf versuchten Autodiebstahl, Mr Remir, sondern auf Mord.«

Er zögerte vielleicht ein bisschen zu lange, ehe er sagte: »Ich habe niemanden ermordet.«

»Wir haben den Miet-Lkw gefunden, Dill«, sagte Herb. »Mit der jungen Frau hintendrin. Ziemlich kranker Scheiß.«

Ich sah den Moment der Erkenntnis in seinen Augen. Wie bei jemandem, der glaubte, es wäre nur ein harmloser Furz gewesen, und plötzlich merkte, dass es in Wirklichkeit Durchfall war.

»Damit habe ich nichts zu tun.«

Aber Herb und ich hatten bereits unsere Bestätigung. Die Spekulation hatte sich bezahlt gemacht. Wenn wir es richtig anstellten, konnte Mr Remir uns zu dem Motelmörder führen.

Herb trat näher heran. »Wollen Sie damit sagen, Sie wussten nicht, dass die Frau dadrin war, als Sie den Lkw gestohlen haben?«

»Ich hab ihn nicht gestohlen. Das war Lester.«

Als Remir seinen Fehler bemerkte, weiteten sich seine Augen. Danke, intravenöse Opiate.

»Wer ist Lester?«, bohrte ich nach.

»Ich will meinen Anwalt.«

Ich beugte mich nahe an ihn heran. »Dill, diese junge Frau hinten im Laderaum war ein Opfer des Motelmörders. Wir sind vom Morddezernat und interessieren uns nur für Tötungsdelikte, nicht für Autodiebstahl. Wenn Sie uns Informationen geben, die uns helfen, unseren Täter zu finden, lassen wir Sie in Ruhe. Aber so, wie es im Moment aussieht, haben Sie die Frau getötet. Wollen Sie wirklich, dass wir Sie wie einen Mordverdächtigen behandeln? Überlegen Sie es sich gut, Dill. Ihre Frau erwartet ein Baby. Nehmen Sie eine Anklage wegen Mordes in Kauf? Sagen Sie uns, was Sie wissen.«

Für eine Sekunde dachte ich, wir hätten ihn. Aber als er den Mund öffnete, kam nur das Wort »Anwalt« heraus.

Ich seufzte. Nichts fiel uns einfach so in den Schoß. »Gut. Wenn Sie Ihren Anwalt kontaktiert haben, rufen Sie Jamie zu Hause an. Sie macht sich Sorgen.« Dann schaltete ich auf Autopilot, wobei ein Teil meines Gehirns sich fragte, ob diese Verzögerung eine weitere junge Frau das Leben kosten würde. »Mr Dill Remir, Sie haben das Recht, die Aussage zu verweigern …«

Harry

Rekapitulieren wir, was zuletzt bei unserem Helden – mir – geschehen war: Ein Heckenschütze hatte meinen bescheuerten Hausmeister von dem Hochhaus auf der anderen Straßenseite aus angeschossen, ich war hinter dem Sofa in Deckung gegangen, saß jetzt dort fest und konnte nicht zu meinem Telefon, mein Pferd Rex hatte versucht, aufzustehen, und ich hatte auf die harte Tour lernen müssen, dass Pferdescheiße nicht an Fensterscheiben kleben bleibt.

Und ich hatte keine Ahnung, was ich tun sollte.

War Kapitulieren eine Option? Funktionierte das Schwenken einer weißen Flagge auch außerhalb alter Zeichentrickfilme? Hatte ich überhaupt etwas Weißes, das ich schwenken konnte?

»Hey, Sie!«, rief ich dem Hausmeister zu. »Sie sehen aus wie jemand, der weiße Feinrippunterwäsche trägt. Geben Sie mir Ihre Unterhose.«

Ich war kein Feinripptyp. McGlade trug überhaupt keine Unterhose, sondern ließ seinen Hengstpimmel frei baumeln, wie die Natur es beabsichtigt hatte.

»Arzt …«, keuchte er.

»Ja, Sie brauchen echt einen Arzt. Wie es aussieht, haben Sie bereits einen halben Liter Blut verloren.« Plötzlich hatte ich eine Eingebung. »Hey! Haben Sie ein Handy?«

»Hos… Hosentasche.«

»Kommen Sie da ran?«

Er tastete unbeholfen nach der Hosentasche. Seine Bewegungskoordination war extrem beeinträchtigt. Wahrscheinlich vom Blutverlust. Kurz darauf fiel er in Ohnmacht. Oder starb.

Was für ein Arschloch!

Aber ich hatte keine Zeit, diesen Hausmeisterarsch, den ich sowieso hasste, zu betrauern. Ich war es mir und Rex schuldig, heil hier herauszukommen.

Denk nach, Harry! Sieh dich um! Nach etwas Brauchbarem!

Aus meiner Deckung hinter meinem großen, teuren und schweren Sofa verschaffte ich mir einen Überblick in der Wohnung. Das Telefon war zu weit weg. Der Hausmeister war zu weit weg. Es lagen mehrere Zwanzig-Kilo-Säcke Katzenstreu herum, die möglicherweise eine Kugel verlangsamen konnten. Aber ich konnte nicht einfach vier Säcke an mich reißen und losrennen.

Oder doch?

Ich streckte meine künstliche Hand nach dem nächstgelegenen Katzenstreusack aus und zog ihn langsam zu mir hinüber.

Der Schütze gab einen Schuss ab und landete einen Treffer. Katzenstreu schoss aus dem Sack wie bei einem kleinen Vulkanausbruch.

Wieso warten wir nicht einfach, bis es dunkel wird?, fragte Rex mit seiner Zeichentrickfigurstimme in meiner Fantasie.

»Vielleicht hat er ein Nachtsichtzielfernrohr.«

Wir könnten warten, bis jemand vorbeikommt.

»Wer? Der Reinigungsdienst hat gekündigt. Und ich habe weder Familienangehörige noch Freunde.«

Wow! Du bist echt ein Loser, Harry.

Mein Unterbewusstsein hasste mich offenbar.

Vielleicht schießt dein Unterbewusstsein auf uns.

Ich gab Rex einen beruhigenden Klaps auf den Kopf, wohl wissend, dass er nur in meiner Einbildung zu mir sprach. Plötzlich sah ich es. Unter dem Sofa. Einen Pappteller, den mein unfreundliches Reinigungspersonal übersehen hatte.

Ein weißer Pappteller.

»Vielleicht können wir kapitulieren.« Ich klemmte den Teller zwischen meinen Roboterfingern ein und schwenkte den Flaggenersatz über dem Sofa.

Der Schütze antwortete mit einer Kugel durch die Mitte des Tellers.

Langsam wurde mir der Kerl richtig unsympathisch.

Von dem Hausmeisterarsch kam ein Stöhnen. Anscheinend weilte er noch unter den Lebenden.

»Hey!«, schrie ich ihn an. »Werfen Sie mir Ihr Handy zu!«

Er stöhnte erneut, unternahm aber keinen Versuch, mir das Handy zuzuwerfen. Manche Menschen halten einfach nichts aus.

Wie lange konnte ich wohl hinter dem Sofa bleiben? Stunden? Tage?

Das wäre stinklangweilig. Vor allem, da ich nicht an die Fernbedienung herankam.

»Keine Angst«, beruhigte ich Rex. »Egal, wie schlimm es wird, ich werde dich nicht essen. Aber du musst mir das auch versprechen, Kumpel.«

Rex antwortete nicht. Ich fragte mich, ob er nur Zeit schinden wollte, bis ich einschlief, und sich dann über mich hermachen würde.

Vielleicht konnte ich das nur verhindern, indem ich ihn zuerst verspeiste.

Aber konnte ich das einem Haustier, das ich so innig liebte, antun?

»Nie und nimmer«, bekräftigte ich.

Aber mir fiel auch auf, dass mir ein bisschen das Wasser im Mund zusammenlief.

Plötzlich klingelte das Telefon auf meinem Schreibtisch. Die Antwort auf ein Gebet, das ich nie gesprochen hatte.

Ich konnte nicht rangehen, denn es war immer noch zu weit weg. Aber vielleicht konnte ich mit einem Wurfgeschoss den Hörer von der Gabel werfen und um Hilfe schreien.

Ich streifte einen meiner Schuhe ab.

Das Telefon klingelte erneut.

Ich zielte, holte mit dem Arm aus …

… und warf daneben.

Ich war Rechtshänder, hatte aber vor ein paar Jahren meine rechte Hand verloren und mit einer Roboterhand ersetzt. Wenn ich mit der Linken warf, war ich ungefähr so gut wie dieser Spasti in der Highschool, den wir beim Sport nie in eine Mannschaft gewählt und ständig verspottet und drangsaliert hatten. Jahre später brachte er seine Mutter mit einer Gabel um und hatte Sex mit ihrem abgetrennten Kopf. Niemand hatte so etwas jemals kommen sehen.

Es war ein schlechter Wurf.

Das Telefon klingelte ein drittes Mal, und ich zog den einzigen mir noch verbliebenen Schuh aus.

»Jetzt, Rex. Unsere einzige und letzte Chance, um lebend hier rauszukommen und uns nicht gegenseitig aufessen zu müssen.«

Ich ließ den Schuh durch die Luft segeln.

Phin

Ich schlief ein und wachte eine Weile später verwirrt und mit starkem Herzklopfen auf, weil ich dachte, ich hätte die Pistole verloren. Als ich panisch danach suchte, stieß ich mir die Klinge in die Handfläche.

Sämtliche Schnittwunden an meinen Fingern waren inzwischen mit Schorf überzogen und so verkrustet, dass meine Hände sich wie panierte Hähnchenteile von Kentucky Fried Chicken anfühlten. Ich ballte beide Hände zu Fäusten, worauf die Wunden aufplatzten und brannten, als hätte ich sie in Benzin getunkt.

Ich war auf der Seite meines Körpers eingeschlafen, auf der Earl wütete, was ihn ein wenig zu beruhigen schien. Die Schmerzen waren immer noch schlimm, aber nicht ungewöhnlich.

Ich pinkelte noch einmal in die Ecke und unterdrückte den Drang zu scheißen, obwohl ich dringend musste. Vielleicht gelang es mir, rechtzeitig hier rauszukommen, bevor ich mich derart erniedrigen musste.

Das Loch, das ich gebohrt hatte, war zwei bis drei Zentimeter tief. Ein Ende war nicht in Sicht.

Ich verfiel in eine Routine.

Mit dem Messer im Uhrzeigersinn schaben und bohren. Dann gegen den Uhrzeigersinn. Und wieder im Uhrzeigersinn. Und dagegen.

Das Sägemehl wegpusten.

Das Ganze wiederholen.

Meine Kehle war so trocken, dass ich nicht schlucken konnte, und mein Magen knurrte so laut vor Hunger, dass man es bestimmt durch die Wände hören konnte.

Im Uhrzeigersinn. Gegen den Uhrzeigersinn.

In der Highschool hatte ich mal ein Buch über Kriegsgefangene gelesen, die sechs Tage auf einem Schiff ohne Essen und Trinken zusammengepfercht waren. Viele von ihnen fingen irgendwann an, den eigenen Urin zu trinken.

Ich könnte das nicht. Urin hat einen hohen Natriumgehalt, und wenn ich das Salz, das ich herausgeschwitzt hatte, wieder aufnahm, würde ich noch mehr austrocknen.

Außerdem besaß ich keinen Becher und zielte nicht besonders gut.

Bei dem Gedanken musste ich lachen und bekam einen richtigen Lachkrampf, bis mir die Tränen die Wangen hinunterliefen. Ich konnte einfach nicht aufhören zu lachen, und plötzlich brach die Spitze des Messers ab.

Das hysterische Gelächter verwandelte sich in Schluchzen, und es dauerte eine Weile, bis ich mich beherrschen konnte.

Du spürst es, nicht wahr?, fragte Earl. *Du machst es nicht mehr lange.*

»Eine bessere Art zu sterben als an Krebs«, murmelte ich. »Als durch *dich*.«

Hast du deswegen zugelassen, dass er auf dich schießt?

Ich trocknete mir das Gesicht mit meinem T-Shirt ab, hielt es mir an die geschwollene Zunge und versuchte, meine Tränen zu trinken.

Dann rollte ich mich in der Embryostellung zusammen und fiel erneut in Ohnmacht.

* * *

Als ich wieder zu mir kam, befand ich mich im Delirium. Ich sah Dinge, was überhaupt keinen Sinn ergab, denn hier drinnen war es stockfinster. Ich sah eine Frau mit langen goldenen Haaren, die einen Krug Wasser trug. Sie schüttete das Wasser auf ihre Füße und wusch sie.

»Tun Sie das nicht«, sagte ich. Oder versuchte es zu sagen. Ich brachte nur ein Krächzen hervor. »Verschwenden Sie es nicht.«

»Sie wollen sterben«, sagte die Frau. »Haben Sie das schon wieder vergessen?«

»Bitte geben Sie mir etwas Wasser.«

»Wofür kämpfen Sie?«, fragte sie.

Gute Frage, sagte Earl.

Ich drückte die Finger auf die Augenlider, bis es wehtat. Als ich die Augen wieder öffnete, war die Frau weg.

Wie lange war ich schon hier? Zwei Tage?

Länger?

Ich musste wieder an das Buch über die Kriegsgefangenen denken. Manche hatten nicht nur ihren eigenen Urin, sondern auch ihr Blut getrunken.

Könnte ich mein eigenes Blut trinken?

Versuche es, sagte Earl. *Vielleicht schmeckt es dir.*

Ich fand die AMT mit meinen verkrusteten Händen und hielt die Klinge an mein rechtes Handgelenk. Die Spitze war abgebrochen, aber es war genug von der Klinge übrig, um mich zu schneiden.

Tu es.

Tu es einfach.

Denk nicht lange darüber nach.

Tu es!

Ich schnitt.

Dann drückte ich den Mund auf die schweißnasse, mit Sägemehl bedeckte Wunde.

Ich konnte nichts heraussaugen.

Der Schnitt war nicht tief genug. Ich brauchte eine Vene.

Tiefer!

Ich schnitt tiefer.

Drückte den Mund auf die Stelle.

Immer noch nicht tief genug.

Sei kein Baby und schneide tiefer, du nichtsnutziges Arschloch!

Ich schnitt noch tiefer.

Ich trank.

Jack

Remirs Anwalt legte uns eine Liste mit Forderungen vor. Diese lauteten unter anderem: Einstellung sämtlicher strafrechtlicher Anklagen, Straffreiheit bei damit in Zusammenhang stehenden Delikten als Gegenleistung für eine Aussage sowie die Belohnung in Höhe von zehntausend Dollar, die von der Stadt für sachdienliche Hinweise ausgeschrieben wurde, die zur Ergreifung und Verurteilung des Motelmörders führten. Außerdem weigerte Remir sich, Informationen zu dem Autodiebering, dem er offensichtlich angehörte, preiszugeben.

Sergeant Michaels vom Dezernat für Eigentumsdelikte war damit genauso wenig einverstanden wie ich. Ich erklärte dem Anwalt, dass wir zur Bestätigung von Remirs Aussage Proben der Feilspäne in der illegalen Werkstatt benötigten, um uns zu vergewissern, dass sie mit den Spänen in den Reifen des Miet-Lkws übereinstimmten. Vielleicht hätten wir darauf verzichten können, aber der Gedanke, von einem Autodieb erpresst zu werden, hinterließ bei mir einen üblen Nachgeschmack.

Captain Bains, Staatsanwältin Libby Hellmann und Remirs Anwalt verschwendeten den Rest des Tages mit der Ausarbeitung der Details. Herb und mir teilte man mit, dass es bis morgen dauern würde, bis der Deal auf dem Papier stand.

Ein Blick auf die Armbanduhr zeigte mir, dass es bald sechs Uhr abends war. Da es schon zu spät war, bei Denny Dalt, dem ehemaligen Mitarbeiter von Gomar Rentals, vorbeizuschauen – er hatte schließlich betont, dass er nach vier Uhr nicht mehr zu Hause sei –, rief ich bei der Amoco-Tankstelle an, wo er arbeitete.

»Mr Dalt?«

»Mit wem spreche ich?«

»Hier ist Lieutenant Daniels. Wir hatten heute schon mal miteinander telefoniert.«

»Ich bin jetzt bei der Arbeit.«

»Das weiß ich, Mr Dalt. Ich habe Sie bei der Arbeit angerufen.«

»Ich bin seit vier Uhr hier.«

»Können wir Sie an Ihrem Arbeitsplatz aufsuchen und mit Ihnen reden?«

»Mein Chef mag es nicht, wenn die Polizei auftaucht und mir Fragen stellt.«

»Wir werden Ihrem Chef sagen, dass Sie uns bei einem Fall helfen. Bis wann arbeiten Sie?«

»Bis um ein Uhr morgens. Aber Sie sollten lieber nicht vorbeikommen. Ich … ich will keinen Ärger.«

»Sie haben nichts zu befürchten, Mr Dalt.«

»Kann es bis morgen warten?« Er senkte die Stimme zu einem Flüstern. »Ich habe ziemliche Schwierigkeiten, Jobs zu behalten.«

Ach wirklich? Verarschte der Typ mich nur? So dumm konnte niemand sein. Ich stellte mir vor, wie es wäre, ihn als wichtigen Zeugen vor Gericht aussagen zu lassen. Vielleicht sollten wir ihn ganz aus unseren Ermittlungen heraushalten.

»Morgen geht in Ordnung, Mr Dalt«, sagte ich.

»Sie wissen, wo ich wohne?«

»Ja.«

»Und es geht um meinen alten Job bei Gomar?«

»Ja, Mr Dalt.«

»Ich arbeite nicht mehr dort.«

»Bis morgen, Mr Dalt.«

Ich legte auf und sagte zu Herb: »Das war Mr Dalt.«

»Wie gehts dem? Du weißt, dass er um vier zur Arbeit gegangen ist.«

Polizeiarbeit bestand aus einem Prozent Action, neunundachtzig Prozent Ineffektivität und zehn Prozent Langeweile. Die einzige Krimiserie, die unseren Alltag einigermaßen authentisch darstellte, war *Barney Miller*. Aber Herb war nicht so witzig wie Dietrich oder Fish.

Da es nichts mehr zu tun gab, beschlossen wir, Feierabend zu machen. Nachdem Herb meine Einladung auf ein Bier ausgeschlagen hatte, setzte ich ihn am Revier ab und überlegte, womit ich mir den Abend vertreiben sollte.

Essen gehen? Den Krimi von Ed McBain zu Ende lesen? Herausfinden, ob Phin Lust und Zeit hatte, mit mir Billard zu spielen?

Nach Hause fahren?

Ob Mom noch ihren speziellen Freund bei sich zu Gast hatte? Ich rief sie an.

»Hallo, meine Liebe. Kommst du nach Hause? Mr Long und ich haben einen Hackfleischauflauf mit Kartoffeln gemacht.«

Der Typ mit dem längsten Hodensack der Welt hieß tatsächlich Mr Long. Und anscheinend hing er immer noch bei meiner Mutter herum. In jeder Hinsicht.

»Ich übernachte wahrscheinlich wieder in Lathams Apartment, Mom.«

»Okay. Ich hab dich lieb. Und grüß Latham von mir.«

Ich beschloss, genau das zu tun, und rief meinen Verlobten an.

»Hallo Latham. Wie lief dein Vortrag?«

»Hallo du. Ich habe ihn vermasselt.« Im Hintergrund erklangen Geräusche. Musik und Geplapper.

»Bist du auf einer Party?«

»Ja, im Hotel. Sie haben eine Band gebucht.«

Eine Frauenstimme sagte: »Komm schon, Latham! Tanz mit mir!«

»Tanzen?«, fragte ich.

»Na ja, du weißt ja, wie es auf Kongressen zugeht. Typische Gruppendynamik. Der Alkohol fließt in Strömen, und wir werden alle bis um zwei Uhr morgens aufbleiben und in der Lobby *Louie Louie* singen.«

Ich hatte keine Ahnung, wie es auf Kongressen zuging, aber ich glaubte ihm aufs Wort.

»Dann lasse ich dich jetzt gehen«, sagte ich.

Ich legte auf und fragte mich, ob ich eine von diesen passiv-aggressiven Frauen geworden war, die so wenig inneren Halt besaßen, dass sie ihrem zukünftigen Ehemann nicht trauten, wenn er für ein paar Tage unterwegs war.

Natürlich traute ich Latham. Ich fühlte mich lediglich niedergeschlagen. Ich vermisste ihn, die Ermittlungen in meinem Fall frustrierten mich, ich hasste mein Haus in der Vorstadt und würde viel lieber in Chicago wohnen. Und ich war wütend darüber, dass meine Mutter regelmäßig Sex hatte und ich nicht.

Die Tatsache, dass Eifersucht, Missgunst und Hadern mit dem Schicksal – Gefühle, die ich zutiefst verachtete – sich in mein Leben schlichen, sorgte dafür, dass ich noch mehr als sonst in Selbsthass verfiel.

Zwei Telefongespräche hatten ausgereicht, um eine leicht demotivierte, aber höchst erfolgreiche Mordermittlerin in eine sich selbst hassende Heulsuse ohne innere Stärke zu verwandeln.

Vielleicht musste ich mich einfach mal ausheulen. Durften Polizisten das?

Aber das war nicht meine Art. Wenn ich frustriert war, dienten Bier, Billard und Shoppen als Ventil. Da ich meine Kreditkarten für die nächsten paar Monate voll ausgelastet hatte, mussten Bier und Billard herhalten, um den Abend zu retten.

Ich schaute bei *Joe's Pool Hall* vorbei. Der Laden war brechend voll, und sämtliche Tische waren mit Arschlöchern aus den Vororten besetzt. Eigentlich hätte mich das wütend machen müssen, tat es aber nicht.

Ich war nämlich ebenfalls eins von diesen Vorstadt-Arschlöchern.

Ich ging wieder, ohne ein Bier zu trinken, fand ein griechisches Restaurant, ertränkte meine Melancholie in Zaziki und begab mich schließlich in Lathams Wohnung. Diesmal achtete ich darauf, nicht in der Ladezone zu parken.

Nach drei Stunden Home Shopping Network, während derer ich auf Sachen gestarrt hatte, die ich haben wollte, mir aber nicht leisten konnte, schaltete ich das Fernsehgerät aus, setzte mich vor Lathams PC und gab die Suchbegriffe *Depression, Schlaflosigkeit* sowie *Anzeichen, dass Ihr Partner fremdgeht* ein.

Zwei fruchtlose Stunden später ging ich ins Bett und schlang die Arme um ein Kissen, das nach Latham roch.

Ich versuchte zu schlafen.

Es gelang mir nicht.

Harry

Mein Schuh segelte durch die Luft auf das klingelnde Telefon zu. Das mag wie eine unproduktive Maßnahme erscheinen, aber mein Pferd Rex und ich wurden von einem Heckenschützen unter Feuer genommen, und unsere einzige Chance, Kannibalismus zu vermeiden, bestand darin, den Hörer von der Gabel zu stoßen und um Hilfe zu schreien.

Lesern unter vierzig muss ich das kurz erklären.

Vor langer Zeit hatten Telefone Kabel, die den Hörer mit der Basisstation verbanden. Daher kommt der Begriff *auflegen,* denn man legte den Hörer auf die Gabel. Und jetzt halten Sie sich fest: Das Telefon hat einem damals nicht gehört, man musste es mieten. Was für eine Abzockmasche ist das denn?

Aber wahrscheinlich wollen Sie wieder zurück zur Handlung.

Mein Schuh purzelte durch die Luft, und es sah ganz danach aus, als würde er über das Ziel hinwegfliegen. In diesem Fall wäre ich gezwungen, mit Rex einen unerbittlichen Zweikampf darüber auszufechten, wer wen verspeisen durfte. Aber zum Glück war mein Wurf schwach gewesen, und der Schuh knallte gegen das Telefon und stieß es vom Schreibtisch.

Aus dem Hörer drang eine Stimme. Leise, aber deutlich.

»Mr McKleb? Hier ist die Wiederauferstehungskirche *Heiliger Sonnenstrahl.* Haben Sie über unser Angebot nachgedacht, unsere Publikation *Wöchentlicher Advent* zu abonnieren und dazu eine kostenlose Ausgabe unseres erleuchtenden und spirituell bereichernden Pamphlets *Gute Nachricht* zu erhalten, das Sie Jesus näherbringen wird?«

»Hören Sie gut zu«, sagte ich laut genug, damit dieser Bibelwichser mich verstand. »Jemand schießt auf mich. Rufen Sie 911 an. Ich brauche die Polizei und einen Rettungswagen.«

»Wir alle brauchen etwas, Mr McKleb. Genesis Kapitel 15 Vers 9: Der Herr antwortete ihm: Hol mir ein dreijähriges Rind, eine dreijährige Ziege, einen dreijährigen Widder, eine Turteltaube und eine Haustaube. Abraham brachte ihm alle diese Tiere, zerteilte sie und legte je eine Hälfte der anderen gegenüber …«

»Hören Sie auf mit diesem Bibelschwachsinn!«, brüllte ich. »Sie müssen mir helfen!«

»Psalm 121 Vers 2: Meine Hilfe kommt von dem Herrn, der Himmel und Erde gemacht hat. Sie sollten sich mit der Bibel vertraut machen, Mr McKleb. Wenn Sie den *Wöchentlichen Advent* abonnieren …«

»Ich nehme ein Abo!«, schrie ich. »Rufen Sie 911 an und sagen Sie, dass jemand angeschossen wurde. Dann abonniere ich Ihre Zeitschrift zehn Jahre lang.«

»Das längste, was ich Ihnen anbieten kann, ist ein Drei-Jahres-Abo. Und dazu erhalten Sie ein echtes Senfkorn. Wie unser Herr und Erlöser in Markus Kapitel 4 Vers 30 sagte: Das Reich Gottes gleicht einem Senfkorn. Dieses ist das kleinste …«

»RUFEN SIE 911 AN!«

»Sie brauchen nicht zu schreien, Mr McKleb. Ich brauche Ihre Adresse.«

Ich spuckte sie aus, so schnell ich konnte, und sagte: »Und jetzt schicken Sie mir schleunigst Hilfe. Sagen Sie, es ist ein

Heckenschütze. Er schießt von der anderen Straßenseite auf mich.«

»Bevor ich Ihre Bestellung bearbeiten kann, brauche ich eine Kreditkartennummer.«

»Herrgott noch mal!«

»Ich verstehe, dass Sie aufgeregt sind. Sie erhalten Ihre erste Ausgabe des *Wöchentlichen Advent* in drei bis sechs Wochen, sobald Sie mir Ihre Kreditkarteninformation geben.«

Unglaublich. Ich fischte meine Geldbörse aus der Tasche und las ein paar Ziffern ab.

»Und das Ablaufdatum?«

»April nächsten Jahres. Können Sie jetzt endlich die Polizei rufen?!? Bitte!«

»Ich brauche noch die dreistellige Kartenprüfnummer.«

Kaum hatte ich sie abgelesen, hüpfte das Telefon ein paar Zentimeter in die Luft. Es hatte an der Seite ein riesiges Loch von einer Kugel.

»Hallo?«, sagte ich zu dem zerschmetterten Telefon. »Sind Sie noch dran?«

Er war nicht mehr dran.

Rex wieherte und versuchte aufzustehen.

Ich drückte ihn fester an mich.

»Alles wird gut, Junge. Er hat uns gehört und wird Hilfe schicken.«

Aber ich wusste, dass dies nicht sehr wahrscheinlich war.

Okay, was waren meine Optionen? Darauf warten, dass das Schicksal mein Schicksal bestimmte? Oder die Dinge in die eigene Hand nehmen?

Da ich kein Fan von Warten war, ergriff ich die Initiative.

Ich zog die Zwanzig-Kilo-Katzenstreusäcke einen nach dem anderen zu mir heran, wobei ich unterhalb der Schusslinie des Heckenschützen blieb. Dann warf ich sie über die Sofalehne auf die Sitzkissen, bis ich einen ganzen Haufen zusammenhatte.

Reichte das, um eine Kugel zu stoppen? Das würden wir gleich herausfinden.

Ich stemmte mich gegen die Couch und schob sie ein paar Zentimeter in Richtung Tür.

Dann wiederholte ich das Ganze.

Und noch einmal.

Jedes Mal zog ich Rex mit mir mit.

Jedes Mal brachte mich dem Entkommen näher.

Der Schütze musste meine Absicht erraten haben, denn meine Wohnung verwandelte sich in eine Schießbude. Offenbar war der Typ ziemlich nachtragend, denn er schoss nicht nur auf meine teure Couch, was ich noch verstehen könnte, sondern auch auf andere Dinge, die weiter weg waren. Auf meinen Computer. Die Bilder an der Wand. Meinen Dyson-Turmventilator. Was hatte mein Ventilator ihm getan? Das war einfach nur gemein.

Als wir zu dem Hausmeisterarsch gelangten, schlang ich Rex' Leine unter seinen Achseln hindurch. Anschließend schleifte ich ihn mithilfe meines Pferdes über den Boden.

Langsam näherten wir uns der Tür, und als wir so nahe herangekommen waren, dass ich sie fast berühren konnte, durchschlug eine Kugel das Sofa und traf Rex in die Brust.

Das war nur ein Scherz! In diesem Buch kommen keine Tiere zu Schaden.

In Wirklichkeit traf die Kugel den Hausmeisterarsch in die Brust.

Ich ignorierte die reale Gefahr einer Ansteckung mit durch Blut übertragbaren Krankheitserregern, die diesem Wichser wahrscheinlich durch die Adern pumpten, legte eine Hand auf die Wunde und drückte fest darauf.

Er öffnete die Augen und starrte mich an.

»Es ist …«, murmelte er. »Es ist …«

»Es ist was? Spucken Sie's aus. Wahrscheinlich sind das Ihre letzten Worte.«

»Es ist … doch … ein Pferd«, sagte er.

»Und Sie sind ein Arschloch«, erwiderte ich.

Plötzlich schrie jemand: »Polizei!«, und die Bullen traten meine Tür ein.

Phin

Streichen Sie Vampirismus von der Liste der Dinge, die ich unbedingt noch tun möchte, bevor ich den Löffel abgebe.

Es war schwieriger, das Blut hinunterzuschlucken, als mir ins Handgelenk zu schneiden. Übelkeit stieg in meiner Kehle auf, aber ich unterdrückte den Brechreiz. Mein Magen krampfte sich zu einem Knoten zusammen. Ich musste mir den Mund mit beiden Händen zuhalten, bis die Krämpfe aufhörten.

Es war nicht die beste Mahlzeit, die ich je gehabt hatte, aber es war flüssig und enthielt Protein.

Ich schätzte, dass ich vielleicht einen Viertelliter getrunken hatte. Plötzlich wurde mir ziemlich schwindlig. Zum Glück besaß ich die Geistesgegenwart, mein Hemd um meinen Arm zu binden, bevor ich in Ohnmacht fiel.

Als ich wieder zu mir kam, fühlte ich mich ein bisschen besser und schwebte nicht mehr im Delirium. Ich hatte zwar immer noch Durst, funktionierte aber noch, wenn auch mit verminderter Kapazität.

Allerdings roch mein Atem bestimmt furchtbar.

Was hast du da getrunken, Junge?

Ich arbeitete weiter mit dem Messer und machte das Loch größer. Es war jetzt tief genug, dass ich den Zeigefinger bis zum zweiten Knöchel hineinstecken konnte.

Ich kam nur langsam voran. Mit der abgebrochenen Spitze war es noch schwerer.

Meine Überlebenschancen schätzte ich nur noch äußerst gering ein.

Aber du wolltest es doch so, oder?, fragte Earl.

Ich beachtete ihn nicht, aber er hatte recht.

Ich hatte damit gerechnet, dass Tucker mich töten würde, und hatte es begrüßt.

Wieso hatte er es nicht getan?

Wieso diese ganze Pfeil-in-die-Brust-und-einsperren-Nummer?

Ich zerbrach mir in einer Endlosschleife den Kopf darüber, da ich ohnehin nichts Besseres zu tun hatte, als mit dem Messer in der Spalte zu bohren und nachzudenken. Zuerst dachte ich, er wollte mich später befragen und herausfinden, was ich wusste. Aber er war bisher nicht zurückgekommen, und der Tod pirschte sich an mich heran.

Vielleicht wollte er mich tatsächlich befragen, aber etwas war dazwischengekommen und hinderte ihn daran, mich rauszulassen. Vielleicht war er festgenommen worden oder in der Dusche ausgerutscht und hatte sich dabei am Kopf verletzt.

Oder vielleicht befand sich irgendwo in dieser Holzkiste eine versteckte Nachtsichtkamera, und Tucker und seine Kumpels beobachteten mich und aßen dabei Popcorn.

Ich beschloss, ein Risiko einzugehen, steckte den Lauf der AMT in das Loch, das ich ausgehöhlt hatte, und drückte zweimal ab.

Das Mündungsfeuer blendete mich, als hätte mir jemand zwei Eispicks in die Augen gestoßen, und der Knall war so laut, dass es in meinen Ohren klingelte.

Hustend wartete ich, bis meine Sinne wieder normal funktionierten, wartete sogar länger, weil ein Nachleuchten sich in meine Netzhäute gebrannt hatte.

Nein … kein Nachleuchten.

Licht.

Die Kugeln waren durch die Tür gedrungen.

Und von der anderen Seite kam Licht herein.

Tageslicht. Matt, aber unverkennbar. Ich presste das Gesicht gegen das Loch und sah mich um.

Die Kiste, in der ich eingesperrt war, befand sich im hinteren Bereich eines großen Wandschranks. Auf dem Teppichboden standen Schuhe, oben hingen Hemden und Hosen. Die Schranktür stand einen Spalt offen, und durch diesen kam das wunderbare Tageslicht herein.

Das Loch, das ich gebohrt hatte, war nur etwa so groß wie eine Fünfundzwanzig-Cent-Münze, doch mein kleiner Erfolg löste in mir einen Adrenalinschub aus, dank dessen ich das Loch in weniger als einer Stunde auf die Größe einer Halbdollarmünze verbreitern konnte.

Dann setzten erneut Müdigkeit und Erschöpfung ein. Was meine Situation zusätzlich verschärfte, war die Tatsache, dass die Sonne unterging und damit meine Lichtquelle verschwand.

Ich ruhte mich aus und streckte die zerschundenen Finger.

Und dann kehrten die Schmerzen zurück.

Earl, meine Schnittwunden, mein Handgelenk, mein Rücken, mein Nacken, meine Finger, meine Brust, meine Nieren, mein Magen. Ein Dutzend verschiedene Arten von Schmerz. Glühende Schmerzen, rohe Schmerzen, dumpfe Schmerzen, pochende Schmerzen, Hungerschmerzen. Aber anstatt dagegen anzukämpfen, akzeptierte ich sie. Biss mich an ihnen fest wie ein streunender Hund, der niemanden an den Knochen heranlässt, den er gefunden hat.

Die Schmerzen, die Anstrengung und der Kampf hatten mich wachgerüttelt und mich gezwungen, der Wahrheit ins Auge zu sehen.

Ich wollte nicht sterben.

Wieso kämpfte ich so hart, wenn ich sterben wollte?

Wieso steckte ich mir nicht die Pistole in den Mund und drückte ab?

Glückwunsch zu der Selbsterkenntnis, Phin. Du wolltest zu keinem Zeitpunkt sterben. Du wolltest bloß nicht mehr kämpfen.

»Liegt darin ein Unterschied?«, krächzte ich.

Natürlich, sagte Earl. *Jeder wird irgendwann müde und gibt die Hoffnung auf. Aber schau dir die Schnittwunden an deinen Händen an. Schau dir an, wie sehr du leben willst. Wenn du wirklich sterben wolltest, hättest du dir tiefer ins Handgelenk geschnitten oder dir eine Kugel in den Kopf gejagt. Aber schau nur, wie aufgeregt du bist, nur weil du einen winzigen Lichtstreifen siehst.*

»Und das willst du?«

Natürlich will ich das. Ich will nicht, dass du an Flüssigkeitsmangel stirbst.

»Du willst derjenige sein, der mich tötet.«

Und ob ich das will. Los, beweg deinen Arsch und befreie uns aus dieser verdammten Kiste.

Weil ich diese Sache überleben wollte.

Ich wollte Pasha wiedersehen.

Ich wollte eine neue Chemo- und Strahlentherapie beginnen, um Earl zu besiegen.

Viel Glück dabei.

Und vor allem wollte ich Tucker Shears finden und dafür sorgen, dass er an seinem eigenen Blut erstickte.

Willkommen zurück, Phineas. Und jetzt mach schon, dass wir hier rauskommen.

* * *

Das Loch war jetzt groß genug, dass zwei Finger darin Platz hatten.

Ich schabte weiter, bis ich so müde und benommen war, dass ich die Pistole beinahe durch das Loch fallen ließ.

Es war Zeit fürs Abendessen.

Ich schnitt in mein anderes Handgelenk. Der erste Schnitt war tief genug. Ich saugte so gierig daran, dass ich sogar den eigenen Arm von meinem Mund wegziehen musste.

Was ist nur aus uns geworden?, fragte Earl.

Ich ignorierte ihn, wickelte einen Fetzen von meinem T-Shirt um das Handgelenk und schabte weiter.

* * *

Drei Finger passten durch das Loch.

Du brauchst anscheinend ein bisschen Extramotivation. Deshalb sorge ich jetzt dafür, dass du noch schlimmere Schmerzen hast.

Die Schmerzen, die Earl mir zufügte, steigerten tatsächlich mein Arbeitstempo. Ich litt voll unter Opiatentzug und musste mir in die Schulter beißen, um nicht zu kotzen.

Vier Finger passten hindurch.

Aber nicht mein Daumen. Und wenn der Daumen nicht hindurchpasste, konnte ich meine Hand nicht durch das Loch stecken und kam nicht an das Schloss, den Türknauf oder den Riegel heran.

Es bestand auch die Möglichkeit, dass ich die Hand durch das Loch bekam, aber die Tür nicht öffnen konnte.

Ich verdrängte diesen Gedanken. Zunächst brauchte ich einfach ein bisschen mehr Platz für meinen Daumen.

Die Daumen waren der Grund dafür, dass man Handschellen nicht abstreifen konnte.

Warum schneidest du dir nicht den Daumen ab?, schlug Earl vor. *Dann passt dein Arm hindurch und wir haben eine nette kleine Zwischenmahlzeit.*

Ich presste den Mund auf das Loch und atmete die frische Luft ein. Luft, die nicht nach meinen Körperausscheidungen stank. Luft, die wie Freiheit schmeckte.

Jetzt musste ich nur noch das Loch einen Zentimeter breiter machen, und diese Freiheit wäre mein.

* * *

Meine Hand erlahmte, und die Pistole entglitt mir immer wieder. Die vielen Schnittverletzungen und das ständige Zusammenpressen der Finger führten dazu, dass ich die Hand nicht mehr zur Faust ballen konnte. Ich nahm die Pistole in die linke Hand, machte aber nur langsame Fortschritte. Es war frustrierend.

Nach stundenlanger Arbeit hatte ich das Loch nicht nennenswert vergrößert.

Ich musste schlafen.

Jack

Nach einer Nacht, in der ich mich schlaflos im Bett hin und her gewälzt hatte, einem Abstecher in die Textilreinigung, einem Frühstück aus dem Automaten, das älter und noch weniger zum Verzehr geeignet war als mein Dienstrevolver, und einem verbalen Hickhack um juristische Feinheiten mit Remirs Anwalt, das den gesamten Vormittag beanspruchte, einigten wir uns endlich auf einen Deal. Remir würde Straffreiheit und die Belohnung erhalten, musste aber gegen Lester aussagen, den Dieb des Miet-Lkws, in dessen Laderaum sich die Frauenleiche befunden hatte.

Lester wurde festgenommen, rief sofort seinen Anwalt an, und der ganze Zirkus ging von vorne los.

Zum Mittagessen gab es Burger, eine fade Mahlzeit für mich, aber natürlich nicht für Herb. Meinem Partner konnte der Verzehr alter Ketchuptütchen kulinarische Freuden bereiten – eine Angewohnheit, bei der ich ihn mehrmals ertappt hatte. Anschließend begaben wir uns schnurstracks in das Vernehmungszimmer und fanden dort Lester vor, der mit mürrischem Gesichtsausdruck auf einem Stuhl saß. Sein vollständiger Name lautete Lester Warknuckle, und er war ein kleiner Weißer mit schütterem Haar, Dreck unter den Fingernägeln und einem Kehlkopf, der so groß war, dass er dem Mann das Aussehen eines Storchs verlieh.

»Hallo Lester. Ich bin Lieutenant Daniels, und das ist Detective Benedict. Wir sind vom Morddezernat. Sie wissen, warum wir hier sind.«

Sein ebenfalls im Raum anwesender Anwalt war ein uns bekannter Pflichtverteidiger namens Longquist. Er war ein scharfsinniger und penibler junger Mann, der stets beige Kleidung trug. Jeder Gegenstand seiner Garderobe, von den Schuhen über die Krawatte bis zur Brille, wies eine Beigeschattierung auf. Er war zäh und kompetent, und hinter seinem Rücken wurde ständig gewitzelt, dass man ihm gegenüber auf Draht sein musste, sonst würde er einen zuscheißen, und die Scheiße wäre beige.

»Mein Mandant ist gewillt, mit Ihnen über den Lkw zu reden, den er gefunden hat. Im Gegenzug verlangt er Straffreiheit für die ihm zur Last gelegte Tat sowie weitere Delikte, die während seiner Aussage ans Licht kommen.«

»Im Laderaum des Lkws befand sich eine ermordete junge Frau. Selbst wenn die Staatsanwaltschaft zustimmt, wird er keine Straffreiheit für Mord erhalten.«

»Ich habe niemanden umgebracht«, sagte Lester in einem Ton, der sich wie eine Mischung aus Murmeln und Jammern anhörte. Er hatte einen Blick wie ein Schulhofschläger, der wütend auf seine Klassenkameraden war, weil sie schon in einem frühen Alter reifer waren als er.

»Ich rate Ihnen, keine weiteren Fragen zu beantworten«, sagte Longquist, ohne seinen Mandanten dabei anzusehen.

»Das ist schon sein dritter Besuch bei uns wegen des gleichen Delikts. Er wird eine Haftstrafe bekommen. Außerdem können wir nachweisen, dass er am Tatort war. Ob er nun den Mord begangen hat oder nicht, er wird auf jeden Fall wegen Beihilfe angeklagt werden.«

»Ich habe sie nicht umgebracht«, murmelte Lester erneut. Oder vielleicht jammerte er.

»Antworten Sie auf keine Fragen, bevor wir einen Deal schriftlich haben, Lionel.«

»Er heißt Lester«, korrigierte ich.

Longquist zögerte keinen Augenblick. »Und nicht von Ihnen, Lieutenant. Ich will eine schriftliche Zusage von einem Richter oder der Staatsanwaltschaft.«

»Wir möchten nur wissen, wo er den Lkw gestohlen hat.«

»Mutmaßlich gestohlen.«

Da wir ohne eine schriftliche Vereinbarung nicht weiterkamen, verließen wir den Vernehmungsraum.

Ich rief Cluck an und fragte ihn, wie es der Einsatzgruppe ging.

»Beschissen«, sagte er. »Wir treten auf der Stelle.«

Ich rief Hajek an und fragte, ob die Spurensicherung neue Ergebnisse hatte.

»Nichts Neues. Wir untersuchen die DNA aus der zweiten Blutprobe. Das dauert.«

So läuft Polizeiarbeit manchmal.

»Wir könnten Mr Dalt besuchen«, schlug Herb vor. »Es ist vor vier. Er geht um vier zur Arbeit.«

»Das habe ich gehört. Oder ich könnte mir mehrmals mit dem Tacker ins Gesicht schlagen.«

»Ich sehe bei jedem dieser Vorschläge Vor- und Nachteile.«

Wir könnten Dalt die Fotos von Remir und Warknuckle zeigen und bestätigen, was wir eigentlich schon wussten, nämlich dass sie Autodiebe waren und keine Serienmörder.

»Ich glaube, ich erledige noch ein bisschen Papierkram«, sagte ich.

»Viel Spaß. Ich werde das Gebäude durchsuchen und schauen, ob ich meine Kaffeemaschine finde.«

»Viel Glück.«

»Dir auch.«

* * *

Nach einem langweiligen und frustrierenden Arbeitstag kehrte ich in Lathams Apartment zurück und dachte über meinen Beruf, meine Wohnsituation und die Menschen in meinem Leben nach. Mein Haus in der Vorstadt fühlte sich nicht wie ein Zuhause an. Lathams Wohnung ebenso wenig. Und die Tatsache, dass es in dem Motelmörder-Fall so langsam voranging, dass sich auf den Akten Staub ansammelte, verstärkte meinen Trübsinn nur noch.

Was meinen Beruf betraf, so war mir klar, dass es nur ein vorübergehender Durchhänger war. Und ich wusste auch im Hinblick auf Latham, dass ich meine anderen Probleme auf ihn projizierte. Ich liebte ihn und wollte ihn heiraten.

Aber ich mochte seine Wohnung nicht. Er schon.

Selbst wenn ich den Mut aufbrachte, meiner Mutter ins Gesicht zu sagen, dass ich nicht mehr in Bensenville wohnen wollte, und schon gar nicht mit ihr und ihrer endlosen Parade von nackten Freiern, die ihr Gehänge zur Schau stellten, hieß das noch lange nicht, dass ich bei Latham einziehen wollte.

Ich hatte also keine Ahnung, was ich tun oder den beiden sagen sollte.

Was ich im Augenblick wollte, waren ein Bier und eine Runde Billard. Ob ich Phin anrufen sollte? Ich hatte die Telefonnummer des heruntergekommenen Motels, in dem er wohnte, war mir jedoch nicht sicher, ob unsere Freundschaft schon so weit fortgeschritten war. Wenn man es überhaupt eine Freundschaft nennen konnte. Ich wusste nicht, wie sich unser Verhältnis beschreiben ließ. Phin rief mich nur an, wenn er einen Gefallen von mir wollte. Und wenn wir mal Zeit miteinander verbrachten, geschah dies auf eine lockere, unverbindliche Art und Weise, die keine besondere Anstrengung erforderte. Wir sprachen sogar kaum miteinander.

Ich beschloss, nicht auszugehen und stattdessen zu versuchen, mit Lathams Wohnung Frieden zu schließen. Ich ließ warmes Wasser in die Wanne ein und suchte nach Badesalz oder Badeöl oder einem Schaumbad. Aber dann fiel mir ein, dass Latham ein Mann war und so etwas nicht vorrätig hatte. Also probierte ich es mit einem Trick, den mir meine Mutter beigebracht hatte: Handseife, Eiweiß und ein Löffel Honig.

Als ich ein tolles Schaumbad in Gang gebracht hatte, versuchte ich, die Beleuchtung im Bad herunterzudrehen, doch leider gab es keinen Dimmer. Aber Latham hatte mehrere Taschenlampen, und drei davon genügten, um das Bad in einen sanften, entspannenden Schimmer zu tauchen.

Lathams Musik-CD-Sammlung bestand vorwiegend aus Madonna, Glam-Metal-Bands aus den Achtzigerjahren und Kenny Rogers. Schließlich fand ich ein Album von Leonard Cohen, ließ es im Hintergrund spielen und stieg in die Wanne.

Keine gute Idee, wie sich herausstellte. Die Wanne hatte eine seltsame Form, und ich konnte mich nicht darin entspannen. Als wäre dies nicht genug, reflektierte der Spiegel das Licht einer der Taschenlampen auf dem Waschbecken und blendete mich.

Ich stand in der Wanne auf und duschte stattdessen. Lathams Duschkopf berieselte mich mit einem feinen, dampfenden Sprühregen, obwohl ich nichts weiter wollte, als einen heißen Wasserstrahl auf meine Haut prasseln zu lassen. Ich hasste diesen Duschkopf. Außerdem gab es keinen Duschstab. Wie konnte eine moderne Dusche keinen Duschstab haben?

Ich beendete meine Dusche vorzeitig, trocknete mich ab, schlüpfte in eines von Lathams alten T-Shirts (scheiß Kenny Rogers) und ging in die Küche, um mir etwas zum Abendessen zu machen.

Latham kaufte wie ein typischer Mann ein. Er hatte eine Menge gefrorenes Fleisch und Käse, aber kein Obst und Gemüse und nur drei Gewürze: Salz, Pfeffer und eine Lawry's-Grillgewürzmischung.

Ich durchsuchte die Regale nach Nudeln, fand eine Packung Linguine, taute eine unbeschriftete Packung Hähnchenfleisch auf und bereitete eine improvisierte Alfredo-Sauce zu, bestehend aus Halbrahm (den benutzte Latham für seinen Kaffee), Frischkäse, Parmesan und Butter, dazu Salz, Pfeffer und Lawry's.

Ich kochte die Nudeln und briet die Hähnchenfilets, die klein waren und irgendwie seltsam aussahen – vielleicht von frei laufenden Hühnern? –, in der Pfanne. Das Gericht würde keinen James-Beard-Preis gewinnen (eine dieser Kochauszeichnungen, die Herb verfolgte wie andere Leute die Oscarverleihung), war aber immer noch besser als das Fastfood, von dem ich in letzter Zeit zu viel gegessen hatte.

Meine Einschätzung änderte sich, als mir etwas an der Mahlzeit auffiel. Ich hörte auf zu essen und prüfte genauer nach.

Als Erstes schnupperte ich an dem leeren Halbrahmbehälter. Eigentlich hätte ich das tun sollen, bevor ich den Inhalt verwendete.

Verdorben. Das Verfallsdatum war von letztem Monat.

Ich fischte die Kunststofffolie, in der die Hähnchenteile verpackt waren, aus dem Mülleimer und entdeckte ein Etikett, das ich vorhin übersehen hatte.

Exotisches Fleisch.

Hoppla!

Ich war eine bekennende Fleischesserin. In meiner Jugend hatte ich auf der Jagd Rehe und Hirsche erlegt. Hin und wieder habe ich einen Büffelburger, gebratenes Alligatorenfleisch oder ein Rebhuhn verzehrt. Aber als ich auf die Verpackung starrte, fiel mir ein Gespräch wieder ein, das ich mit Latham geführt hatte, während wir zusammen Wein getrunken und im Fernsehen eine Kochsendung angesehen hatten.

»Ein paar von meinen früheren Studienkollegen und ich, wir schicken uns gegenseitig ungewöhnliches Fleisch«, hatte er gesagt. »So eine Art Gag-Geschenk.« Er hatte gelacht. »Manchmal kommt es einem buchstäblich hoch.«

»Definiere ungewöhnlich.«

»Es gibt Händler, die sich auf exotisches Fleisch spezialisieren. Du weißt schon, Leguan. Oder diese Hühner mit schwarzem Fleisch. Oder Löwe.«

»Löwe? Im Ernst?«

»Löwenfleisch kostet ungefähr fünfzig Riesen das Pfund.«

»Du machst Witze!«

»Ich meine es ernst. Denk mal darüber nach, Jack. Du zahlst zehn Dollar für ein Pfund gutes Steak. Aber was fressen Kühe? Pflanzen. Billige Pflanzen. Eine Kuh zu füttern ist nicht teuer. Aber was kostet es, einen Löwen zu füttern? Wie viele andere Tiere frisst er? Das muss man in den Preis miteinbeziehen.«

»Hast du schon mal Löwe gegessen?«

»Nein. Aber ich habe etwas Luchsfleisch im Gefrierfach, das Sheldon mir geschickt hat.«

Und plötzlich war ich mir ziemlich sicher, dass ich soeben den Luchs verspeist hatte.

Beim Gedanken daran schrumpfte mein Magen auf ein Fünftel seiner Größe zusammen. Ich warf den Rest des Essens in den Mülleimer.

Dann putzte ich mir die Zähne und versuchte, nicht an meinen Kater Mr Friskers zu denken. Plötzlich hörte ich, wie die Eingangstür aufging.

Latham wollte eigentlich erst morgen nach Hause kommen.

»Latham?«, rief ich.

Keine Antwort.

Der Kampf-oder-Flucht-Instinkt setzte ein.

»Ich bin bewaffnet«, log ich. »Wer ist da?«

Immer noch keine Antwort. Aber ich hörte Schritte auf dem Hartholzboden.

Es war nicht das erste Mal, dass Kriminelle es auf mich abgesehen hatten. Menschen, die ich festgenommen hatte. Freunde und Angehörige von Leuten, die ich hinter Schloss und Riegel gebracht hatte. Dank meiner flüchtigen Prominenz als Polizistin, die manchmal in den Nachrichten erschien, und als die Person, auf der diese lächerliche Karikatur in McGlades dämlicher Fernsehserie basierte, hatten mich sogar ein paar Stalker verfolgt.

In der Regel trug ich meinen .38er-Revolver stets bei mir. Die Waffe war nie weiter als drei Schritte von mir entfernt. Aber ich war noch immer nicht an Lathams Apartment gewöhnt, und als ich mich im Schlafzimmer in einen Bademantel umgezogen hatte, hatte ich die Knarre auf dem Bett liegen lassen.

Um dorthin zu gelangen, musste ich am Wohnzimmer und der Eingangstür vorbei.

Ich blickte mich im Bad nach einer Waffe um. Normalerweise eignete sich der Deckel auf dem Toilettenspülkasten dafür. Er ließ sich abnehmen und war schwer genug, um jemandem den Schädel einzuschlagen. Leider hatte Latham eine dieser modernen Toiletten ohne Spülkasten, die mit der Rohrleitung in der Wand verbunden waren. Sah elegant und modern aus, war aber absolut nutzlos für eine Frau, die einem Angreifer eins überbraten wollte.

Der Toilettensitz war stabil, aber mit schweren Schrauben befestigt.

Ich sah mich nach einer Handtuchstange aus Metall um, fand aber nur eine aus Plastik. Blieb nur noch die Duschvorhangstange.

Ich riss sie aus der Halterung und entfernte die Plastikringe. Sie war aus leichtem Aluminium und zu lang, um damit zum Schlag auszuholen. Aber ich hatte nichts Besseres.

In dieser Wohnung funktionierte auch gar nichts.

Ich schlich aus dem Bad.

Harry

Ich verbrachte also fünf Stunden auf dem Polizeirevier und machte Aussagen. Ich hasste das Polizeirevier. Ich weiß, was Sie jetzt denken. Wie konnte ich es so sehr hassen, wenn ich doch jahrelang selbst auf einem Polizeirevier gearbeitet hatte?

Nun ja, von der Warte eines Polizisten aus betrachtet, war es nicht allzu schlimm. Aber wenn man auf der anderen Seite stand, sozusagen auf der des Opfers, und einem Deppen nach dem anderen immer wieder dieselben Fragen beantworten musste, kam es einem vor wie eine endlose Fernsehreklame, während der man ungeduldig darauf wartete, dass die Sendung, die man eigentlich sehen wollte, endlich weiterging. Mal ganz im Ernst, wieso gibt es im Kabelfernsehen überhaupt Werbung? Wir bezahlen doch verdammt noch mal dafür. Müsste es da nicht frei von Reklame sein?

Wie auch immer, jedenfalls untersuchte die Polizei schließlich das Gebäude gegenüber von meiner Wohnung und teilte mir mit, sie hätte nichts gefunden. Und ließ mich meine Version der Ereignisse wieder von vorne schildern, als wäre ich derjenige gewesen, der sein eigenes Apartment zusammengeschossen hatte.

Das Arschloch von Hausmeister überlebte, was in mir gemischte Gefühle auslöste. Einerseits mochte ich den Typen nicht, weil er mir viel Kummer bereitet hatte. Andererseits … na ja, Sie wissen schon … elementare Menschlichkeit.

Die elementare Menschlichkeit gewann. Mit Ach und Krach. Also verbuchte ich es als einen Sieg.

Nachdem ich die endlosen dummen Fragen dummer Polizisten beantwortet hatte, gelang es mir, einen Reinigungsdienst zu finden, der mich noch nicht auf die schwarze Liste gesetzt hatte, sowie ein Geschäft, das schusssichere Fenster verkaufte. Das Glas kostete pro Kilogramm mehr als reines Silber. Ich vereinbarte Termine mit beiden Firmen.

Die ganze Warterei hatte auch etwas Positives: Als die Bullen endlich mit mir fertig waren, stand meine Corvette zur Abholung in der Verwahrstelle bereit. Nach endlosem Schlangestehen hinter ein paar wirklich quengeligen Leuten (»Ich will doch bloß seine Sachen aus dem Auto holen! Er ist tot! Sie sind alle tot!«) bekam ich mein Baby zurück und fuhr zu meinem Büro, um ein paar Sachen zu holen.

Harry McGlade Ermittlungen Co. AG GmbH (ich bastelte immer noch an dem Firmennamen herum) befand sich im Herzen der Innenstadt von Chicago in einem klassischen alten Gebäude, das sich schon Wolkenkratzer nannte, bevor tatsächliche Wolkenkratzer gebaut wurden. Die Eigentümer dachten, dass das Alter von siebzig Jahren dem Bauwerk Prestige und Exklusivität verlieh und deshalb hohe Mieten rechtfertigte. Mich störte das nicht, denn das Haus hatte rund um die Uhr anwesendes Sicherheitspersonal, eine funktionierende Infrastruktur und war sauber.

Ich fuhr mit dem Fahrstuhl auf meine Etage und ließ mich mithilfe der Tastatur neben dem Schild mit der Aufschrift LEIDER GESCHLOSSEN hinein.

Drinnen hatten die Handwerker sämtliche Trockenbauwände und Teppichböden herausgerissen, was dem Büro ein schäbiges Aussehen verlieh. Aber zumindest war der Schimmelgeruch weg. Stattdessen roch es nach Zitronenreiniger, eine Duftnote, die mir einen leichten Rausch gab.

Ich begab mich in die Abstellkammer und suchte mir eine passende Verkleidung aus: blauer Overall, Schutzhelm, Werkzeuggürtel und ein Klemmbrett mit Rechnungsblock. Aus meiner Sammlung falscher Ausweise wählte ich einen Führerschein, eine Gewerkschaftsmitgliedskarte und ein Namensschild mit dem Namen Frank Smith.

Das Foto von Frank Smith zeigte in Wirklichkeit mich mit einem Schnurrbart. Was bedeutete, dass ich einen Schnurrbart brauchte. Was wiederum bedeutete, dass ich den Schnurrbart, den ich mir zurzeit wachsen ließ, abrasieren musste, um den falschen anzukleben.

Das alles dauerte etwa zehn Minuten. Danach packte ich noch ein paar andere Sachen ein und machte mich auf den Weg, um herauszufinden, wer vorhin versucht hatte, mich umzubringen.

* * *

Der Trick, sich irgendwo aufzuhalten, wo man eigentlich nichts zu suchen hat, zum Beispiel hinter der Bühne bei einem Rockkonzert, auf einer exklusiven Hochzeitsfeier oder in einem dieser elitären Nachtclubs, wo die Gäste um den Block Schlange stehen, obwohl der Schuppen scheiße ist und dreihundert Dollar für eine Flasche Wodka der Marke Absolut Citron verlangt, die im Schnapsladen weniger als dreißig kostet … ich bitte Sie, wofür bezahlen Sie das, Sie dummes Arschloch … für laute Musik und die entfernte Chance, dass Ihnen John Stamos über den Weg läuft? Ich meine, ich mag Stamos genauso wie Sie, aber das ist zu viel für Wodka, der im Gegensatz zu Whiskey, Rum oder Tequila nicht im Barrique gereift ist, und lassen Sie mich kurz erklären, wie ein hitzebehandeltes Eichenfass – welches, wie gesagt, keinerlei Rolle bei der Herstellung von Wodka spielt – für die Geschmacksverfeinerung von Alkohol sorgt.

Augenblick, jetzt habe ich doch glatt den Faden verloren. Wo waren wir gerade? Irgendwas mit Wodka hinter der Bühne?

Ach ja, es ging darum, wie man sich an Orten aufhält, wo man nichts zu suchen hat. Der Trick besteht darin, den Eindruck zu vermitteln, dass man dort hingehört. Das macht man, indem man so tut, als ob man mit sich selbst beschäftigt ist und sich auf nichts Bestimmtes konzentriert. Für den Fall, dass einen jemand anhält, braucht man eine plausible Geschichte und/oder die richtigen Ausweisdokumente.

Eine Polizeimarke verschafft einem Zutritt zu vielen Plätzen. Ein Presseausweis ebenso. Und ob Sie es glauben oder nicht, mit einem Klemmbrett und einem Namensschild kommt man auch überall rein.

Um in das Hochhaus von diesem Fernsehstar-Arschloch zu gelangen, wählte ich die Klemmbrett-und-Namensschild-Masche, weil ich dachte, dass ich damit die besten Erfolgschancen hatte, und weil ich den Overall-und-Werkzeuggürtel-Look total geil fand. Ich parkte auf dem Privatparkplatz meiner Eigentumswohnung und ging über die Straße zu dem Hochhaus. Dabei gab ich mir Mühe, wie jemand auszusehen, der zu spät zu einem vereinbarten Termin kam.

Als ich auf das Bauwerk zuging, sah ich zwei uniformierte Polizisten, die vor dem Eingang standen.

»Was wollen Sie in diesem Gebäude?«, fragte der auf der linken Seite.

»Kondensatoren prüfen.«

Niemand – mich eingeschlossen – wusste genau, was Kondensatoren sind, also war das eine gute Tarnung.

»Welche Etage?«

»Zehn.«

»Gehen Sie nicht in den neunten Stock. Der Zutritt ist gesperrt.«

»Warum?«

»Gehen Sie einfach nicht hin.«

»Die neunte Etage interessiert mich sowieso nicht«, sagte ich und machte mir in Gedanken eine Notiz, dass ich genau dorthin musste.

Sie ließen mich durch. Gut, dass ich nicht meine falsche Polizeimarke eingesteckt und so getan hatte, als wäre ich immer noch Polizist. Wahrscheinlich hätten sie mich durchschaut.

Andererseits hätten sie mich, wenn sie gut wären, wenigstens abgetastet.

Im Foyer saß ein Wachmann hinter einem Schreibtisch. Ich ging schnurstracks zu den Fahrstühlen, wie ich es immer mache.

»Halt!«, rief er mir zu.

Ich blieb stehen. Wo war dieser Witzbold gewesen, als irgend so ein Typ mit einem Gewehr hereinspaziert kam?

»Name?«, fragte er.

Scheiße! Der Typ hatte ein Klemmbrett, was mich auf die verrückte Idee brachte, dass er vielleicht derjenige war, der sich für jemand anderen ausgab. Ich überlegte, ob ich ihn enttarnen sollte, beschloss jedoch, mein Glück nicht überzustrapazieren.

»Frank«, sagte ich.

Er überflog das Klemmbrett. »Sie stehen nicht auf meiner Liste.«

»Ich arbeite mit John zusammen.«

Ein häufig vorkommender Name. Jeder kannte jemanden, der John hieß.

»Wie heißt John mit Nachnamen?«

»Hey, ich arbeite bloß mit dem Typen. Ich kenne seine Lebensgeschichte nicht.«

»Was arbeiten Sie?«

»Ich soll die Kondensatoren im zehnten Stock prüfen.«

»Was ist mit denen?«

»Kennen Sie sich mit Heizungs- und Klimatechnik aus?«

»Ja. Ich habe zehn Jahre lang Klimaanlagen installiert.«

Scheiße!

»Das hat nichts mit der Heizung und der Klimaanlage zu tun«, sagte ich. »Es sind die Radiokondensatoren.«

»Radiokondensatoren?«

»Sie wissen schon«, sagte ich. »Weil alle von analog auf digital umstellen.«

Er nickte. Das ist noch so ein Trick, wenn man jemanden verarschen will – man sagt gerade so viel, dass die Leute ungefähr wissen, was man meint. Alle haben von Digitalisierung gehört, aber keiner weiß so richtig, was das ist.

»Was haben Kondensatoren mit Signalverarbeitung zu tun?«, fragte er.

Scheiße! Da hatte diese Sicherheitsfirma doch glatt einen Typen vom Schlag eines Nikola Tesla eingestellt. Ich versuchte es mit meinem nächsten Trick.

»Gute Arbeit«, sagte ich. »Ich bin Marty von der Zentrale. Der Boss wollte, dass ich vorbeischaue und teste, wie leicht es ist, einfach hier hereinzuspazieren. Waren Sie hier, während der Sicherheitsverstoß passiert ist?«

»Ja, aber …«

»Sie haben einen Verrückten mit einem Gewehr ins Gebäude gelassen. Wie konnte er das an Ihnen vorbeischmuggeln? Hatte er es in seinem Arschloch versteckt?«

»Er war als Bauarbeiter verkleidet.«

»Sie glauben also, dass Sie Ihren Job behalten, wenn Sie den Brunnen erst zudecken, nachdem das Kind hineingefallen ist?«

Das Genie blickte plötzlich betreten drein. »Werde ich jetzt gefeuert?«

»Diese Entscheidung liegt nicht bei mir. Ich verfasse lediglich einen Bericht. Und darin werde ich schreiben, dass Sie mich angehalten haben. Das spricht für Sie. Und jetzt muss ich im neunten Stock nachschauen.«

»Soll ich Ihnen zeigen, wo es passiert ist?«

»Und dabei Ihren Posten verlassen? Muss ich das auch in meinem Bericht erwähnen?«

»Mir wäre es lieber, Sie lassen das weg.«

»Ich bin in fünfzehn Minuten wieder da. Und tun Sie mir bitte einen Gefallen.« Ich forderte ihn mit einer Handbewegung auf, sich vorzubeugen, als wolle ich ihm etwas zuflüstern. Als er es tat, brüllte ich: »Wenn jemand ein Gewehr trägt, lassen Sie ihn nicht in dieses verdammte Gebäude!«

Harry McGlade, Meister im Tarnen und Täuschen.

Der Fahrstuhl brachte mich in den neunten Stock. Für ein Gebäude, das nur ein paar Monate vor der offiziellen Einweihung stand, war das Haus in einem traurigen Zustand. Nicht alle Wände waren hochgezogen. Überall lagen Kabel und Rohre herum. Kahle Decke. Stapel von Holz und Gipskarton. Und jede Menge Müll: Fastfood-Verpackungen, leere Colaflaschen, Schokoladenpapier, Chipstüten. Apfelbutzen und Bananenschalen sah ich nirgendwo. Bauarbeiter legten anscheinend keinen allzu großen Wert auf gesunde Ernährung.

Ich klapperte sämtliche Fenster ab und prüfte, von welchem aus man einen Blick auf meine Wohnung hatte. Auf diese Weise fand ich schnell heraus, wo der Schütze sich aufgehalten hatte. Die Polizei hatte den Bereich nicht einmal mit gelbem Flatterband abgesperrt. Langsam kam mir der Verdacht, dass mein früherer Arbeitgeber den Anschlag auf mich nicht ernst nahm.

Ich kannte die hässliche Kriminalstatistik meiner Heimatstadt: fünfhundert Morde im Jahr und über viertausend Zwischenfälle, bei denen Schusswaffen im Spiel waren. Die Schießerei von heute Morgen war wahrscheinlich eine von einem Dutzend, die heute stattgefunden hatten. Aber ich war ein Expolizist und ein Prominenter. War es da nicht angemessen, dass die Polizei sich ein bisschen mehr anstrengte?

Oder vielleicht war das Chicago Police Department mit meiner damaligen Arbeitsleistung und meiner jetzigen Fernsehserie unzufrieden, in der sie wie ein Haufen Trottel rüberkamen.

Konnten die Jungs wirklich so nachtragend sein?

Der Schütze hatte ein Loch mit einem Durchmesser von zwanzig Zentimetern in die Fensterscheibe geschnitten, welches jetzt mit Isolierband zugeklebt war. Das Glas war dick, aber es gab Diamantglasschneider, die sich auf Akkubohrer montieren ließen. Damit schaffte man es in ein paar Minuten.

Ich sah mich nach ausgestoßenen Patronenhülsen um und fand über ein Dutzend, alle vom Kaliber .270 Winchester. Ich sammelte sie ein und steckte sie in einen Plastikbeutel, den ich verkehrt herum an der Hand trug, wie einen Handschuh. Dann suchte ich nach weiteren Spuren und fand zwei Zigarettenstummel der Marke Kool. Die kamen in einen anderen Beutel.

Ein wichtiger Privatermittlertipp: Man sollte stets Plastikbeutel dabeihaben.

Das runde Stück Glas, das er aus der Fensterscheibe geschnitten hatte, konnte ich nicht finden. Jemand, der so leichtsinnig gewesen war, leere Patronenhülsen und Zigarettenstummel zurückzulassen, hätte auch so etwas vergessen, und Glas ist ideal für Fingerabdrücke. Aber es lag nirgendwo herum. Bestimmt war es durch das Loch hindurch nach draußen und dann neun Stockwerke in die Tiefe gefallen.

Da ich sonst nichts mehr fand, verließ ich den Tatort. Als ich unten aus dem Fahrstuhl trat, kam mir der Wachmann entgegen.

»Na … wie wars?«

Ich las aus seinem Gesicht ab, dass er sich Sorgen um seinen Job machte. Und dazu hatte er auch allen Grund. Es war seine

Aufgabe, das Gebäude zu bewachen, und er hatte einen Mann mit einem Gewehr hereingelassen. Einen Mann, der mich beinahe getötet hatte. Und um dem Ganzen die Krone aufzusetzen, hatte er mich ebenfalls durchgewunken.

»Können Sie den Schützen beschreiben?«, fragte ich.

Er nickte. »Weißer um die dreißig, schlank, Arbeitsklamotten. Dreckige, zerschlissene Jeans, Flanellhemd, Stiefel.«

»Bart?«

»Hatte sich mehrere Tage nicht rasiert.«

»Haarfarbe?«

»Braun.«

»Augen.«

»Sonnenbrille.«

»Fiel Ihnen sonst noch was auf? Tattoos? Zahnlücken? Hinkender Gang?«

»Nein. Nur ein Durchschnittstyp.«

Plötzlich hatte ich eine Idee. Bisher war ich davon ausgegangen, dass es sich bei dem Schützen um meinen irren Telefonstalker mit der Darth-Vader-Stimme handelte. Ich zückte mein Handy und zeigte ihm ein Foto von dem Typen, den ich zusammen mit Cherry in der Wohnwagensiedlung gesehen hatte. »Ist er das?«

»Nein.«

So viel zu spontanen Einfällen. Ich steckte mein Handy weg und wandte mich zum Gehen um.

»Hey Sir!«, rief er mir nach. »Ihr Bericht. Was wird da über mich drinstehen?«

»Sie können ihn lesen, wenn er fertig ist«, sagte ich. »Aber wahrscheinlich sollten Sie sich die Stellenangebote für Heizungs- und Klimatechniker anschauen. Sie sind nämlich der schlechteste Wachmann, der mir je begegnet ist.«

* * *

Auf dem Rückweg zu meiner Eigentumswohnung ging ich an einem Pferdegespann vorbei. Der Kutscher saß auf einem hölzernen Fuhrwerk, das wie der Kürbis aus *Cinderella* aussah. Er trug ein ärmelloses Smokinghemd, eine Fliege und einen Zylinder und strahlte, als hätte er soeben im Lotto gewonnen. Im Ernst, sein Lächeln war so breit, dass ich mich fragte, wie er es zustande brachte, ohne dass sein Gesicht zerriss.

Sein Pferd war weiß, trug Scheuklappen und Geschirr und wirkte weit weniger begeistert. Es sah sogar richtig deprimiert aus.

»Wie läuft das Geschäft?«, fragte ich.

»Nicht gut«, sagte er strahlend.

»Wieso sind Sie dann so glücklich?«

»Ich lächele, um mit dem Schmerz klarzukommen, Bruder. Habe erst vor Kurzem ein Pferd verloren.«

»Das tut mir leid.«

»Es war Mirnas bester Freund. Die beiden sind zusammen aufgewachsen. Sie ist jetzt total traurig, deshalb versuche ich, für uns beide glücklich zu sein.«

Ich gab Mirna einen Klaps auf den Hintern. »Was kostet eine Fahrt?«

»Fünfunddreißig für eine halbe Stunde.«

Mirna drehte aus irgendeinem Grund den Kopf und versuchte, mich abzulecken.

»Ich gebe Ihnen fünfzig, wenn Sie mich einmal um den Block fahren«, sagte ich.

Er war einverstanden. Ich setzte mich in die Kutsche – ohne Cinderella –, und der Typ rief tatsächlich »Hüa!«.

Mirna setzte sich in Bewegung und war ungefähr so schnell, wie ich zu Fuß gehen würde, wenn ich sturzbesoffen wäre und ein gebrochenes Bein hätte.

»Wieso besorgen Sie Mirna nicht einen neuen Freund?«, fragte ich.

»Ich will Sie nicht runterziehen, Bruder. Sie haben für die Fahrt bezahlt.«

»Ich würde es aber gern wissen.«

»Pferde sind nicht billig. Und Chicagos einziger Stall hat eine Warteliste. Als Champ starb, habe ich seinen Stallplatz verloren. Es würde Jahre dauern, bis ich in dieser Stadt einen neuen bekomme.«

»Tut mir leid.«

Trotz seiner glasigen Augen lächelte er breit. »So ist das Leben nun mal, Bruder. Wollen Sie wissen, was der Trick ist, um glücklich zu sein?«

»Kostet das extra?«

»Für zahlende Fahrgäste ist es umsonst.«

»Dann schießen Sie los.«

»Essen Sie stets so, als wäre es Ihre letzte Mahlzeit. Schlafen Sie mit Ihrer Frau, als ginge es darum, eine Goldmedaille zu gewinnen. Treiben Sie Sport, als würde Ihnen jemand eine Pistole an den Kopf halten. Lieben Sie mit voller Leidenschaft. Und immer lächeln.«

Was er sagte, leuchtete irgendwie ein. Außer das mit dem Sport.

Wir kamen zu meinem Hochhaus, wo ich ihn bat, anzuhalten. Als ich ihm zwanzig Dollar Trinkgeld gab, lächelte er, obwohl ihm Tränen die Wangen hinunterliefen.

Beinahe hätte ich die zwanzig zurückverlangt. Was für eine schäbige Art und Weise, mir die Stimmung zu vermiesen!

Wieder daheim angelangt, machte ich mich zurecht, bestellte eine Pizza (Rex bekam die Schachtel), kümmerte mich um den neuen Reinigungsdienst und die Fenstermonteure und bastelte eine Cyanacrylat-Dampfkammer.

Cyanacrylat war eine vornehme Bezeichnung für Sekundenkleber. Ich stellte eine nagelneue Kaffeemaschine in einen Plastikbehälter, schmierte den Inhalt einer Tube

Sekundenkleber auf das Heizelement, legte sämtliche Patronenhülsen auf einem Drahtgitter in den Behälter, stellte eine kleine Schüssel Wasser dazu, schloss den Behälter luftdicht und steckte den Stecker der Kaffeemaschine in die Steckdose.

Eine halbe Stunde später zog ich den Stecker wieder heraus, öffnete den Behälter, passte auf, dass ich die Dämpfe nicht einatmete, und bestäubte die Patronenhülsen mit einem Pinsel und Rußpulver.

Unter der Einwirkung von Hitze verdampfte der Kleber und blieb an den Fingerabdrücken auf den Patronenhülsen haften. Das Rußpulver hob diese hervor. Ich fand acht Abdrücke und nahm sie mit durchsichtigem Klebeband ab.

Anschließend befestigte ich das Klebeband auf weißem Papier, scannte die Bilder in meinen Computer und loggte mich mit meinem alten Passwort in die Online-Fingerabdruckdatenbank des Chicago Police Departments ein. Ich ließ alle acht Abdrücke durchlaufen und wartete auf Übereinstimmungen.

Zwanzig Minuten später, während ich mir eine mittelmäßige Folge von Seinfeld ansah – Kramer war viel zu überzogen, um realistisch zu wirken –, landete ich einen Treffer bei den Fingerabdrücken.

Das Ergebnis haute mich total aus den Socken.

Phin

In meinen Fieberträumen hatte ich abwechselnd das Gefühl, zu erfrieren und zu verbrennen.

Du willst unbedingt am Leben bleiben, sagte Earl. *Das Leben besteht aus Schmerz. Finde dich damit ab.*

Also fand ich mich damit ab.

* * *

Wie viele Tage?

Fieber. Heiß.

Das Messer aufheben.

Schaben. Schaben.

Das Messer fallen lassen.

Zittern.

Das Messer finden.

Schaben.

Vier Kugeln übrig.

War es das schon? Machst du endlich Schluss?

»Ja«, murmelte ich.

Zielen.

Abdrücken. Dreimal hintereinander.

Drei Schüsse ins Holz.

Pistole fallen lassen.

Die Kugeln hatten das Loch größer gemacht.

Arm durchstecken.

An der Außenseite der Tür tasten.

Die Tür war mit einem Brett verriegelt.

Das Brett wurde von zwei Leisten gehalten, eine auf jeder Seite.

Es ist groß und zu schwer zum Heben.

Kann es nicht mit meinen Händen packen. Zu glitschig vom Blut.

Ich drücke dagegen, aber es sitzt zu fest.

Ich drücke so fest, dass mein Kopf zu platzen droht und meine Zunge blutet.

Das Brett bewegt sich.

Um ein Drittel …

Um die Hälfte …

Um zwei Drittel …

Ich versuche erneut, die Tür aufzubekommen.

Lässt sich immer noch nicht öffnen.

Ich stecke die Hand durch das Loch und drücke mit den Fingerspitzen gegen das Brett.

Es lässt sich nicht weiter wegdrücken. Außer Reichweite.

Was nun, Phin? Ich sehe, du hast die letzte Kugel aufgehoben.

»Das mochte ich schon immer an dir, Earl«, flüsterte ich. »Dir fallen kleine Details auf.«

Wieso würdest du so etwas tun? Hast du jetzt endgültig aufgegeben? Besteht deine letzte Mahlzeit aus einer Kugel in den Mund?

Ich beachte ihn nicht.

Sei ehrlich, Phin. Ist es Zeit, auszuchecken?

Es ist tatsächlich Zeit, auszuchecken.

Aus diesem verdammten Holzverschlag.

Ich finde die Pistole. Damit verlängert sich meine Reichweite um ein paar Zentimeter.

Ich stecke den Arm erneut durch das Loch.

Die Pistole fällt mir aus der Hand.

Ich weiß nicht, wo sie hingefallen ist.

Mir entfährt ein Schluchzer.

* * *

Ich zog einen Stiefel aus und schob ihn in das Loch.

Er war zu groß.

Wut kochte in mir hoch und raubte mir die letzten Kraftreserven. Ich schrie und fluchte, während ich auf diesen verdammten Lederstiefel einprügelte, damit er durch dieses verdammte Loch passte.

Ich schaffte es, einen Teil des Absatzes hindurchzuzwängen …

Du solltest dich sehen!

… und dann den restlichen Stiefel.

Das Leder war nicht steif genug, um damit gegen das Brett zu drücken. Also musste ich es mit kurzen Stößen versuchen.

Kleine Babytritte.

Klopf klopf klopf …

Nach und nach bewegte sich das Brett.

Ich presste mein Gesicht gegen die Innenwand des Verschlags, und meine Nacken- und Rückenmuskeln schmerzten.

Klopf klopf …

Es war, als schlüge ich einen Nagel in die Wand.

Noch ein bisschen mehr …

Klopf klopf …

Noch ein bisschen …

Klopf.

Das Brett löste sich und fiel ab.

Ich stieß die Tür auf.

Ich war frei.

Jack

Leider hatte ich bereits ausgiebig Erfahrung mit Einbrechern gemacht. Von denen gab es zwei Sorten.

Solche, die nur Wertgegenstände erbeuten wollten und die Flucht ergriffen, wenn sie bemerkten, dass jemand zu Hause war.

Und solche, die einem Schaden zufügen wollten und bewaffnet waren.

Da dieser Eindringling nicht auf meine Rufe antwortete, musste ich davon ausgehen, dass er zu der zweiten Sorte gehörte. Die Regeln für den Umgang mit solchen Leuten waren einfach.

Um Hilfe rufen.

Fliehen, wenn möglich.

Falls dies unmöglich war: kämpfen, als ginge es um das eigene Leben. Weil es tatsächlich darum geht.

Latham hatte zwei Telefone – eins in der Küche, eins im Schlafzimmer. Die Küche war näher.

Leider konnte man vom Eingangsbereich aus in die Küche schauen. Wenn ich dort telefonierte, würde man es hören.

Ich wusste nicht, wie viele es waren oder welche Waffen sie trugen. Ich konnte entweder ins Schlafzimmer zu meinem Revolver und dem Telefon rennen oder versuchen, durch die

Tür nach draußen zu flüchten, bekleidet mit nichts als einem Kenny-Rogers-T-Shirt.

Ich entschied mich für die erste Option.

Das alles ging mir systematisch durch den Kopf, als würde ich beim Betreten des Supermarkts noch mal in Gedanken die Einkaufsliste durchgehen. Meine Angst war jenseits von Gut und Böse und Adrenalin pumpte durch meine Adern. Außerdem durchlebte ich sämtliche Kampf-oder-Flucht-Symptome: Herzklopfen, schweißnasse Handflächen, zitternde Beine, Atemnot. Aber da ich mich auf meinen nächsten Schritt konzentrierte und nicht darauf, dass jemand in der Wohnung war, ließ ich mich von der Angst nicht lähmen.

Wenn man in einer Notsituation handlungsfähig bleibt, heißt das nicht, dass man keine Angst hat, sondern dass man trotz der Angst funktionieren kann. So etwas kommt von Übung, Praxis und Erfahrung. Als ich ins Wohnzimmer rannte, empfand ich zwar eine Todesangst, konnte diese jedoch kontrollieren und nach wie vor funktionieren.

Ich hatte gerade zwei Schritte gemacht, als ich einen Mann sah, der mir den Rücken zuwandte. Während ich mit der Duschvorhangstange zu einem Schlag ins Genick ausholte, sandten meine Augen ein halbes Dutzend Signale an mein Gehirn.

Er war mittelgroß.

Er trug einen Anzug.

Neben ihm stand ein Koffer.

Er hatte rote Haare.

Latham!

Ich verfehlte seine Wirbelsäule um ein Haar. Die Stange prallte stattdessen von seiner Schulter ab. Als er mit weit aufgerissenen Augen herumfuhr, sah ich, dass er Ohrhörer trug.

Er zog einen heraus. Kenny Rogers.

»Herrgott, Jack, du hast mich vielleicht erschreckt!«

Dasselbe konnte ich auch sagen. Ich atmete erleichtert aus und senkte die Stange. Als Latham sie sah, lächelte er.

»Ist das so eine Art perverses Sexspiel?«, fragte er. »Wenn ja, dann bin ich dabei.«

»Ich dachte, du kommst erst morgen heim«, sagte ich. Nicht gerade die beste Art, seinem Verlobten »Willkommen zu Hause« zu sagen, aber ich brauchte eine Minute, um mich zu beruhigen.

»Ich freue mich auch, dich zu sehen. Nach unserem letzten Telefongespräch dachte ich mir, ich komme früher nach Hause und überrasche dich.«

»Das ist dir auch gelungen. Ich habe deinen Namen gerufen, und du hast nicht geantwortet. Du weißt doch, wie schreckhaft ich bin.«

»Ja, ich weiß. Aber ich hatte nicht damit gerechnet, dass du hier in der Wohnung bist. Sonst hätte ich dir Blumen mitgebracht.«

Einem so liebenswerten Mann konnte man nicht lange böse sein. Außerdem hatte er recht. Es war seine Wohnung, nicht meine.

Ich gab Latham einen warmen Kuss, und er legte die Hände um meine Taille, als wären sie maßgeschneidert für mich.

Wie gut, dass ich ihm nicht das Genick gebrochen hatte. Er hatte das Zeug zu einem guten Ehemann.

Ich küsste ihn etwas fester, worauf er sich von mir löste. »Muss erst duschen, den Dreck von unterwegs abwaschen«, sagte er.

Wie aufmerksam von ihm, dass er für mich sauber sein wollte.

Allerdings ruinierte er damit die Spontaneität des Augenblicks.

Auf dem Weg zum Bad blieb er plötzlich stehen. »Wahrscheinlich werde ich das Ding da brauchen«, sagte er und streckte die Hand aus.

Ich gab ihm die Duschvorhangstange.

* * *

Zwanzig Minuten später lag ich mit meinem Verlobten im Bett. Während wir uns küssten, überkam mich plötzlich der unwiderstehliche Drang, ihm zu sagen, wie sehr ich sein Apartment hasste.

Das war der Teil von mir, der darauf achtete, dass ich bloß nicht zu glücklich wurde, und deshalb Selbstsabotage betrieb.

»Die Raumaufteilung ist bescheuert, die Parkmöglichkeiten sind beschissen, der Hausmeister ist ein Arschloch, und die Haushaltsgeräte sind hässlich und seit zehn Jahren überholt«, sagte ich.

»Tu dir keinen Zwang an. Sag mir, was du wirklich denkst.«

»Wir haben immer noch nicht geklärt, wo wir wohnen werden, wenn wir verheiratet sind.«

»Hast du nicht erst neulich ein Haus in Bensenville gekauft?«, fragte Latham.

»Ja.«

»Willst du nicht dort wohnen?«

»Mit meiner Mutter?«

Latham lehnte sich zurück und verschränkte die Finger hinter dem Kopf. Es war diese unbekümmerte Pose, wegen der ich mich ursprünglich zu ihm hingezogen gefühlt hatte. »Ich will dir nichts vormachen. Mir gefällt es hier. Und ich bin nicht scharf darauf, in die Vorstadt zu ziehen, so sehr ich deine Mutter auch mag.«

J'accuse. »Na bitte! Wusste ich es doch! Wieso hast du mir das nicht gesagt?«

»Aber«, fügte er hinzu, »ich kann überall wohnen, solange wir zusammen sind.«

»Bensenville wäre also okay für dich?«

»Solange wir zusammen sind, würde ich sogar im neunten Kreis der Hölle wohnen.«

Zufälligerweise betrachtete ich Bensenville als genau das.

Ich hatte insgeheim gehofft, dass Latham sich weigern würde, in der Vorstadt zu wohnen, denn dann konnte ich ihm die Schuld daran geben, dass ich aus meinem Haus ausziehen musste.

»Manchmal habe ich den Eindruck, du hast kein Rückgrat«, sagte ich, obwohl mir in diesem Fall klar war, dass der Vorwurf eher auf mich zutraf. Jetzt fühlte ich mich in meiner Haut noch unwohler als zuvor, und genau deshalb wollte ich einen Streit mit ihm vom Zaun brechen, um von meinen eigenen Fehlern abzulenken.

Kurzer Hinweis an alle Seelenklempner: Nur weil man weiß, wie und warum man sich selbstzerstörerisch verhält, heißt das noch lange nicht, dass man damit aufhören kann. Ich war der Ansicht, ich hätte alle meine Unzulänglichkeiten im Griff, konnte aber nichts an ihnen ändern.

»Was ist der wirkliche Grund für deine Unzufriedenheit?«, fragte er mit besorgter Miene.

Seine Besorgtheit ging mir mächtig auf den Senkel. Er hätte meine Masche durchschauen sollen, anstatt mir zuhören zu wollen.

»Wenn du meinst, dass ich falschliege, dann sags mir doch«, sagte ich zu ihm.

»Es sind deine Gefühle, Jack. Wieso solltest du damit falschliegen?«

Ich änderte meine Taktik. »Als wir uns im Wohnzimmer geküsst haben, wieso wolltest du plötzlich duschen?«

»Weil ich heute Vormittag zu spät zu meinem Flug gekommen bin und nicht geduscht habe. Und dann saß ich sechs Stunden lang im Flugzeug auf einem engen Sitz und konnte meinen Körpergeruch riechen.«

»Du hast jegliche Spontaneität ruiniert.«

»Das tut mir leid. Soll ich Kurse in Spontaneität belegen?«

Jetzt verarschte er mich auch noch, was mich noch mehr irritierte.

»Weißt du was? Ich war drei Tage nicht zu Hause«, sagte ich und betonte dabei zu Hause. »Ich glaube, ich sollte mal nach meiner Mutter schauen.«

Ich setzte mich im Bett auf.

Ich wollte, dass er mit mir stritt.

Ich wollte, dass er um mich kämpfte.

Verdammt, es hätte schon gereicht, wenn er eine berechtigte Wut verspürt und zu mir gesagt hätte: »Dann geh doch.«

Stattdessen sagte der Scheißkerl: »Tu, was dich glücklich macht, Jack. Willst du morgen Abend ausgehen?«

Er meinte es ernst. Ich benahm mich wie die Oberzicke, und er fragte mich, ob ich ausgehen wollte. Und meinte es auch noch ernst.

Was zum Teufel machte ich nur bei diesem Mann? Ich verdiente ihn nicht. Und er hatte etwas Besseres als mich verdient.

Man müsste meinen, ich würde mich bei ihm entschuldigen, zurück ins Bett gehen und Spaß mit dem Mann haben, den ich liebte. Vor allem, weil ich dann nicht nach Hause zu meiner Mutter und Mr Long müsste, ihrem Freund, dessen Eier am Boden schleiften.

Aber so lief das nicht bei mir. Ich hatte Latham um ein bisschen Abstand gebeten, den er mir dann auch zugestand. Und ich war deswegen sauer auf ihn. Meine Belohnung dafür, dass ich unseren gemeinsamen Abend ruiniert hatte, würde darin bestehen, dass ich alles noch schlimmer machte, indem ich mit meiner Mutter stritt.

Kein Wunder, dass ich Mordermittlerin war. Ich verdiente es, menschlichen Abschaum zu jagen.

Ich zog mich wütend an – falls so etwas überhaupt möglich ist. Als ich mich zum Gehen anschickte, begleitete Latham mich zur Tür.

»Sehen wir uns morgen?«, fragte er und legte mir sanft die Hände auf die Schultern.

Morgen? Das ist doch bescheuert. Wir sollten sofort wieder ins Bett gehen.

»Wir telefonieren«, sagte ich.

Als er mich küssen wollte, verkrampfte ich mich, und seine Lippen berührten stattdessen meine Stirn.

»Fahr vorsichtig. Ich liebe dich. Grüße deine Mutter von mir.«

Fahr vorsichtig. Ich liebe dich. Grüße deine Mutter von mir.

Was für ein Arschloch!

* * *

Auf dem Weg nach Hause weinte ich im Auto, wütend auf mich selbst und mein schlechtes Benehmen.

Wieso versuchte ich, den besten Mann auf der Welt zu vertreiben?

Hatte ich Angst vor der Ehe? Ich war schon einmal verheiratet gewesen, und es hatte nicht funktioniert. Meine Arbeit nahm zu viel Zeit in Anspruch, und Latham hasste das. Langsam fing er an, mich spüren zu lassen, wie sehr er es hasste.

Oberflächlich betrachtet hörte sich das wie ein vernünftiges Argument an. Freud hätte seine helle Freude gehabt.

Aber ich wusste, dass mehr dahintersteckte.

Vorhin hatte ich gedacht, dass jemand eingebrochen war, um mich zu töten. In das Apartment meines Verlobten.

Und ich wusste, was zu tun war. Wie ich reagieren musste. Ich rechnete praktisch damit, dass mir so etwas passierte.

Es würde wieder passieren. Vielleicht, wenn Latham zu Hause war. Und vielleicht wäre ich dann nicht bei ihm.

Ich hasste es, in der Vorstadt zu wohnen. Und es war schwierig, mit meiner Mutter zusammenzuleben. Aber ich tat es trotzdem, weil meine Mutter von einem Monster angegriffen worden war, das es eigentlich auf mich abgesehen hatte. Sie war beinahe ums Leben gekommen.

Ich redete mir ein, dass meine Mutter am sichersten war, wenn ich mit ihr zusammenwohnte.

Die Wahrheit war viel einfacher. Meine Mutter und sämtliche Menschen, die mir nahestanden, wären dann am sichersten, wenn ich meinen Job hinschmiss.

Latham und ich hatten darüber geredet, Kinder zu haben. Für mich war das gleichbedeutend mit einem Verzicht auf meine Karriere.

Ich nahm die lange Fahrt nach dem langweiligen Bensenville in Kauf und verzichtete auf die vielen Vorteile, die Chicago bot, weil mir der Job wichtiger war als meine Mutter. Und jetzt schien mir der Job auch wichtiger zu sein als Latham.

Welche persönlichen Defizite wollte ich kompensieren, indem ich Mörder hinter Gitter brachte? Warum musste ich diejenige sein, die in den Laderaum eines gestohlenen Miet-Lkws schaute und den schrecklichen Anblick nie vergessen würde?

Meine Mutter war ebenfalls Polizistin gewesen. Sie hatte es getan, um uns beide zu ernähren, nachdem mein Vater abgehauen war. Aber sie hätte auch zahllose andere Jobs wählen können.

Vor ein paar Jahren hatte ich sie gefragt, warum. Ihre Antwort blieb in meinem Gedächtnis haften.

»Der Mensch war schon immer ein Raubtier. Der Wille zum Angriff steckt in unserem Erbgut, aber der Wille zur Verteidigung ebenfalls. Alle Mütter wissen das. Sie sind die Beschützer, die auf die Unschuldigen aufpassen. Ich habe dieses Gen in mir. Du auch. Wenn es niemanden gäbe, der andere beschützt und verteidigt, würde die ganze Welt den Raubtieren zur Beute fallen.«

Ich glaubte das damals und ich glaube es heute.

Aber Mom erwähnte nie, was für ein seelentötender und undankbarer Job es war.

Noch etwas, worüber ich mit ihr streiten konnte, wenn ich nach Hause kam.

Ich schaltete das Radio ein. Natürlich spielte der Sender gerade ein Lied von Kenny Rogers.

Ich hatte es nicht anders verdient.

Harry

Das Gesicht, das mich auf meinem Computerbildschirm anstarrte und mir eine solche Überraschung bereitet hatte, war Harrison Harold McGlade.

Meine Wenigkeit.

Ich zerbrach mir den Kopf über mögliche Erklärungen. Zeitreise? Vielleicht reiste eine vergangene oder zukünftige Version von mir durch die Zeit, um mich zu töten. Parallelwelten? Irgendwie hatte sich ein anderes Universum mit unserem überschnitten, und ein Doppelgänger war in diese Dimension gelangt.

Nein, solche Erklärungen passten eher in dämliche Science-Fiction-Romane.

War jemand in meine Wohnung eingedrungen und hatte meine Finger auf die Kugeln gedrückt, während ich schlief? Wenn ja, wieso hatte er mich am Leben gelassen?

Vielleicht falsche Fingerabdrücke. Wie in Spionagefilmen.

Oder irgendein Computergenie hatte sich in die Datenbank des Chicago Police Departments gehackt, um mich mit meiner eigenen Ermordung zu belasten.

Oder vielleicht hast du den Fingerabdruck hinterlassen, als du die Kugel in die Dampfkammer getan hast, hörte ich Rex' Stimme in meinem Kopf.

»Vielleicht«, sagte ich laut. Aber mir gefiel auch die Version mit dem Superhacker.

Ich ließ die anderen Abdrücke durch die Datenbank laufen. Als ich keine Treffer fand, versuchte ich es im National Crime Information Center, der zentralen Datenbank des FBI.

Garrett McConnroy aus Briarpatch, Minnesota. Laut seinem NCIC-Eintrag vergriff er sich gern an Frauen. Ich kannte den Typen nicht, und keiner meiner alten Fälle wies eine Verbindung zu ihm auf.

Wieso wollte er mich dann umbringen? Und was sollte ich in dieser Angelegenheit unternehmen?

Das Klügste und rechtlich Korrekte war, zur Polizei zu gehen. Sollten die sich doch um das Arschloch kümmern.

Aber ich hatte schon die Beweiskette verunreinigt, indem ich heimlich einen Tatort betreten hatte. Und das Chicago Police Department hatte bereits gezeigt, dass ihm mein Fall am Arsch vorbeiging.

Außerdem brauchte ich keine fremde Hilfe. Ich erledigte alles selbst.

»Mr McGlade«, sagte eine Mitarbeiterin der Reinigungsfirma. »Diese Couch ist total durchlöchert. Sollen wir sie wegwerfen?«

Okay, ich erledigte fast alles selbst, außer Reinigungsarbeiten in meiner Wohnung.

»Nein, ich behalte sie«, sagte ich.

Das war noch so eine Tugend von mir. Uneingeschränkte Loyalität. Wenn jemand eine für mich bestimmte Kugel abbekommt, bin ich ihm ewig treu.

»Da ist Blut dran«, sagte sie.

»Dann werfen Sie das Ding auf den Müll.«

Ich wollte nie wieder an dieses Arschloch von Hausmeister erinnert werden, dessen Blut meine Besitztümer versaut hatte, die ich mir nicht besonders hart hatte erarbeiten müssen. Wenn er wieder fit genug war, um zu arbeiten, würde er die Rechnung für die Reinigung bekommen.

Ich griff zu meinem Handy und rief eine spezielle Kontaktperson an, die mir bei Bedarf spezielle Ausrüstung lieferte. Wir vereinbarten einen Termin für später, nach dem Mittagessen.

Es wurde Zeit, dass ich den Müll beseitigte.

Im übertragenen Sinn, meine ich. Um meinen Hausmüll kümmerte sich der Reinigungsdienst.

Reich sein war einfach nur geil.

Phin

Ich fand meine Pistole, kroch aus dem Wandschrank und fand mich in einem Schlafzimmer wieder. Ich zitterte wie bei einer Achterbahnfahrt.

Horchte.

Hörte nichts.

Kroch zu einer Tür.

Ein Badezimmer.

Ich war zu schwach, um mich aufzurichten, und trank aus der Kloschüssel wie ein Hund. Das kühle Wasser fühlte sich so gut in meiner ausgetrockneten Kehle an. Ich steckte den ganzen Kopf in die Schüssel und badete mein Gesicht darin.

Ich war immer noch müde und im Fieberwahn, hatte Hunger und spürte Schmerzen.

Aber mit jeder Sekunde ging es mir besser.

Ich hielt mich am Waschbecken fest und kam mühsam auf die Beine.

Hob die Pistole und zielte damit auf den Psychopathen, der mich anstarrte.

Ich schoss nicht. Es war ein Psychopath, so viel stand fest. Aber einer, der mir irgendwie bekannt vorkam.

Mein Spiegelbild.

Ich sah aus wie ein Zombie. Verdreckt und blutverschmiert, fünf Kilo leichter, das ganze Gesicht erschlafft.

Als ich versuchte zu lächeln, erblickte ich getrocknetes Blut auf den Zähnen. Ich sah wirklich gruselig aus.

»Hallo, schöner Mann«, krächzte ich.

Und musste lachen.

Im Arzneischrank fand ich ein Fläschchen Advil und schluckte fünf Tabletten. Außerdem war da noch ein Fläschchen Säureblocker. Ich nahm eine Handvoll in den Mund und fing an zu kauen.

Es war Zeit, mich ein wenig umzusehen.

Ich brauchte dringend Wasser und Lebensmittel sowie Verbandszeug und Desinfektionsmittel zum Säubern meiner Wunden. Aber erst musste ich mich vergewissern, dass ich allein im Haus war.

Ich trat aus dem Badezimmer und schlich auf wackligen Beinen durch das Schlafzimmer, die AMT schussbereit.

Der Wandschrank, aus dem ich mich befreit hatte, grenzte an ein Wohnzimmer an. Ich erkannte es als das Zimmer wieder, in dem Shears auf mich geschossen hatte. Die weiche Ledercouch flüsterte mir zu und lud mich zu einem Nickerchen ein, aber ich widerstand der Versuchung und ging weiter.

Ich war fast im nächsten Zimmer, als eine plötzliche Eingebung mich dazu bewegte, mir die Couch noch einmal genauer anzusehen. Ich tastete zwischen den Sitzkissen und förderte eine Pfeilpistole zutage. Sie sah aus wie eine Paintballpistole: Edelstahl, langer Lauf, Plastikgriff sowie ein Kammergriff.

Unten am Griff befand sich eine Schraube. Ich vermutete, dass es sich dabei um den Anschluss für die CO2-Kapseln handelte. Ich zog den Kammergriff zurück und sah im Patronenlager einen Pfeil.

Ich hoffte, dass Shears gleich hereinkam.

Jetzt bist du knapp mit dem Leben davongekommen, und anstatt dafür dankbar zu sein, hast du nur Rache im Kopf.

»Er kommt zuerst dran«, sagte ich zu Earl. »Und dann du.«

Das ließ ihn verstummen.

Ich schlich aus dem Wohnzimmer ins Foyer und weiter eine Treppe hinauf. Ich bewegte mich langsam, blieb alle paar Schritte stehen und horchte. Im Obergeschoss befanden sich zwei leere Schlafzimmer, ein Bad und ein Hobbyraum.

Ich ging wieder die Treppe hinunter und sah mir das Erdgeschoss noch einmal genauer an. Ich suchte eine Kellertür, fand aber keine.

Durch eine Terrassentür gelangte ich in den Garten hinter dem Haus und begab mich vorsichtig zur Garage, darauf vertrauend, dass die Bäume mich vor den Blicken neugieriger Nachbarn schützten.

Das Garagentor und die Seitentür waren verschlossen.

An der Seite des Hauses fand ich einen Betonblock. Ich ging damit zur Seitentür der Garage und schlug dreimal gegen den Türknauf. Beim dritten Mal zersplitterte der Türrahmen, und die Tür schwang nach innen.

Kein Land Rover und auch sonst nichts von unmittelbarem Interesse. Nur Dinge, die man in Garagen halt so findet.

Ich brauchte eine Dusche, was zu essen und Erste Hilfe. Hierbleiben war keine gute Idee. Ich befand mich an der Stelle in einem Film, wo jeder im Kino »hau ab!« in Richtung Leinwand schreit.

Aber ich war noch nicht bereit zu verschwinden. Irgendetwas juckte in meinem Verstand.

Ich könnte die Polizei rufen. Shears hatte eine Handvoll Straftaten begangen, für die er sich vor Gericht verantworten musste: Entführung, Freiheitsberaubung, Körperverletzung, versuchter Mord. Aber er war ein übler Bursche, der noch schlimmere Verbrechen verübt hatte, und verdiente mehr als nur zehn Jahre Gefängnis.

Ich ignorierte also die schreienden Kinobesucher und begab mich zurück ins Haus.

Dort öffnete ich als Erstes sämtliche Fenster, damit ich hören konnte, falls ein Auto in die Einfahrt fuhr.

Dann machte ich mich über den Kühlschrank her. In ungefähr einer halben Minute verschlang ich ein Stück Schweizer Käse und schüttete zwei Liter Milch hinunter.

Ich wusch mir im Spülbecken die Hände und säuberte meine Schnittwunden und Kratzer mit Geschirrspülmittel.

Im Bad im Obergeschoss fand ich einen Verbandskasten und umwickelte meine Arme nach Mumienart mit Mullbinden und Klebeband, während ich auf der Toilette saß.

Mit der AMT in der Hand und der Pfeilpistole im hinteren Hosenbund betrat ich Tucker Shears' Schlafzimmer. Sein Nachtkästchen enthielt den typischen Krimskrams, den man neben dem Bett aufbewahrt, und darüber hinaus eine Zigarrenkiste, in der sich Feuerzeuge, Streichhölzer, Rasierklingen, Nadeln, Kondome und ein Salzstreuer befanden. An einigen der Rasierklingen klebte Blut.

Unter dem Bett fand ich zwei Paar Handschellen, ein Paar altmodische Fußfesseln und ein langes, schmutziges Rambo-Messer.

In dem Zimmer hing nur ein einziges Bild, ein eingerahmter Druck von dem Schweizer Künstler HR Giger. Darauf war eine nackte Frau in einer bizarren Sexfoltermaschine zu sehen, die ihr Nadeln in die Haut stach.

Hinter dem Bild verbarg sich ein Wandsafe.

Meine Erfahrung im Safeknacken war gleich null. Aber ich wusste, dass manche Leute sich nicht die Mühe machen wollten, bei jedem Zugang die gesamte Zahlenkombination einzugeben. Deshalb drehten sie beim Verschließen des Safes nur wenig am

Einstellrad. Da die ersten zwei Ziffern bereits gedreht und die Stifte eingerastet waren, musste man nur die letzte Ziffer drehen, und der Safe ging auf.

Das Einstellrad stand auf 22. Ich versuchte, die Tür zu öffnen.

Verschlossen.

Ich versuchte es mit 23. Nichts. 24. Nichts. 25. Nichts. Ich drehte in die entgegengesetzte Richtung. 21. Nichts. 20. Nichts.

Bei Nummer 19 hatte ich Glück. Es machte klick und der Safe ging auf. Ich spähte hinein.

Das Erste, was ich sah, war ein kleiner Beutel Marihuana. Daneben lag ein großer Manila-Umschlag. Der Inhalt bestand aus sechsundzwanzig Führerscheinen von verschiedenen Frauen.

Der von Amy war auch darunter.

Außerdem befanden sich in dem Safe – was für eine Überraschung! – meine 9mm-Pistole, mein Schlüsselbund, das Springmesser und der Schlagring. Hinter meinen Sachen waren zweitausenddreihundertfünfzig Dollar in bar und ein Revolver vom Typ Llama Super Comanche .357 Magnum mit einem zehn Zentimeter langen Lauf. Die Waffe war gut geölt und geladen.

Schließlich fand ich noch ein Scheckbuch auf den Namen Charles Gardiner und ein Adressenverzeichnis.

Ganz hinten im Safe lag ein brauner Vinylkoffer, der zwei Dutzend Audiokassetten enthielt. Ich nahm eine heraus. Ein Etikett mit der Aufschrift März/April 08 klebte darauf. Die anderen wiesen ähnliche Etiketten auf, die mehrere Jahre zurückdatiert waren.

Ich schaute ein letztes Mal in den Safe und entdeckte ganz hinten auf dem obersten Regal einen kleinen Beutel mit weißem Pulver.

Ich nahm ihn an mich. Am Druckverschluss befanden sich Pulverreste. Ich berührte sie mit der Fingerspitze und genehmigte mir eine Kostprobe.

Es war, als hätte ich an eine stromführende Leitung gefasst. Kokain. Und noch dazu von guter Qualität, dem tauben Gefühl auf meiner Zunge nach zu urteilen.

Ich wollte mehr davon.

Aber wenn ich mit Pasha zusammenbleiben wollte, musste ich auf Kokain verzichten.

Ich wollte mit Pasha zusammenbleiben. Diese Erkenntnis verdankte ich Earl.

Echt?

»Ja, du Arschloch. Wenn ich sterbe, will ich nicht, dass die letzte Stimme, die ich höre, deine ist.«

Ich ließ das Kokain zurück, ließ aber alles andere mitgehen. Dann schloss ich den Safe.

Aus dem Wandschrank nahm ich eine Sporttasche und ignorierte dabei die Holzkiste, in der ich eingesperrt gewesen war. Ich packte alles hinein, nur meinen Smith & Wesson-Revolver behielt ich in der Hand. Ich nahm mir auch ein blaues Polo-Hemd und zog es an.

Ich ging die Treppe hinunter und durchsuchte die Küche und das Wohnzimmer. Ich fand einen Bagel, den ich sofort aß, und einen Anrufbeantworter. Als ich die Kassette entfernte, stellte ich fest, dass sie mit denen übereinstimmte, die ich im Safe gefunden hatte.

Während meiner Hausdurchsuchung hatte ich Zeit gehabt, über meinen nächsten Schritt nachzudenken. Den Gedanken an die Polizei hatte ich bereits verworfen. Shears hatte keine Ahnung, wer ich war, es sei denn, er fand meinen geparkten Bronco. Sobald er herausgefunden hatte, dass ich entkommen war, würde er wahrscheinlich entweder verschwinden oder auf meine Rückkehr warten. Keines dieser Szenarien war gut für mich.

Nachdem ich seine Gastfreundschaft und den unfreiwilligen Aufenthalt in seiner Holzkiste genossen hatte, wollte ich nicht, dass irgendein anderes armes Schwein ein ähnliches Schicksal erleiden musste.

Also holte ich die Benzinkanister aus der Garage, die ich dort gesehen hatte, verschüttete den Inhalt im Inneren des Hauses und fackelte die Bude ab.

* * *

Mein Bronco stand immer noch dort, wo ich ihn gelassen hatte, auf dem Parkplatz des Drogeriemarkts. Ich stieg ein und empfand eine so tiefe Erleichterung, dass ich beinahe weinte. Ich riss mich zusammen, öffnete das Handschuhfach und nahm mein Handy heraus.

Warf einen Blick auf das Datum.

Ich hatte drei Tage in diesem Wandschrank verbracht.

Keine Nachrichten, weil Pasha meine Nummer nicht hatte. Ich rief sie in der Klinik an.

»Ich bins«, sagte ich.

Pasha überschüttete mich mit Fragen. Ich sagte: »Schscht«, bis sie mich zu Wort kommen ließ.

»Ich wurde entführt und bin in schlechter Verfassung. Kann ich vorbeikommen?«

»Wir sehen uns bei mir.«

Während der Fahrt nach Flutesburg konnte ich kaum die Augen offen halten. Zweimal schlief ich sogar kurz ein und schreckte auf, als mein Kopf gegen das Lenkrad stieß. Ich brauchte für die Strecke eine Stunde.

Ich erinnere mich nicht mehr daran, wie ich an ihre Tür klopfte und sie mir bei meinem Anblick besorgte Fragen stellte.

Auch nicht daran, wie sie mich ins Bett brachte.

Ich erinnere mich nur noch, dass ich träumte, ich schlief zwischen zwei Wolken und ein Engel wachte über mich. Und dass ich sicher war.

Jack

Als ich nach Hause kam, wollte ich meine schlechte Laune an meiner Mutter auslassen, stellte jedoch fest, dass sie verschwunden war.

Sie hatte mir einen Zettel hinterlassen. Darauf stand, dass sie mit Mr Long nach Florida gegangen war und mich in ein paar Tagen anrufen würde.

Wie undankbar und rücksichtslos war das denn?

Okay, ich konnte nicht klar denken. Stress. Frust, weil die Ermittlungen im Motelmörder-Fall nur im Schneckentempo vorankamen. Sorgen wegen meiner Beziehung und Wohnsituation. Herbs Lüge darüber, was mit der Krawatte passiert war, die ich ihm zum Geburtstag geschenkt hatte. Hormonelle Schwankungen, obwohl ich eigentlich nie den Hormonen die Schuld gab, da ich mich dann schwach und außer Kontrolle fühlte.

Da ich wieder mal nicht schlafen konnte, las ich den Krimi von Ed McBain zu Ende. Das Buch gefiel mir. Trotzdem war ich ein bisschen irritiert darüber, dass die Handlung in vieler Hinsicht realistisch war, am Ende aber alles gut ausging.

Im wirklichen Leben lief es nicht so. Manchmal blieben Fragen unbeantwortet.

Als ich immer noch nicht einschlafen konnte, schaltete ich das Home Shopping Network ein. Es gab eine Rabattaktion für Designerklamotten, aber als ich anrief, erklärte mir die freundliche Telefonistin, dass meine Kreditkarte abgelehnt wurde.

Gegen vier Uhr morgens schlief ich endlich ein und träumte schlecht.

* * *

Als der Wecker klingelte – ich hatte ihn auf eine frühe Uhrzeit eingestellt, da ich wegen des dichten Verkehrs eine Stunde zur Arbeit brauchte –, fühlte ich mich wie gerädert.

Ich ließ Morgengymnastik und Dusche ausfallen. Als ich meinen Kater füttern wollte, stellte ich fest, dass meine Mutter genug Futter und Wasser hingestellt hatte, dass es eine Woche lang für einen Tiger gereicht hätte. Also machte ich mich auf den Weg.

Ich kam zehn Minuten zu spät, was für mich untypisch war. Herb wartete in meinem Büro mit einem lauwarmen Becher Automatenkaffee auf mich. Ich war ihm dafür dankbar, bis ich einen Schluck trank.

»Ist das Kaffee?«, fragte ich und musste ein Würgen unterdrücken.

»Ich weiß. Wonach schmeckt es?«

»Wie verbranntes Wasser.«

»Ich wollte gerade sagen, es schmeckt nach Asche von einem alten Lagerfeuer, aber deine Version gefällt mir besser.«

»Gibts was Neues?«, fragte ich und gab mir Mühe, nicht zusammenzuzucken, nachdem ich einen weiteren Schluck getrunken hatte.

»Meine Kaffeemaschine habe ich immer noch nicht gefunden. Ich habe schon ein paar Kollegen befragt. Jerkins vom

Empfang hat kein Alibi für den Zeitraum, in dem sie gestohlen wurde. Ich glaube, er hat etwas zu verbergen.«

»Jeder weiß, dass er die Sanchez vögelt.«

»Echt?« Herb zog eine Augenbraue hoch. »Oder macht er sich gerade einen heißen, frischen Kaffee?«

»Ich dachte, die ganze Abteilung weiß das. Es ist das am meisten weitererzählte Gerücht im Revier.«

Herb zuckte mit den Schultern. »Ich habe mich so messerscharf auf diesen Kaffeemaschinendiebstahl konzentriert, dass ich es wohl überhört habe.«

»Wie läuft es mit unserem Mordfall?«

»Wir stehen kurz vor einem Deal. Hellmann ist gerade mit Lester und seinem Anwalt dadrin.«

»Dann schauen wir mal, wie es vorangeht.«

Konferenzraum C war zurzeit das einzige verfügbare Besprechungszimmer im ganzen Gebäude, da Raum A als zusätzliches Archiv genutzt wurde und Raum B einen Wasserschaden hatte, der gerade repariert wurde. Staatsanwältin Libby Hellmann saß bereits mit Lester am Tisch, während Strafverteidiger Longquist wie ein nach Beute Ausschau haltender Falke hinter seinem Mandanten stand.

»Schön, dass Sie kommen konnten.« Libby warf mir einen Blick zu. Sie war klug, knallhart, gut gekleidet und gelegentlich sogar sympathisch. Ich fand, dass sie eine gute Staatsanwältin abgab.

Longquist sagte: »Das ist inakzeptabel. Mein Mandant wird nur dann über seine mutmaßliche Verwicklung in die Angelegenheit mit dem Miet-Lkw aussagen, wenn Sie ihm völlige Straffreiheit in allen Anklagepunkten garantieren.«

Hellmann wollte nichts davon wissen. »Falls er etwas mit dem Mord zu tun hatte, werden wir Anklage erheben. Wir können ihm Straffreiheit für Diebstahl anbieten, aber er muss Namen nennen.«

»Ich verpfeife niemanden. Das können Sie sich in den Arsch stecken.«

»Sie reden mit der Staatsanwältin, Lester«, sagte ich. »Zeigen Sie gefälligst ein bisschen Respekt.«

»Sie können es sich ebenfalls in den Arsch stecken, Bullenschlampe.«

Brachten Mütter ihren kleinen Jungs heutzutage keinen Respekt vor Frauen mehr bei? Oder wuchsen Männer automatisch zu Frauenhassern heran, so wie ihnen Haare auf der Brust sprossen?

Ich seufzte. »Wo haben Sie den Lkw gestohlen, Lester?«

»Es ist noch nicht erwiesen, dass mein Mandant den Lkw gestohlen hat«, warf Longquist ein.

»Er muss mit uns kooperieren, Longquist. Wenn er auspackt, können wir bei dem Diebstahl ein Auge zudrücken, aber nur, wenn er uns davon überzeugen kann, dass er keine Beihilfe zum Mord geleistet hat.« Ich sah Lester grimmig an. »Oder dass er nicht selbst den Mord begangen hat.«

»Ich habe niemanden umgebracht.«

Das glaubte ich ihm sogar, denn Lesters Vorstrafenregister enthielt kein einziges Gewaltdelikt. Er war ein Dieb und kein Mörder. Aber es war einfache Polizeipsychologie. Wenn man jemanden wie ihn einer schweren Straftat bezichtigte, würde er eine kleinere Straftat zugeben. Und wenn wir ihm etwas Kleineres anhängen konnten, würde er versuchen, andere mit hineinzuziehen.

»Wo haben Sie den Lkw gefunden?«, formulierte ich die Frage um.

»Lecken Sie mich am Arsch.«

Ich stand auf, schob meinen Stuhl zurück und baute mich vor ihm auf. »Sagen Sie das noch mal, Kleiner!«

»Jack …« Herb warf mir einen Beruhig-dich-Blick zu, bevor er Lester ansah. »Wenn Sie nicht für längere Zeit in den Knast wollen, müssen Sie uns schon etwas liefern.«

Lester wandte sich seinem Anwalt zu. Der nickte zustimmend.

»Der Lkw stand hinter ein paar Geschäften. In der Higgins Road in Bankfield.«

Schon wieder in einer dieser Vorstädte.

»Adresse?«, fragte Herb.

»Weiß ich nicht. Es war hinter einer Ladenzeile in der Higgins Road. Da war eine Videothek, ein Schlüsseldienst und ein … äh … und eins von diesen Geschäften, wo man Bäume kaufen kann.«

»Ein Gartencenter?«, fragte Hellmann.

Lester nickte. »Ja, so was in der Art. Ich weiß nicht, wie man diese Geschäfte nennt.«

»Und wann haben Sie den Lkw gefunden?«, übernahm ich wieder die Führung.

»Irgendwann im Januar.«

»Hinter welchem Geschäft stand er genau?«

»Hinter dem Gartencenter.«

»Wie können Sie sich da so sicher sein?«

»Er stand direkt neben einem Müllcontainer, aus dem ein toter Baum herausragte.«

»Wohin haben Sie ihn gebracht?«

»Direkt zur Werkstatt.«

»Wo ist die Werkstatt?«

Lester verschränkte die Arme vor der Brust und sank in seinen Stuhl zurück wie ein kleiner Junge, der seinen Brokkoli nicht essen will. »Ich verpfeife meine Freunde nicht.«

»Sie wissen schon, wie wir Ihren Namen herausgefunden haben?«, sagte Herb. »Einer von Ihren sogenannten Freunden hat Sie verpfiffen. Er hält Sie für einen Serienmörder.«

»Wer hat das gesagt?«

Ich setzte mich Lester gegenüber und bemühte mich, eine verständnisvolle Miene aufzusetzen. Was mir angesichts der letzten Tage und seines aggressiven Benehmens nicht leichtfiel.

»Sie waren doch derjenige, der den Lkw gefunden hat«, sagte ich. Das Wort »gefunden« brachte ich über die Lippen, ohne die Augen zu verdrehen. »Haben Sie ihn in Mount Cisco abgestellt?«

»Das war ich nicht. Sobald ich gesehen habe, dass da eine Leiche drin war, wollte ich die Karre nicht mehr anrühren.«

»Wann wurde der Lkw nach Mount Cisco gebracht?«

»Am nächsten Tag. Aber ich habe ihn nicht gefahren. Ich wollte mich ums Verrecken nicht mehr da reinsetzen.«

»Warum erst am nächsten Tag?«

»Keiner wollte riskieren, mit der Karre bei einer Verkehrskontrolle angehalten zu werden.«

»Wer hat den Lkw gefahren?«

Lester schwieg.

»Hören Sie, Lester, der Fahrer, der ihn dorthin gebracht hat, könnte Sie vor einer Anklage wegen Mordes bewahren. Ich will ehrlich zu Ihnen sein … ich glaube nicht, dass Sie jemanden umgebracht haben. Aber wir haben Sie mit der Sache in Verbindung gebracht. Der Bürgermeister und der Polizeipräsident brauchen jemanden, dem sie den Mord anhängen können, und bis jetzt sind Sie unser einziger Verdächtiger. Sie können einer Mordanklage nur entgehen, wenn Sie uns sagen, was Sie wissen. Und um Ihre Aussage zu beweisen, müssen Sie uns verraten, wo sich die Werkstatt befindet, zu der Sie den Lkw gebracht haben, und uns Ihre Komplizen nennen, die Ihre Version bestätigen können. Dann sind Sie aus dem Schneider. Eins kann ich Ihnen nämlich schon jetzt garantieren: Wenn Sie nicht auspacken, wird es einer von denen tun. Und dann landen Sie hinter Gittern.«

»Sie glauben, dass diese Leute Ihre Freunde sind«, sagte Herb. »Aber die werden alles sagen, damit nicht sie selbst in den Knast müssen, sondern Sie. Irgendjemand wird reden. Die Frage ist nur, wer zuerst den Mund aufmacht. Der wird derjenige sein, der den Deal bekommt.«

Mit Lester Poker zu spielen, wäre eine tolle Sache, denn er beherrschte überhaupt nicht die Kunst, eine unbewegte Miene aufzusetzen. Er sah aus, als würde er jeden Moment in die Hose machen.

»Ich brauche einen Augenblick mit meinem Mandanten«, sagte Longquist.

Wir drei verließen den Raum.

»Was meinen Sie?«, fragte ich Hellmann.

Die Staatsanwältin zuckte mit den Schultern. »Remir hat uns nicht verraten, wo die illegale Werkstatt ist. Ich bin mir nicht sicher, ob Lester es tun wird. Remir hat uns Lester geliefert und Lester hat den Diebstahl des Lastwagens zugegeben, aber kein offizielles Geständnis unterschrieben. Um die Anklage wegen Mordes fallen zu lassen, brauche ich konkrete Beweise.«

»Zum Beispiel, wenn wir die Feilspäne mit der Werkstatt in Verbindung bringen«, sagte Herb.

Libby nickte. »Das wäre schon mal ein Anfang.«

»Was machen wir als Nächstes?«, fragte Herb.

»Wir schauen uns das Gartencenter in Bankfield an«, sagte ich.

Das hieß, dass ich zurück in die Vorstädte fahren musste.

Was für ein Vergnügen!

Harry

Ich aß in einem mexikanischen Restaurant namens *Burrito Explosion* zu Mittag. Der Name passte. Sollten Sie jemals unter Verstopfungen leiden, gehen Sie dorthin. Glauben Sie mir, Sie werden anschließend einen Sicherheitsgurt für Ihren Toilettensitz brauchen.

Danach nahm ich meinen Termin mit meiner speziellen Kontaktperson wahr. Im Laufe meiner Privatermittlerkarriere hatte ich verschiedene Individuen kennengelernt, die die Bezeichnung zwielichtig verdienten. Wenn ich wollte, wusste ich, wen ich anrufen musste, um Drogen, Prostituierte (männliche oder weibliche), Hehlerware und sogar Raubkopien von aktuellen Kinohits zu bekommen. Ich kannte den einen oder anderen Hehler, einen Typen, der mit gestohlenen Autos handelte, und einen Arzt, zu dem man gehen konnte, wenn man eine Schusswunde hatte und nicht in ein Krankenhaus wollte. Die waren nämlich gesetzlich verpflichtet, sämtliche Schussverletzungen zu melden.

Außerdem kannte ich eine Bezugsquelle für illegale Schusswaffen.

Mit »illegal« meine ich unregistrierte und nicht nachverfolgbare Waffen mit abgefeilten Seriennummern. Der Typ, von dem ich rede, tauschte außerdem bei manchen Waffen die

Läufe aus, damit kein Ballistiktest sie in Verbindung mit irgendwelchen Verbrechen bringen konnte, bei denen sie zweifelsohne benutzt worden waren.

Seltsamerweise wickelte der Mann seine Geschäfte von einem in Familienbesitz befindlichen, rund um die Uhr geöffneten Minimarkt aus ab. Ich machte mich auf den Weg dorthin.

Es war ein heruntergekommener, hässlicher kleiner Laden, der zum Schutz vor Einbrechern von einem hohen Zaun umgeben war. Über dem Eingang hing ein altes Schild mit der Aufschrift LEBENSMITT. Bestimmt war ursprünglich Lebensmittel draufgestanden, aber die letzten beiden Buchstaben waren verblichen.

Beim Eintreten schlug mir der Geruch von Räucherstäbchen entgegen. Mein Waffenhändler war Pakistani, und da ich sonst niemanden aus diesem Land kannte, hatte ich keine Ahnung, ob sie alle süchtig nach dem Zeug waren. Meine Kontaktperson war es zumindest. Ungelogen, es roch in dem Laden, als würde er Sandelholz foltern, um es zu einem Geständnis zu zwingen. Das Aroma war stark genug, um für den Rest des Tages in den Klamotten hängen zu bleiben.

Zu meiner grenzenlosen Belustigung lautete der Nachname meines Waffenhändlers Fakir. Er sprach ihn wie *Fucker*, das englische Wort für *Ficker,* aus. Ich habe mir oft überlegt, ob es vielleicht einen witzigeren Nachnamen gäbe, aber mir fiel nie einer ein. Einmal hatte ich in der Zeitung eine Todesanzeige für einen Typen gelesen, der mit Nachnamen Weichei hieß. Ich persönlich fand Fakir besser.

Sein Laden war wie gewöhnlich leer. Wenn der intensive Räucherstäbchengeruch nicht ausreichte, um Kunden zu vertreiben, taten die hohen Preise ihr Übriges.

»Harry! Mein Freund, der Privatschnüffler und Waffennarr.«

»Hallo Fakir«, sagte ich grinsend. Ich musste immer grinsen, wenn ich seinen Namen sagte. Wir gaben uns die Hand.

Seine war feucht, aber der Händedruck war kräftig. Fakir war ein kleiner, dunkelhäutiger, knochiger Mann mit gelblichen Augen und Zähnen, die so strahlend weiß, riesig und ganz offensichtlich künstlich waren, dass sein Zahnarzt bestimmt total zugedröhnt gewesen war, als er das Gebiss angefertigt hatte.

»Na, wie läuft das Privatschnüfflergeschäft? Beschattest du immer noch untreue Ehemänner?«, fragte er.

»Es geht so«, antwortete ich. »Wie läuft dein Laden?«

»Es wird ehrlich gesagt immer schwieriger, wenn nicht sogar unmöglich, in einer wirtschaftlich prekären Gegend überhaupt noch etwas zu verkaufen.«

Ich betrachtete ein großes Preisschild hinter dem Verkaufstresen, auf dem stand: COCA COLA $ 5.

»Das kommt davon, wenn man für eine Dose Cola fünf Dollar verlangt. Dafür bekomme ich ein Steak.«

»Aber ein gutes Steak? Das glaube ich nicht.«

»Was kostet eine Schachtel Zigaretten?«

»Vierzehn Dollar und dreiundfünfzig Cent.«

»Erwartest du ernsthaft, bei diesen Preisen etwas zu verkaufen?«

»Ich bin nach Amerika gekommen, weil man mir gesagt hat, es sei das Land der unbegrenzten Möglichkeiten, wo kapitalistische Unternehmer blühen und gedeihen können.«

»Du bist kein Unternehmer. Du verlangst Wucherpreise in einer wirtschaftlich prekären Gegend.«

»Ich übe nur mein von der Verfassung garantiertes Recht aus, Waren zu angemessenen Preisen zu verkaufen.«

»Wer sagt, dass fünf Dollar für eine Dose Cola angemessen sind?«

»Ich.«

Ich wechselte das Thema und grinste breit. »Und was macht Mrs Fakir?«

»Sie kocht gerade das Mittagessen.«

»Und die kleinen Fakirs?«

»Sie sind in der Schule und lernen fleißig, damit sie später in die Lokalpolitik gehen können.«

Ich konnte mir die nächste Frage nicht verkneifen. »Und wie geht es Mutter Fakir?«

Motherfucker. Hehehe!

»Sie hat leider eine Entzündung am Fußballen. Gehen bereitet ihr furchtbare Schmerzen, und meine Frau muss sie auf dem Rücken tragen.«

»Arme Mutter Fakir«, sagte ich. *Poor Motherfucker.*

»Was kann ich für dich tun, mein Freund Harry? Möchtest du vielleicht eine kalte Dose Cola?«

»Bei deinen Preisen kann ich mir das nicht leisten. Wie wäre es stattdessen mit einer Knarre?«

»Ach ja, eine Knarre. Moment, ich schließe den Laden, und dann gehen wir runter.«

Er ging um den Verkaufstresen herum, schloss mit einer überschwänglichen Geste die Tür ab und drehte das im Fenster hängende Schild von GEÖFFNET auf BIN IN FÜNF MINUTEN WIEDER DA.

»Komm mit, mein Freund.«

Wir traten durch eine Tür, auf der PRIVAT stand. Daneben befand sich ein Kühlregal mit Fünferpackungen Budweiser-Bier für je zwanzig Dollar.

Sie haben richtig gehört – Fünferpackungen.

Hinter der Tür führte eine enge und schlecht beleuchtete Holztreppe, ein Klassiker aus dem Chicago längst vergangener Zeiten, nach unten zu einer weiteren Tür. Fakir öffnete sie mithilfe eines Tastenfelds. Sie war etwa acht Zentimeter dick und stahlverstärkt. Nachdem er einen Lichtschalter an der Wand betätigt hatte, traten wir ein.

Der Keller enthielt eine hell erleuchtete, gepflegte, etwa zwanzig Meter lange Schießanlage. Die Betonwände waren dick genug, um kein Geräusch nach draußen zu lassen. An einem Ende stapelten sich Sandsäcke bis zur Decke, und vor ihnen lagen zwei Heuballen, an denen eine Zielscheibe mit menschlicher Silhouette befestigt war.

Fakir führte mich zum hinteren Ende des Raums, wo sich noch eine Stahltür befand. Diese hatte in der Mitte ein großes Speichenrad, wie bei einer U-Boot-Luke. Bei meinem letzten Besuch hatte Fakir mir erklärt, dass es tatsächlich eine U-Boot-Tür war, die er bei einer Haushaltsauflösung gekauft hatte. Das Ding wog bestimmt über zweihundert Kilo. Wieso jemand so etwas zu Hause aufbewahrte, war mir ein Rätsel.

Das Speichenrad war mit einer Vorrichtung gesichert, die so ähnlich wie meine Lenkradkralle funktionierte: eine Stange, die am Rad festgeklemmt war und ein gutes Stück über dieses hinausragte, nur etwas schwerer als mein Modell und mit einem Kombinationsschloss versehen. Auf diese Weise war es unmöglich, das Rad zu drehen, weil die Stange an der Wand anstieß. Fakir stellte sich so, dass ich die Zahlenkombination nicht sehen konnte, und öffnete die Sicherheitsvorrichtung.

Ich hatte Fakir über einen ehemaligen Boxer namens Fat Louie kennengelernt, wobei ich vermutete, dass das nicht sein bürgerlicher Name war. Fat Louie gehörte eine meiner Lieblingskneipen, ein Rattenloch, das sich *Fat Louie's* nannte. Vor ein paar Jahren, als ich eine anonyme, nicht nachverfolgbare Wegwerfpistole suchte, hatte Louie mich an Fakir vermittelt. Nachdem ich dem Pakistani bei meinem ersten Besuch erklärt hatte, dass ich auf Empfehlung von Fat Louie gekommen war, hatte er mich gründlich durchsucht, mir meinen Magnum-Revolver abgenommen und mich in Begleitung seiner Frau, die eine abgesägte Schrotflinte getragen hatte, in den Keller geführt. Ich bekam, was ich suchte. Seitdem vertraute Fakir mir und verzichtete auf das Durchsuchungs- und Schrotflintenritual. Hin und wieder kam es jedoch vor, dass seine Frau mit uns in den Keller ging und dabei bewaffnet war.

Was hatte es bloß mit dem Kauf illegaler Schusswaffen auf sich, dass die Leute einem zutiefst misstrauten?

Fakir entfernte das Sicherheitsschloss und legte es neben die Tür, bevor er das Speichenrad ein paar Mal drehte und die Luke öffnete.

»Was für eine Schusswaffe möchtest du, mein Freund Harry?«, fragte er und drehte sich zu mir um.

»Einen Revolver. Möglichst einen, den man nicht mit der Ermordung einer Nonne oder einem Attentatsversuch auf einen Prominenten in Verbindung bringen kann.«

»Keine meiner Waffen wurden bei Verbrechen verwendet. Beleidige mich bitte nicht in meinem eigenen Laden.«

»Tut mir leid, Fakir. Ich bin halt ein Klugscheißer.«

»Das stimmt. Welches Kaliber?«

»Ich hätte gern etwas mit Magnumkaliber.«

»Ich habe einen Arminius .357. Warte, ich suche ihn.«

Er betrat den Lagerraum und hantierte darin herum. Plötzlich ging hinter mir die Tür auf. Ich drehte mich um und erblickte Fakirs Frau. Auf ihrem Rücken saß Fakirs Mutter. Ich hätte laut gelacht, wenn die Mutter nicht eine Uzi im Anschlag gehabt hätte.

»Hallo Mrs Fakir.«

Mrs Fakir kaute auf irgendetwas herum. Ein Schokoriegel. Vermutlich tat sie das, um ihren Energiepegel aufrechtzuerhalten. Ihre Schwiegermutter sagte etwas zu ihr in einer schnell klingenden Fremdsprache, worauf sie näher an mich herantrat. Die schwarzen Augen der alten Frau ruhten unablässig auf mir.

»Aha!«, sagte Fakir. Er drehte sich um, holte irgendwo einen öligen Lappen hervor, wickelte ihn auf und brachte einen ramponierten Revolver mit fünfzehn Zentimeter langem Lauf und einem Sprung im Griff zum Vorschein.

»Ein F.I.E. Arminius«, sagte er in seinem melodischen Akzent.

»Sieht aus wie Schrott.« Der Arminius-Revolver war auch in neuem Zustand keine gut aussehende Waffe. Dieser hier sah aus, als wäre er im Zweiten Weltkrieg hergestellt, fünfzig Jahre lang vergraben und dann in einen Betonmischer geworfen worden, um den Dreck abzuschütteln.

»Oh nein, mein Freund Harry. Ich verkaufe keinen Schrott. Probier ihn selbst aus.«

Er gab mir die Waffe. Ich schwenkte die Trommel aus und drehte sie. Alle beweglichen Teile schienen in Ordnung zu sein, und sie war sauber.

»Hat das Ding eine Vorgeschichte?«, fragte ich.

»Hat einer alten Frau gehört, die ihn einmal im Jahr hervorgeholt hat, um ihn zu polieren.«

»Das hat sie nicht gut gemacht.«

»Gefällt er dir, mein Freund Harry?«

»Wie viel?«

»Fünfhundert.«

Ich lachte. Mutter Fakir ließ einen schnellen Redeschwall auf Urdu auf ihren Sohn los. Der antwortete ebenso schnell.

»Meine Mutter meint, wir könnten auf vierhundertfünfzig runtergehen.«

»Das Ding ist zweihundert wert«, sagte ich. »Und das ist noch großzügig.«

Die Diskussion ging weiter. Fakirs Frau sagte währenddessen kein Wort, sondern stand nur mit stoischer Miene herum. Ihre Beine zitterten. Mutter Fakir sah aus, als wäre sie auf der Jenny-Craig-Diät – in dem Sinne, dass sie nicht die Fertigprodukte gegessen hatte, sondern die berühmte Ernährungsberaterin selbst. Und zum Nachtisch hatte sie Dan Aykroyd verspeist.

»Ich gebe jetzt einen Leerschuss auf den Boden ab«, sagte ich. »Nur dass ihr Bescheid wisst und nicht auf mich schießt.«

Ich betätigte den Abzug. Niemand schoss auf mich. Der Hahn ließ sich leicht spannen.

»Der Hahn lässt sich schwer spannen«, sagte ich.

Harry McGlade, Meister im Feilschen.

»Ich kann auf vierhundert runtergehen«, sagte Fakir, »aber wenn ich noch tiefer gehe, wird meine Mutter mich enterben. Dann lande ich auf der Straße, wo ich mir die Augen ausbrennen und betteln muss, um zu überleben.«

»Lass mich Probe schießen.«

Fakir ging wieder in den Lagerraum und holte eine Schachtel Patronen. Er lud eine in die Trommel – Fakir war ein vorsichtiger Mensch – und trat beiseite.

Ich ließ die Trommel mit einem geübten Handgriff einrasten, streckte den Arm aus und visierte das Ziel über Kimme und Korn an. An das Schießen mit der linken Hand hatte ich mich noch nicht richtig gewöhnt, aber man muss kein Scharfschütze sein, um ein Objekt aus eineinhalb Metern Entfernung zu treffen. So nahe stand ich nämlich vor der Zielscheibe. Ich zielte fünf Zentimeter über den Kopf der Silhouette und drückte ab.

Der Rückstoß war brutal, aber meine Hauptwaffe war eine .44er Magnum, und die hatte einen Rückstoß, der einem die Zähne ausschlagen konnte, wenn man nicht damit rechnete und die Waffe nicht fest genug hielt. Ich wusste also, wie man eine solche Waffe handhabte, und behielt meine Zähne.

»Schlechte Nachricht«, sagte ich zu Fakir. »Ich habe auf den Körper gezielt. Das Ding ist völlig daneben.«

Das stimmte natürlich nicht. Ich hatte ziemlich genau dort getroffen, wohin ich gezielt hatte, nämlich fünf Zentimeter über dem Kopf. Aber wenn ich so tat, als ob die Waffe nichts taugte, konnte ich den Preis weiter nach unten drücken.

Ein cleverer Besitzer würde die Waffe selbst testen, aber ich wusste, dass Fakir nicht einmal einen Elefanten treffen würde, selbst wenn dieser tot wäre und den Revolver im Arsch stecken hätte. Er wechselte ein paar unverständliche Worte mit seiner Mutter und sah mich traurig an.

»Meine Mutter ist bereit, auf vierhundert runterzugehen. Aber dafür muss ich heute Nacht draußen schlafen.«

Ich tat so, als dächte ich über das Angebot nach, und schüttelte nach einer Weile den Kopf.

»Tut mir leid, Fakir. Ich zahle nicht mehr als dreihundert.«

Er machte ein Gesicht, als hätte ich ihm eine Ohrfeige verpasst, und Tränen traten ihm in die Augen. Dieses Mal redete hauptsächlich seine Mutter, während Fakir nur hin und wieder einsilbig grunzte. Schließlich holte er ein Taschentuch hervor und wischte sich damit über das Gesicht.

»Meine Mutter meint, wir können auf dreihundertachtzig runtergehen. Aber dann muss ich einen Monat lang auf mein Abendessen verzichten.«

»Dreihundertfünfundsiebzig«, konterte ich.

Die Diskussion ging weiter. Ich hatte das Gefühl, sie redeten darüber, was für ein Arschloch ich war. Das konnte ich ihnen nicht verübeln.

»Dreihundertfünfundsiebzig, aber das ist mein niedrigster Preis. Außerdem muss ich bis zu meinem fünfzigsten Geburtstag mein Frühstück aus dem Hundenapf essen.«

»Wie alt bist du jetzt?«

»Sechsunddreißig.«

»Ich hätte dich auf Mitte zwanzig geschätzt«, log ich. »Bekomme ich die Munition kostenlos dazu?«

Er seufzte. Frische Tränen traten ihm in die Augen.

»Ich gebe dir sechs Patronen. Aber Freunde sollten sich nicht auf diese Weise finanziell übervorteilen.«

»Abgemacht.«

Wir besiegelten den Deal mit einem Handschlag. Ich nahm das Bargeld aus meiner Brieftasche, während er mir eine braune Papiertüte für den Revolver und die Kugeln gab.

»Ich brauche auch noch etwas Kleineres«, sagte ich. »Das Billigste, was du hast. Es muss nicht einmal schießen.«

»Verstehe. Du brauchst eine Waffe, die du der Person, die du erschossen hast, unterjubeln kannst, damit es wie Notwehr aussieht.«

»Du guckst dir zu viele Krimis an«, sagte ich, obwohl ich die Waffe aus genau diesem Grund brauchte.

»Ich habe das Richtige für dich.«

Er trat durch die U-Boot-Luke, kam mit einer schwarzen Schachtel wieder und gab sie mir.

Darin befand sich ein rostiger Klumpen mit der Form einer Pistole.

»Woher hast du das Ding?«, fragte ich. »Von der Titanic?«

»Du hast gesagt, es muss nicht schießen.«

»Wie wäre es mit etwas, das ich nicht bis zum Jahr 2098 in Rostlöser einweichen muss?«

»Ich bin sicher, dass sich unter all dem Rost eine ausgezeichnete Schusswaffe befindet.«

»Schon möglich. Es könnte aber genauso gut eine Schachtel Nägel oder ein Klumpen Roheisen sein. Nur ein Idiot würde so etwas kaufen.«

»Du kannst sie für zehn Dollar haben.«

»Ich nehme sie.«

Fakir schloss die U-Boot-Luke und brachte die Sicherheitsvorrichtung an. Währenddessen geleiteten Mrs Fakir und Mutter Fakir mich hinaus. Das Treppensteigen nahm viel Zeit in Anspruch, da Mrs Fakir nach jeder Stufe verschnaufen musste. Als wir endlich oben ankamen, war Fakir mit dem Abschließen der Luke fertig und befand sich direkt hinter uns.

»Willst du nicht vielleicht doch eine Dose Cola, mein Freund Harry?«, fragte er, während er seinen Laden wieder öffnete.

»Nein danke.«

»Es ist schwierig, seinen Lebensunterhalt in einem Land zu verdienen, wo der Wettbewerb so hart ist.«

»Du kannst jederzeit deine Preise senken.«

»Aber das würde meine Gewinnspanne verringern.«

Ich erwiderte nichts darauf. Plötzlich ertönte ein Schrei, und Mrs Fakir erschien im Türrahmen. Sie sah müde und traurig aus, obwohl Mutter Fakir nicht mehr auf ihrem Rücken saß.

»Um Himmels willen«, sagte Fakir. »Meine Frau hat meine Mutter wieder mal die Treppe hinunterfallen lassen. Ich muss nach ihr sehen, mein Freund Harry.«

»Machs gut«, sagte ich.

Fakir nahm eine acht Dollar teure Packung Heftpflaster von einem Regal und verschwand. Ich wartete, bis er weg war, klaute eine Dose Cola Light aus dem Kühlregal und machte mich auf den Weg.

Phin

Als ich zwölf Stunden später aufwachte, roch ich brutzelnde Spiegeleier.

Ich streckte mich und spürte, wie sämtliche meiner Wehwehchen zum Leben erwachten. Ich befand mich in Pashas Schlafzimmer. Anstelle der Lappen, die ich mir um die Arme gewickelt hatte, trug ich jetzt professionelle Verbände. Ich schob sie ein wenig zurück und sah Nähte an beiden Handgelenken.

Pasha hatte mir außerdem eine Infusion in einen Handrücken gelegt.

Eine Ärztin als Freundin zu haben, brachte eben Vorteile mit sich.

Groucho, ihr Kater, saß am Fußende meines Bettes und starrte mich mit mäßig interessiertem Blick an, wie es Katzen eben so machen.

Unter Aufbietung aller meiner Willenskräfte zog ich die Infusionsnadel aus der Hand, schloss die Schlauchklemme, damit das Tropfen aufhörte, schaukelte mich aus dem Bett und ging ins Bad. Ich verrichtete meine Notdurft, putzte die Zähne und überlegte, ob ich duschen sollte. Aber da ich die Verbände nicht nass machen wollte, schlüpfte ich stattdessen in den blauen Bademantel, den Pasha für mich an die Badtür gehängt hatte, und folgte dem Essensgeruch in die Küche.

Meine Dame stand am Herd und hantierte mit Töpfen und Pfannen. Sie trug den gleichen Bademantel wie ich. Ihr stand er aber viel besser.

Ich trat von hinten heran und schlang die Arme um sie. »Ich liebe dich.«

Pasha langte nach hinten und massierte mir den Nacken. »Die Schnittwunden an deinen Handgelenken waren tief. Muss ich die Hotline für Suizidprävention anrufen?«

»Nein, musst du nicht. Danke, dass du mich verarztet hast.«

Sie drehte sich zu mir um, und wir küssten uns kurz. Dann setzte ich mich an den Tisch, und sie servierte mir Eier mit Speck, die ich gierig verschlang.

Während meiner alles andere als zivilisierten Attacke auf das Essen hüllte Pasha sich in wohliges Schweigen. Wahrscheinlich hatte sie eine Menge Klärungsbedarf, angefangen mit meinem Verschwinden mitten in der Nacht bis hin zu der Frage, was zum Teufel mit mir passiert war.

»Du willst bestimmt wissen, was passiert ist«, sagte ich und trank gierig den letzten Schluck Orangensaft.

»Ich finde, das habe ich verdient.«

»Das hast du auch. Aber ich bin momentan noch nicht in der Lage, darüber zu reden.«

»Das kann ich verstehen.«

»Tut mir leid.«

»Schon gut. Ich bin Ärztin. Ich kenne mich mit Schweigepflicht aus.«

Ich verzog das Gesicht. »Sehr witzig.«

Wir starrten uns an. Ich hätte ihr gern gesagt, dass ich nur ihretwegen noch lebte. Dass ich an sie gedacht hatte, als ich in dieser Kiste eingesperrt war, und dass ich nur deswegen nicht aufgegeben hatte. Dass ich sie so sehr liebte, dass ich auch in Zukunft weiterkämpfen würde.

Wenn die Zeit dafür reif war, würde ich ihr diese Dinge sagen.

Aber es gab andere Dinge, die ich ihr nicht erzählen konnte.

»Was auch immer zwischen uns läuft, es ist noch nicht vorbei«, sagte sie.

»Nein, das ist es nicht.«

»Du musst das nicht mehr machen. Ich verdiene genug Geld für uns beide.«

»Ich weiß. Aber es ist nun mal mein Job. Ohne ihn käme ich mir nutzlos vor.«

Es war ein vertrautes Thema und das einzige, über das wir uns immer wieder stritten.

»Ich will nicht, dass dir etwas zustößt«, sagte sie zum hundertsten Mal.

»Ich weiß«, sagte ich zum hundertsten Mal.

»Was kannst du mir erzählen?«

Ich fasste mich kurz und verschwieg alles, was sie in die Sache mit hineinziehen und zu einem Beihelfer machen oder ihr einen Grund liefern könnte, mich zu hassen. »Jemand hat mich beauftragt, ein Mädchen zu suchen. Womöglich ist sie tot. Ich muss ihren Mörder finden.«

Pasha wusste genug über meine Arbeit, um keine weiteren Fragen zu stellen. Und ich war so schlau, ihr nicht zu erzählen, dass ich den Dreckskerl auf der Stelle umlegen würde, wenn ich ihn sah.

»Da ist doch noch was«, sagte sie.

Ich nickte und verspürte einen Kloß im Hals.

»Raus mit der Sprache, Phin.«

»Der Krebs ist wieder da.«

Ihre Augen füllten sich mit Tränen. Sie kuschelte sich an mich, und ich drückte sie, so fest ich konnte, ohne dass es mir allzu wehtat.

»Wir können dagegen kämpfen«, sagte sie.

Die Tatsache, dass sie »wir« sagte, gab mir das Gefühl, gleichzeitig schwach und stark zu sein.

»Ja. Das können und werden wir.«

Ich presste meine Lippen auf ihre, und unsere Zungen stießen aneinander. Erst küssten wir uns sanft und zärtlich, dann leidenschaftlich.

Ich packte sie an ihrer schmalen Taille, hob sie hoch und setzte sie auf den Küchentisch. Ihr Mund war auf meinem Hals, und meine Hand war zwischen ihren Beinen. Ich wollte sie schmecken, deshalb ging ich auf die Knie und legte ihre Schenkel auf meine Schultern.

Sie drückte mir gierig ihr Becken entgegen, aber ich ließ mir Zeit. Küsste und leckte sie, machte sie geil. Leckte fester und schneller, bevor ich den Kopf ein wenig zurückzog, worauf sie die Hände nach mir ausstreckte und mein Gesicht wieder in ihren Schoß presste.

Als sie schließlich kam, hielt sie meinen Kopf mit beiden Händen fest und zitterte am ganzen Körper. Anschließend brachte ich sie wieder langsam in Fahrt, bis ich es keine Sekunde länger aushielt und in sie eindrang. Sie schlang die Beine um meinen Rücken und erwiderte meine Stöße im gleichen Rhythmus. Wir gaben uns ganz unserem Liebesspiel hin und trieben es so laut und obszön miteinander, dass Groucho angewidert aus der Küche flüchtete.

* * *

»Ich bin die letzten Tage vor lauter Angst um dich fast durchgedreht«, sagte Pasha zu mir.

Wir lagen auf dem Küchenboden auf unseren Bademänteln und starrten die Unterseite des Küchentischs an.

»Tut mir leid. Ich hätte dich angerufen, wenn ich gekonnt hätte.«

»Eine Beziehung mit dir … ist eine Herausforderung. Aber ich glaube, das ist es mir wert.«

Ich streckte eine Hand nach ihr aus, und sie schlug sie verspielt weg. »Ich muss zur Arbeit. Und du musst dich ausruhen. Als du hier aufgetaucht bist, warst du halb tot.«

»Ich fühle mich gut. Was war in dieser Infusion, die du mir gegeben hast?«

»Das war eine D5.«

»Was ist das? Morphin?«

Pasha lachte. »Dextrose. Zuckerwasser. Du warst dehydriert.«

»Du hast mir nichts gegen Schmerzen gegeben?«

»Nein. Brauchst du was?«

»Nicht sofort. Ich habe vor einem oder zwei Tagen mit Codein aufgehört. Ich will diese Schiene nicht mehr fahren.«

Das wirst du aber, flüsterte Earl.

Ich ignorierte ihn.

»Wir können mit deinem Onkologen reden und schauen, was er empfiehlt. Ich muss jetzt unter die Dusche.«

»Ich komme mit.«

Sie löste ihren nackten Körper von mir, ging zu dem Schrank unter dem Spülbecken und entnahm ihm zwei Plastikmüllbeutel. Die streifte sie mir bis zu den Ellbogen über meine Arme und fixierte sie mit Klebeband.

Die Beutel schützten nicht nur meine Verbände vor Nässe, sondern hinderten mich auch daran, an Pasha herumzufummeln, denn ihren eingeseiften Körper konnte ich damit nicht festhalten.

Ich war als Erster fertig, trocknete mich ab, entfernte die Beutel und wischte den beschlagenen Spiegel ab, um einen Blick auf mich zu werfen.

Ich sah immer noch wie ein Zombie aus. Aber meine Augen glichen nicht mehr zwei ausgebrannten Löchern, sondern funkelten wieder ein bisschen.

So etwas hatte ich lange nicht mehr gesehen.

In der Kommode im Schlafzimmer fand ich eine Jeans, die mir gehörte. Ich ging zum Schrank und suchte mir ein passendes Hemd.

Pasha kam aus dem Bad. Sie war in ein Handtuch gehüllt und hatte ein anderes wie einen Turban um den Kopf gewickelt. Als sie mich sah, runzelte sie die Stirn.

»Du gehst weg.«

»Ich muss.«

Es klang dürftig. Pasha wandte den Blick von mir ab, was ich ihr nicht verübeln konnte. Eine Entschuldigung, eine Umarmung, ein Kuss, das Versprechen, dass ich wiederkommen würde – nichts davon hätte eine Reaktion hervorgerufen. Also verschwand ich einfach und ließ Pashas Missfallen an mir abprallen.

Danke, dass du mich verarztet hast. Danke für das Frühstück und den Sex. Ich muss jetzt los, um einen Mann zu töten.

Bescheuertes Macho-Gehabe. Warum mussten Männer mit ihrer Gewalttätigkeit und Aggression so viel Schaden auf der Welt anrichten?

Aber dieses Spiel war bereits erfunden, als ich anfing, mitzuspielen. Ich hatte die Regeln nicht gemacht.

Ich war bei diesem Spiel einfach nur besser als die meisten.

Tucker Shears würde das schon bald am eigenen Leib erfahren.

Jack

Während ich fuhr, rief Herb Cluck an und bat ihn, die Adressen von Gartencentern in Bankfield nachzuschauen.

»Gibt keine«, kam Clucks Stimme aus der Freisprechanlage.

»Keine?«, wiederholte Herb.

»Nichts. Null. Nada. Niente. Kein einziges.«

Herb und ich wechselten einen Da-hat-uns-wohl-jemand-verarscht-Blick.

»Wie siehts mit der näheren Umgebung aus?«, fragte Herb.

»Laut Telefonbuch ist das nächste Gartencenter sechzehn Kilometer weit weg. In der Higgins Road ist nichts.«

»Versuchen Sie es mit Google«, sagte ich.

Nach einer Pause von etwa dreißig Sekunden sagte Cluck: »Im Telefonbuch steht kein Google.«

»Benutzen Sie einen Computer«, sagte Herb.

»Ich traue keinem Computer. Habe gehört, da kann man sich Viren einfangen. Ich will meine Frau nicht anstecken.«

Ich wusste nicht, ob der alte Knacker uns nur verarschte.

»Schauen Sie unter Blumenläden nach«, schlug ich vor.

Ich konnte ihn vor meinem geistigen Auge sehen, wie er mit dem Finger über die Gelben Seiten fuhr. »Da gibt es zwei. Und einen Laden, der sich *Plantasy Zone* nennt.«

»Was ist das für einer?«

»Weiß nicht. Moment, da ist eine Annonce. Die vermieten Pflanzen. Was zum Teufel soll das heißen? Pflanzen mieten? So nach dem Motto: Hey Liebling, leihen wir uns heute einen Film in der Videothek? Nein, mieten wir lieber einen Rosenstock.«

»Ist der Laden in der Higgins Road?«, fragte Herb.

»Ja.« Cluck las die Adresse vor.

Wir brauchten dreiundvierzig Minuten dorthin.

An dieser Stelle muss ich etwas zum Thema Mobilität sagen. Die Leute jammern ständig darüber, dass sie ein Drittel ihres Lebens mit Schlafen verschwenden (na ja, zumindest die Glücklichen, die schlafen können), aber ich hatte schon immer ein Problem damit, mich von A nach B zu bewegen. Wenn man unterwegs war, verbrachte man die Zeit bis zur Ankunft am Ziel in einer Art Warteschleife.

Meine Mutter mochte den Spruch: Der Weg zählt, nicht das Ziel. Ich verstand, was sie damit sagen wollte, war jedoch anderer Meinung. Das Ziel war ein Laden, der Pflanzen vermietete, und die Antworten, die wir dort erhielten, konnten uns vielleicht helfen, einen Mörder zu fangen. Der Weg dorthin beinhaltete dreiundvierzig Minuten im Auto zusammen mit Herb. Ich musste ihm dabei zuhören, wie er eine Tüte Maischips verschlang. Das Knistern der Tüte. Das Knirschen der Chips beim Kauen. Die kleinen zufriedenen Geräusche, die seiner Kehle nach dem Schlucken entwichen. Und dann dieses schreckliche Ritual des Abschleckens der Finger.

Meine Mutter konnte vom Weg schwärmen, so viel sie wollte. Teleportation wäre mir persönlich lieber. Oder vielleicht auch nur ein Paar Ohrenstöpsel.

Die Ladenzeile an der Zieladresse sah aus wie alle anderen in den Vororten. Diese hier bestand aus sieben Geschäften: einem Bioladen, einem China-Restaurant, einem Waschsalon, einer Wechselstube, einem Antiquariat, einem Ein-Dollar-Laden und der *Plantasy Zone.*

Wir parkten und gingen hinein.

»Wir vermieten Pflanzen«, sagte Penny, eine kleine, lebhafte Brünette, die eine Gartenschere in den behandschuhten Händen hielt. Sie war gerade dabei, eine der über hundert Pflanzen unterschiedlicher Sorten und Größen zu stutzen, die sich über die gesamten Räumlichkeiten verteilten und alle äußerst gesund aussahen.

»Gibt es dafür überhaupt Kundschaft?«, fragte ich.

»Natürlich. Wir vermieten an Geschäfte, Restaurants, Bürogebäude und Firmen. Außerdem bieten wir als zusätzliche Dienstleistung das Bewässern und Düngen der Pflanzen an. Die richtige Pflanze kann ein trostloses Büro in einen kreativen und produktiven Arbeitsplatz verwandeln. Nehmen Sie zum Beispiel Ben.« Sie deutete auf den Baum zu ihrer Linken. »Er ist viel schöner anzuschauen als eine kahle Bürowand, er produziert Sauerstoff, wirkt beruhigend auf das Unterbewusstsein und bringt ein Stück Natur nach drinnen.«

»Ben?«, fragte Herb.

»Er ist ein Ficus benjamini, eine Birkenfeige«, erklärte Penny stolz, als redete sie über ihr einziges Kind.

Interessant. Das einzige lebende Gewächs auf unserem Revier war der Schimmel auf der Toilette. Ein paar Pflanzen würden unser Büro bestimmt schöner und freundlicher machen.

Aber wahrscheinlich würde sie uns jemand klauen.

»Sind Sie die Eigentümerin?«, fragte ich.

»Nein, ich bin die Geschäftsführerin. Was kann ich für Sie tun?«

Ich zückte meine Polizeimarke. »Lieutenant Daniels, Morddezernat. Das ist Detective Benedict. Kennen Sie diesen Lastwagen?« Ich zeigte ihr ein Foto des Miet-Lkws, den wir in Mount Cisco gefunden hatten.

»Ich bin mir nicht sicher, aber das könnte Garretts alter Lastwagen sein, bevor er sich den neuen angeschafft hat.«

»Garrett arbeitet für Sie?«

»Streng genommen nein. Er ist nicht bei uns angestellt. Er ist ein selbstständiger Auftragnehmer und arbeitet für Mr Cline.«

»Mr Cline?«

»Edward Cline. Der Eigentümer. Ihm gehören vierzehn Filialen in vier Bundesstaaten. Sein Hauptquartier ist in Minnesota.«

»Wissen Sie noch, wann Sie den Lkw zuletzt gesehen haben?«

»Keine Ahnung. Vielleicht letzten Winter? Dezember oder Januar?«

»Was macht Garrett genau?«

»Er bringt uns die Pflanzen von den Baumschulen.«

Ich betrachtete die Wand hinter dem Verkaufstresen, die einzige, die nicht von Blätterwerk verdeckt war. Dort hing eine Liste mit den Namen verschiedener Pflanzen und ihrer monatlichen und jährlichen Mietpreise. Wenn ich Ben für ein Jahr mit zu mir nach Hause nehmen wollte, müsste ich dafür fünfhundertdreißig Dollar hinblättern.

Penny folgte meinem Blick. »In diesem Preis ist natürlich einmal Gießen die Woche inbegriffen. Und wir kümmern uns um das Stutzen und Abstauben.«

»Ist das der Eigentümer?«, fragte ich und zeigte auf das eingerahmte Foto, das unter der Preisliste hing und einen braun gebrannten, lächelnden Mann zeigte, der einem anderen Mann mit dem Aussehen eines Politikers die Hand schüttelte.

»Ja, das ist Mr Cline. Sechs von unseren Pflanzen stehen im Büro des Gouverneurs von Minnesota und siebzig weitere in staatlichen und städtischen Behörden in Minnesota, Wisconsin, Illinois und Iowa.«

Finanziert durch unsere Steuergelder. Damit Angestellte im öffentlichen Dienst im Grünen arbeiten durften.

Meine Gedanken waren abgeschweift, und ich kam wieder auf das eigentliche Thema zurück. »Wenn Garrett eine Lieferung bringt, wie läuft das ab?«

»Er fährt zum Hintereingang, lädt sie aus dem Lastwagen und trägt sie ins Geschäft. Bei großen Pflanzen nimmt er den Gabelstapler.«

»Die Pflanzen werden in diesem Zustand geliefert?«, fragte ich und deutete auf Ben. »Bereits gestutzt und eingetopft?«

»Du meine Güte, nein. Wenn er sie liefert, müssen sie erst noch gestutzt werden. Wir machen sie sauber und pflanzen sie in die passenden Töpfe. Möchten Sie sich eine Lieferung ansehen, die gerade erst eingetroffen ist?«

Wir wollten das.

Penny führte uns in den hinteren Bereich des Ladens, der voller Pflanzen war. Das war nicht weiter verwunderlich, aber wir erlebten eine äußerst angenehme Überraschung, als wir ihren Zustand sahen. Die Zweige waren mit Plastikfolien und Klebeband umwickelt. Und die Wurzelballen steckten in …

»Jutesäcke«, sagte Herb.

Alles passte zusammen. Die Jutefasern an den Klebebändern, mit denen die Opfer gefesselt worden waren. Die Erde und die toten Blätter in dem Miet-Lkw. Und genügend Zeugenaussagen, um das alles mit diesem Typen namens Garrett in Verbindung zu bringen.

»Garrett hat diese Lieferung gebracht?«

Penny nickte. »Heute Morgen.«

»Haben Sie Garretts Kontaktdaten?«, fragte ich. »Nachname, Telefonnummer, Adresse?«

»Ich habe eine Telefonnummer. Das ist alles.«

Sie suchte sie für uns heraus.

»Wann findet seine nächste Lieferung statt?«

»Er kommt nur zweimal im Monat. Ich weiß aber nie, wann genau. Er ruft vorher an.«

»Haben Sie auch Mr Clines Kontaktdaten?«, fragte ich.

»Natürlich. Aber er ist die nächste Woche im Urlaub. Steckt Garrett in Schwierigkeiten?«

Während Herb telefonierte, stellte ich Penny ein paar weiterführende Fragen. Sie beschrieb Garrett als einen stillen und fleißigen Menschen, der sich bei seinen Lieferungen professionell verhielt und sich nicht auf Small Talk einließ. Ich ließ mir die Namen der anderen Angestellten dieser Filiale geben und wollte Penny gerade fragen, wo Garrett die Pflanzen abholte, als Herb zurückkam. Ich entschuldigte mich und ging zu ihm. Herb war schwer zu durchschauen, aber er sah nicht gerade erfreut aus.

»Ich habe Cline angerufen. Seine Sekretärin war am Apparat. Er ist im Urlaub. Angeblich kennt sie Garrett nicht. Aber wir haben einen Treffer. Garretts Handy. Es ist auf den Namen Garrett McConnroy registriert. Wohnhaft in Briarpatch, Minnesota.«

In einem anderen Bundesstaat. Das machte die Sache kompliziert.

»Vorstrafen?«

»Zwei Verurteilungen wegen Körperverletzung. Er hat die Tat beide Male zugegeben und musste gemeinnützigen Dienst ableisten. Keine Gefängnisstrafe.«

»Weiß man, was er zurzeit fährt?«

»Nein.«

»Glaubt Hellmann, dass wir genug für einen Haftbefehl in der Hand haben?«

»Wenn das kriminaltechnische Labor eine Übereinstimmung bei der Jute und dem Klebeband findet, dann ja. Michaels vom Dezernat für Eigentumsdelikte hat die illegale Werkstatt hochgenommen. Die Feilspäne stammen von dort. Aber Hellmann musste sich auf eine Generalamnestie einlassen. Der gesamte Autodiebering ist auf freiem Fuß.«

Das war bedauerlich, aber Mord war wichtiger als gestohlene Autos.

»Hast du das alles an Bains weitergegeben?«, fragte ich.

»Er wusste bereits Bescheid. Jack … er übergibt den Fall ans FBI.«

Scheiße!

»Wir brauchen das FBI nicht. Wir können bei den Behörden in Minnesota einen Auslieferungsantrag stellen oder einfach nur diesen Laden hier observieren lassen und warten, bis Garrett wieder nach Illinois kommt.«

»Der Fall ist zu brisant für den Bürgermeister. Er will ihn loswerden.«

Das Ganze wurde immer schlimmer. »Der Bürgermeister ist bereits informiert?«

»Bains hat mir gesagt, das FBI hätte den Fall sowieso übernommen. Da der Verdächtige in einem anderen Bundesstaat lebt, sind sie zuständig. Sie haben bereits ein Team losgeschickt.«

Langsam dämmerte es mir. »Wir sind also … fertig?«

»Wir haben getan, was wir konnten, und den Fall gelöst. Du hast ihn gelöst. Wenn du nicht dahintergekommen wärst, dass der Miet-Lkw gestohlen war, hätten wir jetzt nichts. Das FBI wird mit den Kollegen in Minnesota zusammenarbeiten und den Kerl kriegen. Wir machen bei Bedarf unsere Aussage und sind fertig.«

Ich wusste, dass es hier nicht um Ruhm oder Glanz und Gloria ging. Sinn und Zweck der Übung war, die bösen Jungs von der Straße zu bekommen. Ob ich sie festnahm oder das FBI, spielte keine Rolle.

Trotzdem stieß es mir sauer auf. Ein ziemlich enttäuschender Abschluss. Und wir konnten nichts dagegen tun.

»Kommst du mit auf ein paar Drinks?«, fragte Herb.

Ich nickte. »Die erste Runde geht auf mich.«

Harry

Rex weckte mich, indem er mein Gesicht ableckte.

»Willst du Gassi gehen, Junge?«

Ich warf einen Blick auf die Uhr. Es war fast zwölf Uhr mittags.

Nach meinem gestrigen Besuch bei Fakir war ich eine Stunde ziellos in der Gegend herumgefahren, um herauszufinden, ob mir jemand folgte. Wenn man unter Beschuss kommt, neigt man zu einer gewissen Paranoia.

Da ich keine Verfolger wahrnahm, plante ich sorgfältig meinen nächsten Schritt. Ich hätte Pumas Adresse observieren und darauf warten können, dass der Jeep wieder auftauchte, aber diese Aufgabe hatte ich an den Portier delegiert. Ich hätte noch einmal nach Maple Hills fahren und das Mobilheim beobachten können, aber das sah nach zu viel Arbeit aus, da ich weit fahren müsste. Stattdessen ging ich ins Kino. Allein. Danach ging ich essen. Allein. Und dann hatte ich ein paar Drinks.

Ja, Sie Klugscheißer, das tat ich ebenfalls allein.

In einem seltenen Anflug von Selbstreflexion fragte ich mich, warum ich ständig allein war, und gelangte zu der naheliegenden Schlussfolgerung, dass die ganze Welt scheiße war.

Würde ich jemals eine eigene Familie haben? Als ehemaliges Waisenkind ging mir diese Frage oft durch den Kopf. Es wäre bestimmt schön, mein Leben mit jemandem zu teilen und vielleicht Kinder großzuziehen. Aber wahrscheinlich wären die nur Arschlöcher und würden viel Geld kosten.

Na ja, jedenfalls war der gestrige Tag nicht besonders produktiv gewesen.

Heute würde es anders sein. Ich würde mein Pferd ausführen und anschließend etwas Privatschnüfflermäßiges und Cleveres unternehmen, um das Arschloch zu finden, das Cherry regelmäßig sah. Und schließlich würde ich etwas Wagemutiges und Heldenhaftes tun, um das Arschloch aufzuspüren, das mich töten wollte.

Klang nach einem idiotensicheren Plan.

Ich machte Katzenwäsche, zog mich an und ging mit Rex nach draußen. Ein Stück weiter die Straße entlang hielt wieder der depressive Kutscher, dem ich zu viel Trinkgeld gegeben hatte, und als Rex ein anderes Pferd sah, verfiel er sogar in einen Galopp und zerrte mich hinter sich her. Als er zu Mirna gelangte, beschnüffelten sich die beiden Pferde und wieherten.

»Sie mögen sich«, sagte der melancholische Typ.

»Nun ja, ich kann Ihnen Rex als Zuchthengst vermieten, aber Sie müssen ihn mit einem Flaschenzug auf die passende Höhe ziehen.«

Der Typ lachte. Ich zog Rex weg und spazierte mit ihm um den Block, wobei wir zweimal anhielten und Fotos mit Kindern machten. Ich erklärte gerade einer jungen Mutter, dass ihr kleiner Liebling sich selbstverständlich für zwanzig Dollar auf das süße Pferdchen setzen durfte, als mein Handy klingelte.

»Mr McGlade? Ich bins, Jasper.«

Der Name kam mir bekannt vor. »Jasper? Schön, dass Sie anrufen. Es ist schon eine Ewigkeit her, seit wir auf dem Rücksitz die Flasche Wein miteinander getrunken haben.«

»Ich bin Jasper, der Portier in dem Haus, in dem Meredith Star wohnt.«

Dieser Name kam mir ebenfalls bekannt vor. Moment! Das war der Typ, den ich gebeten hatte, nach dem Jeep Ausschau zu halten.

»Hey Jasper. War der Jeep wieder da?«

»Ja. Der Fahrer hatte Merediths Freundin dabei. Sie haben sie abgeholt und sind weggefahren.«

»Wann war das?«

»Vor fünf Minuten.«

»Haben Sie sich das Kennzeichen notiert?«

»Ja.«

»Wie lautet es?«

Eine Pause, dann: »Mr McGlade, wir hatten eine Abmachung.«

»Richtig. Was hatte ich gesagt? Zwanzig Dollar.«

»Sie haben mir vierzig versprochen.«

»Okay. Ich bin unterwegs.«

Ich beendete das Gespräch. Die Mutter hielt mir einen Zwanzigdollarschein hin.

»Tut mir leid«, sagte ich. »Auf dem Pferd sitzen kostet jetzt das Doppelte.«

Phin

Auf der Mautautobahn herrschte dichter Verkehr, aber das störte mich nicht. Ich legte eine der Kassetten ein, die ich aus Tucker Shears' Safe entwendet hatte.

In den zehn Minuten, in denen ich sie abspielte, hörte ich ein Gespräch über ein Spiel der Blackhawks zwischen ihm und einem Freund namens Garrett, eine Nachricht von einem Telefonverkäufer, der ihn fragte, ob er an einer Umfrage teilnehmen wolle, ein Telefonat mit einem Mädchen namens Wanda, eine Nachricht von Wanda und so weiter.

Anscheinend war Shears einer von diesen Spinnern, die sämtliche Telefongespräche aufzeichneten und archivierten. Vielleicht war er paranoid. Vielleicht wollte er andere damit erpressen. Was auch immer, er hätte von Nixon lernen sollen, denn jetzt waren seine Kassetten in den falschen Händen.

Ich sah auf die Datumsangaben auf den Etiketten und legte eine Kassette ein, die auf den Monat von Amys Verschwinden datiert war.

Die erste Aufnahme war ein Gespräch zwischen Tucker und einer Frau, die, wie ich schnell begriff, für eine Telefonsex-Hotline arbeitete. Seine sexuelle Perversion, die er äußerst detailliert beschrieb, drehte sich darum, Frauen wehzutun. Die Telefonsexdame, deren gespielte Schmerzensschreie offensichtlich für Tuckers Geschmack nicht überzeugend genug klangen, beschimpfte ihn schließlich als Arschloch und legte auf.

Das nächste Gespräch war sogar noch beunruhigender. Tucker leierte die gleiche Litanei an Drohungen und abartigen Fantasien herunter, diesmal allerdings nicht gegenüber einer professionellen Telefonsexanbieterin, sondern einer Frau, die richtig verängstigt klang.

Bei meiner Arbeit waren mir viele emotional labile Menschen begegnet. Gewalttätige Kriminelle ließen sich in der Regel in drei Kategorien einordnen. Da waren zunächst Typen wie ich, die Gewalt als Mittel zum Zweck anwandten und dabei ihre Gefühle abschalteten. Dann gab es solche, die ihre Aggressionen nicht im Zaum halten konnten und andere verprügelten, wenn sie wütend wurden. Und zur zahlenmäßig kleinsten Gruppe gehörten jene, denen es wirklich Spaß machte, anderen wehzutun.

Mein Vater konnte seine Wut nicht zügeln.

Mein älterer Bruder, ein Monster namens Hugo, war ein Schläger, Sadist, Psychopath und Schlimmeres. Er hatte mich nur deshalb nicht während unserer Jugend getötet, weil ich gerannt war, bevor sich ihm die Gelegenheit geboten hatte. Soviel ich wusste, hatte Hugo sich irgendeiner militanten faschistischen Hassgruppe angeschlossen. Emotional passte er da voll hinein. Hin und wieder hatte ich immer noch Albträume, in denen er vorkam. Ich hoffte wirklich, dass er inzwischen tot war.

Tucker klang, als hätte er einiges mit Hugo gemeinsam. Und das machte mir Angst. Von allen schlechten menschlichen Charaktereigenschaften war Sadismus die schlimmste.

Die Kassette spielte eine weitere Aufnahme ab.

»Tucker, bist du da? Ich bins, Amy. Die Polizei hat mich festgenommen, weil ich Koks in meinem Auto hatte. Ich stecke ganz

schön in der Scheiße. Dad wird die Kaution für meine Freilassung zahlen, aber ich brauche dich hier.«

Als Tucker schließlich ans Telefon ging, unterhielten sie sich darüber, wo sie sich nach ihrer Entlassung treffen wollten.

Nachdem sie aufgelegt hatte, führte Tucker ein weiteres Telefongespräch, und der wirkliche Grund, warum Amy abgehauen war, ergab vollkommenen Sinn.

Ich hatte mal gehört, man könne eine Familie als einen Haufen von Fremden definieren, mit denen man gezwungenermaßen zusammenleben musste. Dasselbe traf auf Gefängnisse zu. Mir war schleierhaft, wie es angehen konnte, dass man zum Autofahren einen Führerschein benötigte, während jedes dahergelaufene gestörte Paar Kinder großziehen durfte, ohne dafür eine Ausbildung, Lizenz, Erfahrung oder professionelle Aufsicht zu benötigen. Ich will damit nicht sagen, dass der Staat Elternlizenzen vergeben sollte, aber es müsste einen Mittelweg zwischen einem Überwachungsstaat und einer Gesellschaft geben, die es zulässt, dass Kinder vernachlässigt, missbraucht, unterernährt und vergewaltigt werden.

Ich hörte mir weitere zwanzig Minuten an, in denen Tucker sein Bestes tat, um sich die Nominierung zum schlimmsten Menschen des Jahres zu sichern, aber von Amy war nichts mehr dabei. Ich nahm die Kassette heraus und legte die neueste ein, die frisch von seinem Anrufbeantworter kam.

»Tucker.«

»Hey Alter, hier ist Eddie. Wann kommst du rauf zum See?«

»Morgen. Irgend so ein Arschloch hat an meine Tür geklopft und Fragen gestellt.«

»Das scheint ja eine regelrechte Epidemie zu sein. Mir ist ein Typ zum Mobilheim gefolgt. War deiner dick, unrasiert, mit braunen Haaren?«

»Nein, das Arschloch hatte 'ne Glatze.«

»Meinst du, das hat was mit dem Lkw zu tun? War überall in den Nachrichten, Alter. Die Bullen haben den Lkw mit den Motels in Verbindung gebracht.«

»Sag bloß nichts Dummes am Telefon, du Dummkopf.«

»Du leidest echt unter Verfolgungswahn.«

»Man weiß nie, wer alles mithört.«

Was du nicht sagst! Das ist genau der Grund, warum du deine Gespräche nicht aufzeichnen solltest, du Idiot.

»Wo ist der Typ jetzt?«, fragte Eddie.

»Im Urlaub. Ich rechne nicht damit, dass er wieder auftaucht. Seine Unterkunft ist äußerst zurückgezogen und äußerst exklusiv.«

Eddie lachte glucksend. *»Du bist echt krass drauf, Alter. Erinnere mich daran, dass ich dich nie als Feind haben möchte.«*

»Was macht dein Typ?«

»Ich habe Garrett bezahlt, damit er sich um ihn kümmert. Er glaubt, das hat er.«

»Glaubt?«

»Wenn es beim ersten Mal nicht geklappt hat, versucht er es noch mal. Garrett ist zuverlässig.«

»Dein dämlicher Freund ist schuld daran, dass der Lkw gefunden wurde.«

»Jetzt krieg dich wieder ein, Alter. Der ist sauber.« Erneutes Gelächter. *»Na ja, nicht wirklich. Aber wir haben alles abgewischt.«*

»Hast du einen Baum zur Lieferung fertig?«

»Garrett kümmert sich darum.«

»Verdammt noch mal, hält der dir auch beim Pissen den Schwanz?«

Eddie lachte erneut. *»Nein. Aber vielleicht, wenn ich ihm eine Gehaltserhöhung gebe.«*

»Hey, soll ich ein Mädchen mitbringen? Ich kann unterwegs eine Tramperin mitnehmen.«

»Ich hab schon zwei Mädels, Alter. Und jetzt halt dich fest … es sind Stripperinnen.«

»Sag bloß! Du Frauenheld.«

»Die blöden Schlampen glauben, ich wäre ein Talentscout.« Wieder lachten sie. *»Ich finde es geil, wenn sie hier ankommen und keine Ahnung haben, was abgeht.«*

»Ich muss jetzt Schluss machen. Wir sehen uns morgen in der Hütte. Ist Chad auch da?«

»Wenn wir ihn von seinen Computerspielen wegkriegen.«

»Bis dann. Sorg dafür, dass Garrett zwei Bäume bringt.«

Eddie lachte. *»Ich glaube, wir werden schon ein paar finden. Bis dann, Alter.«*

Während der nächsten halben Stunde hörte ich mir weitere Nachrichten und Gespräche an. Die meisten waren langweilig, einige abstoßend, aber es war nichts dabei, was auf konkrete kriminelle Aktivitäten hindeutete oder mir darüber Aufschluss gab, wo Tucker sich mit Chad, Garrett und Eddie treffen wollte. Tucker war dämlich genug, seine eigenen Gespräche aufzuzeichnen und die Führerscheine von vermutlich ein paar Dutzend vermisster Frauen aufzubewahren, die er wahrscheinlich umgebracht hatte. Aber er ging nicht so weit, sich selbst mit der Teilnahme an einer Straftat zu belasten.

Ich legte eine ältere Kassette ein und ließ noch mehr Banalitäten, obszöne Sprüche und platte Gespräche über mich ergehen, die Tucker und seine bescheuerten Kumpels für clever und witzig hielten. Sie redeten oft über Sport, lästerten über ihre reichen Eltern und erwähnten mehrmals eine Hütte in Minnesota, manchmal auch einen See. Wie ich einigen Andeutungen entnehmen konnte, brachten sie regelmäßig Frauen dorthin, wobei diese nicht freiwillig kamen.

Vielleicht gab es in dem Adressbuch, das ich gefunden hatte, nähere Hinweise.

Ich verließ die Autobahn und fuhr quer durch Chinatown zum Michigan-Motel. Nachdem ich dreimal laut an Kenny Jen

Bang Kos Check-in-Fenster geklopft hatte, kam der alte Mann zum Vorschein. Er wirkte gestresster als sonst.

»Sie waren wieder da«, sagte er.

»Wer?«

»Der Clan. Sie haben gesagt, sie werden dich umbringen.«

»Irgendwelche Nachrichten für mich?«

»Pasha. Viermal. Der Clan kommt wieder.«

»Sonst noch jemand?«

»Dein Freund aus dem Fernsehen. Harry McGlade. Hat gesagt, er dachte, du wärst schon tot. Er kann dir nicht helfen, weil er zu beschäftigt ist, will sich aber mal mit dir treffen. Außer, wenn du schwer krank bist. Das würde ihm die gute Laune vermiesen.«

Das war typisch Harry.

»Der Clan kommt wieder«, sagte Kenny. »Es wird mächtigen Ärger geben.«

Ich versuchte ihn zu überzeugen, dass er sich wegen des Clans keine Sorgen zu machen brauchte. Es nützte nicht viel, denn während ich beruhigend auf ihn einredete, tauchten plötzlich Clan-Mitglieder auf.

Wie hieß es doch so schön? Timing ist alles.

Sie waren zu siebt und stolzierten mit dem protzigen Gehabe und der Unwissenheit von jugendlichen Straftätern aus kaputten Familien auf den Parkplatz. Früher hatte ich ebenfalls diesen Gang draufgehabt und mich dabei unschlagbar gefühlt.

Manchmal tat ich es immer noch.

Ich beobachtete sie, wie sie auf mich zukamen, und erkannte den Typen in der Mitte als den mit der kaputten Pistole.

Ich hatte nicht vor, ihm eine Chance zu geben, sein Glück erneut zu versuchen.

Ich ging zu meinem Bronco, öffnete die Sporttasche und starrte auf meine Waffen. Mit einer Pistole könnte ich sie verscheuchen. Wahrscheinlich. Ich wollte keine Teenager töten, und außerdem würden Schüsse, selbst wenn es nur Warnschüsse waren, die Bullen auf den Plan rufen. Trotzdem schob ich meine 9mm für den Notfall in den hinteren Bund meiner Jeans. Als Nächstes steckte ich mein Messer ein, zog mir den Schlagring über und verbarg die Pfeilpistole unter meiner Jacke. Dabei behielt ich die näher kommenden Clan-Mitglieder im Auge.

Offensichtlich hatten sie das Motel beobachtet und gewartet, bis ich auftauchte. Als sie nahe genug an mich herangetreten waren, lösten sich die zwei an den Rändern von der Gruppe und nahmen zu meinen Seiten Aufstellung. Bis jetzt hatte ich keine Waffen gesehen.

»Hey du! Glatzkopf!«

Es war der mit der kaputten Knarre. Er und zwei seiner Kumpane blieben vier Meter vor mir stehen.

»Jetzt bist du geliefert«, sagte er.

»Bitte hör auf, mir Angst zu machen«, sagte ich. »Ich könnte sonst einen Herzinfarkt bekommen.«

Ich hatte eine Menge coole Sprüche drauf, aber sonst nicht viel. Es sah nicht gut für mich aus. Vielleicht hätte ich Kennys Warnungen doch ernst nehmen sollen.

Der Anführer griff in seine Tasche und holte ein Nunchaku hervor, diese aus zwei mit einer Kette verbundenen Holzstöcken bestehende Schlagwaffe, die von Bruce Lee bekannt gemacht wurde. Er wirbelte die Stöcke mit beängstigender Geschicklichkeit um seine Schultern und stieß dazu kreischende Laute aus.

Mich mit einem Nunchaku verprügeln zu lassen, stand nicht auf meiner To-do-Liste. Deshalb schoss ich ihm mit der Pfeilpistole in die Brust.

Zu meiner Rechten zog jemand eine Waffe, die wie ein Rohr aussah. In der anderen Hand hielt er einen Ingenieurhammer.

Eine improvisierte Pistole.

Wahrscheinlich hatte er sie aus einem alten Kupferrohr zusammengeschweißt. Ich hatte schon ähnliche selbst gebastelte Versionen gesehen. Anstatt einen Abzug zu betätigen, schlug man mit dem Hammer auf das hintere Ende des Rohrs. Theoretisch funktionierte das wie das Schlagstück bei einer Pistole oder einem Revolver und löste den Schuss aus.

In der Praxis waren solche Waffen äußerst ungenau und höchst gefährlich für den Benutzer.

Ich ignorierte den Typen für den Augenblick und richtete meine Aufmerksamkeit auf meine linke Seite, wo zwei Bandenmitglieder auf mich zukamen. Ich richtete die Pfeilpistole auf sie.

»Macht mal langsam, Jungs.«

Sie blieben stehen. Die Pistole war leer, und ich hatte keine Pfeile mehr. Aber das wussten sie nicht.

Es war jedoch nur eine Frage der Zeit, bis sie dahinterkamen.

Der Anführer, den ich mit dem Pfeil angeschossen hatte, wurde schwach auf den Beinen, und seine Leute wirkten verunsichert. Dasselbe konnte man von mir sagen. Ich beherrschte keinen Kampfsport, sondern gewann Schlägereien, weil ich zuerst und fester zuschlug und ein paar Schläge einstecken konnte, bevor ich k. o. ging. Vielleicht könnte ich es mit zwei oder drei von diesen Jungs aufnehmen, aber sechs würden mich totschlagen, was ebenfalls nicht auf meiner To-do-Liste stand.

Ich hatte erkannt, dass ich nicht sterben wollte, und diese Selbstbejahung ging Hand in Hand mit Angst. Angst vor Verletzungen. Angst vor dem Tod. Angst davor, alles zu verlieren.

Es war schon eine ganze Weile her, seit ich richtig Angst gehabt hatte.

Angst ließ einen nachlässig werden und sorgte dafür, dass man zögerte, wenn man eigentlich handeln musste.

Angst konnte einen umbringen.

Ich überlegte, die 9mm aus dem Hosenbund zu ziehen. Es wäre Notwehr.

Aber meine Gegner waren bloß dumme Jugendliche. Sie brauchten eine Tracht Prügel und vielleicht ein bisschen Zeit im Knast. Der Jüngste von ihnen musste sich noch nicht mal rasieren.

Konnte ich wirklich Kinder töten, um mein eigenes elendes Leben zu retten?

Ein Knall zu meiner Rechten, dann ein Schrei. Der Kerl mit dem Rohr brach zusammen. Neben ihm lagen die Reste seiner improvisierten Schusswaffe. Offensichtlich hatte er die Anleitung falsch gelesen, als er das Ding zusammengebastelt hatte, denn es sah aus, als hätte er sich damit in die eigene Hand geschossen.

Plötzlich gingen zwei Bandenmitglieder gleichzeitig auf mich los. Ich sah eine Klinge aufblitzen und reagierte instinktiv, indem ich mit der einen Hand die Pfeilpistole hob, um den Stich abzuwehren, und mit der anderen zu einem Kinnhaken ausholte. Der Schlagring verlieh meinem Hieb eine zusätzliche Geschwindigkeit und Wucht.

In dem jahrhundertealten Kampf zwischen Metall und Zahnschmelz gewann in der Regel das Metall. Zumindest dieses Mal, denn der Typ ging zu Boden und konnte das erste Mal im Leben seine eigenen Zähne sehen, ohne in einen Spiegel zu schauen.

Der Junge hinter ihm traf mich mit einem Fußtritt seitlich am Kopf. Ich wollte ihm mit der Pfeilpistole eins überbraten, schlug jedoch daneben und schleuderte das Ding auf ihn.

Er zuckte zusammen und hielt die Hände vors Gesicht, obwohl mein Wurf das Ziel verfehlte. Ich ließ mich auf ein Knie fallen und verpasste ihm mit dem Schlagring einen Hieb an die Stelle, an der kein Mann jemals getroffen werden möchte.

Er brach zusammen.

Der Typ mit der kaputten Knarre erlag schließlich dem Betäubungsmittel und fiel auf die Fresse.

Vier erledigt, noch drei übrig.

Mit drei Gegnern konnte ich fertigwerden.

Der Partner des Typen mit der selbst gebastelten Pistole ging mit katzenartiger Geschwindigkeit auf mich los und trat mich in die Brust. Da ich bedeutend schwerer war als er, verlor ich nicht das Gleichgewicht, vernahm aber ein deutliches Knacken und wusste aus Erfahrung, dass der Kerl mir eine Rippe gebrochen hatte. Zum Glück war es meine Chordotomieseite, weshalb ich nur ein Kribbeln verspürte.

Ich wich einen Schritt zurück, und er setzte erneut zu einem Tritt an. Dieses Mal sah ich es voraus und drehte mich gerade so weit zur Seite, dass ich sein Bein zu fassen bekam und zwischen meine Achselhöhle klemmte.

Wie ich vorhin schon sagte, war ich schwerer, und als ich mich fallen ließ, riss ich ihn mit zu Boden. Ich rollte ab und brach ihm das Knie, worauf er lauter brüllte, als ich jemals in meinem Leben einen Menschen hatte schreien hören.

Plötzlich traten zwei weitere Jugendliche auf mich ein, und ich verlor den Überblick, welche es waren. Sie landeten drei oder vier gute Treffer, ehe ich einem die Beine unter dem Körper wegtreten und auf meine Augenhöhe bringen konnte.

Ich holte mit dem Schlagring aus. Egal, wie lange dieser Junge noch lebte, man würde ihn immer wieder mit der Frage konfrontieren, was mit seiner Nase passiert sei, denn als meine Faust sein Gesicht traf, platzte diese fein säuberlich in zwei Teile wie eine Tomate, die ein Profikoch mit dem Messer zerschnitten hatte.

Sein Partner bearbeitete mich immer noch mit Tritten. Ich hatte jetzt endgültig die Schnauze voll und zog die 9mm, worauf er sofort seine Attacke einstellte und die Hände hob.

»Es gibt zwei Möglichkeiten, diese Sache zu Ende zu bringen«, sagte ich. »Ihr lasst mich ein für alle Mal in Ruhe, oder ich töte euch auf der Stelle. Was ist euch lieber?«

Er reckte provokativ sein Kinn nach vorne und sagte: »Tod vor Ehrlosigkeit.«

Dummer Junge.

Mein Schlagring traf ihn am Knie, und er brach heulend zusammen. Dann stand ich auf und blickte mich um.

Ich hatte sieben Kerle zur Strecke gebracht, und das in weniger als einer Minute. Nicht schlecht für einen Krebskranken im Endstadium, der die letzten drei Tage in einer Kiste ohne Essen und Wasser eingesperrt war.

Ich wischte mir ein paar Glasscherben vom Hemd und zupfte ein paar weitere aus meinen Verbänden, während ich mich nach der Pfeilpistole umsah. Kenny hatte inzwischen sein schusssicheres Kabäuschen verlassen und rannte wie ein aufgescheuchtes Huhn schreiend auf dem Parkplatz umher. Bestimmt würden in ein paar Minuten die Bullen auftauchen und den Müll abtransportieren.

Ich fand die Pfeilpistole unter einem Mazda und schob sie in den Hosenbund. Dann widmete ich mich einer unangenehmen, aber notwendigen Aufgabe. Da ich nicht wollte, dass diese Kerle mir immer wieder aufs Neue auflauerten, musste ich etwas unternehmen.

Es gab zwei Möglichkeiten: Entweder tötete ich sie oder machte sie für eine Weile kampfunfähig.

Ich beschloss, ihnen sämtliche Finger zu brechen.

Es war eine Warnung an sie, künftig die Finger von mir zu lassen, und nicht allzu schwierig, da ich Cowboystiefel trug. Ich trampelte auf insgesamt sechzig Fingern herum. Eigentlich wären es siebzig gewesen, aber der Typ mit der improvisierten Pistole hatte mir die Arbeit abgenommen, indem er sich selbst die Finger weggeschossen hatte. Na ja, alle bis auf einen, aber irgendwie brachte ich es nicht übers Herz, auch diesen zu ruinieren.

Es würde eine ganze Weile dauern, bis sie wieder gegen mich antreten konnten, es sei denn, sie lernten ihre Nunchakus mit ihren Schwänzen zu wirbeln.

Da die Bullen jeden Moment auftauchen konnten, begab ich mich in mein Motelzimmer und plante meine nächsten Schritte.

JACK

Als wir zurück in Chicago waren, gingen wir in eine irische Kneipe in der Nähe des Polizeireviers. Keine echte irische Kneipe, sondern eine von diesen Fakes, wo es überteuerte gebackene Kartoffelschalen gab und Fanartikel beliebter Sportmannschaften an den Wänden hingen. Aber man schenkte dort irisches Bier aus, und darauf kam es uns an.

Ich saß gerade mit Herb bei unserem dritten Bier zusammen, als Latham anrief.

»Sehen wir uns heute Abend?«, fragte er.

Nach meinem Bier mit Herb noch auszugehen, war das Letzte, worauf ich Lust hatte. Ich war eher in der Stimmung, es mir daheim im Bett gemütlich zu machen, Bier zu trinken, vielleicht eine Pizza zu bestellen und im Home Shopping Network auf Dinge zu starren, die ich mir nicht leisten konnte.

»Liebling, ich fühle mich heute nicht wohl.«

»Bist du krank?«

»Nein. Es hat mit der Arbeit zu tun.«

»Möchtest du darüber reden? Ich kann vorbeikommen und Bier und eine Pizza mitbringen.«

»Darauf habe ich wirklich keine Lust«, antwortete ich. »Ich rufe dich morgen an.«

»Okay. Ich liebe dich.«

»Ich dich auch.« Ich beendete das Gespräch.

»Du stößt ihn von dir weg«, sagte Herb. Mein Freund und Dienstpartner erteilte mir gern ungebetene Ratschläge, eine Neigung, die der Alkohol noch verstärkte.

»Herb, man hat uns gerade einen unserer größten und wichtigsten Fälle weggenommen. Ich will jetzt wirklich nicht über mein Liebesleben diskutieren.«

»Dann mach das mit Latham. Er hat es dir doch angeboten.«

Jetzt fing er schon wieder damit an. »Redest du mit Bernice über deine Arbeit?«

»Um Himmels willen, nein.«

»Du siehst die Heuchelei nicht?«

»Bernice möchte das nicht. Latham schon.«

»Vielleicht will ich aber nicht über den Fall sprechen.«

»Ich dachte, wir reden über Latham.«

»Vielleicht will ich über ihn auch nicht reden.«

»Wie du meinst.« Herb stand auf, holte seine Brieftasche hervor und warf ein paar Scheine auf den Tisch. »Ich gehe nach Hause, habe Sex mit meiner Frau und werfe anschließend den Grill an. Du kannst gern mitkommen.«

»Ich habe keine Lust auf Sex mit deiner Frau.«

»Zum Abendessen, du Klugscheißerin. Latham ist ebenfalls willkommen. Wir laden euch ständig ein, aber ihr kommt nie. Liegt es an meinen Kochkünsten?«

Herb kochte nicht besonders gut. »Deine Kochkünste sind in Ordnung. Ich habe einfach keine Lust, den langen Weg von der Vorstadt nach Chicago und zurück zu fahren. Vor allem nach einem deiner Grillabende, wo der Alkohol in Strömen fließt. Kannst du noch fahren?« Ich spürte den Alkohol.

»Ich wiege fünfzig Kilo mehr als du. Außerdem vertragen Männer Alkohol besser als Frauen. Wie viel Urlaub steht dir noch zu?«

Ich zuckte mit den Schultern. »Weiß nicht. Ein paar Wochen, glaube ich.«

»Mir auch. Ich glaube, ich nehme mir eine Woche frei. Das wird mir und meiner Ehe guttun. Ruf mich an, falls du doch noch vorbeikommen willst.«

»Mache ich. Danke für die Einladung.«

Herb machte sich auf den Heimweg. Bestimmt wusste er, dass ich an diesem Abend nicht mehr zu ihm kommen würde.

Oder vielleicht wusste er es nicht. Vielleicht hatte er die Einladung ernst gemeint und hoffte, dass ich auftauchte. Wir könnten seine mittelmäßigen Grillgerichte essen und anschließend etwas Belangloses machen. Zum Beispiel Scrabble oder Kniffel spielen.

Normale Leute taten so etwas, oder? Wenn sie nicht gerade andere Menschen von sich stießen oder sich in Selbsthass suhlten.

Die Kellnerin kam an meinen Tisch. Sie war eine gut gelaunte junge Frau mit einer Menge Löchern in den Lippen, der Nase und dem Gesicht. Wahrscheinlich erlaubte der Chef keine Piercings. Ich bestellte noch ein Bier und eine Portion gebackene Kartoffelschalen.

In diesem Augenblick kam er herein. Lester Warknuckle. Der Knirps, der Autos klaute, Frauen schlecht behandelte und seine Kumpels verpfiff.

Letztere hatten ihm wohl verziehen, denn er hatte drei von ihnen im Schlepptau.

Sie setzten sich an einen Tisch weiter weg und hatten mich noch nicht bemerkt. Als meine Kellnerin zu ihnen kam, sagten sie etwas zu ihr und lachten dreckig. Die Frau wirkte auf einmal nicht mehr so gut gelaunt. Ein paar Minuten später brachte sie mir mein Bier, und ich stellte fest, dass sie rote Augen hatte.

»Alles in Ordnung bei Ihnen?«

»Ja. Ich habe nur einen unangenehmen Tisch.«

»Haben Sie mit dem Geschäftsführer geredet?«

»Ach, das sind bloß Arschlöcher. Ich kann damit umgehen. Ihre Kartoffelschalen sind gleich fertig.«

Nachdem sie verschwunden war, warf ich Lester einen Blick zu. Als er mich bemerkte, grinste er und zeigte mir den Stinkefinger.

Ich stand auf. Menschen, die andere mobbten, konnte ich nicht ausstehen.

Als ich auf ihn zuging, grinste er nicht mehr. Ich holte meine Polizeimarke aus der Brusttasche meines Blazers und hängte sie mir mit dem Band um den Hals. Kaum war ich bei seinem Tisch angelangt, konnte ich die Angst in seinen Augen sehen.

»Hallo Lester. Na, haben Sie und Ihre Kumpels einen Grund zum Feiern?«

Seine Begleiter hatten alle diesen Blick, an dem man ehemalige Knastbrüder erkennt.

»Und ob wir den haben! Diese Schlampe von der Staatsanwaltschaft hat uns allen einen Deal angeboten und aus dem Knast entlassen.«

Eine Möglichkeit wäre gewesen, ihm zu sagen, er solle sich ordentlich benehmen, und es dabei zu belassen.

Aber ich entschied mich für eine andere Taktik.

Anstatt mich wie eine Erwachsene und eine gute Polizistin zu benehmen, schlug ich mit beiden Handflächen so fest auf den Tisch, dass das Besteck klapperte, und beugte mich nahe an ihn heran. »Feiert woanders.«

Er versuchte, mich niederzustarren, und blinzelte als Erster mit den Augen.

»Das ist ein freies Land, Bullenschlampe. Ich kann essen, wo ich will. Und Sie können mich am Arsch lecken.«

Er lachte ein bisschen zu laut, und seine Freunde stimmten in das Gelächter ein.

Ich bemerkte, dass mehrere Gäste neugierig zu uns herüberschauten.

»Sie möchten also wirklich hier essen, Lester? Na schön, dann erlauben Sie mir, dass ich Ihnen helfe.«

Ich ging zum Pult der Empfangsdame, nahm ein paar Gegenstände, kehrte zu Lesters Tisch zurück und knallte ihm die Kinderspeisekarte und eine Packung Malstifte hin.

»Machen Sie einen Kringel um das gewünschte Gericht, falls Sie nicht lesen können«, sagte ich. »Und sagen Sie mir Bescheid, falls Sie einen Kindersitz brauchen.«

Seine Kumpels lachten, und Lester wurde rot wie ein Stoppschild. Er sah aus, als stünde er kurz davor, sich auf mich zu stürzen.

»Wollen Sie wirklich eine Polizistin angreifen?«, forderte ich ihn heraus. »Vor all diesen Zeugen?«

Er stand auf, starrte mich an und stürmte hinaus.

»Vielleicht solltet ihr nachsehen, ob mit ihm alles in Ordnung ist. Ich habe womöglich seine Gefühle verletzt«, sagte ich zu seinen Freunden.

Sie erhoben sich und schickten sich zum Gehen an, doch ich verstellte dem Größten von ihnen den Weg. Er schaute mich an, als wolle er mich verprügeln, und ein Teil von mir hoffte, dass er einen Versuch unternahm.

»Ich will keinen Ärger«, sagte er.

»Dann lassen Sie Ihrer Kellnerin ein ordentliches Trinkgeld da«, sagte ich zu ihm.

Er warf ein paar Scheine auf den Tisch, woraufhin ich ihn gehen ließ. Das Drama war vorbei, und ein paar Gäste klatschten Beifall. Ich kehrte mit einem flauen Gefühl im Magen zu meinem Tisch zurück.

Gut gemacht, Jack. Echt professionell. Kaum hast du ein paar Bier intus, machst du einen auf Dirty Harry.

Du hasst Schlägertypen und benimmst dich selbst wie einer, und noch dazu vor anderen Leuten.

Wirklich toll!

Die Kellnerin brachte meine Kartoffelschalen und flüsterte mir zu: »Danke.«

Ich fühlte mich deswegen nicht besser. Und die Kartoffelschalen waren fettig und angebrannt.

* * *

Nach dem vierten Bier stieg ich auf Wasser um, schaute zwei Sportmannschaften auf einem der sechsundvierzig Fernsehschirme im Restaurant zu und grübelte vergebens darüber, was in meinem Leben schiefgelaufen war.

Eine Stunde verstrich. Vielleicht mehr. Die Sonne ging unter und die Nacht kam. Ich gab der Kellnerin dreißig Prozent Trinkgeld – mein letztes Bargeld, das ich bei mir hatte – und ging hinaus. Hoffentlich sprang mein Nova an. Meine Automobilclubmitgliedschaft war nämlich abgelaufen, und ich hatte keine Lust, Latham anzurufen. Und ein Taxi konnte ich mir nicht leisten.

Ich hatte vor einem Hydranten geparkt, und als ich in Richtung meines Autos ging, bemerkte ich sie. Auf der anderen Straßenseite standen drei Kerle, die sich Sturmhauben über die Gesichter gezogen hatten. Eigentlich hätte ich sie schon früher sehen müssen, aber ich war in Gedanken versunken, spürte noch die Nachwirkungen des Biers, und meine Augen hatten sich noch nicht an die Dunkelheit gewöhnt.

Plötzlich tauchten hinter mir drei weitere Kerle auf, die ebenfalls Sturmhauben trugen. Einer von ihnen war wesentlich kleiner als die anderen beiden.

Ich dachte an meinen .38er Colt Detective Special, den ich im Schulterhalfter trug.

Ich dachte daran, was passieren würde, wenn ich auf einer belebten Straße im Zentrum von Chicago von einer Schusswaffe Gebrauch machte. Wahrscheinlich würden Unbeteiligte zu Schaden kommen.

Ich dachte daran, wie dumm ich gewesen war, als ich Lester vor seinen Kumpels bloßgestellt hatte. Vor allem wenn man bedachte, was ich über Männer im Allgemeinen und Kriminelle im Besonderen wusste.

Ich dachte, dass mir eine gewaltige Tracht Prügel bevorstand und dass es klüger war, Schläge einzustecken, als meine Waffe zu ziehen.

Ich ballte meine Hände zu Fäusten.

Sechs Männer gegen eine Frau?

Ich nahm mir vor, mindestens vier von ihnen die Knochen zu brechen, bevor ich zu Boden ging.

»Sie begehen eine große Dummheit, Lester«, warnte ich ihn. »Autodiebstahl ist eine Sache. Aber wenn Sie eine Polizistin angreifen, wird Ihnen die Staatsanwaltschaft keinen Deal anbieten.«

»Wer ist Lester?«, fragte Lester. »Kennt jemand von euch einen Lester?«

Ich spürte, wie sich mein Schließmuskel zusammenzog, und überlegte, ob ich nicht doch meine Waffe ziehen sollte. In Gedanken konnte ich förmlich meine Vernehmung vor dem Untersuchungsausschuss hören.

»War einer von ihnen bewaffnet, Lieutenant?«

»Soweit ich sehen konnte, nein.«

»Mussten Sie um Ihr Leben fürchten?«

»Eigentlich nicht. Es waren Autodiebe, keine Mörder.«

»Wie rechtfertigen Sie dann Ihren Schusswaffengebrauch? Noch dazu auf einer belebten Straße?«

Mein jahrelanges Taekwondo-Training entfaltete sofort seine Wirkung, und ich nahm die Verteidigungsstellung Niunja

Sogi ein. Ich konzentrierte mich auf meine Angst und zwang mich, sie zu überwinden. Falls es so aussah, als wollten sie mich töten, würde ich zu meiner Waffe greifen. Wenn nicht, würde ich die Schläge einstecken und ein paar Beulen abbekommen.

Wahrscheinlich hatte ich es verdient.

Und dann geschah das Schlimmste, was ich mir vorstellen konnte. Die eine Person auf der Welt, die ich nicht bei mir haben wollte, kam plötzlich über die Straße gerannt und hielt direkt auf das Chaos zu, das ich gestiftet hatte.

Harry

Ich suchte Jasper den Portier auf und gab ihm die vierzig Dollar, die ich ihm für den Hinweis mit dem Jeep versprochen hatte. Es war eine tolle Szene voller Humor, Drama, Action und sogar ein bisschen scharfem Sex, aber da dieses Buch Überlänge hat, entschied sich der Autor, sie wegzulassen. Mit mir kann man das ja machen, denn im Gegensatz zu Jack und Phin habe ich keine eigene Serie und bin daher verzichtbar. Nur ungefähr fünfzehn Leute haben *Banana Hammock* gelesen, das einzige Buch, in dem ich die Hauptfigur bin, und weniger als der Hälfte gefiel es.

Na ja, wenigstens finde ich Trost in der Tatsache, dass ich meiner Zeit voraus bin, selbst wenn die Leser meine Szenen überspringen.

Wo war ich stehen geblieben? Ach ja, das Nummernschild.

Mein altes Passwort aus meiner Zeit im Polizeidienst verschaffte mir Zugang zu Strafregistern, aber nicht zu Nummernschildern. Ich musste also Gina Morris beim Department of Motor Vehicles anrufen, um den Halter des Jeeps zu ermitteln.

»Harry, schön, dass du anrufst. Ich habe dich vermisst.«

»Echt?«

»Nein. Niemand wird dich jemals vermissen.«

Nachdem wir uns auf einen Wucherpreis geeinigt hatten, der Fakir alle Ehre gemacht hätte, ließ Gina das Kennzeichen durch die Datenbank laufen und fand einen Namen.

Edward Cline.

Er hatte kein Vorstrafenregister, zumindest nicht in Illinois. Aber er hatte eine Adresse in Minnesota.

Ich googelte ihn, überflog ein paar Facebook-Profile von Leuten mit diesem Namen und fand schließlich ein Foto des Arschlochs, das mit Cherry zusammen war. Anscheinend gehörte ihm eine Kette von Läden in vier Bundesstaaten, die Pflanzen vermieteten (gab es so etwas überhaupt?). Ich suchte die Telefonnummer der Firmenzentrale heraus und rief an.

»Plantasy Zone«, meldete sich eine Frau.

»Hier ist Bill.« Ich mimte meine genervte Arschlochstimme. »Ich habe hier diese Trauerweide, die im ganzen Foyer Blätter verliert. Meine Kunden fragen mich, ob jetzt schon Herbst ist, verdammt noch mal.«

»Mit wem spreche ich, bitte?«

»Geben Sie mir einfach Eddie.«

»Mr Cline ist im Augenblick nicht zu sprechen.«

»Dann geben Sie mir seine Handynummer.«

»Ich habe keine Handy…«

»Ich bin einer Ihrer größten Kunden, und wenn ich Eddie nicht innerhalb von dreißig Sekunden am Apparat habe …« – was war eine gute Drohung? – »… dann haue ich den Baum um.«

»Tut mir leid, Mr Cline ist im Urlaub.«

»Urlaub? Wo im Urlaub?«

»Mr Cline macht diese Information nicht zugänglich.«

»Ich hab ihn erst gestern Abend im *Sabatino's* gesehen. Wollen Sie mir weismachen, er hätte Chicago bereits verlassen?«

»Ich bin nicht befugt, Ihnen …«

»Ich habe eine Axt. Damit hacke ich sämtliche Äste und Zweige ab und schicke sie ihm mit der Post, ich schwörs bei Gott!«

»Mr Cline war gestern im Hotel Vier Jahreszeiten, aber …«

Ich legte auf und rief das Hotel an.

»Hier ist Edward Cline in Zimmer bla, bla, bla. Ich weiß leider nicht mehr, ob ich schon ausgecheckt habe.«

»Tut mir leid, Sir, ich habe Sie nicht verstanden. Welches Zimmer?«

»Cline. C-L-I-N-E. Ich will doch sehr hoffen, dass Sie mir nicht die ganzen Pornos im Bezahlfernsehen berechnet haben. Die ersten fünf Minuten kosten angeblich nichts.«

»Wie ich gerade sehe, haben Sie heute Morgen ausgecheckt, Mr Cline. Möchten Sie eine Übersicht über Ihre Zimmerrechnung?«

Ausgecheckt. Aber ich war mir ziemlich sicher, wohin er Cherry und Puma gebracht hatte.

»Dann muss ich wohl wieder in die Wohnwagensiedlung«, sagte ich.

»Welche Wohnwagensiedlung?«, fragte der Hotelangestellte.

»Entschuldigung. Ich dachte, ich hätte schon aufgelegt.«

Ich beendete das Gespräch und machte mich auf den Weg nach Maple Hills.

* * *

Harrys Observationsbericht.

11:51 Uhr – Komme in der Wohnwagensiedlung an. Jeep ist nicht da. Fahre zu einer nahe gelegenen Straße außerhalb der Siedlung, damit niemand misstrauisch wird und die Polizei ruft. Beobachte das Mobilheim mit dem Fernglas.

12:05 Uhr – Esse einen Schokoriegel.

12:25 Uhr – Das ist echt langweilig.

12:45 Uhr – Lese die Rückseite des Schokoladenpapiers. Frage mich, was Butylhydroxyanisol ist.

13:07 Uhr – Trinke eine Cola. Lese das Etikett. Kein Butylhydroxyanisol.

13:11 Uhr – Bin total gelangweilt. Überlege, welche Wörter sich auf Ferkel reimen. Mir fallen keine ein.

13:22 Uhr – Perkel? Gibt es dieses Wort überhaupt?

13:45 Uhr – Angela Merkel. Schon besser. Ist das nicht diese Tussi aus Deutschland?

14:23 Uhr – Pisse in eine Wasserflasche. Mache mir Sorgen darüber, wie dunkel mein Urin ist. Bin ich dehydriert? Trinke noch eine Cola.

15:02 Uhr – Google *Butylhydroxyanisol*. Es ist ein Konservierungsmittel, das in Tierfutter verwendet wird. Auch ein bekannter Krebserreger. Ist meine Pisse deshalb dunkel?

15:03 Uhr – Ich habe Hunger, aber außer Schokoriegeln habe ich nichts zu essen dabei. Und die sind anscheinend voll mit Butylhydroxyanisol.

15:04 Uhr – Esse trotzdem noch einen Schokoriegel.

16:07 Uhr – Ich spüre einen Knoten im Genick. Ein Tumor? Verdanke ich den meinem systematischen Missbrauch von Butylhydroxyanisol?

16:09 Uhr – Mein Urin ist wirklich dunkel. Anstatt ihn wegzuschütten, sollte ich ihn vielleicht dem Arzt zeigen, wenn ich diesen Tumor im Nacken untersuchen lasse.

16:10 Uhr – Mein Magen knurrt, aber ich lasse nicht zu, dass mein Körper mit noch mehr Butylhydroxyanisol vergiftet wird. Nie wieder! Ich werfe meinen letzten Schokoriegel aus dem Fenster.

16:11 Uhr – Du verdammtes Butylhydroxyanisol, warum schmeckst du so gut?

16:12 Uhr – Ich hole den Schokoriegel und schlinge ihn gierig hinunter.

17:02 Uhr – Immer noch keine Spur von dem Jeep. Scheiß drauf, ich breche in das Mobilheim ein.

* * *

Ich war mal ziemlich gut darin, Schlösser zu knacken, aber der Verlust meiner rechten Hand machte dies nahezu unmöglich. Deshalb hatte ich im Internet einen Satz Universalschlüssel erworben, mit dem man neunzig Prozent aller Schlösser öffnen kann.

Leider hatte ich den daheim vergessen. Mir blieb also nichts anderes übrig, als ein Fenster auf der hinteren Seite mit einem Stemmeisen einzuschlagen.

Wie ich erwartet hatte, gab es keine Alarmanlage. Schließlich war es ein Mobilheim. Eine Alarmanlage in einem Mobilheim war ungefähr das Gleiche, wie wenn man eine Portion Donuts in einem Safe einschloss – zu viel Aufwand im Verhältnis zum Wert.

Falls Sie das lesen und in einem Mobilheim wohnen, kann ich Ihnen versichern, dass ich nicht Sie gemeint habe, sondern die *anderen* Leute, die in solchen Behausungen leben. Sie wissen schon, von wem ich rede. Ihr eigenes Mobilheim ist bestimmt toll und die Investition in Sicherheitsmaßnahmen wert.

Ich schlug sämtliche großen und scharfen Glasscherben aus dem Fensterrahmen und kletterte hindurch. Schließlich war ich beweglich und gelenkig wie ein Kater, der als Akrobat im Zirkus arbeitete.

Harry McGlade, Katrobat.

Oder vielleicht Akrokater. Das muss ich mir noch überlegen.

Die Durchsuchung des Mobilheims nahm nicht viel Zeit in Anspruch, und der Aufwand lohnte sich eigentlich nicht. Außer der Fotoausrüstung und den Leuchten, die ich bereits gesehen hatte, gab es nichts, was einem sonderlich ins Auge fiel. Die spartanische Einrichtung beschränkte sich auf ein Bett, eine Couch, einen Tisch, zwei Stühle und ein Fernsehgerät. Der Kühlschrank war bis auf Ketchup, Senf und ein paar Dosen Bier leer. Auf den Regalen standen ein paar Suppendosen. Die einzige Dekoration an den Wänden bestand aus einem Poster der Chicago Blackhawks und einem eingerahmten Foto, das drei Typen auf einem Bootssteg zeigte. Einer von ihnen war Cline.

Ich nahm das Foto aus dem Rahmen und steckte es in die Tasche. Als ich schon gehen wollte, sah ich auf dem Küchentresen ein schnurloses Telefon neben dem Mikrowellenherd. Einer plötzlichen Eingebung folgend, scrollte ich die Nummern der eingegangenen Anrufe auf dem Display. Es waren nur vier. Ich fotografierte sie mit meinem Handy und ging just in dem Moment nach draußen, als die Polizei von Maple Hills anrückte.

Ich rannte.

Wieder einmal schaffte ich es dank meiner Geschwindigkeit und geistigen Überlegenheit, den Bullen zu entkommen. Ich gelangte zu meiner Corvette, kotzte in echter Macho-Manier sämtliches Butylhydroxyanisol heraus, das ich während meiner Observation zu mir genommen hatte, sprang in den Wagen, flüchtete Hals über Kopf aus Maple Hills und hoffte, nie wieder dorthin zurückkehren zu müssen.

* * *

Als ich zurück nach Chicago kam, hatte ich mächtig Kohldampf. Ich dachte an all die tollen Restaurants in dieser Stadt, Fünf-Sterne-Etablissements und berühmte Bistros mit einer Küche auf Weltklasseniveau, und kam zu dem Schluss, dass mir der Sinn nach fettigen, angebrannten Kartoffelschalen stand. Ich fuhr also zu meinem Lieblings-Pseudo-Iren, einem von diesen Schuppen, an dessen Wänden gefakte Fanartikel hängen, und siehe da, in einem dieser witzigen Zufallsmomente, die im wirklichen Leben oft vorkommen, aber in Romanen konstruiert wirken, lief mir meine gute Freundin Jack Daniels über den Weg.

Allem Anschein nach hatte Jack eine private Auseinandersetzung mit sechs Kerlen in Sturmhauben. Da ich Jack kannte, taten mir die Typen irgendwie leid. Sie hatte einen schwarzen Gürtel in Taekwondo, war eine ausgezeichnete Schützin und auch sonst in jeder Hinsicht knallhart. Ich würde ihr das nie ins Gesicht sagen, aber was solls. Die Frau war eine Naturgewalt.

Eigentlich war ich mir nicht sicher, ob ich stehen bleiben und eingreifen sollte, denn sie brauchte wirklich keine Hilfe. Aber dann fiel mir ein, wie einsam ich mich fühlte, und ich dachte mir, dass sie mir vielleicht beim Essen Gesellschaft leisten würde, nachdem sie diese Typen vermöbelt und festgenommen hatte. Ich beschloss also zu bleiben.

Ich parkte, stieg aus und lief auf sie zu.

»Hallo Jackie«, rief ich. »Gehst du mit deinen Freunden auf die Piste?«

»Hau ab, Harry! Ich komme allein zurecht.«

»Das weiß ich«, sagte ich, ehe ich mit lauterer Stimme fortfuhr: »Aber ich bin Harry McGlade aus der berühmten Fernsehserie *Tödliche Begegnung*. Und wenn ihr euch diese Sendung jeden Donnerstagabend um neun auf Fox anschaut, dann wisst ihr, dass ich keine Gelegenheit auslasse, jemanden abzuknallen.«

Ich zog meine .44er Magnum.

Die Typen in den Sturmhauben zögerten.

»Ehrlich gesagt bin ich kein guter Schütze«, sagte ich. »Könnt ihr euch bitte dichter zusammenstellen? Ihr könnt gern hintereinanderstehen, wenn ihr wollt. Meine Magnum kann durch zwei oder drei Leute hindurchschießen.«

Die Typen stoben in alle Richtungen auseinander. Als ich mich Jack zuwandte, sah ich, dass sie immer noch die Hände zu Fäusten geballt hatte.

»Echt jetzt? Du willst mich verprügeln, nachdem ich dir aus der Patsche geholfen habe?«

Sie ließ die Arme sinken und atmete übertrieben dramatisch aus. »Was machst du hier, McGlade?«

»Ich wollte einen Happen essen. Kommst du mit?«

»Nein.«

»Wer waren diese Typen? Mitglieder deines Fan-Clubs?«

Jack ging an mir vorbei zu ihrem Chevy Nova, dieser Schrottkarre.

»Komm schon, Jack. Trinken wir ein Bier zusammen. Auf alte Zeiten.«

Sie stieg in ihren Wagen. Anscheinend hatte sie mich nicht gehört.

Ich sah ihr zu, wie sie den Zündschlüssel umdrehte. Einmal. Zweimal. Dreimal. Als der Motor nicht ansprang, stieg sie aus und machte die Motorhaube auf.

»Liegt wohl am Anlasser«, sagte ich.

Jack tastete auf dem Rücksitz herum, fand eine Dose Starthilfespray und sprühte ein paar Spritzer in den Vergaser. Dann setzte sie sich wieder hinter das Steuer.

Der Nova stotterte und machte ein Klickgeräusch.

»Liegt wohl an der Batterie«, sagte ich.

»Hast du ein Starthilfekabel dabei?«, fragte Jack.

»Jack, ich möchte dir keinesfalls zu nahe treten, aber du siehst aus, als würdest du jeden Moment losheulen. Alles in Ordnung bei dir?«

»Ich hatte eine beschissene Woche.«

»Hast du Lust auf was zu essen und ein Bier? Ich lade dich ein.«

Jack rieb sich die Augen. »Nein.«

»Was willst du jetzt machen? Deinen Lover Latham anrufen?«

»Nein.«

»Du willst also die ganze Nacht hier sitzen bleiben und warten, bis die Typen mit den Sturmhauben zurückkommen?«

»Hilf mir einfach nur, mein Auto zu starten.«

»Gut. Aber erst genehmigen wir uns einen Drink.«

»Harry …«

»Nur einen Drink. Warst du schon mal in dieser irischen Kneipe um die Ecke? Die Kartoffelschalen sind einsame Spitze.«

* * *

Jack hatte keine Lust auf den Iren, aber wir waren schließlich in Chicago, wo es alle zehn Meter eine Kneipe gab. Wir landeten in einer Bar, die anscheinend keinen richtigen Namen hatte, sondern nur ein großes Reklameschild für Old-Style-Bier über dem Eingang. Ich bestellte einen Burger und ein Bier.

Jack bestellte Whiskey.

Dann noch einen.

Schließlich wurde sie redselig.

»Das FBI hat uns den Fall einfach weggenommen, Harry. Weißt du noch, wie das ist? Wenn einem ein Fall weggenommen wird?«

»Das gehört zum Job«, sagte ich. »Das weißt du.«

»Sehnst du dich manchmal zurück?«, fragte sie. »Nach deiner Zeit im Polizeidienst?«

»Wann hast du heute angefangen zu trinken? Du redest nie über persönlichen Kram, es sei denn, du hast schon einiges intus.«

»Beantworte einfach nur meine Frage.«

»Nein«, sagte ich. »Ich bin viel lieber selbstständig. Keiner macht einem Vorschriften. Bessere Bezahlung. Man bestimmt seine Arbeitszeiten selbst. Und man läuft weitaus weniger Gefahr, ums Leben zu kommen.«

Ich ließ den Vorfall mit dem Heckenschützen bewusst aus. Er trug nicht gerade dazu bei, mein Argument zu untermauern.

Jack bestellte noch einen Drink. Ich wollte schon etwas sagen, aber es war ihr Leben und ihre Leber. Und ehrlich gesagt genoss ich ihre Gesellschaft.

»Du weißt ja, wie dämlich das FBI ist«, sagte Jack. Sie lallte leicht. »Die werden die Sache gehörig versemmeln. Und das ist wirklich ein schlimmer Fall, McGlade.«

»Wir haben schon einige schlimme Fälle gesehen. Willst du ein Stück von meinem Burger?«

»Nein. Dieser hier ist wirklich schlimm. Wir vermuten, dass wir es mit mehr als einem Täter zu tun haben. Sie entführen junge Frauen und foltern sie zu Tode. Was ist nur mit der Menschheit los?«

»Alle Menschen sind scheiße«, erwiderte ich. »Ich arbeite gerade an einem Fall, wo dieses Arschloch sich als Talentscout ausgibt und Nacktfotos macht. Ich weiß noch nicht, wie schlimm der Typ ist, aber ein paar Frauen sind verschwunden, und womöglich hat er gerade erst zwei weitere entführt. Ich muss vielleicht nach Minnesota fahren und ihn dort aufspüren.«

Jack schnaubte. »Minnesota! Deshalb hat das FBI die Zuständigkeit für den Fall übernommen. Unser Hauptverdächtiger wohnt dort. Und jetzt halte dich fest … er arbeitet in einem Laden, der Pflanzen vermietet.«

»Ha! Meiner ist Besitzer von einem Dutzend solcher Läden. *Plantasy Zone.*«

Jack sah mich mit zusammengekniffenen Augen an. »Das ist doch wohl nicht dein Ernst.«

Ich verstand nicht sofort, was sie meinte, doch dann fiel der Groschen. »Meiner heißt Edward Cline.«

»Meiner arbeitet für Edward Cline.«

Ich kramte das Foto hervor, das ich aus dem Mobilheim entwendet hatte. »Das ist Cline.«

Jack tippte mit dem Zeigefinger auf das Foto. »Und das hier ist unser Verdächtiger, Garrett McConnroy.«

Es kommt nicht oft vor, dass mir etwas einen Schauer den Rücken hinunterjagt, aber dies war einer dieser seltenen Fälle. »Er ist der Motelmörder?«

»Das FBI nennt ihn eine *Person von Interesse*. Aber alles deutet auf ihn hin.«

»Jack, Cline hat zwei junge Frauen bei sich. Und er hat gerade erst die Stadt verlassen.«

Jack bekam große Augen. »Weißt du, wohin?«

»Ich habe Clines Adresse in Minnesota.«

»Ich muss das FBI anrufen«, sagte Jack, holte ihr Handy hervor und verwählte sich. Als ihr Drink kam, leerte sie das Glas mit einem Schluck und wählte erneut. Da sie den Lautsprecher eingestellt hatte, konnte ich das Gespräch mitverfolgen.

»Special Agent Dailey.«

»Hier ist Daniels. Wir haben Grund zu der Annahme, dass Edward Cline in den Fall verwickelt ist.«

»Edward Cline?«

»McConnroys Chef. Der Typ, dem *Plantasy Zone* gehört.«

»Wir haben ein Team, das die Filiale in Bankfield observiert.«

»Sie müssen jemanden auf Clines Haus ansetzen. Er hat zwei Frauen bei sich. Wir vermuten, dass sie in Gefahr schweben.«

»Wir sagen unserer Dienststelle in den Twin Cities Bescheid.«

»Sie müssen mehr tun als nur Bescheid sagen, Dailey.«

»Sie leiten die Ermittlungen in diesem Fall nicht mehr, Lieutenant.«

»Das weiß ich. Deshalb rufe ich Sie an.«

»Seitdem wir den Fall übernommen haben, gehen wir mehreren Spuren nach. Garrett McConnroy ist nur eine davon.«

»Er ist derjenige, der den Lkw von Gomar gemietet hat. Haben Sie nicht den ehemaligen Mitarbeiter dazu vernommen? Dalt?«

»Wir haben Mr Dalt noch nicht befragt. Wie ich schon sagte, haben wir mehrere Verdächtige identifiziert. Haben Sie irgendwelche Informationen über Niles Bormat?«

»Wer ist Niles Bormat?«

»Ein Staubsaugervertreter aus Scranton. Vicky hat ihn mit unserer unbekannten Person verglichen. Die Übereinstimmung beträgt vierundsechzig Prozent.«

»Vicky? Ihr dämliches Computerprogramm?«

»Vicky ist nicht dämlich. Wussten Sie, dass an zwei Tatorten Staubsauger benutzt wurden?«

»Die Tatorte befanden sich in Motels«, sagte Jack. »Die Zimmermädchen benutzen so etwas.«

Sie tat mir leid. Ich hatte auch schon Erfahrung mit dem FBI gemacht.

»Danke für Ihren Anruf, Lieutenant. Wir sagen Ihnen auf jeden Fall Bescheid, wenn wir den Kerl fangen.«

Der FBI-Agent legte auf.

»Wow!«, sagte ich. »Der Typ hat nicht nur eine Schraube locker, sondern gleich den ganzen Kasten.«

»Kennst du die Amoco-Tankstelle in der Division Street? In der Nähe der Goose-Island-Brauerei?«, fragte Jack mich.

»Ja. Hast du schon mal deren Bourbon County Stout getrunken? Das beste Bier aller Zeiten.«

»Fahr mich dorthin«, sagte sie. »Sofort.«

»Zur Brauerei?«

»Zur Amoco-Tankstelle. Wir müssen mit jemandem reden.«

Phin

Während die Bullen auf dem Parkplatz vor dem Motel ihr Ding durchzogen, nahm ich mir Tuckers Adressenverzeichnis vor.

Das Positive: Es standen nicht viele Adressen drin.

Das Negative: Sie waren in einer Art Code geschrieben.

Die erste Seite sah so aus:

Rargtet Ncmocrony
1890 Nroome Lcceir Airhrpabtc LI

Dedrwa Ilpnknhapse
9110 Ldnaong Ts Pmaonisnlei NM

Adch Ihcdrasrno
224 W Reywenga Lbvd Atnsi Onsim LI

Aekl Livoet Ibanc
Nadubnr NM

Sollte ich jemals eine Liste mit meinen Talenten, Kompetenzen und Fähigkeiten zusammenstellen, wäre Kryptografie nicht dabei. Ich starrte auf die Buchstaben und zerbrach mir über ihre Bedeutung den Kopf. Eine Art monoalphabetische Substitution, bei der zum Beispiel der Buchstabe A in Wirklichkeit Z ist, B für Y steht und so weiter?

In meiner Nachttischschublade fand ich neben der Bibel einen Kugelschreiber. Ich riss ein paar Seiten aus dem Ersten Buch Mose, um mir Notizen zu machen.

Zwei der Adressen endeten mit NM. War das New Mexico?

Was war dann LI? Louisiana?

Geografie würde es genauso wenig auf die Liste meiner Fähigkeiten schaffen.

Die Bullen gingen von Tür zu Tür und suchten Zeugen. Das konnten sie sich abschminken. Die Clan-Leute würden den Mund halten, Kenny würde ihnen irgendeine verrückte Geschichte auftischen, und alle anderen würden sich aus der Sache heraushalten. Vergiss es, Jake. Wir sind in Chinatown.

Ich starrte auf die Buchstaben Lbvd. Das sah vertraut aus. Römische Zahlen?

Vielleicht konnte Pasha mir helfen. Sie war gebildet.

Schau genauer hin, sagte Earl.

Ich ignorierte ihn. Als die Bullen an meine Tür klopften, ignorierte ich sie ebenfalls.

Lbvd. Ywa. Ts. Schau doch mal, wo sie in den Adressen stehen.

Ich starrte auf die Buchstabenkombinationen, auf die Earl mich hingewiesen hatte.

Etwas an ihrer Platzierung …

Mensch, bist du dumm!

Dumm klang vielleicht hart, aber mir war klar, dass Earl in Wirklichkeit kein eigenständiges Wesen war, das mit mir redete. Earl existierte nur in meinem Unterbewusstsein als Personifizierung meines Krebsgeschwürs. Es war meine Art und Weise, mit meiner Erkrankung umzugehen.

Wenn also mein Unterbewusstsein etwas wusste, dann musste ich es auch wissen.

9110 Ldnaong Ts

Da es in einem Adressenverzeichnis stand, handelte es sich um eine Adresse. Und eine Adresse bestand aus einer Nummer und einem Straßennamen.

Ldnaong Street?

Moment … Ts war St rückwärts. Die Abkürzung für Street. Und LI war IL rückwärts, das Postkürzel für Illinois.

War alles einfach nur rückwärts geschrieben?

Ein bisschen Herumkritzeln zeigte mir, dass dies nicht die Lösung war.

Lbvd. Ywa. Ts. Schau doch mal, wo sie in den Adressen stehen.

»Schscht«, sagte ich laut.

Dann fiel auf einmal der Groschen.

Wenn Ts St war, dann war Lbvd Blvd, also Boulevard. Und Ywa war Way.

Die Buchstaben waren durcheinandergewürfelt.

Jetzt, wo ich das wusste, konnte ich ein paar Worte entziffern. Rargtet war Garrett. Adch war Chad. Dedrwa war Edward.

Okay, das waren also die Adressen von Tuckers Komplizen.

Was war dann die vierte Adresse?

Aekl Livoet Ibanc

Nadubnr NM

Da die Buchstaben durcheinandergewürfelt waren, stand NM nicht für New Mexico, sondern für MN – Minnesota. Tucker hatte diesen Staat in einigen seiner Telefonate erwähnt.

Er hatte auch von einem See – Lake – und einer Hütte – Cabin – gesprochen. Diese Wörter ergaben in ihrer verschlüsselten Version Aekl und Ibanc.

Tucker und seine Komplizen töteten also Frauen in einer Hütte an einem See.

Ich schrieb die Buchstaben L-I-V-O-E-T in einem Kreis und probierte verschiedene Kombinationen aus.

Es könnte *Violet* sein. Wie in Lake Violet.

Hütte am *Lake Violet.*

Ich nahm mein praktisches neues Handy, rief Google auf und suchte nach Lake Violet in Minnesota. Wahrscheinlich gab es Dutzende Seen, die so hießen.

Es gab nur einen. Laut Google Maps lag er in der Nähe der Ortschaft Danburn, eine Stunde nordwestlich der Twin Cities.

Tucker war dorthin unterwegs, um seine Freunde zu treffen.

Zeit für einen Ausflug.

In einem kleinen Geheimfach unter dem Teppichboden in der Ecke des Zimmers hatte ich ein Waffenarsenal versteckt. Einige davon hatte ich gekauft, die meisten hatte ich ihren ursprünglichen Besitzern weggenommen, nachdem ich sie verprügelt hatte. Kenny stellte mir ein kostenloses Zimmer im Michigan-Motel zur Verfügung, dafür, dass ich mich um unliebsames Gesindel kümmerte, und ich betrachtete es als angenehme Begleiterscheinung des Jobs, dass ich ihr Zeug behielt.

Als Erstes nahm ich eine Stoeger-Condor-Bockdoppelflinte aus dem Versteck.

Ich mochte Schrotflinten, weil sich die Munition nicht zurückverfolgen ließ. Ein gut gemeinter Rat an alle, die Auftragskiller werden möchten: Benutzen Sie zum Töten eine Schrotflinte. Sie müssen die Waffe hinterher nicht entsorgen.

Eine Bockdoppelflinte besaß zwei übereinander angeordnete Läufe. Leider war der Vorbesitzer dem Kolben und dem Lauf mit einer Metallsäge zu Leibe gerückt und hatte dieses edle Stück Präzisionsarbeit in eine illegale und ungenau schießende Waffe verwandelt. Ich hatte sie ihm abgenommen, als er damit in betrunkenem Zustand auf die Eismaschine im Flur geschossen hatte. Obwohl ich seinen Frust nachvollziehen konnte – wenn man auf den Hebel drückte, kamen die winzigen Eiswürfel nur einzeln, einer nach dem anderen heraus –, fand ich, dass er überreagiert hatte. Und dann hatte der Idiot auch noch den Fehler begangen, die Waffe auf mich zu richten. Ich hatte ihn überredet, sie mir zu überlassen, indem ich ihm mehrmals in die Fresse geschlagen hatte.

Der verkürzte Kolben hatte zur Folge, dass das Abfeuern der Waffe höllisch wehtat, und mit dem kurzen Lauf traf man nur Ziele, die höchstens zwei Meter entfernt waren. Aber für den Nahkampf taugte das Ding einwandfrei.

Die nächste Schusswaffe, die mir jemand unfreiwillig gespendet hatte, war ein Henry-AR-7-Überlebensgewehr. Es war ein zerlegbares Modell, bei dem man den Lauf, das Verschlussgehäuse und das Magazin abmontieren und im Kolben verstauen konnte. Außerdem war es schwimmfähig, was vermutlich wichtig war, wenn man von einem Boot aus auf Fische oder schwimmende Menschen schoss und die Waffe aus Versehen über Bord fallen ließ.

Ich hatte das Gewehr einem freundlichen Herrn abgenommen, der eins von Kennys Zimmern stundenweise gemietet hatte. Als die Prostituierte, die er mit aufs Zimmer genommen hatte, darauf bestand, dass er ein Kondom verwendete, verschwand er im Bad. Anstatt sich dort ein Kondom überzuziehen, montierte er das Gewehr zusammen und drohte, die Frau zu töten. Ich verschaffte mir mithilfe meines Universalschlüssels – auch bekannt als mein Stiefel – Zutritt, verpasste ihm eine solche Tracht Prügel, dass er seinen eigenen Namen vergaß, und warf ihn anschließend hinaus.

Die Henry AR-7 verwendete Munition vom Kaliber .22lr, eine winzige Patrone im Vergleich zu meiner 9mm, aber treffsicherer bei Entfernungen über zwanzig Meter.

Der letzte Gegenstand in meinem Arsenal war eine Handgranate.

Vor nicht langer Zeit hatte ich eine unliebsame Erfahrung mit Handgranaten gemacht und mir vorgenommen, ihnen fernzubleiben. Aber dann hatte so ein Typ in einer Seitengasse mir diese hier für dreißig Dollar verkauft – ein echtes Schnäppchen, das ich mir nicht entgehen lassen konnte.

Die Chance, dass sie funktionierte, war wahrscheinlich eins zu tausend. Aber sie sah gefährlich aus, und vielleicht würde sie sich als nützlich erweisen, selbst wenn sie ein Blindgänger war.

Ich verstaute alle diese Artikel sowie eine taktische Taschenlampe in meiner Sporttasche. Außerdem lud ich die AMT, die ich in meinem Stiefelabsatz versteckte, und packte zwei Reservemagazine für die 9mm und ein extra Springmesser ein.

Als Nächstes kam ein Bushnell-x50-Fernglas hinzu. Es stammte von einem Spanner, den ich erwischt hatte, wie er heimlich in die Motelfenster spähte. Ich musste den Kerl nicht einmal verprügeln, denn als er mich hatte kommen sehen, hatte er mir das Fernglas entgegengeschleudert und war davongerannt.

Zum Schluss packte ich einen schwarzen Jogginganzug, schwarze Socken, ein Paar schwarze Nike-Sportschuhe, deren weiße Streifen ich mit schwarzem Filzstift übermalt hatte, und extra Unterwäsche ein. Schließlich legte ich den Teppichboden über mein Geheimversteck, machte das Licht aus und wartete, bis die Bullen verschwunden waren.

Durch die Gläser meiner Sonnenbrille sah ich mir den Sonnenuntergang an. Ein Schauspiel, das seit vier Milliarden Jahren jeden Abend stattfand und dies auch noch die nächsten vier Milliarden Jahre tun würde, bis die Sonne irgendwann ausbrannte und ein gefrorenes Universum und einen winzigen weißen Zwergstern an der Stelle hinterließ, wo sie einst geschienen hatte.

Aber bevor sie erlischt, wird sie sich explosionsartig zu ihrer tausendfachen Größe aufblähen und sämtliche Planeten unseres Sonnensystems einschließlich der Erde verbrennen.

Bis dahin würde es jedoch noch eine Weile dauern.

Nachdem die Polizei endlich verschwunden war, sprang ich in meinen Bronco und hielt an der nächsten Amoco-Tankstelle. Außer Benzin kaufte ich eine Straßenkarte von Minnesota, einen Filzstift, um die schnellste Route zum Lake Violet zu markieren, eine Zahnbürste und Zahnpasta, zwanzig Schokoriegel, ein halbes Kilo Beef Jerky, ein Sechserpack Energiedrinks, einen Vier-Liter-Behälter Trinkwasser und eine Baseballkappe mit der Aufschrift LECK MICH AM ARSCH.

Dann machte ich mich auf den Weg nach Norden.

Jack

Ich hatte einen oder zwei Drinks zu viel intus. Das wusste ich. Der letzte setzte mir besonders hart zu, während ich auf dem Beifahrersitz von Harrys Corvette saß und mit ihm zur Amoco-Tankstelle fuhr. Ich senkte das Fenster und ließ mir die kühle Nachtluft ins Gesicht wehen. Für eine Sekunde schloss ich die Augen, und als ich sie wieder öffnete, sah ich einen Bronco vorbeirasen.

»War das Phin?«

»Wer?« Harry spielte mit dem Autoradio herum.

»Ich glaube, ich habe ihn gerade gesehen. In seinem Truck.«

»Wenn ich es nicht besser wüsste, würde ich annehmen, dass du auf den Typen stehst.«

»Auf Phin?« Ich schnaubte verächtlich. »Vergiss es.«

»Das Herz will, was es will. Nimm zum Beispiel Rex, mein Zwergpony. Er hat heute eine Stute getroffen. Klar, sie war zehnmal so groß wie er, aber es war Liebe auf den ersten Blick. Natürlich wird er eine Art Hebebühne oder Leiter oder Liebesschaukel brauchen, um die Beziehung zu vollziehen. Vielleicht auch eine Art Flaschenzug. Wahrscheinlich benutzt Herb so was. Aber mit Unterstützung ist es möglich. Ein toleranter Besitzer, der einen Regenmantel und Handschuhe bis zu den Ellenbogen trägt, könnte locker …«

»Hier ist die Amoco-Tankstelle.« Ich war froh über die Gelegenheit, ihn zu unterbrechen. »Gib mir dein Foto.«

»Du willst ein Foto von mir? Nach all den Jahren? Ich bin gerührt. Willst du eins, wo ich eine Hose anhabe, oder eins ohne Hose?«

»Das Foto von den drei Typen.«

Er runzelte die Stirn, gab es mir aber, nachdem wir geparkt hatten.

Als wir den kleinen Tankstellenshop betraten, wusste ich sofort, wer von den beiden Mitarbeitern hinter dem Verkaufstresen Dalt war. Es gab nämlich nur einen, der aussah, als hätte er sein Gehirn verloren und keinen blassen Schimmer, wie er es wiederfinden konnte. Dicke Brillengläser, zur Seite schielendes linkes Auge, Speichelfäden auf dem Kinn.

»Mr Dalt? Lieutenant Daniels. Wir haben zweimal miteinander telefoniert.«

»Ich bin bei der Arbeit«, sagte er.

Natürlich musste das kommen. Ich hätte auch nichts anderes erwartet.

»Ich möchte, dass Sie sich ein Foto ansehen, Mr Dalt. Sagen Sie mir, ob Sie darauf den Mann erkennen, der den Lkw bei Ihnen gemietet hat.«

»Ich arbeite nicht mehr bei der Verleihfirma. Ich arbeite bei Amoco.«

»Das weiß ich, Mr Dalt.« Ich legte das Foto vor ihn auf den Tresen.

»Ich fange um vier mit der Arbeit an«, sagte er.

»Würden Sie sich bitte das Foto ansehen?«

»Das Foto?«

»Ich könnte versuchen, ihm die Dummheit aus dem Leib zu prügeln«, sagte Harry, »aber dazu bräuchte ich noch sechs Kerle.«

Ich tippte auf das Foto. »Mr Dalt, sehen Sie sich bitte das Foto an und sagen Sie mir, ob Sie den Mann erkennen, der den Lkw bei Ihnen gemietet hat.«

Dalt konzentrierte sich auf das Foto, was ihm mit dem Schielauge bestimmt nicht leichtfiel.

»Ja, das ist er«, sagte er schließlich.

»Welcher?«, fragte ich.

»Der Mann, der den Lkw gemietet hat.«

»Welche Person auf dem Foto hat den Lkw gemietet?«

»Der da.« Er deutete auf Garrett McConnroy.

»Sind Sie sich sicher, Mr Dalt?«

»Ja, ich bin mir sicher. Halten Sie mich für einen Trottel?«

Ich gab ihm darauf bewusst keine Antwort.

»Der Strafverteidiger wird diesen Typen mögen«, sagte Harry.

»Mr Dalt, wir müssen absolut sicher sein, dass das der Mann ist.«

»Ich vergesse nie ein Gesicht«, sagte Dalt.

»Wirklich?« Ich packte Harry an den Schultern und drehte ihn so, dass Dalt ihn von vorne sehen konnte. »Okay, wie sieht mein Freund aus?«

»Wusste ich's doch, dass wir Freunde sind!« Harry strahlte.

»Er ist ungefähr sechsundvierzig Jahre alt, hat braune Haare mit vielen grauen Stellen, braucht dringend eine Rasur, hat braune Augen, einen misstrauischen Blick, eine breite Nase und ein Doppelkinn. Sieht dem Thriller-Autor J.A. Konrath ziemlich ähnlich.«

»Von dem habe ich noch nie gehört«, sagte ich.

»Außerdem fehlt an seinem Hemd der zweite Knopf von oben, und der Hosenschlitz ist offen.«

»Zufallstreffer«, sagte Harry. »Mein Hosenschlitz ist immer offen.«

Ich sah mir Harrys Hemd und Hose genauer an. Dalt hatte in beiden Fällen richtig beobachtet.

Ich rief das FBI an.

»Special Agent Dailey.«

»Hier ist noch mal Daniels. Mr Dalt, der ehemalige Mitarbeiter der Verleihfirma, hat ein Foto von McConnroy identifiziert.«

»Lieutenant, das ist nicht mehr Ihr Fall.«

»Es geht nicht darum, wer den Täter festnimmt, Dailey.«

»Nein, darum geht es nicht. Es geht darum, dass Sie sich in unsere Ermittlungen einmischen. Wenn ich den Mann in den Zeugenstand rufe, muss ich offenlegen, dass Sie womöglich einen Zeugen kontaminiert haben.«

»Was zum Teufel reden Sie da?«

»Kontamination von Befragungen, Lieutenant. Zum Beispiel, wenn jemand, der von einem Fall abgezogen wurde, weiterhin Augenzeugen befragt und ihre Aussagen beeinflusst.«

»Aussagen beeinflussen? Hier stehen womöglich Menschenleben auf dem Spiel!«

»Und wir werden uns darum kümmern. Leider muss ich Sie Ihrem Vorgesetzten Captain Bains melden.«

Ich legte auf. Dalt war nicht der Einzige, dem Harry die Dummheit aus dem Leib prügeln musste.

»Die kaufe ich«, sagte Harry. Er meinte eine Baseballkappe, auf der LECK MICH AM ARSCH stand.

»Du fährst nach Minnesota?«, fragte ich ihn.

»Wahrscheinlich. Ja. Warum?«

Ich wusste, dass ich es bereuen würde, sagte es aber trotzdem. »Weil ich mitkomme.«

Harry

Ehrlich gesagt vermisste ich das Polizistendasein mehr, als ich Jack gegenüber zugab. Und ich vermisste es, ihr Dienstpartner zu sein.

Ich hatte es damals versaut. Hatte schlechte Entscheidungen getroffen und weder ihr noch dem Polizeiberuf den gebührenden Respekt gezollt.

Das hier fühlte sich also wie eine Art zweite Chance an.

Da wir sowieso an einer Tankstelle waren, tankte ich die Corvette voll und gab die Route zu den Twin Cities in mein Navi ein. Wir hatten vor, zuerst bei Eddie Clines Adresse vorbeizuschauen, da er die Frauen bei sich hatte, und anschließend bei Garrett McConnroy. Während des Tankvorgangs kaufte ich die Baseballkappe mit einer witzigen Aufschrift sowie lebenswichtigen Reiseproviant: Cola, Chips, Schokoriegel, Energiedrinks, Beef Jerky, Deodorant, Ibuprofen und ein paar Windeln in Erwachsenengröße. Für Jack.

Sie hatte viel getrunken. Ich weiß, wie das ist. Da kann einem schon mal ein Missgeschick widerfahren.

Ich kehrte zu meinem Auto zurück, wo sie auf mich wartete, und wir machten uns auf den Weg.

* * *

»Ist das Limonade?«

Jack hatte die Wasserflasche mit der Urinprobe entdeckt, die ich für meinen geplanten Arztbesuch aufbewahrte.

»Nein, das ist Eistee. Leg die Flasche zurück.«

Sie warf sie auf den Rücksitz und nahm die Tüte mit meinem Einkauf an sich.

»Verheimlichst du mir etwas?«, fragte sie und hielt die Windeln hoch.

»Die habe ich für dich gekauft. Du hast viel getrunken.«

»Wozu brauche ich Windeln?«

»Falls du in Ohnmacht fällst und in die Hose machst.«

»Passiert dir das manchmal?«

»Natürlich nicht«, log ich. »Das ist doch lächerlich.«

Wir schwiegen eine Weile.

»Ich glaube, ich habe Angst, mich zu binden«, sagte Jack schließlich.

»Kein Problem, mir steht zurzeit nicht der Sinn nach Fesselsex.«

»Das machst du immer. Mit einem blöden Witz antworten.«

Ich zuckte mit den Schultern. »Ein Schutzmechanismus. Ich wurde als Kind von einer Pflegefamilie zur nächsten weitergereicht. Ich habe Humor verwendet, damit die Leute mich mochten und nicht wieder wegschickten.«

»Hat es funktioniert?«

Ich dachte darüber nach. »Nein.«

»Vielleicht haben die Leute dich weitergereicht, weil sie deine Witze satthatten.«

»Das gefällt mir an dir, Jack. Du bist witzig, wenn du betrunken bist.«

»Ich meine es ernst. Und du machst dich darüber lustig.«

Ich blickte in den Rückspiegel. »Okay. Du willst dich nicht binden. Mir geht es genauso. Du weißt schon, das mit den

Pflegefamilien. Warum Gefühle für Menschen entwickeln, die einem sowieso wieder weggenommen werden?«

»Das ist … furchtbar.«

»Ja. Aber ich war es nicht anders gewöhnt. Und du? Wieso hasst du Bindung so sehr?«

Jack sank tiefer in ihren Sitz. »Je enger man sich an andere Menschen bindet, desto weniger Kontrolle hat man.«

»Und warum musst du ständig alles unter Kontrolle haben?«

Jack murmelte etwas Unverständliches.

»Sag das noch mal, Jackie. Warum musst du alles unter Kontrolle haben?«

»Weil einer es tun muss«, sagte sie.

* * *

»Glaubst du an das Böse?«, fragte Jack, als wir uns in der Nähe der Grenze zu Wisconsin befanden.

Eine schwierige Frage. Sicherlich gab es böse Menschen, aber keine bösartige Macht, die den Namen *das Böse* trug und die Menschheit korrumpierte. »Ich glaube an die menschliche Natur. Wir tun Dinge, darunter solche, die egoistisch sind und anderen schaden. Was dem einen Spaß macht, findet ein anderer abscheulich.«

»Wie können Menschen so etwas tun? Glaubst du, dass der Schmerz eines anderen Menschen Spaß macht?«

Ich blickte in den Rückspiegel. »Ich glaube nicht, dass die meisten so empfinden. Nicht einmal gewalttätige Kriminelle. Die meisten von ihnen wenden Gewalt an, um zu überleben oder weil sie es nicht anders kennen. Nimm zum Beispiel unseren gemeinsamen Freund Phin. Er ist gewalttätig, aber Gewalt gibt ihm keinen Kick. Sie gehört zu seinem Job, und er ist gut darin. Genau wie du. Du warst bereit, sechs Kerle zu verprügeln, und hättest es wahrscheinlich geschafft. Wieso hast du nicht einfach deine Waffe gezogen?«

»Es war eine belebte Gegend.«

»Belebte Gegend … dass ich nicht lache! Ich habe die Kerle verjagt, ohne einen einzigen Schuss abzufeuern.«

Jack antwortete nicht.

»Glaubst du an das Böse?«, fragte ich sie.

»Ich glaube, dass es Monster gibt«, sagte sie. »Und jemand muss sie jagen.«

* * *

Jack schlief ein, bevor wir an Madison vorbeifuhren. Ich trank einen Energiedrink, justierte meinen Radardetektor, blickte in den Rückspiegel und gab mächtig Gas.

* * *

Nur wenige Kilometer östlich der Twin Cities fand ich ein Motel am Straßenrand. Eines von der Sorte, wo sämtliche Zimmer in einer Reihe angeordnet und vom Parkplatz aus zugänglich sind. Der Typ an der Rezeption war alt. Richtig alt. So alt, dass er sich wahrscheinlich daran erinnerte, wie die Nase der Sphinx aussah. Er spähte durch das Fenster zu meinem Auto, sah Jack auf dem Beifahrersitz schlafen und zwinkerte mir zu.

»Ein Bett?«

Ich schüttelte den Kopf. »Zwei Betten. Zwei Zimmer.«

Er machte ein enttäuschtes Gesicht.

Als ich Jack auf die Schulter klopfte, riss sie die Augen weit auf und griff automatisch nach der Waffe in ihrem Halfter. Das ist die Wirkung, die ich auf Frauen habe.

»Wir sind bei einem Motel«, sagte ich und hielt ihr Handgelenk fest, damit sie nicht auf mich schoss.

Jack blinzelte ein paar Mal. »Oh Scheiße, wir sind in Minnesota.«

»Willkommen im nüchternen Zustand.«

Jack warf einen Blick auf das Motel hinter mir. »Das ist mir wirklich peinlich, aber ich bin total abgebrannt.«

»Schon gut. Ich berechne meinem Auftraggeber exorbitante Spesen.« Ich gab ihr den Zimmerschlüssel, eine Flasche Wasser, ein paar Schokoriegel und ein paar Ibuprofen-Tabletten.

»Danke«, sagte sie. »Das sage ich nicht nur so.«

Ich hatte keine Ahnung, warum mich das zutiefst rührte, aber so war es. »Bis morgen früh. Und lass niemanden rein, es sei denn, du bist dir sicher, dass ich es bin.«

Jack ging mit schleppendem Gang in ihr Zimmer. Ich ging in meins und schaute hinaus auf den Parkplatz. Niemand war nach uns angekommen.

Das war beruhigend. Während unserer Reise war uns nämlich ein weißer Van gefolgt. Ich hatte ihn in den letzten sechs Stunden mindestens viermal gesehen.

Vielleicht fuhr jemand rein zufällig die gleiche Strecke wie wir. Vielleicht waren es verschiedene Vans gewesen. Nachts sahen alle Vans schließlich gleich aus.

Aber ich hatte dieses bohrende Gefühl, dass jemand uns von Chicago gefolgt war.

Vielleicht hätte ich Jack etwas sagen sollen. Aber ich war mir ziemlich sicher, dass ich ihn auf den letzten achtzig Kilometern abgehängt hatte. Und überhaupt, falls es mein Freund, der Heckenschütze, war, hätte er kein Interesse daran, Jack zu erschießen. Ihr würde nichts passieren, denn er hatte es auf mich abgesehen.

Ich ahnte gar nicht, wie sehr ich mich irrte.

Und da wären wir schon wieder bei dieser Erzähltechnik, die sich Vorwegnahme nennt.

Phin

Auf dem Weg von Illinois nach Wisconsin musste ich an fünf Mautstationen vorbei. Ich überschritt die zulässige Höchstgeschwindigkeit um maximal fünf Stundenkilometer – mehr wollte ich nicht riskieren. Falls ein Autobahnpolizist mich stoppte und meine Tasche mit den Schusswaffen sah, geriete ich in das moralische Dilemma, ob ich seiner Witwe Geld schicken sollte. Die wenige Zeit, die mir noch blieb, wollte ich nicht im Knast verbringen, egal, ob der Bulle im Recht war oder nicht.

Aber die Polizei ließ mich unbehelligt, und ich gelangte ohne Zwischenfälle nach Wisconsin. Als ich den beliebten Touristenort Wisconsin Dells hinter mir ließ, saß ich bereits seit drei Stunden im Auto, und meine diversen Wehwehchen machten sich durch ein einziges gewaltiges, dumpfes Pochen bemerkbar. Earl, meine Handgelenke, meine verkrampften Hände und meine Prellungen schienen bei jedem Herzschlag anzuschwellen und sich bei jedem tiefen Atemzug zu verkrampfen. Zu den Schmerzen kam noch hinzu, dass ich mich nachts in der Fahrerkabine meines Trucks so eingeengt wie in diesem Holzverschlag fühlte und kurz vor einer leichten Panikattacke stand. Die Fenster zu öffnen nützte nichts, Musik zu hören auch nicht. Als ich zu zittern anfing, hielt ich an einer Tankstelle.

Ich füllte den Tank, der noch halb voll war, aber der Hauptgrund, weshalb ich anhielt, war, dass ich aufgrund des eingeengten Gefühls nur schwer atmen konnte.

Vermutlich könnte ich Klaustrophobie zu der Liste meiner Probleme hinzufügen.

Ich bezahlte die Tankfüllung und kaufte mir ein Päckchen Aspirin, den einzigen Artikel, den ich vergessen hatte mitzunehmen. Das Aspirin kostete sechs Dollar, das Benzin dreißig. Ich schluckte sieben Tabletten trocken, setzte mich hinters Steuer und fuhr weiter.

Bei meiner Reisegeschwindigkeit würde ich nicht vor Mitternacht am Lake Violet ankommen. Da ich nicht wusste, wie viele Menschen dort wohnten, könnte es eine Weile dauern, bis ich Shears fand. Da ich erst in der Früh mit der Suche beginnen konnte, musste ich mir eine Unterkunft suchen.

Blinkende Lichter im Rückspiegel.

Ein Polizeiwagen.

Was nun?, fragte Earl. *Willst du in den Knast und in einem Gefängniskrankenhaus sterben?*

Ich warf einen Blick auf den Tacho. 108 Stundenkilometer, nur drei über der erlaubten Höchstgeschwindigkeit. Vielleicht schloss er nur schnell zu mir auf, um mich zu überholen.

Nein. Er blieb dicht an mir dran und bedeutete mir, rechts ranzufahren.

Ich dachte über meine Optionen nach. Was hatte er gegen mich in der Hand? Frühere Verkehrsdelikte? Ich hatte mit diesem Truck keine begangen. Es sei denn …

Das letzte Mal, als ich von Milwaukee zurück nach Chicago gefahren war, war ich ziemlich zugekokst gewesen. Eine der vielen Wirkungen von Kokain war, dass man sich unbesiegbar fühlte, weshalb ich ungefähr hundertsechzig Stundenkilometer fuhr. Als ein Polizist mich anhalten wollte, verließ ich die Autobahn und nahm eine Abkürzung über ein Feld. Obwohl ich es geschafft hatte, dem Bullen zu entwischen, war dies nicht gerade einer meiner glorreichen Momente gewesen.

Was, wenn er sich mein Kennzeichen notiert hatte?

Ich stand unter Zugzwang. Entweder hielt ich an und versuchte, mich irgendwie aus der Affäre zu ziehen, oder ich ergriff die Flucht. Falls ich mich für die zweite Option entschied, wäre mein Kennzeichen in ganz Wisconsin bekannt und alle Polizisten würden nach mir Ausschau halten. Falls ich anhielt, müsste ich vielleicht jemanden töten, und alle Polizisten würden nach mir Ausschau halten.

Das Gelände nahm mir die Entscheidung ab. Da die Straße durch dichten Wald führte, konnte ich nirgendwohin fliehen.

Ich hielt am Straßenrand und ließ das Fenster hinunter.

Was wirst du tun, Phin? Ihn töten?

Ich setzte meine Baseballkappe auf und legte die 9mm zwischen meine Beine. Der Polizist kam zu meinem Fenster und öffnete mit machohaftem Gehabe die Klappe seines Pistolenhalfters.

»Führerschein und Fahrzeugpapiere«, sagte er.

Ich überlegte. Dann sagte ich: »Nein.«

Ich entnahm seinem Zögern, dass ihn meine Antwort überraschte. An dem Spruch *Wer zögert, hat schon verloren* war etwas Wahres dran, denn während er noch überlegte, hatte ich bereits meine Pistole auf ihn gerichtet.

»Bewegen Sie sich nicht, atmen Sie nicht und denken Sie nicht einmal nach. Vielleicht bleiben Sie dann am Leben. Und jetzt gehen Sie von meinem Truck weg. Langsam.«

Ich hielt die Smith & Wesson auf seine Brust gerichtet und öffnete mit der Linken die Fahrertür. Als ich ausgestiegen war, drückte ich ihm den Pistolenlauf gegen den Bauch.

»Wie heißen Sie?«, fragte ich.

»Jackson. Paul Jackson.«

Seine Stimme klang jetzt sanfter und zwei Oktaven höher als vorhin, als er von mir den Führerschein verlangt hatte. Er kniff die braunen Augen vor Angst zu engen Schlitzen zusammen und hob die Hände. Sie zitterten. Der Mann war noch jung, Anfang bis Mitte zwanzig, kleiner als ich und hatte offensichtlich keine Lust zu sterben.

»Ich will Ihnen nichts tun, Paul. Aber ich sitze schon lange hinterm Steuer, und das viele Koffein macht mich richtig zittrig. Wenn Sie etwas Dummes versuchen und nicht auf mich hören, kann es passieren, dass die Pistole von alleine losgeht. Und jetzt nehmen Sie die Hände wieder runter.«

Er gehorchte. Ich stand direkt vor ihm, hielt den Arm an der Seite und die Pistole auf seinen Bauch gerichtet. Ein Wagen fuhr vorbei, ohne das Tempo zu drosseln. Wir waren nur ein Polizist und ein Autofahrer, die sich unterhielten.

»Haben Sie Ihre Armaturenbrettkamera eingeschaltet?«

»Ja.«

»Nimmt sie nur auf? Oder schickt sie Live-Bilder ins Polizeirevier?«

»Sie nimmt nur auf.«

»Ich hoffe in Ihrem Interesse, dass Sie die Wahrheit sagen, Paul. Falls nämlich ein anderer Polizeiwagen die Straße entlangkommt, erschieße ich Sie auf der Stelle.«

»Es ist die Wahrheit.«

»Machen Sie Ihr Halfter zu, Paul. Langsam, sonst werde ich nervös.«

Er bewegte sich so langsam, dass ich kaum erkennen konnte, dass er sich bewegte.

»Etwas schneller, Paul.«

Er machte etwas schneller und schloss die Halfterklappe über der Pistole.

»Gut, Paul. Und jetzt gehen wir zusammen zu Ihrem Wagen. Locker und lässig.« Wir taten genau das und gingen dicht nebeneinander. »Sie haben mich angehalten, weil mein Kennzeichen in Ihrem Staat zur Fahndung ausgeschrieben ist, stimmts, Paul?«

Ich wiederholte ständig seinen Namen, um ihn zu beruhigen. Die Leute hören gern ihren eigenen Namen.

Paul nickte.

»Was wird mir vorgeworfen?«

»Geschwindigkeitsüberschreitung, rücksichtsloses Fahren, Widerstand gegen die Staatsgewalt.«

»Kein Mord? Wie kommt es, dass Mord vergessen wurde?«

»Bitte! Ich habe eine Frau.«

»Und Sie lieben sie bestimmt sehr. Deshalb müssen Sie mir genau zuhören, Paul. Funken Sie Ihre Zentrale an und sagen Sie, Sie hätten mein Kennzeichen verwechselt und den falschen Truck angehalten. Nur zu Ihrer Information: Ich war drei Jahre Polizist, und wenn Sie über Funk etwas Falsches sagen, wird Ihre arme Frau früh Witwenrente beziehen.«

Er griff nach dem Mikrofon und sprach hinein: »Zentrale von Wagen sieben-neun, kommen.«

»Was gibts, Wagen sieben-neun?«

»Eins-drei-vier negativ. Falsches Fahrzeug.«

»Verstanden, Wagen sieben-neun. Hast du heute Abend was getrunken, Paul?«

»Noch nicht«, antwortete er und sah mich an. »Aber nach Feierabend werde ich ein paar Bier zischen.«

Ein Glucksen am anderen Ende. »Verstanden, kommen.«

»Sieben-neun, Ende.«

Ich drückte die 9mm fest in Pauls Rücken, öffnete die Halfterklappe und nahm ihm die Pistole ab. Außerdem entfernte ich die Handschellen von seinem Gürtel.

»Schalten Sie das Blaulicht aus«, befahl ich ihm.

Er gehorchte und streckte die Hand nach dem Armaturenbrett aus.

»Die Handschellenschlüssel?«

»In der Gesäßtasche.«

Ich fand sie und warf sie in den Straßengraben. Das Gleiche tat ich mit seiner Pistole und dem Mikrofon, nachdem ich es aus der Halterung gerissen hatte. Aus einer plötzlichen Laune heraus nahm ich ihm auch die Polizeimarke ab und steckte sie in die Tasche.

Man weiß ja nie, ob man so etwas mal brauchen kann.

»Hände auf den Rücken, Paul. Vielleicht lebst du lange genug, um dein Feierabendbier zu genießen.«

Ich legte ihm die Handschellen an und manövrierte ihn zur hinteren Tür des Wagens, öffnete sie und schob ihn mit dem Gesicht zuerst auf den Rücksitz. Da sich die hinteren Türen eines Polizeiwagens nicht von innen öffnen ließen, saß er dort fest, bis Kollegen vorbeikamen.

Ich schlug die Tür zu, nahm auf dem Fahrersitz Platz und fuhr den Wagen ins Gebüsch. Dann machte ich den Motor aus.

»Wie lange wird es dauern, bis man Sie vermisst?«

»Zehn Minuten. Vielleicht fünfzehn.«

»Und wie lange, bis man nach Ihnen sucht?«

»Zwanzig Minuten. Vielleicht eine halbe Stunde.«

Ich schaltete sämtliche Lichter aus, verließ das Fahrzeug und warf die Autoschlüssel in die Dunkelheit.

Auf dem Rückweg zu meinem Truck fragte ich mich, ob ich die Situation anders hätte handhaben sollen. Ich hatte mir ein bisschen Zeit verschafft, aber wie viel?

Vielleicht sollte ich meine Taktik ändern.

Ich holte die Karte von Wisconsin hervor und studierte sie. Die nächste größere Stadt war Eau Claire mit siebzigtausend Einwohnern. Bis dorthin waren es etwa sechzig Kilometer.

Ich fuhr los und behielt den Rückspiegel im Auge.

Zwanzig Minuten später erreichte ich Eau Claire.

Die Autobahn war gleichzeitig die Hauptdurchgangsstraße, und der Verkehr verlangsamte sich auf sechzig Stundenkilometer. Supermärkte, Fast-Food-Restaurants und Tankstellen konkurrierten um die Aufmerksamkeit der Autofahrer. Ich fuhr zum belebtesten Einkaufszentrum, das ich finden konnte, und parkte.

Aus dem Werkzeugkasten im Laderaum holte ich zwei Schraubenzieher, einen Kreuzschlitz- und einen Flachschraubenzieher. Dann schraubte ich mit dem Phillips meine Nummernschilder ab.

Diese steckte ich anschließend in die braune Papiertüte in der Fahrerkabine, die ich für Abfall verwendete. Sie war halb voll mit Coladosen und Schokoladenpapier. Mit der Tüte in der Hand machte ich mich auf dem Parkplatz auf die Suche.

Der Ford Bronco ist ein beliebtes Fahrzeug, und nach zwanzig Minuten wurde ich fündig. Ich blickte mich diskret um, um mich zu vergewissern, dass der Besitzer nicht gerade im Anmarsch war, schraubte das vordere Nummernschild ab und ersetzte es durch meines. Dann tat ich dasselbe mit dem hinteren Nummernschild. Die neuen Schilder steckte ich in die Tüte. Nach weiteren fünfzehn Minuten Suche fand ich noch einen Bronco und tauschte erneut die Nummernschilder aus.

Meine Nummernschilder waren jetzt um zwei Ecken von meinem Fahrzeug entfernt.

Falls die Polizei einen dieser Trucks anhielt, müsste sie die Situation erst einmal umständlich aussortieren, bis sie darauf kam, welche Kennzeichen ich verwendete. Ich ging zurück zu meinem Bronco, brachte die neuen Nummernschilder an und setzte meine Reise fort. Mir war jetzt ein bisschen wohler bei der Sache.

Klüger wäre es gewesen, mein Fahrzeug ganz loszuwerden, aber ich hatte nicht genug Geld, um mir ein neues zu kaufen. Eins zu klauen kam nicht infrage, denn das würde Ärger geben.

Hoffentlich verschaffte meine Maßnahme mir ausreichend Zeit, um an mein Ziel zu gelangen.

Laut Karte musste ich von Eau Claire aus der I-94 nach Westen folgen. Die Fahrt bis zur Grenze von Minnesota dauerte ungefähr achtzig Minuten. Draußen war es so finster, dass die Dunkelheit einen förmlich erdrückte.

Früher hatte ich die Dunkelheit gemocht, und ich fragte mich, ob ich jemals wieder so empfinden würde.

Ich mag die Dunkelheit immer noch. In dir ist es dunkel. Da kann ich dich in Ruhe von innen auffressen.

Ich ignorierte Earl, fuhr weiter durch das Wirrwarr der Autobahnaus- und -einfahrten der Twin Cities und suchte mir schließlich eine Bleibe für die Nacht. Ein paar Wegweiser leiteten mich zum Woodland Motel, wo ich den übergewichtigen Besitzer weckte und ihm Bargeld und einen falschen Namen gab. Mein Zimmer war klein und roch muffig. Vermutlich war es lange nicht belegt gewesen. Das Tourismusgeschäft war wohl nicht mehr das, was es früher mal war.

Vor dem Schlafengehen spülte ich sechs Aspirintabletten mit zwei Gläsern Wasser herunter. Die Nacht war kühl, und ich zog mir die steifen Decken bis zum Kinn. Durch das Fenster sah ich eine Ampel eine Straße weiter.

Grün.

Gelb.

Rot.

Gelb.

Rot.

Ich schloss die Augen und dachte daran, wie ich Tucker Shears töten würde.

Jack

Motels waren für mich eine Folter. Ein fremdes, hartes Bett. Andere Gerüche. Seltsame Geräusche. Bestimmt würde ich kein Auge zutun.

Meine Kopfschmerzen machten das Ganze nicht besser.

Ich erinnerte mich vage an zu viele Biere in diesem Irish Pub, Lester und seine Kumpels in Sturmhauben, zu viele Whiskeys mit McGlade, mein Gespräch mit Dalt in der Amoco-Tankstelle und mein Telefonat mit dem FBI. Alles, was danach kam, waren lediglich Fragmente, keine deutlichen Erinnerungen.

Und jetzt war ich in Minnesota und folgte außerhalb meines Zuständigkeitsbereichs einer Spur in einem Mordfall, in dem ich offiziell nicht mehr ermittelte.

Warum? Um Menschenleben zu retten? Um Kriminelle zu fangen? Um mein angeschlagenes Ego zu pflegen? Um meinem Verlobten und meiner Mutter aus dem Weg zu gehen?

Ich beschloss, mich auf die ersten beiden Punkte zu konzentrieren. Darauf, die Frauen zu retten und den Motelmörder hinter Schloss und Riegel zu bringen. Diese Ziele waren altruistisch anstatt egoistisch. Ich hatte es satt, ständig daran zu denken, wie egoistisch ich in letzter Zeit gewesen war.

Schluss mit dem Trübsalblasen, Jack. Benimm dich endlich wie die Frau, die du sein möchtest, nicht wie die, die du nicht sein willst.

Ich nahm ein paar Ibuprofen, trank Wasser, aß einen Schokoriegel, schloss die Augen und versuchte mit schierer Willenskraft, einzuschlafen.

Mein Wille war nicht stark genug.

Da der Schlaf sich nicht einstellen wollte, schaltete ich den Fernseher ein. Es lief nichts Ordentliches, und da ich auch nur ein Mensch bin, zappte ich durch die Programme, bis ich einen dieser schmutzigen Kanäle fand, der eine schlecht synchronisierte, ausländische Softpornokomödie brachte. Den hässlichen Frisuren und Klamotten nach zu urteilen, musste es eine Produktion aus den Siebzigerjahren sein. Es ging darin um einen Typen mit äußerst großen Koteletten, der zwei Schwänze hatte. Aus einem mir nicht ganz begreiflichen Grund waren die Frauen ganz verrückt auf ihn, und jedes Mal, wenn er die Hosen fallen ließ, zogen die Mädels um ihn herum sich nackt aus.

Der Film war so dämlich und furchtbar, dass nach weniger als zehn Minuten etwas Unerwartetes mit mir geschah.

Ich schlief ein.

* * *

Als ich kurz nach sechs Uhr morgens aufwachte, lief der Fernseher immer noch, und auf dem schmutzigen Kanal zeigten sie einen Große-Titten-Wettbewerb an irgendeinem Strand. Ich schaltete das Gerät aus und fragte mich, ob Softpornos vielleicht die Lösung für meine Schlaflosigkeit wären. Sobald ich wieder zu Hause war, müsste ich es mal ausprobieren.

Meine Kopfschmerzen waren erträglich, und ich absolvierte meine Morgengymnastik. Hundert Sit-ups, fünfzig Liegestütze, zweihundert Kniebeugen. Dann duschte ich, zog mich an und machte mich auf die Suche nach einer Zahnbürste.

Draußen war schönes Wetter, und die Luft roch anders als in Illinois, sauber und nach Wald.

Am Abend zuvor hatte ich nicht darauf geachtet, in welchem Zimmer McGlade abgestiegen war. Da ich keine Lust hatte, an sämtlichen Türen zu klopfen, begab ich mich in die Lobby. Die Mitarbeiterin am Empfang war eine sympathisch aussehende alte Frau, die so viel Rouge im Gesicht hatte wie ein Clown.

»Ich bin in Zimmer 112«, sagte ich. »Habe gestern Abend mit einem Freund eingecheckt und seine Zimmernummer vergessen.«

»Dann scheint es ja wohl kein besonders guter Freund zu sein.«

»Er ist ganz in Ordnung. Manchmal geht er einem auf die Nerven, aber er hat auch seine guten Seiten. Können Sie mir sagen, in welchem Zimmer er ist?«

»Name?«

»McGlade. Harry McGlade.«

»Zimmer 114.«

»Danke. Ach ja, wissen Sie zufällig, wo ich eine Zahnbürste und etwas zu essen bekomme?«

»Zahnbürsten gibt es gleich hinter Ihnen, und ein Stück die Straße rauf ist ein Diner. Folgen Sie einfach den Hinweisschildern.«

Ich nickte, drehte mich um und sah einen Verkaufsautomaten, der verschiedene Gegenstände des täglichen Gebrauchs enthielt, darunter Kondome von diversen Herstellern. In meinem Geldbeutel fand ich vier 25-Cent-Münzen und kaufte eine Einwegzahnbürste mit integrierter Zahnpasta.

Bevor ich in mein Zimmer zurückkehrte, klopfte ich laut an Harrys Tür.

»Ja?«, antwortete eine Piepsstimme. Es war McGlade. Er verstellte die Stimme, damit es so klang, als hätte er eine Frau bei sich.

»Ich bins, Jack. Willst du frühstücken?«

»Frühstücken?«, sagte er mit seiner normalen Stimme. »Klar. Gib mir fünf Minuten.«

Ich putzte mir in der Zwischenzeit die Zähne. Die harte integrierte Zahnpasta war unangenehm, erfüllte aber ihren Zweck. Ich spülte sie aus, steckte sie in meine Handtasche und rief Herb an.

»Jack? Zum Grillen bist du ein bisschen zu spät.«

»Ich habe mich entschieden, Urlaub zu nehmen, Herb.«

»Das überrascht mich. Wohin fahrt ihr, du und Latham?«

»Minnesota.«

»Das überrascht mich nicht. Urlaub, was?«

»Ich bin nicht mit Latham unterwegs, sondern mit McGlade.«

Ich gab Herb eine kurze Zusammenfassung.

»Du weißt schon, welchen Ärger du deswegen bekommen kannst?«, sagte er. »Rufst du deshalb an? Damit ich es dir ausrede?«

»Ich möchte, dass du in der NCIC-Datenbank nach Edward Cline, Garrett McConnroy und bekannten Komplizen suchst.«

»Jack …«

»Wir wollen uns nur vergewissern, dass die Frauen, die Cline bei sich hat, wohlbehalten sind. Das ist alles. Wenn sie nicht in seinem oder McConnroys Haus sind, will ich eine ungefähre Vorstellung haben, wo ich sie suchen kann.«

»Ich rufe zurück«, sagte Herb.

Er legte auf, bevor ich ihm danken konnte.

Als ich McGlade abholen wollte, stand er bereits vor meiner Tür und ließ den Blick über den Parkplatz schweifen.

»Suchst du was?«, fragte ich ihn.

»Sag mir Bescheid, wenn du irgendwo einen weißen Van siehst.«

»Darf ich fragen, warum?«

»Nein. Sag mir einfach Bescheid. Du hast vorhin irgendwas von Frühstück gesagt?«

Ich deutete auf ein Schild mit der Aufschrift GRANDMA'S DINER.

* * *

Das Diner war winzig. Es gab nur zehn Tische und einen Tresen mit sechs Hockern. Zwei der Hocker und einer der Tische waren besetzt. Harry und ich setzten uns an einen Tisch. Ich schaute über den Tresen in die Küche und stellte fest, dass der Koch ein junger südländischer Typ war.

Die Kellnerin erschien. Sie hielt eine Kaffeekanne in der Hand und machte ein Gesicht, als schuldete die ganze Welt ihr Geld. Harry und ich drehten die Tassen auf dem Tisch mit der offenen Seite nach oben – das allgemein verständliche Signal, dass wir Kaffee wollten. Sie schenkte uns ein.

»Möchten Sie wissen, was wir heute im Angebot haben?«

»Gern.«

Sie leierte ihren Spruch herunter. »Unser Angebot heute ist die Pfannkuchenmaus mit frischen Erdbeeren und Schlagsahne.«

»Pfannkuchenmaus? Was ist das denn?«, fragte Harry.

»Das sind drei Pfannkuchen zusammen. Ein großer für den Kopf, zwei kleine für die Ohren.«

»Wie Micky Maus.«

»Wir dürfen ihn nicht mehr Micky-Maus-Pfannkuchen nennen. Disney hat uns deswegen abgemahnt.«

»Den nehme ich«, sagte Harry. »Ich finde es geil, wenn mein Frühstück eine Markenverletzung darstellt.«

»Mit Speck?«

»Sieht er dann aus wie Schweinchen Dick?«

»Nein.«

»Ich nehme ihn trotzdem. Und ein Rosinentoastbrot ohne Rosinen.«

»Sie möchten einen Rosinentoast ohne Rosinen?«

Harry klimperte mit den Wimpern. »Können Sie alle für mich rauspicken?«

»Beachten Sie ihn nicht, er kommt sich witzig vor. Gibt es sonst noch was im Angebot?«

»Eier Benedict mit selbst gemachter Sauce Hollandaise.«

Ich musste an Herb denken. »Nein. Ein Freund von mir heißt so.«

»Wie heißt er?«, fragte sie. »Eier?«

Kam sie sich jetzt witzig vor? Ich konnte es ihr nicht ansehen.

Harry biss jedoch sofort an. »Wissen Sie, warum seine Eltern ihn Eier genannt haben?«

»Warum?«, fragte sie.

»Damit er später mal welche in der Hose hat.«

Keiner lachte.

»Ihr beide habt einfach keinen Sinn für Humor«, sagte Harry.

»Ich nehme ein Omelett mit Käse und Brokkoli«, sagte ich. »Mit Speck und Vollweizentoast, bitte.«

Mein Handy klingelte. Es war Herb.

»Cline hat keine Vorstrafen. Die von McConnroy kennst du ja bereits. Er hat einen namentlich bekannten Komplizen, einen Typen namens Tucker Shears aus Green Birch. Vorbestraft wegen schwerer Körperverletzung, Belästigung der Allgemeinheit und Tierquälerei.«

»Kannst du mir sein Foto aufs Handy schicken?«

»Sicher. An meinem freien Tag helfe ich dir gern dabei, deine Karriere zu ruinieren.«

Auch diesmal legte er auf, bevor ich ihm danken konnte.

»Dickerchen ist wohl schlecht gelaunt«, sagte Harry. »Vielleicht versteckt seine Frau die Donuts vor ihm. Wenn sie sie unter seine Sportklamotten gelegt hat, würde er verhungern, bevor er sie findet.«

Unser Frühstück kam, und McGlade schwieg zum Glück, während wir aßen, obwohl er jedes Mal, wenn er den Pfannkuchen mit Messer und Gabel zerteilte, kreischende Micky-Maus-Töne von sich gab. Nachdem ich zwei Tassen Kaffee getrunken und ein halbes Omelett verspeist hatte, fühlte ich mich wieder normal.

»Erzähl mir von diesem weißen Van«, sagte ich zu ihm. Harry zerquetschte die Erdbeeren mit der Gabel und verteilte das Ganze so, dass es aussah, als hätte Micky Maus eine durchtrennte Halsschlagader.

»Es ist nichts, was dich interessieren würde.«

»Es interessiert mich aber.«

McGlade blickte von der Maus-Vivisektion auf seinem Teller auf und musterte mich. »Wirklich? Ich bin gerührt von deiner Anteilnahme, Jackie. Wenn du es wirklich wissen willst: Ich erhalte seit einiger Zeit Morddrohungen, und vor ein paar Tagen hat ein Heckenschütze meine Wohnung zerschossen und versucht, mich umzubringen.«

»Und der Heckenschütze fährt einen weißen Van?«

»Ich habe keine Ahnung, was er fährt. Aber gestern während der Fahrt hierher fiel mir ein weißer Van auf, der uns folgte. Darf ich fragen, wieso du dich plötzlich für mein Wohlbefinden interessierst?«

»Weil soeben ein weißer Van auf den Parkplatz gefahren ist«, sagte ich.

Phin

Pünktlich um sieben kam mein Weckruf. Mein Morgen begann wie jeder andere.

Mit Schmerzen.

Ich stapfte ins Bad, entfernte die Bandagen an meinen Armen und trat unter die brühheiße Dusche. Der Wasserstrahl fühlte sich in den Augen und an meinen Nähten wie Nadelstiche an. Ich seifte mich mit einer dieser lächerlichen Motelseifen von der Größe einer Kreditkarte ein und schrubbte mich so lange ab, bis die Hitze den Schmerz verdrängt hatte. Selbst Earls Nagen an meinen Organen ging in dem Trommelfeuer von Seife und Wasser unter.

Ich blieb länger als nötig unter der Dusche und ließ mich von dem Wasserstrahl auf Vordermann bringen. Dann stieg ich heraus und rubbelte mich kräftig mit einem Handtuch ab, das so dünn war, dass man hindurchsehen konnte. Das Nadelstichgefühl verwandelte sich allmählich wieder in die gewohnten Schmerzen zurück, aber sie fühlten sich jetzt erträglicher an. Ich wischte den Dunst vom Spiegel, nahm einen Einwegrasierer und fuhr damit über meinen Schädel und mein Gesicht.

Bei manchen sah eine Glatze gut aus, aber nicht bei mir.

Ich sah bösartig und gefährlich aus.

Nachdem ich die alten Bandagen um Hände und Unterarme gewickelt hatte, kramte ich eine frische Jeans und ein T-Shirt aus meiner Sporttasche. Ich überlegte, ob ich die Nikes oder die Elefantenlederstiefel anziehen sollte, und entschied mich für die Stiefel.

Dann machte ich mich auf den Weg zum Lake Violet.

Es war einer jener kühlen und frischen Morgen, an denen alles mit Tau bedeckt ist. Ich setzte mich in den Bronco und aß Tankstellen-Snacks, während ich die Karte studierte.

Lake Violet war ein knapp eineinhalb Quadratkilometer großer See, zu dem zwei Zufahrtsstraßen führten. Bis zu der, die am nächsten lag, brauchte ich vierzig Minuten und wäre beinahe daran vorbeigefahren, denn sie zweigte hinter einem winzigen Angelladen ab, vor dem eine uralte Zapfsäule stand. Eagle Lane entpuppte sich als eine schmale, einspurige Schotterstraße, die man bei Nacht unmöglich sehen konnte. Laut Karte führte sie zum See und anschließend um das westliche Ufer herum.

Ich bog in sie ein, und mein Bronco fraß Kilometer für Kilometer. Als ich um eine Kurve kam, musste ich eine Vollbremsung hinlegen. Ein Hirsch mit achtendigem Geweih starrte mich an. Das Tier stand so still, dass es wie ausgestopft aussah.

Ich bemerkte einen Fleck an seiner Schulter. Eine geheilte Schusswunde.

Er war ein Überlebenskünstler.

Unsere Blicke trafen sich. Ich konnte in seinen Augen keine Furcht erkennen. Sie sahen mich herausfordernd an.

»Wenn ich dem Kerl begegne, der dir das angetan hat«, sagte ich, »werde ich es ihm heimzahlen.«

Ohne jegliche Vorwarnung rannte er davon, sprang wie ein Meister im Hürdenlauf über einen umgestürzten Baum und verschwand einen Augenblick später im Wald.

Ich setzte meine Fahrt fort, diesmal etwas langsamer. Zweihundert Meter weiter die Straße entlang tauchte das erste Haus auf.

Das Erste, was ich sah, war ein großes, mit einer Persenning abgedecktes Boot, das auf einem Anhänger ruhte. Ich schloss augenblicklich daraus, dass das Haus leer war, fuhr daran vorbei und parkte den Truck abseits der Straße im Wald. Mit der Smith & Wesson in der Hand schlich ich vorsichtig zum Haus zurück und achtete dabei sorgfältig auf Hinweise, dass sich Menschen in der Nähe aufhielten.

Die Fensterläden waren geschlossen, und auf der hinteren Veranda hatten sich Erde und Laub angesammelt. Obwohl die Jahreszeit noch nicht fortgeschritten war, musste der Rasen dringend gemäht werden. Alle diese Anzeichen deuteten darauf hin, dass seit letztem Sommer niemand hier gewesen war. Ich folgte der sandigen Auffahrt in Richtung Haus und hielt mich dabei am Waldrand. Obwohl ich behutsam auf Gras und Steine trat, hinterließ ich Fußabdrücke. Das war der entscheidende Hinweis – wäre das Haus bewohnt, würde man überall Reifenspuren sehen.

Ich ging am Haus vorbei zum See.

Als ich am Ufer stand und über die dunkle Wasseroberfläche blickte, wusste ich, dass mein Vorhaben einfacher war, als zunächst angenommen. Von meinem Standort aus konnte ich den gesamten See überblicken. Er erstreckte sich in seiner Länge vor mir und verengte sich am anderen Ende zur Form eines Maiskolbens.

Oder einer Bauchspeicheldrüse, sagte Earl.

So früh im Frühjahr waren nur sehr wenige Bootsstege aufgestellt, und ich zählte, soweit ich sehen konnte, nicht mehr als ein Dutzend Häuser, alle auf meiner Seite des Sees. Am anderen Ufer, in etwa hundert Meter Entfernung, gab es nur ein Haus.

Der Bootssteg war bereits aufgestellt, und ein teuer aussehendes Boot war daran vertäut.

Plötzlich nahm ich etwas am Rande meines Gesichtsfelds wahr. Ich fuhr herum, ließ mich auf ein Knie fallen und richtete die 9mm auf das Objekt. Es war ein weißer, etwa einen Meter großer Fischreiher, der auf dürren Beinen dastand und dessen Kreischen sich derart wie der Schrei einer Frau anhörte, dass ich beinahe schoss. Ich ließ die Anspannung aus meinen Fingern weichen, senkte die Waffe und starrte den Vogel an. Er spreizte seine riesigen Flügel, erhob sich in die Luft und flog in einem weiten Bogen über den See.

Daraus wird noch eine Natursendung, sagte Earl. *Jeden Moment springt ein Eichhörnchen von einem Baum und frisst dir Nüsse aus der Hand.*

Ich ging zu meinem Truck zurück und hielt nach Eichhörnchen Ausschau, sah aber keine.

Ich fuhr wieder auf die Eagle Lane und gelangte zu einer weiteren sandigen Auffahrt, die ebenfalls zu einem leer stehenden Haus führte. Beim nächsten Haus begegnete ich schließlich Menschen.

Es war ein Blockhaus aus groben, unbehauenen Baumstämmen mit großen Panoramafenstern und einer Satellitenschüssel auf dem Dach. Davor parkte ein alter Ford Kombi aus den Siebzigerjahren. Ich sah mich nach weiteren Autos um, insbesondere Tuckers Land Rover, aber da waren keine. Und ich glaubte auch nicht, dass einer seiner Kumpels einen Ford Country Squire fuhr.

Ich parkte, befestigte die gestohlene Polizeimarke an meinem Gürtel, nahm das Fernglas und lief am Waldrand entlang.

Von einem Aussichtspunkt hinter einer großen Fichte hatte ich einen ungehinderten Blick durch das Küchenfenster. Ich hob das Fernglas an meine Augen und kam mir wie ein Spanner vor.

Ich beobachtete, wie eine Frau Mitte fünfzig zum Kühlschrank ging und eine dicke Scheibe Speck herausnahm. Sie legte den Speck in eine gusseiserne Pfanne und stellte sie auf die Herdplatte. Dann ging sie wieder zum Kühlschrank, nahm eine ganze Packung Butter heraus und gab diese zu dem Speck dazu.

Die Frau war offensichtlich gefährlich, aber auf eine andere Art als die Leute, die ich suchte. Ich hielt nach weiteren Fenstern Ausschau und entdeckte eines, das zu einem Schlafzimmer gehörte. Ein Mann mittleren Alters zog sich gerade eine braune Hose an und musste seinen gewaltigen Bauch heben, um seine Hüfte zu finden. Angesichts der Kochkünste seiner Frau konnte man auch nichts anderes erwarten.

Ich steckte das Fernglas in meine Gesäßtasche und trat hinter dem Baum hervor, um an der Haustür zu klopfen. Mein Gefahrenbarometer war auf null gesunken, es sei denn, das Paar hatte vor, mich zum Essen einzuladen. Aber vielleicht wussten sie etwas über die anderen Anrainer an diesem See.

Ich klopfte, wie ich es immer tat, im Rhythmus von dam dada damdam da dam und gab mir Mühe, so harmlos wie möglich auszusehen. Hinter der Tür erklang ein Gemurmel. Wahrscheinlich fragten der Mann und die Frau sich, wer das sein könnte. Nach ungefähr zehn Sekunden Hin und Her ging die Tür auf.

Vor mir stand der Mann, während die Frau unter seiner Achsel hindurchblickte. Ihre Blicke waren eher neugierig als misstrauisch. Ich setzte ein breites Lächeln auf, das sich irgendwie falsch anfühlte. Hoffentlich sah mein Gesicht nicht wie eine Fratze aus.

»Hallo Leute. Ich bin Mark Stevens aus Chicago.«

Ich streckte die Hand aus, und der Mann nahm sie an. Über seine nackte Brust verlief eine weiße, abgeklungene Narbe, die auf eine Herzoperation hindeutete. Auch das überraschte mich nicht.

»Ich bin Fred Hanson, und das ist Edna, meine Frau. Sind Sie dienstlich hier, Mark?«

Sein Blick fiel auf meine Polizeimarke.

»Nein, eigentlich nicht. Ich bin im Urlaub hier und möchte meinen Freund Tucker Shears besuchen, habe aber die Adresse verloren. Ich weiß nur, dass er sich am Lake Violet aufhält.«

»Haben Sie keine Telefonnummer?«, fragte er.

»Die war auf demselben Zettel wie die Adresse. Ist mir bei Tempo hundert aus dem Fenster geflattert.«

»Ich glaube nicht, dass hier am See ein Shears wohnt«, sagte die Frau.

»Wir wollten bei Freunden von ihm übernachten. Sie heißen Ed, Garrett und Chad«, sagte ich und wiederholte die Namen, die ich auf der Kassette aus Tuckers Anrufbeantworter gehört hatte.

»Keine Nachnamen?«, fragte der Mann.

»Zum Fenster rausgeflattert, Sir.«

Die beiden sagten nichts und schienen nachzudenken. Aus der Küche drang inzwischen starker Rauch, begleitet von dem Geruch von Speck, der in Butter briet.

»Oh, mein Essen!«, sagte die Frau und eilte davon.

»Ich weiß nicht, ob wir Ihnen weiterhelfen können, Mark. Die einzigen Familien, die wir hier in der Gegend kennen, sind Rentnerpaare. Sind diese Jungs in Ihrem Alter?«

Ich nickte.

»Nun ja, ich weiß wirklich nicht, wer das sein könnte.«

»Was ist mit den Johnsons ein paar Häuser weiter?«, rief die Frau laut aus der Küche, um das Geräusch des brutzelnden Fetts zu übertönen. »Haben die nicht einen Sohn, der Eddie heißt?«

Fred wandte sich zu seiner Frau um. »Er ist noch ein Teenager. Außerdem hat er diesen genetischen Defekt, wo sein Kopf so groß wie eine Melone wird.«

»Das nennt man Hydrocephalus«, sagte Edna. »Und ich dachte, man hat ihm eine Drainage eingesetzt, damit das Wasser abläuft.«

»Wie auch immer, aber das ist nicht der, den er sucht.« Fred wandte sich wieder zu mir. »Hat Ihr Kumpel eine Drainage im Kopf?«

»Nicht, dass ich wüsste, Sir.«

»Haben die Martens einen Sohn?«, rief Edna.

»Eine Tochter.«

Der Qualm wurde dicker.

»Haben Sie ein Telefonbuch für den See oder so was Ähnliches?«, fragte ich. »Etwas, wo die Familien drinstehen, die hier wohnen? Wenn ich die Nachnamen sehe, fallen sie mir vielleicht wieder ein.«

»Vielleicht kann Hal Fischer weiterhelfen«, sagte Edna. Der Qualm hatte sich inzwischen in der ganzen Küche ausgebreitet.

»Hal Fischer gibt einen monatlichen Newsletter für die Anwohner vom Lake Violet heraus«, sagte Fred. »Er kennt jeden am See.«

»Wo wohnt er?«

»Ungefähr sechs Häuser weiter die Eagle Lane entlang. Ich rufe ihn an und sage Bescheid, dass Sie kommen. Sie können das Haus nicht verfehlen. Es ist rot.«

Ich bedankte mich und entfernte mich von der Tür, bevor der Qualm bei mir Lungenkrebs verursachte. Oder Arteriosklerose. Dann fuhr ich weiter und hielt Ausschau nach einem roten Haus.

Das Haus als rot zu beschreiben, war untertrieben. Nicht nur das Haus, sondern auch das Dach, die Vorhänge, die Veranda und die Garage waren alle rot. Sein Fahrzeug, einer dieser Minivans, die sich nicht entscheiden konnten, ob sie ein Auto oder ein Truck sein wollten, war ebenfalls rot. Der Typ war definitiv auf diese Farbe fixiert.

Ich lenkte den Bronco in seine Einfahrt, die mit Steinen anstatt dem hier sonst üblichen Sand und Gras bedeckt war.

Rote Steine.

Während ich ausstieg, kam Hal auf seine vordere Veranda heraus. Er war ein korpulenter kleiner Mann mit weißen Haaren, einer kleinen, weiblich wirkenden Nase und kleinen Händen. Er trug eine rote Smokingjacke und hatte eine Pfeife im Mund. Eine rote Pfeife.

»Officer Stevens«, begrüßte er mich.

Ich erklomm die Treppenstufen zu seiner Veranda, nahm seine ausgestreckte Hand und versuchte zu lächeln, aber es wirkte gezwungen. Schließlich begnügte ich mich mit einem Kopfnicken. »Tut mir leid, dass ich Sie störe.«

»Sie stören überhaupt nicht. Fred sagte, Sie bräuchten eine Liste sämtlicher Anwohner am See?«

»Ja. Ich versuche, meine Freunde zu finden. Ich weiß nur, dass sie irgendwo am Lake Violet wohnen.«

»Wie heißen die Leute?«

»Mein Freund heißt Tucker Shears. Er hält sich zurzeit bei drei anderen Typen auf. Ed, Garrett und Chad.«

Er paffte an der Pfeife. Sie verbreitete ein Kirscharoma. Wer hätte das gedacht?

»Wahrscheinlich sind sie in Ted Clines Haus. Sein Sohn heißt Eddie und kommt ein paar Mal im Jahr mit seinen Freunden hierher.«

»Wo ist das Haus?«

»Sehr leicht zu finden. Es ist das einzige Haus auf der anderen Seite. Cline gehört das ganze Land am Ostufer. Er lebt sehr zurückgezogen. Ich habe schon öfter versucht, ihn und seinen Sohn für meinen Newsletter zu interviewen. Er hat mich jedes Mal abgewimmelt. Vielleicht könnten Sie ein gutes Wort für mich einlegen.«

»Das werde ich«, sagte ich. »Führt die Eagle Lane zur anderen Seite des Sees?«

»Nein. Sie müssen zurück zur Hauptstraße, biegen dort links ab und dann rechts in die Barleywood Street. Nach etwa eineinhalb Kilometern kommen Sie zu einer Zufahrtsstraße ohne Namen. Eine Kette ist darübergespannt, und es gibt ein Schild, auf dem BETRETEN VERBOTEN steht. Das Haus befindet sich etwa achthundert Meter diese Straße runter. Und passen Sie auf, dass Sie Herbie nicht überfahren.«

»Herbie?«

»Unser Fischreiher. Ein großer weißer Vogel, der hier am See lebt. Manchmal landet er auf den Schotterstraßen, weil das die einzigen Waldlichtungen sind. Wir nennen ihn Herbie.«

»Ich werde die Augen nach ihm offen halten«, versprach ich.

»Und Sie wissen wahrscheinlich, dass Sie sich dem Haus langsam und vorsichtig nähern sollten, oder? Ihre Freunde ballern ständig herum. Ich glaube, sie haben auf dem Grundstück einen Schießstand. Winken Sie einfach den Kameras zu, damit sie sehen, dass Sie es sind.«

»Kameras?«

»Die haben Ihnen nichts gesagt? Das ganze Grundstück wird von Kameras überwacht. Nichts, was größer ist als ein Kaninchen, könnte unbemerkt auf das Gelände gelangen.«

»Ach ja, richtig. Die Kameras. Tucker hat was davon gesagt.«

»Vergessen Sie nicht, wegen des Interviews zu fragen. Hier am See sind alle neugierig, was dieses Haus betrifft. Ich würde gern ein Exklusivinterview mit denen machen.«

Ich dankte ihm, und sobald er im Haus verschwunden war, ließ ich meine freundliche Fassade fallen wie einen Zigarettenstummel.

Ich biss die Zähne zusammen, stieg in meinen Truck und nahm direkten Kurs auf Rache.

Jack

Als die Türen des Vans aufgingen, wusste ich, dass es nicht Harrys Heckenschütze war.

Es war Lester und seine Autodiebebande.

»Das ist mein Problem, nicht deins«, sagte ich zu Harry. »Was ist deine Schuhgröße?«

»Dreiundvierzig. Meinst du wirklich, dass das jetzt wichtig ist?«

»Tausch deine Schuhe mit mir.«

»Deine Treter passen nicht zu meinem Outfit.«

»Gib mir deine Schuhe und geh dann hintenrum und gib mir Rückendeckung.«

»Ist das dein Ernst?«

»Sie sind Autodiebe, keine Killer. Ich werde mit ihnen reden.«

»Wie du willst, Butch.«

Harry nannte mich manchmal Butch. Er meinte damit Butch Cassidy, nicht die im englischsprachigen Raum geläufige Bezeichnung für ein Mannweib.

Zumindest glaubte ich das.

Harry zog seine Sportschuhe aus – er trug Air Jordans –, und ich gab ihm meine flachen Schuhe von Marc Fisher.

»Pass auf, dass sie kein Blut abkriegen«, sagte er und warf ein paar Zwanziger auf den Tisch. Dann nahm er meine Schuhe an sich und verschwand in Richtung Hintertür.

Ich schlüpfte schnell in die Sportschuhe, band die Schnürsenkel fest zu und ging nach draußen. Die Typen in den Sturmhauben durchlöcherten gerade McGlades Reifen mit einem Eispickel.

Harry würde sich nicht darüber freuen.

»Hey Lester!«

Der Kleine, der bei unserer letzten Begegnung abgestritten hatte, dass er Lester war, wandte sich in meine Richtung.

»Ich habs kapiert … Sie sind sauer auf mich, weil ich geholfen habe, Ihren Abschleppdienst dichtzumachen, und weil ich Sie vor Ihren Freunden beleidigt habe.«

»Sie können mich nicht in Minnesota verhaften, Bullenschlampe. Ihre Polizeimarke ist hier nicht gültig. Die können Sie sich in den Arsch stecken.«

»Mag sein. Aber das hier ist gültig.« Ich zog die .38er aus dem Halfter.

Lester lachte, mehr aus Angeberei als aus Belustigung. »Sie wollen uns erschießen, weil wir ein paar Reifen durchstochen haben?« Er ließ den Eispickel fallen. »Ich bin nicht einmal bewaffnet.«

»Aber ich«, sagte Harry, der sich von hinten herangeschlichen hatte.

»Hübsche Schuhe«, sagte Lester.

Seine Kumpels lachten.

»Haben Sie und Ihre Jungs Schusswaffen dabei?«, fragte ich.

Keiner sagte etwas. Ich steckte meine Waffe wieder ins Halfter und tastete jeden von ihnen schnell ab. Alle waren unbewaffnet.

Ich trat an Lester heran und riss ihm die Sturmhaube vom Kopf. »Was genau hatten Sie eigentlich vor?«

»Wir wollten Ihnen Angst einjagen.«

»Sehe ich aus wie jemand, der Angst hat?«

Er antwortete nicht.

»Sie wussten doch, dass mein Freund eine Waffe trägt«, sagte ich zu ihm.

»Wusste ich's doch … wir sind Freunde!«, griff Harry wieder auf und strahlte.

Ich warf ihm einen kurzen Blick zu und wandte mich wieder an Lester. »Sie wussten, dass er eine Waffe trägt. Wussten Sie nicht, dass ich auch eine habe?«

Lester blickte frustriert drein und sagte: »So weit haben wir nicht vorausgedacht.«

Ich ging zu McGlade.

»Und was jetzt?«, fragte Lester. »Sie können uns nicht festnehmen.«

»Das habe ich auch nicht vor«, sagte ich zu ihm.

Ich gab Harry meine Waffe und meinen Blazer. »Kannst du mit deinem Handy Videoaufnahmen machen?«, fragte ich ihn.

»Das ist ein iPhone. Es kann so ziemlich alles, außer mir einen blasen. Und selbst dafür gibt es wahrscheinlich eine App.«

»Nimm alles auf.«

»Wird gemacht, Butch.« Er steckte meine Waffe ein. Dann hielt er mit der Roboterhand das iPhone hoch, während er seine Magnum in der Linken hielt.

Lester brach in Gelächter aus. Diesmal schwang darin echte Belustigung mit. »Sie glauben doch nicht etwa, Sie können mit mir fertig werden, Bullenschlampe?«

»Nein«, sagte ich. »Ich glaube, ich werde mit euch allen fertig.«

Als Lester auf mich losging, schwang ich ein Bein hoch und traf ihn mit einem Halbkreistritt am Kopf. Während er mit dem Gesicht auf dem Asphalt aufschlug, machte der Große zu seiner Linken einen Satz auf mich zu. Ich schlug ihm ins Gesicht, wich tänzelnd einer langsamen Geraden aus und fegte ihm mit einem Tritt die Beine unter dem Körper weg, worauf er auf dem Hintern landete. Mein nächster Tritt traf ihn seitlich am Kopf, nicht fest genug, um eine Gehirnerschütterung zu verursachen, aber fest genug, um ihm die Lust an einer Fortsetzung des Kampfes zu verleiden. Dann riss ich ihm die Sturmhaube vom Kopf.

»Bitte für die Kamera lächeln«, sagte ich zu ihm.

Zwei weitere Kerle kamen von beiden Seiten auf mich zu. Ich nahm einen Oguryo Sogi ein, eine leicht gebückte Haltung, die Beine weit auseinander, die Knie angewinkelt, beide Hände zu Fäusten geballt.

Als der erste Angreifer auf mich losging, drehte ich mich und traf ihn mit einem Schnapptritt am Kinn. Er ging zu Boden.

Der andere griff mich von der Seite an und verpasste mir einen Schlag in die Rippen. Ich rammte ihm den Ellenbogen in die Wange, krallte mich an seiner Sturmhaube fest, ließ mich auf ein Knie fallen und riss ihn mit mir nach unten. Meine Faust sauste wie ein Hammer auf sein Gesicht herab. Ich zog ihm die Sturmhaube vom Kopf und gab den Blick auf seine blutenden Zähne frei.

Als ich mich den beiden zuwandte, die noch auf den Beinen standen, wechselten sie kurz einen Blick und hoben die Hände.

»Wir wollen uns nicht mit Ihnen kloppen«, sagte einer von ihnen.

Ich bückte mich zu dem Typen, den ich mit dem Schnapptritt außer Gefecht gesetzt hatte, nahm ihm die Sturmhaube ab und ging zu Lester.

»Sie haben Glück gehabt«, sagte er und stand auf. »Dieses Mal sorge ich dafür, dass Sie vor Schmerzen heulen.«

»Mit Ihrer blutigen Nase dürfte das schwierig sein«, sagte ich.

»Was für eine blutige Nase?«

Ich machte einen Satz auf ihn zu und riss ein Knie hoch. Er hob die Arme, um den Angriff abzuwehren, und ließ dabei den Kopf ungeschützt.

Ich verpasste ihm einen Kopfstoß ins Gesicht, so fest, dass es in meinen Ohren klingelte. Seine Nase zerplatzte wie eine reife Tomate.

Lester brach zusammen und machte keine Anstalten, wieder aufzustehen.

»Stecken Sie sich das in den Arsch«, sagte ich.

Die beiden, die sich aus dem Kampf herausgehalten hatten, standen immer noch mit erhobenen Händen da. Alle anderen lagen reglos am Boden.

Vier Männer in ungefähr dreißig Sekunden. Nicht schlecht.

»Okay, Leute, hört mal gut zu«, sagte ich zu ihnen. »Ihr lasst mich in Ruhe, oder Harry stellt dieses Video bei YouTube rein. Verstanden?«

Allgemeines Kopfnicken.

Und kein einziger Schuss abgefeuert.

»Ich will außerdem neue Reifen«, sagte Harry.

»Wo sollen wir hier Reifen für eine Corvette herbekommen?«, jammerte Lester.

»Ihr seid Autodiebe«, sagte ich. »Lasst euch was einfallen. Wer hat die Schlüssel für den Van?«

Der Mann in der Sturmhaube, der gesagt hatte, er wolle sich nicht mit mir kloppen, winkte mir zu.

»Wir müssen uns ihn leihen. Morgen um die gleiche Zeit bringen wir ihn hierher zurück.«

»Behalten Sie ihn, so lange Sie wollen. Eigentlich gehört er uns ja nicht.«

Ich ging zu ihm, und er händigte mir die Schlüssel aus.

»Schöne Schuhe«, sagte er und blickte nach unten. »Air Jordans?«

»Nein«, sagte McGlade. »Das sind meine.«

Ich lächelte. Ein Wortspiel mit der Possessivform. Nicht schlecht, Harry.

»Komm, Sundance«, sagte ich und fühlte mich zum ersten Mal seit Langem ziemlich gut. »Fahren wir los.«

Phin

Ich fuhr zweimal an Clines Privatstraße vorbei und fand sie erst, als ich das Tempo auf acht Stundenkilometer drosselte. Das Betreten-verboten-Schild war verrostet, und Bäume verdeckten die Sicht darauf. Der einzige Hinweis auf eine Straße bestand aus zwei dürftigen, parallel verlaufenden Spuren, die ein Optimist als Feldweg bezeichnen würde. Die über den Weg gespannte Kette, auf die ich laut Hals Beschreibung achten sollte, war nirgendwo zu sehen. Dafür entdeckte ich hoch oben auf einem Baum eine Überwachungskamera.

Ich parkte den Truck hundert Meter weiter und beschloss, die Umgebung zu Fuß zu erkunden.

Mit der Sporttasche in der Hand lief ich vorsichtig durchs Gebüsch und achtete darauf, in meinen Cowboystiefeln nicht zu stolpern. Der Wald war so dicht, dass er nur wenig Licht durchließ. Es herrschte eine beinahe ständige Dämmerung, nur hin und wieder unterbrochen durch gespenstisches Sonnenlicht, das wie gebündelte Laserstrahlen durch die Baumkronen drang und bis zum Boden fiel. Ich hielt mich von der Straße fern, hielt mit beiden Augen Ausschau nach Kameras, zermalmte Zweige und Blätter unter meinen Schritten und blieb im Schatten. Nach fünfzehn Minuten sah ich schließlich das Haus.

Es erschien wie eine Fata Morgana auf einer Lichtung. Zuerst war es nicht da, dann auf einmal schon. Ein braunes Ranchhaus, das der Wald zu verschlucken schien, dazu eine separate braune Garage. Es sah völlig natürlich aus, abgesehen von der seltsamen Tatsache, dass etwas abseits mehrere Dutzend Kiefern dicht beieinanderstanden.

Sie sahen nicht so aus, als wären sie dort natürlich gewachsen, und als ich genauer hinsah, stellte ich fest, dass ich mit dieser Einschätzung richtiglag. Zwei Kiefern waren noch nicht eingepflanzt worden und ruhten auf ihren mit Jutesäcken umwickelten Wurzelballen.

Zwischen dem Haus und der Garage parkten vier Fahrzeuge.

Eins davon war Tuckers Land Rover.

Ich kämpfte gegen den Adrenalinschub an.

Lauf dort runter, blase ihm das Hirn aus dem Schädel, und dann fahren wir zurück nach Chicago. Mir geht das Ganze ziemlich auf den Sack.

Earl machte seinem Ärger Luft, indem er noch stärker pochte. Ich drückte eine Hand auf die schmerzende Seite und fantasierte über Drogen. Obwohl ich nicht scharf darauf war, mit Codein und Kokain rückfällig zu werden, gefiel mir der Gedanke, mich erneut einer Chemo- und Strahlentherapie zu unterziehen, um Earl für immer loszuwerden.

Dort runterzulaufen und Tucker das Hirn aus dem Schädel zu blasen, war jedoch eine bescheuerte Idee. Schließlich wusste ich nicht, wie viele Leute anwesend waren oder ob sie Waffen bei sich hatten. Das Beste, was ich tun konnte, war, mich in der Nähe zu verstecken und abzuwarten.

Ich fand eine Furche im Boden, die zwar feucht war, sich aber vortrefflich als Versteck eignete. Ich vergrub mich teilweise darin und bedeckte mich mit Erde und Laub. Wenn ich auf einen Baum kletterte, wäre ich schwerer auszumachen, aber der Wald war so dicht, dass ich kaum etwas sehen würde. Ich musste mich also mit einem improvisierten Graben begnügen.

Da ich Hunger hatte, holte ich etwas Beef Jerky aus der Sporttasche und mampfte vor mich hin, während ich das Haus observierte. Von meinem Standort aus konnte ich die Garage, einen Teil der hinteren Veranda, einen Teil des Bootsstegs, die Haustür, drei Fenster und die Fahrzeuge sehen. Einen Jeep, Tuckers Land Rover, einen SUV der Marke Nissan und einen Kastenwagen.

Die Haustür war zusätzlich durch eine Stahlgittertür gesichert. Darüber befand sich eine Überwachungskamera. An allen drei Fenstern waren die Rollos heruntergelassen, und sie waren ebenfalls mit Gittern und Kameras gesichert. Die Fensterscheiben wiesen eine graue Färbung auf, was wahrscheinlich bedeutete, dass sie aus Drahtglas bestanden.

Ein Einbruch kam nicht infrage. Ich müsste sie ins Freie locken.

Ich könnte das Haus anzünden oder eines der Autos in die Luft sprengen. Das Überraschungsmoment war ein wichtiger Verbündeter.

Aber wenn sie Frauen im Haus gefangen hielten, wie Eddie in dem mitgeschnittenen Telefongespräch angedeutet hatte, war Brandstiftung keine Option. Ich könnte es ohne Weiteres mit meinem Gewissen vereinbaren, Tucker und seine Kumpels mit einer Ladung Blei vollzupumpen, aber Frauen wollte ich nichts antun. Ich hielt mich zwar nur selten an Regeln, aber diese beachtete ich eisern.

Plötzlich ging die Eingangstür auf und ein Mann kam heraus. Tucker Shears. Ich hatte die Henry AR-7, das zerlegbare Überlebensgewehr, noch nicht zusammengesetzt, sonst hätte ich vielleicht auf ihn geschossen. Für Schüsse mit der 9mm war er zu weit entfernt.

Ich griff in die Sporttasche und begann, die Gewehrteile zusammenzumontieren. Dabei beobachtete ich Shears, wie er zu seinem Jeep ging, die Fahrertür öffnete und ins Innere des Fahrzeugs langte.

Die Entfernung zu ihm betrug weniger als vierzig Meter.

Ich wägte meine Optionen ab.

Sollte ich das Gewehr fertig zusammensetzen?

Oder weiter abwarten?

Oder zu ihm rennen und ihn mit meiner Schrotflinte erledigen?

Tucker holte eine Sonnenbrille aus dem Jeep, setzte sie auf und schaute in Richtung See.

Los, renn zu ihm hin, sagte Earl.

Aber ich traute Earls Ratschlägen nicht so recht. Immerhin versuchte er, mich zu töten.

Die Haustür ging erneut auf, und ein weiterer Mann trat ins Freie. Er trug eine Waffe, die wie eine Ingram-Maschinenpistole aussah, allgemein bekannt unter der Bezeichnung MAC-10.

»Tucker!«

Als Tucker sich der Stimme zuwandte, feuerte der Typ eine Salve ab, die ein paar Meter vor Tuckers Füßen den Boden aufriss und Erde aufspritzen ließ. Tucker sprang nach hinten und blickte wütend, aber nicht ängstlich drein.

Der Typ mit der Ingram lachte.

»Du Arschloch!«, schrie Tucker und rannte ihm nach, als der Typ ins Haus flüchtete. »Ich werde dir die Knarre in den Arsch stoßen!« Tucker pochte gegen die verschlossene Tür und stürmte dann zur Vorderseite des Hauses, wo ich ihn nicht mehr sehen konnte.

Kleine Jungs sind eben kleine Jungs. Und Idioten sind Idioten.

Aber dieser dumme Streich gab mir eine Vorstellung, über welche Feuerkraft die Kerle verfügten. Mit dieser Ingram war absolut nicht zu spaßen. Und ihr Besitzer war im Umgang damit geübt genug, um Blödsinn zu machen, ohne Schaden anzurichten.

Eines der Fahrzeuge zu sprengen, könnte nach wie vor funktionieren, vorausgesetzt, meine Granate war kein Blindgänger. Aber für den Fall, dass es mir nicht gelang, sämtliche Gegner zu neutralisieren, hätte ich im Voraus eine Fluchtroute planen müssen. Mit einer einzigen MAC-10 konnte man einen Wald abholzen und mich gleich mit. Ein Mensch kann nicht schneller rennen als eine Kugel.

Wahrscheinlich könnte ich weiterhin abwarten, bis die Jungs nach Hause fuhren, und dann Tucker hinterherfahren und ihn irgendwo auf dem Highway töten. Bis jetzt schien das die vernünftigste und sicherste Lösung zu sein.

Wenn sich jedoch Frauen in dem Haus befanden, musste ich handeln, und zwar bald.

Was konnte ich tun?

Ich konnte mit meinem Bronco bis vor das Haus fahren, auf die Hupe drücken, Tucker erschießen, wenn er herauskam, und davonfahren. Aber eine Autoverfolgungsjagd durch den Wald war nicht das Gelbe vom Ei, vor allem, wenn die Verfolger eine Maschinenpistole besaßen.

Sollte ich bis zum Einbruch der Dunkelheit warten?

Dann würden sie mein Mündungsfeuer sehen. Und soviel ich wusste, waren die Überwachungskameras nachtsichttauglich.

Ich ließ mir sämtliche Optionen durch den Kopf gehen und setzte meine Observation fort. Während der folgenden zwei Stunden sah ich zwei weitere Typen. Der eine ging in die Garage und holte Gartenstühle, der andere grub ein Loch in dem Kiefernhain. Beide waren in Tuckers Alter und hatten ausreichend dicke Muckis, dass ich es mir zweimal überlegen würde, bevor ich mich ihnen als Sparringspartner zur Verfügung stellte.

Um zwölf Uhr mittags schleppten Tucker und der Typ, der die Gartenstühle geholt hatte, einen großen Grill aus der Garage und machten sich an die Vorbereitungen für eine Grillparty. Da ich wusste, dass sie eine Weile bleiben würden, erhob ich mich vorsichtig aus dem Graben, streckte und dehnte meine verkrampften Muskeln und schlich durch den Wald zu meinem Bronco zurück.

Ich wusste, was ich tun konnte.

Überall waren Kameras. Auf dem Pfad. Am Haus. An der Garage.

Aber nicht am Bootssteg.

Der Steg war die Antwort. Ich glaubte, dass ich das Puzzle fertigstellen konnte.

Mir fehlte nur noch ein Teilchen.

Harry

»Und was jetzt?«, fragte ich.

Nachdem Jack Lester und seine Kumpels auf dem Parkplatz vor dem Diner vermöbelt hatte, als wäre sie Jean-Claude Van Damme, holte ich ein paar Sachen aus der Corvette. Wir fuhren den Van zu Edward Clines Haus in Minneapolis, fanden es jedoch leer vor. In der Einfahrt prangte ein Schild mit der Aufschrift ZU VERKAUFEN.

»Falls er umgezogen ist, hat er wahrscheinlich einen Nachsendeantrag gestellt«, sagte Jack. »Wir können also seine neue Adresse ermitteln.«

»Du meinst, das FBI kann die neue Adresse ermitteln. Die Post gibt diese Information nicht ohne einen richterlichen Beschluss heraus, und den kriegen wir nicht, weil wir nicht vom Minneapolis Police Department sind.«

»Versuchen wir es bei seinen Nachbarn. Willst du zuerst deine Schuhe wieder?«

Ich wackelte in Jacks flachen Schuhen mit den Zehen. »Nein, passt schon.«

Wir klopften an ein paar Türen in der Nachbarschaft. Vielleicht wusste ja jemand, wohin Cline umgezogen war. Lediglich in einem Haus von den fünf, bei denen wir es versuchten, war eine Person daheim, und sie hatte keine Ahnung.

»Zeitungsabonnements«, sagte Jack. »Oder Kabelfernsehen. Oder der Stromversorger. Wenn er umgezogen ist, hat er denen Bescheid gesagt.«

»Du denkst wie ein Privatschnüffler«, sagte ich zu ihr. »Vielleicht hast du eine Zukunft in meiner Detektei. Ich überlege, ob ich mir einen Partner zulegen soll.«

»Vergiss es. Nie und nimmer.«

»Sag niemals nie. Du weißt nicht, was die Zukunft für dich bereithält, Jackie. Wir könnten in den nächsten zwei Jahrzehnten jede Menge lustige Abenteuer zusammen erleben.«

»Erwarte nicht zu viel, Harry.«

Ich erwartete nicht zu viel, aber mein Bauchgefühl sagte mir, dass ich richtiglag.

Während ich bei der Lokalpresse anrief, versuchte Jack ihr Glück bei den örtlichen Kabelanbietern. Die Idee war gut, aber wir hatten keinen Erfolg. Als Jack es bei Xcel Energy, dem regionalen Stromversorger, probierte, fragte die Telefonistin nach einem Passwort.

»In Chicago würde für so was ein Anruf genügen«, sagte sie sichtlich irritiert.

»Wir könnten bei Garrett vorbeischauen«, sagte ich. »Hast du seine Adresse?«

* * *

Garrett McConnroy wohnte eine Autostunde südlich von Minneapolis.

Es war niemand zu Hause. Der Jeep parkte nicht dort.

»Ruf Dickerchen an«, sagte ich. »Ich weiß nicht mehr weiter.«

Jack rief Herb an. Der war nicht gerade erfreut darüber, dass sie ihn bat, Clines neue Adresse zu ermitteln.

»Biete ihm eine Portion Buffalo Wings an«, schlug ich vor. »Ich wette, dafür würde er alles tun. Oder gleich einen ganzen Büffel. Versprich ihm das ganze Tier und dazu einen ganzen Swimmingpool voll mit Ranch Dressing.«

Sie ging nicht auf meinen Vorschlag ein.

Wir tranken Kaffee in einem Kettenrestaurant und warteten auf Herbs Rückruf. Jack trank ihren Kaffee ohne Milch und Zucker. Ich hatte einen Caramel Mochaccino Latte mit Vanille und extra Schlagsahne, der wie Typ-2-Diabetes schmeckte. Ich schüttete ihn weg.

Herb rief schließlich zurück, und wir erfuhren, dass Edward Cline nur ein paar Häuser weiter umgezogen war. Also fuhren wir zurück nach Minneapolis.

»Der Van hat nicht mehr viel Benzin«, sagte ich. »Sollen wir ihn für die Autodiebe volltanken?«

Jack antwortete nicht. Im Gegensatz zu mir hatte sie keinen Sinn für Humor.

* * *

Eine Stunde später waren wir bei Clines neuem Haus.

Kein Cline. Kein Jeep.

»Ich bin mit meinem Latein am Ende«, sagte Jack. »Wohin könnte Cline die Frauen gebracht haben?«

Ich rief Jasper den Portier an. Der Jeep war nicht wieder aufgetaucht.

»Ich könnte es noch mal bei der Sekretärin in der *Plantasy Zone* probieren«, schlug ich vor. »Sie sagte, sie wüsste nicht, wo Cline Urlaub macht, aber mit der richtigen Dosis Schmeichelei, Bestechung und Drohungen …«

»Urlaub!«, rief Jack und schnippte mit den Fingern. »Dieses Foto, das du von Cline, McConnroy und Shears gemacht hast.« Wir wussten, dass es sich bei der dritten Person um Shears handelte, weil Herb uns ein erkennungsdienstliches Foto von ihm geschickt hatte. »Vielleicht sind sie zu diesem Haus am See gefahren.«

»Minnesota ist das Land der zehntausend Seen«, sagte ich in Anspielung auf das offizielle Motto dieses Bundesstaates. »Willst du die oberen fünftausend absuchen, während ich mir die unteren vornehme?«

Jack runzelte die Stirn. »Wenn wir in Illinois wären, könnten wir die Adresse ausfindig machen, indem wir nach Grundstücken suchen, die Cline gehören. Oder Shears. Oder McConnroy. Wir müssten nur bei den lokalen Grundbuchämtern nachfragen.«

»Es wäre immer noch schwierig. Wenn du nach ihren Nachnamen suchst, vorausgesetzt, sie halten sich auf einem Stück Land auf, das ihnen gehört, müsstest du sämtliche Verwaltungsbezirke abklappern. Ich bin mir sicher, dass es mehr als eine Person namens Cline gibt, die ein Haus an einem See besitzt. Und was, wenn sie das Haus nur mieten? Oder wenn es dem vierten Typen gehört?«

»Dem vierten Typen?«, fragte Jack.

»Auf dem Foto sind drei. Einer muss sie fotografiert haben.«

Jacks Miene, die seit der Schlägerei vor dem Diner Begeisterung und Zuversicht ausgestrahlt hatte, verdüsterte sich schlagartig. »Wir haben versagt.«

»Haben wir nicht. Wir haben nur einen vorübergehenden Rückschlag erlitten.«

»Wir wissen nicht, wo Cline oder McConnroy sind.«

»Du könntest Clines Adresse observieren, und ich nehme mir die von McConnroy vor. Vielleicht tauchen sie dort auf.«

Sie antwortete nicht.

»Heißt das, du willst nach Hause fahren?«, fragte ich. »Einfach aufgeben?«

Jack warf mir einen langen, traurigen Blick zu. »Weißt du, warum ich Polizistin geworden bin, Harry?«

»Die Frage ist leicht zu beantworten. Du bist ein Kontrollfreak mit einer kaum verhüllten Neigung zur Gewalt, dem es Spaß macht, Bösewichte zu fangen. Daran kannst du nichts ändern. Und du stößt andere Menschen von dir weg, weil du glaubst, dass du nicht gleichzeitig deine Arbeit machen und sie schützen kannst.«

Jack blinzelte. »Das war …«

»Gemein?«

»Erstaunlich ins Schwarze getroffen.«

»Du hältst mich für einen Idioten, weil ich dumme Witze erzähle und den Eindruck vermittle, dass mir alles scheißegal ist. Ich bin aber kein Idiot. Ich war ein guter Polizist und bin ein guter Privatdetektiv. Wir können die Kerle finden. Wir müssen nur intensiver nachdenken.«

Sie atmete tief aus. »Okay. Wir bleiben dran. Ich wollte nur, wir hätten mehr Anhaltspunkte.«

»Vielleicht gibt es einen auf dem Foto«, sagte ich. »Irgendwas im Hintergrund, das man erkennt.«

Jack schnaubte. »Wir brauchen nicht irgendwas im Hintergrund. Wir brauchen eine Telefonnummer.«

Ach du Scheiße!, sagte ich zu mir selbst in meiner Rex-Stimme. *Harry, du bist echt ein Idiot.*

»Ich habe vielleicht eine Telefonnummer«, sagte ich. »Als ich in Clines Mobilheim war, habe ich ein paar Fotos von der Anruferliste auf seinem Festnetzdisplay gemacht. Vielleicht gehört eine davon zu dem Haus am See.«

Anstatt mir Vorhaltungen zu machen, was ihr gutes Recht gewesen wäre, fragte Jack sofort nach den Nummern und rief Herb an.

Ich hörte Herb am anderen Ende kräftig fluchen, was für ihn untypisch war.

»Sag ihm, wir schicken ihm einen Blechkuchen«, schlug ich vor. »Im Speckmantel.«

Herb hielt Jack in der Warteschleife, während er die Nummern überprüfte. Die Anspannung war so stark, dass man sie zerschneiden konnte.

Na ja, nicht wirklich. Das ist eine ziemlich dämliche Redewendung.

»Eine Nummer gehört zu Garrett McConnroys Handy«, wiederholte Jack für mich, als Herb wieder am Apparat war. »Eine zu einer Pizzeria in Maple Hills. Eine zum Haus von Tucker Shears in Green Birch. Und die letzte zu einem Haus, das Theodore Cline gehört. Es liegt am Lake Violet, eine Stunde nordwestlich von hier.«

Jack blickte triumphierend drein. Ihre Begeisterung war ansteckend, und ich musste breit grinsen.

»Okay«, sagte ich. »Fangen wir ein paar Bösewichte.«

Phin

Ich schüttelte mir noch einmal die Erde und das Laub von den Kleidern, bevor ich in meinen Bronco stieg. Dann verstaute ich die Sporttasche auf dem Rücksitz und fuhr zu dem Angelladen, den ich auf der Herfahrt gesehen hatte. Sobald ich durch die Tür trat, war ich von Fischgeruch umgeben.

Der Geruch rief eine schlechte Erinnerung aus meiner Kindheit hervor, und zwar an den einzigen Urlaub, den meine Familie jemals gemacht hatte: ein Angelurlaub in einem Waldschutzgebiet. Ich war damals fünf Jahre alt und ekelte mich vor den lebenden Blutegeln, die der Eigentümer verkaufte. Einmal packte mein älterer Bruder Hugo meine Hand, drückte sie in den Behälter mit den Blutegeln und lachte über meine Schreie.

Dieses Geschäft verkaufte ebenfalls Blutegel, außerdem Elritzen, Regenwürmer, Mehlwürmer sowie eine ganze Wand voller überteuerter, altmodischer, verstaubter Köder in lächerlichen Farben und Designs. Einer, der mir ins Auge fiel, war mit Propellern bestückt. Wie so etwas einen Köderfisch imitieren sollte, war mir ein Rätsel. Ich hatte jedenfalls noch nie eine Elritze mit Propellern gesehen.

Auf dem schmutzigen Verkaufstresen stand eine Glocke, und ich klingelte nach dem Besitzer. Der Mann hatte eine

Glatze, aber so viele Haare an den Ohren, dass er daraus ein Toupet anfertigen könnte. Er kam durch eine Tür, die wahrscheinlich den Laden mit seinem Haus verband, und kratzte sich die Brust durch ein dreckiges Unterhemd.

»Kann ich Ihnen helfen?«

»Ich möchte ein Boot mieten.«

»Wir haben keine.«

»Wissen Sie, wer hier in der Gegend welche verleiht?«

»Gus. Fahren Sie etwa fünf Kilometer die Grundle Road entlang, und dann links in die Halifax. Noch mal fünf Kilometer, und Sie sind da. Brauchen Sie eine Angelgenehmigung?«

»Die habe ich schon. Haben Sie Köderfarben?«

»Sämtliche Regenbogenfarben. Auch solche, die glänzen und leuchten.«

»Auch welche, die in der Dunkelheit leuchten?«

»Klar.«

Er kramte unter dem Tresen herum und holte einen Farbbehälter von der Größe meines großen Zehs hervor. Das Gefäß war aus durchsichtigem Glas, sodass ich die milchiggrüne Substanz darin sehen konnte.

»Macht sechs fünfzig.«

Ich nahm den Behälter und deckte ihn mit den Händen ab, um zu sehen, ob die Farbe leuchtete. Sie tat es. Dann musste ich alle Kraft in meinen Fingern aufbieten, um den Deckel abzuschrauben. Die Farbe war dünnflüssig und das Öl hatte sich gelöst und schwamm auf der Oberfläche, aber wenn ich ordentlich umrührte, dürfte das kein Problem sein.

»Ich brauche außerdem Mückenspray. Etwas mit Deet.«

Er fand eine Flasche. »Acht Dollar.«

Ich gab ihm einen Zwanziger.

»Außerdem noch was? Wir haben gerade frische Elritzen bekommen.«

Er deutete auf sein Aquarium mit lebenden Köderfischen. Etwa ein Dutzend Elritzen trieben tot auf der Oberfläche und wirbelten durch die Strömung.

»Nein danke«, sagte ich, steckte das Wechselgeld ein und verließ den Laden.

Fünf Kilometer die Grundle Road entlang und fünf weitere auf der Halifax brachten mich zu Gus. Earl machte mir wieder Ärger, weshalb ich ein paar Aspirin schluckte, bevor ich aus dem Truck stieg.

Gus betrieb kein Fachgeschäft für Wassersportler, sondern verkaufte Motorsägen. Aber neben dem Laden standen ein paar Anhänger mit Booten herum. Es war niemand da, und wenn ich gewollt hätte, hätte ich mit zwanzig Motorsägen verschwinden können.

Das wollte ich aber nicht.

Ich ging durch den Laden und hinten hinaus in den Hof, wo ein Mann über eine Werkbank gebeugt stand. Er reparierte gerade eine Motorsäge, und sein nackter Rücken glänzte vor Schweiß.

»Ich möchte ein Boot mieten«, sagte ich.

Er sah zu mir auf, die Brauen immer noch konzentriert zusammengezogen. »Wofür?«

»Wasserski.«

Er nickte, wischte die ölverschmierten Hände an seiner schmutzigen Jeans ab und ging an mir vorbei in den Laden.

»Ich habe ein viereinhalb Meter langes Boot mit 25-PS-Motor. Das zieht locker einen Wasserskier«, sagte er und ging richtig in der Annahme, dass ich hinter ihm stand.

»Wie schnell?«

»Ungefähr fünfundzwanzig Knoten, plus/minus. Es ist ein guter alter Motor.«

Er ging in eine Ecke des Raums und entfernte eine Plane von einem kompakten Gegenstand. Es war ein schwarzer Mercury-Außenbordmotor, der auf einer Sackkarre ruhte.

»Läuft ein bisschen mager. Wie lange brauchen Sie das Boot?«

»Für eine Woche«, log ich.

»Ich kann es Ihnen inklusive Benzin und Öl für vierzig Dollar pro Tag geben. Suchen Sie sich eins von den Aluminiumbooten aus.«

»Ich verlasse mich auf Ihr Urteil.«

Er nickte und spuckte auf das Sägemehl, das über den Boden verstreut war.

»Sind Sie an einer Säge interessiert?«, fragte er.

»Nein.«

Er nickte erneut, und ich folgte ihm nach draußen, um mir ein Boot auszusuchen. Als er eines für geeignet befand, luden wir es mithilfe einer Seilwinde auf einen Anhänger, den er mir für zusätzliche zehn Dollar pro Tag vermietete. Der Anhänger wurde an meiner Kugelkopfanhängerkupplung befestigt, der Motor und der Benzintank kamen in den Laderaum, und dreihundert Dollar wechselten den Besitzer.

Als er ein Ausweisdokument sehen wollte, zeigte ich ihm meine neu erworbene Polizeimarke, worauf er keinen Führerschein verlangte. Niemand hinterfragt einen Polizisten.

Ich unterschrieb das Mietformular mit dem Namen des Polizisten, stieg in den Truck und schleppte das Boot hinter mir her. Ein paar Kilometer von Tuckers Haus entfernt hielt ich am Straßenrand, öffnete den Behälter mit der Köderfarbe und rührte den Inhalt kurz mit einem alten Stift um. Mit einer zusammengeknüllten Serviette trug ich behutsam Farbe auf Kimme und Korn sowie den Abzug meines AR-7-Gewehrs auf. Dasselbe machte ich mit dem Abzug meiner Schrotflinte. Dann verschloss ich den Farbbehälter wieder und legte meine Waffen zum Trocknen auf den Rücksitz.

Die Bootsrampe am Lake Violet lag an der Straße, auf der ich gekommen war, als ich Fred, Edna und Hal getroffen hatte. Ich musste zum See bis zu den Hinterreifen im Wasser zurücksetzen, den Anhänger manuell lösen und ihn ganz ins Wasser schieben. Sobald das Boot schwamm, setzte ich es auf den Strand, band ein Seil um den Anhänger und zog ihn mit dem Truck aus dem Wasser. Der Außenbordmotor ließ sich mit zwei Schrauben, die man mit der Hand festziehen musste, am Bootsheck anbringen. Ich schloss ihn an den tragbaren Benzintank an, pumpte Benzin in den Motor und zog an der Anlasserschnur.

Ich musste an dieser verdammten Schnur vierzig Mal ziehen, bevor der Motor überhaupt ein Geräusch von sich gab. Nach zwanzig weiteren Versuchen erwachte er endlich stotternd zum Leben.

»Läuft mager … dass ich nicht lache.«

Ich drückte auf den Stoppschalter, ging zurück zu meinem Truck und fuhr ihn ins Gebüsch am Straßenrand. Den Anhänger machte ich los. Dann nahm ich meine Sachen aus dem Auto und brachte sie zum Boot.

Tuckers Haus lag auf der gegenüberliegenden Seite des Sees. Ich startete den Motor erneut und nahm auf dem Aluminiumsitzbrett Platz. Den Blick nach vorne gewandt, langte ich mit der Linken nach hinten an den Motorhebel und gab Gas.

Nach anfänglichem Stottern lief der Motor gleichmäßig und ziemlich gut. Er verfügte über ausreichend PS, um das Boot zum Kentern zu bringen, falls ich zu stark beschleunigte.

Ich raste an Tuckers Grundstück vorbei. Am Bootssteg war eines dieser zigarrenförmigen Boote vertäut, die wie

Raumschiffe aussehen. Es hatte zwei Außenbordmotoren, von denen wahrscheinlich jeder einzelne mehr PS hatte als meiner.

Da sich niemand am Steg aufhielt, drehte ich eine zweite Runde daran vorbei, dieses Mal näher. Gleich hinter dem Steg befand sich ein Freisitz, auf dem Gartenstühle aufgestellt waren. Im Augenblick waren sie unbesetzt. Wahrscheinlich grillten Tucker und seine Kumpels immer noch im Vorgarten.

Ich fuhr mit dem Boot auf die Mitte des Sees hinaus, schaltete den Motor aus, holte das Fernglas hervor und wartete und beobachtete.

In der Nacht würde ich die Leuchtfarbe an dem Gewehr mit der Taschenlampe anleuchten, sodass ich den Abzug sowie Kimme und Korn sehen konnte. Dann konnte ich mit dem Boot an den Steg heranrudern, die Granate in das Schnellboot schleudern und Tucker erschießen, wenn er herauskam, um nachzusehen, was los war. Falls sich die Granate als Blindgänger erwies, würde ich noch näher heranfahren, die Schrotflinte benutzen, mich anschließend auf eine sichere Entfernung zurückziehen, von wo aus ich mit dem Gewehr schießen konnte. Sobald Tucker tot war, würde ich die Polizei rufen.

Sollten die Bullen sich um die Frauen kümmern, die sich im Haus befanden. Ich war kein Heldentyp.

Ich setzte meine Kappe auf, sprühte mich mit Mückenspray ein und versuchte, es mir bequem zu machen.

Der See war vollkommen still.

Ich massierte mir den Nacken.

Streckte die Beine aus.

Wartete auf den Einbruch der Nacht.

Jack

»Ist es hier?«, fragte ich und starrte in den Wald.

Harry hatte am Straßenrand angehalten, da wir laut seinem iPhone an dieser Stelle abbiegen sollten. Aber ich sah keine Straße, sondern nur Bäume.

»Das müsste es sein.«

»Bist du dir sicher, dass dein Handy richtigliegt?«

»Das tut es normalerweise.«

»Normalerweise?«

»Jackie, dieses Wunder der modernen Technologie, das ich hier in meiner Hand halte, ermittelt unseren Standort, indem es Radiowellen von einem Sendemast zurückwirft und mit einem Satelliten synchronisiert, der in die geosynchrone Umlaufbahn geschossen wurde. Also sei bitte etwas nachsichtiger mit dem Ding.«

»Du hast diesen Spruch für solche Momente auswendig gelernt, in denen andere Leute dein iPhone hinterfragen, stimmts?«

»So ungefähr.« Er deutete zum Fenster hinaus. »Schau mal, eine Kamera.«

Ich folgte der Richtung, die seine Handprothese anzeigte, und sah die Überwachungskamera hoch oben an einem Baum.

»Fahr weiter«, sagte ich zu ihm.

»Warum?«

»Tu es einfach, McGlade.«

Harry fuhr weiter. »Wollten wir nicht zu ihrem Haus?«

»Wir wollen nicht, dass sie uns sehen, bevor wir einen Plan haben.«

»Einen Plan? Wir fahren hin und brechen die Tür auf. Das ist der Plan.«

»Ein schlechter Plan«, sagte ich.

»Schlecht? Erinnerst du dich an Charles Kork? Ich habe damals seine Haustür mit einer Plastikmilchflasche voller Zement eingeschlagen und den Kerl derart rundgemacht, dass ich jetzt eine eigene Fernsehserie habe.«

»Er war allein. Diesmal haben wir es mit drei oder noch mehr Typen zu tun. Dein Trick mit der Milchflasche wird uns nicht helfen.«

»Er würde funktionieren.«

»Hast du überhaupt eine Milchflasche?«

McGlade machte einen Schmollmund. »Nein.«

»Wir brauchen einen besseren Plan.«

»Okay. Dann denk mal nach.«

»Ich dachte mir, wir checken erst einmal die Lage und schauen, ob die Frauen hier sind. Und dann verständigen wir die örtliche Polizei.«

»Zu einfach«, sagte er. »Ich habe eine bessere Idee. Wir fahren zuerst zu einem Baumarkt.«

»Das ist doch nur einer von deinen dummen Witzen, stimmts?«

»Wir kaufen Zement.«

»Und eine Milchflasche?«

»Richtig.«

»Was hältst du davon, dass wir uns von verschiedenen Seiten vorsichtig dem Haus nähern und schauen, was drinnen vor sich geht? Und wenn wir etwas Illegales bemerken, rufen wir die Polizei.«

»Ich neige eher zu dem Milchflaschen-und-Zement-Plan«, sagte Harry.

»Und ich neige zu allem anderen als dem Milchflaschen-und-Zement-Plan.«

»Okay, was hältst du davon? Wir gehen zur nächsten Bank und holen uns Centstücke im Wert von fünfzig Dollar.«

»Und füllen damit die Milchflasche?«

Er machte wieder einen Schmollmund.

»Wie wäre es«, schlug ich vor, »wenn wir uns dem Haus vorsichtig von verschiedenen Seiten nähern …«

»Ich habe keinen Bock darauf, durch den Wald zu schleichen«, sagte Harry.

»Du hast Angst vor dem Wald?«

»Nicht vor dem Wald. Davor, was sich im Wald aufhält.«

»Bären?«, fragte ich. »Hirsche?«

»Zecken«, sagte er.

»Zecken?«

»Zecken. Die kleinen Insekten, die sich in der Haut festbeißen und Blut saugen, bis sie so groß sind wie Trauben. Große, fette Trauben voller Blut. Mir graust es vor denen.«

So, wie er sie beschrieb, grauste es mir ebenfalls.

»Ich könnte es alleine machen«, schlug ich vor.

»Zu riskant. Du brauchst Rückendeckung, falls etwas schiefläuft.«

»Falls etwas schiefläuft, kannst du die Polizei rufen.«

»Immer noch zu riskant. Du brauchst mich an deiner Seite.«

»Deine verdammte Milchflaschennummer kannst du dir jedenfalls abschminken.«

Wir schwiegen einen Augenblick, bevor Harry erneut am Straßenrand hielt.

»Wasser«, sagte er.

»Lass mich raten: Wasser in einer Milchflasche. Wieso frierst du nicht einfach die verdammte Milch ein? Dann musst du nichts in die Flasche füllen. Du füllst all dieses Zeug in die Milchflasche, und dabei ist es völlig unnötig.«

»Ich rede nicht von Milchflaschen«, sagte McGlade. »Ich rede von einem Boot.«

Harry

Ich bin kein Taktiker. Ich weiß nicht einmal, was ein Taktiker ist. Aber jeder Idiot mit nur einer halben Hirnzelle weiß, dass man nicht durch einen Wald voller Zecken kriecht, wenn man ein Haus an einem See auskundschaften möchte.

So etwas macht man auf dem Wasserweg. Wir mussten also als Erstes ein Boot auftreiben. Das dürfte nicht zu schwer sein, wenn man bedenkt, dass wir in Minnesota waren, dem Land der zehntausend Seen.

Ich ließ Jack fahren und suchte auf Google Maps nach einem Bootsverleih.

»Wie kann es sein, dass es hier im Umkreis von achtzig Kilometern keinen Bootsverleih gibt?«, sagte ich zu mir selbst.

Jack beantwortete meine rhetorische Frage. »Vielleicht listet dein Wunder der modernen Technologie sie nicht alle.«

»Erinnerst du dich an dieses Restaurant, an dem wir vor ein paar Kilometern vorbeigefahren sind?«, fragte ich. »Auf dem Parkplatz standen eine Menge Autos, und einige hatten Anhänger mit Booten.«

»Du willst dorthin zurück und versuchen, ein Boot von einem x-beliebigen Typen zu mieten, der in einem Restaurant isst?«

Ich antwortete nicht.

Jack kapierte. »Du willst ein Boot stehlen.«

»Wir leihen es uns nur aus. Wenn wir fertig sind, bringen wir es zurück.«

»Ich bitte dich, McGlade, ich bin Polizistin! Ich habe einen Eid darauf geleistet, Recht und Gesetz aufrechtzuerhalten.«

»In Chicago. Wir sind aber in Danburn in Minnesota.«

Ich konnte sehen, dass Jack über meine Idee nachdachte, und wusste, wie ich sie endgültig herumkriegte.

»Oder ...«, sagte ich und legte eine dramatische Pause ein, »... wir besorgen uns eine Milchflasche.«

»Also gut. Du kannst von mir aus ein Boot stehlen. Aber ich helfe dir nicht dabei.«

»Butch Cassidy und Sundance Kid haben Banken ausgeraubt und sich dabei gegenseitig geholfen.«

»Wenn du aussehen würdest wie Robert Redford, würde ich es mir überlegen. Aber du siehst eher wie Danny DeVito aus.«

»Sei nett zu mir.«

»Ich werde dir nicht helfen, ein Boot zu stehlen, McGlade.«

»Fahr uns einfach nur zum Restaurant«, sagte ich. »Um den Rest kümmere ich mich.«

* * *

»Diese Scheißboote haben alle Schlösser an ihren Anhängerkupplungen«, sagte ich, als ich über den Parkplatz des Restaurants fuhr. »Was zum Teufel ist aus dem Vertrauen in die Mitmenschen geworden?«

Just in dem Moment, als ich schon aufgeben wollte, fand ich ein Boot, das nicht mit einem Schloss gesichert war. Ein altes, mit einer billigen, zerfledderten Plane überzogenes Holzboot. Bestimmt war es nicht viel wert, ein Umstand, der Jacks Gewissen beruhigen würde.

Jack versteckte sich in einer Tankstelle gegenüber, um nicht Zeuge meines Diebstahls sein zu müssen.

Kein Problem. Ich konnte das alleine durchziehen.

Für Augenblicke wie diesen bewahrte ich in meinem Handschuhfach eine alte Schachtel Zigaretten auf. Ein Mann, der einfach nur so herumsteht, wirkt verdächtig. Ein Mann mit einer Kippe im Mund macht eine Rauchpause und erregt weit weniger Aufsehen. Ich zündete mir eine mit einem Streichholz an und parkte neben dem Boot. Dann trat ich in Aktion.

Ich zog am Verriegelungshebel der Anhängerkupplung und hob den Anhänger vom Kugelkopf. Er war schwerer, als er aussah, aber ich schaffte es, ihn zum Heck des Vans zu manövrieren, indem ich ein paar Mal kräftig daran zog.

Zunächst war ich mir nicht sicher, ob der Kugelkopf der Anhängerkupplung des Vans die passende Größe hatte, aber mit ein bisschen Schaukeln und Ruckeln ließ sich der Bootsanhänger daran festmachen.

Ich hatte mir ein Boot besorgt, und das in nur acht Sekunden. Nicht schlecht.

Ich zog ein letztes Mal an der Zigarette und warf den Stummel auf die Straße. Dann stieg ich in den Van und holte Jack von der Tankstelle ab. Was für ein Angsthase!

Als wir in die Nähe von Clines Haus kamen, hielt ich am Straßenrand und öffnete den Kasten mit meiner Observationsausrüstung, den ich aus der Corvette in den Van mitgenommen hatte. Ich kramte darin herum, wobei ich aufpasste, dass Jack die Wegwerfpistolen, die ich von Fakir gekauft hatte, nicht sah, und holte zwei Walkie-Talkies heraus. Ich überprüfte die Batterien, vergewisserte mich, dass die Geräte auf den gleichen Kanal eingestellt waren, und gab Jack eins.

»Wenn du in Schwierigkeiten gerätst, drück zweimal auf die Sendetaste«, sagte ich und zeigte ihr, wie das Gerät funktionierte. »Willst du etwas Tarnfarbe für dein Gesicht?«

»Nein danke.« Jack befestigte das Funkgerät an ihrem Hosenbund. Ich tat dasselbe mit meinem. Dann sprühte sie sich mit Mückenspray ein.

»Woher hast du das?«

»Aus der Tankstelle.«

»Hilft es auch gegen Zecken?«, fragte ich.

Sie sah mit zusammengekniffenen Augen auf das Etikett. »Das hoffe ich.«

»Steck die Hosenbeine in deine Socken. Und pass auf, dass du meine Air Jordans nicht schmutzig machst. Ich habe auch ein Fernglas für dich.« Ich gab ihr mein Reservepaar. Sie runzelte die Stirn.

»Das ist ja Tarnfarbe.«

»Ich weiß. Cool, oder? Man nennt sie Tactical Assault Woodland. Sie enthält Fraktale, um perfekt mit der Vegetation in der Umgebung zu verschmelzen.«

»Was, wenn ich das Ding fallen lasse? Das finde ich nie wieder.«

Daran hatte ich nicht gedacht. »Dann lass es halt nicht fallen. Ich habe noch etwas für dich.« Ohne viel Aufhebens hielt ich ihr meine Kevlarweste hin.

»Hast du auch eine für dich?«, fragte sie.

»Ja«, log ich.

Ich half ihr, die Weste anzulegen, und zog die Klettverschlüsse fest.

»Sobald wir sehen, dass etwas nicht stimmt, rufen wir die Polizei«, schärfte Jack mir zum wiederholten Mal ein. »Oder?«

»Natürlich. Die kümmern sich dann darum. Aber das heißt nicht, dass wir unnötige Risiken eingehen sollten.«

»Da hast du recht.«

Etwas an ihrem Mückenspray störte mich, aber da ich nicht genau sagen konnte, was es war, ließ ich die Sache auf sich beruhen.

»Laut meinem iPhone ist die Bootsrampe auf der anderen Seite des Sees. Ich schätze, ich brauche fünfzehn Minuten, um dorthin zu kommen, und noch mal fünfzehn, um das Boot ins Wasser zu lassen und vor Clines Haus zu gelangen. Pass auf, dass du bis dahin nicht in Schwierigkeiten gerätst.«

Sie nickte. Ich hob eine Hand mit der Fläche nach vorne.

»Ich mache keine High fives«, sagte Jack und ging davon.

Jack machte nie High fives. Das war schon immer so gewesen, seit damals, als wir zusammen Streife gefahren waren.

High fives fühlten sich ziemlich gut an.

»Warte!«, rief ich ihr nach.

Sie blieb stehen und sah mich an.

»Im Motel hast du gesagt, du wärst abgebrannt. Womit hast du dann das Mückenspray bezahlt?«

Jack sagte kein Wort.

»Moment … du hast es *gestohlen?*«

»Zecken sind widerlich«, sagte sie.

»Und ich dachte, du hättest dich in der Tankstelle versteckt, um nicht Zeuge meines Diebstahls zu werden«, sagte ich. »Hast du nicht gesagt, dass du als Polizistin für die Einhaltung von Recht und Gesetz sorgen musst?«

»In Chicago«, sagte Jack. »Wir sind aber in Danburn in Minnesota.«

Jack ging in den Wald. Ich sah ihr nach, dann machte ich mich auf den Weg zu meinem Rendezvous mit dem Tod.

Das war kein Witz. Ziemlich bald würde es nämlich Tote geben.

* * *

Ich folgte einer Schotterstraße, bis es nicht mehr weiterging, und fand die Bootsrampe. Nach einer schwierigen Dreipunktwendung, für die ich eigentlich eine Auszeichnung hätte bekommen sollen, manövrierte ich das Boot rückwärts ins Wasser. Aus dem Augenwinkel sah ich, dass jemand einen Truck im Gebüsch geparkt hatte, aber das interessierte mich nicht. Ich schob den Schalthebel auf Park, nahm meine .44er Magnum aus dem Halfter, versteckte sie unter dem Vordersitz und ersetzte sie durch den Arminius-Revolver, meine Wegwerfwaffe. Dann stieg ich aus dem Van aus und machte den Anhänger los.

Das Ding rollte daraufhin von alleine in den See. Da ich weder ein Seil noch eine Kette hatte, um den Anhänger samt Boot zurück ans Ufer zu ziehen, stieß ich ein paar laute und obszöne Flüche aus und lauschte anschließend dem Echo meiner wütenden Stimme. Schließlich sah ich ein, dass ich keine andere Wahl hatte, als bis zur Hüfte ins Wasser zu waten.

Ich tastete blindlings unter Wasser, fand schließlich den Bootsriemen, hakte ihn aus und zog das Boot vom Anhänger und zurück zur Bootsrampe, wo ich es mit dem Bug auf den Strand setzte. Es war im Wasser schwerer, als ich erwartet hatte.

Wieder an Land, machte ich die zerfledderte Plane los, die das Boot zudeckte.

Kein Wunder, dass es so verdammt schwer war. Auf dem Boden des Bootes lag ein toter Hirsch.

»Ich wollte doch nur ein Boot, und jetzt habe ich fünfhundert Kilo Wildbret«, sagte ich zu niemandem. Oder vielleicht sagte ich es zu dem Hirsch.

Auf seiner Brust befand sich Blut, das von der Einschusswunde herrührte, und eine Menge Blut auf dem Boden des Bootes. Ich stieg zu dem Tierkadaver ins Boot und versuchte, ihn hochzuheben.

Ich wuchtete und zerrte, bis ich Sterne sah und das Gefühl hatte, als würden mir die Eier platzen. Der Hirsch bewegte sich nicht. Ich unternahm einen erneuten Versuch und hob diesmal aus den Beinen anstatt aus dem Rücken heraus. Als es mir an den Seiten wehtat, gab ich auf. Das Letzte, was ich gebrauchen konnte, war, dass meine Eingeweide durch die Muskelwand brachen. Ich kannte jemanden, der mal eine so große Hernie erlitten hatte, dass er daraus Ballontiere knoten konnte.

Darauf hatte ich nun wirklich keinen Bock.

Ich stieg über den Kadaver und senkte den Außenbordmotor ins Wasser. Dann schloss ich den externen Tank an und ließ den Motor Benzin ansaugen, worauf er sofort ansprang. Und zum Glück ließ er sich mit der linken Hand steuern.

»Schnall dich an, Bambi, und mach deine Zigarette aus.«

Ich legte den Rückwärtsgang ein, bis ich vom Anhänger weg war, schaltete in den Vorwärtsgang und steuerte auf den See hinaus.

Es war ein herrlicher Tag mit blauem Himmel und Sonnenschein, und der See war glatt, als hätte man Öl darauf gegossen. Ein idealer Tag für eine Bootsfahrt mit meinem neuen Kumpel, dem toten, stinkenden Hirsch.

»Vielleicht fahren wir später eine Runde Wasserski«, versprach ich ihm.

Der Motor war ein uralter Johnson-Außenborder mit acht PS. Bei dem Gewicht, das er anschieben musste, brachte er es nur auf eine Höchstgeschwindigkeit von etwa drei Stundenkilometern. Ich hielt auf Clines Haus zu, das einzige Haus am Ostufer des Sees. Cline hatte an seinem Steg ein Boot vertäut. Ein schönes Boot, das bestimmt schneller fuhr als drei Stundenkilometer.

An diesem Tag hielten sich nicht viele Leute auf dem Wasser auf, nur ich und ein Typ mit Baseballkappe, der aussah, als würde er angeln. Er befand sich vor Clines Grundstück. Wahrscheinlich hatte er einen guten Angelplatz für Zander entdeckt. Wenn ich meinen Plan ausführen wollte, musste ich warten, bis er von alleine verschwand, oder ihn verjagen. Da ich von Natur aus ungeduldig bin, hielt ich direkt auf ihn zu.

Als ich mich ihm auf Rufweite genähert hatte, schien er mich zu bemerken und fuhr in die entgegengesetzte Richtung davon. Vielleicht wollte er nicht, dass ich seinen geheimen Angelplatz fand.

»Sieht so aus, als hätten wir ihn vertrieben, Bambi. Vielleicht war es dein Geruch.«

Da ich gegen den Wind fuhr, ließ es sich nicht vermeiden, dass mir der Geruch meines Reisebegleiters ins Gesicht wehte. Dies weckte nicht gerade meinen Appetit auf Hirschgulasch.

Ich öffnete die Tasche mit meiner Observationsausrüstung, nahm mein gutes Fernglas heraus und spähte damit in Richtung Haus. Wie erwartet, war das Schnellboot am Steg ein richtiges Monster mit zwei Außenbordmotoren und kompletter Schleppausrüstung zum Wasserskifahren, groß genug, um sieben Personen zu ziehen. Gegen so etwas kam ich mit meiner Gurke nicht an, mit oder ohne Hirsch an Bord. Falls ich schnell die Flucht ergreifen musste, müsste ich das Ding vorher außer Betrieb setzen.

Ich konzentrierte mich auf das Haus und sah nichts Auffälliges. Die Veranda war menschenleer, die Jalousien heruntergelassen.

Waren sämtliche Bewohner ausgeflogen?

Ich ließ den Blick über das Grundstück schweifen und sah jemanden hinter einer Gruppe von Bäumen. Anscheinend grillte er.

Obwohl ich zu weit weg war, um etwas zu riechen, lief mir das Wasser im Mund zusammen. Schließlich hatte ich keine Gelegenheit gehabt, meinen Micky-Maus-Pfannkuchen fertig zu essen, und ich hatte mich während der letzten fünfzehn Stunden von Junkfood ernährt. Ich griff in meine Tasche, ohne den Blick von dem Haus abzuwenden, und holte einen Schokoriegel heraus – ein äußerst armseliger Ersatz für gegrilltes

Fleisch. Gerade wollte ich die Verpackung aufreißen, als ich plötzlich hinter mir ein Geräusch vernahm.

Ich hechtete hinter den Hirschkadaver, griff mit der Rechten nach meinem Halfter und riss den Arminius-Revolver so schnell heraus, als wäre er eingeölt. Als ich aufblickte, sah ich mich einem Typen gegenüber, der eine Kappe mit der Aufschrift LECK MICH AM ARSCH trug. Es war der Angler, von dem ich glaubte, dass ich ihn vertrieben hatte. Er war an mich herangerudert und hielt jetzt eine abgesägte Schrotflinte auf mich gerichtet. Die Situation erinnerte mich an einen klassischen Mexican standoff, wie man ihn aus Westernfilmen kennt.

»Hallo Phin«, sagte ich. »'ne schöne Kappe hast du da.«

Phin

Ich senkte die Stoeger-Schrotflinte. Es war Harry McGlade, der Privatdetektiv, den ich vor ein paar Tagen hatte anheuern wollen.

Die Welt war ein Dorf. Die Tatsache, dass McGlade genau die gleiche Kappe trug wie ich, verstärkte diesen Eindruck zusätzlich.

»Wir sind die LECK-MICH-AM-ARSCH-Zwillinge«, sagte Harry. »Du bist mein Hut-Bro. Lass mich ein Selfie von uns machen, Hut-Bro.« Er wandte sich von mir ab, hob sein Handy und richtete es auf uns beide. »Soll ich es dir per MMS senden?«

»Später«, sagte ich. »Kannst du mir erklären, was der tote Hirsch in deinem Boot macht?«

»Klar, Hut-Bro. Ich hatte noch nie einen Bruder. Das ist cool.«

Ich dachte an meinen Bruder Hugo. McGlade irrte sich gewaltig.

Ich befestigte meine Bugleine an seiner, und wir verbrachten ein paar Minuten damit, uns gegenseitig darüber aufzuklären, warum wir beide hier waren. Er interessierte sich ganz besonders für die Aufzeichnungen von Tuckers Telefongesprächen.

»Garrett ist also diese miese kleine Ratte, die meine Wohnung zusammengeschossen hat.« McGlade rümpfte die Nase, als röche er etwas Verfaultes oder Verwestes. Wahrscheinlich war es der Hirsch, der zu seinen Füßen lag. »Und ich dachte die ganze Zeit, es wäre mein Telefonstalker. In Wirklichkeit lag es daran, dass ich Scheiße gebaut habe, als ich Eddie Cline nachgefahren bin. Eddie hat mich bemerkt und seinen Mitarbeiter angewiesen, mich zu töten.«

»Jeder hat mal einen schlechten Tag«, beruhigte ich ihn und warf einen Blick auf seine Schuhe.

»Und wer ist dann mein Stalker?«

Ich zuckte mit den Schultern. Herauszufinden, wer McGlade über das Telefon Morddrohungen machte, war nicht auf meiner Prioritätenliste.

»Jack ist im Wald.« Ich starrte auf die Bäume, die Clines Haus umgaben.

»Wenn ich es nicht besser wüsste, würde ich annehmen, dass du auf die Frau stehst.«

»Auf Jack?« Ich schnaubte verächtlich. »Vergiss es.«

Wir schwiegen für einen Moment. Das kam bei Harry nur selten vor.

»Bist du immer noch mit dieser Ärztin zusammen?«, fragte er schließlich.

»Ja.«

»Tolle Frau. Macht es dir was aus, wenn ich bei ihr vorbeischaue, nachdem du den Löffel abgegeben hast?«

Ich starrte ihn grimmig an. »Ich habe nicht vor, in absehbarer Zeit den Löffel abzugeben.«

»Meinetwegen, Hut-Bro. Hilfst du mir, den toten Hirsch aus dem Boot zu schaffen?«

Dazu hatte ich eigentlich keine Lust, aber von einem taktischen Standpunkt aus betrachtet, war es ein kluger Schachzug. Der Kadaver verlangsamte Harry und brachte ihn womöglich zum Sinken. Ich stieg in das Boot, und mit viel Stöhnen, Ächzen und Hieven schafften wir es schließlich, den Hirsch seitlich über Bord zu werfen.

Er ging nicht unter, sondern trieb auf der Wasseroberfläche wie ein Korken, wobei alle vier Beine wie Pfosten senkrecht nach oben zeigten.

»Er wirkt im Wasser so lebendig«, sagte Harry.

Ich stieg zurück in mein eigenes Boot. Jetzt, wo McGlade und Jack hier waren, hatte sich die Lage geändert. Jack wollte die Polizei verständigen. Den Bullen würde es wahrscheinlich nicht gefallen, wenn ich Tucker Shears tötete. Jack auch nicht.

Ich war mir nicht sicher, was ich tun sollte.

»Hast du was zu essen?«, fragte McGlade.

Ich griff in meine Sporttasche und holte einen Schokoriegel hervor.

Als ich ihn Harry zuwarf, blickte dieser betreten drein.

* * *

Nachdem die Grillparty zu Ende war, zogen sich die vier Männer auf die Veranda an der Hinterseite des Hauses zurück, wo sie Bier tranken. Falls sie tatsächlich zwei Frauen im Haus gefangen hielten, ließen sie sich nichts anmerken.

Earl fing wieder an, mir Ärger zu machen. Da die Wirkung der Aspirintabletten, die ich vorhin genommen hatte, abgeklungen war, suchte ich das Fläschchen, schluckte ein paar mehr und spülte sie mit Wasser und einem Schokoriegel hinunter. Der See hatte kaum Wellen, und es war so still, wie es nur in der freien Natur sein kann. Ich empfand diese Stille nicht als etwas Schlechtes, sondern als angenehm und wohltuend.

Ich spuckte ins Wasser und lauschte dem leichten Echo. Dann setzte wieder Stille ein.

Wenn ich nicht hier wäre, um jemanden zu töten, hätte dies ein verdammt friedlicher Ort sein können.

Zunächst hatte ich auf dem See drei- oder viermal den Standort gewechselt, da ich dachte, die Kerle, die ich observierte, könnten mich sehen.

Aber nach einer Weile wurde mir klar, dass sie nicht einmal zum Fenster hinausschauten. Ich hätte die ganze Zeit auf ihrer Veranda sitzen können, denn sie nahmen nur wahr, was unmittelbar um sie herum geschah. Einmal ging einer von ihnen – Cline, laut McGlades Foto – hinunter zum Steg, um etwas aus dem Boot zu holen. Er blickte nicht einmal in meine Richtung.

Plötzlich zerschnitt ein Schrei die Stille des Sees.

McGlades Hand fuhr zu seinem Halfter.

»Schon gut«, sagte ich. »Das ist Herbie.«

»Herbie?«

»Ein Fischreiher. Großer, weißer Vogel, lebt hier am See. Die Anwohner nennen ihn so. Wenn er kreischt, klingt es wie ein Schrei.«

»Ach so. Hast du Lust, *Ich sehe was, was du nicht siehst* zu spielen?«

»Nein.«

»Ich sehe was, was du nicht siehst, und das ist … grün.«

Ich ging nicht darauf ein. McGlade zu ermuntern, war keine gute Idee. Der Typ quasselte mehr als drei Leute zusammen.

Er verstand meinen Wink nicht. »Wie wärs mit Schiffe versenken? Nicht auf einem Blatt Papier, sondern im Kopf. Ich fange an. A-6.«

»Ich habe keine Lust, etwas zu spielen, McGlade.«

»Dann lass uns näher heranfahren. Vielleicht können wir die Stripperinnen sehen, die Cline mitgebracht hat.«

Ich dachte darüber nach. »Was, wenn er sie nicht mitgebracht hat?«

»Was hast du vor?«

Shears hatte den Tod verdient. Mein Vorhaben wäre leichter, wenn ich Unterstützung hätte. Ich musste meinen neuen Hut-Bro überzeugen, dass es in seinem Interesse war, mir zu helfen, auch wenn das hier keine Rettungsaktion war. »Cline und Garrett haben versucht, dich umzubringen. Shears hat versucht, mich umzubringen. Wir können sie nicht ungeschoren davonkommen lassen.«

McGlade schürzte die Lippen. Er schien über etwas nachzudenken. »Du kennst doch dieses Zitat von Konfuzius: Wer auf Rache aus ist, der grabe zwei Gräber.«

»Ja. Ich habe nie kapiert, was das bedeutet.«

»Mist! Ich hatte gehofft, du könntest es mir erklären.«

»Rache ist gefährlich, folglich kommst du wahrscheinlich selbst ums Leben.«

»Das funktioniert nicht. Du tötest den Kerl, er tötet dich gleichzeitig, und ihr beide fallt passenderweise in die Gräber, die ihr gerade ausgehoben habt?«

»Vielleicht ist es sinnbildlich gemeint. Du kannst deinen Feind töten, aber dann stirbt das Gute in dir.«

»Mit anderen Worten, in dem einen Grab liegt irgendein Arschloch und in dem anderen meine Moral? Gibt es auch eine Beerdigung für meine Moral, bei der alle in Schwarz gekleidet sind und hinterher irgendeinen beschissenen Fraß essen?«

Als ich über das Zitat nachdachte, fand ich, dass es wirklich äußerst dämlich war.

»Und überhaupt, wer gräbt denn ein Grab für seinen Feind?«, redete McGlade sich noch mehr in Rage. »Ich hasse den Kerl so sehr, dass ich ihn töte, aber ihm ein ordentliches Begräbnis gewähren? Sollen ihn doch die Krähen auffressen. Wen juckt das?«

»Vielleicht hat es was mit Karma zu tun. Was man sät, wird man ernten.«

»Dann hätte Konfuzius das auch so formulieren sollen.«

»Konfuzius hat auch gesagt: Die Schweigsamkeit ist ein wahrer Freund, der dich nie im Stich lässt.«

McGlade schwieg. Vielleicht funktionierte der Spruch bei ihm.

»So ein Schwachsinn«, sagte er schließlich. »Konfuzius war ein Wichser.«

»Wir haben immer noch nicht geklärt, was wir mit den Kerlen anstellen. Lassen wir sie laufen?«

McGlade riss die Verpackung des Schokoriegels auf, den ich ihm gegeben hatte, und biss hinein. »Hast du jemals einen Menschen kaltblütig getötet? Ich meine, nicht in Notwehr oder im Affekt, sondern als er unbewaffnet war und du die volle Kontrolle über deine Emotionen hattest?«

Harry kam wirklich ohne Umschweife zur Sache. Meine Antwort fiel deshalb genauso direkt aus.

»Ja«, sagte ich.

»War es leicht?«

Leicht?

Ein Insekt zu zertreten, ist leicht. Aber einen Menschen zu töten?

Ich bin mit Gewalt aufgewachsen. Ich habe Gewalt angewendet. Es gefiel mir nicht, aber ich war gut darin.

Manche Menschen verdienten den Tod. Es gab nicht viele Leute, die diese Drecksarbeit machen konnten.

Ich konnte es.

»Es war … notwendig.«

»Findest du, dass es notwendig ist, Cline, Shears und McConnroy zu töten? Oder reicht es dir, wenn sie alle in den Knast kommen?«

»Du klingst, als wolltest du deine Moral nicht begraben.«

»Ich will überhaupt nichts begraben. Gräber sind scheiße. Und ich schließe nichts aus. Ich glaube, dass diese Kerle

Mörder sind. Sie haben diese Kiefern nicht gepflanzt, weil sie Naturliebhaber sind. Das sind Gräber.«

»Daran habe ich auch gedacht.«

»Wie sieht also dein Plan aus? Willst du warten, bis es Nacht wird, einbrechen und ihnen im Schlaf die Kehlen durchschneiden?«

Ich griff in die Sporttasche und nahm die AR-7 heraus.

»Ich wusste nicht, dass es Gewehre auch in Miniaturausführung gibt«, sagte Harry.

»Es ist ein Kleinkalibergewehr.«

»Sieht aus wie ein Spielzeug. Mein Schwanz ist größer als dieses Ding.«

»Kannst du mit deinem Schwanz einen Hirsch erlegen?«

»Mit der Miniknarre erlegst du einen Hirsch nur, wenn er dich ganz nah heranlässt und du ihm den Lauf in den Mund steckst.«

»Und wie sieht dein Plan aus? Willst du die Typen so lange zutexten, bis sie tot umfallen?«

»Schau mal hier.« Harry zog einen Revolver aus dem Schulterhalfter. »Den habe ich erst neulich gekauft. Ich weiß, ein Stück Schrott, stimmts? Aber er hat keine Seriennummer und lässt sich nicht nachverfolgen. Ich habe ihn mir zugelegt, damit ich ihn notfalls wegwerfen kann. Aber jetzt, wo ich ihn mir anschaue, bin ich mir nicht mehr sicher.«

Ich wusste nicht, was er mir sagen wollte. »Die haben versucht, dich zu töten, Harry. Du willst es ihnen heimzahlen.«

»Das ist noch nicht alles. Das sind richtig üble Burschen, Phin. Wie ein Krebsgeschwür, das die Gesellschaft zerstört.« Er starrte auf seine Waffe. »Aber man bekämpft Krebs nicht mit noch mehr Krebs.«

Vielleicht war es die Metapher, aber jedenfalls kam die Botschaft bei mir an. Wer hätte jemals gedacht, dass Harry

McGlade mir eines Tages als moralischer Kompass dienen würde?

»Was willst du tun, McGlade? Womöglich werden in diesem Haus zwei Frauen als Geiseln gehalten.«

»Ich warte.«

»Worauf?«

»Auf Jack.« Harry lehnte sich zurück und streckte die Beine aus. »Jack wird das Richtige tun. Sie weiß immer, was zu tun ist.«

Jack

Ich hatte keine Ahnung, was ich tun sollte.

Ich bewegte mich langsam und in gebückter Haltung durch den Wald, hielt nach Kameras und Zecken Ausschau und achtete darauf, das Tarnfernglas nicht fallen zu lassen und für immer zu verlieren. Als ich schließlich nahe genug an das Haus herangekommen war, um mir einen Überblick über die Lage zu verschaffen, war dort nichts mehr zu sehen außer vier Männern, die lachend und Bier trinkend um einen Grill herumsaßen. Shears und der Typ mit der Brille hatten die Hemden ausgezogen, Cline und McConnroy trugen Badehosen und T-Shirts. Sie benahmen sich wie ein Haufen normaler junger Männer, nicht wie Motelmörder. Von irgendwelchen Frauen keine Spur. Kein Hinweis auf einen geplanten Doppelmord. Keiner der Männer war bewaffnet.

Ich legte mich am Waldrand auf den Bauch und musterte das Haus. Mit seinen Stahlgittern, Sicherheitstüren und Überwachungskameras sah es sicher aus, aber auch gleichzeitig normal. Jedenfalls nicht wie das Horrorhaus, das ich erwartet hatte.

Langsam fing ich an, an mir selbst zu zweifeln. Zweimal hatte ich bereits das FBI angerufen und wahrscheinlich hysterisch und paranoid geklungen. Und jetzt sah es so aus, als bestünde die einzige Gefahr darin, dass einer dieser Typen sich mit Alkohol volllaufen ließ und im See ertrank.

Die Jalousien waren heruntergelassen, sodass ich nicht ins Innere blicken konnte. Ich hielt den Atem an und lauschte angestrengt, hörte jedoch keine Schreie oder Hilferufe.

Mir blieben also drei Optionen, von denen keine wünschenswert war.

Ich konnte mir eingestehen, dass ich mich geirrt hatte, die Aktion abblasen und gedemütigt nach Hause fahren.

Ich konnte in dem zeckenverseuchten Wald bleiben und warten, bis etwas passierte.

Oder ich konnte zu den Typen hingehen und ihnen ein paar Fragen stellen.

Die Jungs hatten inzwischen den Garten verlassen und sich auf die Veranda begeben, welche näher an meinem Versteck lag. Ich bekam Gesprächsfetzen mit, die sich um Sport drehten. Baseball, nicht Eishockey.

Die Bedrohungsstufe sank immer tiefer, bis ich mir irgendwann dämlich dabei vorkam, wie ein Kind, das Krieg spielt und sich in Harrys Kevlarweste im Wald versteckt.

Ich musste mit den Typen reden.

Zunächst überlegte ich jedoch, ob ich Harry mit dem Walkie-Talkie anfunken und ihm von meinem Plan berichten sollte.

Ja, das war eine gute Idee. Was hat man von Leuten, die einem Rückendeckung geben, wenn man ihnen nicht mitteilt, was man vorhat?

Ich vergewisserte mich, dass die Lautstärke auf niedrig eingestellt war, drückte auf die Sendetaste und sagte: »Hier passiert nichts. Ich werde mit ihnen reden. Kommen.«

Ich wartete auf eine Antwort, aber es kam keine.

»Harry, kannst du mich hören? Kommen.«

Nichts.

Vielleicht war er noch nicht in Position? Oder mit seinem Funkgerät stimmte etwas nicht?

Da ich von meinem Standort aus den See nicht richtig sehen konnte, wusste ich nicht, ob es ihm gelungen war, sein gestohlenes Boot zu Wasser zu lassen. Das half mir bei meiner Entscheidungsfindung. Ich musste mein Versteck verlassen, um zu sehen, ob Harry schon da war. Da konnte ich genauso gut mit den Jungs reden.

Für den Fall, dass Harrys Funkgerät defekt war, teilte ich ihm mein Vorhaben via SMS mit und wartete dreißig Sekunden auf eine Antwort. Als keine kam, erhob ich mich und näherte mich dem Haus.

Harry

Jack näherte sich dem Haus.

»Was zum Teufel macht sie da?«, sagte ich und griff nach dem Walkie-Talkie an meinem Gürtel.

Das Gerät war klitschnass.

Scheiße! Es war unter Wasser geraten, als ich in den See gewatet war, um das Boot vom Anhänger loszumachen.

Ich holte mein iPhone aus der Hosentasche.

Es ging nicht an. Ich hatte es ebenfalls kaputt gemacht.

Elektrogeräte und Wasser vertrugen sich nicht.

»Die haben mindestens ein MAC-10 im Haus«, sagte Phin. »Willst du immer noch warten?«

Jetzt, wo Jack sich Hals über Kopf in unmittelbare Gefahr begab?

»Auf gar keinen Fall! Helfen wir unserer Freundin.«

Jack

Ich wollte mich nicht unbemerkt an sie heranschleichen, vor allem nicht in meiner schusssicheren Weste. Das könnte bei ihnen einen falschen Eindruck hinterlassen.

Gleichzeitig wollte ich auf die Weste nicht verzichten. Ich legte mir deshalb eine Story im Kopf zurecht, und als ich aus dem Wald hervortrat, wusste ich, was zu tun war.

»Meine Herren«, rief ich ihnen zu.

Ihr Gelächter verstummte, und alle vier starrten mich an.

Ich hielt meine Polizeimarke in der Hand. »Ist einer von Ihnen der Eigentümer dieses Anwesens? Theodore Cline?«

Nach einem Moment des Schweigens sagte Eddie: »Ich bin sein Sohn.«

»Wie heißen Sie?«

»Edward. Worum gehts, Officer?«

Shears und McConnroy erhoben sich.

»Bleiben Sie bitte sitzen, meine Herren. Das betrifft Sie nicht.«

Sie blieben stehen.

In der Ferne hörte ich das Starten eines Motors. Der See war jetzt endlich in meinem Blickfeld, und ich sah ein Boot. Nein … zwei Boote. Nebeneinander.

War das Harry? Was zum Teufel machte er da?

»Mr Cline, gestern wurde in Minneapolis ein Banküberfall verübt. Wir haben Grund zu der Annahme, dass die Verdächtigen sich in dieser Gegend aufhalten, und veranstalten eine Suche. Kennen Sie jeden dieser Männer?«

»Das sind meine Freunde«, sagte Eddie. »Seit der Highschool.«

»War außer Ihren Freunden sonst noch jemand seit gestern auf diesem Grundstück?«

»Woher soll ich das wissen?«

»Sie haben mehrere Überwachungskameras auf Ihrem Anwesen. Sind die zum Aufzeichnen da?«

»Nein, zum Jagen.«

»Zum Jagen?«

»Falls ein Hirsch oder ein Bär zu nahe an das Haus herankommt, will ich es wissen.«

McConnroy bewegte sich langsam in Richtung Haus.

»Sir, ich habe Ihnen gesagt, Sie sollen sich setzen.«

Er blieb stehen und musterte mich, als wäre ich Hundescheiße, in die er getreten war. »Ist das eine Bitte, Officer, oder eine Anweisung?«

Der Typ kannte seine Rechte. Polizisten klangen stets so, als erteilten sie Befehle, obwohl es fast immer eine Bitte war.

Fast immer.

»Das ist eine Anweisung, Sir.«

»Sie haben nicht das Recht, mir zu befehlen, dass ich mich setze.«

»Doch, das habe ich schon, wenn ich den Eindruck habe, dass Sie mich bei der Ausübung meines Amtes behindern. Und jetzt setzen Sie sich.«

Das Motorengeräusch kam näher, aber ich wollte die vier nicht aus den Augen lassen. Ihre feindselige und misstrauische Haltung mir gegenüber war nicht zu übersehen, und die Bedrohungsstufe war beträchtlich gestiegen.

»Sir, ich sage es noch einmal. Behinderung der Polizei ist eine Straftat. Setzen Sie sich gefälligst auf Ihren Arsch.«

Er gehorchte.

»Ist jemand im Haus, Mr Cline?«

»Nein. Nur wir.«

»Vier Männer unter sich? Keine Frauen?«

»Keine Frauen.« Er lachte, aber es klang gekünstelt. »Wir hoffen jedoch, dass sich das ändert, bevor unser Urlaub vorbei ist.«

»Wenn hier keine Frauen sind, wie kommt es dann, dass ich am Rand Ihres Grundstücks einen Damenschuh gefunden habe?«

Für einen Moment war es still, doch dann ging Eddie in die Falle. »Der muss von meiner Schwester sein.«

»Sie sagten vorhin, hier wären keine Frauen.«

»Mein Fehler. Meine kleine Schwester. Ich betrachte sie nicht als Frau.«

»Wie alt ist sie?«

»Achtzehn.«

»Achtzehn, und keiner von Ihnen betrachtet sie als Frau?«

Die Gruppe schwieg. Ich bohrte weiter nach. »Ihre Schwester wohnt hier bei Ihnen?«

»Ja.«

»Könnten Sie sie bitte holen? Ich würde ihr gern ein paar Fragen stellen.«

Eddie hatte noch immer nicht kapiert, dass ich nur bluffte. Er sah mich an, als wolle er mich töten. »Sie ist zum Einkaufen gefahren.«

»Ohne ihren Schuh?«

Eddie schwieg. Das Boot kam näher heran. Ich hatte immer noch keinen ausreichenden Vorwand, um etwas zu unternehmen.

In diesem Moment hörte ich eine Frau schreien.

Ich hatte hier zwar keine Amtsbefugnis, aber einen hinreichenden Verdacht. Als ich den .38er Colt aus dem Halfter zog, stoben die Jungs in alle Richtungen auseinander.

Tucker Shears rannte in den Wald.

Eddie Cline rannte hinunter zum Steg.

Garrett McConnroy rannte ins Haus.

Der vierte Typ rannte in die Garage.

Ich rannte Garrett hinterher.

Er war derjenige, der den Lkw gemietet hatte.

Er war der Motelmörder.

Ihn musste ich mir schnappen.

Harry

Phin startete den Motor, und da sein Boot größer war, sprang ich hinein und machte die Bugleine los. Meine Ausrüstung nahm ich mit. Er gab Vollgas, und die abrupte Beschleunigung warf uns beinahe über Bord. Schließlich pendelten wir uns auf eine gleichmäßige Geschwindigkeit ein und hielten zügig auf Clines Haus zu, um Jack zu helfen.

Als wir fast dort waren, kam Eddie Cline plötzlich über den Steg gerannt und sprang in sein wahrscheinlich sehr schnelles Boot.

»Schrotflinte!«, schrie Phin.

Ich wühlte in seiner Tasche herum, fand die Bockdoppelflinte und hielt sie in meiner unversehrten Hand. Obwohl ich Cline nicht entkommen lassen wollte, zögerte ich, denn der Lauf war so kurz abgesägt, dass ich Angst hatte, das Scheißding könnte beim Abfeuern explodieren. Es war schon schwer genug, mir mit einer Hand den Hintern zu wischen. Hätte ich zwei Handprothesen, könnte ich genauso gut jemanden einstellen, der mir auf Schritt und Tritt mit Toilettenpapier folgte.

»Los, knall ihn ab!«

Wir näherten uns mit hoher Geschwindigkeit dem Steg. Zu schnell. Ich pfiff auf meine eigene Sicherheit, zielte, so gut ich konnte, und drückte just in dem Moment ab, als Phin das Tempo drosselte.

Das hatte den gleichen Effekt, wie wenn man bei einem Auto auf die Bremse tritt.

Als der Schuss losging, fiel ich nach vorne. Die Ladung traf die Wasseroberfläche, und die Schrotflinte wurde mir aus der Hand gerissen und fiel einen Augenblick später in den See. Meine Handfläche brannte, als hätte ich in einen Bienenstock gelangt und *Fang die Bienenkönigin* gespielt.

Cline startete sein Boot. Der Motor dröhnte tief wie meine Corvette, und dann gab er Gas und raste über den See davon.

»Du kümmerst dich um Cline«, schrie Phin laut genug, um den Motorenlärm zu übertönen. »Ich helfe Jack.«

Ich fragte mich, ob Phin wirklich Jack helfen wollte oder ob es ihm primär darum ging, mit Tucker Shears abzurechnen. Ehrlich gesagt war mein Drang, Cline auszuschalten, ebenfalls ziemlich stark. Cline hatte seinen Kumpel als Heckenschütze auf mich angesetzt und würde es wieder tun, wenn er entwischte. Außerdem würde er diese Talentscout-Betrugsmasche bei weiteren Frauen durchziehen und sie wahrscheinlich unter Kiefern begraben.

Wie ich schon einmal erwähnt hatte, war Cline ein Krebsgeschwür.

Jemand musste dieses Krebsgeschwür entfernen.

Und Jack …

Nun ja, Jack kam alleine klar. Und am Ende würde sie wahrscheinlich mich und Phin retten. So tickte sie nun mal.

»Ich kann ihn nicht einholen«, sagte ich. »Gib mir dein Spielzeuggewehr.«

»Nimm es dir«, erwiderte er, als wir am Steg anlegten. Ich packte die AR-7, während Phin mit seiner Sporttasche aus dem Boot sprang.

Ich wendete das Boot und gab Vollgas. Der Bug bäumte sich um fünfundvierzig Grad auf, und ich fiel beinahe vom Sitz.

Ich ließ den Gasgriff los, worauf der Bug sich wieder senkte. Dann versuchte ich es erneut und nahm die Verfolgung auf.

Phins Boot raste über den See und der Fahrtwind blies meine Haare nach hinten, aber gegen Clines Schnellboot hatte ich keine Chance. Selbst als ich die Höchstgeschwindigkeit erreichte – wahrscheinlich so um die vierzig Stundenkilometer –, vergrößerte Cline seinen Vorsprung und hielt auf die Bootsrampe am gegenüberliegenden Ufer zu.

Ich hatte im Laufe meines Lebens an einer oder zwei Autoverfolgungsjagden teilgenommen. Sie waren dramatisch und aufregend und enthielten Augenblicke äußerster Nervenanspannung, Ungewissheit und unerschrockenen Heldenmutes.

Diese Bootsjagd ließ sich damit nicht vergleichen. Cline hatte bereits ein Drittel der Strecke zurückgelegt und entfernte sich immer weiter von mir, während ich ihm in einer geraden Linie folgte – nicht gerade die beste Vorlage für ein spannendes Finale zu einem Film.

Ich nahm kurz meine unversehrte Hand vom Gasgriff, um zu sehen, ob das Boot die Geschwindigkeit beibehielt, was es auch tat. Dann nahm ich die AR-7, die ungelogen die Größe des Red-Ryder-Luftgewehrs hatte, welches Ralphie sich in der Filmkomödie *Fröhliche Weihnachten* wünschte.

Aber das hier war mein Film. Und ich war der Held. Und der Held rettete am Ende immer die Lage.

Ich zielte also vorsichtig, versuchte dabei, die Bewegung des Boots auszugleichen, balancierte das Gewehr auf meiner Handprothese, sodass es auf den Hinterkopf von diesem Arschloch gerichtet war, feuerte so schnell, wie ich den Abzug betätigen konnte, und rechnete mit einer gigantischen Explosion in Hollywoodmanier.

Aber meine Schüsse gingen voll daneben.

JACK

Mit der .38er in der Hand rannte ich zur Eingangstür von Clines Haus, stieß sie auf und huschte in geduckter Haltung und mit einer schnellen, fließenden Bewegung hinein.

Ich betrat eine Küche und sah die üblichen Geräte: Kühlschrank, Backofen, Mikrowellenherd plus ein weiteres Zubehör, das eigentlich nicht so recht in eine Küche passte – eine Reihe von Videoüberwachungsmonitoren. Zu meiner Linken befand sich eine Glasschiebetür, die zur Veranda hinausging und den Blick auf den See freigab. Rechts von mir lag ein Flur. Es roch wie in einem Studentenverbindungsheim – nach Zigarettenrauch, abgestandenem Bier und Schweiß.

Von McConnroy keine Spur.

Ich nahm den Flur und blieb weiterhin in geduckter Haltung.

Draußen hörte ich einen lauten Gewehrschuss, dann das Starten eines Außenbordmotors.

Vor mir auf der rechten Seite stand eine Tür offen. Ich ließ mich auf ein Knie fallen, nutzte den Türstock als Deckung, hielt den Kopf auf Hüfthöhe und spähte hinein.

Ein Badezimmer. Leer.

Links befand sich eine weitere Tür, die jedoch verschlossen war. Ich schlich dorthin und gab mir Mühe, leise auf den

Boden aufzutreten. Bei der Tür angekommen, griff ich nach dem Türknauf, drehte ihn und drückte gleichzeitig dagegen.

Ein Schlafzimmer. Plastikbezüge auf dem King-Size-Bett. Ein Nachttisch. Ein Kleiderschrank.

Im Kleiderschrank saßen zwei Mädchen. Sie waren mit Klebeband gefesselt und geknebelt. Eine öffnete die Augen und sah mich mit schläfrigem Blick an. Keine Angst, keine bewusste Wahrnehmung.

Sie stand unter Drogen.

Da ich sonst niemanden in dem Zimmer vorfand, folgte ich dem Flur, bis er einen Knick machte. Ich blieb stehen und lauschte angestrengt.

Im gesamten Haus war es still.

Ich hatte Garrett ins Haus flüchten sehen, aber wo steckte er jetzt? Das Haus war groß und hatte genug Platz, dass mindestens vier Leute dort schlafen konnten. Vielleicht war er in einem der anderen Schlafzimmer. Oder vielleicht hatte das Haus einen Keller. Oder eine Hintertür, durch die er bereits entwischt war.

Ich holte tief Atem und riskierte einen Blick um die Ecke.

Ein weiterer Flur mit drei Türen.

Draußen erklang ein lautes Geräusch wie bei einer Explosion. Aber ich musste mich auf das Hier und Jetzt konzentrieren.

Ich ging meine Optionen durch.

Harry war offensichtlich draußen. Die Wahrscheinlichkeit, dass er die Polizei rief, schätzte ich auf fünfzig Prozent. Vielleicht weniger. Meine Priorität war, mich selbst zu schützen, und gleich danach kam die Rettung der Mädchen. Sollten doch die lokale Polizei und das FBI McConnroy und seine Kumpels aufspüren. Schließlich hatte ich hier in Minnesota keine Amtsbefugnis.

Ich behielt den Colt in der Rechten, holte mit der Linken das Handy aus der Tasche und wählte die dreistellige Nummer, die jeder kennt.

»Notrufzentrale, was ist Ihr Notfall?«

»Ich bin Polizistin und befinde mich im Haus von Theodore Cline am Lake Violet. Kollegen sind angeschossen, und ich habe es mit vier bewaffneten Angreifern zu tun. Außerdem sind hier zwei weibliche Geiseln.«

»Wie lautet Ihr Name, Officer?«

In diesem Augenblick sprang Garrett McConnroy in den Flur und ballerte wie ein Verrückter mit einer Maschinenpistole um sich.

Phin

Mit der 9mm in der einen Hand und der Sporttasche in der anderen rannte ich den Bootssteg entlang und jagte Tucker Shears hinterher, der in den Wald flüchtete.

Er hatte zwanzig Meter Vorsprung und konnte rennen wie der Teufel. Die Angst, erwischt zu werden, motiviert zu Höchstleistungen.

Rache aber auch.

Ich blieb stehen und gab in schneller Abfolge zwei Schüsse auf seinen Rücken ab, die beide ihr Ziel verfehlten. Dann war er verschwunden. Der dichte, dunkle Wald hatte ihn verschluckt.

Ich lauschte. Er schnaufte, trampelte herum, fluchte und machte genug Lärm, dass ihm ein Blinder folgen könnte. Ich lief ein paar Dutzend Schritte, blieb kurz stehen, um ihn erneut zu orten, und setzte die Verfolgung fort.

Nach einer Weile schien er zu kapieren, was ich tat, denn als ich das nächste Mal stehen blieb, hörte ich nur Waldgeräusche. Kein Fluchen, keine Schritte, kein schweres Atmen.

Ich feuerte einen Schuss in den Wald direkt vor mir und hoffte, ihn damit aufzuscheuchen. Der Trick funktionierte, denn jetzt hörte ich ihn erneut durch das Gehölz brechen und trampeln. Dem Lärm konnte man genauso leicht folgen wie

Fußspuren, aber kurz nachdem er begonnen hatte, hörte er auch schon wieder auf und ließ mich orientierungslos zurück.

Ein weiterer Schuss verfehlte seinen Zweck. Tucker verharrte regungslos an seinem Platz.

Ich bewegte mich so leise wie möglich, spähte in den dunklen Wald und blieb alle paar Schritte stehen.

Nichts.

Ich wühlte in meiner Sporttasche herum. Während der Verfolgungsjagd war eine Naht geplatzt, und ich hatte einige Dinge verloren. Einen meiner Nike-Sportschuhe. Meine Jogginghose. Mein Springmesser. Meine Taschenlampe. Beide 9mm-Magazine.

Das Überlebensgewehr hatte ich Harry gegeben, und der hatte außerdem die Schrotflinte in den See fallen lassen. Ich hatte also nur die Smith & Wesson, die noch sechs Schuss übrig hatte, die AMT .380 in meinem Stiefelabsatz und die Handgranate, die ich diesem Typen in der Seitengasse für dreißig Dollar abgekauft hatte. Ich schnappte mir die Granate, ließ die Tasche fallen und feuerte erneut zwei Schüsse in den Wald, in der Hoffnung, ihn doch noch aufzuscheuchen.

Dieses Mal klappte es. Ich hörte ihn nicht weit von mir rennen.

Er war ziemlich dicht an mir dran.

Als ich kapierte, was geschehen war, war es bereits zu spät. Während ich meine Tasche durchwühlt hatte, hatte Shears einen Bogen um mich gemacht und sich seitlich an mich herangeschlichen. Jetzt war er nur wenige Schritte entfernt und sprintete in vollem Tempo auf mich zu. Ich hob die Pistole und gab drei Schüsse ab, die alle über ihn hinweggingen. Anstatt sich auf mich zu hechten und zu Boden zu reißen, packte er meinen Arm …

… und biss mich.

Der Schmerz fühlte sich an, als wäre er nicht von dieser Welt – als würde jemand mit einer Beißzange sämtliche Nerven in meinem Handgelenk zusammenpressen. Ich ließ die Pistole fallen, trat mit einem Knie nach oben und traf ihn am Kinn.

Er ließ mich los und taumelte rückwärts. Ich holte mit der linken Hand aus, in der ich die Granate hielt, und traf ihn an der Wange, worauf er in einen Dornenbusch fiel.

Mit freiem Oberkörper.

Tucker schrie auf und versuchte, sich aus dem Dornengestrüpp zu befreien. Ich bückte mich, tastete nach der Pistole und hob sie auf.

Dann schoss ich über seinen Kopf hinweg, um seine Aufmerksamkeit zu erlangen.

Es funktionierte. Er hielt inne und starrte mich an.

»Amy Scadder«, sagte ich. »Erinnerst du dich noch an sie?«

»Du hast dich aus der Kiste befreit und mein Haus abgefackelt, du Arschloch!«

Ich zielte tiefer. »Beim nächsten Mal schieße ich dir die Eier weg. Beantworte meine Frage.«

Tucker machte ein Gesicht wie ein kleines Kind, das gezwungen wird, seinen Spinat aufzuessen. »Ich erinnere mich.«

»Du hast sie getötet?«

»Hast du das noch nicht geschnallt? Ich habe viele Menschen getötet.«

»Wie viele?«

»Zwei Dutzend. Vielleicht dreißig. Ich und die Jungs. Du solltest mit Eddie reden. Er hat den Club gegründet.«

»Was für einen Club?«

»Na, unseren Club hier. Wir bringen Mädchen hierher, haben unseren Spaß mit ihnen und lassen sie anschließend verschwinden.«

»Unter den Kiefern«, sagte ich.

»Ja. Clever, was? Meine Idee. Niemand gräbt unter einem Baum, um eine Leiche zu finden.«

»Amy Scadder«, wiederholte ich.

»Sie liegt unter einer von diesen Kiefern. Süße Zuckerschnecke, die Kleine. Die Schlampe konnte richtig schreien.«

Mit solchen Sprüchen verbesserte er nicht gerade seine Lage. »Wer hat sonst noch mitgewirkt?«

»Was meinst du damit?«

»Wer hat dich dafür bezahlt?«

Er musterte mich mit zusammengekniffenen Augen. »Wo hast du das gehört?«

»Bevor ich dein Haus angezündet habe, habe ich mir ein paar von deinen größten Hits angehört.«

Tucker lachte. »Meine Kassetten. Dann weißt du es ja schon. Ich habe Amy nicht ausgesucht. Es war ein Auftrag. Du erledigst doch auch Aufträge, oder? Wir machen im Prinzip dasselbe. Ich sehe schon, wir sind uns ziemlich ähnlich.«

»Beantworte meine Frage.«

»Amys Mutter hat mich beauftragt. Ich wette, sie würde dir viel mehr zahlen als mir. Alles, was ich von ihr bekommen habe, waren zehn Gramm Koks und einen Blowjob.«

»Phyllis Scadder ist eine Dealerin?«

»Beide von Amys Eltern sind Dealer. Ihr Vater, dieses Arschloch, hatte Verbindungen zur Mafia.«

Ich hätte einen gründlicheren Blick auf Scadders Finanzen werfen sollen. »Und warum wollte Phyllis, dass ihre Tochter stirbt?«

Tucker sagte es mir. Die Wahrheit war hässlich und tragisch zugleich.

»Wie sind die Scadders auf dich gekommen?«, fragte ich.

»Die Alte hat herumtelefoniert und mit den richtigen Leuten gesprochen. Dabei fiel mein Name. Ich erledige hin und wieder spezielle Aufträge. Genau wie du. Ich bin sogar ziemlich wichtig und habe Verbindungen. Du willst dich wirklich nicht mit mir anlegen.«

»Doch, will ich schon.«

Ich trat in das Dornengestrüpp und schlug Tucker mit der Handgranate ein paar Mal ins Gesicht, bis er in Ohnmacht fiel und so viele Zähne verloren hatte, dass ich ihm das Ding in den Mund stecken könnte.

Ich zögerte. Wenn ich das tat, wäre es kaltblütiger Mord.

War das der Mann, der ich in Wirklichkeit war?

War das der Mann, in den Pasha sich verliebt hatte?

War ich wie Tucker? Ein Krebsgeschwür, wie McGlade es formuliert hatte?

Was spricht dagegen, ein Krebsgeschwür zu sein?, fragte Earl. *Sei mit diesem Arschloch genauso nachsichtig, wie ich es mit dir bin.*

Ich zog am Ring und trat schnell einen Schritt zurück.

Ich rechnete damit, dass die Granate ein Blindgänger war.

War sie aber nicht.

Die besten dreißig Dollar, die ich je investiert hatte.

Harry

Als ich schon dachte, dass Eddie Cline mir endgültig entwischen würde, verlangsamte sich sein Boot.

Hatten meine Schüsse ihn womöglich doch getroffen? Oder vielleicht ein wichtiges Teil an seinem Außenborder?

Fehlanzeige. Er wendete und raste mit vollem Tempo auf mich zu.

Es gibt da so eine Mutprobe, bei der zwei Autos aufeinander zurasen. Wer zuerst ausweicht, hat verloren.

Sein Boot war dreimal so groß wie meins. Ich kam mir vor, als würde ich zu besagter Mutprobe mit einem Dreirad gegen einen Lastwagen antreten.

Ich versuchte, nach Backbord auszuweichen.

Er korrigierte seinen Kurs.

Ich lenkte nach Steuerbord.

Eddie änderte erneut den Kurs.

Das war keine Mutprobe. Er wollte mich überfahren.

Und es würde ihm gelingen. Die Doppelpropeller an seinem benzinfressenden Monster würden mein Boot und mich zu Kleinholz machen.

Ich griff zu meinem Arminius-Revolver, aber Eddie kam so schnell auf mich zugerast, dass mir nur noch wenige Sekunden blieben, bevor er Hackfleisch aus mir machte.

Ich zielte.

Ich schoss.

Daneben.

Ich schoss.

Daneben.

Ich schoss zweimal.

Zweimal daneben.

Inzwischen war er so nahe an mich herangekommen, dass ich selbst mit der linken Hand nicht danebenschießen konnte.

Ich feuerte die letzten zwei Patronen ab …

… und verfehlte beide Male mein Ziel.

Das Letzte, was ich sehen würde, war das Grinsen im Gesicht dieses Arschlochs, während er über mich hinwegbretterte. Mir blieb nicht einmal mehr genügend Zeit, um ihm aus dem Weg zu hechten.

Im Bruchteil einer Sekunde zog mein ganzes Leben vor meinen Augen vorbei. Meine Kindheit als Vollwaise, der seine Eltern nie gekannt hatte und in Pflegefamilien aufgewachsen war, meine Grundschulzeit, in der die Schlägertypen mich gemobbt hatten, meine Jahre auf der Highschool, in denen ich mit den Schlägertypen Gras geraucht hatte, meine Zeit bei der Polizei und später als Privatdetektiv, meine erfolgreiche Fernsehserie und schließlich mein Trip zum Lake Violet. In diesem winzigen Augenblick erinnerte ich mich an jedes einzelne Mal, wo ich eine Frau gevögelt hatte, jedes Mal, wo ich krank gewesen war, an sämtliche gute Mahlzeiten, die ich gegessen hatte, die dummen Sachen, die ich angestellt hatte, jeden tollen Ort, an dem ich gewesen war, jeden Misserfolg und jeden Sieg, alle jene Augenblicke, in denen ich geweint und gelacht hatte, und vor allem an die großen, braunen, liebevollen Augen von Rex, meinem Zwergpony.

Und während alle diese Bilder und Eindrücke an mir vorbeizogen, wurde mir mit einem Mal sonnenklar, dass ich auf dieser großen, kaputten, verrückten und durchgeknallten Welt einzigartig war. Eine ganz große Nummer.

Plötzlich ertönte ein lauter Knall, und einen Sekundenbruchteil vor dem unvermeidlichen Zusammenstoß drehte Eddies Boot ab, und er selbst wurde etwa fünf Meter in die Luft geschleudert, bevor er auf der Wasseroberfläche aufschlug und wie beim Steinehüpfen darüber hinwegschlitterte. Er sah dabei aus wie eine Stoffpuppe ohne Knochen. Wahrscheinlich, weil er sich sämtliche gebrochen hatte.

Sein führerloses Boot fuhr jetzt im Kreis herum. Motorboote dieser Größenordnung haben in der Regel einen sogenannten Kill Switch, einen Notausschalter, um genau dies zu verhindern. Man musste ihn am Körper befestigen, damit der Motor automatisch abgeschaltet wurde, falls man über Bord fiel.

Eddie hatte das wahrscheinlich vergessen.

Ich sah halb fasziniert und halb erschrocken zu, wie das Monsterschnellboot eine komplette Runde drehte und dann über Eddie hinwegfuhr.

Dann starb der Motor. Wahrscheinlich war Eddie in die Doppelpropeller geraten.

»Jetzt weiß ich, warum es Kill Switch heißt«, sagte ich.

Leider war niemand da, der über meinen Witz lachen oder mit mir abklatschen konnte. Das fand ich irgendwie nicht so toll.

Plötzlich sah ich Blut im Wasser. Nicht dort, wo Eddies Leiche war, obwohl sie bestimmt viel Blut verströmte, sondern um mein eigenes Boot herum.

Ich hatte keine Ahnung, woher es kam.

Doch als ich den Kopf sah, der im Wasser schwamm, ergab alles einen Sinn.

Bambi.

Eddie war mit seinem Boot volle Kanne in den Hirsch gebrettert, den Phin und ich über Bord geworfen hatten. Beim

Aufprall war der Kadaver aufgerissen, worauf sich die Innereien wie eine riesige rote Blume mit langem, sich wie Därme schlingendem Stängel im Wasser ausbreiteten.

Ein perfektes Ende, wie in einem Märchen.

Ein Huf brach durch die Wasseroberfläche und tanzte auf und ab, als wollte er mir zuwinken.

Ich winkte zurück.

Jack

Alles geschah so schnell, dass ich nur einen einzigen Schuss abgeben konnte, der McConnroy in der Körpermitte traf.

Dann war auf einmal im Flur die Hölle los, als der Kugelhagel aus der Maschinenpistole gegen die Wände und auf den Boden prasselte und Tausende von Holzsplittern, Teppichfetzen und Rigipsbrocken wie bei einer Explosion durch die Luft flogen.

Ich wich im Krebsgang zurück, drehte mich auf alle viere um, kam auf die Beine, rannte in Richtung Küche und bremste schlitternd ab, als ich beinahe mit dem vierten Typen zusammenstieß. Es war der Brillenträger, dessen Namen ich nicht kannte. Sofort dämmerte es mir, warum er in die Garage geflüchtet war.

Wahrscheinlich, um die Armbrust zu holen, die er in den Händen hielt.

Ich hob meine Waffe, gab zwei Schüsse ab und traf beide Male die Armbrust, als er sich gerade anschickte, damit auf mich zu schießen. Plötzlich ertönte hinter mir ein erneutes explosionsartiges Rattern, und der Typ mit der Armbrust vollführte zuckende Tanzbewegungen, bevor er auf dem Küchentisch zusammenbrach.

Ich schmiss mich in Bauchlage hin, die Arme vor mir ausgestreckt, und sah zu, wie Garrett McConnroy auf die Knie fiel, die MAC-10 fallen ließ und beide Hände auf die klaffende Wunde in seiner Brust presste.

Ich sprang auf, rannte zu ihm und riss die Maschinenpistole an mich. Dann sah ich nach dem Typen mit der Armbrust, der mehr Löcher im Körper hatte als ein Minigolfplatz. Er war mausetot.

Plötzlich schwang die Eingangstür auf. Ich wirbelte herum und hob die .38er.

»Nicht schießen!«, rief Phin und hob beide Hände. In der einen hielt er eine 9mm-Pistole. »Ich bins!«

Dann hörte ich hinter mir ein Geräusch, und Phin und ich richteten unsere Waffen auf den Mann, der über die Veranda hereinkam.

»Was habe ich verpasst?«, sagte Harry McGlade.

Ich rechnete schnell nach. »Es waren vier Kerle. Ich habe zwei erwischt.«

»Ich einen«, sagte Harry. »Na ja, eigentlich war es Bambi. Und was ist mit dir, Hut-Bro?«

»Tucker Shears hat etwas gegessen, das ihm nicht bekommen ist.«

Ich steckte den Colt zurück in den Halfter, nahm ein Geschirrhandtuch, ging damit zu Garrett, drehte ihn auf den Rücken und presste das Tuch auf die Schusswunde.

»Sie sind der Motelmörder«, sagte ich.

Er starrte mich mit weit aufgerissenen Augen an, als wäre ich plötzlich aus dem Nichts aufgetaucht.

»Wir sind es alle. Wir sind alle im Club.« Er hustete, und Blut quoll ihm zwischen den Lippen hervor. »Es ist … der Club.«

»Okay, du Arschloch«, sagte Harry zu ihm, »betrachte deine Mitgliedschaft als aberkannt.«

McGlade hielt mir die erhobene Hand mit der Fläche nach außen entgegen. Er wollte, dass ich sie abklatschte. »Komm schon! Gib mir ein High five!«

Ich gab ihm keins. Phin auch nicht.

»Ihr seid echt Spielverderber«, sagte Harry.

»Wo ist Eddie Cline?«, fragte ich ihn.

»Sein Boot ist mit einem Hirsch zusammengestoßen. Er ist über Bord gegangen, und das Boot hat ihn überfahren und in Stücke gerissen. Deshalb nennt man den Notausschalter übrigens Kill Switch.«

Harry hob erneut die Hand. »Jetzt komm schon.«

»Hör auf, um High fives zu betteln«, sagte ich zu ihm. »Was ist mit Shears?«

»Ich habe Shears in den Wald verfolgt«, sagte Phin. Aus irgendeinem unerklärlichen Grund trugen er und Harry identische Baseballkappen. »Plötzlich hat er eine Granate aus der Tasche gezogen, und sie ist ihm in der Hand explodiert.«

»Eine Granate? Und ihr bleibt beide bei euren Versionen?«

»Meine stimmt«, sagte Harry.

»Phin?«

»Meine klingt zumindest plausibel. Hat jemand die Polizei gerufen?«

Ich nickte.

»Ich habs nicht so mit den Bullen. Wir sehen uns in Chicago, Leute.«

Phin drehte sich um und verschwand.

»Wieso ist er überhaupt hier?«, fragte ich Harry.

»Witzige Geschichte.«

»Und wieso bist du nicht ans Funkgerät gegangen?«

»Auch eine witzige Geschichte.«

»Und die identischen Käppis?«

»Phin ist mein Hut-Bro. Sind die beiden Frauen hier?«

»Im Schlafzimmer. Sie stehen unter Drogen.«

»Wir haben es also geschafft. Haben die Bösewichte erledigt und die Lage gerettet.«

»Anscheinend.«

Harry sah mich mit einem dämlichen Grinsen und gleichzeitig hoffnungsvollen Blick an. Dann hob er die Hand.

Was solls?, dachte ich und gab ihm sein verdammtes High five.

Phin

Ich fuhr bis spät in die Nacht durch, bis ich in Shorington ankam, wo ich Vincent Scadder besuchte. Als ich in die kreisförmige Einfahrt einbog und vor der kunstvollen Doppeltür parkte, war es kurz nach ein Uhr morgens. In meiner Hosentasche hatte ich Amys Führerschein, den ich dem Haufen in Tuckers Safe entnommen hatte. Ich klingelte an der Haustür.

Phyllis machte auf. Sie trug ein Hauskleid, das dem von meinem letzten Besuch ähnelte. Vielleicht war es sogar dasselbe. Sie hatte auch diesmal eine Alkoholfahne und starrte mich mit ihren blutunterlaufenen blauen Augen an.

»Oh! Der harte Bursche.«

»Ist Ihr Mann da?«

»Oben im Schlafzimmer. Er liegt im Sterben.«

Ich ging an ihr vorbei und erklomm die Wendeltreppe ins Obergeschoss.

»Was haben Sie herausgefunden?«, rief sie mir nach.

Ich folgte dem Flur bis ans Ende, vorbei an Amys Zimmer. Die Tür zum Schlafzimmer stand offen, und Vincent Scadder lag im Bett und sah mich kommen.

Er sah furchtbar aus. Augen und Gesicht hatten einen von der Gelbsucht verursachten gelblichen Teint, und die Wangen waren eingefallen. In seinem Schlafanzug wirkte er nur halb so groß wie der Mann, den ich vor ein paar Tagen kennengelernt hatte.

»Kommen Sie rein«, sagte er. »Ich bin noch nicht tot.«

Ich trat ein und machte hinter mir die Tür zu.

»Haben Sie Amy gefunden?«, fragte er.

»Sie ist tot. Tut mir leid.«

Ich gab ihm den Führerschein. Er ließ den Kopf hängen und weinte kurz. Als er fertig war, war es ihm offensichtlich peinlich.

»Erzählen Sie mir, wie und wann.«

»Wahrscheinlich unmittelbar, nachdem sie verschwunden ist. Haben Sie in den Nachrichten gesehen, was in Minnesota passiert ist?«

»Das mit all diesen Leichen, die sie ausgegraben haben?«

Ich nickte.

»Um Himmels willen. Waren Sie dort?«

»Ja.«

»Erzählen Sie.«

Ich erzählte es ihm. Alles. Von meiner Befragung des Fahrers über meine Gefangenschaft in Tuckers Verschlag bis hin zu den Ereignissen in Minnesota. Nur den Teil mit seiner Frau ließ ich aus. Als ich fertig war, dauerte es eine Weile, bis er etwas sagte.

»Es war also purer Zufall, dass sie ermordet wurde? Einfach nur Pech?«

»Nein.«

»Was dann?«

»Ihre Frau hat sie für Geld umbringen lassen. Sie hatte Angst, Amy könnte etwas über Ihren Drogenhandel ausplaudern.«

Scadders gelbes Gesicht wurde plötzlich weiß.

»Das Kokain in Amys Auto, als die Polizei sie gestoppt hat, war Ihres, nicht wahr?«

»Ja.« Seine Stimme klang schwach. »Amy hat es aus meinem Wandsafe genommen.«

»Warum?«

»Um uns zu bestrafen, vermute ich. Vor einigen Jahren habe ich in ein paar riskante Immobiliendeals investiert und bin auf die Schnauze gefallen. Ich habe versucht, das Finanzamt zu betrügen, aber die sind dahintergekommen. Man hat mir eine heftige Strafe aufgebrummt. Wenn ich sie nicht bezahlt hätte, wäre ich ins Gefängnis gekommen.«

»Und dann haben Sie angefangen, mit Drogen zu handeln.«

»Nicht direkt. Zumindest nicht am Anfang. Ich war ein Mittelsmann. Im Immobiliengeschäft habe ich im Laufe der Jahre eine Menge zwielichtige Typen kennengelernt. Mit einer Investition von zehntausend Dollar konnte ich fünfzigtausend verdienen. Zunächst habe ich nur an Freunde und Bekannte verkauft, später in größerem Stil. Es dauerte nicht lange, bis andere Dealer bei mir eingekauft haben.«

»Wollte das Finanzamt nicht wissen, woher Sie das Geld hatten?«

»Seltsamerweise nein. Denen war es egal, wie ich die Strafe bezahlte, Hauptsache, sie bekamen ihr Geld. Und nachdem ich meine Schulden beim Finanzamt beglichen hatte, floss die Kohle weiter.«

»Deshalb haben Sie also an Amys Schule für den Bau eines Theaters gespendet. Um es von der Steuer abzusetzen.«

Er nickte und fing wieder an zu weinen.

»Amy. Meine arme kleine Amy. Ich glaube, ich wusste es. Ich glaube, ich wusste es die ganze Zeit. Phyllis würde im Gefängnis nicht lange überleben. Ohne Alkohol hält sie es nicht aus. Stattdessen … ihre eigene Tochter … einen Psychopathen angeheuert …«

Scadder schnäuzte in ein paar Papiertaschentücher auf seinem Nachttisch und schien sich wieder zu beruhigen. »Danke, dass Sie sich um Shears gekümmert haben. Dafür verdoppele ich Ihr Honorar. Aber vorher möchte ich Sie um noch eine Sache bitten.«

Er machte eine dramatische Pause. Ich wusste, was jetzt kommen würde.

»Ich möchte, dass Sie meine Frau töten.«

Es war nicht das erste Mal, dass mich jemand darum bat, seine Frau zu beseitigen. Einmal hatte ich einem Mann, der ein wichtiges politisches Amt bekleidete, eine Pistole an den Kopf gehalten. Um sein eigenes Leben zu retten, hatte er mir vorgeschlagen, ich solle seine Frau umbringen und die beträchtliche Versicherungssumme kassieren.

Ich hatte das Angebot ausgeschlagen. Auch dieses Mal lehnte ich ab.

»Aber Sie haben Shears doch auch getötet.«

»Er hatte den Tod verdient.«

»Phyllis hat meine Amy auf dem Gewissen.«

Ich trat an ihn heran, nahm das Telefon von seinem Nachttisch und gab ihm den Hörer.

»Rufen Sie die Polizei an und legen Sie ein Geständnis ab. Ich bin sicher, dass sie für eine Weile hinter Gitter kommt.«

Er runzelte die Stirn. »Aber ich müsste auch ins Gefängnis.«

»Wir alle müssen hin und wieder schwere Entscheidungen treffen«, sagte ich. »So ist das Leben nun mal.«

Ich verließ das Schlafzimmer. Phyllis Scadder wartete am Fuß der Treppe auf mich.

»Und?«, lallte sie. »Was haben Sie ihm erzählt?«

Ich verpasste ihr keinen Fausthieb.

Aber dafür eine kräftige Ohrfeige.

So viel zu meiner Regel, keiner Frau etwas anzutun.

Sie fiel auf ihren Arsch und starrte mich an. Ihr Blick wirkte nicht verletzt, sondern eher wütend. Wütend darüber, dass die angeheuerte Hilfskraft die Hand gegen sie erhoben hatte.

Ich ging vor ihr in die Hocke. »Und jetzt hören Sie mir mal gut zu. Tucker hat mir alles erzählt. Ich habe das volle Geständnis auf Band und werde damit zur Polizei gehen. Man wird Sie festnehmen, und dann kommen Sie für viele Jahre ins Gefängnis. Ihr Leben steht vor dem Ruin. Ihre Verwandten, Ihre Freunde, sie werden alle erfahren, dass Sie eine miese Drogendealerin sind, die ihre eigene Tochter ermorden ließ. Ihr Mann weiß Bescheid. Er telefoniert gerade mit seinem Anwalt und lässt Sie aus dem Testament entfernen. Sie werden hinter Gittern sterben. Mittellos, verachtet und ohne einen Tropfen Alkohol.«

Ich griff nach der ATM in meinem Stiefelabsatz.

»Na los«, sagte sie. »Tun Sie es.«

Sie wollte, dass ich sie erschoss. Ich konnte es in ihren Augen sehen.

»Tun Sie es selbst.«

Ich warf die Pistole auf den Teppich hinter ihr und ging zur Tür hinaus.

Ich war noch nicht einmal bei meinem Bronco angelangt, als der Schuss knallte.

Harry

»Es ist besser so«, sagte ich. »Ich bin nie zu Hause. Ich füttere dich mit Pappschachteln und Zuckertüten. Und obwohl sie nirgendwo kleben bleibt, machst du überall Pferdescheiße hin. Du bist unter deinesgleichen besser aufgehoben.«

Rex hörte mir nicht einmal zu. Er war zu sehr damit beschäftigt, an Mirna herumzuschnüffeln.

»Sind Sie sicher, dass Sie das wollen?«, fragte der traurige Kutscher mit Tränen in den Augen.

Meine Augen waren möglicherweise ebenfalls ein bisschen feucht.

»Ja. Helfen Sie den beiden, wenn sie die Lust aufeinander überkommt?«

Er nickte schluchzend. »Natürlich.«

»Dann ist meine Verkuppelungstätigkeit hiermit beendet. Aber nur unter einer Bedingung.« Ich stieß ihm mit dem Zeigefinger in die Brust.

»Was auch immer. Sagen Sie, was es ist.«

»Rex ist kein Arbeitstier. Ich möchte nicht eines Tages auf der Michigan Avenue spazieren gehen und zusehen müssen, wie er eine Miniaturkutsche mit Liliputanern zieht.«

»Niemals. Das wird nie passieren.«

Ich umarmte Rex zum Abschied und ging nach Hause.

* * *

Unterwegs schrieb ich eine SMS an Lester und diese dämlichen Autodiebe. Sie hatten meine aufgeschlitzten Reifen ersetzt, aber die neuen passten nicht zusammen. Ich gab ihnen eine Frist bis zum nächsten Tag, die Sache in Ordnung zu bringen. Ansonsten würde ich das Video von der Prügelei auf YouTube und sämtlichen sozialen Medien verbreiten.

Wenn ich es richtig anstellte, würde ich nie wieder Autoteile kaufen müssen.

* * *

Als ich aus dem Fahrstuhl trat, wartete das Arschloch von Hausmeister vor meiner Wohnung.

»Sieh mal einer an«, sagte ich und gab mir keine Mühe, meine Abneigung zu verbergen. »Sie haben überlebt.«

»Ich bin ein anderer Mensch, Mr McGlade.«

»Wirklich?«

»Ich wäre beinahe gestorben. Und das hat mir eine neue Sicht auf die Dinge gegeben. Auf mein Leben. Meine Arbeit. Die Schönheit und das Wunder sämtlicher Geschöpfe, die Gott erschaffen hat. Ihr Pferd … Verzeihung, Ihr Hund … hat mir das Leben gerettet. Ich weiß noch, wie die Kugeln an mir vorbeipfiffen und er mich in Sicherheit geschleift hat. Er ist ein Held, Mr McGlade. Solange ich hier arbeite, wird es für Rex immer einen Platz in diesem Haus geben.«

»Ich habe ihn gerade für fünfzig Piepen an einen Typen auf der Straße verkauft.«

»Oh.« Das Hundert-Watt-Strahlen in seinem Gesicht verdüsterte sich schlagartig. »Tut mir … tut mir leid, das zu hören.«

Als er sich zum Gehen umwandte, kam mir plötzlich ein Gedanke. »Hey, warten Sie einen Moment. Falls ich mir in Zukunft irgendein anderes exotisches Haustier anschaffen will, vielleicht einen Affen, einen Papagei oder ein Hängebauchschwein, ginge das in Ordnung?«

Der kleine Wichser strahlte wieder. »Jedes Lebewesen, das Sie in Ihre Wohnung bringen, ist willkommen! Mehr als willkommen!«

»Gut zu wissen. Bis demnächst mal wieder … äh … Sportsfreund.«

Er verschwand, bevor ich ihn nach seinem Namen fragen konnte.

* * *

»Hören Sie, ich rufe aus zwei Gründen bei Ihnen an«, sprach ich in mein neues Telefon. »Erstens, um Ihnen die inspirierende Geschichte zu erzählen, wie Ihre christliche Zeitung *Wöchentlicher Advent* mir das Leben gerettet hat. Ich war unter Beschuss und völlig verzweifelt, und Ihr wunderbar penetranter und aufdringlicher Telefonverkäufer hat für mich die Polizei gerufen. Es ist eine erstaunliche, herzzerreißende Geschichte voller Wunder und Jesus und Gott und all diesem Scheiß. Und ich bin bereit, Ihrer Zeitung diese Story für zehn bequeme Monatsraten von 69,99 Dollar anzubieten.«

»Äh, wir bezahlen niemanden für Geschichten.«

»Dafür habe ich volles Verständnis. Ich werde morgen noch einmal anrufen. Und übermorgen. Und überübermorgen. Und jeden Tag für den Rest des Jahres. Was mich zu dem zweiten Grund meines Anrufs führt.«

Ich brüllte in den Hörer, so laut ich konnte: »STORNIEREN SIE MEIN VERDAMMTES ABONNEMENT!«

* * *

»Ich bin Ihnen dankbar dafür, dass Cherry und Puma in Sicherheit sind«, sagte Kahdem am Telefon zu mir. »Danke.«

»Falls Sie mir einen Bonus zahlen wollen, könnten wir uns im *Big Stinky Onion* treffen«, sagte ich.

»Kein Bonus. Und kein *Big Stinky Onion.*«

»Wie wärs mit kostenlosen Lap Dances jedes Mal, wenn ich Ihr Etablissement besuche?«

»Ich zwinge meine Tänzerinnen nie dazu, kostenlose Lap Dances zu vergeben.«

»Kostenlose alkoholische Getränke?«

»Nein. Ich habe Ihnen einen Auftrag erteilt und Ihnen ein Honorar bezahlt. Ich bin nicht verpflichtet, Ihnen zusätzlich einen Bonus zu zahlen.«

»Wie wärs, wenn Sie mich in Ihrem Etablissement tanzen lassen?«

»Wie bitte? Auf der Bühne?«

»Das wollte ich immer schon mal probieren.«

Kahdem seufzte. »Na gut. Sie können auf der Bühne tanzen. Einmal und ein Lied lang.«

Volltreffer!

* * *

Ich tanzte eineinhalb Lieder lang und bekam sechs Dollar Trinkgeld. Dann spendierte ich allen Gästen einen Lap Dance.

Wie ich schon einmal gesagt habe: Ich bin einfach eine ganz große Nummer.

* * *

Schließt das diesen Roman ab? Sind alle Ungereimtheiten geklärt? Alle offenen Handlungsstränge zu Ende gebracht? Jedes Rätsel gelöst? Keine weiteren Fragen, die es zu beantworten …

Das Telefon klingelte und riss mich aus meinen Gedanken.

»Freue dich an den wenigen Momenten, die dir noch bleiben, McGlade.« Wie praktisch – es war mein heimlicher Verehrer mit der verzerrten Stimme. »Denn bald naht dein Ende, und …«

»Schnauze!«, fiel ich dem Anrufer ins Wort. »Ich weiß, wer du bist.«

»Unmöglich.«

»Für mich ist nichts unmöglich. Ich habe mehrere Anhaltspunkte. Erstens hat jeder Kriminalroman eine begrenzte Anzahl von Figuren. Du musst also zwangsläufig jemand sein, der bereits im Laufe der Geschichte vorgestellt wurde. Zweitens hast du mir bisher zwei Nachrichten hinterlassen, die dich verraten haben. Nicht dadurch, was du gesagt hast, sondern wie.«

Haben Sie aufgepasst, verehrter Leser? Was meinen Sie? Handelt es sich bei dem anonymen Anrufer, der mir Morddrohungen hinterlässt, um:

1. diesen Obdachlosen, den ich beinahe überfahren habe?
2. Fakirs Mutter, weil sie sauer auf mich ist, dass ich ihren Sohn abgezogen habe?
3. Jack Daniels, einfach nur, weil der Autor dämliche überraschende Wendungen mag?
4. Keine dieser Aussagen trifft zu.

»Falls du ›Keine dieser Aussagen trifft zu‹ gesagt hast«, sprach ich in das Telefon, »liegst du richtig.«

»Redest du mit mir?«, fragte sie.

»Jawohl, Gina Morris vom Department of Motor Vehicles.«

»Oh!«, sagte sie. »Scheiße!«

»In den Nachrichten, die du mir auf Band gesprochen hast, hast du nie den Buchstaben S verwendet. Du wusstest nämlich, dass ich dich an deinem Lispeln erkennen würde. Dabei hast du nicht daran gedacht, dass die Abwesenheit eines so häufig vorkommenden Buchstabens dich verraten könnte.«

»Brich dir jetzt bloß nicht den Arm vor lauter Schulterklopfen.«

»Bist du beeindruckt?«

»Nein.«

»Nicht mal ein bisschen?«

»Nicht die Bohne.«

»Hast du Lust, heute Abend mit mir essen zu gehen? Ich habe eine Reservierung im *Big Stinky Onion.*«

Kurze Pause am anderen Ende. Dann sagte sie: »Klar. Warum nicht?«

»Treffen wir uns dort um sechs. Zieh dir was an, was sich leicht ausziehen lässt.«

»Bis später.«

Sie legte auf.

Ich hatte nicht nur das Rätsel der anonymen Morddrohungen gelöst, sondern es obendrein der Frau, die mich ein Vermögen in Bestechungsgeldern gekostet hatte, so richtig gezeigt. Gina wusste natürlich nicht, dass ich in Wirklichkeit keine Reservierung hatte und dass ich vorhatte, absichtlich meine Brieftasche zu vergessen, damit sie auf der Rechnung sitzen blieb.

Jawohl, Baby! Harrison Harold McGlade war wieder mal Sieger auf der ganzen Linie! Nicht mit mir, du miese, geldgierige, lispelnde, schielende Telefonscherzschlampe!

Dann ging ich zum Laden an der Ecke und besorgte mir eine Packung Kondome.

Jack

»Das ist wirklich eine wilde Geschichte«, sagte Herb und schickte sich an, in einen seiner selbst zubereiteten Hamburger zu beißen.

Ich hatte meinen nicht fertig gegessen. Herb war ein guter Polizist, aber nicht unbedingt ein guter Koch.

»Und Garrett McConnroy hat überlebt«, sagte ich. »Special Agent Dailey vom FBI hat mir erzählt, dass die Bundesstaatsanwaltschaft sechsundzwanzig Mal lebenslänglich fordert. Einmal für jede ermordete Frau.«

McConnroy und seine Freunde hatten viele ihrer Opfer unter den Kiefern vergraben, wie Harry und ich vermutet hatten. Phin hatte einen wichtigen Beitrag zur Identifizierung der Frauen geleistet, da er einen Haufen Führerscheine in Tuckers Haus gefunden hatte. Das Haus war abgebrannt, vielleicht nicht ganz zufällig.

»Und den Frauen, die Cline entführt hatte, ging es gut?«

»Sie standen unter Drogen, aber sonst war alles okay.«

Herb lehnte sich in seinen Gartenstuhl zurück, worauf dieser unter seinem Gewicht ächzte. »Eine Sache habe ich immer noch nicht kapiert. Du sagtest, dass die Frauen, als du sie gefunden hast, mit Klebeband gefesselt waren.«

»Richtig.«

»Und auf dem Mund hatten sie auch welches.«

»Korrekt.«

»Aber du sagtest, du hättest eine Frau schreien gehört. Und dann sind die vier Kerle abgehauen. Aber wenn die Frauen Klebebänder auf dem Mund hatten und unter Drogen standen, wie konnten sie dann schreien?«

»Sie waren es nicht«, sagte ich.

»Wer dann?«

»Ich sage es dir, aber zuerst musst du mir etwas verraten.«

»Klar. Möchtest du noch einen Burger?«

Ich hob abwehrend eine Hand. »Nein danke.«

»Eine Bratwurst? Ein Rippchen? Ein Hähnchen? Gefüllte Champignons?«

»Danke, ich bin satt. Und danke, dass du uns zu dir nach Hause eingeladen hast.«

»Es wurde auch Zeit, dass ihr meine Einladung angenommen habt. Okay, was soll ich dir erzählen?«

Ich machte eine dramatische Pause, bevor ich fragte: »Was ist mit der Krawatte passiert, die ich dir geschenkt habe?«

Herb schüttelte lachend den Kopf. »Ich dachte, du wolltest eine nette Höflichkeitslüge hören.«

»Ich habe die Schönrederei satt. Ich will die nackte Wahrheit, und wenn sie auch noch so hässlich ist.«

»Bist du dir sicher?«

Ich nickte.

»Also gut.« Er atmete langsam und tief durch. »Ich war in einem Restaurant und musste dringend aufs Klo. Und als ich fertig war, habe ich festgestellt, dass kein Klopapier mehr da war.«

»Oh nein! Sag bloß, du hast …«

»Ich musste es tun. Mir blieb nichts anderes übrig.«

»Herb, diese Krawatte hat sechzig Dollar gekostet.«

»Das habe ich mir gedacht. Der Stoff war sehr weich.«

Ich lachte. »Wieso hast du dafür nicht deine Socken oder Unterhose genommen?«

»Die habe ich zuerst genommen. Und dann die Krawatte.«

»War es wirklich so schlimm?«

»Jack, das Restaurant nennt sich *Burrito Explosion*. Das sollte dir eine Vorstellung davon vermitteln, wie schlimm es war. Und jetzt sag mir, was es mit diesem Schrei auf sich hatte.«

»Es war keine Frau. Es war nicht mal ein Mensch. Es war Herbie.«

»Herbie?«

»Herbie der Fischreiher. Dieser große weiße Vogel, der am See lebt. McGlade hat mir davon erzählt. Er klingt haargenau wie eine schreiende Frau.«

»Was klingt haargenau wie eine schreiende Frau?«

Mein Verlobter kam gerade von der Toilette. Ich war erleichtert, als ich sah, dass er seine Socken noch anhatte.

»Du weißt doch, was wie eine schreiende Frau klingt«, sagte ich und grinste Latham an.

Ich war richtig gut drauf. Ich hatte Urlaub. Ich war mit einem tollen Mann verlobt. Und bald würde ich mit ihm zusammenleben.

In der Vorstadt. Mit meiner Mutter.

Noch nicht, aber bald.

Endlich war ich so weit, dass ich mich nicht mehr vor dem Leben versteckte. Stattdessen genoss ich es in vollen Zügen.

Nichts würde mir dabei im Weg stehen.

Nicht einmal ich selbst.

»Wer hat Lust auf Nachtisch?«

Bernice, Herbs Frau, kam mit einem riesigen Kuchen auf die Terrasse. Er war groß genug für zehn Leute. Oder für uns drei plus Herb.

Mein Dienstpartner verschlang den Rest seines Burgers und griff gierig nach dem Kuchen.

»Möchte jemand Kaffee?«, fragte Bernice.

Kaffee. Herb hatte nie herausgefunden, wer seine Kaffeemaschine geklaut hatte.

Ärgerlich. Aber so ist das Leben nun mal. Auf manche Fragen gibt es keine Antworten, sosehr wir uns auch den Kopf zerbrechen.

Eine harte, aber nützliche Lektion.

Harry

Das mit dieser verdammten Kaffeemaschine war ich.

Nachdem die Polizei mich festgenommen hatte, hatte ich darauf bestanden, dass man mich zu Jack ließ, aber sie war nicht in ihrem Büro. Also schnappte ich mir die Kaffeemaschine und versteckte sie im Abfalleimer im Flur. Später nahm ich sie mit zu mir nach Hause.

Es sollte eigentlich nur ein dummer Streich werden, und ich hatte mir vorgenommen, sie später zurückzubringen. Sinn und Zweck der Übung war einzig und allein, Jack zu verarschen. Aber dann ruinierte ich das Ding mit Sekundenkleber, als ich daraus eine Cyanacrylat-Dampfkammer bastelte, um die Fingerabdrücke an den Patronen zu ermitteln.

Falls Sie Jack zufällig über den Weg laufen, sagen Sie es ihr bitte nicht.

Phin

Fast wäre ich zu Pasha gefahren. Aber es war schon spät, und ich wollte sie nicht wecken.

Was noch wichtiger war: Ich wollte ihr nicht erklären müssen, was in den letzten paar Tagen passiert war.

Irgendwann würde sie es schon erfahren.

Sicher wird sie das.

Ich würde ihr alles erzählen *und* eine neue Chemotherapie beginnen.

Ich wollte, dass Pasha einen dauerhaften Platz in meinem Leben einnahm. Vielleicht wollte ich sie später sogar heiraten und Kinder mit ihr haben.

Und ich wollte Earl loswerden. Für immer.

Na, dann viel Glück, sagte Earl.

Nach meiner Ankunft in Chicago hatte ich Hunger. In dieser Stadt gab es viele Restaurants, wo man auch nachts noch etwas zu essen bekam. Zunächst wollte ich eins davon aufsuchen, entschied mich dann aber, zu Hause zu essen. Ich fuhr also zum Michigan-Motel, parkte und klopfte an Kenny Jen Bang Kos Kabäuschen, um ihn zu fragen, ob jemand Nachrichten für mich hinterlassen hatte.

Kenny kam nicht. Das war bei ihm ungewöhnlich.

Als ich mein Zimmer betrat, bemerkte ich den Geruch und wusste sofort, dass etwas nicht stimmte.

Es roch nach Tod. In meinem Zimmer befand sich etwas Totes.

Ich zog die 9mm, stieß langsam die Tür auf und knipste das Licht an.

Jemand lag auf dem Bett. Jemand, der mit geronnenem Blut bedeckt war.

Kenny.

Neben ihm lag ein Zettel mit einer handgeschriebenen Notiz, die wie das Gekrakel eines Kindes aussah.

> *Hey, kleiner Bruder –*
> *Er hat mir alles gesagt. Jetzt habe ich deine Schlampe.*
> *Freue mich auf eine gemeinsame Zeit mit der Familie.*
> *H*

Es war Hugo. Mein großer Bruder, der Psychopath und Neonazi.

Ich rief sofort bei Pasha an. Die schiere Panik ließ meine Hände zittern.

»Bist du das, kleiner Bruder?« Die Stimme klang tief, bösartig und auf schreckliche Weise vertraut.

Mein Kiefer war wie gelähmt. Ich wollte schlucken, aber mein Mund war trocken. Unangenehme Erinnerungen fluteten mein Hirn. Eine stach besonders hervor: Mein Bruder saß auf meiner Brust und hielt eine Schachtel mit Sicherheitsnadeln in der Hand, die er mir eine nach der anderen in den Kopf bohrte.

»Ich dachte, du bist im Knast, Hugo.«

»Man hat mich auf Bewährung entlassen.«

»Das war ein Fehler«, sagte ich.

»Was du nicht sagst. Der Erste, den ich nach meiner Entlassung umgebracht habe, war mein Bewährungshelfer.«

»Was willst du?«

»Was soll diese Feindseligkeit, Phineas? Ich dachte, du würdest dich freuen, von mir zu hören. Wie lange ist es schon her?«

»Nicht lange genug. Kann ich Pasha sprechen?«

»Für eine Inderin ist sie verdammt hübsch. Wenn ich nicht auf Rassenreinheit bedacht wäre, würde ich ihr vielleicht zeigen, was ein richtiger Mann ist.«

Meine Hand verkrampfte sich so fest um das Telefon, dass ich dachte, ich würde es zerquetschen. »Ich will mich einfach nur vergewissern, dass sie noch lebt.«

Plötzlich erklang ihre Stimme. »Phin … sie sind vor ein paar Stunden bei mir aufgetaucht. Sie haben auf dich gewartet. Egal, was passiert, komm nicht …«

Ich vernahm ein klatschendes Geräusch wie bei einer Ohrfeige und einen gedämpften Schrei von der Frau, die ich von ganzem Herzen liebte.

»Ganz schön frech, die Kleine, was?«, sagte Hugo.

»Was willst du?« Es kostete mich meine ganze Kraft, meine Stimme gleichmäßig klingen zu lassen.

»Ich will, was wir alle wollen. Ein Amerika für weiße Amerikaner. Aber fürs Erste begnüge ich mich damit, dich heute Nacht zu treffen. In neunzig Minuten.«

Er nannte mir einen Ort. Ich stimmte zu.

»Komm allein, ohne Bullen und all den Scheiß. Sonst schlitze ich deine Freundin von der Möse bis zum Hals auf und schicke dir ihre Innereien mit der Post. Sag Tschüss, Schlampe.«

»Phin! Komm nicht! Er will …«

Plötzlich war die Leitung tot.

Als meine Hände aufhörten zu zittern, legte ich das Telefon weg.

»Keine Angst, Schatz«, versprach ich ihr, obwohl sie mich nicht hören konnte. »Ich komme und hol dich da raus.«

Ende … vorläufig

Phineas Troutt kehrt zurück in »Alle werden sterben«.